Joseph O'Connor

Die Überfahrt
Roman

Aus dem Englischen von
Manfred Allié und Gabriele Kempf-Allié

S. Fischer

Die Originalausgabe erschien 2002
unter dem Titel ›Star of the Sea‹
im Verlag Secker & Warburg, London
© 2002 by Joseph O'Connor
Für die deutsche Ausgabe:
© 2003 S. Fischer Verlag GmbH, Frankfurt am Main
Satz: Pinkuin Satz und Datentechnik, Berlin
Druck und Bindung: GGP Media, Pößneck
Printed in Germany
ISBN 3-10-054012-3

Wieder und immer für Anne-Marie

[Die Hungersnot] ist Gottes Strafe für ein faules, undankbares, rebellisches Land, ein stumpfsinniges und unselbständiges Volk. Die Iren leiden unter einer Plage, die ihnen die göttliche Vorsehung gesandt hat.

Charles Trevelyan, Sonderbeauftragter der Regierung Ihrer Majestät, 1847
(1848 in den Adelsstand erhoben, zum Dank für seine Verdienste
bei der Bekämpfung der Hungersnot)

England ist ohne jeden Zweifel eine verbrecherische Nation. England! Ganz England! ... Es muss bestraft werden; diese Strafe wird, dessen bin ich mir sicher, von und durch Irland über es kommen, und so wird Irland gerächt ... Der Atlantische Ozean kann nicht so tief sein wie der Höllenschlund, der die Unterdrücker meines Volkes verschlingen wird.

John Mitchel, irischer Nationalist, 1856

DAS FEHLENDE BINDEGLIED: Diese Kreatur, unverkennbar angesiedelt zwischen Gorilla und Neger, können unerschrockene Forscher in den elenderen Vierteln von London und Liverpool aufspüren. Sie kommt aus Irland, doch ist es ihr gelungen, sich von dort auszubreiten. Es handelt sich um wilde Hibernier, die niederste Stufe des irischen Yahoo. Sie unterhalten sich mit ihresgleichen in einer Art Stammeln; zudem sind sie geschickte Kletterer, und nicht selten sieht man sie mit einem Stapel Ziegeln auf der Schulter eine Leiter emporsteigen.

Punch, London, 1862

Die Vorsehung schickte die Kartoffelpest, doch der Hunger war das Werk Englands ... Wir sind die scheinheiligen Reden derer leid, die sagen, wir dürften das britische Volk nicht verantwortlich machen für die Verbrechen seiner Regierenden gegen Irland. Wir machen es sehr wohl verantwortlich.

James Connolly, einer der Anführer des Osteraufstands
gegen die britische Herrschaft, 1916

Ein Amerikaner auf Reisen:

Notizen aus London und
Irland im Jahre 1847

von G. Grantley Dixon
Korrespondent der *New York Times*

∽

Limitierte Jubiläumsausgabe
100. Auflage.
Überarbeitet, ungekürzt
und mit zahlreichen bisher unveröffent-
lichten Ergänzungen versehen

Das Ungeheuer

Ein Vorwort, worin von mancherlei Erinnerung an die Stella Maris
berichtet wird, von den Lebensumständen ihrer Passagiere und
dem Bösen, welches mitten unter ihnen war.

Nacht für Nacht wanderte er rastlos über das Schiff, vom Bug zum Heck, von der Abenddämmerung bis zum ersten Morgenlicht, der spindeldürre, hinkefüßige Mann aus Connemara mit den hängenden Schultern und dem aschgrauen Rock.

Die Matrosen, die Wachen, die schlaflosen Passagiere, die in der Nähe des Ruderhauses hockten, hielten in ihren Gesprächen oder in ihrer einsamen Arbeit inne und sahen ihn durch das neblige Dunkel gleiten; vorsichtig, verstohlen, immer allein, den linken Fuß nachziehend, als schleppe er einen schweren Anker mit sich herum. Er trug einen zerbeulten Filzhut, um Kinn und Hals einen zerlumpten Schal, einen schäbigen Militärmantel so dreckig, dass man sich gar nicht vorstellen konnte, dass er jemals sauber gewesen war.

Er bewegte sich so bedachtsam, dass es fast schon feierlich wirkte, mit einer merkwürdig zerlumpten Würde: wie ein König aus dem Märchen, der sich verkleidet unter das einfache Volk mischt. Seine Arme waren auffällig lang, die Augen stechend wie Nadeln. Oft blickte er verstört, als quälten düstere Ahnungen ihn, als sei sein Leben an einem Punkt angelangt, an dem jegliche Erklärung unmöglich geworden war, oder als rücke ein solcher Punkt mit jedem Schritt näher.

Sein verhärmtes Gesicht war von Narben entstellt, gezeichnet von einer Krankheit, deren Spuren er durch verzweifeltes Kratzen noch verschlimmert hatte. Obwohl von schlanker Statur, ein wahres Federgewicht, trug er, so schien es, eine unbeschreibliche Last. Und das lag nicht nur an seiner Verkrüppelung – der Stumpf seines Fußes steckte in einem unförmigen Holzschuh mit einem aufgestempelten oder eingebrannten großen M –, sondern auch an der furchtsam erwartenden Miene, der ewig angstvollen Wachsamkeit des misshandelten Kindes.

Er gehörte zu jenen Menschen, die Aufmerksamkeit gerade dadurch erregen, dass sie um keinen Preis auffallen wollen. Sie konnten nicht sagen warum, aber die Matrosen spürten es oft noch bevor sie ihn sahen, wenn er in der Nähe war. Sie machten sich einen Spaß daraus und schlossen Wetten ab, wo er zu einer bestimmten Stunde auftauchen würde. »Zehn Glasen« bedeutete unten bei den Schweinekäfigen an Steuerbord. Um Viertel nach elf war er oben an der Trinkwassertonne, wo die armseligen Frauen aus dem Zwischendeck tagsüber ihre kärglichen Mahlzeiten zubereiteten. Doch schon in der dritten Nacht nach dem Auslaufen aus Liverpool hatte für die Seeleute dieser Zeitvertreib seinen Reiz verloren. Er zog über das Schiff, auf immergleicher Bahn. Auf. Ab. Hin. Her. Bug. Backbord. Heck. Steuerbord. Er erschien mit den Sternen und verschwand bei Sonnenaufgang, und so nannten ihn seine nächtlichen Mitreisenden bald nur noch »das Phantom«.

Nie richtete er das Wort an die Matrosen. Auch den Nachtschwärmern ging er aus dem Weg. Selbst nach Mitternacht redete er mit niemandem, obwohl sich alle, die dann noch an Deck waren, miteinander unterhielten; obwohl das dunkle, nasse Deck der *Stella Maris* dann eine Gemeinschaft sah, wie man sie tagsüber selten erlebte. Nachts blieben die Türen auf dem Schiff unverschlossen; Regeln wurden gelockert oder blieben ganz außer Acht. Natürlich war sie eine Illusion, diese Demokratie zur Geisterstunde; es schien, als lasse die Dunkelheit Standes- und Glaubensunterschiede verschwinden, als verwische sie diese Unterschiede zumindest so weit, dass sie keine Beachtung mehr verdienten. Ein Eingeständnis vielleicht, dass auf See alle gleichermaßen machtlos sind.

In der Nacht spürte man, wie fremd ein solches Schiff auf dem Wasser war, ein absurdes, knarrendes, undichtes, wehrloses Gebilde aus Eichenholz und Pech und Nägeln und Gottvertrauen, hin- und hergeschleudert von den tückischen schwarzen Fluten, die es beim kleinsten Anlass zerschmettern konnten. Nach Einbruch der Dunkelheit sprachen alle an Deck nur noch mit gedämpfter Stimme, als fürchteten sie, den schlafenden Ozean zu wecken. Oder man stellte sich vor, die *Stella* sei ein gewaltiges Lasttier, die hölzernen Rippen zum Bersten gespannt, von einem grausamen Herrn zu einer letzten Reise getrieben, der Rumpf schon fast tot und wir Passagiere die Parasiten.

Aber das Bild ist nicht gut, denn wir waren nicht alle Parasiten. Die, die es waren, hätten es nicht zugegeben.

Unter uns die Tiefe, die wir nur erahnen konnten, die Abgründe und Täler eines unbekannten Kontinents, über uns das Firmament, schwarz wie der Tod. Der Wind peitschte in tosendem Chaos auf uns nieder, stieß herab aus dem, was selbst der ungläubigste Seemann vorsichtshalber den Himmel nannte. Und die Brecher warfen sich donnernd gegen unseren Unterschlupf, als sei der Wind Fleisch geworden, ein lebendiger Körper, sie verhöhnten den Hochmut all derer, die es gewagt hatten, in ihre Gefilde einzudringen. Dennoch herrschte unter allen, die des Nachts das Deck bevölkerten, eine beinahe andächtige Ruhe: je aufgewühlter das Meer, je eisiger der Regen, desto fester der Zusammenhalt unter denen, die gemeinsam den Elementen trotzten. Da unterhielt sich womöglich ein Admiral mit einem verängstigten Schiffsjungen, ein Hungernder aus dem Zwischendeck mit einem schlaflosen Edelmann. Eines Nachts brachte man einen Gefangenen, einen tobsüchtigen Gewalttäter aus Galway aus seiner Zelle an Deck und ließ ihn dort seine traurigen Runden drehen. Selbst er wurde aufgenommen in diese Gemeinschaft der Schlafwandler, unterhielt sich bei einem Becher Rum leise mit einem Methodistenprediger aus dem englischen Lyme Regis, der nie zuvor Rum gekostet, wenn auch in seinen Predigten oft dagegen gewettert hatte. (Man sah sie zusammen auf dem Achterdeck knien und hörte sie leise ein frommes Lied singen.)

Neues war möglich in dieser nächtlichen Republik. Aber das Phantom interessierte sich weder für die Möglichkeit noch für Neuerungen. Er blieb von all dem unberührt; ein Fels in der endlosen Einöde. Ein zerlumpter Prometheus, der die hungrigen Vögel erwartet. Er stand am Großmast und betrachtete den Atlantik, als warte er, dass die Fluten zu Eis erstarrten oder sich blutrot verfärbten.

Zwischen ein und zwei Glasen verschwanden die meisten; viele allein, manche auch zusammen, denn unter dem schützenden Mantel der Nacht war vieles erlaubt, Natur und Einsamkeit Bettgenossen in der Dunkelheit. Von drei Uhr bis zum ersten Licht geschah nur wenig an Deck. Es hob sich und senkte sich. Es stieg empor. Es stürzte jäh in die Tiefe. Sogar die Tiere schliefen in ihren Käfigen: Schweine und Hühner, Schafe und Gänse. Von Zeit zu Zeit durchbrach der Klang der Schiffsglocke das beständige, einschläfernde Rauschen des Meeres.

Vielleicht sang ein Matrose Seemannslieder, um wach zu bleiben; oder er und ein Kamerad erzählten sich Geschichten. Von unten aus der Gefängniszelle hörte man bisweilen den Tobsüchtigen; er jaulte wie ein verletzter Hund oder drohte, seinem Zellengenossen mit der Handspake den Schädel einzuschlagen. (Damals war er der einzige Gefangene.) Vielleicht drückte sich ein Paar verstohlen in den dunklen Durchgang zwischen Rückwand des Ruderhauses und Schornstein. Doch er war immer da, der Mann aus Connemara, und starrte hinaus in die Ehrfurcht gebietende Finsternis, das Gesicht in den Sturm gereckt wie eine Galionsfigur, bis die Umrisse der Takelage aus dem Dunkel auftauchten und sich pechschwarz vor dem erröteten Morgenhimmel abzeichneten.

Am dritten Morgen, kurz vor Sonnenaufgang, näherte sich ein Matrose und bot dem Phantom eine Schale Kaffee an. Auf seinem Gesicht hatten sich kleine Eisperlen gebildet, genau wie auf der Rückseite des Mantels und auf der Hutkrempe. Er nahm das freundliche Angebot nicht an, ja nicht einmal zur Kenntnis. »Stur wie ein Bock«, murmelte der Maat, als er ihn schweigend davonschlurfen sah.

Die Matrosen fragten sich manchmal, ob das nächtliche Ritual des Phantoms wohl eine religiöse Bedeutung hatte, ob es womöglich eine exotische Bußübung war, wie die irischen Katholiken sie dem Vernehmen nach so liebten. Die Strafe für ein ruchloses Verbrechen vielleicht oder ein Versuch, die Seelen im Fegefeuer freizukaufen. Sie glaubten an seltsame Dinge, diese irischen Wilden, und ein Seemann, dem das Schicksal solche Leute an Bord brachte, musste damit rechnen, dass er merkwürdige Dinge sah. Sie sprachen über Wunder, als seien sie die alltäglichste Sache der Welt, Heiligenerscheinungen, blutende Statuen. Die Hölle war für sie so wirklich wie die Stadt Liverpool, das Paradies so vertraut wie Manhattan. Ihre Gebete glichen Zauberformeln oder Voodoobeschwörungen. Vielleicht war das Phantom ein Heiliger: einer ihrer großen Lehrmeister.

Auch unter seinen eigenen Landsleuten erregte er Verwunderung. Die Flüchtlinge hörten, wie er die Luke öffnete, die Leiter herunterhumpelte und ins Halbdunkel des Kerzenlichts eintauchte; die Haare zerzaust, die Kleider durchnässt, die Augen glasig wie eine halb tote Makrele. Wenn sie ihn kommen sahen, wussten sie, es war Tagesanbruch, doch es schien, als bringe er die schneidende Kälte der Nacht mit unter Deck. Dunkelheit hüllte ihn ein, ein faltenreicher Umhang. Wenn es laut war, wie oft schon bei Tagesanbruch – eine Gruppe von Männern, die verschwörerisch flüsterten, eine Frau, die im Delirium den Rosenkranz betete –, brachte sein Erscheinen fast alle zum Schweigen. Sie sahen zu, wie er bebend die Kabine durchmaß, wie er sich an Bündeln und Körben vorbeiquälte, matt vor Erschöpfung, triefend und hustend, eine zerschmetterte Marionette mit durchtrennten Schnüren. Er wickelte seinen vor Kälte zitternden Körper aus dem durchnässten Mantel, faltete ihn zusammen und rollte ihn zu einem Kopfkissen, dann sank er auf seine Decke und schlief.

Was auch immer geschah, er schlief den ganzen Tag. Unbehelligt von schreienden Säuglingen oder Seekrankheit, von Streit und Tränen und Kämpfen und Spielen, all den Lauten des Lebens unter Deck, von Rufen und Flüchen und Liebeswerben und Wutausbrüchen, lag er auf den Planken wie ein Toter. Mäuse huschten über ihn hinweg, doch er zuckte nicht; Wanzen krabbelten unter seinen Hemdkragen. Rings um ihn her tobten und spuckten Kinder, Männer kratzten auf ihren Fiedeln oder brüllten oder stritten, Frauen zankten sich um ein paar zusätzliche Bissen (denn Essbares war die einzige Währung in diesem schwimmenden Gemeinwesen, und spekuliert wurde ständig damit). Mitten aus dem Herzen des Lärms drang das Ächzen der Kranken, stieg auf wie Gebete aus ihren armseligen Kojen; Kranke und Gesunde schliefen Seite an Seite, qualvolles Stöhnen und angstvolle Beschwörungen vermischten sich mit dem Summen unzähliger Fliegen.

Die Warteschlange, die sich vor den beiden einzigen Wasserklosetts im Zwischendeck bildete, führte direkt an dem sargdeckelbreiten Stück Plankenboden vorbei, auf dem das Phantom wortlos sein Lager aufgeschlagen hatte. Ein Abtritt war undicht, der andere verstopft; in den Verschlägen wimmelte es von zischelnden Ratten. Schon morgens um sieben hatte der Ammoniakgestank, ebenso allgegenwärtig wie die Kälte und das Geschrei im Zwischendeck, von diesem schwimmenden Verlies gnadenlos Besitz ergriffen und füllte es unaufhaltsam wie ein Geist, der aus seiner Flasche entweicht. Der Gestank war buchstäblich greifbar, so als müsse man nur den Arm ausstrecken, um eine klebrige Hand voll davon zu packen. Verfaultes Essen, verfaultes Fleisch, die verfaulten Früchte faulender Därme – der Geruch klebte an den Kleidern, den Haaren, den Händen; an dem Becher, aus dem man trank, und an dem Brot, das man aß. Tabakrauch, Erbrochenes, Schweiß, verschimmelte Kleider, schmutzige Decken und billiger Fusel.

Die Bullaugen, die frische Luft in das Zwischendeck leiten sollten, wurden aufgerissen, um den alles beherrschenden Fäulnisgeruch zu vertreiben. Aber wenn er überhaupt eine Wirkung zeigte, schien der Lufthauch die Lage eher noch zu verschlimmern, wehte er doch den Gestank in alle Nischen und Ecken. Zweimal die Woche wurden die Planken mit Salzwasser geschwenkt, aber selbst das Trinkwasser stank nach Exkrementen und musste mit Essig versetzt werden, bevor es erträglich war. Der widerliche Gestank kroch durch das Zwischendeck, ein dampfendes, Ekel erregendes Miasma, das die Augen reizte und in der Nase brannte. Aber selbst dieser atemberaubende Gestank nach Elend und Tod war nicht schrecklich genug, um das Phantom zu wecken.

Seit Antritt der Reise hatte er sich durch nichts aus der Ruhe bringen lassen. An dem Tag, an dem wir Liverpool verließen, erhob sich kurz vor Mittag großes Geschrei auf dem Hauptdeck. Eine Gruppe von Passagieren hatte eine Schonerbark gesichtet, die sich von Süden her näherte und an der Küste entlang in Richtung Dublin fuhr. Es war die *Duchess of Kent*. Dieses Schiff hatte die sterblichen Überreste des Parlamentariers Daniel O'Connell – des »Befreiers« der verarmten katholischen Iren – von Genua, wo er im August des Jahres gestorben war, zu seiner letzten Ruhestatt in der Heimat überführt.* Das Schiff stand für den Mann, oder so konnte man doch zumindest denken, wenn man die Passagiere bei ihren tränenreichen Gebeten sah. Nur das Phantom machte keinerlei Anstalten, in die Novenen für den gefallenen Helden mit einzustimmen, es war nicht einmal an Deck gekommen. Helden interessierten es nicht so sehr wie Schlaf; und das galt gleichermaßen für die Schiffe, in denen ihr Andenken fortlebte.

Um acht Uhr verteilte die Kombüsenmannschaft die tägliche Lebensmittelration: ein halbes Pfund Schiffszwieback und ein Quart Wasser für jeden Erwachsenen; Kinder erhielten die Hälfte dieses Festmahls. Um Viertel nach neun war Morgenappell. Wenn in der Nacht jemand im Zwischendeck gestorben war, wurde er zur Bestat-

---

* In meiner Erinnerung hatte das Schiff schwarze Segel, aber wenn ich in meinen Notizen nachsehe, stelle ich fest, dass das nicht stimmt. – G. G. Dixon

tung nach oben geschafft. Manchmal widerfuhr dem schlummernden Phantom beinahe das Gleiche, und seine armseligen Reisegefährten mussten es verteidigen. Die Sperrholzkojen wurden in aller Eile mit dem Schlauch abgespritzt. Der Boden aufgewischt. Decken eingesammelt und in Urin ausgekocht, zum Schutz vor den Läusen, die die Krätze übertrugen.

Nach dem Essen zogen die Zwischendeckpassagiere sich an und gingen hinauf an Deck. Dort strichen sie in der reinen, kalten Luft auf und ab; sie hockten auf den Planken und bettelten die Matrosen an; sie beobachteten durch die doppelt verschlossenen gusseisernen Gitter, wie wir Passagiere der Ersten Klasse unter seidenen Zeltbahnen Kaffee und Kuchen zu uns nahmen. Die Frage, wie die Sahne für die Reichen frisch gehalten wurde, war oft Gegenstand angeregter Debatten unter den Hungernden. Manche sagten, man müsse nur einen Tropfen Blut hineintun.

Die ersten Tage vergingen quälend langsam. Zu ihrem großen Erstaunen hatten die Passagiere in Liverpool erfahren, dass das Schiff sie zurück nach Irland bringen würde, bevor es den Atlantik überquerte. Diese Nachricht ließ manche Männer in ihrer Verzweiflung zur Flasche greifen, und das wiederum führte zu erbitterten Raufereien. Die meisten Zwischendeckpassagiere hatten für die Schiffspassage nach Liverpool ihr gesamtes Hab und Gut verkauft. Viele waren in dieser unglückseligen und gewalttätigen Stadt ausgeraubt oder um ihre wenigen Besitztümer betrogen worden; manch einer hatte sich ein paar schlecht geprägte Zinnmünzen aufschwätzen lassen, im Glauben, es handle sich um amerikanische Dollars. Jetzt brachte man sie zurück nach Dublin, von wo sie Wochen zuvor geflohen waren, nachdem sie sich damit abgefunden hatten – oder es zumindest versuchten –, dass sie die Heimat nie wiedersehen würden.

Doch selbst diese kleine Gunst blieb ihnen verwehrt. Wir hatten die raue Irische See überquert und in Kingston angelegt, um Proviant zu bunkern; dann nahmen wir die zerklüftete Südostküste entlang Kurs auf Queenstown in der Grafschaft Cork (oder »Cobh«, wie man auf Gälisch sagt). Als sie Wicklow und Wexford und Waterford vorübergleiten sahen, erschien es manchen wie bitterer Hohn, als würde ihnen der Verband von den schwärenden Wunden gerissen. Ein schwindsüchtiger Hufschmied aus der Stadt Bunclody stürzte sich am

Forlorn Point vom Oberdeck über die Reling, und dann sah man ihn mit letzter Kraft an Land schwimmen; er wollte nur noch eins: zurückkehren an den Ort, an dem der Tod ihm gewiss war.

In Queenstown kamen hundert weitere Passagiere an Bord, allesamt in so jämmerlicher Verfassung, dass die anderen wie Könige dagegen wirkten. Ich sah eine Alte, kaum mehr als ein Haufen Lumpen, die mit letzten Kräften die Gangway erklomm und dann auf dem Vorderdeck tot liegen blieb. Ihre Kinder flehten den Kapitän an, sie trotzdem mit nach Amerika zu nehmen. Sie hätten kein Geld für die Beerdigung, und sie könnten ihr doch nicht die Schande antun und sie am Kai liegen lassen. Dort liege schon ihr greiser, lahmer Ehemann, so ausgezehrt vom Fieber, dass er die Reise nicht mehr antreten konnte und selbst wohl nur noch ein paar Stunden zu leben habe. Das dürfe doch nicht das Letzte sein, was er auf Erden zu sehen bekomme.

Der Kapitän hatte es ihnen verweigert. Er war ein mitfühlender Mann, ein Quäker, aber es gab Bestimmungen, die er nicht zu missachten wagte. Nach fast einer Stunde des Weinens und Flehens hatte sich ein Mittelweg gefunden, den man behutsam beschritt. Die Frau wurde in ein Tuch gewickelt, das der Kapitän aus seiner eigenen Kajüte stiftete, und in der Arrestzelle verwahrt, bis wir ausgelaufen waren; dann sollte sie diskret über Bord geworfen werden. Ihre Familie musste es selbst tun. Kein Seemann durfte die Leiche berühren, aus Furcht vor Ansteckung. Später erzählte der Vierte Maschinist, der sich entgegen strikter Order doch rühren ließ und ihnen half, sie hätten das Gesicht der alten Frau entsetzlich mit einer Art Klinge entstellt, aus Furcht, die Strömung könne den Leichnam zurück nach Crosshaven tragen, wo ihre alten Nachbarn sie wieder erkannt hätten. Bei denen, die so arm sind, dass sie keine Schande mehr kennen sollten, hält die Schande bis über den Tod hinaus. Beschämung ist ihr einziges Vermächtnis, Mangel die Münze, in der es gezahlt wird.

Die Strapazen vergangener Überfahrten waren an der *Stella* nicht spurlos vorübergegangen, und das Schiff war dem Ende seiner Dienstzeit nah. Binnen der letzten acht Jahrzehnte hatte sie mancherlei Fracht getragen: Weizen aus Carolina für die Hungrigen Europas, Opium aus Afghanistan, Schwarzpulver, norwegisches Holz, Zucker vom Mississippi und für die Zuckerrohrplantagen Sklaven aus Afrika. Die höchsten wie die niedersten Instinkte des Menschen hatte die

Stella gleichermaßen bedient; wer auf ihren Decks wandelte, wer ihre Planken berührte, der spürte die Nähe von beidem zugleich. Der Kapitän wusste es nicht – vielleicht war es damals noch gar nicht entschieden –, aber nach Abschluss dieser Reise sollte ihre letzte Fahrt sie in die Docks von Dover bringen, wo sie ihre Tage als schwimmendes Gefängnis beschließen würde. Einigen wenigen unter den Zwischendeckpassagieren konnte der Erste Maat Arbeit bieten: als Kesselflicker, Kalfaterer, Zimmerleute, oder sie nähten aus alten Segeln Leichentücher für die Toten. Sie wurden von ihren Kameraden beneidet, die kein Gewerbe vorzuweisen oder in Irland ihr Brot als Schäfer verdient hatten: ein Beruf, der an Bord eines Schiffes so nutzlos war, wie er es zweifellos auch in den Slums und Elendsquartieren von Brooklyn sein würde. An Bord Arbeit zu finden, das bedeutete eine Extraration. Für manch einen bedeutete es das Überleben.

Kein katholischer Priester war an Bord der *Stella Maris*, aber bisweilen hielt der Methodistenprediger am Nachmittag einen kleinen Gottesdienst ab, wobei er die verfänglichen Themen mied, oder er las aus der Heiligen Schrift. Besonders liebte er das 3. Buch Mose, den Makkabäerbrief und den Propheten Jesaja. *Heulet, ihr Tarsisschiffe, denn euer Bollwerk ist zerstört.* Manchen Kindern machten seine flammenden Reden Angst, und sie wimmerten, bis ihre Eltern sie fortbrachten. Trotzdem fand er stets viele Zuhörer – wer nicht der Erbauung wegen kam, der kam, weil es die Zeit vertrieb. Er war ein kleiner, feingliedriger, sensibler Mann, der sich auf die Zehenspitzen reckte und mit der Zahnbürste dirigierte, wenn sie die strengen Lieder seines Glaubens sangen, deren Verse klar und majestätisch waren wie die Granitsteine ihrer Gräber.

O Herr, du schützt uns immerdar
Gib du uns Trost auch heut
Bewahr vor Not uns und Gefahr
Jetzt und in Ewigkeit.

Unten im Zwischendeck schlief das Phantom selbst bei diesem Gesang.

Und dann brach von neuem das Dunkel an. Dann erhob er sich von seinem stinkenden, vor Flöhen wimmelnden Lager und verschlang seine Ration wie ein Besessener. Was ihm an Essen zustand, stellte man ihm in einem Blechnapf an sein Lager, und auch wenn ansonsten an Bord der *Stella* der Mundraub keine Seltenheit war, vergriff sich nie jemand an der Ration des Phantoms.

Als Nächstes trank er. Jeden zweiten Tag rasierte er sich. Dann zog er den alten Rock an, wie ein Krieger seine Rüstung anlegt, und polterte hinauf in die Nacht.

Die Unterkünfte des Zwischendecks lagen unmittelbar unter dem Hauptdeck, und die halb verrotteten Planken waren an manchen Stellen so brüchig wie der Schiffszwieback, der jene, die darunter wohnten, immer einen Bissen weit vom Verhungern hielt. Und so hörten die, die unten hausten, im Dunkeln oft das Klacken seines Holzschuhs über sich. Ein dumpfer Schlag, dann rieselten die morschen Splitter herunter, und die Kinder, über ihre Breischüsseln gebeugt, kicherten und spürten eine wohlige Furcht. Manche Mütter machten sich die Furcht zunutze: »Wenn du nicht auf der Stelle brav bist, schicke ich dich nach oben, und der schwarze Mann kommt dich holen.«

Schwarz war das Phantom nicht; im Gegenteil, sein Gesicht war bleich wie Milch. Aber es war ein ungewöhnliches Antlitz, schmal und hager und mit Zügen, als habe er sie von anderen zusammengeborgt. Die Nase war krumm und ein wenig zu lang. Seine Ohren standen ab wie die eines Harlekins, das Haar wie eine große schwarze Pusteblume hätte ein Ungeheuer in einem Kindertheater zieren können. Die blassblauen Augen waren von überirdischer Klarheit und ließen den Rest seines Gesichtes dunkel wirken, so hell es in Wirklichkeit auch war. Ein Geruch wie der eines gelöschten Feuers umgab ihn und mischte sich mit dem Gestank dessen, der lange auf See ist. Allerdings war er reinlicher als viele andere, und oft konnte man sehen, dass er die Hälfte seiner Wasserration nahm und damit sein seltsam struppiges Haar wusch, behutsam wie eine Debütantin vor ihrem ersten Ball.

Langeweile war der Gott, der über das Zwischendeck herrschte, und seine Messdiener hießen Häme und Gehässigkeit. Das exzentrische Benehmen des Phantoms sorgte dafür, dass bald überall spekuliert wurde. Jede Gemeinschaft von Menschen, jede Familie, jede Partei, jeder Stamm und jede Nation wird letzten Endes zusammengehalten nicht durch das, was sie gemeinsam hat, sondern durch das, was sie fürchtet, denn das ist oft das weitaus Größere. Die Furcht vor dem Außenseiter verbirgt die eigene Furcht, denn alle fürchten sich vor dem, was sie einander antun könnten, fiele einmal das, was sie gemeinsam haben, fort. Als Fremder im Zwischendeck hatte das Phantom seinen Nutzen, als der Abnorme, der unter die verstörten Normalen geraten war. Seine Anwesenheit half, die Illusion der Gemeinsamkeit zu halten. Und dass er tatsächlich so anders war, erhöhte seinen Nutzen nur noch.

Die Gerüchte blieben an ihm hängen wie Entenmuscheln an einem Schiffsrumpf. Einige erzählten, zu Hause in Irland sei er ein Geldverleiher gewesen, ein *gombeen* oder Wucherer, wie sie ihn nannten, ein verhasster Mensch. Andere sahen in ihm den ehemaligen Vorsteher eines Armenhauses, den Verwalter eines Landbesitzers oder einen desertierten Soldaten. Ein Kerzenzieher aus Dublin bestand darauf, das Phantom sei Schauspieler und schwor, er habe ihn im Queen's in der Brunswick Street gesehen, im *Hamlet*, wo er ebenfalls den Geist gespielt habe, genau wie nun auf dem Boot. Zwei Mädchen aus Fermanagh, die niemals lachten, waren überzeugt, er komme frisch aus dem Gefängnis, so kalt sei sein Blick, die schmalen Hände so schwielig. Die Furcht, die er allem Anschein nach vor dem Tageslicht hatte, und seine Liebe zur Nacht ließen die Phantasievolleren einen *cithoge* in ihm sehen, ein übernatürliches Wesen aus der irischen Legende, Kind einer Fee und eines Sterblichen, das die Menschen verhexen und mit einem Fluch belegen konnte. Doch wer er nun wirklich war, das wusste keiner, denn im Gespräch gab er kaum etwas von sich preis. Selbst die harmloseste Frage entlockte ihm nur ein Murmeln, stets ausweichend oder so leise, dass niemand verstand, was er sagte. Aber er sprach wie ein Gelehrter, und er konnte lesen und schreiben, was viele im Zwischendeck nicht konnten. Wenn eines der mutigeren Kinder ihn darum bat, dann las er ihnen manchmal mit seltsam anmutigem Flüstern etwas vor, aus einem winzigen Buch mit Geschichten, das er tief in den Taschen seines grauen Rocks hatte und das nie jemand anrühren oder betrachten durfte.

Wenn er betrunken war – was selten vorkam –, teilte er die Vorliebe seiner Landsleute, in einem spöttischen Ton zu sprechen, der nicht sogleich als solcher zu erkennen war, und jede Frage mit einer Gegenfrage zu beantworten. Aber die meiste Zeit sprach er kein Wort. Jedem Gespräch zu zweit wich er aus, und in Gesellschaft – die angesichts der unerbittlichen Verhältnisse des Zwischendecks oft unvermeidlich war – saß er gebeugten Hauptes, den Blick auf die Planken geheftet wie jemand, der ganz ins Gebet oder in unglückliche Erinnerungen versunken ist.

Manche der Kinder, die er in seiner Nähe duldete, erzählten, er kenne von einer großen Zahl von Fischen die Namen. Auch in der Musik schien er nicht unbeschlagen. Einer der Seeleute, aus Manchester, wenn ich mich recht erinnere, erzählte, er habe ihn ein Blatt mit irischen Balladen studieren sehen – und er habe, der Seemann wusste nicht warum, laut darüber gelacht, »gegackert wie ein altes Weib in der Walpurgisnacht«. Wenn man ihn so direkt fragte, dass kein Ausweichen möglich war, gab er über einen Fiddler sein Urteil ab. Aber stets nur in wenigen Worten, und fast immer war es ein Lob, und wie es oft geschieht, wenn jemand nur anerkennende Urteile gibt, waren die anderen das Fragen bald leid.

Er hatte etwas von einem jungen Priester; Frauen machten ihn nervös. Aber dass er kein Priester, gleich welcher Kirche, war, das war offensichtlich. Er las kein Brevier, spendete keinen Segen, sprach nie das Vaterunser mit. Und als der Typhus die ersten Reisenden dahinraffte, zwei Tage nach unserem Auslaufen aus Queenstown, hielt er sich von dem wenigen, was es als Totenfeier gab, fern – ein Versäumnis, das im Zwischendeck nicht freundlich aufgenommen wurde. Aber dann kam jemand darauf, das Phantom könne womöglich »ein Israelit« sein, wenn nicht gar Protestant. Auch das wäre eine Erklärung für seine ewige Unrast gewesen.

Nicht dass er unberechenbar gewesen wäre – er war ja der Berechenbarste auf dem ganzen Schiff. Aber gerade diese Vorhersehbarkeit gab ihm etwas Unheimliches.

Es war, als sei er sich gewiss, dass jemand ihn beobachtete.

Selbst damals, jung und unerfahren wie ich war, waren mir schon Menschen begegnet, die getötet hatten. Soldaten. *Presidentes.* Gangster. Scharfrichter. Seit jener entsetzlichen Seefahrt sind viele dazugekommen. Manche mordeten um des Geldes willen, andere für ihr Vaterland; und viele davon, denke ich heute, weil sie am Töten Gefallen fanden und Geld oder Vaterland nur zum Vorwand nahmen. Aber dieser unbedeutende kleine Mann, dieses Ungeheuer, das Nacht für Nacht über die Decks wanderte, war anders. Wer ihn sah, wie er die

Planken jenes Seelenverkäufers entlangschlurfte, wie er heute noch in meiner Erinnerung schlurft, auch wenn nun beinahe sieben Dekaden dahingegangen sind, der sah einen seltsamen Menschen, das steht fest; aber doch nicht seltsamer als viele, die das Elend niederdrückt. Ja, als die meisten sogar.

Er schien ein so ordentlicher Mann. Wer hätte gedacht, dass er während all der Zeit Mord im Sinn hatte.

I. Kapitel

Der Abschied

Der erste unserer sechsundzwanzig Tage auf See:
Worin der Schiffsführer etliches von Bedeutung verzeichnet,
sowie die Umstände unseres Aufbruchs.

VIII NOV. MDCCCXLVII
MONTAG, DER ACHTE TAG IM NOVEMBER
DES JAHRES ACHTZEHNHUNDERT UND SIEBENUNDVIERZIG
VERBLEIBEND FÜNFUNDZWANZIG TAGE AUF SEE.

Die folgenden Aufzeichnungen sind das einzige und allein gültige Logbuch des Josias Tuke Lockwood, Schiffskapitän, von ihm selbst verfasst und niedergeschrieben, und, so versichere ich bei meiner Ehre, ein umfassender und wahrhaftiger Bericht über unsere Reise, worin nichts von Belang verschwiegen wird.

Position: 10° 16,7′ westl. Länge; 51° 35,5′ nördl. Breite. Uhrzeit bezogen auf Greenwich: 8.17 Uhr am Abend. Windrichtung & Geschwindigkeit: Südsüdwest, Stärke 4. Böig. See: Rau. Kurs: Westnordwest 282,7°. Niederschlag & sonstige Bemerkungen: Tagsüber leichter Nebel, nachts sehr kalt und klar. Obere Bereiche der Takelage vereist. Dursey Island steuerbord voraus. Tereagh Island sichtbar auf 52° 4,5′ N, 10° 39,7′ W, westlichster Punkt von Irland und somit des Vereinigten Königreichs. (Eigentum des Earl of Cork.)
Name des Schiffes: *Stella Maris* (vormals *Golden Lady*).
Erbauer: John Wood, Glasgow (Antriebsmaschinen von M. Brunel).
Eigentümer: Silver Star Schiffsreederei & Co.
Letzte Fahrt: Dublin Port (South Docks) – Liverpool – Dublin Kingstown.
Einschiffungshafen: Queenstown (oder The Cove). 51° 51′ N; 08° 18′ W.

Zielhafen: New York. 40° 42' N; 74° 02' W.
Entfernung: 2768 Seemeilen Luftlinie; tatsächlich zurückzulegende Entfernung größer infolge vorherrschender Westwinde.
Erster Maat: Thos. Leeson.
Beauftragter der Königlichen Post: George Wellesley Esq. (in Begl. eines Dieners, Briggs).
Gewicht des Schiffes: 1154 Bruttoregistertonnen.
Abmessungen des Schiffes: Länge 207 Fuß x 34 Fuß Breite.
Allgemeines: Klipperbug, ein Schornstein, drei Rahsegelmasten (voll getakelt), Rumpf aus Eichenholz (mit Kupferverkleidung), drei Decks, eine Achterhütte und Mannschaftslogis unter der Back, Schaufelradantrieb, Höchstgeschwindigkeit neun Knoten. Voll seetüchtig, wenn auch stark reparaturbedürftig; ebenfalls Schäden an Inneneinrichtung etc. Oberlicht und Schotten im Zwischendeck undicht. Rumpf bei Ankunft in New York im Trockendock zu überprüfen, gegebenenfalls kalfatern.
Ladung: 5000 Pfund Quecksilber für Alabama Mining Company. Vierzig Postsäcke der Königl. Post. Kohle aus Sunderland für Maschine (minderwertige Qualität, verunreinigt und schlackenhaltig). Gepäck der Passagiere. Reservekleidung und zusätzliche Decken in Kleiderkammer. Ein Konzertflügel für John J. Astor Esq. in New York.
Proviant: ausreichend Trinkwasser, Bier, Branntwein, Burgunder, Rum, Schweinefleisch, Hühner, Hammelfleisch, Schiffszwieback, Kondensmilch etc. Ferner Hafermehl, Schrot, Sirup, Kartoffeln, gepökeltes oder getrocknetes Rindfleisch, Schweinefleisch, Speckseiten und Schinken, gepökeltes Kalbfleisch, eingelegtes Geflügel, Kaffee, Tee, Apfelwein, Gewürze, Pfeffer, Ingwer, Mehl, Eier, guter Portwein und Porterbier, Sauerkraut, geschälte Erbsen für Suppe; schließlich Essig, Butter und eingelegte Heringe. Lebende Tiere (in Käfigen) zum Schlachten an Bord: Schweine, Hühner, Lämmer, Gänse.

Ein Passagier, ein gewisser Meadowes, wegen Trunkenheit und Rauferei in die Arrestzelle gesperrt. (Ein Unverbesserlicher: man wird ein Auge auf ihn haben müssen.) Ein Passagier wegen Verdacht auf Typhus im Laderaum isoliert.

Vermerkt sei, dass am heutigen Tage drei Passagiere aus dem Zwischendeck verstarben, allesamt an Entkräftung infolge der Hungersnot. Margaret Farrell, zweiundfünfzig Jahre, eine verheiratete Frau aus Rathfylane, Enniscorthy, Grafschaft Wexford; Joseph English, siebzehn Jahre (vormals dem Vernehmen nach Stellmacherlehrling), ohne festen Wohnsitz, geb. nahe Cootehill, Grafschaft Cavan; sowie James Michael Nolan aus Skibbereen, Grafschaft Cork, im Alter von einem Monat und zwei Tagen (unehel. Kind).

Ihre sterblichen Überreste wurden dem Meer übergeben. Möge der Allmächtige ihrer Seele gnädig sein: »Denn wir haben hier keine bleibende Statt, sondern die zukünftige suchen wir.«

Wir haben siebenunddreißig Mann Besatzung, 402½ gewöhnliche Zwischendeckpassagiere (Kinder dem Brauch folgend als halbe Erwachsene gezählt) sowie fünfzehn Passagiere der ersten Klasse oder in den besseren Kabinen. Darunter: Earl David Merridith aus Kingscourt samt Gattin sowie ihre Kinder und ein irisches Kindermädchen. Mr G. G. Dixon von der *New York Tribune*, ein bekannter Kolumnist und Schriftsteller. Doktor Wm. Mangan, Chirurg am Anatomischen Institut, Peter Street, Dublin, in Begleitung seiner Schwester, Mrs Derrington, verwitwet; Seine Kaiserliche Hoheit, der Maharadscha Ranjitsinji, ein indischer Potentat; Reverend Henry Deedes, Doktor der Theologie, Methodistenprediger aus Lyme Regis in England (Sondertarif); und einige andere.

Als wir heute in See stachen, erreichte uns die Unglücksbotschaft vom Untergang der *Exmouth*, die am Vierten des vergangenen Monats aus Liverpool ausgelaufen war. Sämtliche 239½ Auswanderer an Bord sowie alle bis auf drei Mitglieder der Besatzung kamen ums Leben. Möge der Allmächtige ihrer Seele gnädig sein. Und möge Er über unserer Reise größere Milde walten lassen oder doch wenigstens in wohlwollender Gleichgültigkeit verharren.

II. Kapitel

Das Opfer

Der zweite Abend der Reise: Worin der Leser einen
wichtigen Passagier kennen lernt.

12° 49′ WESTL. LÄNGE; 51° 11′ NÖRDL. BREITE

8.15 UHR ABENDS

Der hochwohlgeborene Thomas David Nelson Merridith, edler Lord Kingscourt, Viscount von Roundstone, neunter Earl von Cashel, Kilkerrin und Carna betrat den Speisesaal unter lautem Splittern von Glas.

Ein Steward, ein Neger, von einem plötzlichen Schlingern des Schiffes aus dem Gleichgewicht gebracht, war an der Tür gestolpert und hatte sein Tablett randvoll mit gefüllten Champagnerflöten fallen lassen. Jemand applaudierte höhnisch. Ein trunkener Bravoruf drang aus der hintersten Ecke herüber: »Hoppala! Gut gemacht, Bursche!« Und ein anderer: »Da werden sie beim nächsten Mal gleich wieder die Preise erhöhen!«

Der Steward war nun auf den Knien und versuchte die Scherben aufzulesen. Blut rann ihm vom schlanken linken Handgelenk und ließ einen Fleck auf der Manschette der brokatbestickten Jacke zurück. In seiner Beflissenheit, die Kristallscherben einzusammeln, hatte er sich den Daumen vom Ballen bis zur Kuppe aufgeschnitten.

»Sehen Sie sich vor mit Ihrer Hand«, sagte Lord Kingscourt. »Hier.« Er reichte dem Steward ein frisches Leinentaschentuch. Der Mann blickte furchtsam zu ihm auf. Seine Lippen bewegten sich, aber er brachte kein Wort hervor. Der Chefsteward war hinzugeeilt und schnauzte seinen Untergebenen in einer Sprache an, die Merridith nicht verstand. Deutsch vielleicht? Portugiesisch? Speichel flog ihm aus dem Mund, als er zischend auf den Mann einschimpfte, der nun auf dem Teppich kauerte wie ein geschlagenes Kind, seine Uniform, die groteske Parodie einer Kapitänsuniform, blutbeschmiert und champagnergetränkt.

»David?«, rief Merridiths Frau. Er drehte sich zu ihr um. Sie hatte sich von ihrer Bank am Kapitänstisch halb erhoben und winkte ihn, in der Hand ein Brotmesser, munter zu sich heran; die Stirn hatte sie gerunzelt, die Lippen waren geschürzt zu einem übermütigen Bild der Ungeduld. Alle um sie herum lachten lauthals, alle außer dem Maharadscha, der niemals lachte. Merridith warf noch einen Blick zum Steward, den sein geifernder Vorgesetzter eben aus dem Salon jagte, noch immer mit kehligen Lauten fluchend, und der Übeltäter drückte sich die Hand vor die Brust wie einen verwundeten Vogel.

Lord Kingscourt hatte einen salzigen Geschmack im Mund. Sein Kopf schmerzte, alles verschwamm ihm vor den Augen. Schon seit Wochen litt er an einer Infektion der Harnwege, und seit er in Kingstown an Bord gegangen war, hatte sich die Krankheit stark verschlimmert. Am Morgen hatte er nur unter Schmerzen Wasser lassen können – er hatte aufgeschrien, so qualvoll war das Brennen. Er wünschte, er wäre zum Arzt gegangen, bevor er sich auf diese Reise einließ. Jetzt hatte er seine nächste Chance erst in New York. Mit Mangan, diesem Dummkopf und Säufer, konnte man ja nicht offen reden. Vier Wochen vielleicht. Blieb einem nur das Beste zu hoffen.

Doktor Mangan, bei Tage ein mürrischer alter Langweiler, war nun schon rot im Gesicht vom Alkohol, und sein Fetthaar glänzte wie ein gewichster Riemen. Seine Schwester, die schiere Karikatur eines Kardinals, zupfte systematisch die Blütenblätter von einer blassgelben Rose. Einen Moment lang überlegte Lord Kingscourt, ob sie sie essen wollte, doch dann ließ sie eins nach dem anderen in ihr Wasserglas fallen. Mit der gelangweilten Miene eines Collegejungen saß Grantley Dixon dabei, der Kolumnist aus Louisiana, in einem Smoking, den er sichtlich von jemand Größerem geborgt hatte und in dem seine Schultern seltsam eckig aussahen. Merridith hatte ihn vom ersten Augenblick an nicht ausstehen können, seit er sich auf einer von Lauras grässlichen literarischen Soireen in London sein Sozialistengewäsch hatte anhören müssen. Die Dichter und Romanciers konnte er gerade noch ertragen, aber nicht die Möchtegern-Dichter und Möchtegern-Romanciers. Grantley Dixon mit seinen militanten Slogans und Parolen aus zweiter Hand war ein Clown, ein lästiger Papagei – wie jeder Kaffeehausradikale im Grunde seines Herzens ein himmelschreiender Snob. Und was das große Gerede über den Roman, an dem er angeblich schrieb, anging: Merridith erkannte einen Stümper, wenn er einen sah, und der Mann, den er jetzt sah, war mit Sicherheit einer. Als er hörte, dass Grantley Dixon auf demselben Schiff fahren würde, hätte er die Reise am liebsten verschoben. Aber Laura hatte darauf bestanden; er mache sich lächerlich, hatte sie gesagt. Man konnte sich darauf verlassen, dass Laura das sagte.

Was für eine Tischgesellschaft! Ein Lieblingswort seines Vaters kam Merridith in den Sinn. *Das ist eine Bürde, die selbst für den weißen Mann zu schwer ist.*

»Alles in Ordnung, mein Lieber?«, fragte Laura. Sie genoss es, die Rolle der besorgten Ehefrau zu spielen, gerade wenn sie ein Publikum hatte, bei dem sie auf Beifall rechnen konnte. Ihm war es egal. Es machte sie glücklich. Manchmal machte es sogar ihn glücklich.

»Du siehst aus, als hättest du Schmerzen. Oder als sei dir nicht wohl.«

»Mir geht es gut«, sagte er und zwängte sich auf seinen Platz. »Nur hungrig bin ich.«

»Amen«, brummte Doktor Mangan.

»Ich bitte mein Zuspätkommen zu entschuldigen«, sagte Lord Kingscourt. »Es gibt da zwei Rabauken, die ohne Gutenachtgeschichte nicht einschlafen wollen.«

Der Postmeister, selbst Vater, quittierte es mit einem wehmütigen Lächeln. Merridiths Frau klimperte mit den Lidern wie eine Puppe.

»Mary, unser Mädchen, ist wieder krank«, erklärte sie.

Mary Duane, das Kindermädchen, stammte aus Carna in der Grafschaft Galway. David Merridith kannte sie schon sein ganzes Leben lang.

»Ich weiß nicht, was in sie gefahren ist«, sagte Lady Kingscourt. »Seit wir auf See sind, hat sie kaum ihre Kabine verlassen. Und das wo sie sonst so gesund ist wie ein Connemara-Pony. Und genauso starrsinnig.« Sie hielt ihre Gabel in die Höhe und starrte sie an; dann stach sie sich, man wusste nicht warum, sacht mit den Zinken in die Fingerspitzen.

»Vielleicht hat sie Heimweh«, meinte Lord Kingscourt.

Seine Frau lachte kurz auf. »Das kann ich mir nicht vorstellen.«

»Mir fiel auf, dass ein paar von den Seeleuten ihr schöne Augen machen«, sagte der Doktor gemütlich. »Hübsches kleines Ding; schade, dass sie immer nur Schwarz trägt.«

»Sie hat vor kurzem ihren Mann verloren«, erklärte Merridith. »Da wird sie wahrscheinlich die Burschen gar nicht bemerken.«
»O je, o je. Das ist schlimm, in so jungen Jahren.«
»Da haben Sie Recht.«
Wein wurde eingegossen. Der Brotkorb gereicht. Ein Steward brachte eine Terrine und kellte die Vichyssoise auf.
Es fiel Lord Kingscourt nicht leicht, sich auf das Essen zu konzentrieren. Ein bohrender Schmerz fraß sich wie ein Wurm in seine Eingeweide – eine stockblinde Made mit stechendem Gift. Er spürte, wie ihm das Hemd an Schultern und Unterleib klebte. Der Speisesaal hatte eine schmutziggraue, abgestandene Atmosphäre, als habe man alle Luft herausgepumpt und ihn stattdessen mit pulverisiertem Blei gefüllt. So schwer das Aroma von Braten und halb verblühten Lilien auch darin hing, war es doch ein anderer, ekligerer Geruch, der alles daransetzte, die Oberhand zu gewinnen. Was in Gottes Namen war das für ein abscheulicher Gestank?
Als Merridith eintraf, war der Doktor offenbar gerade dabei gewesen, eine seiner endlosen Geschichten zu erzählen. Nun nahm er unter ausgiebigem Glucksen den Faden wieder auf, wobei seine eigene Heiterkeit ihn oft am Weitersprechen hinderte, wenn er den Blick über die pflichtschuldig lächelnde Zuhörerschaft schweifen ließ. Es ging um ein sprechendes Schwein. Oder konnte es tanzen? Oder auf den Hinterbeinen stehen und eine patriotische Ballade singen. Jedenfalls eine irische Bauerngeschichte – etwas anderes erzählte der Doktor nie. *Gen'lmen. Sirr. Zu Diensten, Euer Lordschaft.* Er strich eine imaginäre Stirnlocke zurück und blies die Backen auf, so lächerlich stolz war er auf seine Nachahmungskünste. Das war etwas, das Merridith schon immer gequält hatte, die Art, wie die wohlhabenden Iren es nie leid wurden, sich über ihre armen Verwandten vom Lande lustig zu machen – was sie als Zeichen ihrer Abgeklärtheit in nationalen Fragen verstanden wissen wollten, obwohl es doch in Wirklichkeit nichts weiter war als die gleiche Unterwürfigkeit in anderer Form.
»Und jetzt verraten Sie mir«, krächzte der Doktor, »wo sonst könnte so etwas geschehen? Wo, wenn nicht in unserem guten alten Irland?«
Man sollte die Anführungszeichen hören, in denen er die letzten drei Worte sprach.

»Ein wunderbares Volk«, stimmte der vor Begeisterung schwitzende Postmeister ihm zu. »Eine ganz eigene Art zu denken.«

Der Maharadscha sagte lange Zeit nichts, saß nur grimmig und gelangweilt da in seinen steifen Gewändern. Dann murmelte er ein paar finstere Worte und schnippte mit den Fingern nach seinem persönlichen Butler, der wie ein Schutzengel zwei Schritt hinter ihm stand. Der Butler kam mit einer Silberschatulle, die der Maharadscha andächtig öffnete. Hervor holte er einen Zwicker. Einen Moment lang sah er ihn an, als sei er überrascht, ihn dort zu finden, dann putzte er ihn mit seiner Serviette und klemmte ihn sich auf die Nase.

»Werden Sie für länger in New York bleiben, Lord Kingscourt?«

Merridith brauchte einen Moment, bis er begriff, dass der Kapitän ihn ansprach.

»Allerdings«, antwortete er. »Ich gedenke ein Geschäft zu eröffnen, Lockwood.«

Wie auf ein Stichwort blickte Dixon auf. »Seit wann lässt sich der Adel dazu herab, für seinen Broterwerb zu arbeiten?«

»In Irland gibt es eine Hungersnot, Dixon. Ich nehme an, Sie haben bei Ihrem Aufenthalt davon gehört?«

Der Kapitän lachte nervös. »Ich bin sicher, unser amerikanischer Freund meinte es nicht als Affront, Lord Kingscourt. Er dachte nur –«

»Ich weiß genau, was er dachte. Wie kann ein Graf so tief fallen, dass er Geschäftsmann wird? Meine liebe Frau denkt auf ihre Weise oft das Gleiche.« Er sah sie über den Tisch hinweg an. »Nicht wahr, Laura?«

Lady Kingscourt schwieg. Ihr Mann widmete sich wieder seiner Suppe. Er wollte sie essen, bevor sie steif war.

»So ist es, Dixon. Daraus können Sie ermessen, in welcher Notlage ich mich befinde. Kein einziger meiner Pächter hat mir in den letzten vier Jahren etwas gezahlt. Von meinem Vater habe ich die Hälfte allen Sumpflands in Süd-Connemara geerbt, einen Haufen Steine und schlechten Boden, und noch mehr überzogene Konten und ungezahlte Löhne. Nicht zu vergessen die gewaltige Erbschaftssteuer, die ich dem Staat schulde.« Er brach ein Stück Brot ab und nahm einen Schluck Wein dazu. »Der Tod ist eine teure Sache«, sagte er mit einem finsteren Lächeln, an den Kapitän gerichtet. »Im Unterschied zu diesem Wein. Der ist Dreck.«

Lockwood sah sich unruhig um. Er war den Umgang mit der Aristokratie nicht gewöhnt.

Eine junge Frau griff in die Saiten der reich verzierten Harfe neben dem Desserttisch, in der Mitte des Salons gleich neben der vor sich hinschmelzenden Eisskulptur des triumphierenden Neptun. Die Töne kamen Merridith blechern und ein wenig verstimmt vor, aber das ging ihm bei Harfenmusik immer so, und das Mädchen spielte mit einer Ernsthaftigkeit, die ihn beeindruckte. Er wünschte, der Salon wäre menschenleer bis auf ihn und diese Frau. Er hätte gern einfach nur dort gesessen, hätte getrunken und der verstimmten Harfe zugehört. Getrunken, bis er nichts mehr spürte.

Connors? Mulligan? Lenihan? Moran?

Früher am Tag hatte er durch das gusseiserne Gitter, das die Zwischendeckpassagiere von der besseren Gesellschaft trennte, einen Mann entdeckt, der ihm oft auf den Straßen von Clifden begegnet war. Der Bursche war in Ketten und entweder betrunken oder halb wahnsinnig; dennoch hatte Merridith ihn erkannt, er war sich ganz sicher. Er war Pächter von Tommy Martin in Ballynahinch gewesen. Offenbar – so die Auskunft des Predigers aus Lyme Regis – hatte man ihn wegen Trunkenheit und Gewalttätigkeit eingesperrt. Merridith war höchst überrascht. Das passte gar nicht zu der Erinnerung, die er hatte.

Corrigan? Joyce? Mahony? Black?

Er war jeden Montagmorgen nach Clifden gekommen und hatte dort Steckrüben und Kohl verkauft, zusammen mit seinem Vater, einem Kleinbauern. Der war eine zähe Kämpfernatur gewesen, ein typischer Landmann aus Galway, bissig, scharfzüngig und nicht kleinzukriegen. Wie zum Teufel hatte er geheißen? Fields? Shields? Jedenfalls ein Witwer. Die Ehefrau war '36 gestorben. Zusammen mit seinen sieben Kindern fristete er ein kärgliches Dasein auf einem winzigen Stück steinigem Boden am Fuße des Bencollaghduff. Und doch hatte Merridith sie oftmals beneidet.

Er wusste selbst, wie lächerlich das war. Aber dieser Vater war so sichtlich stolz auf seinen Sohn. Die beiden verband eine Zärtlichkeit, eine verschämte Zuneigung, selbst wenn sie sich unablässig beschimpften. Der Farmer nannte seinen Sohn einen Müßiggänger, der Sohn rief den Vater einen betrunkenen Trottel. Der Mann versetzte seinem Sohn eine Ohrfeige; der Sohn warf ihm eine halb verfaulte Rübe an den Kopf. Wenn die Frauen von Clifden den wackligen Marktstand der beiden umringten, dann taten sie es nicht, weil die dürftigen Waren sie lockten, sondern des reichen Angebots an Flüchen wegen. Die gegenseitigen Beschimpfungen hatten sich zu einer Art komischer Darbietung entwickelt. Aber mehr war es nicht, das wusste Merridith.

Meadowes?

An einem Morgen im Dezember, als er in aller Frühe mit dem Zweispänner unterwegs war, um seine Schwester von der Postkutschenstation in Maam Cross abzuholen, hatte er beobachtet, wie die beiden mitten auf dem leeren Marktplatz mit einem zerfledderten Fußball spielten. Es war ein friedlicher Morgen: ein wenig dunstig. Ihren Stand hatten sie ganz in der Nähe der Kirchentür aufgebaut, die Rüben leuchteten wie blank geputzt. Die ganze Stadt schlief noch, alle außer Vater und Sohn. Blätter wehten durch die verlassenen Straßen; auf den Feldern in der Ferne glitzerten Tautropfen. All das kam ihm in den Sinn, als er im Speisesaal saß und das Schiff über das dunkel wogende Meer stampfte. Die eigenartige Schönheit dieses Morgens in Connemara. Die schemenhaften Gestalten, die durch den Nebel glitten wie überirdische Wesen. Das dumpfe Geräusch, wenn einer von ihnen den Ball traf. Die gedämpften Schreie. Die augenzwinkernden Unflätigkeiten. Die erstaunliche Melodie ihres unbeschwerten Lachens, das sich an den schwarzen Kirchenmauern brach.

In seiner ganzen Kindheit hatte Lord David Merridith nie mit seinem Vater Fußball gespielt. Er war nicht einmal sicher, ob sein Vater überhaupt gewusst hätte, wie ein Fußball aussah. Er erinnerte sich, dass er eine Bemerkung dieser Art gemacht hatte, als er seiner Schwester an diesem Morgen aus der Kutsche half, schwer beladen mit Weihnachtspaketen und Schachteln voller kandierter Früchte, übersprudelnd von Neuigkeiten und Klatschgeschichten aus London. Gelacht hatte sie und ihm zugestimmt. Wahrscheinlich, sagte Emily, hätte Vater, wenn er je einen Fußball gesehen hätte, ihn in ein Kanonenrohr gesteckt und damit auf einen Franzosen geschossen.

Wo mochte sein Vater jetzt sein? Sein Leib lag auf dem Kirchhof in Clifden; aber wo war *er*? Steckte am Ende doch ein Fünkchen Wahrheit in den frommen Reden vom Leben nach dem Tode? War es womöglich eine Metapher für etwas anderes, eine wissenschaftlich belegbare Wahrheit? Würde es den Weisen kommender Zeiten gelingen, die Allegorie zu entschlüsseln? Und wenn solch eine Wahrheit existierte, was war sie? Wo war der Himmel? Und wo die Hölle?

Bin ich all meine Väter? Und sind sie alle ich?

Drei Wochen bevor er mit der *Stella Maris* in See gestochen war, hatte Merridith das Haus, in dem er und sein Vater und sein Großvater zur Welt gekommen waren, abgeschlossen, die zerbrochenen Fenster vernagelt, hatte zum letzten Mal den Schlüssel im Schloss umgedreht. Er hatte die Schlüssel dem Schätzer aus Galway übergeben und war eine Zeit lang durch die verwaisten Stallungen gewandert. Kein einziger von seinen früheren Pächtern war erschienen, um ihm Lebewohl zu sagen. Bis zur Abenddämmerung hatte er vergeblich gewartet.

Begleitet von seinem Leibwächter – der Mann versicherte ihm, dass es nötig sei – war er von Kingscourt zum Grab seines Vaters in Clifden geritten, wo er feststellten musste, dass es erneut geschändet worden war. Der steinerne Engel lag zerschmettert am Boden, auf dem Grabstein prangten in weißer Schrift die Worte VERDAMTER SCHEISKERL, zusammen mit dem Wahrzeichen derer, die für die Schmiererei verantwortlich waren. Auch das Grab seines Großvaters und die Ruhestätten seiner Ahnen trugen das Zeichen des Hasses. Auf einigen Grabsteinen stand Merridiths eigener Name, und auch die waren besudelt. Nur das Grab seiner Mutter hatten sie verschont, eine Gnade, die das Maß der Zerstörung ringsum nur noch schlimmer machte. Doch der Anblick weckte in ihm keine Gefühle. Nur das »verdamt« beschäftigte ihn. Wollten sie sagen, dass sein Vater ein Verdammter in der Hölle war, oder war es nur ein gewöhnlicher Fluch?

Jetzt wunderte er sich, wie wenig es ihn berührt hatte. Was hatten sie sagen wollen, diese Männer, die das Grab seines Vaters geschändet hatten? Ihr Symbol war ein *H* in einem Herzen, aber was war das für ein Herz, das die Ruhe der Toten stören konnte? Das H stehe für Hibernia, hatte sein Leibwächter ihm erklärt, den lateinischen Namen Irlands, den die örtlichen Aufsässigen sich zum Wahrzeichen erwählt hätten. Man nenne sie die *Liable Men*, »die Verlässlichen« oder auch »die Verantwortlichen«; der Name spiele mit dem englischen Wort *liable* oder *reliable*. Sie wollten die verlässlichen Freunde der Unterdrückten sein, und die Unterdrücker sollten zur Verantwortung gezogen werden; in ihren Drohbriefen an die Gutsherren tauchte immer wieder die Wendung »*or else be liable*« auf, »andernfalls ziehen wir euch zur Verantwortung«, und deswegen nenne man sie auch die *Else-Be-Liables*. Und Merridith hatte schweigend zugehört und so getan, als hätte er diese Erklärungen noch nie gehört, hatte wie üblich Interesse geheuchelt an Sitten und Gebräuchen der Einheimischen, als berichte der Konstabler von Volkstanz und Märchen. Hatten sie seinen Vater wirklich so abgrundtief gehasst? Womit hatte er ihren Hass verdient? Ja, er war ein unbarmherziger Grundherr gewesen, vor allem in seinen letzten Lebensjahren; das ließ sich nicht leugnen. Aber das galt für die meisten Grundherren in Irland, genau wie in England und überall sonst: einige waren noch schlimmer und viele weit grausamer. Wussten diese lichtscheuen Grabschänder denn nicht, wie sehr sich sein Vater für sie eingesetzt hatte? Begriffen sie nicht, dass er ein Kind seiner Zeit war, ein Konservativer aus persönlicher wie politischer Überzeugung? Dass Politik und innere Überzeugung oft ein und dasselbe waren, sei es nun auf den steinigen Feldern von Galway oder in den marmornen Hallen von Westminster? Wahrscheinlich überall. »Politik«, diese höfliche Umschreibung für vorsintflutliche Engstirnigkeit, dies Deckmäntelchen für Abneigung und Vorurteile.

Irgendwie kam Merridith von da auf seine Kinder: Er musste an den Jüngeren als kleines Kind denken, wie er des Nachts vor Schmerzen geweint hatte, als die ersten Zähne kamen. An das mit Puppen voll gestopfte Kinderzimmer im Londoner Haus. Daran, wie er dem Kind den Kopf gestreichelt hatte. Seine Hand gehalten. An eine Amsel, die über den regennassen Fenstersims hüpfte. Die winzigen Finger, die seine Hand umklammerten, als flehten sie stumm »bleib bei mir«. Wie Jesus im Garten Gethsemane. Wachet eine Stunde mit mir. Wie herzzerreißend wenig wir am Ende wollen. Seltsame Vorstellung, dass sein Vater auch einmal ein Kind gewesen war. Und in den Minuten vor seinem Tode war er ihm wieder so vorgekommen, dieser riesige, zornige Seemann mit dem eisernen Herzen, dessen Porträt in den Galerien des ganzen Empire hing. Er hatte seine gebrechliche weiße Hand nach David Merridith ausgestreckt und seinen Daumen gepresst, als wolle er ihn zerquetschen. Die Augen voller Angst; funkelnd vor Entsetzen. Und David Merridith hatte sagen wollen: Es ist gut. Ich bleibe bei dir. Hab keine Angst. Aber er hatte kein Wort herausgebracht.

Er erwachte wie aus einem langen Schlaf und stellte fest, dass die Leute um ihn herum vom Hunger sprachen.

Der Postmeister protestierte energisch. »Wissen Sie, mein Junge, nicht jeder Landbesitzer ist schlecht. Viele geben ihren Pächtern sogar Geld, damit sie auswandern können.«

Der Amerikaner schnaubte. »Damit sie die Schwachen loswerden und nur die guten Arbeiter behalten.«

»Sie müssen ihre Ländereien führen wie jedes andere Geschäft«, versuchte der Kapitän zu vermitteln. »Das fällt niemandem leicht, aber so ist es nun einmal.«

Er erntete dafür den finsteren Blick des Tragöden. »Und ist es ein gutes Geschäft, die Zwischendeckpassagiere so unterzubringen, wie Sie es auf Ihrem Schiff tun?«

»Die Reisenden werden so gut behandelt, wie es meinen Leuten möglich ist. Ich kann nur innerhalb der Grenzen arbeiten, die von den Eignern festgelegt werden.«

»Den Eignern, Käpt'n? *Ihren* Eignern?«

»Ich spreche von den Schiffseignern. Der Silver-Star-Reederei.«

Dixon nickte grimmig, als habe er genau diese Antwort erwartet. Er gehörte – dachte Merridith – zu der Sorte von Radikalen, die im Grunde ihres Herzens froh sind, dass es Ungerechtigkeiten gibt, weil sie sich dann so leicht darüber empören und moralisch überlegen fühlen können.

»Da hat er nicht Unrecht, Lockwood«, meinte der Doktor. »Diese Leute im Zwischendeck, das sind doch keine Neger.«

»Stimmt, die wären sauberer.« Der Postmeister kicherte.

Das beschwipste Lachen der Arztschwester klang wie ein Schluckauf. Ihr Bruder warf ihr einen tadelnden Blick zu. Hastig setzte sie eine mitleidsvolle Miene auf.

»Behandeln Sie einen Menschen wie einen Wilden, und er wird sich auch wie einer benehmen«, sagte Merridith. Das Zittern in seiner Stimme machte ihm ein wenig Angst. »Jeder, der sich in Irland auskennt, sollte das wissen. Oder in Kalkutta oder Afrika oder sonst wo.«

Bei dem Wort Kalkutta wandten sich einige verstohlene Blicke dem Maharadscha zu. Aber der hatte sich ganz dem Löffel mit Suppe zugewandt, auf den er blies. Was seltsam war, denn schließlich war die Suppe längst kalt.

Grantley Dixon starrte nun wieder Lord Kingscourt an. »Na das ist ja dreist, Merridith, dass Sie so etwas sagen. Wie jemand aus Ihrer Klasse nachts ruhig schlafen kann, ist mir ein Rätsel.«

»Ich schlafe bestens, alter Junge, glauben Sie mir. Aber ich mache auch, bevor ich mich zur Ruhe begebe, stets guten Gebrauch von Ihrem neuesten Artikel.«

»Ich weiß, dass Euer Lordschaft das Lesen gelernt hat. Schließlich habt Ihr meiner Redaktion geschrieben und Euch über meine Arbeit beschwert.«

Merridith antwortete mit einem verächtlichen Grinsen. »Manchmal schnarche ich sogar ein wenig, und meine Frau kann nicht einschlafen.«

»David, um Himmels willen.« Lady Kingscourt errötete. »So etwas sagt man doch nicht bei Tisch.«

»Doch, ich genieße sie, die gelegentlichen Ausbrüche des kleinen Dixon-Vulkans. Und wenn Ihr lang erwarteter Roman das Licht der Welt erblickt, wird er, daran zweifle ich nicht, meiner Nachtruhe nicht minder förderlich sein als Ihre journalistischen Ergüsse. Ja, ich werde wie Endymion schlafen.«

Ein nervöses Lachen machte die Runde; Dixon schloss sich nicht an. »Sie halten Ihre Leute im Elend, oder nahe daran. Die Bauern schuften sich den Rücken krumm, damit Sie Ihre gesellschaftliche Stellung halten können, und dann jagen Sie sie davon, und auch ohne einen Penny, wenn Ihnen danach ist.«

»Keiner meiner Pächter hat das Land ohne Entschädigung verlassen.«

»Weil kaum noch einer da ist, der es verlassen kann. Schließlich hat Ihr Vater die Hälfte der Bauern vertrieben. Sie ins Armenhaus geschickt oder auf der Straße verrecken lassen.«

»Dixon, bitte«, mäßigte der Kapitän.

»Wie viele stecken denn heute in Clifden im Armenhaus, Lord Kingscourt? Ehepaare getrennt, Regel des Hauses. Kinder, jünger als Ihre eigenen, den Eltern fortgenommen zur Sklavenarbeit.« Er griff in die Tasche seines Smokings und holte ein Notizbuch hervor. »Wussten Sie eigentlich, dass diese Kinder Namen haben? Soll ich sie Ihnen vorlesen? Haben Sie *denen* mal eine Gutenachtgeschichte erzählt?«

Merridiths Gesicht brannte wie von der Sonne versengt. »Wagen Sie es nicht, noch einmal in meiner Gegenwart meinen Vater zu beleidigen, Sir. Wagen Sie es nie wieder. Haben Sie verstanden?«

»David, beruhige dich«, sagte seine Frau leise.

»Mein Vater liebte Irland und kämpfte für sein Vaterland gegen die Geißel Bonaparte. Und ich habe stets das, was Sie, Mr Dixon, meine ›gesellschaftliche Stellung‹ nennen, dazu genutzt, mich für die Reform der Armenhäuser einzusetzen. Die es nicht gäbe und die nicht einmal das wenige an Hilfe bieten könnten, das sie bieten, ohne Männer wie meinen Vater.«

Dixon kommentierte es mit einem angedeuteten Schnauben. Merridiths Ton wurde schärfer.

»Ich habe häufig über diese Dinge gesprochen, im Oberhaus und anderswo. Aber für so etwas interessieren sich Ihre Leser wohl kaum. Eher für Klatsch und Skandalgeschichten und einfältige Karikaturen.«

»Ich stehe für die freie Presse Amerikas, Lord Kingscourt. Ich schreibe, was ich sehe, und so werde ich es immer halten.«

»Machen Sie sich nichts vor. Sie stehen für niemanden.«

»Meine Herren, meine Herren«, seufzte der Kapitän. »Ich flehe Sie an. Wir haben eine lange Reise vor uns; lassen Sie uns die Meinungsverschiedenheiten begraben und Frieden und Freundschaft halten.«

Alle schwiegen verlegen. Es war, als hätte ein ungebetener Gast am Tisch Platz genommen. Eine Welle halbherzigen Applauses plätscherte durch den Salon, als die Harfenspielerin ans Ende einer sentimentalen keltischen Melodie gekommen war. Dixon schob mit einer mechanischen Bewegung seinen Teller beiseite und stürzte ein Glas Wasser in drei schnellen Schlucken hinunter.

»Vielleicht verschieben wir die politischen Diskussionen auf den Abend, wenn die Damen sich zurückgezogen haben«, schlug der Kapitän vor und zwang sich zu einem Lachen. »Darf ich noch Wein nachgießen?«

»Ich habe getan, was ich konnte, um die Bedingungen in den Armenhäusern zu verbessern«, sagte Merridith und mühte sich, seine Stimme im Zaum zu halten. »Ich habe mich für großzügigere Aufnahmebedingungen eingesetzt. Was nicht unproblematisch ist.« Er blickte Dixon ins Gesicht, doch das blieb unerforschlich. »Vielleicht kön-

39

nen wir bei anderer Gelegenheit einmal darüber sprechen.« Und dann wiederholte er: »Nicht unproblematisch.«

»Das kann man sagen«, schaltete sich Merridiths Frau unerwartet ein. »Wenn man es nicht durch strikte Bedingungen verhindert, nutzen sie die Hilfe, die man ihnen geben will, schamlos aus, David. Die Bedingungen sollten nicht großzügiger sein, sondern strenger.«

»Da irrst du dich, meine Liebe, und das habe ich dir schon oft gesagt.«

»Ich bin anderer Meinung«, beharrte sie.

»Aber diese Meinung ist falsch«, entgegnete Merridith. »Ich habe es dir mehr als einmal auseinander gesetzt.«

»Ohne strenge Bedingungen ermutigen wir sie zu noch mehr Müßiggang und Abhängigkeit – den Dingen, die sie überhaupt erst in ihr heutiges Elend gestürzt haben.«

Merridith spürte, wie der Ärger wieder in ihm aufwallte. »Ich will verflucht sein, wenn ich mir von dir Vorträge über Müßiggang halten lasse, Laura. Verflucht will ich sein. *Hast du das verstanden?*«

Der Kapitän legte sein Besteck ab und blickte betreten auf seinen Teller. Am Nebentisch drehte der Methodistenprediger sich um und starrte herüber wie eine Eule. Dixon und der Postmeister saßen reglos da. Der Doktor und seine Schwester hatten den Blick gesenkt. Der Maharadscha widmete sich wieder seiner Suppe und blies auf jeden Löffel voll leise pfeifend durch die Zähne.

»Ich bitte die Herren, mich zu entschuldigen«, sagte Lady Kingscourt heiser. »Mir ist heute Abend ein wenig unwohl. Ich glaube, ich gehe nach draußen an die frische Luft.«

Steif stand Laura Merridith vom Essenstisch auf und betupfte Mund und Hände mit einer Serviette. Die Männer erhoben sich halb und verneigten sich, als sie ging. Alle außer ihrem Gatten und Maharadscha Ranjitsinji. Der Maharadscha verneigte sich nie.

Er nahm seinen Zwicker ab, behauchte ausgiebig die Gläser und polierte sie dann mit den Fransen seines goldbestickten Schals.

Der Kapitän winkte einen Steward heran. »Gehen Sie der Gräfin nach«, murmelte er hastig. »Sorgen Sie dafür, dass sie in der ersten Klasse bleibt.«

Der Mann bestätigte mit einem Nicken, dass er verstanden hatte, und ging hinaus.

»Die Wilden könnten unruhig werden, was?« Der Postmeister grinste.

Josias Lockwood antwortete nichts darauf.

»Sagen Sie mir eines, Käpt'n«, meldete sich der Maharadscha mit ratlos gerunzelter Stirn. Alle am Tisch sahen ihn mit großen Augen an, als hätten sie vergessen, dass auch er der Sprache mächtig war.

»Die hübsche junge Dame, die eben die Harfe spielt.«

Der Kapitän sah ihn gequält an.

»Ich weiß, Sie werden es mir sagen, wenn ich mich täusche.«

»Worum geht es, Euer Hoheit?«

»Ist sie nicht in Wirklichkeit ... der Zweite Maschinist?«

Alle drehten sich um und reckten die Hälse. Die Hände des Harfenspielers glitten über die Saiten, strebten dem Höhepunkt aus schmachtenden Arpeggien zu.

»Heilige Muttergottes«, stammelte der Postmeister verlegen.

Die Arztschwester versuchte es mit einem Lachen. Doch als niemand einstimmte, hörte sie abrupt wieder auf.

»Es sähe nicht gut aus, wenn es ein Mann wäre«, murmelte der Kapitän. »Und wir auf der *Stella* geben uns Mühe, dass es gut aussieht.«

III. Kapitel

Die Ursache

Worin der Verfasser freimütig über bestimmte viel diskutierte und verhängnisvolle Ereignisse in Irland berichtet und sich ferner zur Wehr setzt gegen die Anwürfe eines gewissen Adligen

THE NEW YORK TRIBUNE, MITTWOCH, 10. NOVEMBER 1847

**Das Thema heute:
Warum gibt es eine Hungersnot in Irland?**
von unserem Londoner Korrespondenten Mr G. G. Dixon.

Der Verfasser bittet um Erlaubnis, auf das Schreiben eines gewissen »David Merridith aus Galway«, auch bekannt unter dem Namen Lord Kingscourt von Cashel und Carna, antworten zu dürfen, das jüngst an dieser Stelle zum Thema der irischen Hungersnot erschien.

Das Grauen, welches derzeit die irischen Lande überzieht, wurde heraufbeschworen durch die unheilvolle Verschwörung von vier Apokalyptischen Reitern: von Naturkatastrophe, drückender Armut, der vollkommenen Abhängigkeit der Bedürftigen von einer einzigen empfindlichen Feldfrucht und der gänzlichen Gleichgültigkeit ihrer Herren und Meister – den gleichen grausamen Mächten also, die allenthalben die Mittellosen hungern lassen. Es handelt sich keineswegs um ein »Unglück«, sondern vielmehr um eine unausweichliche Folge. Was außer Übel könnte auf solch verseuchtem Nährboden gedeihen?

Ein jeder, dem, wie Lord Kingscourt, das Privileg einer Ausbildung in Oxford zuteil wurde – übrigens bis auf den letzten Penny von den Pächtern seiner Familie bezahlt –, muss sich dieser Tatsache bewusst sein. Wie jeder tödlichen Hungersnot sind auch dieser viele andere vorausgegangen. (Insgesamt vierzehn in den letzten dreißig Jahren im Falle Irlands, dazu eine katastrophale

Epidemie in der Mitte des 18. Jahrhunderts.) Der Funke, der den Flächenbrand der letzten beiden Jahre entfachte, war das Auftauchen eines Pilzes, der die Kartoffel befällt, das Hauptnahrungsmittel der irischen Bevölkerung. Der Name dieser Krankheit ist nicht bekannt.

Der Name des Wirtschaftssystems, in dem sich die Katastrophe ereignet, ist hingegen sehr wohl bekannt. Es heißt »Freier Markt« und genießt weithin höchstes Ansehen. Genau wie David Merridith aus Galway hat es noch einen zweiten Namen. Man kennt das von vielen Verbrechern und von den meisten Aristokraten. Sein Deckname lautet »*Laissez faire*«; es ist die Lehre, dass die Gier nach Profit alles regelt: auch die Frage, wer leben soll und wer sterben.

Das ist die Art von Freiheit, die es irischen Lebensmittelhändlern gestattet, ihre Preise dort zu vervierfachen, wo Hunger herrscht; die Freiheit, die zulässt, dass irische Bauern Wagenladungen mit unverdorbener Ware unter militärischem Geleitschutz nach Dublin und London schaffen, während ihre Landsleute auf den verseuchten Feldern darben. (Es herrscht bemerkenswert wenig Hunger an den Tafeln der Reichen von Dublin, ebenso wenig im erzbischöflichen Palais.)

Keine andere Regung darf das wunderbare Wirken dieser Freiheit behindern. Nicht die Kraft der menschlichen Phantasie, der wir das Wunder der Renaissance verdanken. Nicht die Sehnsucht nach Unabhängigkeit, die uns Amerika bescherte. Nicht das natürliche Mitgefühl für den leidenden Menschen – was zählt, ist das Räderwerk der Profit-Maschine und sonst nichts.

Das ist keine Übertreibung. Wer etwa sagt, dass die eine, einzige Aufgabe, die man den aristokratischen Müßiggängern doch wohl abverlangen dürfe, sei, diejenigen nicht hungers sterben zu lassen, deren Blut sie aussaugen, der wird von den Lords von England und Irland ausgelacht. Tatsächlich ist es *de rigueur*, dass man die Armen ihrer Armut halber geißelt und dabei den eigenen Reichtum für gottgegeben hält. Wer am härtesten arbeitet, besitzt am wenigsten; wer keinen Finger krumm macht, der hat am meisten.

Es ist bekannt, dass ein Großteil der Herren, die der Ausrottung der irischen Bevölkerung tatenlos zusehen, Briten sind; aber es sind auch nicht wenige Iren darunter. Über die Briten ist viel geschrieben worden, doch längst noch nicht genug über die Iren. Einige finden es bequem, wenn sie »Großbritannien« für das Sterben verantwortlich machen können; aber nicht »Großbritannien« ist daran schuld, ebenso wenig wie »Irland« darunter leidet. Was wirklich geschieht, ist komplizierter, doch nicht weniger brutal.

Die Mehrzahl der britischen Oberschicht fühlt sich nicht verantwortlich. Während Millionen Menschen, die in Irland der britischen Herrschaft unterstehen, die schlimmste Katastrophe in ihrer langen, grausamen Geschichte erdulden, wenden viele wohlhabendere Iren, mit denen die Opfer kaum mehr als die Nationalität gemein haben, stillschweigend den Blick ab. Wie Lord Kingscourt so denkwürdig schreibt: »Hunger tötet die Armen. Er fragt nicht nach der Flagge.« Gewiss, wenn der Hunger in Yorkshire wütete, wäre die Reaktion der Regierung nicht gar so halbherzig und wirkungslos. Doch wer allen Ernstes glaubt, der Höchst Ehrenwerte Lord John Russell (der britische Premierminister, 1. Earl Russell, Viscount Amberley von Amberley, Viscount von Ardsalla, dritter Sohn Seiner Gnaden des 6. Herzogs von Bedford) werde die Steuern seiner hochwohlgeborenen Spießgesellen erhöhen, um die Hungernden von Leeds zu speisen, der sollte sich von seinem Butler schleunigst ein langes kaltes Bad bereiten lassen.

Die Regierung Russell hat tatsächlich Lebensmittel geschickt, wie Lord Kingscourts kürzliches Schreiben so stolz vermerkt. Aber nur zu oft waren diese Lieferungen auf die eine oder andere Weise grausam unzulänglich; schlecht geplant, schlecht organisiert, schlecht verteilt, von minderer Qualität bis an den Rand des Ungenießbaren; am falschen Ort zur falschen Zeit, viel zu spärlich und viel zu spät. Und daran trägt die große Zahl – die erstaunlich große Zahl – seiner irischen Bewunderer ebenso viel Schuld wie Lord Russell und seine Regierung.

Viele wohlhabendere irische Bauern haben keinerlei Anstrengungen unternommen, den Hungernden zu helfen; im Gegenteil, sie haben sich sogar noch bereichert, indem sie das von den Armen verlassene Land übernahmen. Ein Heer von Grundbesitzern, die sich mit ihrer Liebe zum irischen Volk brüsten, hat in Wahrheit Tausende von ihren angestammten Höfen vertrieben. Zu dieser Räuberbande zählt auch Lord Kingscourts eigene Familie. Er behauptet, er sei »mit Herz und Seele Ire, geboren und aufgewachsen in Galway«. Man fragt sich, ob er das auch in Chelsea sagt, wo er die meiste Zeit lebt.

Es wird behauptet, »die Briten« seien verantwortlich für die Hungersnot, weil sie Regierungen unterstützen, die so erbärmlich wenig zur Linderung der Not unternehmen. Diese Behauptung ist nachweislich falsch. Nicht ein einziges Mitglied der besitzlosen Klasse des Königreichs hat je für das korrupte Regime gestimmt, das die hungernden Iren tiefer denn je ins Unglück stürzt. Der Beweis ist einfach: das Volk hat keine Stimme.

Das Wahlrecht in diesem viel gepriesenen Mutterland der Demokratie (in dessen nicht gewähltem »Oberhaus« ein David Merridith nach Herzenslust seine Reden schwingen darf) richtet sich allein nach dem Vermögen, nicht nach dem Bürgerrecht. Tatsächlich sind die Briten allesamt keine Bürger, sondern Untertanen Ihrer Majestät. Neunzehn von zwanzig Briten haben keinerlei Wahlrecht. Die Meinung »des Volkes« ist völlig ohne Belang auf dieser Insel der Oligarchen, der auch wir einst untertan waren. Wie sinnig, dass wir so getreu in ihre Fußstapfen treten und jener Hälfte unserer Bevölkerung, die keine Bartstoppeln vorweisen kann, das Wahlrecht verweigern.

Vor kurzem warnte Lord Kingscourt in dieser Zeitung: »Die irische Hungersnot ist in jeglicher Hinsicht komplizierter, als es den Anschein hat.« Sehr treffend bemerkt. Im Gegensatz zur Legion der Opfer ist Seine Lordschaft in der glücklichen Lage, dass er am Leben ist und die Komplikationen erörtern kann.

Zugegeben, die Scheidung der Landbevölkerung in Vermögende und gänzlich Mittellose entspricht nicht ganz den Tatsachen. Es gibt durchaus Kleinbauern und andere, deren spärliches Einkommen sie um Haaresbreite vor dem viel gepriesenen Gefängnis namens Armenhaus bewahrt. Viele haben sogar so viel, dass sie sich einen Sarg leisten können; obwohl das für die meisten nicht zutrifft, wie Lord Kingscourt unschwer feststellen wird, sollte er sich von seinem Schreibtisch erheben und einen Blick aus dem Fenster werfen. Pächterfamilien geben (ohne oder gegen geringe Pacht) oft unter der Hand Parzellen an noch Ärmere weiter, und das führt zu immer größerer Auslaugung der ohnehin schon erschöpften Böden und folglich zu noch mehr Elend und Hunger. Es gibt auch die völlig Mittellosen, die rein gar nichts besitzen. Da sie weder die acht Dollar haben, die das Auswandern kostet (der Preis eines Abendessens in Lord Kingscourts Londoner Club) noch die kleinsten Besitztümer, die sie dafür zu Geld machen könnten, sterben sie zu Zehn- und Hunderttausenden, während wir uns mit den feinen, theoretischen Fragen beschäftigen. Allein in diesem Jahr ist eine Viertelmillion gestorben. Mehr als die gesamte Bevölkerung von Florida, Iowa und Delaware zusammengenommen.

Nichts an der Hungersnot ist so einfach, wie es aussieht, das ist wahr. Einfach ist nur das unaussprechliche Leid derer, die ihr zum Opfer fallen: die Alten, die Jungen, die Wehrlosen und die Armen. Ihrer Arbeit verdanken die Landadligen Irlands, die wie ihre Brüder und Schwestern in England den halben Tag im Bett faulenzen, die Möglichkeit zum gepflegten Müßiggang. Kein Wunder, dass die Lords und Ladys immer so müde sind. Ein Blick in die *Illustrated London News* der letzten ein, zwei Jahre zeigt, dass Jagdgesellschaften, Tanzvergnügen und andere ermüdende Zerstreuungen des eleganten Landadels im darbenden Irland unvermindert weitergehen, auch wenn die Hungernden sich erdreisten, am Straßenrand zu sterben.

An wen sollen sie sich wenden, diese Menschen, die von ihren Ausbeutern so grausam verraten werden? An unsere geschätzten Kollegen von der britischen Presse womöglich? Hier ist ein Leitartikel, der jüngst in der Londoner *Times* zu lesen stand (einer Gazette, an der Lord Kingscourt hohe Anteile besitzt): »Wir betrachten die Kartoffelfäule als Segen. Denn können die Kelten keine Potatophagen bleiben, so müssen sie notgedrungen Karnivoren werden. Und sind sie erst einmal auf den Geschmack gekommen, so werden Sie auch weiter Rindfleisch wollen. Die Folgen davon sind Beständigkeit, Zuverlässigkeit und Ausdauer.«

Die Zeitschrift *Punch* (ein antiamerikanisches Schmierblatt, dessen Herausgeber ein häufiger und gern gesehener Gast im

Hause von Lord Kingscourt ist) empfahl vor kurzem die massenhafte Zwangsauswanderung: »Würde dieser Plan gut genug umgesetzt, so wäre dies, davon sind wir überzeugt, ein Segen für Irland – der größte Segen, seit der heilige Patrick das Land von den Schlangen befreite.«
Dieser Exodus hat nun tatsächlich begonnen. Binnen dreißig Jahren werden mehr Iren bei uns in Amerika leben als in ihrem grausamen, ungerechten Mutterland, wo sie als bloßes Ungeziefer gelten.
Es ist kein planvoller Mord an einem ganzen Volk, wie manche uns weismachen wollen. Auch das ein Punkt, in dem Lord Kingscourt die Wahrheit trifft. (Was für ein schöner Trost für eine Mutter, die mit ansehen muss, wie ihre Kinder verhungern, wenn sie weiß, dass es zumindest nicht absichtlich geschieht.) Auch ist der Hunger nicht die Folge von Dummheit und Müßiggang (jedenfalls nicht aufseiten der Opfer), auch wenn dies in den schamlosen Hasstiraden der Londoner Zeitungen oft genug so hingestellt wird. Kasper Punch ist keineswegs der einzige gehässige Spaßvogel in diesem Puppentheater, das die Iren als Bestien und Schläger hinstellt. Solche Verleumdungen hört man allenthalben. Manch irischer Priester predigt seinen Schäfchen längst, dass die Engländer allesamt von Natur aus gottlos und verderbt seien, unzivilisierte, blutrünstige Heiden. Auch andere rüsten sich zur Schlacht, ein wenig verstohlener, aber nicht minder gefährlich. So sagte vor kurzem ein Mitglied einer revolutionären Gesellschaft im ländlichen Galway (ein vertriebener Pächter von Lord Kingscourt) dem Verfasser dieses Artikels:
»Ich verachte die Engländer, wie ich Satan verachte. Sie sind Abschaum. Sie waren Wilde und Götzenanbeter, als unsere Landsleute Heilige waren. Wir werden einen heiligen Krieg entfachen, um sie zu vernichten. Jeden einzelnen von ihnen. Auch wenn sie seit noch so vielen Jahrhunderten hier sind, dies ist nicht ihr Land; sie besitzen es durch nichts als Unterdrückung. Wir werden dafür sorgen, dass sie zurückkriechen in die Jauchegrube, aus der sie gekommen sind, diese Bastarde mitsamt ihren Weibern. Jeder einzelne aus dieser Meute, den ich erschlage, wird meinem Namen zur Ehre gereichen.«

Viele von uns haben gute Freunde in Großbritannien und Irland, wir alle verdanken diesen Ländern einen Gutteil unseres Erbes. Es ist daher unabdingbar, dass Amerika in solch schrecklichen Zeiten mit allen Mitteln versucht, auf die Regierung in London einzuwirken. Andernfalls wird die Hungersnot die Beziehungen zwischen den aufrechten und gemäßigten Bewohnern der beiden Inseln ein ganzes Jahrhundert lang vergiften. Eine Million Menschen wird die jetzige Not dahinraffen. Und wenn nicht bald Maßnahmen zur Unterstützung der Bedürftigen getroffen werden, sterben nochmals Tausende an den schrecklichen Folgen: durch Schwert, Bombe, Kugel und Bajonett. Vielleicht sind sogar ein paar hochwohlgeborene Herren darunter, was natürlich höchst bedauerlich wäre. Was für ein herber Verlust für die Leserbriefseiten der amerikanischen Zeitungen, würden sie mit Stumpf und Stiel ausgerottet.

ANZEIGE

Mit Silver Star über den Atlantik

HÖCHSTER STANDARD
VORZÜGLICHER SERVICE
GOURMETDINERS
TÄGLICH NEW YORK – LIVERPOOL
CHAMPAGNERKLASSE $ 120 HIN UND ZURÜCK
RECHTZEITIGE RESERVIERUNG ERBETEN

IV. Kapitel

Der Hunger

Der vierte Abend der Reise: Worin die Pläne
des Mörders beschrieben werden, seine finsteren Absichten
und seine kaltblütige Verschlagenheit.

17° 22′ WESTL. LÄNGE; 51° 05′ NÖRDL. BREITE
5.15 UHR NACHMITTAGS

Der Mörder Pius Mulvey wanderte über das gischtnasse Vorderdeck; den toten Fuß schleppte er hinter sich her wie einen Sack voller Schrauben. Die See war grau wie eine Messerklinge, hie und da durchbrochen von einem schwarzen Wirbel. Die Abenddämmerung senkte sich herab; es war der vierte Tag, seit das Schiff Cobh verlassen hatte. Eine schmale Mondsichel, dünn wie ein abgebrochener Fingernagel, blitzte durch die dräuenden kohlschwarzen Wolken, aus denen in der Ferne ein Eisregen in leuchtenden Kaskaden niederging.

Mulvey hatte Schmerzen. Schon jetzt taten ihm die Beine weh. Von seinen Knöcheln und Fingerspitzen breitete sich die Kälte aus wie ein Schwelbrand. Wie das schleichende Gift einer Hexe, die Kälte von nassen Kleidern auf nasser Haut, die jeden Lebensmut erstickt.

Nach dem Auslaufen aus Cobh waren Silbermöwen und Seetaucher der *Stella* noch einige Tage lang gefolgt, hatten über dem Schiff ihre Kreise gezogen, sich kopfüber in die Wogen gestürzt und waren im Chore kreischend auf der Reling gelandet. Einige Männer aus dem Zwischendeck versuchten, sie mit Ködern und Angelhaken zu fangen, doch der Wettstreit selbst war ihr Lohn, nicht das fischige, sehnige Fleisch ihrer arglosen Beute. Auch als Irland allmählich am Horizont verschwand, sah man noch Kormorane und Papageientaucher über die Schaumkronen gleiten, Bewohner der öden Felseninseln, die vor der Südwestküste liegen wie die Tintenkleckse eines achtlosen Kartographen. Aber schließlich waren auch die letzten Vögel zurückgeblieben. Jetzt gab es gar nichts mehr.

Nichts als das endlose Seufzen und Knarren des Schiffes, das einem fast das Herz stillstehen ließ. Das beunruhigende Klatschen schlapper Segel. Die Rufe der Matrosen, wenn ein Windstoß von Norden kam. Das Weinen der Kinder. Das Gebrüll der Männer. Ihre kakophonische Abendmusik, die rührseligen Lieder von Liebe und Rache, das durchdringende Näseln des Dudelsacks. Die Schreie der Tiere in ihren Käfigen an Deck. Das endlose Geschnatter der schwatzenden Frauen, vor allem der jüngeren.

Wie würde New York aussehen? Was für Kleider trug man dort? Was für Tiere gab es im Zoo von New York? Und was gab es zu essen? Was für Musik? Waren Chinesen wirklich gelb? Und Indianer rot? Hatten schwarze Männer tatsächlich einen größeren Na-du-weißt-schon als Christen? Zeigten amerikanische Frauen in der Öffentlichkeit ihren Busen? Oftmals, vor allem in jungen Jahren, hatte Mulvey geglaubt, das Meer sei ein Ort der Stille; hatte geglaubt, dass man auf See seiner Vergangenheit entfliehen könne. Aber in Wirklichkeit war es genau die Hölle, die er verdiente. Und die Vergangenheit war wie ein Ankertau. Je weiter das Schiff sich von Irland entfernte, desto heftiger spürte er das Zerren.

Er hielt es nicht aus in der Nähe der Frauen, vor allem der jüngeren. Auch weil es ihm wehtat, wenn er ihre ausgemergelten Gesichter sah: die matten Augen und knochigen Arme. Ihre Hoffnung erfüllte ihn mit Entsetzen, die Art, wie gerade die Hoffnung sie brandmarkte, ein Zeichen abgrundtiefen Elends. Er wanderte die ganze Nacht über das Schiff, um ihnen aus dem Weg zu gehen; und er schlief den ganzen Tag, damit er nicht den Männern begegnete.

Die meisten Männer waren vertriebene Farmer aus Connaught und West Cork, bettelarme Tagediebe aus Carlow und Waterford; ein Böttcher, mehrere Hufschmiede, ein Abdecker aus Kerry; zwei Fischer aus Galway, denen es gelungen war, ihre Netze zu verkaufen. Die Ärmsten der Armen waren im Hafen zurückgeblieben, um dort zu sterben, denn sie hatten weder das Geld für die Überfahrt noch die Kraft, jemanden um eine Gabe dafür zu bitten.

Und die Männer litten mehr unter der Seekrankheit als die Frauen. Mulvey wusste nicht warum, aber es war offensichtlich. Zwei Fischer aus der Gegend von Leenaun waren schlimmer dran als alle anderen. Sie hatten auf den hohen Klippen von Delphi gelebt und in den tiefen

Gewässern von Killary ihre Krabben- und Hummerreusen ausgelegt. Keiner von ihnen war jemals weiter hinaus aufs Meer gefahren. Sie machten ihre Scherze darüber und nannten sich Landratten, dieses lächerlich gut aussehende Brüderpaar. Sie sprachen über sich in der dritten Person, als fänden sie ihre eigene Schwäche und Zaghaftigkeit lustig. *Die Fischer, die niemals zur See fuhren.*

Der Mörder wurde tieftraurig, wenn er sah, wie sie mit den Mädchen schäkerten, wie sie miteinander rangelten und auf Strümpfen Wettrennen veranstalteten. Sogar ihre Gutmütigkeit war irgendwie bedrückend. Immer wieder boten sie den Kindern aus dem Zwischendeck ihre Essensrationen an; sangen patriotische Balladen, wenn die Reisegefährten niedergeschlagen waren. Der Jüngere würde bald sterben; so viel war klar. Seine Fröhlichkeit hatte etwas Verzweifeltes. So jemand würde nicht alt werden.

Mulvey kannte den Hunger, seine Tricks und Schliche: die Art, wie er einem vorgaukelte, man sei nicht hungrig, um sich dann ganz plötzlich wie ein irrsinniger, schreiender Wegelagerer auf einen zu stürzen. Er hatte ihn kennen gelernt, in Connemara und auf den Straßen von England. Sein Leben lang war er ihm gefolgt wie ein Schatten, ein Spion auf leisen Sohlen. Und jetzt hinkte er an seiner Seite über die Decks. Er konnte sein höhnisches Lachen beinahe hören, seinen stinkenden Atem riechen.

Zwei Nächte zuvor hatte er zur Spitze des Großmastes aufgeblickt und oben im Krähennest seinen toten Vater gesehen. Später, auf dem Vorderdeck, einen kleinen wilden Vogel, einen Raubvogel mit Adlerschnabel und leuchtend blauen Flügeln, obwohl es so weit draußen auf offener See keinen Landvogel mehr geben konnte. Und gestern Abend, schon in der Dämmerung, da war es Mulvey gewesen, als hätte er durch das gusseiserne Gitter, das die Passagiere der Ersten Klasse abschirmte, noch einen weiteren Geist erblickt: die Gestalt eines Mädchens mit pechschwarzen Augen, dem er viel Leid zugefügt hatte, an der Hand ein weinendes Kind.

Bei dieser Erscheinung war etwas Merkwürdiges mit Mulvey vorgegangen. Hätte man ihm in diesem Augenblick ein Festmahl in goldenen Schüsseln vorgesetzt, so hätte er keinen Bissen davon heruntergebracht. Der Ekel hätte ihm die Kehle zugeschnürt.

Jetzt hieß es auf der Hut sein. So war es, wenn der Hunger das Regiment übernahm. Solange man Hunger empfand, war man nicht wirklich in Gefahr. Schlimm war es, wenn der Hunger aufhörte. Dann kam der Tod.

Marys veilchenblauer Engelsblick macht John stets unruhig nachts.

Am zweiten Morgen auf See hatte es angefangen. Kurz vor Tagesanbruch hatte Mulvey in der Nähe der Leitern zum Oberdeck gestanden und zu den verblassenden Sternen hinaufgesehen. Ein Schotte kam ihm in den Sinn, dem er als Kind begegnet war, ein Ingenieur namens Nimmo. Nimmo war damals im Jahr '22 von der Regierung nach Connemara geschickt worden, wo es an der Westküste eine Missernte gegeben hatte. Mulvey und sein Bruder gehörten zu den Jungen aus der Gegend, die noch kräftig genug waren, um Steine für die neue Straße von Clifden nach Galway zu schleppen und sich so ihren Lebensunterhalt zu verdienen. Der Schotte war ein gutmütiger Aufseher gewesen; er hatte viel Zeit mit den Jungen verbracht, hatte ihnen beim Schleppen und Graben geholfen und sie in mancherlei Geheimnis der Naturwissenschaften und der Ingenieurskunst eingeweiht. Zu ihrer Zerstreuung hatte er ihnen anhand des Zweiten Newton'schen Gesetzes erklärt, warum man einen Fluss niemals dazu bringen kann, dass er bergauf fließt. Das musste man ihnen zwar nicht eigens erklären, aber zuhören war immer noch besser als arbeiten.«»Und du sollst nicht versuchen, durch null zu teilen. Das, Männer, ist das elfte Gebot.« Er hatte Pius Mulvey einen albernen Vers beigebracht, mit dessen Hilfe er sich die Abfolge der Planeten unseres Sonnensystems merken konnte. Marys veilchenblauer Engelsblick macht John stets unruhig nachts.

Mulveys Gedanken kreisten um diesen Satz, als er ostwärts in den heller werdenden Himmel starrte. Die Worte hatten etwas Tröstliches. Er liebte den Rhythmus. Dann war ihm plötzlich, als habe er einen Wal gesehen. Steuerbord voraus, in vielleicht anderthalb Meilen Entfernung – einen gewaltigen, blaugrauen Finnwal-Bullen, so wie er ihn früher einmal in einem Bestiarium im Schaufenster eines Londoner Buchhändlers gesehen hatte. Zuerst nur die Schwanzflosse, wie sie die Wogen aufpeitschte. Danach einen Augenblick lang nichts mehr. Mulvey hielt den Atem an. Dann tauchte der riesige, obszöne Leib auf, vom Kopf bis zur Flosse: unglaublich lang, unglaublich schwarz, mit einem gewaltigen Maul, aus dem sich ein spritzender, schäumender Wasserschwall ergoss – so glatt und so riesig, dass man gar nicht glauben mochte, dass er lebendig war; ein schreckliches, Furcht einflößendes Wesen aus den Tiefen des Albtraums.

Als er wieder untertauchte, war es, als stürze ein Berg ins Meer. Wie gelähmt hatte er dagestanden, erschüttert von der Gewaltigkeit dessen, was er gesehen hatte. Genau genommen nicht einmal sicher, ob er es wirklich gesehen hatte. Denn außer ihm hatte keiner etwas bemerkt. Kein anderer Passagier. Keiner von der Besatzung. Wenn sie etwas bemerkt hatten, hatten sie es mit keiner Silbe erwähnt. Und sie hätten doch sicher gerufen. Sie hätten nicht einfach schweigen können. Die Kreatur war schließlich halb so groß wie das Schiff.

Eine Stunde hatte er Ausschau gehalten – vielleicht auch länger – und sich gefragt, ob er endgültig den Verstand verlor, wie er es bei Verhungernden oft genug erlebt hatte. Bei seinem armen, wahnsinnigen Bruder zum Beispiel. Als er auf die Wogen hinausstarrte, kam ihm seine für alle Zeiten letzte Nacht in Connemara wieder in den Sinn. Er konnte die Erinnerung nicht abschütteln. Sie bedrängte seinen Verstand wie die Schuldgefühle, mit denen ein alter Mann an die Sünden seiner Jugend denkt.

Wie sehr er auch gefleht hatte, sie waren unerbittlich gewesen. »Unsere Männer werden am Kai in New York sein. Unsere Männer werden auf dem Schiff sein. Wenn dieser englische Abschaum von Bord geht, bist du tot und begraben. Glaube ja nicht, dass wir lügen. Und du wirst sterben wie ein Verräter, wie du es verdienst, du Teufel. Du wirst mit ansehen, wie wir dir das Herz aus dem Leibe reißen und es verbrennen.«

Steinharte Brüder mit mooreichenen Fäusten. Er hatte sie angefleht, sie sollten ihm diesen patriotischen Auftrag erlassen. Wer immer ihn angeschwärzt habe, müsse sich geirrt haben. Er sei kein Mörder. Er habe noch nie einen Menschen umgebracht. Das, hatte ihr Anführer gesagt, sei Ansichtssache.

»Ich muss fort von meinem Land. Ist das denn nicht Unglück genug?«

Da kannst du dich glücklich schätzen, dass du Land hast.

»Der Mann hat Kinder«, sagte Mulvey.
Und wir? Haben wir keine Kinder?
»Verlangt von mir, was ihr wollt. Aber das mache ich nicht.«
Von neuem hatte es Hiebe geregnet.

Er musste an ihre Augen denken, so furchtsam, so fanatisch. Das schwarze Sackleinen ihrer Kapuzen. Die grob ausgeschnittenen Löcher, durch die man ihre Lippen sah. Sie schwangen die Werkzeuge, mit denen sie ihr Brot verdienten, aber sie schwangen sie als Waffen – Sensen, Harken, Spaten, Sicheln. Jetzt gab es kein Brot mehr zu verdienen. Jahrhunderte gestohlen in einem einzigen unglaublichen Augenblick. Die Arbeit ihrer Väter, die Erbschaft ihrer Söhne. Mit einem einzigen Federstrich alles fort.

Schwarze Erde. Grüne Felder. Das Grün der Fahne, die sie über den Tisch gebreitet hatten, besprizt mit Mulveys Blut. Das Glitzern der Waffe, die sie ihm aufgezwängt hatten, das Fischermesser an seine bebende Brust gedrückt, und ihre großen Reden über Freiheit und Vaterland. Die Worte SHEFFIELD STEEL, in die Klinge graviert. Er konnte es spüren, in seiner Manteltasche, er spürte es an der zerfleischten Wade. Er hatte sie noch im Ohr, die Drohungen, das, was sie mit diesem Messer tun würden, wenn er weiter jammern wolle, die Bürde des Mords sei für ihn zu groß. Als sie ihn erst einmal gepackt hatten, als die Klinge in seine Haut drang, da hatte Mulvey gefleht, dass er für sie töten durfte.

Einen Mann, der ihm nie begegnet war, mit dem er nie ein Wort gewechselt hatte. Ein Landbesitzer, ein Engländer, und folglich ein Feind des Volkes. Ein Landbesitzer ohne Land, ein Engländer, der in Irland zur Welt gekommen war; aber so feine Unterschiede machte man nicht. Seine Herkunft, die Verbrechen seiner Väter, das blaue Blut in seinen Adern genügten. Die Kirche, in die er ging, die Gebete, die er sprach. Im Grunde sollte er für ein einziges Wort sterben, für einen Namen, den er sich nicht ausgesucht hatte.

Merridith.

Drei kleine Silben hatten den Träger des Namens zum grausamen Tod verurteilt, hatten ihn zum Schuldigen gestempelt. Der Stammbaum war ihm zum Galgenbaum geworden. Vielleicht hatte er sich nichts zuschulden kommen lassen, aber das zählte nichts; das war nur lästige Komplikation. Auch die Männer, die Mulvey gefoltert hatten,

hatten sich nichts zuschulden kommen lassen, aber das hatte sie nicht gerettet, als die Abrechnung kam. Ihr Land war fort. Sie waren Männer ohne einen Platz im Leben. Hungrig, geschlagen, am Ende. Ihr Leben lang hatten sie gerungen, und das war ihr Lohn dafür gewesen. Sie hatten noch nach Erde gerochen, als sie ihm die Seele aus dem Leib prügelten. Sie hatten sie an den Handschuhen gehabt, an den Stiefeln, die tote, schwarze Erde. Finger die gepflügt, gepflanzt, gejätet hatten, jetzt würgten sie, zerrten, schlugen ihm ins Gesicht. Sie hatten ihn entkommen lassen, dann fingen sie ihn wieder ein – als wollten sie ihm sagen: *Es gibt kein Entrinnen*. Einer hatte einen Mischlingsköter bei sich, ein anderer einen Jagdhund. Das Kläffen, das Jaulen, das war die schlimmste Erinnerung; der heiße, feuchte Atem der halb verhungerten Hunde, das Scharren der Krallen, das Johlen der Männer. Sie holten eine Hand voll steiniger Erde aus dem Graben und stopften sie ihm wie einen Knebel in den Mund. Steine hagelten auf seinen Leib, und immer noch hörten die Schläge nicht auf. Er spürte etwas von dem, was auch sie gespürt haben mussten, mit jedem Tritt, jedem Anspucken, jedem Fausthieb. Selbst durch Augen, in die das Blut lief, wirkten sie klein und verängstigt. Sie sahen so erbärmlich aus, weil man sie erbärmlich gemacht hatte, und sie wussten es. Sie waren selbst Vergewaltigte. »Du sagst Ja, Mulvey, sonst wirst du nie wieder die Sonne sehen. Und wir beobachten dich auf dem Schiff. Wir werden wissen, ob du es tust.« Durch zersplitterte Zähne hatte er Ja gesagt. Er würde es tun.

Die Gründe, warum die Dinge waren, wie sie waren, konnten entsetzlich kompliziert sein, das wusste Mulvey; aber in diesem Winkel des Empire waren sie oft so unerbittlich wie eine mathematische Gleichung. Ein Mann namens X sollte sterben. Und ein Mann namens Y sollte dafür sorgen. Das waren die Gesetze des – konnte man sagen – Freien Markts des Mordes: die Sehnsüchte und Nöte von Angebot und Nachfrage. Ebenso hätten er und der andere auf der jeweils anderen Seite der Gleichung stehen können, und Mulvey wusste gut genug, dass es eines Tages auch so kommen konnte.

Aber diesmal war es eben so.

Diesmal würde es nicht mehr anders kommen.

Christus hatte sein Blut vergossen zur Erlösung von der Sünde, zur Erlösung all derer, an denen die Erbsünde klebte. Aber Pius Mulvey war kein Nachfolger Christi. Kein unschuldiger Märtyrer, auf den das Kreuz wartete.

X sollte für Merridith stehen, Y für Mulvey. Wer wollte sich den Regeln der Mathematik widersetzen? Wer wollte einen Fluss dazu bringen, dass er bergauf floss? Er tastete nach dem Messer. Dem eiskalten Stahl in seiner Tasche. Die ganze Nacht über würde er wachen, darauf hoffen, dass seine Chance kam. Man sah besser, wenn das Tageslicht fort war, in der sternhellen Kälte der Decks nach Sonnenuntergang. Man sah die Gewohnheiten der Menschen, die Bewegungen. Die Orte, an die sie kamen. Die dunklen Ecken. Sah, wo die Schlösser waren. An welchen Türen es Ketten gab. Welche Fenster manchmal offen standen. Man hörte, was zwei miteinander flüsterten und was keiner hören sollte – wie etwa neulich nachts Lady Merridith und der flotte Amerikaner.

Wie lange müssen wir dieses kindische Versteckspiel noch spielen?
Um Himmels willen – er ist doch mein Mann.
Ein Mann, der mit dir spricht wie mit einer Dienstmagd?
Bitte nicht, Grantley.
In meinem Bett klang das anders.
Was geschehen ist, war ein Fehler, und es darf nie wieder geschehen.
Du weißt, dass es wieder geschehen wird.
Ich weiß, dass es nicht sein darf.

Mulvey schlurfte weiter, schlug seinen klammen Kragen hoch, schlang den schmutzigen Mantel um seinen schlotternden Leib. Der Mond war scharlachrot geworden, die Wolken ein feuriges Gold. In den Fenstern der Kabinen erster Klasse steckte man die Lämpchen an. Vom Heck aus sah er, ein Stück entfernt von der *Stella*, die Segel eines Schiffes, das ihnen schon seit Tagen in gleichmäßigem Abstand folgte. Es kam ihm wie ein drohendes Zeichen vor, als nahe der Racheengel auf diesem zweiten, verfolgenden Schiff. Der Gedanke, dass man ihn beobachtete, lastete schwer auf ihm, wie der Bannspruch eines »befleckten« Priesters. Es war ein Fluch, vor dem es kein Entrinnen gab: der Bann eines Mannes, der einmal heilig gewesen war. Er überlegte, welcher unter den Reisenden es sein mochte, der ihn beobachtete, selbst jetzt, in diesem Moment. Die Mädchen aus Fermenagh, die niemals lachten. Oder die Brüder aus Leenaun. Womöglich sogar der Amerikaner – konnte er nicht ein Sympathisant sein? Das waren doch viele Amerikaner jetzt. Jedenfalls trieb er sich immer im Zwischendeck herum wie ein Konstabler, zückte sein Notizbuch und kritzelte etwas hinein. Aber ebenso gut war möglich, dass es nur eine leere Drohung war; dass überhaupt niemand ihn beobachtete; dass Pius Mulvey allein war. Aber sicher war er sich nicht. Sicher konnte er niemals sein.

Ein mattes Schnaufen zog seine Aufmerksamkeit auf sich. Nicht weit von ihm, an der halb offenen Kombüsentür, stand eine schäbige schwarze Hündin und schnüffelte an ihrem Erbrochenen. In der Küche rückte ein adretter kleiner Chinese einem geschlachteten Schwein mit einer Säge zu Leibe. Mulvey sah eine Weile sehnsüchtig zu, das Wasser lief ihm im Munde zusammen. Hunger wallte in ihm auf wie verzweifelte Lust.

Er zog über das Schiff, auf immergleicher Bahn. Auf. Ab. Hin. Her. Bug. Backbord. Heck. Steuerbord.

Das Klatschen der Wellen. Das Klimpern der Taue in den Masten. Die sprühende Gischt. Die flatternden Segel im Wind.

Das endlose Geschnatter der schwatzenden Frauen.

Vor allem der jüngeren.

V. Kapitel

Die gewöhnlichen Passagiere

Der fünfte Tag auf See: Worin der Kapitän von einem beunruhigenden Vorfall berichtet (welcher sehr schwer wiegende Auswirkungen haben wird).

FREITAG, 12. NOVEMBER 1847
VERBLEIBEND EINUNDZWANZIG TAGE AUF SEE

Position: 20° 19,09' westl. Länge; 50° 21,12' nördl. Breite. Uhrzeit bezogen auf Greenwich: 11.14 Uhr abends. Bordzeit laut Schiffsuhr: 9.53 Uhr abends. Windrichtung & Geschwindigkeit: Nordwest, Stärke 4. See: Unruhig während der letzten Nacht, jetzt eher ruhig. Kurs: Südwest 226°. Niederschlag & sonstige Bemerkungen: Extrem kalt. Den ganzen Tag über heftige Regenschauer und Gewitter. Die *Kylemore* aus Belfast zwei Meilen hinter uns. Vor uns die *Blue Fiddle* aus Wexford Town.

Vergangene Nacht sind vier Passagiere aus dem Zwischendeck verstorben: Peter Foley aus Lahinch (siebenundvierzig Jahre, Landarbeiter); Michel Festus Gleeson aus Ennis (Alter unbekannt, aber hoch betagt und nahezu blind); Hannah Doherty aus Belturbet (einundsechzig Jahre, ehemaliges Hausmädchen) und Daniel Adams aus Clare (neunzehn Jahre, vertriebener Pächter). Ihre sterblichen Überreste wurden dem Meer überantwortet. Möge der Allmächtige ihrer Seele gnädig sein und sie in Seinen sicheren Hafen geleiten.

Damit sind seit Beginn dieser Reise insgesamt achtzehn Menschen gestorben. Fünf befinden sich derzeit im Laderaum wegen Verdachts auf Typhus. Zwei von ihnen werden die Nacht wohl nicht überstehen.

Ich habe angeordnet, dass Bestattungen fortan vom Heck aus vorgenommen werden und frühmorgens oder nach Einbruch der Dunkelheit. Viele Frauen aus dem Zwischendeck stimmen bei solch traurigen Anlässen eine besondere Totenklage an, das *keening*, eine Art schrilles Heulen und Wehklagen, bei dem sie ihre Kleider zerreißen und sich die Haare raufen. Einige Passagiere der Ersten Klasse fühlen sich dadurch belästigt. Vor allem Lady Kingscourt äußerte sich besorgt, ihre Kinder könnten durch dies Ritual Schaden nehmen.

Viele Zwischendeckpassagiere leiden an Durchfall, Skorbut oder Hungerödemen. Einige wenige (etwa fünfzehn) an allen drei Krankheiten. Ein Matrose, John Grimesley, ist durch hohes Fieber stark geschwächt. Ein Steward, Fernão Pereira, hat eine eiternde Wunde an der Hand, Folge einer Schnittverletzung an einem zerbrochenen Weinglas. Beide von Doktor Mangan behandelt; dem Ersteren verordnete er Blutegel, dem Zweiten einen Umschlag mit Opiumsalbe. Er war der Ansicht, dass die Patienten sich rasch erholen werden, wenn man sie von ihren Pflichten entbindet; dies ist umgehend geschehen. (Beide sind gute, rechtschaffene Männer, keine Müßiggänger oder Drückeberger. Ich schlage vor, ihnen die Heuer nicht zu kürzen.) Der Maharadscha fühlt sich ebenfalls unpässlich, allerdings ist es nur die Seekrankheit; er hat sich in seinen Salon zurückgezogen und wünscht nicht gestört zu werden. Ich selbst hatte früher am Tag Atembeschwerden und nahm ein Viertelgran Opium, wonach ich mich sofort erquickt fühlte.

Die Besatzung wurde angewiesen, die Zwischendeckpassagiere nicht mit Schimpfnamen wie »Deckratten«, »Plankenhocker«, »Hungerleider« oder »Lumpenpack« zu titulieren. (Diese Bezeichnungen, welche eine Gruppe von Passagieren verunglimpfen, die eher unsere Hilfe und Unterstützung nötig hätte, dienen der Besatzung auch untereinander als Schimpfworte.) Leeson teilte den Männern mit, dass Derartiges nicht geduldet wird. Jeder Mann, jede Frau und jedes Kind auf diesem Schiff ist mit Respekt zu behandeln, die einfachen Leute ebenso wie die besser gestellten. Es sind Zwischendeckpassagiere oder gewöhnliche Passagiere und nichts anderes.

Ein beunruhigender Vorfall ist zu verzeichnen:

Heute Vormittag berichtete mir mein Erster Maat Leeson, dass in der vergangenen Nacht eine Person – vermutlich männlichen Geschlechts – im unteren Vorderdeck die Gitterstäbe in der Tür, die zu den Kabinen der Ersten Klasse führt, durchgesägt habe. Zunächst erschien es mir unwahrscheinlich, denn beim Betreten des Schiffes wurden alle Besitztümer der Zwischendeckpassagiere vorschriftsgemäß durchsucht und Gegenstände wie Messer, Sägen, Klingen, Spieße und dergleichen für die Dauer der Reise konfisziert. Aber Leeson ist ein gewissenhafter und gründlicher Offizier (der übrigens schon lange eine Beförderung verdient, auf die er noch immer vergebens wartet) und fragte bei Henry Li nach, dem Schiffskoch. Letzterer bestätigt, dass im Laufe der vergangenen Nacht eine kleine Metallsäge, wie er sie zum Zerlegen von Schlachttieren benutzt, aus der Kombüse verschwunden ist, zusammen mit einigen Innereien und einem Krug Trinkwasser.

Aus der Ersten Klasse wurde eine Reihe von Gegenständen entwendet; nämlich die versilberte Uhr des Reverend Deedes, ein paar Manschettenknöpfe aus dem Besitz des Beauftragten der Königlichen Post, und der Maharadscha vermisst eine Summe Bargelds in Dollarnoten. Alle sind sich einig, dass eine Durchsuchung des Zwischendecks wohl erfolglos bliebe, wenn dies überhaupt möglich wäre, was derzeit nicht der Fall ist. Ich habe zugesagt, dass die Versicherung der Reederei für den Verlust aufkommen wird, und die Opfer gebeten, Stillschweigen zu bewahren, denn ich will nicht mehr Unruhe stiften als unbedingt nötig. Zugleich habe ich eine Verstärkung der Nachtwachen und weitere Maßnahmen angeordnet.

Leeson wird im Zwischendeck verbreiten lassen, den Reverend bekümmere der Verlust seiner Uhr sehr, da sie ein Abschiedsgeschenk seiner dankbaren Gemeinde gewesen sei. Es wird sich zeigen, ob damit etwas zu bezwecken ist.

Solch kleine Diebstähle gab es auch auf früheren Überfahrten, und sie werden nach meiner Erfahrung immer wieder vorkommen. Die menschliche Natur ist nun einmal wie sie ist; ein gewisses Maß an Neid und Missgunst ist wohl unvermeidlich, ich möchte fast sagen verständlich.

Das Londoner Büro dürfte mittlerweile mein am Achten dieses Monats in Queenstown abgefasstes offizielles Schreiben zum leidigen Thema der Überbelegung erhalten haben. In den letzten vierzehn Jahren habe ich immer wieder darauf hingewiesen, dass Sie, meine Herren, als Direktoren der Reederei gesetzlich und moralisch verpflichtet sind, für den Schutz derer zu sorgen, die ihr Leben diesem Schiff und meiner Obhut als Kapitän anvertrauen. Doch allen Mahnungen zum Trotz sind auch diesmal wieder mehr Passagen verkauft worden, als Plätze an Bord sind, und zwar um mindestens dreißig Prozent.

Es ist mir unbegreiflich, warum meine Passagiere und meine Besatzung um des Profits willen immer wieder so offensichtlich und skrupellos in Gefahr gebracht werden müssen. Auch gibt es keine Entschuldigung dafür, dass weder ein Arzt noch eine Krankenschwester an Bord sind und dass es keinen geeigneten Ort gibt, an dem die Frauen ihre Kinder zur Welt bringen können. Vielleicht hängen die Aktionäre der Überzeugung an, dass die kleinen Kinder unter Kohlblättern wachsen. Ich kann den Herren versichern, dass dem nicht so ist, obwohl es wahrhaftig einfacher wäre. Es ist nichts als ein glücklicher Zufall, dass wir Doktor Mangan an Bord haben; doch selbst wenn seine Anstrengungen noch so unermüdlich und seine Hilfsbereitschaft grenzenlos sind, ist er kein junger Mann mehr und schon jetzt mehr als überfordert.

Ich sage es noch einmal: Sobald wir in New York eintreffen, müssen unverzüglich Schritte unternommen werden, um das Elend der gewöhnlichen Passagiere zu lindern, falls es auf dem Rückweg solche Passagiere gibt. Sollte dies nicht geschehen, werden Sie sich nach einem anderen Kapitän umsehen müssen. Ich will nicht länger, dass das Blut von Unschuldigen an meinen Händen klebt und mein Gewissen belastet.

In der Zwischenzeit habe ich Leeson angewiesen, umgehend die erforderlichen Reparaturarbeiten zu veranlassen; außerdem soll er an allen Türen, Fenstern, Luken und dergleichen zusätzliche Riegel, Ketten, Haken und Schlösser anbringen lassen. Dies soll innerhalb der nächsten Tage erfolgen. Dass wir dabei unseren gesamten Bestand an solchen Vorrichtungen aufbrauchen, wird die Reederei zweifellos teuer kommen. Mit Sicherheit wird es teurer, als wenn man jedem Passagier im Zwischendeck täglich einen Teller Suppe und den Kindern ein Schälchen heiße Milch gegeben hätte. Das mag denen, die mehr Erfahrung im Rechnen haben als ihr gehorsamer Diener, für künftige Überfahrten Stoff zum Nachdenken sein.

Ansonsten alles friedlich auf dem Schiff, wenn auch nur an der Oberfläche; wir kommen gemäß Zeitplan gut voran.

Die See scheint ungewöhnlich ruhig für die Jahreszeit.

Mehr Haie als üblich.

VI. Kapitel

Die Offenbarungen von Delphi

Worin der unglückliche Ehemann der Mary Duane, elend von Hunger und Entbehrungen, seine letzten, entsetzlichen Gedanken niederschreibt.

WEIHNACHTSABEND 1845, ROSROE*

Liebste Mary Duane, meine einzig geliebte Frau,

es ist nicht leicht zu Papier zu bringen, wie mir zumute ist. Alles ist verloren, meine geliebte Mary, verloren für alle Zeit.
Ich bin zurück von Delphi Lodge in Bundorragha bei Leenaun, wo ich den Commander sprechen wollte. Nachdem ich den ganzen Weg von unserer Hütte bis nach Louisburgh in der Grafschaft Mayo gegangen war, erfuhr ich von einem Mann in der Stadt, dass der Commander nicht dort sei, sondern mit Colonel Hograve und Mr Lecky nach Delphi gefahren sei.

Hunderte von Leuten waren in der Stadt, und alle wollten sie die Bescheinigung für das Armenhaus, aber der Armenaufseher wies alle ab, weil es längst überfüllt war, und die Polizisten trieben die Leute mit Knüppeln von den Toren fort.

Die Schaufenster der Läden waren erleuchtet, und überall gab es Weihnachtsbraten im Überfluss, Gänse und Enten und alles, was du dir vorstellen kannst; aber genau wie in Clifden hatten die Händler ihre Preise vervielfacht. Wie sie so etwas in diesen entsetzlichen Zeiten ihrem eigenen Volk antun können, geht über meinen Verstand. Heute lasten die Leute alles den Engländern

---

* Brief, verfasst (auf Irisch) zweiundzwanzig Monate vor Auslaufen der *Stella Maris*. Gefunden von der New Yorker Polizei in der Kabine des Kindermädchens der Familie Merridith, einige Tage nach Ende der Überfahrt. Die Übersetzung fertigte Mr John O'Daly, Gelehrter der gälischen Sprache und Herausgeber von *Reliques of Irish Jacobite Poetry* (1847) und *The Poets and Poetry of Munster* (1849). – GGD

und den Landbesitzern an, und die meiste Zeit ist es ja auch weiß Gott die Wahrheit. Aber nicht der einfache Engländer ist es, der wie ein Dieb die Armen auffrisst, die nichts mehr haben, sondern der Judas ist der irische Händler, der in seiner Gier aus seinen elenden Landsleuten, nun wo sie am Boden liegen, auch noch das letzte Tröpfchen herauspressen will.

Die Stadt war ein entsetzlicher Anblick; nie werde ich die Menschen vergessen, wie sie halb tot und weinend durch die Straßen zogen. Und schlimmer noch die, für die selbst die Tränen schon eine zu große Anstrengung waren; die, die sich nur noch auf den eiskalten Boden setzen konnten, den Kopf hängen lassen und sterben, weil alles, was Leben bedeutet, schon aus ihnen gewichen war. Ich sah John Furey aus Rosaveel und dachte, er schliefe; aber er war tot; und diesen großen starken Mann zu sehen, der einmal mit seiner mächtigen Linken eine ganze Hecke ausreißen konnte, ihn tot und starr zu sehen, das war unerträglich für mich. Und dann die kleinen Kinder, ihr ängstliches Wimmern – ich bringe es nicht fertig, davon zu schreiben.

Kein Mensch kann darüber schreiben, Mary.

Keiner würde glauben, dass Menschen so etwas geschehen lassen.

Allein machte ich mich auf den Weg von Louisburgh in die Berge. Die Sonne ging schon unter. Entlang des Weges reihte sich das unaussprechlichste Elend. Hütten und Katen waren zerstört oder niedergebrannt. In einem Haus in Glankeen war die ganze Familie umgekommen: die Eltern, sämtliche Kinder und noch vier Alte. Zwei Nachbarn erzählten, dass der Letzte, der gestorben war, ein Junge von sechs oder sieben, die Tür abgeschlossen und sich unter dem Bett verkrochen hatte. Er hatte sich geschämt, dass man sie so finden würde. Die Männer rissen das Haus nieder; es sollte die Familie unter den Trümmern begraben, denn ein anderes Grab hatten sie nicht.

Weiter oben in den Bergen sah man kaum noch eine lebendige Seele. Mancherorts hatten die Ratten und Hunde sich über die ausgemergelten Toten hergemacht. Auch die Aaskrähen und Füchse fraßen sich satt. Dann kam aus einer Hütte eine Alte gekrochen und flehte mich um einen Bissen an; und als ich antwortete, ich hätte nichts, bat sie, ich solle ihrem Leben ein Ende machen, denn alle ihre Söhne seien fort und sie habe niemanden mehr, der ihr helfen könne. Ich wusste nicht, was ich tun sollte, und so packte ich sie und nahm sie mit. Gott sei mein Zeuge, Mary, sie war leicht wie eine Feder; doch selbst da konnte ich sie nur mit Mühen tragen. Sie hatte den Rosenkranz in Händen und betete, dass sie und ich die Nacht überstünden. Aber es dauerte nicht lange, und sie war gestorben, und ich legte sie am Wegrand ab und bedeckte den Leichnam, so gut ich konnte, mit Steinen. Ich wünschte, ich könnte sagen, dann hätte ich mich niedergekniet und hätte für sie gebetet, aber, Jesus möge mir verzeihen, das habe ich nicht, denn ich spürte, wenn ich mich nicht auf der Stelle erhoben hätte, so hätte ich mich nie wieder in meinem Leben erhoben.

Ich machte mich wieder auf und legte mir unterwegs Worte zurecht, die ich zum Commander sagen wollte: dass ich ein rechtschaffener und fleißiger Pächter sei, der ihm trotz unserer vormaligen Meinungsverschiedenheit nichts Übles wolle. Dass ich ihn um Verzeihung für das eine Mal bitten wolle, das ich im Zorn respektlos wider ihn geredet hätte; dass ich ihm beim Leben meines Kindes versprechen wolle, dass er seine Schulden bezahlt bekomme, wenn er nur die Vertreibung rückgängig mache, denn nur dann könne ich erwerben, was ich für die Bezahlung brauchte. Dass er doch bei allem Standesunterschied ein Galwaymann sei genau wie ich, kein Fremder auf seiner Plantage in fernen Ländern, und dass er doch einem anderen Galwaymann helfen müsse, der Pech im Leben gehabt habe. Dass er schließlich selbst Vater sei und sich bei Gott vorstellen könne, wie mir zumute sei, denn wenn er sich einmal an meine Stelle versetze, dann müsse er doch sehen, wie es ist, wenn das einzige Kind brüllt vor Hunger und man nichts hat, was ihm Trost oder Erleichterung verschaffen kann.

Der Weg war lang und grausam kalt. Bei Cregganbaun war der See über die Ufer getreten, und ich musste bis an die Brust hinein, um auf die andere Straßenseite zu kommen. Das Wasser war so kalt, es brannte wie Feuer. Aber dann dachte ich an dich, Mary, und das machte mir Mut. Ich habe es gespürt, in meinem Inneren gespürt, dass du bei mir warst.

Endlich tauchten die Lichter von Delphi Lodge in der Ferne auf. Wie glücklich war ich! Mit aller Macht eilte ich dem Hause zu. Vornehme Musik war von drinnen zu hören. Ein Dienstmädchen öffnete die Tür. Ich nahm die Kappe ab und sagte, ich sei ein Pächter von Commander Blake und müsse ihn dringend sprechen; drei Tage und drei Nächte sei ich gelaufen, um ihn zu sehen; und nannte ihr meinen Namen. Sie ging, kehrte jedoch gleich darauf zurück. Der Commander sei beim Kartenspiel, erklärte sie, und wolle nicht gestört werden.

Ich war wie vor den Kopf geschlagen.

Wieder bat ich – ich flehte, Mary –, aber er kam nicht. Noch einmal nannte ich meinen Namen, aber sie sagte, den habe sie ihm ja schon gesagt, und er habe mit Flüchen geantwortet; mit Flüchen so obszön, dass sie deine Augen verderben würden, schriebe ich sie hierher.

Ich spähte zum Fenster des Salons hinein. Ein seltsamer Tanz war im Gange, mit eleganten Damen und Herren im Gehrock, und sie hatten Koboldsmasken und Engelsmasken auf und tranken heißen Punsch. Der Commander war nicht zu sehen, aber sein Pferd und der Einspänner standen auf dem Hof.

Ich setzte mich unter eine Kiefer in den Schnee und wollte warten. Inzwischen war es dunkel geworden. Rundum war alles still. Allerlei Dinge gingen mir durch den Kopf, seltsame Dinge. Ich könnte nicht mehr sagen, worüber ich nachgedacht habe. Nach einer Weile muss ich eingeschlafen sein.

Mir träumte, dass du und ich und unser Kind zusammen im Paradiese waren, es war warm, und um uns ein blühender Garten. Musik spielte. Deine Eltern waren da, zusammen mit meinen, und alle vier waren sie jung und gesund; viele alte Freunde dazu, und gemeinsam waren wir glücklich. Gott der Herr war unter uns, so kam es mir vor, und gab uns Brot zu essen und Wein zu trinken. Das Seltsamste war, dass Er ein neugeborenes Schwein in Seinen blutigen Händen hatte, und als ich Ihn fragte, warum das so sei, antwortete mir Gott in unserer eigenen gälischen Sprache: *Er ist heilig.* Und dann kam die Muttergottes ebenfalls zu uns – es war kein Haus, in dem wir waren, sondern eine Art leuchtende Wiese –, und sie berührte unsere Gesichter eines nach dem

anderen, und wir wurden erfüllt vom Licht, als wäre es Wasser.
Und die Heilige Muttergottes sagte in englischer Sprache: *Gebenedeit sei die Frucht meines Leibes.*

Als ich wieder erwachte, war es stockfinster, und die Musik im Haus hatte aufgehört. Ich konnte das Brot, das ich im Traum gegessen hatte, noch schmecken, so süß und köstlich, wie ich es je geschmeckt hatte. Doch dann kam der Krampf zurück, schlimmer als zuvor – Christus beschütze uns vor allem Bösen –, ein glühendes Eisen in meinen Eingeweiden. Ich dachte, die Zeit sei gekommen, da ich sterben sollte, doch dann war der Schmerz fort, und nur noch die Tränen blieben, so entsetzlich war er gewesen.

Alle Lichter im Hause wurden gelöscht. Mein Unterleib war mit Schnee bedeckt, und die Beine spürte ich kaum noch. Es lag eine Totenstille über dem eisigen Land, eine Stille, wie ich sie nie zuvor vernommen hatte. Kein Laut eines Tieres, kein Vogelschrei. Nur Schwärze und Stille überall. Es war, als läge die ganze Welt still und stürbe.

Jemand war aus dem Haus gekommen, führte das Pferd in den Stall und legte ihm eine Decke über. Ich ging an den Wagen und wartete eine Weile.

Aber er kam nicht aus dem Haus.

Schließlich ging ich noch einmal zur Tür und klopfte. Diesmal öffnete ein Diener, ein alter Lakai, und sagte, ich müsse gehen. Er habe Order, die Hunde auf mich zu hetzen, wenn ich nicht von mir aus ginge. Ließe er mich ins Haus, riskiere er sein eigenes Leben, denn seine Lordschaft der Commander sei voll trunkenem Zorn. Er gab mir einen Becher Wasser und beschwor mich zu gehen.

Aber da packte mich eine entsetzliche Wut wie ein tosender Sturm. Ich holte aus und wollte den Mann schlagen – Gott verzeihe mir, dass ich die Hand gegen einen wehrlosen Alten erhob –, aber er warf mir die Tür vor der Nase zu.

Eine Zeit lang strich ich ums Haus wie ein Hund. Aber anscheinend waren alle zu Bett gegangen, denn alle Fenster waren schwarz, die Läden verschlossen. Wieder wallte der Wahnsinn in mir auf. Ich stieß einen Schrei aus, ein wütendes Tier.

Ich verfluchte den lebendigen Namen Henry Blakes und betete

zu Christus, dass nicht er noch die Seinen jemals Ruhe auf Erden finden sollten, noch seine Kinder und Kindeskinder, keines, das je das Land Galway erblicke. Dass sie nie mehr in ihrem Leben schlafen sollten, nicht eine einzige Nacht. Dass sie unter Qualen sterben und keine Ruhe finden sollten im Grab.

Mary, ich hätte ihn umgebracht, wäre er aus dem Haus gekommen. Christus verzeihe mir, aber ich hätte mich geweidet an seiner Qual, glaube mir.

Ein Wind kam heftig und eisig herauf vom See. Nun vernahm ich den Ruf eines Wolfes weiter oben in den Bergen. Ich ging wieder zu Tal nach Leenaun; ich dachte, ich könne einen Schlafplatz in einer Scheune erbetteln oder einen Bissen Brot oder gar ein Schälchen Milch für das Kind. Aber die Menschen fürchteten sich vor dem Fieber und trieben mich mit Schimpf und Schande fort aus dem Ort. Ein Trupp Soldaten begegnete mir im Regen, aber auch von denen bekam ich nichts. Sie hätten nichts, sagten sie.

Ich kehrte zurück hierher, wo ich deine Schwester fand mit dem fast schon verhungerten Kind. Du seist den weiten Weg nach Kingscourt gegangen und wolltest dort um Hilfe bitten. Aber da ist niemand mehr, der dir helfen kann, Mary, ich weiß, dass keine Menschenseele mehr dort ist. Ich habe deine Schwester nach Hause geschickt, die schrecklichen Schreie des Kindes ängstigten sie so sehr.

Damit wird es bald vorbei sein.

Weißt du noch, meine geliebte Mary, wie wir ausgegangen sind, als wir noch jung waren? Das schlichte Glück der Tage miteinander, die Seligkeit der Abende. Was haben wir uns da für ein Leben ausgemalt, ein Leben voller Milch und Honig, hast du einmal gesagt. Ich weiß, du hättest als Gefährten deines Lebens lieber einen anderen gehabt, aber als du mich nahmst, da gab es in ganz Irland keinen glücklicheren Mann als mich. Und ich hätte meinen Platz mit keinem König und keinem Gutsbesitzer getauscht, nicht einmal mit dem Sultan von Indien. Alles Gold von Viktorias Thron hätte mich nicht gelockt, und kein Edelstein in ihrer Krone.

O meine geliebte Frau. Meine geliebte Mary Duane. Ich spürte, dass die Liebe erblühen würde, wenn man das Pflänzchen zärtlich und behutsam goss, und ich glaube, es wuchs tatsächlich, wenigstens eine Weile lang.

Es gibt so viele Arten von Liebe auf der Welt. Manchmal waren wir wie Bruder und Schwester, aber für mich war das mehr als genug, denn kein Mensch hat je eine bessere Freundin und Gefährtin gehabt, und dich zu umsorgen war mein ganzes Glück.

Doch dann kam in unser Kornfeld eine Ratte.

In letzter Zeit scheint es, als hätte nichts mehr einen Sinn.

Selbst das Antlitz unseres unschuldigen Kinds ist nur noch eine Fratze.

Ich bitte dich, bete für meine Seele, bete um Vergebung für all das, was ich getan habe, und des Entsetzlichen, das ich tun werde.

Verzeih mir, dass ich dir kein guter Mann war, dir, die du den besten verdient hättest.

Vielleicht hättest du doch jenes andere Geschöpf Satans heiraten sollen, das mein Verderben war. Nun kannst du es ja tun.

Mir ist so kalt, ich fürchte mich so sehr.

Sie wird nicht leiden, Mary, ich werde nicht zaudern und werde ihr bald nachfolgen.

Sage ab und zu ein Gebet für mich, wenn du es ertragen kannst, meiner zu gedenken.

Für immer dein,
  N

VII. Kapitel

Das Objekt der Begierde

Der erste Teil eines Triptychons, welches einige wichtige Erinnerungen aus der Kindheit und dem späteren Leben des Kindermädchens Mary Duane zum Gegenstand hat; insbesondere ihre Erinnerungen an eine Person, für die sie einst zärtliche Gefühle hegte. Wir begegnen Miss Duane am siebten Morgen der Reise.

24° 52′ WESTL. LÄNGE; 50° 06′ NÖRDL. BREITE
7.55 UHR VORMITTAGS

Speere vielleicht. Musketen? Das konnte sein. Grau wie die Dog's Bay am frühen Morgen. Es mussten riesige Kugeln gewesen sein, damit sie durch seine dicke Haut gingen. Mit was hatten sie ihn dann in Stücke gehackt? Mit einem Beil vielleicht. Einer Säge. Er hatte trompetet, geschrien, sich auf den Boden geworfen. Ringsum Bäume, da wo sie ihm die Stoßzähne abgesägt hatten. Ein Blutschwall schoss über die glatten Blätter. Schwarze und braune Männer, mit Blut an den Füßen. Rote Männer, die zusahen, wie die schwarzen Männer schnitten.

Mary Duane blickte zum Bullauge hinaus, auf die eintönige Morgenlandschaft der Atlantikwellen. In sechs langen Tagen hatte er sich nicht ein einziges Mal verändert. Und sie wusste, dass es so bleiben würde, drei weitere Wochen lang. Nie hätte sie sich träumen lassen – sie als Fischerstochter –, dass ihr der Anblick von Wasser noch einmal so zuwider sein würde; wenn man diese farblose wogende Wüste wirklich Wasser nennen wollte.

Grau waren die Fische, die dort unten lauerten. Grau die Delphine, grau die Haie. Wie konnte überhaupt etwas leben in diesen Tiefen? Grau wie ein Leichentuch. Grau wie ein Toter. Grau und runzlig wie schlaffe, verschrumpelte Haut. Wie der Elefantenfuß, den sie so oft in der Eingangshalle von Kingscourt Manor gesehen hatte. Genauso tot, genauso abstoßend war das Meer.

»Bitte waschen Sie sich noch einmal die Hände, Mary. Bevor Sie die Kinder anfassen.«
»Sehr wohl, Lady Merridith.«
»Sie haben so empfindliche Haut, gerade Jonathan.«
»Ja, Mylady.«
»Und denken Sie daran, dass Sie nach dem Frühstück die Laken wechseln. Die Kissenbezüge natürlich auch. Wir wissen ja, was passiert, wenn Robert eine unruhige Nacht hat.«
»Was passiert dann, Ma'am?«
»Na, seine Albträume. Was denken Sie denn, wovon ich rede?«
»Ja, Mylady.«
»Und ich sage das nicht gern, Mary, aber Sie sollten sich auch die Achselhöhlen waschen. Mir fällt auf, dass Sie eine Angewohnheit haben, immer die Hände hineinzustecken, wenn Ihnen heiß ist. Das ist sehr unhygienisch.«

Mary Duane überlegte, ob sie ihrer Herrin sagen sollte, dass der Gatte der Lady in den letzten sieben Monaten fast jeden Abend zu ihr gekommen war, sich auf ihr Bett gesetzt und ihr zugesehen hatte, wie sie sich auskleidete. Das hätte ihr den Wind aus den Segeln genommen.

Mehr wollte er meistens nicht, nur zusehen. Das war seltsam, fand sie, aber Männer waren ja oft seltsam. Die meisten Männer waren so merkwürdig wie ein fünfbeiniger Hund. Und wenn sie die Maske ablegten, waren sie ja auch nicht mehr als das. Wenn ein Säufer im Straßendreck jaulte, dann war es nicht halb so grob wie das, was manche von ihnen wollten.

Die Lüge, mit der es angefangen hatte, war erbärmlich gewesen, eine Kränkung, mit der er sie für dumm verkauft hatte, und sich selbst dazu. Spät an einem Aprilabend hatte er an ihre Tür geklopft und sich, einen Skizzenblock in der Hand, in ihr Zimmer gedrückt; er wolle sie zeichnen, sagte er. Sein Atem roch sauer nach Whisky. Er fragte, ob sie ihm »die Gunst erweise«. Das kam ihr seltsam vor; es war nicht gerade die Art, wie ein Herr eine Dienerin ansprach. Er hatte sich ans Fenster gesetzt, und sie hatte ihm die Gunst erwiesen. An jenem Abend wollte er nicht mehr, als dass sie ihr Haar löste. Am nächsten war er wieder nach oben gekommen. Es war nicht in seinem eigenen Haus, sondern im Haus von Freunden. Eine »vorübergehende Zuflucht« hatte er es genannt. Seine Freunde waren in der Schweiz und gingen im Schnee spazieren. Er war immer ein wenig beklommen, denn es war schließlich das Haus eines anderen. Zehn Minuten hatte er gezeichnet, dann bat er um eine weitere Gunst. Ich überlege, Mary, ob du vielleicht. Natürlich nicht, wenn es dir unangenehm ist. Wir sind doch Freunde seit Kindertagen. Wie Bruder und Schwester. Nichts Unanständiges. Nur den Arm ein wenig entblößen. Das Licht auf deiner Schulter. Wenn du das aufknöpfen aufhaken lösen könntest. Die Farbkontraste. So wichtig für die Komposition. Es kommt ja nicht auf das Material an, verstehst du; es kommt darauf an, was man daraus macht.

Ohne zu antworten hatte sie Morgenrock und Nachthemd abgestreift. Bevor noch mehr unerträgliche Lügen kamen.

Es war das erste Mal, dass er ihren nackten Leib gesehen hatte, aber er hatte kein Wort gesagt, und sein Schweigen hatte sie nicht überrascht. Es sollte ganz normal wirken, eine nackte Frau, ein angezogener Mann, der sie betrachtete; sein Anzug und seine Kunst eine Art Verkleidung, genauso wie womöglich ihre Nacktheit. Er hatte ein Stück Holzkohle auf Augenhöhe gehalten, hatte wichtig die Augen zusammengekniffen, als er Maß nahm, erst das eine, dann das andere. Als wäre sie ein Stillleben, ein Arrangement von Flaschen auf der Fensterbank. Die Tatsache, dass sie nackt war, durfte nicht genannt werden; und auch nicht die umständliche Art, auf die es dazu gekommen war. Es war kein einziger Laut zu hören, nur sein leises Atmen und das Schleifen der Holzkohle auf dem Papier. Grau die Kohle, grau sein Gesicht. Und nach einer Weile hatte er leise das Skizzenbuch von den Knien in seinen Schoß gezogen. Sie hatte die Augen abgewandt, hatte durchs Fenster nach unten geblickt. Nach unten auf den Schmutz der Dubliner Straße. Er hatte weitergezeichnet. Und sie angesehen. Und das Objekt der Begierde blickte fort.

Am nächsten Abend kehrte er zurück, und danach fast jeden Abend. Um Mitternacht hörte sie seine zaghaften Schritte auf der Holztreppe hinauf zu den Dienstbotenkammern. Sein ängstliches Klopfen. Roch den abstoßenden Schnapsgestank. Ah. Mary. Ich hoffe, ich störe nicht. Dachte, wir könnten. Wenn du nicht zu müde bist. Vielleicht auf dem Sofa. Oder mit dem Kissen unter. Ist es dir auch wirklich recht? Und bitte noch einmal, wenn es dir nichts ausmacht.

Die natürliche Schönheit der Unbekleideten. Nicht dass wir deswegen die mindesten. Die großen Künstler aller Epochen. Vielleicht mit dem Rücken zu. Das Laken über. Ein wenig tiefer, wenn es dir nicht. Oder wenn ich ein winziges bisschen näher. Das macht dir doch. Besseres Licht.

Sie hatte überlegt, ob sie damit zur Herrin gehen sollte. (*Mistress*, was für ein seltsames Wort. Herrin und Geliebte.) Aber sie wusste ja genau, was kommen würde, wenn sie das wagte. Es war nicht Lord Merridith, der dann vor die Tür gesetzt wurde und sehen konnte, wo er ein Bett und ein Stück Brot fand. Wenn diese Art von Gunst erwiesen wurde, war es nicht der Herr, der gehen musste. Schließlich hatte Seine Lordschaft sie aus schierer Mitmenschlichkeit bei sich aufgenommen: das Mädchen aus dem Heimatdorf, das er in Dublin als Bettlerin von der Straße geholt hatte. Sie kannte ihren Platz, und er den seinen. Wie die Helden in einer Ballade.

Einige wenige Male, wenn er schwer getrunken hatte, bat er um Erlaubnis sie zu berühren. Offenbar war es leichter für ihn, wenn er fragen konnte; dann konnte er bei allem, was danach geschah, tun, als geschehe es im Einvernehmen. Das schien ihm wichtig: dass es ihr nichts ausmachte oder dass sie es sich zumindest nicht anmerken ließ. Manche Männer erregte die eigene Macht, andere die Illusion der Gemeinsamkeit.

Er selbst wollte nie berührt werden. Er wollte sie ansehen und berühren: sonst nichts. Die meiste Zeit erregte ihr Körper ihn anscheinend nicht; eher schien es, als sei dieser Körper etwas Unbegreifliches; als seien seine Falten und Rundungen, seine harten und weichen Stellen Rätsel der Geometrie, die es zu lösen galt. Fast in einem fort flüsterte und murmelte er. *Das macht dir doch nichts aus, Mary? Bitte sage, wenn es dich stört. Wir sind doch Freunde, nicht wahr, Mary? Du hast nichts dagegen, oder?* Er berührte sie zärtlich mit den Fingerspitzen, wie etwas Wertvolles, Zerbrechliches, einen kostbaren Besitz, auf den man Acht geben musste. Ein Stück aus der väterlichen Sammlung seltener und ausgestorbener Tiere. Das Ei eines Alken vielleicht; ein Dinosaurierschädel.

Manchmal machte er anerkennende Laute, eine Art Maunzen wie ein Kater, der die Krallen nach seiner Beute ausstreckt. Wenn er sie berührte, schloss sie die Augen und stellte sich vor, sie sei anderswo.

Damit unterdrückte sie die Tränen, die Übelkeit. Sie dachte an die Gesichter von Menschen, die sie gekannt hatte, an den Klang einer Kirchenglocke am Sonntagmorgen; an die sanften Wellen, die der Schall dieser Glocke auf dem Wasser eines Sees werfen konnte. Sie sagte zu sich: *Es ist gleich vorbei. Dafür bekomme ich zu essen. Mehr ist es nicht.* Sie wollte ihn nicht dafür verachten. Nicht einmal das verdiente er, und so mühte sie sich, nichts zu spüren.

Einmal hatte er ihre Brüste geküsst. *Mary, ich liebe dich. Ich habe dich immer geliebt. Mary, verzeih mir, was ich getan habe; hab Mitleid mit mir.* Sie hatte den Blick gesenkt, hatte seine Lippen an ihrer Brustwarze betrachtet, und dann hatte sie ganz ruhig und ohne sich ihm zu entziehen gesagt: »Es wäre mir lieber, Ihr würdet das nicht tun, Mylord.« Ein Moment war vergangen. Sie rechnete halb damit, dass er sie vergewaltigen würde. Aber er hatte nur genickt und sich ohne ein Wort zurückgezogen. Hatte wieder seinen Block genommen und weitergemacht, als sei nichts geschehen; als habe er sich nur eben hingekniet, um seinen Schuhriemen zu binden.

Jedes Mal wenn sie sich entkleidete, schien es wie ein Wunder für ihn. Jedes Mal starrte er sie mit weit aufgerissenen Augen an wie ein Mann, dem man gerade einen Dolch ins Herz gestochen hat und der weiß, dass er im nächsten Moment tot sein wird. Oft fragte sie sich, wie das denn mit ihm und seiner Frau war. Er benahm sich wie ein Mann, der noch nie eine nackte Frau gesehen hatte. Aber das konnte doch nicht sein? Er musste doch Lady Merridith gesehen haben? Sie schliefen nicht mehr im selben Bett, das wusste sie; aber schließlich hatten sie zwei Kinder miteinander gezeugt.

Vor drei Wochen war er zum letzten Mal auf ihr Zimmer gekommen; in der Nacht, in der er nach Dublin zurückgekehrt war, nachdem er in Galway sein Haus aufgelöst hatte. An jenem Abend war er vollkommen verändert. Sie war müde. Seine Söhne hatten ihr das Leben schwer gemacht. Als sie den Morgenrock öffnete, wie er es sonst wünschte, hatte er sie gebeten, es zu lassen; sie sollte nur dasitzen und eine Weile mit ihm reden.

Es war eine Finsternis in ihm, die sie noch nie gesehen hatte; nicht die Grimmigkeit der Lust, sondern die Schwärze des Schuldigen. Er hatte ihr geschworen, was geschehen sei, werde nie wieder geschehen; dass er sich für sein Benehmen schäme und sich bessern wolle.

Immer wieder nannte er es »was geschehen ist«, als sei es etwas, das über ihn gekommen war wie das Wetter. Was geschehen sei, sei ganz und gar unverzeihlich, sagte er; und er wolle es gar nicht wagen, sie um Verzeihung zu bitten. Er wolle nur sagen, wie Leid es ihm tue, und ihr beim Leben seiner Kinder schwören, dass er sie nicht noch einmal belästigen werde. Es sei Schwäche gewesen. Er sei ein unglücklicher Mann. Er habe seiner eigenen Schwäche und seinem Unglück nachgegeben, und dessen schäme er sich. Die Einsamkeit habe ihn zu Dingen getrieben, die er nun zutiefst bedaure. Das sei keine Entschuldigung für sein unehrenhaftes Verhalten, aber die Vergangenheit könne man durch schlechtes Gewissen nicht ungeschehen machen, sosehr man sich das vielleicht auch wünsche. Wenn es etwas gebe, was sie brauche – ganz gleich, was es sei –, dann müsse sie es nur sagen, und er werde ihr helfen.

»Ich brauche niemandes Hilfe«, hatte sie ruhig geantwortet.

»Wir brauchen alle einmal Hilfe, Mary.«

»Nicht ich, Mylord.«

Er hasste es, wenn sie ihn Mylord nannte. Es erinnerte ihn an Verhältnisse, die er lieber vergaß.

»Die Jungs – würden es sehr bedauern, wenn du nicht mit nach Amerika kämest. Wir alle würden es bedauern, Mary. Du bist so gut für sie. Sie haben es ja nicht leicht gehabt in letzter Zeit.«

»Mir bleibt hier nichts, was mich hält. Wie Euer Lordschaft wissen.«

»Du wirst also trotz allem mitkommen. Das freut mich. Wirst du auch wieder eine Stelle bei uns annehmen?«

»Ich werde aus den Diensten Eurer Familie ausscheiden, im Augenblick, in dem wir in New York an Land gehen. Ich bitte um nicht mehr als den Lohn, der mir zusteht, und ein Zeugnis.«

»Mary.« Langsam senkte er sein Haupt und betrachtete die knorrigen Fußbodendielen. »Hältst du mich denn wirklich für ein Tier? Aber das musst du wohl.«

»Es kommt einer Dienstmagd nicht zu, ihren Herrn für etwas zu halten.«

Er brachte es nicht fertig, ihr in die Augen zu sehen. »So viel ist zwischen uns geschehen, Mary. Vielleicht könnten wir noch einmal von vorn beginnen. An Zeiten zurückdenken, als wir jünger und glücklicher waren. Ich könnte es nicht ertragen, wenn, was ich getan habe, unsere Freundschaft zerstört hätte.«

»Habt Ihr gesagt, was Ihr mir zu sagen hattet, Mylord? Ich möchte schlafen.«

Da blickte er zu ihr auf und sah sie an wie eine Unbekannte. Die Uhr auf der Anrichte schlug halb zwei. Er erhob sich unter Mühen aus seinem Sessel und blickte sich suchend im Zimmer um; wie ein Mann, der im Museum in den falschen Saal geraten ist. Legte sein Skizzenbuch auf den Waschtisch und ging schweigend zur Tür. Dort blieb er noch einmal stehen. Ohne sich umzudrehen fragte er: »Gibst du mir die Hand, Mary? Um der alten Zeiten willen?«

Sie sagte nichts. Er nickte ein paar Mal. Dann zog er mit einem sanften Klicken die Tür hinter sich ins Schloss. Sie hörte ihn die wacklige Treppe hinabsteigen, dann knarrte die Tür zur Galerie.

Im Umschlag des Skizzenbuchs steckte eine Fünfpfundnote, hastig in Viertel gefaltet. Das Buch hatte sie verbrannt, ohne einen Blick hineinzuwerfen; die fünf Pfund hatte sie für die Hungernden gespendet.

Seit jenem Abend hatte er kaum ein Wort an Mary Duane gerichtet. Er fürchtete, malte sie sich aus, dass sie es seiner Frau erzählen werde. Er war die traurigste Art von Mann, die es gab auf der weiten Welt; einer von denen, für die Frauen ein Martyrium waren. Aber noch trauriger würde er stets die Frauen machen, die ihm begegneten. Er war vierunddreißig. Er würde sich niemals mehr ändern.

Vielleicht hatte es etwas mit seiner Mutter zu tun. Sie hatte ihn die ersten sechs Jahre seines Lebens in Irland allein gelassen und hatte in London bei ihrer eigenen Familie gelebt; ihre zwei Töchter hatte sie mitgenommen, aber nicht den Sohn. Keiner wusste warum. Und es spielte ja auch keine Rolle mehr. Mary Duanes eigene Mutter war seine Kinderfrau gewesen.

Buime lautete das irische Wort: Amme oder Kindermädchen. Die Engländer nannten eine solche Frau *nanny* – das gleiche Wort, bei dem sie auch eine Ziege riefen. Es war eine schöne Sprache, die Sprache der Bibel, aber manchmal konnte das Englische schon seltsam sein. Mary Duane aus Carna, Tochter einer Ziege. Und nun war sie selber eine.

Sie konnte sich noch erinnern, wie sie zum ersten Mal den Jungen gesehen hatte, der einmal Laura Merridiths Mann werden sollte. An ihrem fünften Geburtstag hatte ihre Mutter sie mit zu dem großen Haus in Kingscourt genommen. Die Zimmer hatten nach modrigem Laub und Bohnerwachs gerochen. Überall glitzerte Silber, und überall standen seltsame ausgestopfte Tiere. Ausgebleichte Bilder von Earls und Viscounts, von Baronen und Generälen, von Gräfinnen und Matronen hingen an den Wänden, alle längst tot und in Clifden begraben; aber einst hatten sie in diesem Haus gewohnt, in Kingscourt Manor. Ein Porträt von Lord Merridith in seiner Amtsrichterrobe zierte den Treppenabsatz, der zum Musikzimmer führte. Ein anderes, weit größeres, das die Länge einer ganzen Wand einnahm, zeigte ihn in scharlachroter Marineuniform und schwarzem Hut mit Feder; es hing in der Bibliothek wie ein Zirkusplakat. Ein Klavier stand im Wohnzimmer. »Sébastien Érard« hieß der Mann, der es gebaut hatte – ihre Mutter hatte ihr die Goldbuchstaben gezeigt, in denen es angeschrieben stand. Die Treppenstufen waren mit einem ausgebleichten roten Teppich belegt, und auf jeder Stufe stand das Familienwappen, zwei gekreuzte Schwerter mit einem Greifen. *Fides et robur* war das Motto der Merridiths. Das war Latein und bedeutete so viel wie »Glaube und Stärke«. Die Familie Duane besaß keinen solchen Wahlspruch, und sie überlegte, wie er wohl lauten würde, wenn sie je einen bekämen. Im Windfang an der Haustür gab es einen Regenschirmständer. Er war aus einem Elefantenfuß gemacht.

Lord Merridith wartete am Kaminsims im Esszimmer, die Arme hinter dem Rücken verschränkt und die Beine eine ganze Elle weit gespreizt. Er sah wie einer von den Aposteln aus mit seinem schön gestutzten weißen Bart, dem strengen Mund und den Augen, die sich wie Feuer in einen bohrten. Er war glatzköpfig wie ein Ei und hatte keine Augenbrauen. In Trafalgar war eine Bombe direkt neben ihm explodiert und hatte ihm die Haare vom Kopfe gesengt, aber nicht den Bart. Er hatte mit angesehen, wie Admiral Nelson in den Rücken getroffen wurde. Er war einer von Admiral Nelsons Sargträgern gewesen. Seine Augenbrauen und sein Haar waren nie wieder gewachsen. Auf einem Sockel neben der Anrichte stand das Modell eines verfallenen Turms. Er wollte ihn auf der Wiese von Lower Lock bauen, an dem Hügel, wo der Feenbaum stand. Warum jemand eine Ruine bauen wollte, ging über Mary Duanes Verstand, aber ihre Mutter hatte ihr eingeschärft, sie solle keine Fragen stellen. Ruinen waren ein

Hobby von Lord Merridith. Und wofür ein Mensch sich interessierte, war ganz allein seine Privatsache.

Anfangs hatte er ihr solche Angst eingeflößt, dass sie kein Wort zu ihm gesagt hatte. Aber dann hatte er sie angelächelt und ihr übers Haar gestrichen. Irgendwo tief in ihm war eine große Freundlichkeit, das spürte sie. So wie man manchmal das Gefühl hatte, dass man auf dem Grund eines trüben Flusses Münzen blitzen sah.

Auf seinen Handrücken waren Blasen so groß wie ein Blatt, und sie waren mit hellroter Medizin bestrichen. Er hatte ihr einen schwarzen Penny geschenkt und ihr einen Witz erzählt, den sie nicht verstanden hatte, denn er war auf Englisch, und damals waren ihre Englischkenntnisse nicht groß. Aus einem Krug hatte er ihr ein Glas Limonade eingegossen und ihr alles Gute zum Geburtstag gewünscht. (»Glückliche Wiederkehr«, hatte er gesagt. Hieß das, dass sie von jetzt an öfter ins Herrenhaus kommen durfte?) Dann hatte er auf einen schüchternen Jungen gewiesen, der sich unter dem großen Mahagonitisch versteckt hatte, leise vor sich hinsummte und mit einem Reifen spielte; einen mickrigen Burschen in Samthosen. »Das ist mein Großadmiral. Ach-tung! Haltung, David. Willst du der jungen Dame nicht guten Tag sagen? Wo bleiben denn deine Manieren?« (Ihre Mutter hatte ihr einmal einen Admiral gezeigt – aber das war ein wunderschöner Schmetterling gewesen.)

Er war fünf, genau wie sie. Vielleicht auch erst vier. Er war durchs Zimmer getrottet und hatte eine förmliche kleine Verbeugung vor Mary Duane gemacht, und dann vor seiner Kinderfrau. Lord Merridith und Mary Duanes Mutter hatten gelacht. Und der Junge hatte seinen Vater mit fragender Miene angesehen, als begreife er nicht, was es zu lachen gab; als höre auch er sie, genau wie Mary Duane, in einer Sprache sprechen, die er nicht verstand.

Mary Duane kannte diesen Blick genau. Sie hatte ihn fünftausendmal auf seinem Gesicht gesehen, denn sie waren zusammen auf den Feldern rund um Kingscourt groß geworden. Manchmal sah sie ihn heute noch, wie das Schattenbild von etwas, das man im hellen Sonnenlicht gesehen hat. Den Blick eines Jungen, dem man etwas ganz Selbstverständliches erklären musste.

Oft war sein Vater fort im Krieg. Irgendwo gab es immer gerade Krieg. Eine Tante war aus London gekommen und sollte helfen, auf ihn aufzupassen. Sie war eine Witwe, eine gutmütige, lustige alte Lady mit einem kleinen Schnurrbart, der wie eine graue Raupe aussah, und oft war sie so betrunken, dass sie nicht mehr gerade gehen konnte. Sie trank Brandy »wie ein Schiffszimmermann«. Das hatte Mary Duanes Vater gesagt.

Admiral Nelsons Leiche hatten sie in Brandy konserviert. Damit er nicht verweste. Die Raben auf den Zinnen ließen sie nachts nicht schlafen. Manchmal schoss sie mit ihrer Steinschleuder auf sie. Johnny de Burca war der Pferdeknecht auf Kingscourt. Er musste sie daran hindern, denn sie zerschoss die Scheiben im oberen Stock. Die Dachrinne machte sie kaputt. Sie hatte einen Dachschaden. »Tante Eddie« nannte David Merridith sie. (Sie war eine »Irrländerin«, sagte er.) Mary Duanes Mutter erklärte, Tante Eddies wirklicher Name sei Lady Edwina.

David hieß eigentlich Thomas David, aber alle nannten ihn David oder Davey. Manchmal hieß er auch »Seine Lordschaft« oder »der Viscount« oder »Viscount Roundstone«. In Davids Familie hatten alle mindestens drei Namen. Das musste ein ziemliches Durcheinander sein, wenn sie beim Essen miteinander redeten.

Betüddelt. Einen in der Krone. Blau wie eine Haubitze. Sternhagelvoll.

Manchmal, wenn die Tante zu betrunken war oder ihren Rausch ausschlief, hatte ihre Mutter ihn für ein paar Stunden mit zu ihnen nach Hause gebracht. Er spielte gern in der Aschgrube oder balgte sich mit dem Hund. Er war immer begeistert, wenn ihre Mutter den großen schwarzen Topf mit Kartoffeln direkt auf die Tischplatte ausleerte. Er aß so gerne Kartoffeln mit seinen kleinen, weißen Händen, er leckte sich die Butter von den Fingern wie ein Welpe. Manchmal fuhr er mit ihrem Vater und ihren Brüdern im Boot hinaus, an Blues Island und Inishlackan vorbei, wo Makrelen und Lachs so fett waren wie Spanferkel. In der Abenddämmerung kehrte er mit den Männern zurück, bebte vor Aufregung, saß bei ihrem Vater auf den Schultern und schwang eine Schwarzdorngerte als Entermesser. *»Tan-taraa! Tan-taraa!«* Einmal hatte er am Abend bitterlich geweint, als ihre Mutter ihn wieder nach Kingscourt bringen wollte, weil es Zeit zum Schlafengehen war. Er wollte bei ihr bleiben, hatte er gesagt. Er wollte überhaupt nicht mehr nach Haus.

Aber es wäre nicht richtig gewesen, wenn er bei ihnen geschlafen hätte, hatte ihre Mutter ihm erklärt. Und als er fragte warum, hatte sie mit fester Stimme geantwortet: »Das gehört sich nicht.«

Mary Duane fand das grausam von ihrer Mutter. Andere Kinder durften manchmal über Nacht bleiben, obwohl sie zu Hause auch eine Mutter hatten. Und der arme David Merridith hatte schließlich keine Mutter, die für ihn sorgte. Eigentlich hatte er auch keinen Vater, denn der war immer im Krieg. Er war ganz allein in dem großen, finsteren Haus und hatte niemanden außer der schnurrbärtigen Tante und den Raben. Womöglich gab es da oben sogar Gespenster.

»Kann gut sein«, stimmte ihr Vater zu.

Dabei hatte er Mary Duanes Mutter einen Blick zugeworfen, aber sie hatte fast unmerklich den Kopf geschüttelt, so wie sie es immer tat, wenn sie nicht wollte, dass er vor den Kindern über etwas sprach.

Mitten in der Nacht waren sie wach geworden, weil jemand wie wahnsinnig an die Hintertür hämmerte. Es war David Merridith, tränenüberströmt und fast außer sich vor Angst. Er war den ganzen Weg vom Herrenhaus in Nachthemd und Nachtmütze heruntergelaufen, obwohl der Donner die Erde erbeben ließ und der Blitz den Himmel spaltete; es regnete so heftig in dieser Novembernacht, dass die Niederungen von Galway noch Wochen später unter Wasser standen. Seine Füße und Waden waren von Dornen zerkratzt, das verzweifelte Gesicht schlammbespritzt. »*Bitte lasst mich rein. Bitte schickt mich nicht weg.*« Doch ihr Vater hatte ihn in einen Mantel gehüllt und zurückgebracht.

Er blieb lange weg, und als er zurückkam, schien er um Jahre gealtert. Er blickte sich um in der kleinen, düsteren Küche, wie ein Mann, der sich verirrt hat oder im falschen Haus ist; als sei er aus einem Traum erwacht, in dem ihm etwas Entsetzliches begegnet war. Der Wind rüttelte an der Tür. In den Wänden hörte man Mäuse rascheln. Ihre Mutter war zu ihm hinübergegangen, aber er war zurückgewichen, wie immer, wenn ihn etwas bekümmerte. Er nahm einen Krug »Biestmilch« aus dem Schrank, die Milch einer Kuh, die erst vor kurzem gekalbt hatte, und trank ihn mit sechs großen Schlucken leer. Mary Duane war zu ihm gerannt und hatte versucht, ihn zurückzuhalten. Da hatte er sie fest an sich gedrückt und ihr Haar geküsst, und als sie aufblickte, sah sie, dass er weinte, und ihre Mutter auch, obwohl Mary nicht wusste weshalb.

Am Ostersonntag des Jahres 1819 war Mary Duane frühmorgens

unterwegs zu der Quelle am Cloonisle Hill, als sie vor Kingscourt Manor eine wunderschöne Dame im himmelblauen Umhang aus einer Kutsche steigen sah. Ihr Vater lieferte die Erklärung: Es war David Merridiths Mutter. Sie war wohl aus London gekommen, weil sie sich um ihn kümmern wollte.

Er kam jetzt nicht mehr ganz so oft zu ihnen, doch wann immer er es tat, sah er glücklich und zufrieden aus. Er trug einen weißen Matrosenanzug, den sie ihm aus Greenwich mitgebracht hatte. Manchmal hatte er kleine weiche Süßigkeiten dabei, die er Marshmallows nannte. Greenwich war der Ort, wo sie die Zeit erfunden hatten. Der König von England hatte die Zeit erfunden. (»Ich möchte nur wissen, warum er das gemacht hat«, sagte ihr Vater. »Es ginge uns allen ein gutes Stück besser, wenn er es nicht getan hätte.«)

Seine Mutter war die schönste Frau, die Mary Duane je gesehen hatte. Sie war makellos gekleidet, schlank und anmutig, zart wie eine Apfelblüte, und Mary und ihren Schwestern kam es vor, als schwebe sie über den Boden. Ihr Vorname war Verity, ein englisches Wort, das so viel bedeutete wie Wahrheit. Sie war mit einem anderen Admiral verwandt: Francis Beaufort. Das war der Mann, der den Wind entdeckt hatte. Sie trug immer elegante Schuhe. Ihre Augen waren so grün wie der Connemara-Marmor auf den Stufen zur Kanzel in der Kirche von Carna.

Die Pächter von Kingscourt liebten Lady Verity. Wenn eine Frau auf dem Anwesen ihr erstes Kind zur Welt brachte, besuchte die Gräfin die Wöchnerin und brachte ihr Obst und Kuchen. Sie bestand darauf, dass der Mann nach draußen ging, damit sie sich eine Zeit lang allein mit der jungen Mutter unterhalten konnte. Sie ließ eine Goldmünze zurück als Geschenk für das Baby. Sie besuchte die Kranken, vor allem die älteren Leute. Sie ließ für die Frauen der Pächter in einem unbenutzten Stall am Flussufer ein Waschhaus einrichten, damit sie auch bei schlechtem Wetter waschen konnten. Jedes Jahr an ihrem Geburtstag, am 7. April, veranstaltete sie auf der Wiese am Lower Lock ein Fest für die Kinder des Guts. Die Leute sprachen bald nur noch vom Verity-Tag. Bedienstete und Bauern saßen mit den Herren an einem Tisch.

Als im Jahr 1822 die Kartoffelpest Connemara heimsuchte, leitete Lady Verity persönlich die Suppenküche auf der Farm des Herrenhauses, und die zehnjährige Mary Duane und David Merridith halfen beim Rübenschnitzeln und Wasserpumpen. Den Kindern von Kingscourt bezahlte sie zwei Pennies für den Scheffel Ginsterschösslinge, die sie auf dem Anwesen sammelten, und mischte sie unter das Futter für die Schweine Seiner Lordschaft. David Merridith holte sie heimlich wieder aus dem Schweinestall und schmuggelte sie zurück zu Mary Duanes Brüdern, sodass die sie nochmals verkaufen und ihm einen halben Penny abgeben konnten. Lord Merridiths Pächter, die Leute von Kingscourt, wurden beneidet von den Leuten auf dem Nachbargut, dem Anwesen des Commander Blake von Tully. Der scherte sich den Teufel um das Wohlergehen seiner Pächter, Kartoffelfäule hin oder her; das hatte Mary Duanes Vater gesagt. Er war selbst ein verdammter Teufel, keinen Deut besser als die Grundbesitzer, die in England hockten und ihre irischen Pächter bluten ließen. Der hatte sich gleich nach Dublin abgesetzt, als die Ernte schlecht ausfiel, der gemeine, hartherzige Kerl. Der würde einer Waisen noch den letzten Tropfen Spucke aus dem Mund stehlen. Die Blakes waren Überläufer, ehemalige Katholiken, die die Seite gewechselt hatten. Wenn der Commander einen Engländer ohne Hosen die Straße langgehen sähe, würde er selbst ohne Unterhosen gehen, so englisch wollte er sein.

Neunzig von seinen Pächtern waren bereits gestorben, und seine Handlanger vertrieben die Familien, die mit den Zahlungen in Rückstand waren. Sie kamen maskiert, meist in den frühen Morgenstunden. Sie mussten Masken tragen, die Verräter, denn wenn man sie erkannte, würden sie ihrer gerechten Strafe nicht entgehen. Angeführt wurden sie von einem »Austreiber«, einem Gutsverwalter oder Sheriff, der ihnen sagte, welche Häuser sie einreißen sollten und welche verschonen. Sie kletterten auf die Dächer und sägten die Balken durch, bis die Wände einstürzten. Manchmal brannten sie den Bewohnern auch einfach das Dach über dem Kopf weg. Die Familien mussten in den Wäldern Zuflucht suchen, oder sie hausten in notdürftigen Erdhütten am Wegesrand.

Lady Verity ließ die Männer von Kingscourt in den Wäldern nach ihnen suchen. Sie sollten zum Gutshaus kommen, sagte sie; dort würden sie etwas zu essen bekommen. Kein Hungernder solle abgewiesen werden. In solchen Zeiten müsse ganz Galway zusammenstehen. Manchmal weinte David Merridith vor Angst, wenn er sie über die

Weizenfelder näher kommen sah, die Heerscharen von bleichen, taumelnden Gestalten. Am liebsten wäre er weggelaufen, doch seine Mutter ließ es nicht zu. Sie zwang ihn immer zum Bleiben. Sie war nie unfreundlich, aber doch sehr bestimmt.

Eines Tages hörte Mary Duane, wie sie zu dem kleinen Viscount sagte: »Vor Gottes Augen ist der Arme nicht anders als du oder ich. Er hat Frau und Familie. Er hat einen kleinen Sohn. Und er liebt seinen kleinen Sohn, genau wie ich dich.«

An einem anderen Tag, als es mit der Kartoffelseuche besser wurde, scheuerte Lady Verity mit Mary und Mary Duanes Mutter den riesigen Kupferkessel in der Suppenküche aus. Plötzlich fiel Lady Verity hinterrücks zu Boden, so als hätte ihr ein grober Junge einen kräftigen Stoß versetzt. Mary Duane lachte, als sie sie am Boden sitzen sah. Ihre Mutter schimpfte sie aus, aber Lady Verity lachte mit, stand wieder auf und klopfte sich den Staub vom Rock ihres schönen Kleides. Sie wischte sich die Grashalme ab und sagte, sie habe ein wenig Kopfschmerzen und wolle sich oben im Haus etwas hinlegen.

Später am Tag war Doktor Suffield aus Clifden gekommen und bis lange nach Einbruch der Dunkelheit geblieben. Danach wurde Lady Verity sechs Monate lang von niemandem auf dem Gut gesehen. Ihr Sohn kam zu Freunden seiner Eltern in die Grafschaft Wicklow, in einen Ort namens Powerscourt. Sie machte keine Krankenbesuche mehr. Kinder kamen zur Welt, alte Leute starben, und trotzdem ließ Lady Verity sich nicht blicken. Das Waschhaus am Flussufer verfiel. Auf dem Strohdach sprießte das Gras. Ein paar uralte Pächter, die sich noch an die Hungersnot von 1741 erinnerten, sagten, das sei der Kuss des Todes; wahrscheinlich habe Lady Verity den Atem eines Fieberkranken eingeatmet oder ihm allzu sehr in die Augen gesehen. Marys Mutter sagte, das sei nichts als dummer Aberglaube. Man könne nicht davon krank werden, dass man jemandem in die Augen sehe.

Eines frühen Morgens, als Mary Duane mit ihrem Vater und ihrer jüngsten Schwester Grace auf der Wiese am Lower Lock Pilze sammelte, drang ein Schrei aus Kingscourt Manor. Dann verging ein endloser Augenblick. Der Wind fuhr durch das Gras. Ein Kaninchen lugte unter einem Ginsterbusch hervor. Und dann ein weiterer Schrei: lauter als der erste. So laut, dass die Amseln erschrocken aus dem Feenbaum aufstoben.

»Ist das die Banshee?«, fragte Grace Duane, starr vor Entsetzen. Sie hatte noch nie eine Banshee gehört, aber sie wusste, was ihr Heulen zu bedeuten hatte.

»Es ist gar nichts«, antwortete ihr Vater.

»Ist es die Banshee, die Weiße Frau, die Lady Verity holen kommt?«

»Das sind nur ein paar alte Katzen«, sagte Mary Duane. »Stimmt's, Papa?«

Ihr Vater drehte sich zu ihr um, schwerfällig wie ein rostiger Wetterhahn. Er starrte sie mit weit aufgerissenen Augen an, die taunassen Pilze in den schmutzigen Händen. Nie zuvor hatte sie ihn so verängstigt gesehen. »Das stimmt, mein Schatz. Genauso ist es. Und jetzt lauft, wir sehen zu, dass wir nach Hause kommen.«

Für sie war es der Augenblick, in dem sie erwachsen wurde. Das erste Mal, dass sie sich nicht zum Spiel, sondern im Ernst verstellt hatte.

Ärzte aus Dublin trafen ein. Ein berühmter Chirurg aus London mit einem ganzen Schwarm von Krankenschwestern in gestärkten cremefarbenen Uniformen. Eines Nachts sah der Gärtner Lady Verity mit einer Kerze an einem der oberen Fenster vorübergehen. Sie starb am Sankt-Patricks-Tag des Jahres 1823, um sechs Uhr in der Früh.

Eine Beerdigung wie diese hatte man in Galway noch nicht erlebt. Auf dem Friedhof von Clifden und auf den Straßen im Umkreis von einer halben Meile drängten sich siebentausend Trauergäste; Protestanten und Katholiken, Zugewanderte und Einheimische, Reich und Arm standen Seite an Seite im Regen.

Lord Merridiths Töchter waren aus London angereist. Mary Duane konnte sich nicht entsinnen, dass sie sie je zuvor gesehen hatte. Die eine war lang und dünn wie eine Bohnenstange, die andere klein und pummelig. Natasha Merridith. Emily Merridith. Sie sahen aus, als stammten sie direkt aus einem Kinderlied.

Ein Pfarrer aus Sligo sprach die Gebete. Reverend Pollexfen, ein Name, den Mary Duane noch nie gehört hatte. Er war ein zornig dreinschauender, blonder, massiger Prophet mit riesigen Händen und ungeputzten Schuhen, und als er die düsteren Worte aus den Psalmen sprach, bebte er wie eine Eiche im Sturm.

Lady Veritys Sarg wurde in die Grube gesenkt. Die Glocke läutete.

Auf einer nahe gelegenen Weide muhte eine Kuh. An Lord Merridiths Gürtel klimperte eine lockere Schnalle. Regentropfen klatschten auf die Epauletten seiner Uniform. Der Wind raschelte sanft in den Kastanien.

Und dann hörte sie noch etwas anderes.

Erst war es nur eine einzelne Stimme in der Menge hinter ihr. Die Stimme einer alten Frau. Und dann noch eine.

Anfangs ganz leise, dann immer lauter: Immer mehr Stimmen aus der Menge fielen mit ein. Jetzt auch Männer und kleine Kinder. Es wurde immer lauter, je mehr Gruppen einstimmten. Es schwoll an wie eine Woge und brach sich an den Granitmauern der Kirche, bis es Mary Duane schließlich war, als stiege es auf aus der nassen, schwarzen Erde und würde nie mehr verstummen.

Das irische Ave Maria.

Solange sie lebte, würde sie diesen Augenblick nicht vergessen. Wie David Merridith – ihr David – im Regenmantel seines Vaters in das offene Grab starrte und mit seinen zukünftigen Pächtern auf Irisch betete, wie er die Worte murmelte, als spreche er im Schlaf, wie er sein schönes Gesicht in den Regen hob, und den schrecklichen Anblick von Lord Merridiths Tränen.

Anois, agus ar uair ár mbáis: Amen.

Jetzt, und in der Stunde unseres Todes.

VIII. Kapitel

Worüber man schwieg

Worin der Bericht über Miss Duanes Jugend fortgeführt wird:
Die Entdeckung der Geographie und allerlei Erkenntnisse
über die englische Sprache.

Lord Merridith vernachlässigte sein Äußeres. Der schmucke weiße
Bart war zerzaust und struppig, die Fingernägel waren schmutzig, die
Zähne ungeputzt: gelb und fleckig wie alte Klaviertasten. Die Blasen,
die Mary Duane auf seinen Handrücken entdeckt hatte, erschienen
jetzt auch auf Gesicht und Hals. Sie sahen sehr schmerzhaft aus.
Manchmal bluteten sie. Einmal bei Tagesanbruch begegnete sie ihm
auf der Wiese am Lower Lock, wo er mit seinem Stock auf die umgestürzten Steine einschlug. Als er sie sah, brüllte er, sie solle verschwinden. Es hieß, er stinke wie ein geborstenes Abflussrohr. Andere erzählten, er trinke den ganzen Tag. Seine Kleider waren jetzt oft
schmutzig.

Manchmal hörten sie Lord Merridith nachts im Hof brüllen, obwohl
ihre Hütte eine Viertelmeile vom Herrenhaus entfernt auf der anderen Seite der Bucht von Cashel stand. Seltsame Gerüchte machten die
Runde: dass er seinen Sohn schlug, bis der Junge um Gnade wimmer-
te; dass er die Kleider seiner verstorbenen Frau auf einen Haufen geworfen und verbrannt hatte. Die Stallknechte flüsterten, er quäle die
Tiere und habe ein Pferd zu Tode geprügelt, das Lady Verity gehört
hatte. Mary Duane konnte sich nicht vorstellen, dass Lord Merridith
so etwas tat. Schließlich liebte er seine Pferde.

»Mehr als seine Leute«, sagte ihr Vater.

Als Richter war er gefürchtet in ganz Connemara. Früher hatte man
ihn überall bewundert, weil er so gewissenhaft und unbestechlich ur-
teilte und im Zweifel stets für das Recht und gegen die Interessen der
Mächtigen Partei ergriff; jetzt war er verhasst von Spiddal bis
Leenaun. Er beschimpfte die Gefangenen, die ihm vorgeführt wurden. Wenn ihn jemand – wie es immer in der Gegend üblich gewesen

war – mit »Lord David« oder »Lord Merridith« anredete, sprang er auf und brüllte: »Mein Name ist Kingscourt! Reden Sie mich gefälligst an, wie es sich gehört. Wenn Sie es noch einmal am gebührenden Respekt mangeln lassen, lasse ich Sie auspeitschen wegen Missachtung des Gerichts!«

Am 4. Mai 1826 verurteilte er einen Mann aus der Nachbarschaft zum Tode. Der Gefangene, ein vertriebener Pächter von Commander Blake von Tully, hatte ein Lamm von der Weide des Commanders gestohlen, und als der Wildhüter ihn stellte, hatte er diesen erstochen. Der Fall erregte großes Aufsehen in Connemara. Der Angeklagte hatte fünf Kinder; seine Frau war tot. Sogar die Witwe des Wildhüters hatte um ein mildes Urteil gebeten. Was der Mann getan habe, sei entsetzlich, aber eines Tages werde er sich vor seinem Herrgott verantworten müssen. In Irland seien schon viel zu viele Menschen gestorben. Sie wolle nicht mit ansehen, wie noch mehr Kinder zu Waisen wurden. Doch der Mann wurde in der Kaserne von Galway gehängt, genau eine Woche nach dem Urteilsspruch; seine Leiche warf man in eine Grube mit Ätzkalk. Die Kinder kamen ins Armenhaus in Galway; knapp einen Monat später folgten ihnen die Kinder des Wildhüters. Und noch ehe ein Jahr vergangen war, lagen die sieben Kinder, die des Mörders und die des Opfers, vereint im selben Grab.

Lord Kingscourts Grausamkeit war sogar Gegenstand einer Ballade. Mary Duane hörte sie eines Morgens auf dem Markt in Clifden.

Herbei, wenn ihr aus Connaught stammt, und höret den Bericht,
Wie der Herr von Carna unserm Volk die Knochen bricht.
Der Schinder bringt uns nichts als Leid und quält uns bis aufs Blut
Zum eignen Wohl tun sie uns Not, der Tyrann und seine Brut.

Sie ging zu dem Balladensänger und sagte, er solle aufhören. Er war ein hässlicher kleiner Mann mit einem Triefauge. Lord Merridith sei selbst ein unglücklicher Mann, sagte sie. Von seinen Sorgen höre man nichts in dem Lied. Und was war das für ein *raméis*, für ein Unsinn, »wenn ihr aus Connaught stammt«? Stammte Seine Lordschaft denn nicht auch aus Connaught? War er nicht dreizehn Meilen von hier zur Welt gekommen, genau wie sein Vater und sechs Generationen seiner Familie zuvor?

»Woher zum Teufel stammst *du*?«, fragte sie den Balladensänger. Aber der zuckte nur die Achseln und schob sie mit dem Ellbogen beiseite. »Soll er sich doch seine eigenen Lieder schreiben, wenn er will, der Leuteschinder.«

In dieser Nacht träumte sie von dem Waschhaus am Fluss. Frauen wuschen und sangen dazu ein frommes Lied. Lady Verity rieb sich den Rücken und lachte. Rings um sie her flatterten weiße Laken im Wind und blähten sich wie Segel. Nass vom Wasser waren sie und blutbefleckt.

David Merridith kam auf ein Internat in England. Als er in den Ferien nach Connemara zurückkehrte, beschrieb er Mary Duane die Schule in allen Einzelheiten. Ihr Wahlspruch lautete *Manners Makyth Man*, was so viel hieß wie »auf die Umgangsformen kommt es an«. Sie lag nicht weit von einem Ort namens Water Meadows und war vor beinahe fünfhundert Jahren gegründet worden, im Jahr 1382, drei Jahrhunderte bevor Cromwells Soldaten nach Connemara kamen. Mary liebte die melodischen Namen und wiederholte sie immer wieder.

Winchester College, Hampshire.
Winchester.
Hampshire.
David Merridith ist auf dem Winchester College in Hampshire.

Die Schule hatte elf »Häuser« und ihre eigenen Regeln beim Fußball. Im Dorf Carna gab es auch elf Häuser, aber in Hampshire hatte das Wort eine andere Bedeutung. Ein Haus war ein Gebäude, in dem viele Jungen wohnten, aber keine Mädchen und keine Damen. Die Jungen schliefen in Schlafsälen, wie Soldaten oder die Irren im Irrenhaus. Ihre Lehrer nannten sie »Master«, genau wie ein Diener seinen Herrn, aber sie waren keine Diener. Die Bewohner eines Hauses hassten alle anderen Häuser. Für die Ehre des eigenen Hauses taten sie alles. Doch wenn es zum Kampf kam, verhielt man sich fair und wie ein Mann. Man verdrosch einen Burschen nicht, wenn er am Boden lag oder verletzt war, und auf gar keinen Fall durfte man ihn bei seinem Lehrer verpetzen. Wer das tat, war ein Duckmäuser, ein Leisetreter, ein Speichellecker. Selbst wenn man angegriffen wurde, musste man sich an die Regeln halten.

Hampshire war eine Grafschaft an der Südküste Englands. Sie fragte ihre Eltern ein paar Mal danach – schließlich war ihr Vater, als er jung war, im Sommer nach England gegangen und hatte sich dort als Landarbeiter verdingt –, doch sie konnten ihr nicht viel erzählen. Deshalb schlich sie sich eines Tages heimlich hinauf zum Herrenhaus und fragte Tommy Joyce, Lord Merridiths Diener, ob er es ihr im Atlas in der Bibliothek zeigen könne. Der Atlas hatte auch ein Ortslexikon. Hampshire lag an der Küste, Frankreich gegenüber. Es hatte nicht nur eine Geschichte, es war »geschichtsträchtig«. Seine Beliebtheit verdankte es den Kreideklippen, dem angenehmen Wesen seiner charmanten Bewohner und den fossilhaltigen Felsformationen. (»Gütiger Himmel«, sagte Tommy Joyce. »Da verrenkt man sich ja die Lippen bei.«)

Winchester war der Verwaltungssitz der Grafschaft. Der Ort, wo König Alfred gestorben war und Heinrich III. geboren. In literarischen Kreisen hieß es, die Autorin der allseits bekannten, höchst amüsanten Romane *Sinn und Sinnlichkeit* sowie *Stolz und Vorurteil* (die nur den geheimnisvollen Vermerk »von einer Dame« auf dem Titelblatt trugen) sei in der Grafschaft Hampshire beheimatet. Der berühmte Erfinder und Ingenieur Mr Brunel lebte in der Nähe, in Portsmouth. Lord Palmerston, der Kriegsminister, hatte seinen Familiensitz in Romsey. Der Tisch, um den sich König Artus' Tafelrunde versammelt hatte, war in Winchester zu besichtigen. Er hing im Ostflügel der Great Hall, dieses erhabensten Beispiels vollendeter Baukunst, dessen gewaltige Steine und Eichenbalken ein einziger Lobgesang auf England waren; ein Loblied auf die Schöpferkraft des gesamten Volkes, vom gemeinen Mann bis hin zum König. (»Das ist Literatur«, seufzte Tommy Joyce selig. »*Die Schöpferkraft des gesamten Volkes, vom gemeinen Mann bis hin zum König.*«)

In Connemara gab es keine berühmten Persönlichkeiten. Keine singenden Steine und keine vollendete Baukunst. Keine Gerüchte in literarischen Kreisen. Hier hingen keine Tische an der Wand. Hier waren keine Könige zur Welt gekommen und auch keine gestorben; und wenn, war das so lange her, dass keiner sich mehr an ihre Namen erinnerte. Es gab weder Erfinder noch Schriftsteller noch Kriegsminister. Was für ein wunderbarer Ort musste dieses Hampshire sein.

Die Regeln für das Fußballspiel im Winchester College waren kompliziert. Die Mannschaften trugen geheimnisvolle oder unaussprechliche Namen. *Scholastics* traten gegen *Inferiors* an, *Old Tutors* gegen *The Worlds* – die Gelehrten gegen die Dummen, die alten Lehrer gegen die ganze Welt. Keiner hatte die Regeln je niedergeschrieben, und doch musste man sie lernen, sonst bekam man einen Denkzettel von den Shags. Sie würden einem einen Rüffel erteilen, die Flötentöne beibringen, den Marsch blasen. (*Shag* war das englische Wort für einen Kormoran; aber man sagte es auch zu einem englischen Jungen.) Einer von den Shags musste sich in die Mitte des Spielfelds stellen, den Ball hochhalten und »Worms! – Würmer!« rufen. Das, so David Merridith, war eine von den Regeln. Wenn man die Regeln lernen wollte, musste man eine ganz eigene Sprache lernen, nur dass es kein Buch gab, in dem man sie nachlesen konnte.

Das Essen im Winchester College war schrecklich. Laut David Merridith »absolut grässlich«; ein wunderbares Wort, das Mary Duane noch nie gehört hatte, aber eins, dessen Klang, fand sie, die Wirkung sehr treffend beschrieb. (Das »*gräää*« klang doch fast so, als ob es einem schon hochkomme.) Aber einige von den Jungs waren wirklich Pfundskerle. Außer ihm gab es noch viele Schüler aus Irland, und sie waren alle dicke Freunde. Die waren nicht grässlich. Die waren astrein.

In Hampshire gab es singende Steine. Und Freunde waren dick.

Aber David Merridith sah gar nicht dick aus. Wenn er aus Hampshire zurückkam, wirkte er oft kränklich und blass. Er zog seine fein gebügelten Kammgarnhosen aus, den Schulblazer mit dem Wappen von Winchester College und die Schülermütze, und schlüpfte in die einfachen Sachen, die er zu Hause in Connemara immer trug: die baumwollenen Bauernhosen, den schafwollenen *Bratt* oder Kittel. Er malte sich wohl aus, die Kleider könnten seinen Stand verbergen, aber in Wirklichkeit betonten sie ihn nur noch mehr. Ein Junge in einer Verkleidung, die niemanden täuschte, ein Schauspieler in einer Rolle, die er nicht verstand, so wanderte er über die steinigen Äcker und federnden Moore, über die schlaglochübersäten Straßen und schmalen Feldwege, durchstreifte sämtliche dreizehn Dörfer auf dem väterlichen Anwesen und sprach das Irisch, das er von den Bediensteten seines Vaters gelernt hatte.

Die Pächter taten sich schwer mit seinem neuartigen Akzent, der exotisch anmutenden Kombination aus dem Gälischen, wie es in Connemara gesprochen wurde, und dem Tonfall eines englischen Privatschülers.

»Ellorn«, sagte er, und meinte *oileán*: Insel. »Rark« war seine Aussprache von *radharc*: Aussicht. »Rark«. Rark.« Da klang er wirklich wie ein Kormoran, ein Shag. Er *war* ein Shag. Der englischste Junge in ganz Galway. Viele Leute verstanden ihn einfach nicht. Mary Duane zählte zu den wenigen auf dem Gut, die zumindest einen Schimmer hatten, wovon er redete. Selbst wenn er Englisch sprach, was ja seine Muttersprache war, war er jetzt schwerer zu verstehen. »Wistpawt« war seine neue Aussprache von Westport. Wenn er Irland meinte, klang es wie »Aarland«. (Einige Leute dachten, er sage »*Our*land« und meine es politisch: *Unser* Land. Meistens nickten sie nur und zogen sich verlegen lächelnd zurück.)

Er sprach mit Begeisterung Irisch. Ihre Mutter redete er auf Gälisch als »Frau von Duane« an, ihren Vater als »Freund« oder »Tapferer Mann«. Wenn er ihr Haus betrat, verkündete er lächelnd »Christus zwischen uns und allem Unheil!«. Er sagte »Der Herr segne, welche hier versammelt sind« und »Gott und Maria seien mit euch« anstatt Hallo oder Guten Morgen. Ihr Vater fand das merkwürdig und irgendwie ärgerlich. »Er geht mir auf die Nerven mit seinem Getue. Was soll das Geschwätz von Gott und Maria, er ist doch Protestant. Er *glaubt* nicht mal an Gott.« Ihre Mutter hatte ihn getadelt, rede keinen Unsinn, aber ihrem Vater war David Merridiths Benehmen nicht geheuer. »Er will etwas sein, was er nicht ist«, sagte er. »Der Bursche ist Fisch und will Fleisch sein.«

»Das liegt nur daran, dass sie ihm im Winchester College Umgangsformen beibringen«, sagte Mary.

»Manners Makyth Man«, sagte ihre Mutter.

»Es wurde 1382 gegründet«, sagte Mary.

»Scheiß drauf«, erwiderte ihr Vater.

Die Zeit verging. Er begann zu zeichnen. Manchmal sah sie ihn irgendwo sitzen, mit seinem Skizzenblock und einer Schachtel Zeichenkohle, wenn sie zum Markt ging oder von der Quelle am Cloonisle Hill zurückkam. Er hatte ein gutes Auge für die Felslandschaft, ihre unterschwellige Dramatik und die plötzlichen Wechsel des Lichts. Ein paar rasch hingeworfene Striche, schon sah man alles genau vor sich: Mergel, Schiefer, Seetang, Basalt, die kugelrunden Kieselsteine auf den

Feldern. Auch Gebäude konnte er mit einer Genauigkeit zeichnen, die für Mary Duane das reinste Wunder war. Nur die Menschen waren immer ein wenig zu idealisiert; kräftiger und eleganter als im wirklichen Leben. Und doch waren Menschen schon damals sein liebster Gegenstand, die Pächter und Diener und Arbeiter auf dem Gut. Es war, als zeichne er sie so, wie er sie gern sehen wollte: nicht so wie sie waren oder irgendwann einmal gewesen waren. Vielleicht nicht einmal so, wie sie sich selbst gern gesehen hätten, denn er fragte sie nie. Er zeichnete sie einfach nur.

Obwohl er so blass und schmächtig war, entwickelte er sich zu einem gut aussehenden jungen Mann, ganz anders als der Vater mit seinen steinernen Zügen. Die Leute sagten oft über David Merridith: »Die Mutter wird leben, solange der Junge lebt.« Vom gleichen Kaliber wie der Vater. Der Mutter wie aus dem Gesicht geschnitten. Das Ebenbild der Schwester. Die Tante, wie sie leibt und lebt. Er war sanft und freundlich zu jedermann; doch nur wenn er ein Porträt zeichnete, konnte er einem Menschen in die Augen schauen. Ein gelegentliches leichtes Stottern und das Erröten, das stets darauf folgte, ließen ihn zaghafter und furchtsamer erscheinen, als er in Wirklichkeit war. Seltsamerweise stotterte er nie, wenn er Irisch sprach; Mary erklärte das damit, dass er gründlicher nachdenken musste, bevor er in einer Sprache etwas sagte, die nicht die seine war.

Es war seltsam, aber immer wieder stachen ihn Bienen und Wespen. Vielleicht war er einfach unvorsichtiger als andere, vielleicht war sein Blut süßer und zog sie deshalb an. Was auch immer der Grund war, es geschah beinahe täglich. Bisweilen sah sie ihn aus der Ferne, wie er auf einer Wiese stand und wie wild um sich schlug, wie er hopste und mit den Armen wedelte, als hätte ihn der Veitstanz gepackt. Manche Leute auf dem Gut machten sich ein wenig über ihn lustig, nannten ihn einen »langen Lulatsch« oder »stotternden Tölpel«. Aber für Mary Duane, seine Freundin aus Kindertagen, besaß er die herzzerreißende Schönheit eines Engels aus dem Gebetbuch, den seltsamen Reiz einer exotischen, zum Untergang verurteilten Art.

Einmal, in dem Sommer, in dem sie siebzehn wurde, waren sie spazieren gegangen, im Wald oben am Glendollagh-See. Wie üblich redete er von seiner Schule. Er erklärte ihr, dass ein Shag, der das Winchester College besucht habe, von da an »Old Wykehamist« heiße. Aber man

91

musste nicht alt sein oder aus Wycombe kommen (ja, es schadete sogar, wenn man aus Wycombe kam). Schon mit achtzehn konnte man ein Old Wykehamist sein, sogar jemand, der aus Connemara kam. David Merridiths Vater war zum Beispiel ein Old Wykehamist, und wenn er erst einmal mit der Schule fertig war, würde David auch einer sein.

Mary Duane fand, es klang wie eine Beleidigung. »Halt die Schnauze, du alter Wykehamist, sonst kriegst du eins drauf.« Aber das behielt sie lieber für sich. Womöglich war es grässlich, so etwas zu sagen.

Manche Shags in der Schule hatten schon Freundinnen. Sie schrieben ihnen Briefe und schickten Verse. Ein Knabe namens Millington Minor dichtete für sie. Nein, Millington war der Familienname. Sie nannten ihn Millickers Minimus. Wenn man Millickers eine Zigarette spendierte oder einen Sixpence oder ihm vom eigenen Bimbo die Galoschen putzen ließ, dann schrieb er einem ein Gedicht dafür, das wirklich zum Entzücken war.

»Dann hast du wahrscheinlich schon einen ganzen Schwarm von Freundinnen?«

»Na ja, ich weiß nicht«, antwortete er.

»Du weißt aber wirklich nicht viel, was, Mister?«

»Es gibt da ein Mädchen, das gefällt mir sehr, aber ich glaube, sie merkt es gar nicht.«

»Und, ist sie hübsch, deine kleine Freundin?«

»Sie ist das hübscheste Mädchen zwischen hier und Dublin.«

»Tatsächlich? Da kann sie aber stolz sein.«

»Das hübscheste auf der ganzen Welt, würde ich sogar sagen.«

»Dann solltest du ihr das aber auch sagen, findest du nicht?«

Er lachte verlegen, als gestehe er sich etwas ein. »D-das wäre wohl richtig, nehme ich an.«

Eine Zeit lang gingen sie schweigend, tiefer in den Wald hinein. Alles war still und so finster wie in einer Kathedrale. Alles duftete nach Tannen und Mädesüß. Was für ein lustiger Name. Klang das nicht wie schmachtende Herzen? Sie gingen auf Tannennadeln und Farn wie auf einem weichen Teppich. Ein andächtiges Schweigen hing über dem Wald von Glendollagh, und es schien geradezu gotteslästerlich, es zu brechen. Sie konnte seinen Atem neben sich hören, und oben in den Zweigen zwitscherte ein Spatz. Sie waren in einer anderen Welt, einer, die man mit einem einzigen Wort zerstören konnte. Und plötzlich war er auf dem Moos eines Baumstamms ausgerutscht und einen Hang hinuntergerollt durch Brombeersträucher und Fingerhut und blutete an der Lippe und am Handgelenk. Beim Versuch heraufzuklettern glitt er von neuem aus und streckte ihr Hilfe suchend die Hand entgegen. Sie hatte ihn am Ellenbogen gepackt und kräftig gezogen; er klammerte sich mit seinen schmutzigen Fingern an ihren nackten braunen Arm. Es war das erste Mal seit Kindertagen, dass sie einander berührten.

Er war aus dem Graben geklettert, keuchend vor Anstrengung, und war ungeschickt in ihre Arme gestolpert, sein Gesicht tiefrot vor Verlegenheit. Grüne Augen wie seine Mutter. Wie schönster Marmor. Man konnte Fieber davon bekommen, wenn man jemandem zu tief in die Augen sah.

Irgendwie war es dazu gekommen, dass sie sich an den Händen fassten. Sie spazierten weiter durch den Wald, Hand in Hand. Er erzählte von seinen Zeichnungen, aber eigentlich hörte sie ihm gar nicht zu, auch wenn sie ihm manchmal antwortete. *Zeichnen. Anzeichnen. Die Zeichnung, nach der man ein Haus baute. Gezeichnet fürs Leben.* Bald kamen sie an eine Lichtung, in der Wilderer ihre Fallen aufstellten. Ein Bächlein plätscherte über weiße Granitfelsen. Sie ließ seine Hand los und ging ans Wasser; sie schöpfte eine Hand voll und trank. Als sie wieder zu ihm hinübersah, hatte er den Blick auf die Berge in der Ferne gerichtet, auf die Twelve Bens, als hätte er sie nie zuvor gesehen.

Eine ganze Weile lang war kein Wort gefallen. Die Regeln waren kompliziert. Aber keiner hatte sie jemals niedergeschrieben.

Winchester.
Hampshire.
Winchshire.
Hampchester.

Er hatte den Kopf gesenkt, seine Fußspitze spielte mit einem Stein; manchmal blickte er zu ihr auf durch die lange wirre Locke, die ihm in die Stirn hing, nervös wie ein Reh in einem Wald voller Jäger. Von seinem Sturz war auf der Oberlippe ein Blutfleck geblieben, und auf der Wange hatte er einen gelben Streifen, den Blütenstaub einer wilden Lilie. Er steckte die Hand in die Hosentasche und stülpte sie gedankenverloren nach außen, und als er es bemerkte, tat er, als suche er nach etwas. Die Vögel hielten in ihrem Zwitschern inne. Er trat von einem Fuß auf den anderen. Die Sonne kam hinter den Bäumen hervor, und sie waren ganz von ihrem Netz aus goldenen Fäden umsponnen.

»K-kann ich dich küssen, Mary?«

Sie küssten sich ein paar Minuten lang, dann berührten sie sich mit den Händen. Nach einer Weile lockerten sie ihre Kleider. Mary Duane spürte, dass etwas geschah, das sie für alle Zeiten im Gedächtnis behalten würde. Die tiefe Furche, da wo sein Schlüsselbein war. Der Geruch seines Körpers wie frisch gemähtes Gras. Das seltsame Gefühl, sein Adamsapfel zwischen ihren Lippen. Das unerwartete Prickeln der Bartstoppeln auf ihrem Hals und den nackten Schultern. Nie würde sie vergessen, wie seine zitternden Finger ihren Bauch befühlten, ihren Nabel, und wie sie dann hinaufwanderten zu den harten Rippen. Dann ihr feuchter Mund, die kleinen bloßen Brüste, sein Handgelenk auf ihrem Schenkel, seine Berührung so verblüffend zart, sodass sie wohlig erbebte und sein Handgelenk packte. Seine Hand war wie ein Hauch, beinahe konnte sie die Fingerabdrücke, die Riefen auf seinen Fingerkuppen spüren. Und wie er ihren Mund geküsst hatte und sie dabei gestreichelt. Die wohligen Laute, die aus ihrem Mund kamen, in seinen hinein. Die Zunge wie ein Marshmallow. Ihre Zähne, die aneinander stießen. Die Liebkosungen ihrer Lippen. Ihre Hände auf seinem Gesicht. Der blonde Flaum, als sie seine Brust küsste. Und was sie alles Seltsames mit ihm machen wollte. Ihn in die Schulter beißen. An seinen Brustwarzen lutschen. Das Aroma ihrer Körper, der Duft des zerdrückten Farns. Der bittere Geschmack von Löwenzahnmilch auf seiner sonnenwarmen Haut. Er selbst hatte gar nicht berührt werden wollen – jedenfalls hatte er sie nicht gebeten. Doch als sie vorsichtig eine Hand in die halb geöffnete Hose gesteckt hatte – die Furcht in seinen Augen, die so fest in die ihren blickten –, waren ihm die Tränen über die Wangen gelaufen, und er hatte flüsternd gefleht, sie solle nicht aufhören. Er hatte sich an sie geklammert wie eine Efeuranke, als sein Glück ihn übermannte, und hatte ihren Hals und ihre Brüste mit Küssen bedeckt.

Danach hatten sie sich in den Armen gelegen. Graues Licht tanzte zwischen den dunkelgrünen Blättern. Die Erde roch lehmig, nach Torffeuer und Regen. Ein Wachtelkönig stieß seinen seltsamen Schrei aus. Sie spürte keine Scham, kein schlechtes Gewissen. Eigentlich spürte sie überhaupt nichts, aber es war eine neue Art von Nichts: eine, die sie glücklich machte. Ein paar Regentropfen fielen, aber genauso plötzlich hörte es wieder auf. Nach einer Weile war sie eingeschlafen.

Als sie wieder erwachte, lag er neben ihr und murmelte etwas vor sich hin. *Tá grá agam duit, a Mhuire. Tá grá agam duit.* Bienen summten in der Lichtung. Zunächst hatte sie getan, als verstünde sie nicht, was er auf Irisch sagte. »Mary, ich liebe dich.«

Sie hatten ihre Kleider wieder zugeknöpft – er wandte diskret den Blick ab, als sie den Rock zurechtzog –, und dann waren sie durch die Felder zurück nach Kingscourt gegangen. In der Ferne liefen die Fischerboote zur Nacht aus. Ein Kalb rannte seiner Mutter nach. Ein anderes brüllte, schwang den Kopf hin und her. Mit schweren Schritten kam die Kuh in die Niederung und trank von dem plätschernden Wasser. Zwei winzige Gestalten in der Ferne wendeten Heu. Männer, die müde von der Arbeit im Sumpfland zurückkehrten, Harken und Schaufeln geschultert wie Gewehre. Es kam so gut wie nie bei ihm vor, dass er nicht redete.

Sie überlegte, ob es ihm peinlich war, ob ihre Bereitschaft ihn schockiert hatte. Vielleicht bedeutete sie ihm jetzt nicht mehr so viel. Die Mädchen im Dorf sagten, dass man den Jungs nicht nachgeben dürfe, selbst wenn einem einer gefiel; sogar wenn man ihn liebte. Ein anständiger Junge wolle nicht, dass man nachgab.

Einmal war er stehen geblieben und hatte ihr ein Sträußchen Butterblumen gepflückt. Sie waren sich in die Arme gefallen und hatten sich wieder geküsst: nicht mehr ganz so leidenschaftlich, eher dezent, mit der wissenden Zärtlichkeit von Erwachsenen.

»Wahrscheinlich hasst du mich jetzt«, sagte er leise.

»Dann müsste ich mich ja auch hassen.«

»Versprichst du es, Mary, dass du mich nicht hasst? Das könnte ich nicht ertragen.«

»Natürlich verspreche ich es, du Hornochse.« Sie küsste seinen wunderschönen Mund und schob ihm die Locke aus der Stirn. Dass sie ihn anfassen durfte, war wie ein Geschenk. »Mach dir keine Sorgen. Alles ist gut.«

»Ich – ich konnte nicht aufhören. Verzeih mir. Bitte denke nicht schlecht von mir, Mary.«

»Ich wollte nicht, dass du aufhörst. Ich wollte ja selbst nicht aufhören.«
»Gibt es ein Wort?«, fragte er. »Für das, was heute geschehen ist?«
»Winchester College Football«, sagte sie. Hauptsächlich weil ihr nichts anderes einfiel.

Jeden Tag in diesem Sommer gingen sie in den Wäldern am Glendollagh-See spazieren. Immer wieder spielten sie Winchester College Football. Sie dachte an das Spiel, wenn sie morgens aufwachte, und es war das Letzte, woran sie dachte, wenn sie am Abend einschlief. Einmal Ende Juli fuhr er mit seinem Vater nach Athlone. Lord Kingscourt kaufte eine neue Zuchtstute. Er schien ihr so weit fort, als sei er nach Amerika gegangen. Sie versuchte sich auszumalen, was er auf der Reise alles sehen würde: Sie wollte die Welt mit David Merridiths Augen sehen.

Wenn sie nicht in seiner Nähe war, malte sie sich aus, was er wohl gerade tat. Sie stellte sich vor, wie er sich anzog, wie er frühstückte, wie er sich wieder auskleidete und sein Bad nahm. Was für ein wunderbarer Anblick, wenn er ganz nackt war; aber das war er nur in ihrer Phantasie, denn er war sehr schamhaft mit seinem Körper. Am Winchester College, hatte er ihr erklärt, durften die Jungen niemals ganz nackt sein. Selbst gebadet wurde in der Unterhose. Als sie gefragt hatte warum, war er nur noch verlegener geworden. Es sei einmal recht barbarisch zugegangen am Winchester College, aber davon wolle er ihr lieber nicht erzählen.

Es rührte sie, wie er die Geheimnisse von Winchester bewahrte. Für sie war es ein Zeichen, dass sie in den Augen von David Merridith nun eine Frau war. Sie hatte so etwas schon bei ihrem Vater gesehen, der sich gegenüber ihrer Mutter genauso betrug, wenn das Thema England zur Sprache kam. Er hatte in jungen Jahren dort Dinge gesehen, die keine verheiratete Frau erfahren sollte. Ihre Mutter lachte ihn dafür aus und schüttelte den Kopf. Er grinste schelmisch zurück, und dann packte und küsste er sie. Und Mary Duane wusste, das war Liebe. Das was man nicht sagte.

Das worüber man schwieg.

IX. Kapitel

Die Landkarte von Irland

Womit unsere bescheidene Trilogie über Miss Duanes Jugend zu Ende geht; von heftigen Gefühlswallungen und schockierenden Ereignissen.

Eines Nachmittags, als sie durch die Weizenfelder von Kilkerrin streiften, hatte ein Gewitterschauer sie überrascht, der plötzlich vom Meer heranzog. Sie hatten sich in einem verlassenen Haus auf einer Lichtung untergestellt; früher hatte dort eine Familie gewohnt, die nach Liverpool gegangen war. Sie hatten sich eine Zeit lang in den traurigen kleinen Zimmern umgesehen, hatten das schimmlige Geschirr betrachtet, die Bilder an den Wänden. Das Herz Jesu. Der heilige Patrick, wie er die Schlangen vertreibt. Ein Kalender aus einem Bauernalmanach. Der schartige Emailleteller auf dem Tisch, Messer und Löffel darauf wie die Zeiger einer Uhr, als ob jeden Moment jemand nach Hause komme. Aber dorthin würde nie wieder jemand nach Hause kommen.

Er hatte in der Asche, die noch im Kamin lag, ein Feuer in Gang gebracht, und zusammen hatten sie sich davor gelegt. Das Haus war kalt wie ein Grab, aber sein Leib war warm. Eine Weile lang hatten sie sich geküsst und umarmt, dann streichelte er ihre Schenkel, doch sie schob die Hand sanft beiseite.

»Heute nicht, mein Lämmchen. Heute küssen wir uns nur.«

Sein Lächeln war geschmolzen wie Schnee auf einem Hanfseil.

»Alles in Ordnung, Mary?«

»Bestens. Ehrlich.«

»Habe ich dich gekränkt? Ich wollte dir nicht wehtun.«

»Unsinn, du Hornochse.« Sie küsste ihn noch einmal. »Ich habe nur meine Tage.«

Er strahlte sie glücklich an. »Wie meinst du das?«

»Weißt du, was einmal im Monat mit einem Mädchen geschieht?«

»Nein.«

»Denk mal nach.«
Er zuckte mit den Schultern. »Taschengeld?«
Sie blickte in sein verwirrtes Gesicht. »Meinst du das ernst?«
»Ich weiß nicht, wovon du redest.«
»Es kommt einmal im Monat. Es hat etwas mit dem Mond zu tun.«
»Dem Mond?«
»Einmal im Monat bekommen wir Frauen Besuch.«
Er drehte sich um, als erwartete er, dass der Besucher hinter ihm stünde.
»Keiner hat in Winchester College Hampshire je darüber geredet?«
»Ich glaube nicht, Mary. Nicht dass ich wüsste.«
»Vielleicht solltest du deine Schwestern mal danach fragen.«
»Meinst du, die bekommen auch diesen Besuch?«
»Jede Frau tut das.«
»Auch Tante Eddie?«
»Himmel! Hörst du jetzt auf?«
»Hat das auch einen Namen?«
»Manche nennen es ›die Regel‹. Es gibt noch andere Namen.«
»Weiß zwar nicht, was das ist, aber hört sich verdammt unangenehm an.«
»Nicht halb so unangenehm wie das Gegenteil, das kannst du mir glauben.«
»Wie m-meinst du das, Mary?«
»Frag deine Schwestern.«

Ende September kehrte er nach England auf die Schule zurück. Manchmal schrieb er ihr Briefe, aber nur an den Herzen und geflügelten Putten, die er an den Rand malte, sah sie, dass es Liebesbriefe waren. Sie hatte sich geschämt und hatte ihm nie gesagt, dass sie nicht lesen konnte. Die Presbyterianer betrieben für Bauernkinder eine Art Schule bei Toombeola Bridge, aber ihr Vater hatte gesagt, sie solle ja nicht auf die Idee kommen, sich mit den Presbyterianern einzulassen. Warum sie so gefährlich sein sollten, wusste sie nicht; der große Wolfe Tone, der den Aufstand von '98 angeführt hatte und der im Kampf für Irland gefallen war, war schließlich auch Presbyterianer gewesen. Aber sie wollte ihren Vater nicht ärgern. So hatte sie sich denn im Herbst und Winter selbst das Lesen beigebracht, mit einer Fibel, die ihr der Dorfpfarrer borgte, und die schwarzen Tintenkleckse auf den blau linierten Schulheftseiten hatten sich nach und nach als Treue- und Liebesschwüre zu erkennen gegeben. Winchester. Hampshire. England. Großbritannien. Verschwunden war er nicht; im Atlas konnte man sehen, wo er war. Sie konnte seine Koordinaten bestimmen und genauso ihre eigenen; aber der Abstand zwischen beiden war weit größer als die Landkarte einen glauben machte.

Sie sehnte sich, Mary Duane; das war die Sehnsucht, von der sie so oft in Liedern gehört hatte. Ihr Geliebter schickte ihr Zeichnungen von englischen Blumen: Vergissmeinnicht, Männertreu, Tränende Herzen. Sie schickte ihm Mädesüß und Heide aus den Bergen. Farn von ihrem Hain im Wald von Glendollagh. Er fehlte ihr so sehr, dass sie melancholisch wurde, launisch. Connemara ohne ihn schien so leer wie ein verlassenes Nest. Nachts lag sie im Bett, das sie mit zwei Schwestern teilte, und wartete, dass sie endlich aufhörten zu tuscheln und einschliefen, damit sie mit ihren Fingerspitzen die zarten Berührungen von David Merridith nachahmen konnte. Sie fragte sich, ob er so etwas auch machte. Jungs machten das oft, hatte sie flüstern hören. Sie stellte sich vor, dass ihre Hände David Merridiths Hände waren. Und sie wünschte sich, dass er sich genauso vorstellte, dass seine eigenen Hände die ihren waren. Sie malte sich aus, wie dieser Gedanke übers Meer nach England flog, ein Gedanke wie ein kleiner goldener Stern, wie er über Irland hinwegflog, über die nächtliche See, die Küste von Wales entlang, wie er einen Lichtschweif hinter sich herzog beim Flug über die schlafenden englischen Städte, die Fabrikschornsteine, die Paläste und die Slums, bis er zum Schlafsaal im Winchester College kam, wo David zwischen Laken schlief, die nach Heide dufteten. Ihre Träume von ihm wurden wilder, fremdartiger. Bald brannte ein Feuer in ihnen, das ihr Angst machte. Sie erzählte sie – ein paar davon – dem Priester bei der Beichte. Er war ein fröhlicher junger Priester, einer von denen, die bei Hochzeiten sangen. Alle Mädchen waren verliebt in ihn. Bei der Beichte war er stets milde. Nur nicht bei Mary Duane.

Ihre Phantasien, hatte er gesagt, seien gottlos und unzüchtig, sie beleidigten die Jungfrau Maria. »Eine Sünde, die Unserer Jungfrau die Tränen in die Augen treibt«, ermahnte er sie. »Jedes Mal wenn du sie begehst, spürt die Muttergottes einen Stich in ihrem Herzen, einen Stich mit einem flammenden Schwert. Es gibt keinen größeren Triumph Satans, als wenn eine junge Frau den Leib befleckt, den Gott ihr geschenkt hat.«

Aber es gebe da noch etwas, noch eine Gefahr für die jungen Frauen. Junge Männer könnten sich nicht beherrschen. Sie hatten Triebe, die junge Frauen nicht kannten. Eine Frau war ein Gletscher, der erst allmählich schmolz, aber ein Mann war ein Vulkan glühender Leidenschaften. Das war ein Kreuz, das jeder Mann tragen musste. Selbst Papst Pius in Rom. So hatte der allmächtige Gott es eingerichtet; und wenn man ihm die Tür öffnete, kam der Teufel ins Spiel. Wenn man einen jungen Mann zur Todsünde verführte, konnte das schreckliche Folgen haben, für seine Seele und auch für seinen Leib. Die Irrenhäuser Englands quollen über von Männern, die von Frauen in den Wahnsinn getrieben waren. Besser, man hängte einer jungen Frau einen Mühlstein um den Hals und warf sie in die Dog's Bay, als dass man zuließ, dass sie einen jungen Mann in eine Versuchung führte, der sein Verstand nicht gewachsen war. Und was das Wachsen anging, je weniger man dazu sagte, desto besser. Wenn Satan sich erhob, dann ergriff man am besten die Flucht, so schnell man konnte.

Sie musste eingestehen, dass sie diese Auskünfte des Priesters höchst erregend fand. Sie wusste, das war nicht richtig und wahrscheinlich sogar eine Sünde, und sie wollte ja auch nicht, dass Unsere Jungfrau weinte, jedenfalls nicht mehr als unbedingt nötig. Aber es gelang ihr nicht, das Bild von David Merridith, wie Satan sich in ihm erhob, aus ihren Gedanken zu verbannen.

Sosehr sie sich auch bemühte. Sie versuchte überhaupt nicht mehr an David Merridith zu denken. Sie nahm die Einladung von Noel Hilliard an – einem Jungen ihres eigenen Stands, der auf dem Gut von Commander Blake wohnte – und ging mit ihm Blaubeeren pflücken; aber sie empfand nicht das Geringste für ihn, obwohl er ein freundlicher, kräftiger Bursche war, der die lustigsten Scherze machte und wunderbar andere nachmachen konnte. Sie brach ihm das Herz, als sie ihm sagte, sie könnten Freunde sein, aber nicht mehr. Er flehte Mary Duane an, ihm noch eine zweite Chance zu geben: eine Chance, sie glücklich zu machen. Es gebe doch so viele verschiedene Arten von Liebe auf der Welt, und eine davon müsse sie doch auch für ihn übrig haben. Es habe keinen Zweck, hatte sie zu Noel Hilliard gesagt. Es wäre nicht anständig zu ihm. Er verdiene ein Mädchen, das ihn wirklich liebte. Ihr Herz gehöre einem anderen.

Einmal, an einem Morgen jenes Herbstes, war sie mit ihrem Vater auf den Jahrmarkt nach Ballyconneely gegangen, ein Schlachtmesser kaufen. Unterwegs waren sie auf ein Grüppchen Männer gestoßen, das auf der Wiese einem Schauspiel zusah: Lord Kingscourts Hengst deckte eine Stute, die sehnigen Schenkel gespannt, die Nüstern gebläht. Seltsam, wie die Männer dabei gelacht hatten. Sie hatten eine Tabakspfeife, die sie von einem zum anderen reichten. Was für ein seltsames Lachen, und kaum ein Wort.

In jener Nacht träumte sie von dem glühenden Schwert, sah es im offenbarten Herzen der Muttergottes stecken. Als sie in der Morgendämmerung erwachte, war sie schweißgebadet und bebte am ganzen Leib.

Ihre älteste Schwester Eliza hatte inzwischen einen Verehrer, einen lieben Jungen aus Cushatrough, der ein kleines Stück Land am Barnahallia-See als Unterpächter bebaute. Mary Duane fragte sie, ob sie mit ihrem Verlobten intim sei.

»Nein«, antwortete ihre Schwester. »Wir sehen uns die Blumen an.«

Wie konnte ein Mädchen verhindern, dass es schwanger wurde?, fragte Mary Duane.

»Warum?«

»Einfach so.«

»Pass bloß auf, du Schlampe. So groß bist du ja noch nicht, dass Mama dir nicht den Hintern dafür versohlen würde.«

»Was soll das heißen?«

»Du weißt genau, was das heißt. Tu nicht so scheinheilig.«

»Gut. Und wie passt man auf?«

»In Chapelizod springst du ab.«

»Was?«

»Du kennst doch den Weg von Galway nach Dublin?«

»Ja.«

»Chapelizod kommt kurz vor Dublin.«

»Und?«

»In Chapelizod springt er vom Gaul.«

»Oh.«

»Oder du springst vom Gaul. Das kommt drauf an.«
Die Geographie war anscheinend auch eine Sprache für sich. Und noch komplizierter als das Englische.

Manchmal sah sie ihre Brüder nackt. Eines Abends sogar ihren Vater; er hatte den ganzen Tag in den Bergen Steine vom Feld gelesen und wusch sich im Bach. Sie überlegte, ob David Merridith auch so bleich und teigig aussehen würde, wie ein gerupfter Tölpel, mit diesem Büschel wie Seetang zwischen den Beinen. War sein Bauch schlaff oder war er so fest gespannt wie eine Trommel? Würde sein Hintern herunterhängen, oder war er wie zwei Eischalen aus Onyx? Die anderen Teile seines Leibs, da wo ihm das Berühren solche Freude gemacht hatte, wie hießen die? Gab es dafür überhaupt Wörter? Und die Stellen an ihrem eigenen Körper, wo seine Hände ihr solche Seligkeit beschert hatten, dass sie erbebt war und laut seinen Namen gerufen hatte: wie nannte man die? Die hilflosen Küsse und Seufzer, die sie in den Augenblicken des Glücks miteinander teilten, waren die auch eine Sprache, eine geheime, unbekannte Sprache? Riefen alle Liebenden laut den Namen des Geliebten? Eliza und ihr Verlobter? Ihre Mutter und ihr Vater? Die Muttergottes und ihr Zimmermann – hatten sie ihre heiligen Namen gerufen, so wie Mary Duane es mit dem Namen ihres Liebsten getan hatte?

Wenn sie frisch gemähtes Gras roch, dachte sie an seinen Leib; ihr wurde weich in den Knien, wenn sie eine Biene summen hörte. Sie ertappte sich dabei, wie sie in der Kirche das Kruzifix anstarrte, als sei am Himmel über Connemara eine neue Sonne aufgegangen und tauche das ganze Land in ein Licht wie von bunten Kirchenfenstern. Der nackte Christus war nicht nur heilig, er war auch schön. Die glatten, weißen Schenkel, die mächtigen Schultern. Die straff gespannten Muskeln, die sich an seinen Unterarmen abzeichneten. Hätte sie ihn auf dem Markt in Clifden gesehen statt hier am Kreuz, sie hätte sich sofort in ihn verliebt. Da hätte sie glatt den Absprung in Chapelizod verpasst. Sie wäre weiter und weiter geritten, bis sie in Holyhead ankam. Ungeahnte Untertöne in der Liturgie, in den Gebeten fielen ihr auf. Nehmet, das ist mein Leib. Und das Wort ward Fleisch. Ob es Sünde war, so zu denken? Wahrscheinlich schon. Die arme Jungfrau Maria war schon ganz aufgelöst vor lauter Schluchzen. Allerdings hatte sie im Laufe der Jahre ja auch schon manches durchgemacht.

Eines Tages würde David Merridith alt und schwach sein. Ob er dann immer noch schön war? Oder würde er hässlich wie seine Tante? Würde er werden wie sein Vater, ein mürrischer alter Mann, aufgezehrt von Bitterkeit und Schuldgefühlen? Das sagte ihr Vater über David Merridith. Ein Mann, der an seiner eigenen Bosheit erstickt.

Sie erinnerte sich genau an die letzte Begegnung bevor er aufs New College in Oxford ging. (Es verstand sich, dass dieses neue College nicht neu war, sondern jahrhundertealt.) Sein Vater und Tommy Joyce waren für den Tag nach Clifden gefahren. Es war niemand im Haus. Sie hatten es ganz für sich. Sie hatte gebadet und sich frische Sachen angezogen und eine Schleife ins Haar gebunden. Als sie den Weg zum Herrenhaus von Kingscourt hinaufging, war es, als eilte ihre Sehnsucht ihr voraus wie ein Vogelschwarm. Vor Augen hatte sie die Landkarte Irlands; die Straße von Galway nach Dublin; die Umwege, die Abstecher, die man machen konnte, die Sehenswürdigkeiten, die es am Wege gab.

David Merridith hatte ihr persönlich die Haustür geöffnet. Er war eben erst vom Schneider in Galway zurückgekehrt und trat ihr in einem Aufzug entgegen, dass sie ihn fast nicht erkannt hätte. Ein Doktorhut und ein langer schwarzer Talar, ein schicker schwarzer Gehrock und eine cremefarbene Schleife, dazu eine smaragdgrüne Weste mit Porzellanknöpfen. *Subfusc* hießen diese Kleider, die man an seinem neuen College trug. Anscheinend brauchte alles in seinem Leben einen Namen.

»Eigentlich ist mir nicht nach Spazierengehen, Mary.«
»Willst du mich denn nicht küssen?«
»Das wäre schön. Aber ehrlich gesagt, lieber nicht.«
»Weil du dich nicht beherrschen könntest, stimmt's?«
»Wie bitte?«
»Du bist ein Vulkan glühender Leidenschaften, ich weiß.«

Er hatte sie berührt, strich über die Rundung ihrer Wangen. »Ich würde dir doch nie etwas Böses tun, Mary.«

Sie küsste seine Fingerspitzen. Sie spürte, wie angespannt er war. »Wäre es denn so schlimm, wo wir uns doch lieben? Wir könnten uns vorsehen.«

»Vorsehen?«

Sie küsste seine Mundwinkel, weil sie wusste, wie sehr er das genoss. »Ich weiß, wie man sich vorsieht. Du musst dir keine Sorgen machen.«

Aber er war einen Schritt zurückgetreten, sein Gesicht bleich vor Furcht, und wie benommen ans andere Ende des Zimmers gegangen. Er klappte den Klavierdeckel auf. Schloss ihn wieder. Schob Nippesfiguren auf der Anrichte hin und her.

»Ist etwas nicht in Ordnung, David?«

Eine Biene umsummte ihn. Er scheuchte sie mit einer Handbewegung fort.

»Wir k-kennen uns doch jetzt schon lange, nicht wahr, Mary?«

»Seit 1382«, sagte sie. Aber er lachte nicht.

»Was ist los, David? Ist etwas geschehen?«

»Mein V-vater sagt, ich darf dich in Zukunft nicht mehr sehen.«

»Warum das?«

»Er sagt, es ist eine Frage der Pflicht, Mary.«

»Was soll denn das für eine Pflicht sein? Wo wir zwei doch Freunde sind?«

»Du verstehst das nicht. Er sagt, es ist meine Pflicht. Und wenn ich nicht gehorche, schickt er dich und deine Familie fort.«

»Er kann uns nicht fortschicken«, antwortete sie trotzig. »Wir sind die Duanes.«

»Was heißt das schon?«

»Die Familie meines Vaters lebt seit tausend Jahren hier. *Er* ist derjenige, der fort muss, wenn er solche Sachen sagt.«

»Er könnte euch fortschicken, wenn er das wollte«, sagte David Merridith ruhig. »Er könnte euch schon morgen früh davonjagen. Und, Mary – da ist noch etwas.«

»Und das wäre?«

»Es w-war dein eigener Vater, der ihn darum gebeten hat.«

Das war ein solcher Schock für sie, dass sie anfangs gar nicht wusste, was sie sagen sollte.

»Er findet wohl, dass es – irgendwie unanständig ist. Wenn du es mal im Zusammenhang siehst. Mary, hörst du mir zu?«

»Du hast gesagt, nur das, was wir beide wollen, zählt.«

»Ich weiß. Ich weiß. Aber mal ehrlich, Mary.«

»Du hast es dir anders überlegt? Das war dir nicht ernst, als du es gesagt hast? All die Dutzende von Malen, die du es gesagt hast?«

»Ich finde nur einfach, Mary – wenn man es im Zusammenhang sieht.«

Sie malte sich aus, wie die Biene ihren Stachel in sein Fleisch steckte. Die Biene starb, wenn sie ihn stach. Sie stach nur ein einziges Mal.

»Nimm das hier, Mary. Bitte.«

Er hatte in die Tasche seiner smaragdgrünen Weste gefasst und hielt ihr eine Hand voll schwärzlicher Halbkronenmünzen hin. Tränen rannen ihm über die Wangen.

Das war das einzige Mal, dass sie ihn geschlagen hatte. Vielleicht sogar das einzige Mal, dass sie überhaupt jemanden geschlagen hatte. Er hatte dagestanden wie eine Salzsäule, als sie ihm den ersten Hieb versetzte, hatte die Schläge hingenommen ohne ein einziges Wort. Sie konnte nicht sagen, wie oft sie zugeschlagen hatte. Hätte sie ein Messer gehabt, sie hätte ihn getötet. Hätte es ihm in den Hals gestochen, wie ein Schlächter einen Ochsen abstach.

Der Gedanke schockierte sie noch immer. Die Gewalttätigkeit dieses Augenblicks.

Nicht die Art, wie sie zugeschlagen hatte. Sondern die Art, wie er es geschehen ließ.

Selbst wenn man angegriffen wurde, hielt man sich an die Regeln.

X. Kapitel

Die Engel

Der achte Tag auf See: Worin der gutherzige Kapitän eine
gefährliche Bekanntschaft macht (auch wenn er sich dessen zu jenem
Zeitpunkt nicht bewusst war und es erst erkannte,
als es zu spät war).

FREITAG, 15. NOVEMBER 1847
VERBLEIBEND ACHTZEHN TAGE AUF SEE

Position: 26° 53,11' westl. Länge; 50° 31,32' nördl. Breite. Uhrzeit bezogen auf Greenwich: 0 Uhr 57 (16. November). Bordzeit laut Schiffsuhr: 11 Uhr 9 abends (15. November). Windrichtung & Geschwindigkeit: Nordost 47°, Stärke 5. Schwere See. Kurs: Südwest 225°. Niederschlag & sonstige Bemerkungen: Stürmisch. Seit Tagesanbruch wiederholt heftige Graupelschauer. Mit dem heutigen Tag beginnt unsere zweite Woche seit der Einschiffung in Cove.

An diesem schrecklichen Tag sind vierzehn Passagiere aus dem Zwischendeck verstorben und ordnungsgemäß auf See bestattet worden. Damit haben wir seit Beginn der Reise sechsunddreißig Tote zu beklagen. Vier von jenen, die heute ihre Seele aushauchten, waren noch Kinder; eines gerade erst drei Wochen alt. Ein fünfzehnter Passagier, ein armer Fischer aus Leenaun, dessen Bruder gestern in die Ewigkeit abberufen wurde, hat darüber den Verstand verloren und sich über Bord gestürzt.
   Möge der gnädige Gott Erbarmen mit ihren Seelen haben.
   Acht Passagiere befinden sich heute Nacht im Laderaum wegen Verdachts auf Typhus. Einer mit Verdacht auf Cholera.
   Aus den Käfigen auf dem Oberdeck wurde ein Ferkel gestohlen. Die Passagiere der ersten Klasse werden den Verlust zweifellos überleben. Ich habe angeordnet, die Tiere fortan zu bewachen.

Heute gegen Abend war ich gedrückter, melancholischer Stimmung und ging auf dem Vorderdeck spazieren. Der Tod eines Menschen ist immer schwer zu ertragen, aber der Tod eines jungen Menschen, zumal eines kleinen Kindes, scheint unserem ganzen Leben Hohn zu sprechen. Ich gebe zu, in solch schmerzlichen Augenblicken fällt es mir schwer nicht zu glauben, dass das Böse die Welt regiert.

Ich versuchte, mich schweigend ins Gebet zu versenken, wie es seit Jahren meine Gewohnheit ist, als ich unversehens auf einen der Zwischendeckpassagiere stieß. Er kauerte auf Händen und Knien an der Gittertür zur Ersten Klasse und war offensichtlich seekrank. Bei dem fraglichen Mann handelt es sich um einen seltsamen, eigenbrötlerischen Menschen mit bisweilen ungewöhnlichem Verhalten. Obwohl er durch einen verkrüppelten Fuß stark behindert ist, wandert er mit Vorliebe des Nachts auf Deck umher, und die Männer nennen ihn deswegen »das Phantom«.

Als er mich kommen sah, rappelte der arme Teufel sich eilig auf, lief hinüber zur Reling und beugte sich ganz weit vor. Er war in einem derart beklagenswerten Zustand, dass er schon bald seinem Abendessen wieder guten Morgen und guten Tag sagen konnte. Ich reichte ihm einen großen Schluck Wasser, den ich zufällig in einer Flasche bei mir trug, und gemessen an seinen Dankesbezeigungen hätte ein Betrachter wohl denken können, es handle sich um feinsten Champagner. Nie im Leben bin ich einem freundlicheren Menschen begegnet, obwohl er äußerst merkwürdig aussieht, vor allem die Haare.

Er sagte, die Reise setze ihm körperlich sehr zu, denn er sei nie zuvor zur See gefahren. Zwar sei er der Sohn eines Fischers aus Galloway, aber dieser habe sich nie weit aufs Meer hinausgewagt; es gebe dort so viele Fische und Schalentiere, dass es niemals nötig gewesen sei. Für die Einheimischen, so berichtete dieser seltsame kleine Bursche, sei sein Vater immer nur »*der Fischer, der niemals zur See fuhr*« gewesen. Ich lachte. Und als er das merkte, lachte er auch und schien sichtlich erleichtert.

Wir unterhielten uns eine Zeit lang über das Wetter und dergleichen mehr; er war sehr umgänglich, gar nicht so schweigsam, wie die Männer immer behaupten. Er sprach Englisch mit einem sehr angenehmen, wohlklingenden Akzent. Ich fragte ihn, ob er mir einige Wörter aus seiner eigenen Sprache beibringen könne; Dinge wie »Guten Morgen, Sir«, »Schönen guten Tag, Madam«, »Land« oder »See« und andere Alltäglichkeiten. Ich würde mir alles so aufschreiben, wie man es aussprach. Schon oft hatte ich mir gewünscht, ich könnte ein paar Sätze in dieser Sprache sagen und das Wort an die Passagiere richten – eine kleine freundliche Geste, die ihnen den Aufenthalt an Bord ein wenig angenehmer machen würde. »Awbashe« und »murra« sind die Wörter für das Meer. »Glumree« heißen die Wellen. »Jee-ah gwitch« bedeutet guten Tag. Aber für Land gibt es mehr als zwei Dutzend Wörter, je nachdem, von welcher Art Land die Rede ist.* Eins davon ist »tear« (man spricht es so, dass es sich auf das englische »year« reimt). »Tear mahurr« ist »das Land meines Vaters«. Er griff in die Manteltasche und zeigte mir eine Hand voll Erde. Sie stamme vom Land seines Vaters in Connemara. »Tear mahurr Connermawra«, sagte ich zaghaft, und er lächelte. Er habe sie mitgenommen, weil sie ihm Glück bringen solle. Ich sagte, das sei ein schöner Brauch und ich hoffte, dass ihm tatsächlich Glück beschieden sei (obwohl es natürlich besser ist, auf das Gebet zu vertrauen als auf einen Fetisch).

Dann sagte er, er habe mich schon des Öfteren nachts an Deck bemerkt und immer wieder überlegt, ob er mich ansprechen solle, aber

---

* *Abéis*: das Meer (archaisch, abgeleitet vom englischen *abyss*, Abgrund, Schlund). *Muir* oder *Mora*: Altirisch: das Meer. *Glumraidh*: Hunger, alles verschlingende, mächtige Wellen. *Da Duit*: Begrüßungsformel, »Möge Gott mit dir sein«. Mulvey übertrieb nicht, als er von den zahlreichen Wörtern mit der Bedeutung »Land« sprach. Das Gälische ist eine äußerst präzise Sprache. (*Rodach*, beispielsweise, ist das irische Wort für »Seetang auf Holzstücken unter Wasser«.) Die folgende, keineswegs vollständige Liste von Wörtern verdanken wir den freundlichen Bemühungen von Mr James Clarence Mangan vom Vermessungsamt in Dublin und der Gelehrsamkeit seiner Mitarbeiter, der Herren O'Curry, O'Daly und O'Donovan. (Gelegentliche Meinungsverschiedenheiten bezogen sich auf die Schreibung oder die Akzente.) *Abar*: Marschland. *Ar*: gepflügtes Land, Ackerland. *Banb*: Land, das ein Jahr lang nicht gepflügt worden ist. *Banba*: mythischer Name für Irland. *Bárd*: eingehegtes Weideland. *Brug*: Land, ein Pachtgut. *Ceapach*: ein Stück kultivierbares Land, Brachland. *Dabach*: eine Maßeinheit für Land. *Fonn*: Land. *Ithla*: eine Region. *Iomaire*: ein Höhenzug. *Lann*: ein Stück eingehegtes Land. *Leanna*: eine Wiese. *Macha*: Kulturland, ein Feld. *Murmhagh*: Land, das häufig vom Meer überflutet wird. *Oitír*: ein niedriges Vorgebirge. *Rói*: eine Ebene. *Riasg*: Moor oder Sumpfland. *Sescenn*: Marschland. *Srath*: Wiese oder flaches Uferland an einem Fluss oder See. *Tír*: Land, trockenes Land (im Gegensatz zum Meer), ein Land (wie in *Tír na nÓg*, das mythische Land ewiger Jugend; ein Paradies). *Fiadhair* ist das schottisch-gälische Wort für Brachland. *Fiadháir* ist das irische Adjektiv für eine wilde oder unzivilisierte Person. – GGD

ich hätte oft ausgesehen, als bedrücke mich etwas. Ich erzählte ihm von meiner Gewohnheit, abends an Deck auf und ab zu gehen und im Stillen zu beten; dass wir Brüder von der Gesellschaft der Freunde mehr Wert auf stille Besinnung und die Lektüre der Heiligen Schrift legen als auf Rituale und Zeremonien. Daraufhin zog er ein kleines ledergebundenes Buch aus seiner Manteltasche und zeigte es mir. Man stelle sich vor, wie verlegen ich war, als ich sah, dass es eine Bibel war.

»Vielleicht möchten Euer Ehren ja ein Stück mit mir gemeinsam lesen«, schlug er vor.

Ich gebe zu, ich war recht verblüfft, zum einen, weil er überhaupt lesen konnte, zum anderen, weil er es mit mir zusammen tun wollte; aber wie hätte ich seine Bitte abschlagen können? Wir setzten uns in eine Ecke, und er las mit leiser Stimme eine Passage aus dem ersten Brief des Paulus an die Korinther, in der es um das Thema der christlichen Nächstenliebe ging. Ich war fast zu Tränen gerührt; er las so schlicht und doch mit so aufrichtiger Ehrfurcht vor dem Wort Gottes. Ich spürte, wie das Licht des Herrn uns umfing. In diesem kurzen Augenblick herrschte zwischen mir und dem Fremden ein wahrhaft göttlicher Friede, bei dem nichtige und weltliche Dinge wie die Tatsache, dass ich der Kapitän war und er ein verängstigter Passagier, gänzlich ohne Bedeutung waren; wir beide hatten unser Schicksal in die Hände desselben Admirals der Ewigkeit gelegt, dessen göttliche Vorsehung alle guten Pilger sicher durch die Stürme des Zweifels geleitet. Wie seltsam und unergründlich sind doch die Wege des Herrn, wenn ein unglücklicher Mann, dem das Leben so übel mitgespielt hat, Nahrung und Halt finden kann in der ewigen Wahrheit der Heiligen Schrift, während wir, die wir so viel haben, wofür wir unserem Vater im Himmel danken müssten, es allzu oft an der gebührenden Dankbarkeit mangeln lassen. In diesem Augenblick schämte ich mich meiner Schwäche und meines schändlichen Selbstmitleids.

William Swales lautet der Name des armen, missgestalteten Mannes; dieser Name stand auf dem Titelblatt seiner Bibel.

Ich sagte, ich hätte noch nie einen Iren dieses Namens getroffen, und fragte, ob er typisch sei für Connemara, seine notleidende Heimat, die jetzt schon weit hinter ihm lag.

Er lächelte traurig und verneinte. Die gängigsten Namen unter den

Bewohnern dieser Region seien Costilloe, Flaherty, Halloran und Keeley. Der Name Nee komme häufig vor in einem Ort namens Cashel; der Name Joyce auf einem Gut namens Recess. »Was Cashel für die Nees, ist Recess für die Joyces« sei eine häufige Redensart in dieser Gegend. In der Tat, sagte er jetzt wieder mit einem Lächeln, könne man mit Fug und Recht behaupten, dass jedermann auf diesem winzigen Fleckchen Erde irgendwann einmal den Namen Nee oder Joyce getragen habe. (All diese Namen hatte ich schon oftmals gehört, und – Gott sei's geklagt – habe das Totengebet für manchen ihrer Träger gesprochen.)

Er erzählte mir eine interessante Geschichte: Der Nachname Costilloe sei von dem spanischen Wort »Castillo«, Burg, abgeleitet. In der Zeit der Armada habe ein großes spanisches Schiff an der Küste von Galloway Schiffbruch erlitten, und viele der gestrandeten Seeleute seien in Irland geblieben. Ich weiß nicht, ob das wahr ist. Ich kann es mir nicht vorstellen, aber es ist doch eine schöne Geschichte. (Trotz aller Zweifel lässt sich nicht leugnen, dass manche von den Passagieren im Zwischendeck tatsächlich so dunkelhaarig sind wie die Bewohner der Iberischen Halbinsel und dass sich ihre Denkweise ebenso sehr von unserer englischen unterscheidet wie die der Hottentotten, Watussi, Mohammedaner oder Chinesen.)

Je länger wir redeten, desto mehr freundeten wir uns an; schließlich fragte er, ob er mich mit einer Bitte behelligen dürfe. Ich erwiderte, ich wolle ihm gern behilflich sein, sofern es in meiner Macht stünde. Er erzählte mir, sein betagter Vater lebe in bitterer Armut zu Hause in Galloway, und er wolle möglichst rasch das nötige Geld zusammenbekommen, um ihn von jenem Ort des Elends nach Amerika zu holen. Ich lobte ihn für diesen höchst anständigen christlichen Vorsatz; Achtung vor dem Alter ehre nicht nur den, der gibt, sondern auch den, der empfängt. Daraufhin sprach er von seiner Hoffnung, eine bezahlte Arbeit an Bord zu finden, wie etwa das Reinigen der Kabinen oder Salons in der Ersten Klasse oder vergleichbare Tätigkeiten dieser Art. Zu meinem Bedauern musste ich ihm mitteilen, dass derzeit daran kein Bedarf besteht, ich versprach aber, an ihn zu denken, wenn sich eine entsprechende Gelegenheit ergebe.

Diese Auskunft machte ihn sehr niedergeschlagen, und er beteuerte noch einmal, wie dringend er auf eine solche Chance angewiesen sei. Er sei es leid, um Almosen zu betteln, und habe sich geschworen, es nie wieder zu tun. Er sehe aus wie ein armseliger Bettler, das wisse er wohl, aber früher (vor seiner Verletzung) sei er ein stolzer, stattlicher Mann gewesen. Er sei durchaus gewandt im Umgang mit der vornehmen Gesellschaft, denn er habe früher in Dublin als Kammerdiener bei einem Baron (einem gewissen Lord Nimmo, von dem ich noch nie gehört hatte) in Diensten gestanden. Nein, er könne derzeit kein Zeugnis oder Empfehlungsschreiben vorweisen, seine Papiere und seine Brieftasche seien ihm in Liverpool von Vagabunden gestohlen worden; aber er sei sicher, er könne sich mit seinen Fähigkeiten trotzdem nützlich machen. Und so kam er auf sein eigentliches Anliegen zu sprechen.

Wenn, beispielsweise, unser geschätzter Passagier Lord David Merridith während der Reise solche oder andere Dienste benötige, dann sei ich doch womöglich froh, wenn ich einen ehrlichen Mann wie ihn empfehlen könne. Ein feiner Herr wie Lord Merridith solle eigentlich immer einen persönlichen Diener haben, meinte er. Vielleicht könne ich darauf hinweisen, dass er, Swales, ebenfalls aus Connemara stamme, genau wie Lord David selbst, und dass er Lord Merridiths Familie immer geschätzt habe, vor allem seine verstorbene Mutter, eine wahre Heilige, inbrünstig verehrt von den Armen der Grafschaft. Ob ich Seiner Lordschaft nicht sagen könne, bat mich der arme Swales, dass er durch eine Verletzung in Not geraten, aber dennoch ein treu ergebener Diener sei, der weder Arbeit noch Mühe scheue. Die Verletzung, die seinen Körper entstellt habe, habe seine Ehrfurcht vor dem Geschenk des Lebens nur umso weiter gesteigert. Mittlerweile sei es ihm dank der Gnade des Allmächtigen beinahe gelungen, die Behinderung zu besiegen; er könne laufen und arbeiten wie jemand, den das Schicksal weniger hart geschlagen habe. Es wäre ihm eine große Ehre, wenn er Lord Merridith dienen dürfe, sagte er. Er sei überzeugt, er könne ihm sehr gute Dienste leisten. Er empfände es schon als Gunst, wenn er nur in seiner Nähe sein dürfe.

Ich erwiderte, Lord Kingscourt könne sich wirklich glücklich schätzen, wenn ein Mann ihn so verehre, der ihm noch nie persönlich begegnet sei; selbstverständlich würde ich ihn empfehlen, sollte sich die Gelegenheit ergeben. Er wolle mich nicht beleidigen, sagte er dann, aber er wäre mir dankbar, wenn ich es ihm beschwören könne. Ich erwiderte, bei uns Quäkern sei es nicht üblich zu schwören, ich sei aber gern bereit, ihm mein Ehrenwort zu geben. Als er das hörte, traten dem armen Burschen Tränen der Dankbarkeit in die Augen; es fehlte nicht viel, und er hätte sich mir zu Füßen geworfen.

»Mögen Gott und die heilige Muttergottes Euch segnen für Eure Güte«, sagte er ehrerbietig und ergriff meine Hand. »Ich werde heute und an jedem weiteren Abend meines Lebens ein Ave Maria für Euch beten, so wahr Gott mein Zeuge ist.«

Dann wollte er meinen Rat, nach welcher Art von Arbeit er sich in Amerika umsehen solle. Ich antwortete, Amerika sei ein gewaltiges Land, ein Land größtmöglicher Freiheit, das Einzige auf Erden, wo es Gleichheit und demokratische Selbstregierung gebe. Jeder fleißige junge Mensch, der bereit sei, seine nationalen Eigenheiten abzulegen, könne es dort zu etwas bringen und sein Glück machen. Das beste Ackerland der Welt sei dort für ein paar Dollar zu haben; der Boden sei so fruchtbar – so hatte mir einmal ein Cherokee-Indianer erzählt, dem ich in Charlestown, South Carolina, begegnet war –, dass aus einem Stock, den man in die Erde steckte, ein mächtiger Baum wuchs. Darüber staunte er wie ein Seraph, der sich unversehens in Manchester wieder findet. Doch dann sagte er, er habe kein Geld, um Land zu erwerben. All sein irdisches Hab und Gut habe er verkauft, um seinen kranken Vater und mehrere verwaiste Neffen und Nichten zu unterstützen; den Rest habe die Schiffspassage verschlungen. (So verzweifelt versuchen diese armen Menschen, ihrem Elend zu entfliehen.)

Ich sagte, meines Wissens gebe es auch gute Möglichkeiten für fleißige Männer, die sich als Arbeiter verdingten, zum Beispiel beim Eisenbahnbau, beim Trockenlegen von Sümpfen oder in Gold- und Silberminen, und da seien die einfache Unterbringung und Verpflegung Bestandteil der Entlohnung. Das gelte auch für das Ausheben von Kanälen und Entwässerungsgräben und den Bau von Mauern und dergleichen. Ich erzählte ihm vom Eriekanal, der sich 353 Meilen weit von Albany bis Buffalo erstreckt und dessen 83 Schleusen und 18 Aquädukte überwiegend von seinen irischen Landsleuten errichtet seien; eine wahre Zierde für die Zivilisation und den freien Handel. Auch Holzfäller würden immer gebraucht, weil riesige Teile des Kontinents von tiefen Wäldern bedeckt seien, Wäldern, die größer seien als ganz Irland. Er lauschte sehr aufmerksam, und es kam ihm wohl vor, als sei Amerika ein fremder Planet, nicht Teil dieser Erde. Ob es stimme, wollte er wissen, dass es in Amerika in diesem Augenblick nicht Nacht, sondern Nachmittag war? Und an der Pazifikküste des gleichen Kontinents Morgen? Ich erklärte ihm, dass wir mit jedem Längengrad, den wir uns in Richtung Westen bewegten, vier Minuten gegenüber Greenwich gewännen und dass eine Minute Entfernung vier Sekunden entspricht. Dann sei es in London also bereits Morgen, schloss er, und ich bejahte. »Was für ein Wunder«, seufzte er. »Da heißt es immer ›morgen ist ein anderer Tag‹, und in Wirklichkeit ist das Morgen längst da. Unfassbar ist das.« Dann müsse man also, überlegte er weiter, nur ein Jahr lang auf westlichem Kurs um die Welt segeln und käme am Tag vor der eigenen Abreise wieder in Irland an. Und wenn man das für den Rest seines Lebens fortsetzte, wäre man am Ende wieder ein neugeborenes Kind, kein gebeugter alter Mann. Wie schön wäre das, seufzte er, wenn man die Zeit zurückdrehen und so die Sünden und Torheiten der Jugend ungeschehen machen könnte.

Anfangs dachte ich, er hätte mich in seiner kindlichen Einfalt missverstanden, aber dann ging mir auf, dass er scherzte, und wir lachten herzlich; danach wünschte ich ihm eine gute Nacht. Noch im Fortgehen lachte er. Und eben erst, vor noch nicht einmal einer Minute, kam er an meiner Kabine vorbei und sah zum Fenster hinein, immer noch fröhlich lachend und winkend. »Die Bibel lehrt uns, wir sollen werden wie die Kinder«, rief er. »Und jetzt wissen wir wie, Sir: Wir müssen nur einfach nach Westen fahren.« Auch ich lachte meinem Philosophen zu und rief: »Tear Mahurr!« Dann wünschte er mir angenehme Ruhe und schlurfte demütig von dannen.

Was für ein löbliches Beispiel dieser Mann ist. Die Engel sind wahrhaftig jeden Tag unter uns. Nur wir sind so eitel und gefangen in weltlichen Dingen, dass wir ihr wahres Wesen oft nicht erkennen.

XI. Kapitel

Der Balladensänger

Worin von der armseligen Kindheit des Pius Mulvey
die Rede sein wird und von dem Bemühen seiner Eltern,
ihn redlich zu ernähren; aber auch von seiner frühen
Undankbarkeit und Verkommenheit.

Pius Mulveys Eltern waren bettelarme Kleinbauern gewesen, sein Vater Michael Dennis Mulvey ein Einheimischer, geboren auf dem Besitz der Blakes von Tully. Ein dickschädliger knorriger Ackergaul von einem Mann, hatte er die Fundamente für seine Hütte aus den Grabsteinen der Vorfahren gebrochen. Seine Frau Elizabeth Costello war Küchenmädchen im Kloster Loughglinn in der Grafschaft Roscommon gewesen.

Mulveys Mutter, das ausgesetzte Kind katholische Flüchtlinge aus Ulster, war bei den Nonnen groß geworden, wo sie auch lesen gelernt hatte, und sie schätzte diese Fähigkeit über alles. Ja, es war für sie mehr als eine Fähigkeit, eher ein Zeichen, dass man daran glaubte, dass die Welt begreifbar war, daran, dass man seinen Platz in ihr erkennen und damit auch verändern konnte. Lesen können war für Elizabeth Costello das Zeichen, dass man etwas wert war. Für ihren Mann war es Zeitvergeudung.

Bücher konnte man nicht essen, pflegte Mulveys Vater zu sagen. Man konnte sie auch nicht anziehen oder das Dach damit decken. Er hatte nichts gegen das Lesen, solange andere es taten. (Er war durchaus stolz darauf, dass seine Frau es konnte, und wies oft genug bei den Nachbarn darauf hin; was verzeihlich war, denn schließlich prahlen Verliebte doch gern mit den Vorzügen ihres Schatzes.) Nur hielt er es eben für nutzlos, wie das Quadrilletanzen oder das Krocketspiel, eine leichtfertige Zerstreuung für Aristokratenkinder. Seine Frau war anderer Meinung. Sie tat, als höre sie seine Einwände gar nicht. Als ihre beiden Söhne groß genug waren, als sie laufen und sprechen konnten, da brachte sie ihnen das Lesen bei.

Pius, der Jüngere, lernte schneller. Er hatte eine rasche Auffassungsgabe und einen Verstand, dessen Logik beinahe so unheimlich war wie seine altkluge Art. Als er vier war, konnte er die einfacheren Passagen des Messbuchs lesen, mit sechs die Paragraphen eines Pachtvertrags. Lesen, das war das, womit er Eindruck machte. Ob Familientreffen, Totenwache oder Weihnachtsvergnügen – wo andere Kinder ein Liedlein sangen oder einen Hornpipe tanzten, schlug Mulvey das zerschlissene englische Wörterbuch auf, das sein Vater auf einem Kehrichthaufen hinter dem Haus des Grundherrn gefunden hatte, und rezitierte zur Verblüffung der Erwachsenen aus den modrigen Seiten. »Mein Sohn, der Professor«, gluckste sein Vater dann. Und Pius erklärte, wie man »Professor« schrieb. Seiner Mutter kamen vor Glück die Tränen.

Sein Bruder war anders. Nicholas Mulvey war ein Jahr älter als Pius; er war kräftiger, sah besser aus, war charmanter. Nicht ganz so gesegnet mit der mütterlichen Intelligenz, war er doch klug genug zu begreifen, dass er an Einfluss verlor, und besaß genug von der väterlichen Hartnäckigkeit, um darum zu kämpfen. Er brauchte viele Stunden, um zu lernen, was Pius binnen Minuten begriff, aber er gab die Stunden bereitwillig dafür. Er war ein ernsthafter, methodischer Junge mit einem Hang zum Frommen, zeigte die übertriebene Fürsorglichkeit des älteren Bruders, die im ständigen Kampf mit der nicht minder großen Furcht des Älteren lag, vom Jüngeren überflügelt zu werden. Er rang mit seinem Bruder um die Liebe der Mutter, und die Waffe in diesem Kampf war das Lesen.

Langsam, beharrlich, mit der Verbissenheit des Unbegabten, holte Nicholas Mulvey den Vorsprung seines klügeren Bruders auf. Und er machte sogar Anstalten, ihn zu überflügeln. Er lernte neue Wörter, er lernte sie besser aussprechen, seine Beherrschung der Grammatik war eindrucksvoll. Vielleicht lag es einfach nur daran, dass Pius sich keine Mühe mehr gab, dass er sich seines Sieges so gewiss war, dass der Wettstreit ihn längst langweilte. Und währenddessen lernte Nicholas Mulvey lesen wie ein Bischof. Er brauchte kein Wörterbuch, um nachzuschlagen, wie man etwas schrieb.

Ihr Vater wurde vom Hufschlag eines Pferdes getötet, als Nicholas siebzehn war; ihre Mutter starb ein Jahr darauf – aus Kummer, sagten viele. Die Brüder waren vom Begräbnis der Mutter in ihre Hütte zurückgekehrt und waren sich weinend in die Arme gefallen; beim Andenken ihrer Mutter hatten sie sich geschworen, dass sie nicht eher ruhen würden, bis sie das anständige Leben, das sie ihnen zeitlebens hatte schaffen wollen, erreicht hatten. Ein Jahr lang hatten sie den steinigen Flecken Erde bestellt, das Pachtland des Vaters, einen verzweifelten Winter hindurch. Geld hatten sie kaum. Es reichte nie. Die paar armseligen Möbel, die ihr einziger Besitz waren, waren bald verpfändet, um davon die Pacht zu bezahlen; am Ende blieb ihnen nur noch das Bett ihrer Eltern. Das elterliche Bett zu verkaufen bedeutete Unglück, das versicherten die Leute im Dorf ihnen. Und noch mehr Unglück, als sie ohnehin schon geerbt hatten, brauchten die beiden Brüder nun wirklich nicht.

Oft genug hungerten sie. Die Lumpen, die sie auf ihren schmerzenden Rücken trugen, lösten sich auf. Eine Weile versuchten sie noch, die Hütte sauber zu halten; aber es war die Sauberkeit allein stehender junger irischer Männer, groß gezogen von einer Mutter, die ihre Dienstmagd gewesen war. War das Bettuch schmutzig, drehten sie es um, statt es zu waschen, Geschirr wurde erst gespült, wenn kein sauberes mehr da war. Sie schliefen nebeneinander im elterlichen Bett; in der Wärme des Bettes, in dem sie gezeugt worden und zur Welt gekommen waren, in dem ihre Mutter sie in ihren ersten Monaten gestillt, als kleine Kinder getröstet hatte, in dem ihre Eltern sich, als sie größer wurden, Sorgen um sie gemacht hatten, für sie als junge Männer gebetet hatten, und in dem ihre Eltern beide gestorben waren.

Pius Mulvey sah es kommen, dass auch er darin sterben würde.

Das ängstigte ihn noch mehr als der Gedanke an das, was aus ihm geworden war; und geworden war aus ihm, was sich keiner in jungen Jahren vorstellen kann: eine Waise. Mehr als Armut und Hunger nagte das an ihm: die Vorstellung, wie er und sein herzzerreißend tapferer Bruder in dieser Hütte in den Bergen alt werden und sterben könnten. Keiner würde sie betrauern, ja keiner überhaupt bemerken, dass sie fort waren. Keiner teilte je das Bett mit ihnen, nur jeder mit dem anderen. In den Hügeln von Connemara gab es Männer wie sie im Überfluss. Gebeugt, mit stumpfem Blick, Brüder, die gemeinsam alt geworden waren und die durchs Leben schlurften mit dem Kreuz der Einsamkeit auf den Schultern. Wenn sie am Weihnachtsabend zur Christmesse nach Clifden gehumpelt kamen, lachten die Mädchen sie aus. Jungfräuliche alte Esel mit sanften Gesichtern. Sie stanken nach Einsamkeit, nach alter Pisse, nach verpassten Chancen. Pius Mulvey konnte über diese Männer nicht lachen. Wenn er sich ausmalte, wie sie lebten, brachte es ihn fast um den Verstand.

Nie hielt ein solcher Mann ein Kind in den Armen; nie sagte er einer Frau, wie schön sie war, wie hübsch ihr Haar war, wie unergründlich ihre Augen; nie stritt er sich mit einer Frau und versöhnte sich wieder. Nie umarmte er einen Menschen, den er liebte, nie spürte er, wie es war, wenn man wiedergeliebt wurde. Mulvey war zu jung, nichts davon hatte er selbst erfahren, aber er hatte es ja gesehen, er war im warmen Licht der Liebe groß geworden. Dass er diesen Lichtschein nie wieder erblicken sollte, stürzte ihn in eine Dunkelheit, an der er verzweifelte.

Er hielt es nicht mehr aus in Connemara mit all der Aussichtslosigkeit, mit den elenden Sümpfen, den Felsgegenden einsam wie der Mond, der grauen Verzweiflung allüberall, in der selbst die Luft, die ihn umgab, säuerlich roch. Wie Peitschenhiebe kamen die Windstöße vom Atlantik, und die geschundenen Bäume wuchsen in jedem erdenklichen Winkel, nur nicht aufrecht gen Himmel. Stunde um Stunde saß er hinter seiner schmutzigen gesprungenen Fensterscheibe und sah ihnen zu, wie sie im Sturm den Rücken krümmten; fragte sich, wann die Last zu groß sein würde, wann sie entzweibrachen oder die Übermacht sie entwurzelte. Aber sie brachen nie; seufzend beugten sie sich zu Boden und blieben, wo sie waren, wenn der Sturm vorüber war. Niedergedrückt. Geduckt. Gekrümmt. Verstümmelt: die Diener eines Herrn, der ihren Gehorsam verachtete.

Sein Vater hatte sein Lebtag den Rücken krumm gemacht. Genauso seine Mutter und jeder, den Mulvey kannte; aber das Schicksal hatte diese Treue nicht belohnt. Sein Bruder sprach oft von den Ratschlüssen Gottes. Dass Gott niemals etwas falsch machen könne; dass seine Prüfungen immer nur so weit reichten, wie man es ertragen konnte; der Augenblick der Kreuzigung war der Augenblick des Triumphes – wenn nur der Mensch in seiner Überheblichkeit zum Glauben bereit war. Aber Pius Mulvey glaubte nicht. Was er in seinem Bruder sah, war ein Sklave auf den Knien, der sein eigenes Elend anbetete, der eine fromme Lüge daraus machte, weil er nicht den Mut hatte, der Wahrheit ins Gesicht zu blicken. Dass man vielleicht Mut brauchte und keine Feigheit, um an einen Gott zu glauben, das war eine Ansicht, die Mulvey für sich niemals gelten ließ. Solche Gedanken waren vergeudete Zeit: so als ob man die wenigen Teller, die einem noch blieben, spülte, obwohl man wusste, dass sie doch am nächsten Tag wieder schmutzig sein würden. Sofern man denn das Glück hatte und etwas hatte, womit man sie schmutzig machen konnte; und das war längst nicht mehr selbstverständlich bei ihnen.

Das Fehlen der Mutter war so mit Händen zu greifen, dass sie gerade in ihrer Abwesenheit anwesend schien, und das galt umso mehr, als sie nie davon sprachen. Aber dieses Fehlen war ein Strom, der die Brüder verband wie ein unterirdischer Fluss. Sie mühten sich gemeinsam auf dem väterlichen Land; hungrig, verzweifelt, arbeiteten sie vom Morgen- bis zum Abendlicht, holten Algen vom Strand, um die Felsen zu nähren, düngten sie mit ihrem eigenen blutigen Kot, schunden die Steine mit der letzten Kraft ihrer Muskeln, doch kaum etwas wuchs außer ihrer Verzweiflung. Es gab keine Gewalt zwischen ihnen, keine bösen Worte. Es gab kaum noch etwas, was sie einander sagten.

Nicholas verbrachte seine Abende mit Lektüre bei Kerzenlicht, wenn sie sich eine Kerze leisten oder von einem Nachbarn erbetteln konnten; war keine Kerze zu haben, kniete er im Dunkeln und betete, lateinische Anrufungen, die Mulvey nicht verstand. Die Laute der brüderlichen Frömmigkeit wurden ihm zum Ärgernis; sie hinderten ihn am Einschlafen oder an seinen eigenen Gedanken.

An einem bitterkalten Januartag des Vorjahrs, als der Frost ihr Land zum leichenblassen Marmor erstarren ließ, hatte ein Werbeoffizier aus Liverpool sich auf ihren Feldweg verirrt und ihnen Geschichten vom abenteuerlichen Soldatenleben erzählt. Mulvey hatte wie gebannt zugehört. Selbst der einfachste Fußsoldat in der Königlich-irischen Armee konnte die unglaublichsten Dinge erleben. Ehe er sich versah, konnte er in Indien, Ägypten oder Beirut sein, wo die Sonne über Weintrauben und Ananas strahlte und wo jede Frau aussah wie eine Göttin. Der Wein dieser Gegenden war süß und erquickend. Man konnte sich den Bauch voll schlagen, und Mädels gab es überall. Die Uniform ließ einen Mann über sich hinauswachsen. »Da seid ihr gleich sechs Zoll größer, Jungs, wenn ihr den Roten Rock tragt!«

Das Militär sei genau der richtige Platz für einen schneidigen jungen Burschen, der etwas von der Welt sehen wollte, und dafür bekam er auch noch einen stattlichen Sold. Natürlich gab es Gefahren. Aber

Gefahr war ja nur ein anderes Wort für Abenteuer; die Erregung, die doch überhaupt erst das Salz in der Suppe des Lebens war. Und Gefahren gab es schließlich überall. Der Sergeant hatte den Blick über die arktische Wüste schweifen lassen, als nehme ihm der Anblick allen Mut; als sei es etwas Unanständiges, was er da sah. Als quäle es ihn, in was für einem Elend, ja in welcher Schande die Brüder Mulvey lebten. In der Armee lernte man immerhin, wie man die Gefahren überstand. Und kein Soldat der Krone würde jemals hungern.

»Zehn Guineen pro Jahr auf die Hand«, rief der Sergeant, als könne er die Großzügigkeit selbst nicht fassen. »Und ein Shilling jetzt gleich, wenn wir die Abmachung besiegeln.«

Sein Atem kam in dampfenden Stößen. Er streckte ihnen die schwarz behandschuhte Hand entgegen, und die kleine Münze glitzerte in der Handfläche wie das Auge eines Heiligen.

»Damit kann man hier nichts kaufen«, sagte Mulveys Bruder ruhig.

»Wie meinst du das, Junge? Das ist das Geld des Königs.«

»Dann soll er sein Geld behalten. Wir brauchen es nicht. Der einzige König, der über uns herrscht, ist der Herr im Himmel. Und der soll in der Hölle schmoren mit seiner heiligen Mutter, bevor ein Mulvey das Land seiner Väter verlässt.«

Der Sergeant sah ihn verblüfft an.

»Ich – ich weiß nicht, was du da redest.«

»Was ich rede, ist gutes Englisch«, entgegnete Nicholas Mulvey. »Aber es wundert mich nicht, dass Ihr es nicht versteht. Ihr Engländer versteht nichts von unserem Land. Und ihr werdet es nie verstehen.«

Von einem Ast rutschte verharschter Schnee. Zwei Ratten huschten aus einem abgestorbenen Baumstamm in den Graben.

»Nein«, sagte der Sergeant düster. »Ich glaube, ich werde es wirklich nie verstehen.« Er zuckte mit den Schultern und ging davon, den Weg zurück, den er gekommen war, schlitterte mit seinen schmucken Stiefeln über den furchigen eisbedeckten Boden, und sein schöner scharlachroter Rock leuchtete wie die Brust eines Rotkehlchens. Nicholas kehrte ohne ein weiteres Wort zurück in die Hütte. Sein Bruder blieb noch lange am Weg stehen und sah seiner Zukunft nach, wie sie in der Ferne entschwand; alles war so weiß, dass es ihm in den Augen brannte. Er sah dem Sergeant nach, bis er verschwunden war, wieder untergetaucht in dem Nichts, aus dem er gekommen war.

Wochenlang war Mulvey danach rastlos gewesen. Gedanken summten in seinem Kopf wie Wespen in einem Marmeladenglas. Im Traum sah er sich am Fuße der Pyramiden schlafen, den Bauch gefüllt, die Füße warm, so glücklich und zufrieden wie die lächelnde Sphinx. Orientalische Schönheiten tanzten im goldenen Feuerschein, ihre geschmeidigen Glieder braun und schimmernd vor Myrrhe. Fleisch briet im eigenen Saft. Weintrauben zerplatzten auf der Zunge wie die Laute einer neuen Sprache. Und dann erwachte er frierend neben seinem Bruder, in der bedrückenden Finsternis eines Morgens in Connemara, der Gestank des Nachttopfs stieg neben dem Bett auf, und ein neuer Tag der Arbeit und der Erniedrigung begann, erstreckte sich vor ihm wie eine Straße in den Albträumen, die der Hunger gebar.

Er hielt Ausschau nach dem Sergeant, hoffte auf seine Wiederkehr wie in den Liedern die Frau, deren Liebster auf See ist; aber genau wie in den Liedern kehrte er nicht zurück, und in seinem Innersten wusste Mulvey es von Anfang an.

Sein Bruder wurde krank, das sah er von Tag zu Tag deutlicher. Seine Haut war gelblich bleich, die Augen am Morgen oft blutunterlaufen und verklebt. Man sah die Veränderung in diesen Augen, die Wolken, die über den blassen, leblosen Himmel zogen. Mulvey beobachtete ihn in den fernen hügeligen Feldern; sah, wie er Blätter von den Büschen riss und Hände voll davon verschlang. Auch die Krähen saßen da und sahen zu, als wunderten sie sich über ihn.

Obwohl er selbst halb verhungert war, tat Mulvey, als habe er keinen Appetit, und hoffte, dass Nicholas das nahm, was er übrig ließ; aber er tat es nie. Die Völlerei sei eine Sünde, sagte Nicholas Mulvey. Ein Mann, der seine Begierden nicht im Zaum halten könne, sei kein echter Mann, sondern ein selbstsüchtiges Untier, das in der Hölle enden werde. Unser Herr sei uns beim Fasten selbst mit gutem Beispiel vorausgegangen; es sei ein Akt, durch den man Gott näher komme. Er stellte, was übrig war, in den Schrank und tischte es am folgenden Tag wieder auf, und so tat er es Tag für Tag, bis Pius es schließlich aß oder bis es verdorben war. Bald war es ein Wettstreit zwischen den beiden: wer den größeren Hunger ertragen konnte.

Schließlich hielt Mulvey es nicht mehr aus, das unablässige Zusammensein. Er strich am Abend durch die Gegend, ging zum Tanz und zu Branntweinbuden, hielt sich an die Schwarzbrenner, die oft am

Markttag in die kleinen Städte Connemaras kamen. Wenn man lange genug am Abend wartete, konnte man oft einen Krug ergattern, in dem noch ein Rest stehen geblieben war, oder eine Flasche mit ein paar Tröpfchen am Boden, und das reichte einem dann für die halbe Nacht. Manchmal kam eine Zigeunerin oder ein fahrender Sänger und sang ein Lied, und das gefiel Mulvey sehr. Es ließ das Eis der Einsamkeit schmelzen wie ein Glas heißer Punsch. Das Singen erinnerte ihn an die glücklicheren Zeiten seiner Kindheit, an die Geborgenheit in der Familie, bevor alles zugrunde gegangen war.

Die Lieder hingen alle zusammen, so wie alle Wasserläufe am Ende ein einziger Fluss waren. Schatten des einen sah man über das nächste huschen. Zeilen wanderten, Wendungen kehrten wieder, Verse wurden verbessert und fanden einen neuen Platz, Begebenheiten veränderten sich oder wurden aus einem anderen Blickwinkel erzählt. Als hätte es früher einmal nur ein einziges großes Lied gegeben, an dem alle Lieddichter weiterschrieben; als schöpften sie alle aus einer verborgenen heiligen Quelle.

Kaum je sprach er bei diesen Zusammenkünften der Sänger mit einem Menschen; aber die Gestalten, die durch die Lieder wanderten, kannte er bald wie die Helden einer lebendigen Sage. Der alte Dummkopf, der ein Mädchen heiratete, das er nicht befriedigen konnte. Das Mädchen, das der Vater aus seinem Hause verstieß, weil es den falschen Jungen liebte. Die Vision einer Frau am Ufer des Sees. Die alte Geliebte, die man wieder trifft, wenn Zeit und Erfahrung einen gelehrt haben, wie groß der Verlust ihrer Liebe war. Die lustigen Jungs und die leichten Mädchen. Der grausame Grundherr und der Pächter, der sich an seiner Frau schadlos hält. Die Fischer, Farmer, Bauern und Schäfer, die den schändlichen Steuereintreibern ihre Streiche spielten.

Oft kam es Mulvey vor, als seien die Lieder eine Art Geheimsprache: ein Mittel, Dinge zu sagen, die sonst nicht gesagt werden durften in ihrem verschüchterten, unterdrückten Land. Jedenfalls ließen sie keinen Zweifel, dass das, was in ihnen gesagt wurde, wichtig war – dass man es zu anderen Zeiten auch deutlicher sagen könnte. Es schien, als drängten bestimmte Dinge an die Oberfläche, wie die alten Bäume, die manchmal aus dem Moor auftauchten, ihre Rinde auch nach fünf Jahrhunderten noch lebendig. Alle zusammengenommen waren sie etwas wie ein heiliges Buch, eine Versammlung der verborgenen Wahrheiten, das Testament von Connemara. Denn was war die Bibel schließlich anderes? Ein Haufen alter Allegorien und halb vergessener Geschichten, in denen es vor Fischern, Bauern, Steuereinnehmern nur so wimmelte. Seine Streifzüge schienen ihm wie eine Schule; aber was er nun eigentlich lernte, das wusste er nicht.

Bei einer solchen Versammlung, einer Zusammenkunft von Fiddlern und Sängern in Maam Cross, geschah es, dass Pius Mulvey zum ersten Mal stahl. Er hatte auf dem Abtritt einer Schänke einen betrunkenen Bauern liegen sehen, und halb wirr im Kopf vom tagelangen Hungern hatte er ihm die Stiefel und den Hut fortgenommen. Ein einziger Augenblick hatte genügt, um die Fronten zu wechseln zwischen Opfern und Tätern, und er spürte keinerlei Reue danach. Er versetzte Stiefel und Hut bei einem Pfandleiher in derselben Straße und kehrte zum Gasthaus zurück, um seinen unverhofften Reichtum zu verprassen. Stieg einem der Whisky einmal zu Kopf, hörte sich die Musik um vieles lieblicher an, gerade wenn man auch noch einen Teller Stew vor sich stehen hatte und ein Pfeifchen schmauchte. Er hatte sogar dem ausgenommenen Bauern ein Glas spendiert, als dieser schließlich auf bloßen Füßen wieder aus der Latrine gestolpert kam. Er fand, dass er ihm dankbar sein sollte, und zeigte diese Dankbarkeit mit Porterbier und reichlichen Worten des Mitleids.

Das war der erste Abend, an dem Mulvey in der Öffentlichkeit sang. Der Wirt hatte eine Ballade angestimmt, von der er aber nur zwei Verse kannte, ein Lied über unglückliche Liebe. Er biete dem, der ihm die übrigen singen könne, einen ganzen Shilling, rief er, denn es sei ein Lied, das seine kürzlich verstorbene Mutter geliebt habe, eine Frau aus Estersnowe in der Grafschaft Roscommon. Er kenne die Verse, meldete sich Mulvey mit ruhiger Stimme; seine eigene Mutter sei ebenfalls aus Roscommon gewesen. »Dann lass hören«, forderte der Wirt ihn fröhlich auf, und Mulvey war in ihre Mitte getreten und hatte das Lied angestimmt.

Es war die kalte Winterszeit, die Hügel weiß von Schnee;
Mein Liebster hat verlassen mich, das Herz tut mir so weh.
Ein wunderschönes Mädchen stand mit tränennassem Blick;
Sie hielt ein Kind auf ihrem Arm und weint gar bitterlich.

Wie grausam war der Vater mein, der mir die Türe wies;
So grausam auch die Mutter mein, die ihn gewähren ließ;
Am grausamsten der Liebste mein, der mich für Gold verriet;
Ja, grausam war der Winterwind, der mir das Herz erfriert.

Mit seiner Stimme konnte er nicht viel Staat machen, aber er hatte ein gutes Gedächtnis. Jede einzelne Zeile dieses langen und umständlichen Liebeslieds wusste er, ein Lied aus uralten Zeiten, das seine Mutter gern gesungen hatte, ein Lied voller gelehrter Anspielungen und mit einer ganzen Reihe von Erzählern. »Makkaronisch« nannte man solche Lieder, bei denen sich irische und englische Verse abwechselten. Aber nicht nur an die Verse erinnerte er sich, sondern auch an die Art, wie sie vorgetragen wurden, die Stellen, wo man die Zeilen ein wenig in die Länge zog, die Augenblicke, in denen man innehielt, damit die Worte zu Boden fielen wie Laub. Es war eine seltsame, finstere Geschichte, in der ein Aristokrat einem Dienstmädchen die Ehe versprach und sie verführte. Seine Mutter hatte immer gesagt, es sei ein Zauber; wenn man beim Singen an jemanden dachte, der einem Unrecht getan hatte, liege dieser Feind tot am Boden, wenn man bei der letzten Strophe ankomme. Aber schon als Kind hatte Mulvey das nicht geglaubt. (Er hatte es immer wieder probiert, und nie war sein Bruder tot umgefallen.) Aber es gab eine gewisse Uneindeutigkeit, die ihm immer gefallen hatte. Manchmal war aus den Versen nicht klar zu erkennen, welcher der beiden Liebenden sprach und wer der Betrogene war.

Am nächsten Morgen, als Nicholas noch schlief, ging Mulvey den weiten Weg zum Dorf Letterfrack und kehrte mit einem Korb voller Kohlköpfe zurück, einer Speckseite, zwei frischen Brotlaiben und einem fetten Brathuhn. Von seinem Bruder gefragt, woher er das Geld zum Kauf eines solchen Festmahls habe, hatte Mulvey geantwortet, er habe am Straßenrand eine Börse gefunden. Nicholas verachtete die Branntweinbuden und ihre Gäste und hatte Pius oft genug eingeschärft, sie zu meiden.

»Dann hättest du sie zu den Konstablern bringen sollen. Ein unglücklicher Mensch hat sie verloren. Stell dir doch nur vor, wie dem jetzt zumute sein muss.«

»Aber das habe ich getan, Nicholas. Habe ich das denn nicht gerade gesagt? Der Herr, der sie verloren hatte, hatte auf der Wache eine Belohnung hinterlassen.«

»Ist das wirklich wahr? Sieh mir in die Augen, Pius.«

»So wahr mir Gott helfe. Der Schlag soll mich treffen, wenn es nicht die Wahrheit ist.«

»Schwörst du es, Pius? Bei der unsterblichen Seele von Mammo und Daddo?«

»Das schwöre ich. Bei ihrer Seele, es ist wahr.«

»Gott ist gerecht, Pius«, hatte sein Bruder darauf gesagt. »Wir sollten nicht fragen, woher seine Gnade kommt, sonst vertreiben wir sie. Ich habe um ein Wunder gebetet, und hier ist es.«

Mulvey hatte zugestimmt. Gott war tatsächlich gerecht. Gott half denen, die sich selber halfen.

XII. Kapitel

Das Geheimnis

Worin Mulvey sich für ein Genie hält; unweigerlich der erste Schritt auf dem Weg ins Verderben.

Am nächsten Abend hatte Mulvey sich auf den Weg zu einem Musikantentreffen an der Wegkreuzung von Glassillaun gemacht. Wieder hatte er gesungen und die Erfahrung genossen, wenn auch diesmal aus ganz anderen Gründen: Die Mädchen interessierten sich offenbar für ihn, wenn er sang, obwohl er sich das nicht erklären konnte. Er wusste, dass er hässlich war, schmächtig und klein, nicht so muskulös wie sein Bruder. Doch sie fanden ihn auch noch anziehend, wenn er mit dem Singen aufhörte, und das war eine Chance, die ergriffen sein wollte.

Er wusste nie, was er zu ihnen sagen sollte, diesen hübschen lachenden Mädchen. Sie drängten sich um ihn oder forderten ihn zum Tanz auf. Je weniger er tanzte, desto mehr schienen sie ihn zu mögen. Da er keine Schwester hatte und keine andere Frau kannte, hatte er nie länger als zwei Minuten mit einem Mädchen gesprochen und hatte keine Übung darin. Sie waren so schön, wenn sie redeten und lachten, so anders als Männer; so voller Leichtigkeit. Manchmal kamen ihm ihre Gedanken so fremd vor wie die Sterne, und sie sagten oft Dinge, die ihn schlichtweg sprachlos machten. Aber sie fanden sein Schweigen offenbar geheimnisvoll und deuteten es nicht als Zeichen von Schwäche. Schweigen, so lernte er rasch, war eine Trumpfkarte, die man mit gutem Gewinn einsetzen konnte, gerade wenn man zwischendrin sang. Frauen, schien ihm, liebten Sanftheit, Höflichkeit, Freundlichkeit; alles Dinge, die unter Männern als unmännlich galten. Von seiner Hässlichkeit sprach niemand, auch nicht von seiner Armut. Sie wollten nicht überwältigt und im Sturm erobert werden. Sie wollten einfach nur, dass man mit ihnen redete und ihnen zuhörte, wenn sie selbst redeten. Es war nicht einmal besonders schwer, gerade wenn man sich für sie interessierte; und wenn man keine Lust zum

Reden hatte, machte das auch nichts. In einer Welt voller prahlender Großsprecher und Kraftmeier gab es eine Art von Mädchen, die Zurückhaltung erholsam fand, und es traf sich glücklich, dass das genau die waren, die ihm selbst auch gefielen.

Er verbrachte keinen Abend mehr mit Nicholas. Sobald es dunkel wurde, machte er sich auf die Suche nach der Freiheit. Dabei spielte es keine große Rolle, in welche Stadt man ging; irgendwo wurde immer gesungen und zum Tanz aufgespielt. Dort war es warm und hell, es gab Musik und Gesellschaft; einen Ort, wo man sich zu Hause fühlte, trotz aller Einsamkeit.

Eines Abends, in einer Schänke in Tully Cross, hatte ein kleiner, einäugiger Troubadour aus einem Kaff in Limerick ein selbst geschriebenes Lied zum Besten gegeben, eine Ballade über die Grausamkeit eines dortigen Landbesitzers namens Lord Merridith, der einen armen Schlucker hatte aufknüpfen lassen, weil er ein Lamm gestohlen hatte. Das Lied war einfältig und schlecht vorgetragen, der Sänger ein mickriger Zwerg mit spindeldürren Beinen; trotzdem hatte das Publikum am Ende begeistert gejohlt, und der Sänger hatte jovial genickt wie ein Kaiser, der die Huldigungen der Menge entgegennimmt. »Meine Seele gehört dir, Junge«, hauchte ein Mann, als er weinend zu dem Sänger kam und seine knochige Hand küsste. »Das ist das beste Lied, das je einer in Irland gedichtet hat. Gebt ihm einen Whisky! Den Besten, den ihr im Haus habt!«

Mulvey machte sich seine ersten Gedanken über etwas, das bald seinen ganzen Verstand beherrschen sollte: Sänger wurden von fast jedermann bewundert; sie waren Annalisten, Chronisten, Sammler, Biographen. In einem Land, wo die Kunst des Lesens nahezu unbekannt war, bewahrten sie das Wissen des Volkes wie ein wandelndes Buch. Viele von ihnen kannten, so sagten sie, fünfhundert Lieder; einige wenige bis zu tausend. Ohne sie, ging es Mulvey durch den Kopf, würde sich niemand an das, was die Lieder berichteten, erinnern, und etwas, woran man sich nicht erinnerte, war, als sei es nie geschehen. Ein Sänger war nicht viel anders als ein Wunderheiler oder Wünschelrutengänger, eine Hebamme, die den Schmerz der Gebärenden mit geheimen Kräutern lindern konnte, oder ein Zigeuner, der mit wilden Pferden sprach und sie zähmte. Und Sänger, die ihre eigenen Lieder schrieben, vergötterten die Leute geradezu.

Gespräche verstummten, wenn sie ins Zimmer traten, diese schäbigen Männer und Frauen mit der wunderbaren Gabe, ein Lied zu dichten, diese Richter über das, was geschehen war und was nicht. Sie mussten nicht einmal besonders gut singen können. Das übernahmen andere für sie. Und es war auch nicht wichtig, dass sie nur selten neue Melodien ersannen; dass sie einfach die altbekannten Melodien verwendeten; wie Winzer, die den jungen Wein in die schönen Flaschen aus vergangenen Zeiten abfüllten. Ja, sie schienen sogar noch bewundernswerter dadurch: Die Würze des Alters ließ ihren Wein voller schmecken.

Es war, als habe die Hand des Allmächtigen sie berührt, als habe Gott ihren sterblichen Lippen etwas von seiner eigenen Macht eingehaucht, mit der er aus dem Nichts etwas Vollkommenes zu schaffen vermochte. In ganz Connemara galt es als Ehre, wenn man nur in der Gegenwart dieser Sänger sein durfte. Ein neues Lied wurde ebenso begeistert begrüßt wie eine gute Ernte; war es außergewöhnlich, sogar wie die Geburt eines Kindes. Oftmals verspotteten die Sänger sich gegenseitig, aber kein Außenstehender wagte je, sie zu beschimpfen. Es hieß, wenn man einen Liederschreiber beleidige, bringe es Unglück. Man begegnete diesen Zauberern nicht ohne Furcht; verärgerte man einen von ihnen, wurde man womöglich selbst zum Gegenstand eines Liedes und so für alle Zeiten zum Gespött, als Lohn für die eigene Torheit, selbst wenn der ursprüngliche Anlass längst vergessen war.

In seinem alten, zerfledderten Wörterbuch schlug Mulvey das Wort »komponieren« nach – *(ein Kunstwerk nach bestimmten Gesetzen) aufbauen, gestalten, ein musikalisches Werk schaffen, etwas aus Einzelteilen zusammensetzen, gliedern.* Ein Mensch, der etwas aus Einzelteilen zusammensetzen konnte, konnte es auch wieder auseinander nehmen. Es gab nichts, dessen ein solcher Zauberer nicht fähig war.

Still, doch voller Erregung machte er sich seine Gedanken, ob er womöglich selbst Aufnahme in diese ehrwürdige Priesterkaste finden, ob er eines Tages selbst ein Lied schreiben könne. Seit jeher hatte er gespürt, dass er eine Bestimmung haben musste, dass sein Leben einen Sinn haben musste, der über Kälte und Knechtschaft hinausging. Bald schon war daraus in seinem Inneren ein Drang geworden wie ein Fieber. Reime waren ihm schon immer in den Sinn gekommen; Worte und Melodien konnte er ebenso gut in Einklang bringen wie andere auch. Was ihm fehlte, war die Erfahrung. Er hatte noch nie geliebt und noch nie Liebeskummer gehabt, hatte nie in einer Schlacht gekämpft, und nie war ihm eine himmlische Frauengestalt erschienen. Er hatte weder geheiratet, noch war er auf Freiersfüßen gegangen, er hatte weder einen Menschen getötet noch sein ganzes Geld für Whisky und Bier verprasst; kurz: Er hatte keine von den Erfahrungen gemacht, die andere in ihren Liedern besangen. Pius Mulvey hatte noch nie etwas erlebt. Das Schwerste am Schreiben war für ihn, dass er nicht wusste, worüber er schreiben sollte.

Abends, wenn sein Bruder im Hinterzimmer betete, kauerte Mulvey sich neben das spärliche Kaminfeuer und versuchte zu dichten. Aber es war viel schwerer, diesen Teil seiner selbst fruchtbar zu machen, als den Boden zu beackern. Er hungerte danach, aber es war vergebens. Die Saat ging nicht auf. Monatelang blieb sein Bemühen fruchtlos.

Er kam sich vor wie ein Fischer auf einem See voller Schatten; zwar sah er tief unten etwas dahinhuschen, doch er war nicht in der Lage, es an Land zu ziehen, sosehr er sich auch mühte. Ideen schossen an ihm vorüber, Bilder und Vergleiche. Er konnte beinahe fühlen, wie sie ihm durch die verzweifelten Finger schlüpften. In Gedanken streckte er die Hand aus nach dem Geist seiner Mutter, der Frau, die ihm die Liebe zum Singen vermacht hatte. »Hilf mir«, betete er. »Wenn du mich hörst, hilf mir bitte.« Seit ihrem Tode hatte er sich ihr niemals so schmerzlich nah gefühlt wie an den langen, qualvollen Abenden, an denen er versuchte ein Lied zu dichten. Aber es ging nicht. Es kam einfach nichts. Nur das Huschen der Ratten im Stroh und das leise sorgenvolle Flüstern seines betenden Bruders.

Doch dann, eines Morgens, war mit einem Mal alles anders. Er erwachte aus einem Traum von Blättern im Wind, und in seinem benommenen Kopf entstand ein Reim. So seltsam und einfach als habe er beim Aufwachen ein Geschenk auf dem Kopfkissen gefunden; als seien die Blätter aus seinem Traum plötzlich beiseite gefegt worden, und darunter sei eine träge Motte zum Vorschein gekommen.

Mein Bruder und ich bestellten das Land
Da naht sich ein Sergeant mit Geld in der Hand.

Sein erster bewusster Gedanke war, dass er diese Verse schon einmal gehört hatte. Sie waren gut. Er musste sie schon einmal gehört haben. Rasch erhob er sich von seinem Lager und ging über den kalten Lehmboden hinüber zum Tisch. Worte so flüchtig wie ein Schmetterling. Er schrieb sie hastig auf die Rückseite einer alten Zuckertüte, als ob sie sonst durchs Fenster davonfliegen könnten. Er betrachtete die Zeilen. Sie waren wirklich gut. Sie gehorchten dem ersten Bauprinzip jeder Ballade: Jede Zeile brachte die Geschichte einen Schritt weiter.

Mein Bruder und ich bestellten das Land
Da naht sich ein Sergeant mit Geld in der Hand.

Ein mageres Lendenstück ohne eine Unze Fett. Nichts an den Zeilen war überflüssig. Alle Personen wurden eingeführt, ihre Berufe und ihre Beziehung zueinander. Und die Tatsache, dass der Sergeant Geld hatte, ließ darauf schließen, dass es bei dem Erzähler und seinem schwer arbeitenden Bruder nicht so war. Wenn er, fiel ihm plötzlich auf, »bestellten« in »wir pflügten« änderte und an die Stelle des langweiligen Wortes »Geld« das funkelndere »Gold« setzte, brachte das die Tatsache ihrer Armut noch deutlicher zum Ausdruck. Und wenn er den einfachen Sergeanten zum »Hauptmann« beförderte, ergab sich ein schöner Anklang an das schlichte Wörtchen »Hand«. Rasch nahm er diese Änderungen vor und las sich das Ergebnis vor. Die Zeilen strotzten vor Leben, wie eine pralle Frucht.

Mein Bruder und ich, wir pflügten das Land
Da naht sich ein Hauptmann mit Gold in der Hand.

Mulveys Begeisterung hatte etwas beinahe Unanständiges, wie der Übermut eines Kindes, das vor sich hinträumt, während der Priester den Segen spricht. Man konnte schon ahnen, wie das Lied weitergehen würde, aber es war auch nicht ohne Spannung, denn sicher konnte man nicht sein. Wie in jeder guten Geschichte stand im Mittelpunkt eine Entscheidung. Würden sie dem Hauptmann folgen, oder würden sie bleiben, wo sie waren? Was hätte man selbst an ihrer Stelle getan? Wer würde der Held sein und wer der Schurke? Da kam ihm in den

Sinn, dass »mein Bruder« vielleicht ein wenig zu vage klingen könnte. Aber »Nicholas« passte nicht in den Rhythmus. Er ließ die Namen aller ihm bekannten Männer Revue passieren, als blättere er rasch durch die Seiten eines dicken Wälzers. Wer von ihnen hatte einen Namen, der an die Stelle von »mein Bruder« treten konnte? Wie war es mit John Furey, dem Farmer aus Rosaveel? Mulvey hatte ihn erst zweimal gesehen und ganz sicher nie an seiner Seite geackert oder gepflügt, aber sein Name hatte den richtigen Klang. Er schrieb ihn auf und sang sich die neue Zeile leise vor.

John Furey und ich wir pflügten das Land

Nein, das war nicht so gut wie »mein Bruder«. Er strich den Namen durch und stellte die Zeile in ihrer ursprünglichen Form wieder her. Damit hatte John Furey aus Rosaveel seine kurze Anwartschaft auf Unsterblichkeit ein für alle Mal verwirkt.

An diesem Morgen ging er zum Torfstechen, als trage er das Licht der Welt in seinem Kopf; eine Flamme, die man hegen und pflegen musste, damit sie nicht ausging. *Mutter, ich bitte dich: Nimm sie mir nicht weg.* Zum ersten Mal seit Jahren betete er leise den Rosenkranz. Er würde nie wieder sündigen; nie wieder stehlen, nichts Unzüchtiges tun, weder allein noch mit anderen. Jeden Tag seines Lebens würde er seine Gebete verrichten, wenn nur diese Flamme nicht verlosch. Und später am Tag, als er an der Seite seines Bruders den Boden umgrub, waren ihm ganz unvermittelt zwei weitere Zeilen in den Sinn gekommen.

Sprach von tollkühnen Helden im roten Gewand;
Und der Himmel war hell und so heiter.

Wieder packte ihn eine panische Angst, er könne die Worte vergessen, und er ritzte sie in das metallene Blatt seines Spatens, für den Fall, dass sie später wieder im Nichts verschwanden. Er kniete neben den Wurzeln einer umgestürzten Mooreiche und weinte, weinte um seine Mutter und die Güte des Allmächtigen. Er weinte, wie er noch nie im Leben geweint hatte, nicht an ihrem Totenbett, nicht einmal an ihrem Grab. Um ihren Verlust; um seinen eigenen; um alles, was er ihr niemals gesagt hatte. Als sein Bruder nachsehen kam, was ihm fehlte, schloss Mulvey ihn in die Arme und weinte wie ein Kind. Kein Mensch, sagte er, habe je einen besseren Bruder gehabt, und es bekümmere ihn, dass sie sich so fremd geworden seien. Sein Bruder starrte ihn an wie einen Verrückten. Mulvey lachte. Er schüttelte sich vor Lachen. Hüpfte über den moorigen Grund wie ein Ziegenbock. An diesem Abend blieb Pius Mulvey zu Hause. Er kauerte auf dem Boden der elterlichen Hütte, mit einem Stift in der Hand und einer Leidenschaft im Herzen. Was an jenem Wintertag wirklich geschehen war, ließ sich nur schwer in die Verse einer Ballade gießen; im Grunde war ja auch kaum etwas geschehen. Darum veränderte er die Ereignisse ein wenig, sodass sie ins Reimschema passten. Es spielte keine große Rolle. Schließlich wusste ohnehin keiner, was geschehen war; wenn sie erfuhren, wie es wirklich gewesen war, fänden sie es nicht des Singens wert. Das Wichtigste beim Balladenschreiben war, dass man ein singbares Lied bekam. Die Tatsachen waren nicht von Bedeutung: *das war das Geheimnis*. Er schrieb und strich durch; schrieb neu, verbesserte. Was man brauchte, war eine Art Leichtigkeit. Einen klaren Drang vorwärts und leicht zu merkende Worte. Den Zuhörern sollte es vorkommen, als hätten die Verse sich selbst geschrieben, als sei der Balladensänger, der jetzt über sie verfügte, in Wirklichkeit nur ihr Medium. Er sang das Lied nicht. Er lieh ihm nur seine Stimme.

Er sprach, he ihr Bauern, warum schlagt ihr nicht ein?
Kommt mit mir und es soll euer Schaden nicht sein.
Spar die Worte dir, Rotrock, die Antwort ist Nein;
Lass uns hier, nimm dein Gold und zieh weiter.

Uns kannst du nicht locken mit Ruhm und mit Gold;
Behalt deinen Rock und behalt deinen Sold;
Lieber wollen wir hungern und zittern vor Frost
Als zu schlüpfen in Sklavenkleider.

Für die letzte Strophe brauchte er am längsten. Bei solchen Liedern war es üblich, dass der Höhepunkt sich um Irland drehte. Zwar scherte Mulvey sich keinen Pfifferling um Irland, und er hatte den Verdacht, dass es dem Großteil seines Publikums nicht anders ging, aber die Leute hatten es gern, wenn sie bei solchen Gelegenheiten richtig laut mitsingen konnten. Ohne diese letzte Strophe bliebe das Lied unvollendet, wie eine Hütte ohne Dach.

Und wenn jemals wir greifen zu Schwert und Gewehr,
Dann gewiss nicht für England, oh nein, nimmermehr.
Nur die Freiheit von Irland ist unser Begehr;
Drum habt acht vor den irischen Streitern!

Als er sein Lied das erste Mal sang, auf dem Rossmarkt von Claddaghduff am Halloweenabend, erntete er so tosenden Applaus, dass es ihm fast Angst machte. Und als die Pennymünzen sich zu seinen Füßen sammelten, da war es Pius Mulvey, als fülle sich sein Leib mit Licht. Er hatte die Formel entdeckt, die aus Fakten Fiktion machte, die Alchemie, mit der man Armut in Wohlstand, Geschichte in Kunst verwandelte. Brot war Fleisch geworden und Wein war Blut. Er hatte seine wahre Bestimmung gefunden.

Spät an jenem Abend lernte er ein Mädchen mit pechschwarzen Augen kennen, und als sie dann im Straßengraben beieinander lagen, spürte er ein wenig von dem, was sein Bruder die Mysterien Gottes nannte. Eine Leidenschaft, für die man sein Leben hergeben würde, und dann ein Friede, welcher höher war als alle Vernunft. Er war neunzehn Jahre alt, ein Mann, ein Fürst. Das Mädchen sagte, dass es ihn liebe, und Mulvey glaubte ihr. Denn er wusste, dass er nun endlich der Liebe wert war.

Als er im Morgengrauen heimkam, war sein Bruder schon auf dem Feld, die nackten Füße blutig von dem steinigen Grund. Mit heiterer Stimme sang er ein Kirchenlied, das eigentlich alles andere als fröhlich war, und zunächst fragte Mulvey sich, ob er im Scherz sang. Obwohl es ein kalter Morgen war, ging sein Bruder ohne Hemd, und Gänsehaut und Tau zeigten sich auf seiner bleichen Brust. Er geißele sich, erklärte er mit ruhiger Stimme. Kasteie seinen Leib zum Frommen der Seele. Er verdiene diese Strafe, denn er sei durch und durch verderbt. Hätten die Leute auch nur eine Ahnung, welche Lüste in seinem Herzen loderten, so würden sie ihn ersäufen oder auf dem Scheiterhaufen verbrennen, sagte er und grinste dazu. Dann wandte er sich um und nahm seine Bußübungen wieder auf, und Mulvey sah etwas, das ihm den Atem stocken ließ. Die Spuren einer Peitsche auf dem blutigen Rücken des Bruders.

Er ging in die Hütte und fand die noch blutbeschmierte Peitsche am Boden liegen, ein Fragezeichen auf dem gestampften Lehm. Fleischfetzen hingen an den Riemen, und entsetzt warf er sie ins Feuer. Als sie brannte, roch es wie gebratenes Fleisch, und mit einem Gefühl der Schande, als fände er plötzlich seine Schwester begehrenswert, spürte Mulvey, wie ihm das Wasser im verhungerten Mund zusammenlief. Er sah zu, wie die Peitsche zusammenschmolz, bis nur noch ein schwarzer Klumpen übrig war, und da ging ihm auf, dass er und sein Bruder tatsächlich die Plätze getauscht hatten – dass er den Wettstreit um den Rang des Älteren gewonnen hatte. Und er verfluchte sich dafür, dass er diesen Rang jemals gewollt hatte, denn er bedeutete eine Verantwortung, vor der er sich fürchtete.

Er holte seinen schluchzenden Bruder ins Haus und bereitete ihm einen Platz am Feuer, so gut er konnte. *Wo warst du, Pius? Ich brauchte dich, und du warst fort.* Auf seine stille Weise wütete Nicholas Mulvey noch immer, wie ein Mann, der mit weit offenen Augen träumte, und zitterte am ganzen Leibe wie ein Kalb mit einem Koller. *Für dich, Pius. Ich habe es für dich getan.* Nach einer Weile beruhigte er sich und verfiel in einen rastlosen Schlaf, in dem er vor sich hin murmelte. Mulvey ging vor die Tür und stand auf dem Feldweg. In seinem Kopf herrschte ein heilloses Durcheinander. An wen konnte er sich wenden? Welche Art von Hilfe brauchte er? Einen Priester? Einen Arzt? Einen Nachbarn? Wen?

Da sah er das Blatt Papier, unter einen Stein gesteckt. Er zog es hervor. Faltete es auf. »Letzte Mahnung«, hieß es in der ersten Zeile, aber es war keine tapfere Ballade, kein Rebellenlied. Den Brüdern Mulvey war eine Frist von vier Monaten gesetzt. Blieb die Pacht unbezahlt, hatten sie das Land zu verlassen.

Ein entsetzliches Stöhnen drang aus der Hütte, das angstvolle Brüllen eines Tiers in der Schlinge. Sein Bruder kam über die bemoosten schwarzen Steine gestolpert, die linke Hand ausgestreckt und blutüberströmt, in der rechten einen Schmiedehammer. Bis Mulvey bei ihm war, war Nicholas schon in die Aschengrube gesunken, ein entrücktes Lächeln auf seinem eingefallenen Gesicht; aus dem sehnigen linken Handgelenk ragte der Kopf eines sechs Zoll langen Nagels.

Nicholas Mulvey kam ins Irrenhaus in Galway, aber schon nach zwei Monaten kehrte er als geheilt zurück. Über die Geschehnisse jenes Morgens wollte er nicht sprechen; es sei die Folge von Hunger und Erschöpfung gewesen, nichts weiter. Aber Pius Mulvey war anderer Ansicht. Ein neues Leuchten war in die Augen seines Bruders gekommen, ein Licht, das irgendwie das Gegenteil von Licht schien, obwohl man es schlecht ein Dunkel nennen konnte. Es war, als stecke ein gänzlich anderer Mensch in seiner Haut. Ein vernünftigerer Mensch, anscheinend mit sich zufrieden, aber nicht mehr der Bruder, dessen fromme und grüblerische Art Mulvey so gut gekannt hatte wie seine eigene und die ihm doch, das spürte er jetzt, ans Herz gewachsen war.

Sie verbrachten ein kaltes, karges Weihnachtsfest in Ardnagreevagh. Den Tag selbst blieben sie im Bett, und zu essen hatten sie nichts außer ein paar verschrumpelten Äpfeln. Mulvey hatte seinem Bruder nichts von der Mahnung erzählt, aus Furcht, dass ihn diese von neuem in den Wahnsinn stürzen werde. Es blieb immer noch Zeit genug, diese Dinge zu bedenken, wenn es Nicholas besser ging. Mulvey ahnte nicht, dass es zu einem solchen Gespräch niemals mehr kommen sollte; dass der Punkt, an dem man den Schrecken noch eindämmen konnte, längst vorüber war.

Nicholas hatte eine Entscheidung gefällt. Er wollte Priester werden. Zunächst habe er mit dem Gedanken gespielt, ins Kloster zu gehen, aber nun habe er sich für das Seminar entschieden. In Connaught würden Priester gebraucht. Der Mangel an Priestern sei eine weitere Bedrohung für die Seelen der Armen. Alles deute darauf hin, dass im neuen Jahr eine Hungersnot kommen werde. Dann brauche man eine ganze Armee von Priestern. Und wenn nicht im nächsten Jahr, so werde der Hunger doch bald kommen. Mit Sicherheit, das hatten die Leute Nicholas gesagt. Eine entsetzliche Plage werde Irland heimsuchen. Tausende würden verhungern. Millionen vielleicht sogar. Die Menschen würden leiden, bis sie es nicht mehr aushielten, und erst wenn sie ihre Sünden bereuten, würde Gott von seiner Heimsuchung ablassen. Über all das habe er sorgfältig nachgedacht und habe sich entschieden. Es habe Zeiten gegeben, da habe er den Priesterstand als vertanes Leben angesehen, aber jetzt – seit seiner Krankheit – sehe er, dass nicht dieses, sondern alles andere für ihn vertanes Leben

sei. Kein anderer Beruf könne ihn noch retten. Der Wahnsinn sei eine göttliche Offenbarung für ihn gewesen.
»Bleib noch ein wenig. Bitte, Nicholas.«
»Ich habe die Heilige Schrift nun schon manches Jahr studiert. Pater Fagan sagt, ich komme schneller voran. Sie wollen mich weihen, sobald sie können.«
»Doch nicht dieser besoffene Betbruder Mickey Fagan aus Derryclare, der seinen eigenen Hintern nicht von einer Kuhle im Moor unterscheiden kann?«
»Er ist ein Gesalbter Gottes, Pius.«
»Der predigt, es sei Sünde, wenn ein Mann an eine Frau denkt? Und dass die Juden ins Fegefeuer gehören, weil sie Jesus umgebracht haben?«
»Er sagt manch hartes Wort. Aber er ist ein alter Mann.«
»Was ist mit dem Land? Dem Land deines Vaters?«
»Von nun an werde ich das Land meines Vaters bebauen.«
»Ich meine es wörtlich«, sagte Mulvey.
»Genau wie ich«, antwortete sein Bruder.
»Lass mich nicht allein, Nicholas. Ich kann das nicht allein. Warte doch wenigstens bis zum Frühjahr, um Himmels willen.«
»Warum?«
»Uns steht das Wasser bis zum Hals. Sie wollen uns vor die Tür setzen.«
»Vertraue auf Gott, Pius. Dann bist du nicht allein.«
»Hörst du mir jetzt endlich zu? Ich rede nicht von Gott!«
»Ich auch nicht, Pius. Aber vielleicht sollten wir es tun.« Sein Bruder sah ihn an mit seinem schönen, schüchternen Lächeln. »Es gibt da ein Mädchen, nicht wahr? Ich merke es dir an. In letzter Zeit bist du wie ein Lamm im Frühling.«
»Ein Lamm im Frühling ist ein Braten zu Ostern.«
»Du weißt doch, was ich meine.«
»Gut, es gibt jemanden. Ich weiß nicht, was daraus wird.«
»Na, wenn nicht diese, dann kommt bald eine andere. So ist die Natur. Deine Bestimmung. Paulus sagt: ›Es ist besser zu freien als von Begierde verzehrt zu werden.‹«
»Willst du denn nicht eines Tages selbst eine Frau haben? Es wäre Land genug, wenn wir es aufteilten.«

»Ein achtel Morgen? Für zwei Familien?«

»Viele in Galway kommen mit weniger zurecht. Wir können es schaffen, Nicholas. Bitte geh nicht fort.«

Nicholas Mulvey lachte leise, als sei das, was er hörte, absurd. »Ein solches Leben ist nicht für jedermann, Pius. Ich hätte nicht den Mut dazu.«

»Siehst du denn nie Mädchen, die dir gefallen?«

Sein Bruder seufzte und sah ihm in die Augen. »Es gibt Nächte, da könnte ich weinen vor Begierde. Der Teufel ist klug. Aber das ist keine Liebe, das ist nur das Fleisch. Ich könnte keine Frau lieben, so wie du das kannst. Du bist der bessere Mensch von uns beiden; das bist du von Anfang an gewesen. Kein Mensch hat je einen treueren Freund gehabt.«

Mulvey spürte, wie die schwarze Saat des Hasses in seinem Herzen aufging. Selbst in diesen unterwürfigen Worten triumphierte der andere über ihn.

Es war der 5. Januar 1832, der Vorabend des Epiphaniastags, an dem die Heiligen Drei Könige aus dem Morgenland erschienen waren. Der letzte Abend, an dem die Brüder Mulvey sich zum gemeinsamen Abendessen niedersetzten, die letzte Nacht, die sie im gemeinsamen Bett verbrachten. Im ersten Morgenlicht brach Nicholas auf zum Seminar in Galway, das Gebetbuch der Mutter unter dem Arm und in der Tasche eine Hand voll Erde, die ihm Glück bringen sollte. Sein Abschiedsgeschenk war das Frühstück, das er nicht anrührte, und das Paar verschimmelter Arbeitsstiefel, das er nun nicht mehr brauchte.

Das war der Tag, an dem Pius Mulveys Mädchen mit den pechschwarzen Augen, Mary Duane aus dem Dörfchen Carna auf dem Gut des Grafen Merridith von Kingscourt, gekommen war und ihm erzählt hatte, dass sie im Sommer sein Kind erwarte. Sie weinte, und er glaubte, sie weine vor Glück. Jetzt müssten sie heiraten, erklärte sie. Und das sei doch gut, denn schließlich liebe sie ihn, und er habe ihr ja oft genug geschworen, dass er sie ebenfalls liebe. Natürlich würden sie in seiner Hütte wohnen, auf dem Land seiner Väter. Sie hätten nicht viel, aber immerhin doch ein Zuhause. Ganz gleich, was geschah, gemeinsam würden sie es überstehen. Auf diesem Stück Land würden sie leben und sterben, wie all seine Vorfahren vor ihm.

Sie gingen zum Bett seiner Eltern und zogen sich aus. Sie liebten sich bis tief in den Nachmittag. Der Wind fegte heulend über das Moorland. Wie Trommelwirbel prasselten die Eiskörner an die Scheiben. Es war etwas Wildes, Verzweifeltes in ihrer Liebe an jenem Tage. Als wüssten sie beide, dass es das letzte Mal war.

Er wartete, bis sie sich auf den Weg zurück nach Carna gemacht hatte, dann schnürte er seine wenigen schäbigen Kleider zu einem kleinen Bündel. Und als die Nacht sich auf die stillen steinigen Felder senkte, da verließ Pius Mulvey das Land seiner Väter, ging den Feldweg hinunter, der ihn fort aus Connemara führte, fest entschlossen, nie wieder im Leben zurückzukehren.

XIII. Kapitel

Das Vermächtnis

Worin wir am zehnten Abend der Reise auf unser wackeres Schiff zurückkehren, wo Lord Kingscourt einen Brief an seine geliebte Schwester in London verfasst, in welchem er mancherlei Überlegung über seine gegenwärtige Notlage und zukünftigen Absichten anstellt, nicht ahnend, welches Verhängnis über ihm schwebt.

Stella Maris
Mittwoch, 17. November 1847

Meine liebste Tasha, Schwesterschmerz,*

verzeih die grässlichen Krakel, die ich dir schicke, aber das Einzige, was mir zur Beleuchtung dient, ist eine winzige Talgkerze, und meine Augen sind auch nicht mehr das, was sie einmal waren. (Ich habe seit kurzem – ich weiß nicht wodurch – all meine Munterkeit eingebüßt, wie weiland der Prinz von Dänemark.) Nicht dass Munterkeit das Einzige wäre, was mir fehlt.

Von unserem trefflichen und scharfsinnigen Käpt'n (der über seinen Seekarten brütet wie ein Kabbalist über den Sephiroth und der geeeern davon erzählt) höre ich, dass wir in einer Woche oder doch nicht viel später dem Dampfer *Morning Dew* begegnen, welcher eine Ladung wertvollen Maismehls von New Orleans nach Sligo bringt; und so die Winde wollen, wird er dies Brieflein schon allerkürzest zu dir tragen, weshalb ich schnell ein paar verstreute Gedanken zu Papier bringen will. (Nicht böse gemeint

---

* Diesen Brief vermachte Professor Natasha Merridith von Girton College, Cambridge (die bekannte Frauenrechtlerin) im September 1882 G. G. Dixon. »Tasha« war der Spitzname in der Familie für Lady Natasha. Lord Kingscourt nannte Lady Natasha und Lady Emily gern seine »kleinen Schwestern«, wohl ein Zeichen der Zuneigung, denn in Wirklichkeit waren beide älter als er (Lady E. um zwei Jahre, Lady N. um dreizehn Monate). – GGD

mit dem Käpt'n. Prachtvoller Bursche. Hat mir neulich abends in aller Ausführlichkeit unsere Reiseroute erläutert.)
Es ist merkwürdig, aber manchmal bringe ich einfach keine Ordnung in meine Gedanken, und das Einzige, was auch nur halbwegs hilft, das ist, sie niederzuschreiben. Kennst du solche Sorgen, meine arme kleine Tasha? Was hast du doch für einen verrückten Bruder. Aber was will man machen?
Wie geht es dir und Emily und natürlich Tante Eddie? Hat dieser Schwachkopf Millington Emily endlich einen Antrag gemacht? Ich wünschte wirklich, er brächte es hinter sich – du sicher auch. (Uns Old Wykehamists findet man doch sonst immer an vorderster Front. Sag ihm, die Ehre des Hauses steht auf dem Spiel.) Wenn sie ihm nicht bald Feuer unter dem Hintern macht, stehst du noch vor ihr am Altar.* Und wie hält sich das gute alte London? Wer weiß, wann ich es wiedersehe.
[Hier ist ein Absatz ausgestrichen.]
Man fühlt sich schon sehr ab von allem hier mitten auf dem großen Ozean, das muss ich sagen. Kriege und Revolutionen könnten bei euch zu Hause wüten, und wir erführen kein Wort davon. Was, wenn ich mir das überlege, ja gar kein so schlechter Zustand ist, gerade nach den letzten Jahren und allem, was geschehen ist, seit Papa dahingegangen ist. Es herrscht eine verführerische Ruhe hier, gerade nachts. Irgendwie ergreift die See von einem Besitz, breitet sich im Körper aus wie eine Medizin. Ich stelle fest, dass ich in Wellenmustern schreibe (und sogar denke). Sehr merkwürdig. Nach einer Weile geht es anscheinend allen an Bord so. Gerade des Nachts ist der Ozean sehr melancholisch. Die Wellen, wie sie an den Schiffsrumpf klatschen, all das. Der Himmel so finster, dass die Sterne einem heller als gewöhn-

---

* Nach langer Verlobungszeit, in der das Verlöbnis mehr als einmal gelöst wurde, heiratete Lady Emily tatsächlich Sir John Millington, den 9. Marquess von Hull, aber nach vier Jahren wurde die Ehe annulliert. Es gab keine Kinder. Professor Merridith heiratete nie. Unter ihren zahlreichen Publikationen wären hervorzuheben *Essays on the Rights of Women* (1863), *The Cause of Learning* (*Die Aufgabe der Bildung*, 1871), *Education and the Poor* (1872) und mehrere Bände über Fragen der abstrakten Mathematik. Bei *The Higher Education of Women* (1866) von Emily Davies, mit der sie eine enge Freundschaft verband, war sie Mitherausgeberin. – GGD

lich vorkommen, strahlender und schöner noch als in Galway. Manchmal denke ich, ich möchte gar nicht mehr fort von hier. Es war ein furchtbar trauriger Augenblick, als ich die Tür des alten Hauses zum letzten Mal verschloss, trauriger noch, als es zuvor all seiner Möbel beraubt zu sehen, so verlassen wie ein geplündertes Grab in Ägypten. Es schien so groß, so wehrlos, als ich noch einmal durch die Räume ging. Die alten Pächter kamen in Scharen, um sich zu verabschieden, das kannst du dir vorstellen, und auch sie waren tieftraurig; viele weinten. Ich brauchte eine ganze Stunde, bis ich am Tor war, die Hand schmerzte vom Schütteln. (Alle haben nach dir gefragt, und natürlich auch nach Em.)

Aber sie hatten allesamt Verständnis für das, was wir tun mussten, und wünschten uns für die Zukunft alles Gute. Als ich davonritt, schallte mir noch das »Ein dreifach Hoch auf das Haus Merridith« nach. Anscheinend hegte keiner einen Groll gegen uns, da brauchst du dir also keine Sorgen zu machen. Viele baten, ich solle ihnen doch schreiben, und versicherten mir, dass wir allzeit Freunde bleiben würden, trotz allem, was geschehen war. Mache dir also um all diese Dinge keine Sorgen; wirklich, ich möchte nicht, dass du dich grämst.

Vickers, der Schätzer des Wucherers, versicherte mir, dass er sein Möglichstes tun werde, das Land als Ganzes zu verkaufen und es nicht noch weiter zu zerstückeln. Das ist immerhin etwas. Tommy Martin von Ballynahinch hat abgesagt, fürchte ich. Anscheinend ist er selbst in Nöten und überlegt, ob er nicht verkaufen und sich nach Londinium absetzen soll. Ein Jammer, schließlich ist er kein schlechter Kerl; die Martins sind zwar alle nicht ganz richtig im Kopf, aber viele sind schlimmer mit ihren Pächtern umgesprungen. Man hört allerdings reden, dass Henry Blake, dieser versoffene alte Ganove, Interesse hat, sein Reich zu vergrößern. Die verfluchte Hungersnot lässt die Landpreise natürlich sinken, und Blake, der immer noch flüssig ist, nutzt das aus. Scheint, dass er ganz Connemara aufkauft, Acker für Acker. Bald dürfte der Commander von Tully also auch auf Kingscourt das Kommando übernehmen, oder dem, was von Kingscourt noch übrig ist. Zu Vickers habe ich gesagt, lieber würde ich meinen eigenen Kopf fressen, als diesem Grobian und Emporkömmling mein Land zu überlassen, aber er antwortete nur, das sei eben der freie Markt und wir könnten es uns wohl kaum aussuchen. Ist es nicht merkwürdig, Nat, wie sich alles entwickelt hat? Aber wir müssen es nehmen, wie es kommt. Hätten wir doch nur gewusst, was uns bevorsteht.

Papas Lieblinge gingen größtenteils in den Orkus, was herzzerreißend war. Ich hatte es bei mehreren Museen und zoologischen Gesellschaften versucht, auch beim Paläologischen Institut in Dublin, und für ein paar von den wertvolleren Stücken habe ich ein neues Zuhause finden können, für die Skelette, ein paar seltene Eier und Fossilien. Aber das meiste wollte niemand haben; sie waren ja auch in schlechtem Zustand, so feucht wie es im Haus war, manche von Maden befallen und voller Silberfische, und anscheinend steht Taxidermie derzeit ohnehin nicht hoch im Kurs. Ein Zigeuner kam noch am Morgen meines Aufbruchs, ein Schausteller von einem Jahrmarkt, und fragte, ob er den Säbelzahntiger haben könne; er hatte ihn auf dem Abfallhaufen am Stall neben dem Kühlhaus liegen sehen. Er wollte mir einen Shilling dafür geben, aber ich habe ihn ihm geschenkt. Ich hätte ihn ja sogar dafür bezahlt, dass er ihn mitnahm, so grässlich, wie das Ding stank, wie verfaultes Pferdefleisch. Johnnyjoe Burke hat mit seinem Bruder ein großes Loch am Ufer gegraben, und alles, was übrig war, kam hinein; dann haben wir es angesteckt, und als es verbrannt war, das Loch wieder zugeschüttet. Es war ein entsetzlicher Anblick, ein Bild wie von Hieronymus Bosch. Käme der alte Witzbold Darwin nach Kingscourt und machte mit seiner Geologenbande eine Grabung, hätte er allerhand zu staunen.

Was aus dem Haus selbst wird, steht in den Sternen. Unvorstellbar, dass es abgerissen wird, aber man sieht dem Kasten seine zwei Jahrhunderte Galwaystürme ja allmählich an. Besser, man denkt überhaupt nicht daran.

Habe zum Schluss noch Papas Grab in Clifden einen Besuch abgestattet. Es sah bestens aus, Mamas auch. Noch am Morgen hatte jemand frische Blumen gebracht, Narzissen für ihn, für sie Lupinen. Eine einfache kleine Geste, aber ich muss doch sagen, es rührte mich.

Verzeih mir, dass ich deine letzten Zeilen nicht beantwortet habe, aber ich erhielt sie erst eine Stunde bevor wir in Dublin an Bord gingen. Du kannst dir vorstellen, wie turbulent es zuging, alles musste gepackt und zum Kai gebracht werden und was weiß ich noch alles. Wer hätte gedacht, dass zwei kleine Kinder und ihre armen alten Eltern mehr Gepäckstücke und Krempel aller Art bräuchten als eine Infanteriedivision, die zum Angriff auf feindliches Territorium ausrückt?

Mary Duane, an die du dich bestimmt noch erinnerst, begleitet uns nach Amerika, und Laura ist froh, dass sie Hilfe hat. Und auch ich freue mich. Es ist, als nähmen wir ein Stückchen vom alten Kingscourt mit hinüber.

Du fragst in deinem Brief nach meinen geschäftlichen Plänen. Du hast schon Recht, bis jetzt habe ich alles für mich behalten. (Nicht einmal Laura weiß Näheres und verspottet mich oft gnadenlos deswegen.) Aber wenn ich es nicht einmal meiner lieben kleinen Tasha erzählen kann – höre ich dich sagen –, wem will ich es dann erzählen?

Ich will mein Glück als Architekt machen und vornehme Häuser bauen, wie sie jetzt bei den Neureichen von New York in Mode kommen. Aber, bitte, kein Wort davon. Ich will ja nicht, dass mir einer den Ball vor der Nase wegschnappt. (Oder war das der Bissen, der geschnappt wird? Ich glaube, der Bissen.)

Ich weiß, ich habe es nie studiert, aber ich schmeichle mir doch, dass ich einigermaßen zeichnen kann, und außerdem habe ich etwas weit Wertvolleres zu bieten: eigene Erfahrung. Ich habe die Pläne von Kingscourt mitgenommen, die ich am Abend bevor ich das Haus aufgab noch unter Papas Papieren gefunden habe. Schon seit Jahren suchte ich sie und konnte sie nicht finden – du weißt ja, wie es in der Bibliothek aussah, Papiere bis zur Decke, Stöße so hoch wie der Koloss von Rhodos –, und da kommt es mir wie ein Wink des Schicksals vor, dass ich sie im letzten Augenblick doch noch fand. Als hätte ich von Papa unerwartet doch noch ein Vermächtnis bekommen.

Ich habe auch Skizzen und Kopien der Bauzeichnungen anderer irischer Landhäuser im Gepäck – Powerscourt, Roxborough, Kilruddery, [*nicht zu entziffern*] und etliche mehr – und hoffe, dass bald viele neue Kingscourts und Powerscourts die neue Stadt und ihre Umgebung zieren. Dass man von solchen Projekten leben kann, davon bin ich überzeugt.

Manche prophezeien, in den nächsten Jahrzehnten werde sich in New York die Mode durchsetzen, in die Höhe zu bauen, mit Häusern bis in die Wolken, aber ich habe mir diese Pläne genau angesehen und bin überzeugt, dass sie der reine Unsinn sind. Wenn es eins gibt, was es in Amerika im Überfluss gibt, dann ist es Land. Und die Amerikaner hängen ja auch nicht auf so sentimentale Art an jedem Acker wie wir in Irland. Sie werden immer in die Breite bauen und nie in die Höhe. Warum sollten sie es anders machen?

Und wenn man sich einmal die technische Seite ansieht, so kann man sich ausmalen, dass ein Bauwerk, das höher ist als seine Grundfläche, nicht lange stehen wird. Gerade in Städten wie Boston oder New York, die schließlich direkt am Atlantik liegen. Eine simple Frage der Physik, nichts weiter. Du und ich, wir wissen aus Erfahrung, was die Atlantikstürme anrichten können. (Weißt du noch, wie der Wind jeden Winter die Schindeln vom Dach der Meierei abriss? Ganz zu schweigen von der Unmenge an Hutnadeln, die du und Em brauchten. Ha, ha.) In Connemara hat selbst ein Baum, tief verwurzelt in der Erde, seine liebe Mühe stehen zu bleiben, wie soll sich da ein Haus mit zehn Stockwerken an der stürmischen Küste Amerikas halten? Und selbst wenn sie hielten – warum sollte jemand, wenn er nicht gerade ein Affe ist, in solche Höhen klettern wollen? Und wenn eine dermaßene Dummheit machbar wäre, dann könnte man doch sicher sein, dass längst jemand in England darauf gekommen wäre, und London wäre ein Wald von dutzendstöckigen Ungeheuern.

Nein, ich bin fest entschlossen, von meinem Plan nicht abzuweichen. Ich denke, mein großer Fehler in der Vergangenheit war, dass ich nie getan habe, was ich wirklich wollte, und zu leicht auf andere gehört habe. Diesmal werde ich meinen Mut zusammennehmen. Und verflucht sein soll der, der *Lieber nicht* ruft!

Was das Kapital angeht, so habe ich ein wenig beiseite geschafft, aber es ist nicht viel, und wir können nur darauf vertrauen, dass das Schicksal dem Tapferen hilft. Ich hoffe, du und Emily nehmt mir das nicht übel, aber ich habe ein paar Kleinigkeiten verkauft, die noch in Kingscourt waren. Ein Bild oder zwei, nichts Wertvolles. Das Klavier, nach dem du fragst, war leider schon zur Versteigerung abgeholt. Ein wenig Modeschmuck von Mama ist unterwegs zu dir.

Ich nehme an, nach Ankunft in New York werden wir erst einmal in einem Hotel absteigen, aber da ich noch nie dort war, weiß ich auch nicht, was sich empfiehlt. Wir haben ein kleines Haus am Washington Square gemietet – die Nummer 22 –, aber es wird erst im März frei. Ich sage Haus, aber eigentlich ist es eine neumodische Einrichtung, ein so genanntes Apartment; wir fangen also gleich mit den amerikanischen Sitten an. Es ist entsetzlich teuer, aber ich glaube, die Investition lohnt sich, eine Umgebung, in der ich meine Klienten stilvoll empfangen kann. (Klienten! – Papa wird sich im Grabe umdrehen.) Laura soll sich um Bedienstete kümmern, wenn wir dort sind. Wir werden uns wohl auf einen Butler und ein Hausmädchen beschränken, einen Kammerdiener und natürlich eine Köchin. Man muss bescheiden anfangen.

Von einem kuriosen indischen Fürsten, der mit uns an Bord ist, höre ich, dass es in New York nur ein einziges halbwegs anständiges Restaurant gibt, Delmonico's an der Williams Street; aber immerhin werden wir nicht verhungern. (Louis-Quinze-Dekor, heißt es.)

Unser Quartier auf dem Schiff ist nicht gerade Luxus, aber wir genießen das Zigeunerleben durchaus. Wir haben vier Räume von halbwegs anständiger Größe in einem abgeschlossenen Bereich des Oberdecks, ein wenig geschützt vor den anderen Reisenden. Die Kabine für Laura und mich ist hübsch eingerichtet, allerdings klein. Jonathan und Robert haben jeder sein eigenes Reich und streiten sich immer, wessen Badezimmer das größere ist. Marys Quartier liegt am Ende des Korridors, ein paar Stufen hinauf; und wir können einen großen nicht belegten Salon mitnutzen, wo der Kapitän uns freundlicherweise einen höchst praktischen Klapptisch aufgestellt hat, sodass wir Frühstück und Mittagessen dort einnehmen können. Ein gemütliches kleines Nest, mit anderen Worten, auch wenn man sozusagen immer die Bettdecke hochziehen muss, weil alle Naselang Stewards und Diener kommen, die wie Yahoos durch die Kabinen poltern, sodass man wenig Privatsphäre hat; Laura ist deswegen bisweilen gereizt, aber ich denke, das muss man schon dulden. (Und wenn ich mir's überlege, Houyhnhnms würden ja noch mehr poltern.)*

Der Fraß ist nicht besonders, aber wir machen deswegen keinen Ärger.

Die Langeweile ist schon ziemlich langweilig, das muss ich sagen. Was soll man in so einer Tonne schon anfangen? Reisegesellschaft eher uninteressant. Schleiche mich manchmal am Abend in den Rauchsalon und verliere beim Kartenspiel ein paar Shilling an den Maharadscha. Aber nicht ein einziges anständiges Buch an Bord, habe schon überall gesucht. Immerhin ein Stapel alter Nummern der *Times* im Salon, versuche derzeit, die Leitartikel halbwegs chronologisch zu hullifizieren.** Das macht Spaß, allerdings verdammt anstrengend, jetzt wo auch noch die Augen trübe werden.

Den Jungs geht es gut, sie lassen schön grüßen. Beide ganz begeistert davon, dass sie jetzt Seefahrer sind; Jonathan macht die üblichen Sorgen, aber ich hoffe, dass es nur eine Frage der Nerven und der ungewohnten Umgebung ist und dass er schon ruhiger wird, wenn er erst einmal ein hübsches Zuhause in New York hat. Und dass er nicht mehr die Wäscherechnung in die Höhe treibt, weil er jeden Tag neues Bettzeug braucht! Undicht wie ein alter Kahn, der arme Junge. Allerdings freut er sich auf seine Geburtstagsfeier an Bord. Robert hingegen ist in bester Verfassung und

---

* Mit »Yahoos« und »Houyhnhnms« spielt Lord Kingscourt auf *Gullivers Reisen* von Jonathan Swift an. Die Yahoos sind eine affenartige Rasse degenerierter Wilder, die auf einer ländlichen Insel wohnen, einer Kolonie des Houyhnhnm-Reichs. Die Houyhnhnms sind rationale pferdegestaltige Wesen, denen die versklavten Yahoos als Lasttiere dienen. Interessanterweise, schreibt Gulliver, »haben die Houyhnhnms in ihrer Sprache kein Wort, um etwas zu bezeichnen, das böse ist, außer den Ausdrücken, die sie von der Ungestalt oder den schlechten Eigenschaften der Yahoos ableiten« (Buch IV, Kap. 9). – GGD

** Das »Hullifizieren« ist eine Anspielung auf *Doohulla*, ein Spiel mit unglaublich komplizierten Regeln, das die Merridith-Geschwister in ihrer Kindheit erfunden hatten. Sie schnitten aus Zeitungen oder anderen nicht mehr gebrauchten Schriftstücken Wörter heraus und legten aus den Buchstaben ein rautenförmiges Muster ineinander verschränkter Anagramme. Die Ähnlichkeit zum heutigen »Kreuzworträtsel« (das es in den vierziger Jahren noch nicht gab) fällt auf. Doohulla ist der englische Name für einen Bezirk in Connemara. Die gälische Form lautet *Dumhaigh Shalach*, »Weidenhügel«. – GGD

frisst wie ein Scheunendrescher. (Sein Appetit ist formidabel, würde der Käpt'n sagen.) Ich weiß auch nicht, wo er das Zeug alles lässt. Wie Johnnyjoe immer sagte: »Weiß Gott, der kleine Lord muss ein hohles Bein haben.«

Das Verhältnis zwischen Laura und mir war schon herzlicher, aber ich denke, das liegt daran, dass sie nicht zu Weihnachten aus London fortwollte, ihrer liebsten Jahreszeit; du weißt ja, wie gern sie zu den Gesellschaften und Tanzvergnügen und so weiter geht. Aber ich glaube nicht, dass man sich Sorgen machen muss, und sie bleibt, was sie ist, ein Goldstück.

Wetter außerordentlich wechselhaft (heute Morgen heftiger Sturm), lässt deinen Dummkopf von Bruder an seine seligen Navyzeiten zurückdenken, wo er auf seiner einzigen längeren Reise mehr als nur einmal, und das sehr peinlich in aller Öffentlichkeit, seekrank war. Aber dieser denkwürdige Ausflug zu den Kanaren (und zurück) fand ja auch auf einem Dreimastklipper statt, den ein gewisser N. Bonaparte kreuz und quer über das gute alte Mittelmeer gescheucht hatte und der nun ungefähr so seetüchtig war wie ein alter Badeschwamm. Ich weiß noch, dass ein alter Kanonier aus Longford mir diskret ein traditionelles Rezept anvertraute, *id est:* man verschluckt ein Stück Schweinespeck an einer Schnur, und dann zieht man es mit einem Ruck an der Schnur wieder nach oben. SAPPERMENT! Um ein Haar wäre ich daran erstickt, und nur ein Spanier rettete mich, der mir den Hauch des Lebens wieder einblies. Kein Erlebnis, das ich ein zweites Mal machen möchte.

»Küss mich, Hardy«, sagten die anderen Burschen von da an zu mir. Sie hatten wohl keine Ahnung, dass dein schwachbrüstiger Bruder der Sohn des Kriegshelden Lord Merridith war, dem bei Trafalgar an Nelsons Seite die Kugeln um die Ohren pfiffen. Ehrensache, dass ich das nicht ausnützte. Vielleicht hätte ich es ruhig tun sollen. Dann wäre ich heute Admiral!

Dass die Geldverleiher dir zusetzen, tut mir Leid. Was sind das doch für grässliche Menschen. Sage ihnen, wenn sie dich noch einmal belästigten, käme dein großer Bruder und würde ihnen die Hammelbeine lang ziehen. Aber nun ernsthaft, ich werde sehen, was ich tun kann, wenn wir in New York sind. Ich nehme an,

Coutts hat eine Filiale dort, und wenn nicht, gibt es sicher eine andere Bank, die mir weiterhelfen kann. Ganz egal wohin man kommt, eine Bank gibt es immer.

Aber wo wir schon von grässlichen Menschen sprechen – du kannst dir gar nicht vorstellen, was für Gestalten hier die Erste Klasse bevölkern. Etwas in der Art der Gnus, die durch die Gassen von Timbuktu ziehen, nur doppelt so hässlich und dreimal so fehl am Platze. Du würdest dich totlachen, wenn du sie sehen könntest. Laura und ich amüsieren uns jeden Abend über sie. Ich muss schon sagen, ohne Laura würde ich diese Reise nicht überstehen.

Dieser amerikanische Schleimscheißer Dixon, den du auf einer von Lauras Partys kennen gelernt hast, ist an Bord und noch dieselbe Nervensäge wie eh. (Du wirst dich erinnern, es war der Abend, an dem Dickens da war. Weißt du noch, wie er von dem Roman geprahlt hat, an dem er angeblich schrieb?) Tante Eddie nannte ihn, wenn ich mich recht entsinne, »charmant« – Dixon meine ich, mit Sicherheit nicht Dickens. *De gustibus* ...

Ich hätte dir gern noch mehr geschrieben, aber die See wird rauer (Hop heißa bei Regen und Wind), und ich werde in die Koje kriechen müssen und nach Speck und Schnur greifen. Weh mir!

Keine Sorge, mein Schatz. Alles wird gut. Ich weiß, im Augenblick sieht es gar nicht danach aus, aber alles wird gut, und allen wird es gut gehen.

Gaudeamus igitur.
Du fehlst mir so.

Dein schmachtendes Bruderherz
Davey.

PS Das hier habe ich neulich abends einen alten Seebären pfeifen hören. Erinnerst du dich? Johnnyjoe Burke sang es in seinen besseren Augenblicken.*

* Lord Kingscourt wäre wohl enttäuscht gewesen, hätte er erfahren, dass es sich um einen bekannten irischen Marsch handelte, »Bonaparte Crossing the Alps«. – GGD

XIV. Kapitel

Der Geschichtenerzähler

Der elfte Abend der Reise; ferner allerlei Einzelheiten über den zehnten Abend; und abschließend wieder einiges über den Elften. Ein Bericht, welcher gleichsam die Gestalt eines Kreises annimmt und worin zwei Begegnungen zwischen dem Verfasser und seinem Gegenspieler beschrieben werden.

32° 31′ WESTL. LÄNGE; 51° 09′ NÖRDL. BREITE
— 10 UHR ABENDS —

Grantley Dixon blieb an der Tür zum Rauchsalon stehen. Ein merkwürdig durchdringendes Geräusch, wie der Ruf einer Möwe, hatte ihn just in dem Augenblick innehalten lassen, in dem er die Hand nach der Türklinke ausstreckte. Doch über ihm war kein Vogel zu sehen. Dann hörte er es wieder: einen schwachen, dennoch markerschütternden Schrei. Er ging hinüber zur Reling und blickte in die Tiefe. Das Wasser war aufgewühlt, schwarz und schäumend.

Das Rufen kam nicht aus dem Zwischendeck, auch nicht von irgendwo sonst auf dem Schiff, und doch hörte Dixon es schon seit zwei Tagen. Er hatte andere gefragt, und wie es schien, hatten alle es bemerkt, aber keiner wusste, was es war. Ein Gespenst, lachten einige Matrosen und weideten sich sichtlich am Unbehagen der Landratte. Der Geist eines Zauberers namens »John Conqueroo«, der unten in der Arrestzelle einem Fieber erlegen war, damals als die *Stella* noch Sklaven transportierte. Eine Meerjungfrau, die versuchte, sie ins Verderben zu locken. Eine Sirene, die auf dem Sturmwind ritt und nur darauf wartete, sie zu verschlingen. Der Maat hatte eine vernünftigere Erklärung parat. Luft in den Hohlräumen des müden, alten Schiffs. Das ist nur der Wind, Sir. Der pfeift durch alle Ritzen. Die *Stella*, dieser alte Kahn, sei an allen Ecken geflickt, meist auf die Schnelle und nicht allzu gründlich. Hinter jeder Planke verberge sich ein Labyrinth aus rostigen Rohren, morschem Holz, verrotteten Sparren, angenagt von Holzwürmern und Ratten. Manchmal, wenn der Wind richtig hineinfuhr, könnte man schwören, das Schiff singe. Dann sei es wie eine schwimmende Flöte: die lädierte Orgel einer einstmals gewaltigen Kathedrale. Das war die Version, an die der Maat selbst gern glauben wollte.

Der kleine Mann mit dem verkrüppelten Fuß stand hinter dem Gitter und beobachtete alles. Er beobachtete immer alles; der arme, hinkende Vagabund. Vermutlich wartete er auf eine Gelegenheit zum Betteln. Der Tramp richtete den Blick hinauf gen Himmel und hustete leise. Wandte sich ab. Nieste. Schleppte sich zurück in den Schatten. Ein merkwürdiger Bursche. Anscheinend hatte er keine Freunde; keinerlei Bedürfnis nach menschlicher Gesellschaft. Hielt das Schiff offenbar für eine Art Kuriositätenkabinett. Dixon hatte ihn schon früher bemerkt, als er in der Abenddämmerung die Backbordseite des Ruderhauses anstarrte. Jemand hatte ein seltsames Zeichen darauf geschmiert. Ein großes H mit einem Herzen darum.

Dixon fragte sich, weswegen Merridith ihn sprechen wollte, aber er hatte eine Ahnung. Vielleicht war dies der Abend, an dem endlich die Wahrheit ans Licht kam? Es war höchste Zeit. Die Lügen dauerten schon viel zu lange. All die Heimlichkeiten, die kleinen Unaufrichtigkeiten des Ehebruchs, die falschen Namen und verstohlenen Treffen in Bahnhofshotels. Vielleicht hatte die Auseinandersetzung zwischen ihm und seinem Rivalen am Abend zuvor die Sache auf die Spitze getrieben, oder dieser Augenblick stand unmittelbar bevor. Es war an der Zeit, dass die Hänseleien ein Ende hatten. Sie stritten jetzt fast jeden Abend, und diese Auftritte waren peinlich für Laura und alle anderen. Über solche Angelegenheiten sollte man sich ruhig und vernünftig unterhalten. Er wünschte nur, er wäre selbst weniger erschöpft und niedergeschlagen.

Zwei Wochen bevor er mit der *Stella Maris* in See gestochen war, hatte Dixon einen ganzen Tag lang die Londoner Verlage abgeklappert. Hurst und Blackett. Chapman und Hall. Bradbury und Evans. Derby und Dean. Die Namen klangen wie Komikerduos aus dem Varieté, und nach den Angeboten zu urteilen, die sie ihm gemacht hatten, waren sie das womöglich sogar.

Drei Monate zuvor hatte er gegen viel Geld von einer Sekretärin eine Anzahl Abschriften seiner Kurzgeschichtensammlung machen lassen. Die Sammlung war die Frucht seiner jüngsten Reise durch Irland, und Grantley Dixon hatte viel Arbeit hineingesteckt.

Abend für Abend hatte er in seiner Suite im Albany an dem Manuskript gefeilt. Er hatte versucht, seinen knappen, sachlichen Stil etwas abzumildern und sich von der Objektivität, die man von einem Journalisten erwartet, zu lösen; ein wenig mehr Gefühl zu zeigen. Als er damit fertig war, hatte er Laura eine Geschichte vorgelesen, eines Nachmittags, nachdem sie zusammen im Bett gewesen waren, und hatte ihr versichert, er wisse ein ehrliches Urteil über seine Bemühungen zu schätzen.

»Deiner Bemühungen?«, fragte sie lächelnd.

»Ich spreche von der Geschichte«, antwortete er.

Doch sie hatte ihr nicht gefallen.

Es war zum Streit gekommen.

Sie hatte ihm vorgeworfen, der Wunsch, Fakten zu vermitteln, habe ihn blind gemacht. In der Kunst gehe es darum, etwas Schönes zu erschaffen. Ein bedeutender Maler, ein wirklich interessanter Schriftsteller – der nehme den Stoff, aus dem das gewöhnliche Leben sei, und verwandle ihn in etwas Neues. Das habe Mr Ruskin neulich bei einem Vortrag gesagt, den sie in Dublin gehört hatte.

»Willst du damit sagen, ich bin kein Künstler?«

»Du bist ein ausgezeichneter Journalist. Deine Landschaftsbeschreibungen beispielsweise – sind sehr genau. Und die polemischen Sachen, das ist deine Stärke. Aber ein Künstler, das ist etwas Höheres, irgendwie. Ich weiß nicht. Er sieht die Wirklichkeit aus einem anderen Blickwinkel.«

»So wie dein Mann, meinst du.«

»Das habe ich nicht gesagt. Aber er zeichnet gut, das muss man ihm lassen.«

»Besser als ich schreibe, nehme ich an?«

»Das ist nicht fair, Grantley.«

»Was ist schon fair? Dass wir uns klammheimlich treffen müssen?«

»Ach – warum kannst du nicht glücklich sein mit dem, was du hast? Komm wieder ins Bett, du dummer Junge.«

Aber er hatte nicht wieder ins Bett kommen wollen. Durch ihre Kritik war ihm die Lust vergangen. Vielleicht lag es einfach daran, dass er den Wunsch nach Anerkennung offen ausgesprochen hatte, und das war ihm seit seiner Kindheit bei niemandem mehr geschehen. Das Zerwürfnis hatte den Rest des Abends überschattet. Im Restaurant und beim Konzert hatten sie kaum ein Wort miteinander gesprochen. Selbst als er sie um Mitternacht zum Fährzug nach Kingstown brachte, hatte der Streit noch auf ihnen gelastet wie eine ungebeichtete Sünde. Sie hatten sich höflich und förmlich per Handschlag verabschiedet, wie sie es in der Öffentlichkeit immer taten; doch der Abschied schien Dixon kühler als nötig. Erst als der Zug abgefahren war, war ihm, als hätte er sich entschuldigen sollen.

Er hatte ihr beweisen wollen, dass sie mit ihrem Urteil über seine Arbeiten Unrecht hatte. Sie würde nie einen Mann lieben, der kein Künstler war; wer immer sie kannte, wusste das. Vielleicht war sie sich selbst dessen nicht bewusst, aber eines Tages würde sie es begreifen. Dixon konnte den Gedanken nicht ertragen, was dann geschehen würde.

Wo immer er vorstellig wurde, stieß sein Buch auf Ablehnung. Zu lang, zu kurz, zu ernst, zu oberflächlich. Die Geschichten seien nicht glaubhaft. Die Charaktere nicht lebensnah genug. Und zu allem Überfluss hatte er auf dem Weg zu seiner letzten Verabredung auch noch diesen Dummkopf Dickens mit seinem Zylinder über die Oxford Street stolzieren sehen wie einen siegreichen General inmitten von Plebejern. Die Leute bestürmten ihn und schüttelten ihm die Hand, als sei er ein Held und kein Scharlatan; dieser kriecherische Zirkusdirektor mit seiner Truppe aus idiotischen Kirchendienern, gescheit daherplappernden Waisenkindern und hakennasigen Juden. Mein Gott, es war erbärmlich, wie das Publikum seine Bücher verschlang. *Bitte, Sir, wir wollen mehr.*

Dixon hatte den Verleger Thomas Newby bei einer von Lauras literarischen Abendgesellschaften kennen gelernt. Er wirkte vernünftig und intelligent und war dafür bekannt, dass er, wenn er wollte, ein Buch schnell herausbrachte. Aber sein Verlag war klein und konnte nicht viel zahlen. Trotzdem, dachte Dixon; das wäre immerhin ein Anfang. Er wusste ja nicht, dass ihm schon wieder eine Enttäuschung bevorstand.

»Ich will damit nicht sagen, dass es schlecht ist, mein lieber Grantley, das nicht. Es ist interessant geschrieben – auf seine Weise. Ich fand es nur ein bisschen zu predigthaft. Irgendwie morbide. All das

Zeug über den armen Paddy und seinen Esel, verstehen Sie. So etwas passt in die Zeitung. Da *erwartet* man das. Aber ein Romanleser will etwas anderes. Etwas vollkommen anderes.«

»Und wie sähe das aus?«

»Eine Geschichte, die ihn packt, die er mit Haut und Haaren verschlingen kann. Was Sie hier schreiben, das schlägt den Leuten aufs Gemüt. Lesen Sie mal was von meinem alten Freund Trollope. *Die Macdermots von Ballycloran*, das kennen Sie doch, oder? Da gibt es massenhaft arme Leute, aber irgendwie drängt er sie einem nicht so auf.«

»Es ist eben nicht jeder ein Trollope«, antwortete Dixon bitter.

»Ich bin Geschäftsmann«, sagte Newby. »Ich muss es sein.«

Dixon griff zu einem Buch, das auf dem Schreibtisch lag, und las vor, was in Gold geprägt auf dem Rücken stand. »*Sechzehn Jahre in Westindien*, von Lieutenant-Colonel Capadose. Band zwei.«

»Was spricht dagegen?«

»Etwas Besseres haben Sie nicht zu bieten, Tom?«

»Gar nicht so uninteressant. Genau die Art von Buch, an der Sie sich auch einmal versuchen sollten, wenn Sie meinen bescheidenen Rat wollen. Lassen Sie die Romane sein und zeigen Sie bei den Fakten, was Sie können.«

»Den Fakten?«

»Ihre Impressionen von der Grünen Insel. Nebel steigt von den Ufern empor. Der fröhliche Schweinehirt mit seiner tiefen Weisheit. Ein bisschen Pfeffer mit ein paar rassigen Weibern. Das können Sie doch im Schlaf. Ich verstehe gar nicht, warum Sie das nicht machen.«

»Sie haben doch sicher auch schon von der Hungersnot in Irland gehört?«

»Ich kann Ihr Honorar für wohltätige Zwecke stiften, wenn Sie das wollen.«

Dixon nahm noch einen weiteren Band vom Schreibtisch des Verlegers. »*Mit dem Großpascha auf Nilfahrt. Eine Flussreise auf der Yacht des Vizekönigs.*«

»Die Leute wollen Exotik.« Newby ließ sich nicht beirren. »Seien Sie nicht so hart zu ihnen, alter Junge. Es ist doch nur ein Buch.«

Dixon wusste, dass er im Recht war. Er war fast immer im Recht. Das war es ja gerade, was ihm so oft das Leben schwer machte.

»Und wo wir schon von wärmeren Gegenden reden, ein Vöglein flüstert mir, dass Sie demnächst in die Kolonien zurückkehren.«
»Zuerst bleibe ich noch ein paar Tage in Dublin.«
»Ah. Sie besuchen La Belle Dame Sans Merci.«
Er fragte sich, wie viel Wissen oder Gerücht hinter der Formulierung stecken mochte. Newby war ein Mann, der in der Regel gut informiert war.
»Vielleicht. Vielleicht auch nicht.«
»Wie ich höre, war sie kürzlich in der Stadt.«
»Tatsächlich?«
»Sagte dem Herrn Papa Lebewohl, nehme ich an. Bevor sie auf große Fahrt geht, die Herzen Amerikas zu brechen. Wahrscheinlich war noch eine kleine Finanzspritze vonnöten.«
»Wie meinen Sie das?«
»Man erzählt sich in der Stadt, der edle Merridith sei bankrott. Die Hungersnot hat ihn ruiniert. Die Vollstreckungsbefehle sind schon geschrieben. Ohne ein paar Dukaten vom Herrn Schwiegervater wachte Mylord im Schuldgefängnis auf.« Er stieß einen tiefen Seufzer aus und rieb sich die lange Nase. »Kann einem Leid tun für Laura. So eine Frau findet man einmal unter Tausenden. Ich muss sagen, sie fehlt mir, jetzt wo sie fort ist.«
»Wenn ich ihr in Dublin über den Weg laufe, richte ich Grüße aus.«
Der Verleger nickte und schob ihm einen Stapel Bücher hin. »Können Sie ihr die mitnehmen? Geschichten voller Leidenschaft zwischen Ruinen.« Er blickte Dixon an, mit einem durchtriebenen Lächeln. »Laura ist ja den Romanzen nicht abgeneigt, wie man hört.«
Dixon spürte, wie ihm die Röte ins Gesicht stieg. Er warf einen Blick auf das oberste Buch. »Ist das gut? Vielleicht könnte ich eine Besprechung unterbringen.«
»Für die Damen, mein Junge. Pfarrer aus dem Norden. Was seine Meriten angeht, bin ich mir nicht mehr so sicher. Gerade mal 250 Stück verkauft.«
250 Exemplare, und dazu verzog er das Gesicht. Für eine solche Zahl hätte Dixon einen Arm gegeben.
»Und die Erzählungen können Sie wirklich nicht brauchen? Auch nicht, wenn ich sie noch einmal umschreibe?«
Newby schüttelte den Kopf.

»Was ist mit meinem Roman? Den haben Sie jetzt seit einem Jahr.«
»Kann ich nicht riskieren. Würde es mit Freuden. Aber es geht nicht, glauben Sie mir. Passt überhaupt nicht in mein Programm. Vielleicht haben Sie anderswo Glück. Versuchen Sie es bei Chapman und Hall.«
»Tom.« Dixon versuchte es mit einem Wort von Mann zu Mann. »Tom, um ehrlich zu sein, ich habe da eine Dummheit gemacht. Die Sache falsch eingeschätzt, könnte man sagen.«
»Inwiefern?«
»Ich habe es schon überall erzählt. Dass er Anfang des neuen Jahrs herauskommt.«
»Ach, das. Ja. Davon habe ich gehört.«
Dixon sah ihn an.
»Laura sprach davon, als sie letzte Woche in der Stadt war. Stolz schwoll die Brust ob Ihres literarischen Erfolgs, erzählt man mir.«
Die Fensterscheiben des Büros rasselten im Wind. Dixon starrte zu Boden und betrachtete den zerschlissenen Teppich mit seinem Muster aus Kronen und Einhörnern. Eine Sekretärin kam mit einem Kaffeetablett. Als er wieder aufsah, wich Newby seinem Blick aus. »Grantley – ich hoffe, ich kann als Freund zu Ihnen sprechen. Ich bitte Sie, sehen Sie sich vor. Merridith ist kein Dummkopf. Er tut so, wenn es ihm gelegen kommt, aber ich würde mich nicht darauf verlassen.«
Newby stieß ein leises und seltsam bitteres Lachen aus.
»Das lernen sie auf den Public Schools. Wie man den lachenden Clown spielt, wenn einem die anderen schon die Schlinge um den Hals legen. ›Alter Junge‹ hier, ›Also wirklich‹ da. Aber sie würden halb Indien abschlachten, wenn ihnen der Tee ausgeht.«
»Manchmal wünschte ich, ich wäre ihr nie begegnet. Das Leben wäre einfacher.«
Der Ältere erhob sich hinter seinem Schreibtisch und streckte ihm die Hand entgegen. »Und ich wünschte, ich könnte Ihren Roman bringen. Aber das kann ich nicht.«
»Können Sie mir noch einen Rat mit auf den Weg geben?«
»Nur den einen: Viele sind berufen, aber wenige sind auserwählt. Schreiben Sie mir ein paar schöne Reisenotizen, und ich werde sie wohlwollend lesen. ›Ein Amerikaner in Irland‹, etwas in dieser Art. Hier, nehmen Sie das noch mit.«

Es war *Abende eines Arbeiters* von einem Mann namens John Overs, mit einem Vorwort seines Freunds und Mentors Charles Dickens.
»Nein, danke.«
»Doch, das sollten Sie sich ansehen. Das ist ein Buch, wie es sein soll. Ein Traum, gerade der Prolog von Dickens. Der Mann schreibt wie ein Engel.«
»Ich dachte, Sie mögen keine Bücher über die Armut.«
»Ah«, sagte Newby ernst. »*Er* macht es mit Humor.«

Dixon hatte den ganzen vorangegangenen Abend mit dem öden Roman dieses nordenglischen Pfarrers vergeudet. Es wehte ein kräftiger Wind, die See war rau, und Laura wollte allein sein. Sie benahm sich sehr merkwürdig, seit sie an Bord gegangen waren, machte Ausflüchte, um nicht mit ihm reden zu müssen, nicht in seiner Gesellschaft zu sein. Vielleicht war es verständlich, dass sie ihn nicht sehen wollte. Die Heimlichtuerei machte ihn reizbar, sie zerrte an seinen Nerven.

Der Morgen hatte mit einigermaßen ruhiger See begonnen: kalter, glitzernder Sonnenschein auf einer graugrünem Wasserfläche. Er hatte sich vor dem Frühstückssalon ins Freie gesetzt, um ein paar Stunden mit Lesen zu verbringen. Als er das Buch aufschlug, war ein einzelner Regentropfen auf die Titelseite geklatscht, und binnen fünf Minuten war der Himmel dunkel und bleigrau.

»Macht die Rettungsleinen bereit. Passagiere unter Deck.«

Schon kamen Matrosen gelaufen. Blitze zuckten aus dicken Wolkenknäueln und erhellten sie jäh, begleitet von donnernden Explosionen. Eine heftige Bö erschütterte den Hauptmast, ließ das Deck erbeben und brachte im Frühstückssalon Gläser und Geschirr zum Klirren. Binnen kurzem schwankte das Schiff so sehr, dass einem übel werden konnte; es schlingerte und schaukelte. Die Läden wurden heruntergekurbelt, die Segeltuchmarkise aufgerollt und mit einer Kette befestigt. Ein Steward mit einem Stapel Klappstühle hatte ihm im Vorübereilen zugerufen, er solle unter Deck gehen, aber Grantley Dixon hatte sich nicht von der Stelle bewegt.

Rings um ihn her ertönte die vielstimmige Musik des Schiffes. Das leise Pfeifen, das gequälte Grollen, das Heulen des Windes in allen Ritzen. Das Klappern loser Holzverkleidungen. Das Klirren der Ketten. Das Ächzen der Planken. Das Tosen des Sturms in den Segeln. Nie zuvor hatte er solchen Regen erlebt. Er fiel nicht einfach, er ergoss sich in wahren Sturzbächen aus den Wolken. Er sah, wie sich eine Welle in fast einer Meile Entfernung auftürmte. Brausend. Schäumend. Unaufhaltsam. Wie sie immer weiter anschwoll. Schon glich sie einer gewaltigen Festung aus tintenschwarzem Wasser und brach fast zusammen unter der eigenen Last; dennoch wuchs sie unter mächtigem Getöse immer weiter hinauf. Sie schlug krachend gegen die Seite der sich verzweifelt aufbäumenden *Stella;* es war wie der Faustschlag eines unsichtbaren Gottes. Er spürte, wie er rückwärts gegen die Kante einer Bank geschleudert wurde, hörte den dumpfen Aufprall, als er mit dem Rückgrat auf etwas Metallisches aufschlug. Das Schiff knarrte laut; es stampfte und neigte sich langsam, bis es fast kenterte. Aus dem Zwischendeck drangen angstvolle Schreie. Das Scheppern von herabstürzenden Bechern und zerbrechenden Tellern. Eine Männerstimme brüllte: »Runter auf den Boden! Auf den Boden!« Ein Rettungsboot an Steuerbord riss sich aus der Verankerung und schwang lose hin und her, bis es sich donnernd in die Wand des Ruderhauses bohrte.

Wieder krachten die Wellen gegen den Bug. Das Wasser traf ihn wie ein salziger Peitschenhieb, durchnässte ihn bis auf die Haut, strömte mit Macht über ihn hinweg und riss ihn mit sich über die Planken. Das markerschütternde Kreischen von Metall auf Metall. Das Stampfen der Maschine mit dem Rad hoch über dem Wasser. Langsam richtete das Schiff sich wieder auf. Das Geräusch von splitterndem Holz erfüllte die Luft wie Gewehrsalven. Das Heulen der Sirene, zum Zeichen, dass alle Decks geräumt werden mussten. Zusammen mit einem Matrosen versuchte der Mann mit dem Holzfuß eine Frau festzuhalten, die rücklings auf die zerschmetterte Reling zurutschte. Sie schrie vor Entsetzen; schlug um sich; suchte verzweifelt nach Halt. Irgendwie bekamen sie sie zu fassen und zerrten sie unter Deck. Dixon hangelte sich Stück für Stück, wie ein Bergsteiger, an dem glitschigen Rettungsseil zurück in das Deckhaus der Ersten Klasse.

Auf dem Flur standen zwei Stewards und verteilten Gefäße mit Suppe. Die Passagiere sollten sich unverzüglich in ihre Kabinen begeben. Es bestehe kein Anlass zur Sorge. Der Sturm werde sich legen. Das Wetter sei keineswegs außergewöhnlich. Typisch für die Jahreszeit. Das Schiff könne nicht kentern; es sei in achtzig Jahren nicht ein einziges Mal gekentert. Die Schwimmwesten seien eine reine Vorsichtsmaßnahme. Aber der Kapitän habe angeordnet, dass alle unter Deck bleiben sollten. Laura warf ihm vom Ende des Ganges einen flehenden Blick zu, die beiden Jungen hingen ihr heulend am Rockschoß. Alle drei wurden von einem zornig dreinschauenden Merridith gepackt und wie Säcke zurück in ihre Kabine gezerrt.

»Gehen Sie nach drinnen, Sir! Und bleiben Sie dort, bis Sie verständigt werden.«

Er hatte sich etwas Trockenes angezogen und seine Suppe gegessen. Nach einer Stunde hatte der Sturm ein wenig nachgelassen. Der Chefsteward hatte an die Tür geklopft und ihm eine Nachricht vom Kapitän überbracht. Alle Passagiere hatten strikte Weisung, den Rest des Tages in ihren Kabinen zu verbringen. Keinerlei Ausnahmen seien gestattet. Die Luken würden verschlossen.

Er hatte versucht, sich darauf einzustellen und wieder zu lesen, während der tosende Ozean seine Brecher gegen die Fenster schleuderte und der Wind unter schrillem Geheul über das Dach fegte. Aber der Roman hatte seine Laune nicht verbessert.

Ja, er war voller Leidenschaft, zumindest einer gewissen Art von Leidenschaft: es war die übliche schwülstige Sentimentalität. Hie und da regte sich ein Funke von Leben, doch der erstickte sofort unter der Last der schwerfälligen Prosa. Wie die meisten Romanerstlinge, wie Dixons eigener Roman, handelte das Buch von der körperlichen Liebe. Aber er war viel zu ehrgeizig, bevölkert von Marionetten. Seine allzu offensichtliche Effekthascherei verurteilte ihn zum Scheitern. Als Leser hatte man das Gefühl, als stapfe man durch ein Torfmoor in Connemara. Ein paar leuchtende Blüten inmitten einer sumpfigen Einöde.

Ich habe kein Mitleid! Ich habe kein Mitleid! Je mehr die Würmer sich winden, desto mehr sehne ich mich danach, ihnen die Eingeweide aus dem Leib zu quetschen!

Gütiger Himmel.

Wie konnte noch mehr von solchem widerwärtigen Zeug die Welt überschwemmen, und seine eigenen, mit so viel Sorgfalt geschriebenen Geschichten wurden abgelehnt? Newby hatte Recht gehabt, als er sagte, das Buch sei zum Scheitern verurteilt. Kein halbwegs vernünftiger Kritiker würde an diesem Machwerk auch nur ein gutes Haar lassen. Es war wirres, unglaubwürdiges Zeug, vage und zusammenhanglos. Und genau das, worum er sich selbst beim Schreiben so intensiv bemüht hatte – die Achtung vor der eigentlichen Bedeutung der Worte –, vermisste man hier schmerzlich.

Und doch würde Laura das Buch lieben. Sie, die seine Geschichten mit einem halbherzigen Lob in Grund und Boden verdammt hatte, würde dieses schrille, unausgegorene Elaborat vergöttern; diese Anhäufung von Adjektiven und pubertären Phantasien. In ihren Augen wäre es »ästhetisch«, ausdrucksstark, bewegend. Es war lächerlich, wie sie manchmal daherredete. Wenn er sie nicht so sehr liebte, dachte er oft, würde er sie verabscheuen.

Das Buch lag auf seinem Schreibtisch: ein stiller Vorwurf. Der Mann, der dieses kleine Verbrechen gegen die Schönheit verübt hatte, war erfolgreich gewesen, wo Grantley Dixon gescheitert war. Es spielte keine Rolle, dass die Kritiker, wenn sie es überhaupt zur Kenntnis nahmen, das Buch mit Fug und Recht verreißen würden. Und es spielte auch keine Rolle, dass niemand es kaufen würde außer ein paar einsamen alten Jungfern. Dieser Roman war eine Tatsache. Seine Existenz ließ sich nicht leugnen.

Genau wie dieser Blutsauger Merridith mit seiner so genannten Kunst. Den geschönten Zeichnungen von den Opfern seiner Familie, die er im Flur hängen hatte wie ausgestopfte Jagdtrophäen. Und doch blieb die Londoner Ausbeutergesellschaft stehen und bewunderte sie. Sind sie nicht zauberhaft, diese Iren. Einfach entzückend. Und so gut getroffen.

Diese Bilder würde es noch in hundert Jahren geben. Genau wie den Großpascha auf Nilfahrt. Die Ungereimtheiten eines Charles Dickens. Die einfältigen Lügen eines Trollope. Kein Mensch würde sie lesen, aber nicht darauf kam es an. Lange nachdem Dixon und seine Ambitionen zu Staub zerfallen waren, eine Ewigkeit nachdem Laura ihn als Versager verstoßen hatte, würden diese Bücher noch immer existieren und ihn, Dixon, verhöhnen. Sie würden immer noch Schatten werfen, wenn er längst im Reich der Schatten verschwunden war.

Er hatte den Karton mit dem Manuskript seiner Geschichten hervorgeholt. Hatte ihn geöffnet, in der vagen Hoffnung, er wäre vielleicht leer. Hatte den dicken Papierstapel herausgenommen und sich die erste Zeile laut vorgelesen.

Galway ist ein Ort, der den Kummer liebt.

Jetzt entdeckte er, dass Newby an den Rand mit roter Tinte drei kleine Fragezeichen gemalt hatte. Womöglich hatte er Recht. Der Satz war nicht gut. Wie sollte ein Ort den Kummer »lieben«? Er wusste, was er sagen wollte, aber die Worte sagten es nicht. Genau genommen konnte man keinem Ort Gefühle zuschreiben. Newby hatte Recht. Die Formulierung war ungenau und platt.

Er strich den Satz durch und nahm mehrmals neu Anlauf.

Galway sollte eigentlich »Kummer« heißen.

»Kummer« – das wäre ein besserer Name für Galway.

Galway. Tod. Kummer. Connemara.

Er zerknüllte das Blatt und warf es beiseite. Schlug sein Notizbuch auf und versuchte zu schreiben.

Den ganzen Nachmittag hatte er so am Schreibtisch verbracht und Bourbon getrunken. Er leerte die Flasche bis auf den letzten Tropfen, bis schließlich der Abend hereinbrach und das Fenster verdunkelte. Als seine Kerze zu flackern begann, steckte er an dem heruntergebrannten Stumpf eine neue an. Aber seine Metaphern waren unbrauchbar: abgeschmackt und beleidigend. Es ging einfach nicht. Die Worte waren zäh wie Morast. Je mehr er sich bemühte, desto hoffnungsloser war das Unterfangen. Dixon stand vor einer unlösbaren Aufgabe. Die Hungersnot war nicht in Bilder zu fassen. Das beste Wort für Tod war Tod.

Und diese Erkenntnis war nur der Ausdruck eines weit größeren Dilemmas. Er wusste, was es war, und das schon seit Monaten; seit jenem erschütternden Augenblick, als er das Armenhaus von Clifden betrat und sah, wie es dort zuging.

Seine Erinnerungen an die halbe Stunde dort waren wirr. Deutlich hörte er nur noch die Stimme des alten Konstablers, der ihn über Treppen und Flure geleitet hatte. Durch den Gestank nach Verwesung und Desinfektionsmitteln, die abgedunkelten Räume, wohin man die Sterbenden schaffte. Die Männer starben im einen Saal, die Frauen im anderen. Sie durften nicht zusammen sterben, das hätte gegen die Vorschriften verstoßen. Für die Kinder gab es keinen gesonderten Raum, also starben sie in einem Schuppen in der Nähe des

Flusses. Säuglinge durften bei ihren Müttern sterben, dann wurden sie weggeschafft und in eine Grube geworfen. Und wenn ihre Mütter starben, verscharrte man sie nach Möglichkeit in derselben Grube wie ihre neugeborenen Kinder. Der Konstabler erläuterte das Verfahren; aber seine Stimme klang angsterfüllt, so als wolle er eigentlich nicht sprechen. Und Dixon erinnerte sich, dass es ihm selbst auch die Sprache verschlagen hatte, dass er dachte: *So etwas hat es noch nie gegeben; es ist schon viel geschehen, aber so etwas noch nicht.* Er hatte sich an diesen einen Gedanken geklammert; sein Schweigen wie ein winziger Fels in einem Wirbelsturm. Alles andere stürmte in zusammenhanglosen Bildern auf ihn ein: wirr und bruchstückhaft. Eine Hand. Ein Ellbogen. Ein spindeldürrer Arm. Der nackte Rücken eines alten Mannes. Blut auf dem Steinboden. Eine Abflussrinne im Stein. Ein Stapel Leichentücher. Die abgeschorenen Haare eines Mädchens in einem metallenen Waschbecken. Ein Junge, der in einer Ecke hockte und sich unablässig hin- und herwiegte, das Gesicht in den Händen verborgen.

Geräusche gehörten ebenfalls zu dieser Erinnerung; aber daran wollte er nicht denken. Nur an die gleichmäßige Stimme des Wachtmeisters, eine sanfte Stimme, wie die seines Großvaters, aber die Sanftheit überschattet von Furcht und Scham. In einer Tür hatte ein Künstler mit einer Staffelei gesessen und versucht festzuhalten, was drinnen vorging. Er war ein Mann mittleren Alters aus Cork, den eine Londoner Zeitung nach Connemara geschickt hatte, um dort die Hungersnot in Bildern festzuhalten. Er weinte lautlos und versuchte dabei zu zeichnen. Seine Augen waren von feuchten Kohlespuren umgeben, als weine er Öl, nicht Tränen. Seine Hände zitterten bei dem Versuch, das Gesehene aufs Papier zu bringen. Und Dixon hatte nicht gewagt, in den Raum hineinzusehen. Am Ende war er einfach weitergegangen.

Jetzt betrachtete er einige der Skizzen, die er aus den Londoner Zeitungen ausgerissen hatte und von denen er hoffte, dass er sie in Amerika veröffentlicht bekam. Die ausgemergelten Gesichter und verzerrten Münder. Die qualvoll aufgerissenen Augen und ausgestreckten Hände. Das war nicht Afrika oder Indien, das geschah im wohlhabendsten Königreich der Erde. Schockierende Bilder: aber nichts im Vergleich zu dem, was er gesehen hatte. Sie zeigten nicht einmal annähernd das Elend, das er mit eigenen Augen erblickt hatte. Nichts hatte ihn darauf vorbereitet: auf die nackten Tatsachen der Hungersnot. Auf die Schreie und die Toten im Straßengraben. Die Berge von Leichen. Den Gestank des Todes auf den holprigen Straßen. Den strahlend kalten Morgen, an dem er allein vom Gasthaus in Cashel zum Dorf Carna gegangen war – die Sonne schien, trotz allem, an diesem Ort ohne Hoffnung – und drei alte Frauen gesehen hatte, die sich um die Überreste eines Hundes stritten. Den Mann, der nicht weit von Clifden verhaftet wurde, weil er das Fleisch seines Kindes gegessen hatte. Sein ausdrucksloses Gesicht, als man ihn in den Gerichtssaal trug, weil der Hunger ihn so sehr geschwächt hatte, dass er nicht mehr laufen konnte. Sein ausdrucksloses Gesicht, als er den Schuldspruch hörte und hinausgetragen wurde. Das ausdruckslose Gesicht eines Unberührbaren. Dixon hatte keine Worte dafür. Keiner hatte das.

Und dennoch: Durfte man schweigen? Was bedeutete dieses Schweigen? Durfte man sich gestatten, zu alledem nichts zu sagen? Sprach nicht der, der die Lippen verschloss, trotzdem eine deutliche Sprache? Sagte er nicht, dass es gar nicht geschah? Dass diese Menschen nicht zählten? Sie waren nicht reich. Sie waren nicht kultiviert. Sie unterhielten sich nicht gepflegt; viele unterhielten sich überhaupt nicht. Sie starben sehr still. Sie starben im Dunkeln. Und der Stoff, aus dem Romane sind – große Erbschaften, Reisen nach Italien, Bälle im Palast –: diese Menschen hätten nicht einmal gewusst, was all das war. Sie hatten die Rechnungen ihrer Herren mit dem Schweiß ihrer Knechtschaft beglichen, aber das war ihr einziger Daseinszweck. Ihr Leben, ihre Liebe, ihre Familie, ihre Nöte, sogar ihr Tod, ihr grauenvoller Tod – nichts davon hatte auch nur die geringste Bedeutung. Ihnen gebührte kein Raum auf bedruckten Seiten, in feinen Romanen für das kultivierte Publikum. Sie waren einfach nicht wert, dass man ein Wort über sie verlor.

Er hatte ein paar Stunden geschlafen, geplagt von wüsten Albträumen. Er sah, wie er sich an das Deck der sinkenden *Stella* klammerte. Plötzlich bis zur Taille im Blut watend. Eine Hand hatte ihn brutal bei den Haaren gepackt und zurückgerissen. Er klammerte sich an den triefenden Ärmel. Ein alter Neger in einem zerlumpten Mantel, mit einem zerschlissenen Schal um den Hals. In seinen Armen ein aschfahles Kind mit Augen so weiß wie Papier. Der Finger des schwarzen

Mannes, der unablässig in eine Richtung zeigte. Die Zelle am Ende des kalten, steinernen Flurs: der Raum, in den hineinzusehen er nicht gewagt hatte.

Um elf Uhr hatte er beschlossen, in den Rauchsalon zu gehen und etwas zu trinken, in der Hoffnung, mehr Alkohol könne seine Nerven ein wenig beruhigen.

Seit seinem Besuch in Connemara wirkte das, jedenfalls die meiste Zeit.

Merridith hatte allein in dem schwach erleuchteten Salon gesessen und in einem Stapel alter, zerknitterter Zeitungen geblättert. Anscheinend schnitt er die Überschriften aus und arrangierte sie nach einer Art System. Eine einzige Kerze erhellte die Nische, in der er saß, und er kniff die Augen zusammen, damit er die kleineren Buchstaben erkennen konnte. Neben ihm auf dem Tisch stand eine Flasche Portwein. Seinem aufgelösten Zustand nach zu urteilen hatte er den größten Teil davon bereits getrunken. Als er Dixon erblickte, schnaufte er verächtlich.

»Der Dichterfürst mischt sich unters gemeine Volk.«

»Keine Sorge, ich falle dem Volk nicht lange zur Last.«

»Wieder bei der alten Muse, was?«, lallte er. »Unersättlich, die Dame, nicht wahr?«

»Scheint, Ihnen ist nach einem Wettstreit des Geistes, Merridith.«

»Oh nein. Ich kämpfe nicht mit einem Unbewaffneten. So etwas tun wir in England nicht.«

»In Irland haben Sie weniger Skrupel.«

Er verzog die Miene zu einem betrunken verächtlichen Grinsen. »Ah, Erin, des Dichterfürsten ganzes Glück. Der einzige Ort auf Gottes weiter Erde, den nur die Ausländer verstehen.«

»Und was zum Teufel sind Sie? Sind Sie etwa ein Einheimischer?«

»Nun, meine Familie lebt dort seit etwa 1650. Lange bevor der weiße Mann Amerika den Indianern stahl. Ich frage mich, ob *Sie* auch einmal überlegen, dass Sie Ihr Land den Einheimischen zurückgeben sollten. Aber wahrscheinlich schon. Nur logisch.«

Dixon starrte zu ihm hinunter. Lord Kingscourt blickte trübe auf.

»Wohin also, Pilgervater? Wo ist Ihre Heimat?«

»Die Idee ist so lächerlich wie alles, was Sie sagen.«

»Immerhin spreche ich Ihre Sprache. Fand immer, das ist wichtig, damit man sich versteht. Sie haben doch sicher auch ein paar Brocken gelernt, bevor Sie fuhren, nicht wahr? Journalistenehre, nehme ich an. Gut gerüstet in die Schlacht.«

Das Kerzenlicht warf tiefe Schatten auf sein Gesicht, sodass die Wangen und Augen wie eingefallen wirkten. Dixon sagte nichts. Plötzlich kam er sich selbst sehr betrunken vor. Schwindelig. Unsicher auf den Beinen. Fürchtete, er müsse sich übergeben. Der Whisky brannte ihm in der Kehle. Merridith grinste zu ihm herauf wie ein Richter, der keine Gnade kennt.

»*Ar mhaith leat Gaeilge a labhairt, a chara? Cad é do mhéas ar an teanga?*«

»Und was ist das irische Wort für Hungersnot, Euer Lordschaft?«

»*Gorta*. Hunger. Haben Sie nicht einmal das gelernt?«

»Ich spreche auch kein Suaheli, und trotzdem erkenne ich Grausamkeit, wenn ich sie sehe.«

»Genau wie ich, Sir. Ich bin damit groß geworden.«

»Aber wie ich sehe, sind Sie nicht daran gestorben.«

»*Ist das mein neuestes Verbrechen, Sir? Dass ich am Leben bin? Wollen Sie das auch noch auf Ihre Liste schreiben?*«

Er brüllte es in einer Lautstärke, dass die Stewards aufblickten. Speichel lief ihm über das Kinn. Sein Gesicht war blaurot vor Wut und Hass.

»Sie sind betrunken, Merridith. Und noch erbärmlicher als sonst.«

»Möchten Sie, dass ich sterbe? Warum bringen Sie mich nicht um? Käme Ihnen doch sehr gelegen, nicht wahr?«

»Was soll das heißen?«

»Meine eigene Mutter ist am Hungerfieber gestorben, Dixon. Hat Ihre Muse Ihnen davon erzählt? Steckte sich im Jahr '22 damit an, bei unseren Pächtern, als sie ihnen zu essen gab. Ihre grandiosen Vorträge über Grausamkeit brauche ich nicht.«

Das Schiff neigte sich und stieß einen Ton aus wie ein Seufzen, als erzitterte es unter einem Stoß. Die Tür des Salons flog auf und mit einem Knall wieder zu.

»Hat auch sonst einer Menge Menschen in Galway das Leben gerettet. Meist Leute vom Gut eines waschechten Irländers, der für zwei Shilling die Stunde auch die heilige Brigitta verkuppelt hätte. Na, eine große Rolle spielt es nicht. Eigentlich hat es überhaupt nichts zu bedeuten.«

»Es lag mir fern, Ihre Mutter zu kränken. Und jetzt wünsche ich Ihnen eine gute Nacht.«

»Machen Sie sich nichts draus.« Mit dem Fuß schob er einen Stuhl zu ihm hin, aber Dixon setzte sich nicht. »Lassen Sie uns über Literatur reden. Erzählen Sie mir eine Geschichte.«

»Merridith –«

»Der sagenhafte Roman spielt also jetzt in Afrika? Das ist ja großartig. *Outré* regelrecht. Wo wir alle darauf gehofft hatten, dass Ihr Magnum opus dem Hunger in Irland ein Ende machen würde – und nun ist anscheinend etwas ganz anderes daraus geworden.«

Der Maharadscha betrat den Salon, in Begleitung des Reverend sowie des Postmeisters Wellesley. In ihren Augen lag das triumphierende Leuchten von Landratten, die gerade einen Sturm auf See überstanden haben. Sie nickten Merridith zu, doch dieser nickte nicht zurück. Wieder wurde seine Stimme lauter, von einer Feindseligkeit getrieben, die er nicht beherrschen konnte.

»Ich wüsste ja gern, was das Suaheli-Wort für einen verwöhnten Poseur ist. Einen verhätschelten Schwachkopf, der von Literatur plappert, weil er nicht den Mumm hat, sie zu schreiben. Der sich mokiert über die Versuche anderer, den Leidenden zu helfen, und selbst keinen Finger rührt. Das Wort werden Sie doch wenigstens kennen.«

»Merridith, ich warne Sie –«

»*Wollen Sie mir drohen, Sie Ratte? Rühren Sie mich noch einmal an, und ich erschieße Sie wie einen Hund!*«

Inzwischen war der Reverend verlegen näher getreten.

»Lord Kingscourt, Sir, Sie sind ein wenig erregt. Kann ich vielleicht –«

»Sie können sich Ihre Heuchelei in den frommen Hintern stecken. Haben Sie mich verstanden? Verschwinden Sie!«

»Was für ein Held«, spottete Dixon, als der Geistliche wieder zu den anderen zurückgekehrt war. »Mit Löwenmut stürzt er sich auf einen Mann, der doppelt so alt ist wie er.«

»Sagen Sie mir, alter Freund, kennen Sie eigentlich das Wort ›Nigger‹?«

»Halten Sie Ihr besoffenes Maul. Auf der Stelle. Sie Kanaille.«

»Ich bin sicher, Sie haben das Wort in Ihrer Kindheit gehört. ›Hier-

her, Nigger. Der kleine Grantley will sein Süppchen.‹«
»Halten Sie den Mund, sage ich.«
»Wie viele von den Sklaven auf Ihrer Plantage sprachen Suaheli? Das müssen doch eine ganze Reihe gewesen sein. Haben Sie es von denen gelernt? Aber vielleicht war Bwana auch zu vornehm, sich mit ihnen abzugeben, nicht wahr?«
»Mein Großvater hat sein Leben lang gegen die Sklaverei gekämpft. *Haben Sie das verstanden?*«
»*Und hat er auch das Land zurückgegeben, das seine Vorfahren mit Sklavenarbeit gestohlen hatten?* Hat er sein Erbe den Kindern derer geschenkt, die das Land bebauten? Lebte er als armer Mann und beruhigte sein Gewissen damit, lieferte er damit seinem jämmerlichen Enkel den Stoff für seine Kaffeehausprahlereien? Dem Enkel, der sich so sehr schämt, wenn er daran denkt, wer ihm seine Schokolade bezahlt, dass er sich danach *sehnt*, jemanden zu finden, dem er noch größere Ausbeutung vorhalten kann?«
»Merridith –«
»*Mein* Vater zog in den Krieg, überall im Empire, um die Sklaverei abzuschaffen. Riskierte sein Leben dafür. Zweimal verwundet. Größte Ehre seines Lebens. Er hielt keine Volksreden darüber, er hat es ge*tan*. Meine Mutter hat Tausende vor dem Hungertod bewahrt. Und während all der Zeit haben Ihre Diener den kleinen weißen Herrn ›Massa‹ genannt. Schreiben Sie da mal einen von Ihren eingebildeten Romanen drüber, alter Junge.«
»Was zum Teufel soll das heißen – eingebildete Romane?«
»Das wissen Sie wohl selbst am besten.«
»Wollen Sie mich einen Hochstapler nennen, Sir?«
»Hochstapler ist ein barbarisches amerikanisches Wort. Ich würde Sie eher einen erbärmlichen Lügner nennen.«
»Tatsächlich?«
»Tatsächlich. Wenn ich Unrecht habe, dann zeigen Sie ihn mir.«
»Wen?«
»Ihren famosen Roman. Das Meisterwerk der Literatur. Oder gibt es ihn etwa gar nicht? Existiert er genauso wenig wie das Recht, anderen Vorhaltungen über deren angebliche Verbrechen zu machen, *um von den eigenen abzulenken?*«
Dixon spürte, wie der Chefsteward ihn packte und zurückzog. Der

kräftige Arm eines Mannes, der wusste, was im Notfall zu tun war. Er hatte zwei Matrosen mitgebracht, die hinter ihm Aufstellung nahmen. Regen lief die zerschlissenen Öljacken hinunter. Die Lampen wurden hochgeschraubt zu gleißendem Licht. Merridiths angewiderte Miene verschwand, stattdessen setzte er ein hochmütiges selbstzufriedenes Grinsen auf.

»Na, Grantley, alter Junge, da liegen die Nerven blank, was?«

»Lord Kingscourt, Sir«, sagte der Steward mit fester Stimme, »ich muss Sie bitten, sich zu mäßigen.«

»Aber sicher, Taylor, selbstverständlich. Keine Aufregung. Nur eine kleine Diskussion unter Sklaventreibern.«

»Wir betragen uns nach bestimmten Regeln in diesem Salon. Der Kapitän achtet sehr darauf, dass die Standards gewahrt bleiben.«

»Recht so.« Er ließ sich wieder in seinen Alkoven fallen und füllte mit unsicherer Hand sein Glas, wobei ein Schwall Portwein den kristallenen Stiel hinunterlief. »Und wo wir schon bei diesen Dingen sind – würden Sie wohl so gut sein und Massa Dixon bitten, sich unverzüglich zu entfernen?«

Der Steward sah ihn an.

»Er verletzt die Regeln. Abendlicher Zutritt zum Rauchsalon nur mit Krawatte. Wie jeder Gentleman weiß.«

Lord Kingscourt hob unter Mühen sein Glas und trank, klammerte sich mit der anderen Hand an den Tisch, als fürchte er, dass jemand ihn fortzöge. Vielleicht war es nur das Licht, aber Dixon hätte schwören können, er hatte Tränen in den Augen.

Als der Mann mit dem Holzfuß davongeschlurft war, betrat Dixon den Salon und stemmte gegen den hereindrängenden Sturm die Türe zu. Merridith saß am Spieltisch und hob die Karten ab, scherzte mit dem Chefsteward, der mit steinerner Miene dabeistand. Er saß auf einem Hocker mit dem Rücken zur Tür, doch hatte er Dixon im Spiegel hereinkommen sehen und winkte ihn heran, redete dabei weiter auf den Steward ein wie ein redseliger Reisender in einem Zugabteil.

»Sehen Sie«, sagte er gerade, als Dixon sich näherte, »bei einem wirklich guten Buchstabenrätsel kommt es ganz darauf an, was man aus seinem Material macht. Der Mann, der einen guten Zeitvertreib ersinnt, ist ein Held für mich. Ich verehre ihn wie die geschätzte Victoria Regina Magnifica.«

Sein Gesicht war eingefallen, er war unrasiert. Er roch nach Schweiß und nach verfaultem Fleisch. Schuppen bedeckten die Schultern seines Fracks. Aber er trug eine Krawatte, genau wie Dixon.

»Guten Abend, Mr Dixon, Sir«, sagte der Chefsteward. »Ihren üblichen Bourbon?«

Lord Kingscourt fasste Dixon am Arm, bevor er antworten konnte, und sagte: »Holen Sie uns eine Flasche Bolly, Taylor, seien Sie so nett. Den 39er, wenn noch welcher da ist.« Er wandte sich an Dixon. »Der 24er ist vorzuziehen, aber da sitzen wir auf dem Trockenen. Man muss nehmen, was man bekommen kann.«

Dixon setzte sich auf den Hocker neben ihm und warf einen Blick auf den Tisch. Ihm fiel auf, dass Merridith die Karten nicht nach Farben oder Werten sortiert hatte; dass aber eine sorgfältige Ordnung bestand, war offensichtlich.

»Ich mache mir Gedanken über neue Regeln für das Pokerspiel. Kleines Hobby von mir. Nach den Buchstaben des Alphabets statt nach Zahlenfolge. Hübscher Spaß. Glaube nicht, dass es sich durchsetzen wird.«

Schweigen herrschte. Er fächerte die Karten auf.

»Meine Notiz haben Sie also erhalten?«

»Ja.«

»Anständig von Ihnen zu kommen. Hatte halb erwartet, dass Sie kneifen. Ich dachte, wir wechseln ein paar Worte unter Männern, wie man so sagt.« Er seufzte theatralisch und hob den Blick zur Decke. »Ein wenig die Fasson verloren gestern Abend, alter Junge. Muss der Dämon Alkohol gewesen sein. Möchte mich entschuldigen, dass ich so grob war. Keinerlei Absicht, Ihren ehrbaren Ahnen zu kränken. Der schiere Unsinn. Sollte mich schämen.«

»Ich hatte ja selber auch ein wenig zu tief ins Glas geschaut.«

»Eindruck hatte ich auch. Ziemlich bleich um die Nase. Ihr Weichlinge aus den Kolonien vertragt einfach nichts.«

»Haben Sie den Reverend gesehen?«

»Man muss leider sagen, dass er *mich* sah. Und den Blick abwandte. Um ehrlich zu sein, große Sorgen macht mir das nicht. Kann die Burschen nicht ausstehen. Die ganze Bande. Zum Teufel, wo bleibt denn der Mann mit dem Schampus?«

»Sie sind kein gläubiger Mensch?«

Er gähnte gelangweilt. »Wer weiß, was am Ende ist. Aber wie sie sich bei dieser unaussprechlichen Hungersnot betragen, das dreht mir den Magen um. Die Protestanten ziehen von Dorf zu Dorf und bieten den Bauern Essen dafür, dass sie konvertieren. Die Gegenmannschaft wettert, dass sie in der Hölle schmoren, wenn sie es tun. Ein Fluch auf beider Häuser. *Omadhauns*, einer wie der andere. Oh, pardon.« Er zeigte ein freudloses Lächeln. »Irisches Wort. Narren.«

Der Steward kam mit dem Champagner, entkorkte die Flasche und goss zwei Gläser voll ein. Merridith stieß mit Dixon an – »auf die Beichte« – und nahm genüsslich einen großen Schluck.

»Ist's Gift, was ich hier trinke?«, fragte er, hob das Glas auf Augenhöhe und studierte es misstrauisch.

»Ich ziehe Bourbon vor.«

»Hm. Manchmal frage ich mich, ob sie nicht einfach das Etikett der guten Jahrgänge auf alles kleben, was sie im Keller haben. Kleine Gaunerei. Die meiste Zeit würden wir den Unterschied wahrscheinlich gar nicht merken. Wenn sie uns übers Ohr hauen, meine ich.«

»Mir kommt er ganz in Ordnung vor.«

»Hm. Gut ist er. Aber sicher bin ich mir nicht.« Er untermalte es mit einem dezenten Rülpsen. »Aber wir können nicht wählerisch sein.«

Er füllte beide Gläser neu, holte eine Zigarre aus seiner Brusttasche und klopfte sie fest, auf der mit erbsgrünem Moiré bezogenen Tischplatte. Eine Zeit lang hatte Dixon den Eindruck, er wolle überhaupt nichts mehr sagen. Er überlegte, ob er wartete, dass *er* das Gespräch eröffnete. Vielleicht war das die Art, wie solche Dinge in England geregelt wurden; vielleicht war es üblich, dass der Liebhaber den Ehemann auf das Thema ansprach. In England gab es ja die merkwürdigsten Sitten. Selbst der Ehebruch hatte seine Choreographie.

»Merridith, in Ihrer Notiz schreiben Sie, es gebe etwas, dessentwegen Sie mich sprechen wollten. Eine wichtige Frage, über die wir uns verständigen müssten.«

Lord Kingscourt wandte sich zu ihm um mit einem friedlichen Lächeln, auch wenn seine geröteten Augen müde blickten. »Hm?«

»Ihr Brief.«

»Ah. Bitte um Verzeihung. Ganz in Gedanken.«

Aus seiner Jackentasche holte er das Buch und legte es auf den Tisch.
»Das haben Sie gestern Abend vergessen. Als Sie den Salon verließen. Dachte, Sie wollen es sicher zurückhaben.«
Er schlug das Titelblatt auf und nahm eine zusammengefaltete Banknote heraus, die ihm als Lesezeichen gedient hatte.

WUTHERING HEIGHTS
by Ellis Bell
T. C. NEWBY & CO.
1847

»Der verlorene Sohn kehrt zu seinem Herrn zurück«, brummte er und stieß dicken grauen Tabaksqualm dazu aus.
»Mehr wollten Sie nicht? Nur das Buch zurückgeben?«
Merridith zuckte träge mit den Schultern. »Was dachten Sie denn?«
»Das können Sie behalten.«
»Ich will Sie doch nicht Ihres Lesevergnügens berauben, alter Junge.«
»Ich habe es bereits gelesen.«
»Hm. Ich auch.« Kingscourt nickte viel sagend und steckte den Band wieder ein. »Das halbe Buch auf einen Zug. Gestern Abend. Hätte nicht viel gefehlt, und ich hätte geheult. Dermaßen aufgeputscht, dass ich nicht schlafen konnte. Bis fast zum Morgengrauen habe ich im Bett gesessen und den Rest verschlungen. Ein Meister, dieser Bell. Die Düsternis, all das. Unheimlich geradezu. Reibt die Worte aneinander, bis die Funken fliegen.«
»Wie meinen Sie das?«
Er sah ihn verwundert an.
»Einfach nur dass es ein großartiges Buch ist. Fanden Sie das etwa nicht? Ein Geniestreich, wenn ich als Ignorant das sagen darf.« Er nahm einen großen Schluck und wischte sich den Mund am Ärmel ab. »Liebe Güte, für mich war das – nicht dass die Kritiker es mögen werden. Mit Sicherheit nicht, gehässige kleine Dummköpfe, die sie sind. Manch einer selbst ein gescheiterter Literat. Sie kennen die Sorte, nehme ich an. Aber ignorieren können sie es nicht, nicht ein einziger in London. Und genauso wenig in New York.«
Merridith starrte ihn über den Rand des Glases hinweg an. Er stell-

te es bedächtig ab und nahm einen Zug von seiner Zigarre. Er griff wieder zu den Karten und mischte sie.

»Wie *steinig* das ist. Wie karg. Das ist Connemara, wie es leibt und lebt, auch wenn es gut verkleidet ist. Connemara, Yorkshire, Armut überall. Und doch ist es mehr. Eine Art universaler philosophischer Zustand. Man denkt an Keats. Finden Sie nicht auch? Eine Landschaft, die geradezu *empfindungsbegabt* ist; die Art, wie er ihr Leben einhaucht, meine ich. Da wo ein minderer Mann einfach nur beschreiben würde, einer von den Schreiberlingen, die nur ihr Wörterbuch plündern.«

»Merridith –«

»Kennen Sie ihn? Den talentierten Mr Bell?«

»Nein.«

»Wenn Sie ihm begegnen, müssen Sie ihm sagen, dass er einen Verehrer hat. Wäre doch denkbar, nicht wahr? Dass Sie ihm begegnen. Ein literarischer Mann wie Sie.«

»Wie ich höre, ist es ein Pseudonym.«

»Aha. Dachte ich mir doch. *In vino veritas.*« Er gluckste und wischte sich Zigarrenasche von den Jackenärmeln. »War nur gespannt, ob Sie sich zu erkennen geben.«

»Erkennen?«

»Ich weiß, wann ich einen Fehler gemacht habe. Ich nehme alles zurück.« Lord Kingscourt stellte sein Glas ab und ergriff Dixons rechte Hand – »Sie sind ein besserer Mann, als ich dachte, Mr Bell. Meinen Glückwunsch. Sie sind ein Künstler. Nach langem Mühen.«

»Merridith –«

Er lachte kurz auf und schüttelte den Kopf. »Und ich habe immer gedacht, Sie sind ein vollkommener Idiot, Dixon. Ein Amateur, wissen Sie, der glaubt, er kann mit ein paar einfältigen Geschichten und einem Haufen Klischees Eindruck schinden. Ein Stümper, der sich für nichts zu schade wäre, wenn er sich davon Anerkennung verspräche, der selbst die Qualen der Sterbenden noch ausschlachten würde für einen guten Effekt. Aber jetzt – ja, jetzt sehe ich das Talent, das in Ihnen steckt. Jetzt lichtet sich der Nebel, durch den ich blickte.«

»Hören Sie, Merridith –«

»Und diese außerordentliche Einsicht in die Seele einer Frau. Natürlich wissen wir beide, wer Ihnen als Vorbild für Ihre Heldin gedient hat. Ein bemerkenswert zärtliches Porträt; zumindest empfand ich es so. Atemberaubend, wie genau Sie sie schildern. Sie haben doch nichts dagegen, dass ich ihr das Buch gebe, nicht wahr? Oder möchten Sie es lieber selbst tun? Das würde ihr noch mehr gefallen, denke ich mir.«

»Merridith, um Gottes willen, ich bin nicht Ellis Bell.«

»Nein.« Lord Kingscourt lächelte eisig. »Das sind Sie nicht, mein Junge, nicht wahr?«

Dixon spürte den Champagner in seinem Gesicht, noch bevor er überhaupt gesehen hatte, wie er das Glas hob. Bis er sich die brennenden Augen ausgewischt hatte, stand Merridith schon hinter ihm und trocknete sich mit einer Serviette die Manschetten. Er versuchte sein Zittern im Zaum zu halten, aber in seiner Wut fiel es ihm nicht leicht. Als er schließlich seine Stimme wieder fand, presste er die Worte in heiseren Stößen hervor.

»Kommen Sie noch einmal der Mutter meiner Kinder nahe, und ich schneide Ihnen die Kehle durch. Haben Sie das verstanden?«

»Fahren Sie zur Hölle. Wenn sie jemanden wie Sie dort nehmen.«

»Was war das, mein Lieber?«

»Du hast mich gehört, du Dreckskerl.«

Der Fausthieb ließ Dixon zu Boden gehen, Blut und Speichel liefen ihm auf die Jacke. Der Chefsteward stürzte herbei, doch Merridith versetzte ihm einen Stoß. Nahm Dixons Glas und trank es aus bis auf den Grund. Stellte es mit zitternder Hand zurück auf den Tresen.

»Nur ein kleiner Ratschlag, wenn es gestattet ist, Bwana. Das nächste Mal, wenn Sie mit dem Teufel spielen, überlegen Sie vorher, ob Sie gute Karten haben.«

Und dann spuckte er, der Graf. Spuckte seinem Widersacher ins Gesicht. Und sein Widersacher wischte die Spucke fort.

XV. Kapitel

Vater und Sohn

Ein Bericht vom Morgen des zwölften Tages auf See; worin wir Zeuge eines Gesprächs zwischen Lord Kingscourt und Jonathan Merridith werden, unterdessen Mulvey seinem teuflischen Ziel immer näher kommt.

33° 01′ WESTL. LÄNGE; 50° 05′ NÖRDL. BREITE
− 7.45 UHR MORGENS −

− Wenn du noch einmal stotterst, setzt es eine Tracht Prügel. Es liegt ganz bei dir. Also, was versteht man unter einer sanften Brise?
Höhnisch gefletschte Klaviertasten Kerze gespiegelt in schwarzem Lack Flamme brennt kräuselnd herunter erst Gold dann Perlmutt tanzt mit klavierschwarzem Bruderbild; Spiegelbild. Fälschung? Skelett des imposanten und einst weithin bekannten *Megaloceros Hibernicus* Irischer Elch Geweihschaufeln wie Greifenschwingen in dunklen Höhlen.
− Aa-ein W-wind, b-bei dem ein g-gut ausgerüstetes K-kriegsschiff, unter v-vollen Segeln und o-ohne L-ladung bei ruhiger S-see eine Geschwindigkeit von ein b-bis zwei Knoten erreicht, S-s-sir.
Der imposante und einst weithin bekannte Daniel Hareton Érard O'Connell grinst eisig wie eine eherne Krähe. Stimmt das? Mama?
− Richtig, David. Und eine steife Brise?
− D-d-das ist ein Wind bei dem d-d-das g-gleiche Schiff h-hart am W-wind segeln kann, Sir.
− Und ein Hurrikan? Schnell? Und diesmal OHNE zu stottern.
− Bitte Papa. Ich habe Angst, Papa.
Der imposante Kieferknochen in gänzlich unbekannter Hand, klaffendes Totenschädelmaul speit Feuer. Klavierdeckel klappt zu. Fäuste hämmern darunter. Die Kerze flackert und verlöscht unter Zischen.
David Merridith schlug wild um sich und erwachte, das Gesicht schweißüberströmt; sein Puls raste wie eine Dampfpumpe.
»Papa. Papa. Bitte. Ich habe Angst. Wach doch auf.«

Sein Sohn und Erbe rüttelte ihn heftig am Arm. Milchweißer Matrosenanzug und zerknitterte Nachtmütze. Mund blutigrot vom Saft einer Pflaume. Der Tote im Lower Lock. Todesknabe. Merridith richtete sich mühsam auf, noch ganz schlaftrunken, im Mund einen üblen Nachgeschmack vom Tabak am Vorabend. Die Uhr auf der Kommode zeigte zehn vor acht. Das Wasserglas daneben war umgestürzt und hatte seinen Inhalt über die Seiten eines Romans ergossen.

Kein Mitleid.

Reiß ihnen die Eingeweide heraus.

Der Sturm wütete und ließ das Schiff schlingern. Irgendwo draußen schlug eine Glocke. Merridith hatte das seltsame Gefühl, er befinde sich unter der Erde. Er reckte sein Kinn und massierte seinen schmerzenden Nacken. Als habe sich sein Gehirn aus der Verankerung gelöst.

Die Kabine roch anheimelnd nach den Haaren seines Sohnes, eine Mischung aus frisch gewaschenem Kinderduft und Karbol. Laura wusch ihm ständig die Haare. Angst vor Ungeziefer. Läuse im Pelz.

»Und, wie geht's meinem kleinen Käpt'n?«

»Ich kann nicht mehr schlafen.«

»Hast du ins Bett gemacht?«

Der Junge schüttelte ernsthaft den Kopf und fuhr sich mit der Hand über die Nase.

»Na siehst du«, sagte Merridith. »Ich habe dir doch gesagt, dass es aufhört.«

»Aber ich hatte einen schlimmen Traum. Da waren Männer.«

»Na, jetzt ist es ja vorbei. Nicht wahr?«

Er nickte verzagt. »Darf ich zu dir ins Heiabett?«

»Aber nur für einen Augenblick. Und sprich ordentlich.«

Das Kind kletterte in die Koje und steckte den Kopf unter die Decke. Er biss seinem Vater sanft und liebevoll in den Unterarm. Merridith lachte matt und schob ihn beiseite. Wenig später kaute er am Kopfkissen, leise japsend und kläffend wie ein junger Hund.

»Was treibst du da, du kleiner Spinner?«

»Ich mache Jagd auf Ratten.«

»Hier gibt's keine Ratten, Käpt'n.«

»Warum nicht?«

»Die können sich die teuren Kabinen nicht leisten.«

»Bobby hat aber gestern eine gesehen, so groß wie ein Hund. Sie ist ein Seil hochgeklettert, unten, wo die Hungerleider sind.«

»Du sollst sie nicht so nennen, Jon.«

»Aber das stimmt doch, oder?«

»Ich habe dir das schon oft gesagt, Jonathan, du sollst sie verflucht nochmal nicht so *nennen*.«

Sein Ton klang schärfer, als er gewollt hatte. Mit unglücklicher Miene fügte das Kind sich in sein Schicksal, Tadel dafür zu bekommen, dass es die Wahrheit gesagt hatte. Der Junge hatte ja Recht, wenn es ihn kränkte, sagte sich Merridith. Diese Leute litten Hunger, und ein Ausdruck, der es beschönigte, änderte nichts an ihrem Leid. Inzwischen gab es wohl nichts mehr, was daran etwas ändern konnte.

Immer wieder schnauzte er in den letzten Tagen Laura und die Jungs an. Das musste die Nervenanspannung sein. Aber es war nicht fair. Er streckte die Hand aus und fuhr seinem Sohn durch das schon unordentlich lange Haar.

»Was hat er damit gemacht?«

»Mit was?«

»Der Ratte, du Dummkopf.«

»Erlegt und mit einem Stück Toast verspeist.«

Der Junge wälzte sich auf den Rücken und gähnte hingebungsvoll. Die Kabine war so niedrig, er konnte mit den Füßen bis an die Decke reichen. Eine Zeit lang streckte er sich einfach nur und trat in die Pedale eines unsichtbaren Einrads. Dann ließ er sich niederplumpsen und zog einen Schmollmund.

»Mir ist langweilig. Wann sind wir endlich in Amerika?«

»Noch vierzehn Tage.«

»Das ist ja eine Ewigkeit.«

»Ist es nicht.«

»Ist es doch.«

»Nö.«

»Doch. Und Mami sagt, ›Nö‹ sagt man nicht.«

Merridith antwortete nicht. Er war furchtbar durstig.

»Stimmt das, Paps?«

»Was eine Squaw sagt, stimmt immer. Jetzt komm, Seemann, lass uns noch ein Nickerchen machen.«

Widerstrebend legte der Junge sich auf die Seite, und Merridith drückte sich an ihn, spürte den warmen Körper. Der Schlaf umspülte ihn sanft, wie eine Welle im Sand. Die Gischt schäumte auf zu salziger Luft. Ein Bild seiner Mutter versuchte Gestalt anzunehmen; er sah sie wie aus weiter Ferne, wie sie am Strand von Spiddal entlangging, den Rücken zu ihm. Sie blieb kurz stehen und warf ein Bündel in das seichte Wasser. Und nun schwebte sie durch den Obstgarten, es war Frühling, und ein Konfettiregen aus Apfelblüten legte sich ihr aufs Haar. Ein Stich in der Brust ließ ihn zusammenfahren, und schon war sie fort. Er konnte den Herzschlag des Jungen durch das Betttuch spüren. Von irgendwo an Deck hörte man den Ruf eines Matrosen.

»Paps?«
»Hm?«
»Bobby hat schon wieder geflunkert.«
»Das ist nicht fair, wenn man seinen Bruder verpetzt, alter Freund. Für einen echten Jungen ist sein Bruder der größte Kumpel auf der Welt.«
»Er sagt, gestern früh war ein Mann bei ihm in der Kabine.«
»Gut.«
»Er hatte ein großes Messer, wie ein Jagdmesser. Und so eine komische schwarze Maske vor dem Gesicht. Mit Löchern für Augen und Mund. Und als er ging, hat es ganz merkwürdig gepoltert.«
»Bestimmt hatte er auch Hörner und einen langen Schwanz.«
Der Junge kicherte übermütig. »Nneiiin, Paps.«
»Dann sage Bob, das nächste Mal soll er ihn sich genauer ansehen. Ein anständiges Ungeheuer hat immer Hörner und Schwanz.«
»Er sagt, er ist aufgewacht, und da stand der Mann da. Ganz schwarz. Er hat gefragt: ›Wo ist die Kabine von deinem Daddy?‹«
»Das war aber höflich von ihm. Und was hat Bobby geantwortet?«
»Er hat gesagt, das wüsste er nicht und er sollte sich fortscheren, sonst würde er ihm eins über den Schädel geben. Dann ist draußen jemand gekommen, und er ist zum Fenster hinausgeklettert und war weg.«
»Gut für ihn. So, und jetzt schlaf.«
»Kann ich nicht.«
»Dann lauf zu Mary und sieh zu, was die für dich tun kann.«
»Kann ich Stinktrokolade zum Frühstück haben?«
»Du sollst anständig sprechen, Jon. Du gehst allen auf die Nerven.«

Das Kind stieß einen gespielten Seufzer der Ungeduld aus, als hätte er einen Schwachsinnigen vor sich, der ihn um ein Almosen angegangen war; die Art von Seufzer, die Merridith in Athen oft von Laura gehört hatte, wenn ein Kellner tat, als verstehe er kein Englisch. »Trinkschokolade, Paps. Kann ich *die* zum Frühstück haben?«

»Wenn Mary es erlaubt, kannst du auch einen doppelten Whisky haben.«

Sein Sohn sprang auf die Bohlen und griff sich ein Hemd. Er zog es über den Kopf und wedelte mit den Armen: ein kindlicher Geist, ein Schreckgespenst wie auf einem Abstinenzlerflugblatt. Als sein Vater nicht darauf einging, schnalzte er mit der Zunge und warf das Hemd über eine Stuhllehne.

»Paps?«

»Ja?«

»Warst du traurig, als du noch klein warst? Weil du keinen Bruder hattest?«

Er sah seinen Jungen an. Diese wunderbare Arglosigkeit. Genauso hatte Laura ausgesehen, das erste Mal, als er sie gesehen hatte.

»Weißt du, mein Alter, eigentlich hatte ich sogar einen. In gewissem Sinne. Bevor der Storch mich ablieferte, hatte er schon einen anderen Lausbub gebracht. Der wäre mein großer Bruder gewesen.«

»Wie hat er geheißen?«

»Er hieß David, genau wie ich.«

Das fand der Junge so seltsam, dass er lachen musste.

»Ja«, stimmte sein Vater ein. »Das ist komisch, nicht wahr?«

»Wo ist er jetzt?«

»Ja, weißt du, er ist krank geworden, und jetzt wohnt er im Himmel.«

»Krank?«

Der Junge spürte, dass er log, das sah Merridith ihm an. Manchmal hatte sein Blick etwas Durchdringendes. Ein Blick, dem man nicht ausweichen konnte.

»Deine Mutter findet, du bist noch zu jung für die Geschichte.«

»Ich erzähl ihr nicht, dass du es mir verraten hast, Paps. Großes Ehrenwort.«

»Also, es gab ein Unglück im Haus. Ein schlimmes Unglück. Einmal war er mit meinem Opa allein im Haus, und Opa sollte auf ihn

aufpassen. Aber der kleine Bursche ist ihm entwischt. Und ans Feuer gekommen.«
»Er ist verbrannt?«
»Ja, mein Kleiner. So war es.«
»War er traurig? Dein Opa?«
»Oh ja, der war sehr traurig. Mein Papa und meine Mama auch.«
»Und du?«
»Na, ich war ja noch nicht da. Aber später, als sie es mir erzählt haben, da war ich auch traurig. Wo ich nichts als dumme Mädchen um mich hatte. Du weißt doch, wie sie sind. Grässliche Dinger. Wäre schon schön gewesen, wenn ich noch einen gehabt hätte wie mich. Dann hätte ich mal Fußball spielen können. Solche Sachen.«
Sein Sohn kam verlegen heran und küsste ihn auf die Stirn.
»Das tut mir Leid, Paps.«
Er fuhr dem Jungen durchs Haar. »Ja«, sagte er leise. »Mir auch.«
»Nachher zeichne ich ein Bild von ihm. Damit du sehen kannst, wie er im Himmel ist.«
»Guter Junge.«
»Weinst du, Paps?«
»Aber nein. Mir ist nur eine Wimper ins Auge gekommen.«
»Dann könnte *ich* doch dein Bruder sein.«
Merridith küsste seinem Sohn die schmutzige Hand. »Das würde mir sehr gefallen. Und jetzt lauf. Geh zu Mary.«
»Darf ich zu ihr ins Bett?«
»Nein.«
»Warum nicht?«
»Darum.«
»Warum nicht darum?«
»Deswegen eben.«
»Papa?«
»Ja?«
»Machen die Frauen im Sitzen Pipi?«
»Frag deine Mutter. Und jetzt ab mit dir.«
Er sah seinem Sohn nach, wie er widerwillig davonschlurfte. Nun war es zu spät, um noch einmal einzuschlafen. Mitleid bedrückte ihm das Herz. Seine Söhne hatten von ihm die Anfälligkeit für Albträume geerbt. Und das konnte gut das Einzige sein, was sie erbten.

Merridith erhob sich aus seiner Koje, streifte einen Morgenrock über und tappte niedergeschlagen an das Fenster, das noch mit seinem Laden verschlossen war. Er öffnete ihn unter lautem Knarren und ließ den Tag ein. Der unendliche Himmel hatte die Farbe von abgestandenem Haferschleim, allerdings mit violetten und orangefarbenen Wolkenstreifen; einige fahl und fransig mit schwarzen Flecken, andere gesprenkelt wie ein altes Leopardenfell. Unten auf dem Hauptdeck wärmten sich zwei Seeleute, beides Neger, an einem Kohlebecken und tranken gemeinsam aus einem Becher. Der Maharadscha ging auf dem Vorderdeck spazieren, zusammen mit seinem Butler. Der arme kleine Kerl mit dem Holzfuß hinkte auf und ab, schlug sich die Arme an den Körper, um sich warm zu halten. Irgendwie war es tröstlich, wie normal alles war. Seltsam, was einen Menschen trösten konnte.

Die beiden Matrosen beschäftigten ihn. Sie schienen so vertraut miteinander; wie Brüder vielleicht. Aber es gab auch andere Vertrautheit zwischen Männern. Merridith wusste das, sogar aus eigener Erfahrung. Ein- oder zweimal auf seinem kurzen Gastspiel bei der Marine hatten andere Offiziere sich ihm genähert, aber er hatte stets abgelehnt. Nicht dass er die Idee abstoßend gefunden hätte. In Oxford hatte er seine Experimente gemacht, mit Erfolg und mehr als einmal. Es waren eher die, die sich für ihn interessierten, die er abstoßend fand.

Er trat hinaus, ging den eiskalten Gang hinunter, hielt an der Kabinentür seiner Frau inne und klopfte. Keine Antwort. Er klopfte noch einmal. Er drehte den Knauf, aber die Tür war verschlossen. Der Duft frischen Brotes kam aus der Kombüse herübergeweht wie ein unverdientes Geschenk. Er brauchte dringend eine Spritze.

Gestern Nachmittag war sie zu ihm in die Kabine gekommen und hatte ihm ihren Entschluss mitgeteilt. Die Entscheidung sei gefallen. Anfangs hatte er gelacht; er war überzeugt, dass es nur eine neue Taktik war, mit der sie die Ratte noch mehr quälen konnte. Nein, hatte sie gesagt, sie habe es sich reiflich überlegt. Sie habe es hin und her gewendet. Sie wolle die Scheidung.

Die Zärtlichkeit, mit der sie es sagte, hatte ihm Angst gemacht. Sie sei unglücklich, sagte sie, und das schon seit langem. Und auch er müsse doch entsetzlich unglücklich sein; aber er lege eine Gleichgül-

tigkeit an den Tag, die ihr unerträglich sei. Gleichgültigkeit sei ein Gift, das jede Ehe zerstöre. Alles könne man in einer Ehe überstehen, aber nicht das. Das »alles« hatte sie mit einer seltsamen Betonung gesagt, als liege eine besondere Bedeutung darin, eine verkappte Aufforderung an ihn zu gestehen.
»Ich bin nicht gleichgültig«, hatte er stattdessen gesagt.
»David, mein Lieber«, antwortete seine Frau sanft. »Wir haben seit fast sechs Jahren keine Nacht mehr miteinander verbracht.«
»Lieber Himmel, jetzt kommt das wieder. Wirst du das denn niemals leid?«
»David, wir sind Mann und Frau. Nicht Bruder und Schwester.«
»Ich habe einiges um die Ohren gehabt. Wie du vielleicht bemerkt hast.«
»Dazu hatte ich mehr Gelegenheit als mir lieb war. Gelegenheit mich zu wundern und zu fürchten bei dem Gedanken, was es wohl sein mag.«
»Was soll das heißen, Laura?«
Sie zögerte eine Weile. Doch als sie sprach, sprach sie mit ruhiger Stimme. »Du bist schließlich kein alter Mann und auch kein kleiner Junge. Ich nehme an, die Gefühle, die du einmal für mich empfunden hast, existieren noch immer.«
»Und was soll *das* nun heißen?«
»Gibt es einen anderen Menschen in deinem Leben? Wenn es das ist, dann bitte ich dich, sage es mir.« Sie nahm seine Hand und hielt sie fest. Er spürte selbst, wie tot sie sich anfühlte. »Fehler geschehen, und man kann sie verzeihen, David. Wer liebt und wer aufrichtig ist, kann vergeben. Wir sind alle keine Heiligen; ich selbst jedenfalls nicht.«
»Mach dich nicht lächerlich.«
»Ist das eine Antwort oder auch wieder nur eine Ausflucht?«
Für seine Begriffe gab es nur zwei Möglichkeiten, wie er reagieren konnte: gespielte Wut oder die Maske der Gelassenheit. »Es gibt niemanden; wie kommst du auf so etwas«, sagte er ruhig, auch wenn ihm nicht ruhig zumute war; lieber wäre er aus dem Zimmer gelaufen. Wenn er blieb, fürchtete er, würde er ihr alles beichten.
»Dann verstehe ich dich nicht. Kannst du mir helfen, dich zu verstehen?«
Wann immer sie zu ihm gesprochen hatte wie eine Frau zu einem

Mann, hatte er sie fortgeschoben, hatte Ausflüchte gesucht. Er hatte dafür gesorgt, dass sie sich dafür schämte, dass sie etwas Schönes wollte, die kleinen Vertrautheiten des ehelichen Lebens: die Nähe, die einmal ein solches Glück, eine solche Freundschaft für sie war. Er hatte es so eingerichtet, dass sie sich wie eine Hure fühlte, wenn sie ihn lieben wollte. Er war verschlossen, eigenbrötlerisch geworden; unnahbar. Es hatte lange vor dem Tod seines Vaters begonnen, aber danach war es um vieles schlimmer geworden. Als sei er selbst gestorben, sagte sie, oder habe den Mut zum Leben verloren.

Etwas fehle ihm, etwas Schlimmes, das sehe sie deutlich. Oft genug habe sie versucht ihm zu helfen, aber offenbar vergebens. Mit ihm verheiratet zu sein, das fordere eine Trägheit, die sie nicht mehr aufbringe; es sei, als stünde sie auf einer Landungsbrücke und solle zusehen, wie in der Bucht ein Schiff unterging, und wisse, dass sie nichts auf der Welt tun konnte, um es zu retten. Aber jetzt werde sie nicht mehr weiter ins Wasser hinauswaten und riskieren, dass sie selbst dabei ertrank.

Es gab auch praktische Dinge, die bedacht sein wollten. Die Geschehnisse auf Kingscourt hatten ihr Vermögen aufgezehrt. Sie hatte siebentausend Pächtern die Überfahrt nach Quebec bezahlt, davon hätte die Familie zwei Jahre lang leben können. Dazu seien die Kosten gekommen, sie von dem Land zu vertreiben, der Lohn für den Austreiber und seine Schläger. Ihr Vater hatte gesagt, ihre Lage mache ihm große Sorgen, und er könne sie beide nicht mehr weiter finanziell unterstützen. Wenn er dahinter kam, dass sie auch ihr eigenes Kapital angegriffen hatte, würde er toben vor Wut und alle Zahlungen einstellen. Es würde nicht lange dauern, bis er erfuhr, dass sie die Wertpapiere der Kinder verkauft hatte. Gar nicht auszudenken, was er dann tun würde.

»David, ich kann es dir genauso gut sagen: Er hat mir geraten, dich zu verlassen.«

»Was zum Teufel geht ihn das an?«

»Es geht ihn nichts an. Aber er macht sich Sorgen. Er sagt, er hat Sachen gehört, die ihn beunruhigen.«

»Du sprichst in Rätseln. Was soll ich darauf antworten? Wenn du mir sagst, welcher Verbrechen ich angeklagt bin, kann ich mich vielleicht verteidigen.«

»Er hat nichts Konkretes gesagt. Nur dass ich mich vorsehen soll. Manchmal, sagt er, bist du nicht der, für den du dich ausgibst.«

»Tja, er ist ein Esel, und das hört sich an wie das Geschrei eines Esels. Du kannst ihm ausrichten, wenn er sein Eselsgeschrei nicht für sich behält, sehen wir uns vor dem Verleumdungsgericht.«

»David. Bitte. Wir müssen tapfer sein. Wir haben getan, was wir konnten. Man muss wissen, wann man aufgeben muss.«

Merridith hatte sein gesamtes Rednertalent aufbieten müssen, sie zu überreden, dass sie ihm noch eine letzte Chance gab. Amerika war genau das Richtige für sie, der Neuanfang, den sie brauchten; die Möglichkeit, alles Geschehene hinter sich zu lassen. Jonathan und Robert brauchten Ruhe. Sie hatten genug durchmachen müssen; und sie verdienten es, dass sie beide Eltern behielten.

»Wenn du glaubst, sie hätten in letzter Zeit zwei Eltern gehabt, dann irrst du dich sehr, David.«

»Bitte, Laura. Nur diese eine Chance noch.«

Jetzt im Morgenlicht schien dieses Gespräch absurd: als sei es nie geschehen oder jemand anderem geschehen. Er war gespannt, ob sie darauf zurückkommen würde. Würde sie so tun, als seien diese Worte nie gefallen? Vielleicht konnte er ihr eine Tasse Tee bringen, etwas gegen die Kälte. Er würde zur Kombüse gehen und mit dem Koch sprechen.

Als er an der offenen Tür zur Kabine seines Sohns Robert vorüberkam, sah er Jonathan dort – und er wünschte, er hätte es nicht gesehen. Er schleppte ein gelb beflecktes Betttuch wie ein altes Hochzeitskleid und versuchte es über seinen schlafenden Bruder zu breiten.

»Was hast du in Bobbys Zimmer zu suchen, Jon?«

Der Junge erstarrte, sah ihn mit offenem Munde an, sein Gesicht flammend rot vor Scham. Er öffnete den Mund, dann schloss er ihn wieder. Er ließ das Tuch fallen.

»Nichts«, sagte er. Er biss sich auf die Lippen.

»Was soll das heißen, nichts? Antworte!«

»Ich wollte nur ...« Er zuckte mit den Schultern und steckte die Hände in die Taschen. »Ich habe überhaupt nichts getan. Ich wollte nur ...«

Schuldbewusst schwieg er und blickte zu Boden. Merridith seufzte.

Es war nicht fair, wenn er ihn in eine Falle laufen ließ. Es war ja schließlich nicht zu übersehen, was der Junge da tat; er musste nicht danach fragen. Mit langsamen Schritten kam er in die Kabine und nahm das beschmutzte Laken.
»Hattest du mir nicht gesagt, du hättest nicht ins Bett gemacht, alter Junge? Lügen nützt dir überhaupt nichts. Und es deinem Bruder anzuhängen brauchst du gar nicht erst zu versuchen.«
»Ich weiß, Paps. Ich wollte es nicht.«
»Ich bin sehr enttäuscht, Jonathan. Ich dachte, wir beide belügen uns nicht.«
»Tut mir Leid, Paps. Bitte verrate mich nicht.«
Wahrscheinlich hätte er ihm jetzt eine Gardinenpredigt halten sollen, aber er hatte einfach nicht die Kraft dazu. So früh am Morgen schien nicht der richtige Zeitpunkt für elterliche Autorität, und das Kind hatte auch schon genug Schelte zu hören bekommen. »Dann sei ein braver Junge und hol heißes Wasser. Wir waschen es zusammen aus. Hm, was hältst du davon?«
Sein Sohn sah ihn an, Hoffnung keimte auf. »Du schimpfst mich nicht aus, Paps? Versprochen?«
»Versprochen.« Er streichelte dem Jungen die Wange. »Wir Männer gehen uns doch nicht in die Haare wie die Weiber, oder? Aber in Zukunft keine Flunkereien mehr, sonst kommst du an den Pranger.«
Der Junge trottete dankbar davon. Im selben Augenblick fiel Merridith etwas auf, das ihn bekümmerte. Direkt am Fenster war ein einziger schmutziger Handabdruck zu sehen; eher klein, aber vielleicht doch eine Männerhand. Die Art von Abdruck, die ein schmieriger Handschuh hinterlassen hätte.
Er würde Laura bitten, mit Mary Duane darüber zu sprechen. Die Dinge waren schwierig genug, wie sie waren, aber das war noch lange kein Grund, ihr Quartier verkommen zu lassen.

XVI. Kapitel

Die Mächte der Finsternis

Der dreizehnte und zugleich mittlere Tag der Reise; worin der Kapitän berichtet über allerlei abergläubische Vorstellungen (wie sie unter Seeleuten bekanntlich weit verbreitet sind) und sich ferner um die Sicherheit der irischen Frauen sorgt.

SAMSTAG, 20. NOVEMBER 1847
VERBLEIBEND DREIZEHN TAGE AUF SEE

Position: 36° 49,11' westl. Länge; 51° 01,37' nördl. Breite. Uhrzeit bezogen auf Greenwich: 23.59 Uhr. Bordzeit laut Schiffsuhr: 21.32 Uhr. Windrichtung & Geschwindigkeit: Nordnordwest (342°), Stärke 4. See: Unruhig. Viele Wellen mit weißen Schaumkronen. Kurs: Südsüdost 201°. Niederschlag & sonstige Bemerkungen: Extrem dichter Nebel. Sichtweite unter 400 Yards. Tempo gedrosselt auf zwei Knoten.

Vergangene Nacht gingen neun von unseren Brüdern und Schwestern dahin, und wir haben sie heute früh dem Meer zur letzten Ruhe überantwortet. Carmody, Coggen, Desmond (2x), Dolan, Murnihan, O'Brien, Rourke und Whelehan.

Am Nachmittag wurde in etwa einer halben Meile Entfernung ein großer Eisberg gesichtet, ungefähr so groß wie ein Londoner Haus. Viele Zwischendeckpassagiere kamen nach oben und bestaunten das Schauspiel, da sie nie zuvor etwas Derartiges gesehen hatten.

Der Koch, Henry Li, unterbreitete mir einen Vorschlag, wie sich die Not des einen oder anderen Reisenden im Zwischendeck lindern ließe, ohne dass der Reederei zusätzliche Kosten entstehen. (Gott behüte!) Oftmals bleiben abends oder mittags nach dem Essen im Speisesaal der Ersten Klasse beträchtliche Reste auf den Tellern zurück. Knochen, Knorpel, Schwarten und dergleichen mehr, bisweilen auch das Fett oder die Haut von Fischen. Er schlägt vor, wir sollten diese

Essensreste nicht einfach wegwerfen oder an die Schweine verfüttern (wie es üblicherweise geschieht), sondern er will daraus eine Suppe kochen, die wir an die Hungernden verteilen können, um ihnen so ein wenig zu helfen. Mir scheint es ein Akt der Nächstenliebe, und ich habe seinem Ansinnen zugestimmt. (Es sollte jedem zu denken geben, dass ein Heide sich mehr Gedanken um die Bedürftigen macht als viele von uns Christenmenschen.)

Heute Abend liegt über dem Schiff ein merkwürdiger, widerlicher Geruch. Ich meine nicht den üblichen Gestank aus dem Zwischendeck, wo die Hungernden ihr Dasein fristen, so gut es eben geht; ich spreche von etwas sehr viel Schlimmerem, wahrhaft Ekel erregendem. Es lässt sich nicht in Worte fassen.

Ich habe angeordnet, dass das ganze Schiff mit einer Mischung aus Salzwasser und Essig abgeschwenkt wird, aber der pestilenzialische Gestank ist auch jetzt, während ich hier schreibe, unvermindert da. Ich habe dergleichen noch nie erlebt; ein alles durchdringender Verwesungsgeruch, wie man ihn allenfalls in den Abfallgruben eines nachlässig geführten Schlachthauses erwarten würde. Weder im Vorderschiff noch im Laderaum wurde etwas Faulendes gefunden. Ich weiß mir keinen Rat; die Passagiere und einige aus der Mannschaft sind aufs Äußerste beunruhigt, denn dass dies Phänomen uns ausgerechnet am heutigen Tage heimsucht, ist ein sehr unglücklicher Umstand.

Der mittlere Tag einer Seereise gilt gemeinhin als Unglückstag, genau wie der dreizehnte Tag. Wenn nun beides zusammenkommt, wie es heute der Fall ist, bedeutet es in den Augen der Seeleute ein besonders schlechtes Omen. Ein Matrose mit Namen Thierry-Luc Duffy aus Port-au-Prince weigerte sich, die Kajüte zu verlassen, um am Morgen seine Wache anzutreten, und versicherte hartnäckig, dass die Mächte des Voodoo am Werke seien. (Heute ist überdies Samstag, der Tag an dem die Anhänger dieses monströsen Aberglaubens ihren Schwarzen Sabbat begehen.) Zu Leeson sagte er, er habe in der Nacht einen merkwürdigen Katzen- oder Vogelschrei vernommen. Für gewöhnlich ist er ein sehr umgänglicher Mensch, etwa in meinem Alter; wir haben viele Fahrten zusammen unternommen und sind schon seit langem gute Freunde. Also ging ich hinunter ins Mannschaftsquartier, um zu sehen, was ich tun konnte. Der Tag sei verflucht, erklärte er mir, und er werde nicht arbeiten. Ich antwortete, solches Gerede sei gotteslästerlich; als Nächstes werde er seine Mutter rösten und zusammen mit Baron Samedi zum Abendessen verspeisen. (Dieser adlige Herr scheint der Teufel der Voodoo-Anhänger zu sein; aber er verbirgt seine Hörner unter einem Zylinder, wie die Hälfte der Abgeordneten im Unterhaus.) Daraufhin lachte er, aber arbeiten wollte er trotzdem nicht.

Wenn der Glaube an ein Leben nach dem Tode, an die Existenz des Teufels und an die Mächte der Finsternis gotteslästerlich sei, meinte er, dann gelte das für die gesamte christliche Welt und für so gut wie jeden auf diesem Schiff. Ein jeder solle glauben, was er wolle; er aber könne nicht begreifen, dass ein Gott seinen eigenen Jungen an einem Baum aufhängen lasse. Und was das Menschenfressen angehe, so erzählten die Katholiken doch andauernd davon, dass sie Fleisch äßen und Blut tränken, da sei Papst Pius womöglich ein Voodoo-Zombie. Ich sagte, er solle nicht so respektlos daherreden, wo ein Großteil der Passagiere diesem großen und bedeutenden (wenn auch irrigen) Glauben anhinge. Aber er lachte und gab mir zu verstehen, dass er im Scherz gesprochen habe; seine eigene Frau sei Katholikin (von der Bahamainsel Eleuthera), und seine jüngste Tochter wolle Nonne werden. Aber umstimmen ließ er sich nicht und verkündete, lieber esse er nichts und lasse sich in Ketten in die Arrestzelle werfen, als an diesem Tag seinen Dienst zu tun. Also entband ich ihn für den Tag von seinen Pflichten, erklärte ihm aber, es werde ihm von der Heuer abgezogen. Das verstand er und schien zufrieden.

Im Weggehen hörte ich noch, wie er einige unverständliche Worte murmelte.

Heute Abend musste ich einen der Männer, einen gewissen Joseph Cartigan aus Liverpool,* bestrafen, weil er Frauen im Zwischendeck belästigt hatte: Er war mit unsittlichen Anträgen an sie herangetreten und hatte versucht, ihre derzeitige missliche Lage auszunutzen. Of-

---

* Ausnahmsweise ist Kapitän Lockwood hier ein Fehler unterlaufen. Etwa ein Dutzend Besatzungsmitglieder der *Stella* stammten aus Liverpool, aber darunter war niemand namens Cartigan. Die Mannschaftsliste verzeichnet einen Joseph Carrigan und einen Joseph Hartigan. Wie ich Jahre später von überlebenden Mitgliedern der Besatzung in Erfahrung brachte, war wohl Hartigan der Übeltäter, von dem hier die Rede ist. – GGD

fenbar hatte er angeboten, sie mit Essen zu bezahlen. Ich züchtige meine Männer nicht gern, aber sie wissen genau, dass ich nicht dulde, wenn auf meinem Schiff anständige Mädchen entehrt werden. Also rief ich ihn in meine Kajüte und fragte, ob er Frau und Kinder habe, was er verneinte. Auf meine Frage, ob er eine Mutter habe und was er davon halten würde, wenn jemand sie zur Hure machte, antwortete er, das sei sie bereits, die geschäftigste in ganz Liverpool. (Ich schwöre, er wackelte dazu vor Unverschämtheit mit den Ohren.)

In seinen Canterbury-Erzählungen sagt Chaucer: »Wir sind erst reif, wenn Fäulnis uns befällt.« Wenn dem so ist, dann muss dieses Gossengewächs vom Mersey mehr als überreif sein.

Er verteidigte sich damit, dass sein Ansinnen doch nur natürlich sei angesichts der Länge der Reise etc. Daraufhin ordnete ich an, dass dem Übeltäter für drei Tage die Ration auf die Hälfte gekürzt und die andere Hälfte einem armen Mädchen im Zwischendeck gegeben werden soll. Ich habe oft genug feststellen müssen, wie Recht der verstorbene Admiral Wm. Bligh (der erste Kapitän, unter dem ich seinerzeit bei der Vermessung und kartographischen Erfassung der Dublin Bay diente) mit seiner Bemerkung hatte, ein Mann, der zu seiner Entschuldigung vorbringe, seine Handlungsweise sei »natürlich«, benehme sich schlimmer als ein Tier, und dies unweigerlich gegenüber jemandem, der weitaus schwächer sei als er selbst.

Der Gestank ist jetzt wahrhaft Ekel erregend. Als ob das Schiff selbst in Verwesung übergeht oder auf einer Kloake fährt.

XVII. Kapitel

Auf Freiersfüßen

Worin ein wahrheitsgetreuer und ungeschminkter Bericht über gewisse komplizierte Ereignisse im frühen Leben des David Merridith gegeben wird.

Als David Merridith im Jahr 1836 auf Weihnachtsurlaub kam – ein Urlaub, von dem er nie wieder zur Navy zurückkehren sollte –, hatte sein Vater ihn zum Verlöbnis mit der einzigen Tochter von Henry Blake gedrängt, dem benachbarten Gutsbesitzer von Tully und Tully Cross. Er sei inzwischen dreiundzwanzig, und das sei ein gutes Alter, um unter die Haube zu kommen. Wenn man zu lange warte, müsse man eins von den Trampeln nehmen, die noch übrig waren. Es sei schließlich nicht London. Die Auswahl sei begrenzt. Die Blake'schen Ländereien grenzten über weite Strecken an Kingscourt. Blake sei vermögend, in Kingscourt müsse dringend investiert werden. Ein schönes Zusammentreffen, hatte sein Vater gesagt, obwohl es natürlich nicht das Wichtigste daran sei. Aber gemeinsam würden die beiden Besitztümer schon Eindruck machen. Daneben sähen sogar die Martins von Ballynahinch klein aus, von diesen aufgeblasenen Puffottern, den D'Arcys von Clifden, gar nicht zu reden. Und Miss Amelia sei schließlich die größte Schönheit der ganzen Grafschaft.

David Merridith war einfach bis dahin nicht auf den Gedanken gekommen, dass er heiraten könnte; aber eigentlich hatte sein Vater wohl gar nicht so Unrecht. Amelia Blake war nicht die schlechteste Kandidatin. Sie waren zwar Verwandte, aber doch so entfernt, dass keine schielenden oder dreizehigen Kinder zu erwarten waren. Er kannte sie schon seit Jahren und hatte manchmal auf Hochzeiten mit ihr getanzt. Sie war hübsch anzusehen. Das Interesse an Pferden verband sie. Man konnte sie nicht guten Gewissens intelligent nennen, aber dumm war sie auch nicht.

David Merridith und Amelia Blake. Schon der Rhythmus der Namen passte zusammen. Sie war rundlich, übermütig, impulsiv, ein

Mädchen mit einem bemerkenswert spöttischen Humor, der bisweilen in ihrer sonst unbekümmerten Art losbrach wie eine Rakete in einer nebligen Nacht. Es war ein Humor, den er oft beunruhigend fand. Wollte sie sich auf jemandes Seite schlagen, so fand sie heraus, wen der Betreffende nicht mochte, und über den zog sie dann so häufig und so heftig her, wie sie nur konnte. Das war nicht leicht für David Merridith; es gab nur wenige Menschen, die er wirklich verabscheute. Sie hatte auch eine Art, einen als Zeichen der Zuneigung zu knuffen. Ihre Reaktion auf einen Witz war ein kumpelhafter Schlag auf die Schulter. Nach einem Glas Sherry konnte es auch ein Boxhieb sein. Merridith bemerkte, dass er schon bald in ihrer Nähe keine Scherze mehr machte (und ihr nach Möglichkeit keinen Sherry anbot), denn diese Hiebe seiner Braut irritierten ihn.

Die Verlobung wurde bekannt gegeben. Zwei Wochen darauf fuhr er allein zur jährlichen Jagdgesellschaft des Viscount Powerscourt in der Grafschaft Wicklow. Für das Schießen hatte er nicht viel übrig, schon weil er ein schlechter Schütze war. Aber die Technik der Waffen interessierte ihn, der Geruch von Schießpulver in der frischen Frühlingsluft. Beim Abendessen hatte er einem knabenhaft schönen englischen Mädchen gegenübergesessen, das so sorglos lachte, dass er kaum noch den Blick von ihr abwenden konnte. Sie war zum ersten Mal in Irland und war ganz verzaubert davon. Ihre beste Freundin, ein Mädchen, mit dem sie in der Schweiz auf der Schule gewesen war, war die zweitälteste Tochter des Hauses: eine der famosen Wingfields von Powerscourt. Er hatte ein paar Mal mit der Engländerin getanzt. Sie hatte sich über seine Tollpatschigkeit bei der Quadrille amüsiert, wo er bei den komplizierten Figuren immer wieder aus dem Takt geraten war. Sie waren ein Weilchen im Fackelschein auf der Terrasse spazieren gegangen und hatten den Rokokobrunnen im Park bewundert. Der Vater ihrer Freundin hatte ihn in Italien gekauft, erzählte sie, es sei die Kopie einer Arbeit des bedeutenden Bildhauers Bernini. Alle hielten es für ein Original, aber sie wusste, dass es eine Kopie war. Sie habe ein Talent, das Unechte zu durchschauen, sagte sie. Eines Tages wollte sie nach Italien reisen. Sie würde eine Möglichkeit finden, da war sie sicher.

Etwas angenehm Entschlossenes sprach aus ihren Worten, eine Sicherheit, die er von den Frauen, mit denen er sonst umging, nicht kannte. Sie war nicht wie seine Schwestern und mit Sicherheit nicht wie seine Tante, und sie kicherte nicht dauernd wie Amelia Blake. Sie hatte ein Selbstvertrauen, das schon beinahe frech war; sie erinnerte ihn an jemanden, an den er inzwischen nur noch selten dachte. In der Nacht nachdem er Laura Markham kennen gelernt hatte, hatte er kaum ein Auge zugetan. Irgendwie spürte er, dass sie zusammenbleiben würden, auch wenn er sich nicht vorstellen konnte wie.

Am nächsten Tag ertappte er sich dabei, dass er sie durch den Feldstecher beobachtete, wo er doch eigentlich schießen oder anderen beim Schießen zusehen sollte. Sie und die anderen jungen Frauen saßen auf der Terrasse, in Decken gewickelt, und nippten an ihrem Kaffee. Einige spielten Schach, andere klimperten auf der Gitarre, aber Laura Markham verbrachte ihren Vormittag mit der Lektüre der *Times*. Merridith war begeistert. Soweit er sich erinnerte, hatte er noch nie eine Frau eine Zeitung lesen sehen. Er hatte gehofft, sie fände einen Vorwand, zu ihnen auf die Wiese zu kommen. Aber er hoffte vergebens; sie saß einfach nur da und las.

Beim Lunch ging es turbulent und feuchtfröhlich zu. Auch die anschließenden Gesellschaftsspiele gingen unter im Lärm: eine Kakophonie der Flirts und der Vorwände, einander zu berühren. Vor dem frühen Abendessen war die ganze Gesellschaft zur Suche nach Stechpalmenzweigen ausgeschwärmt. Eine der Suchmannschaften waren er und Laura Markham. Übermütig hatte sie sich bei ihm untergehakt, als sie knirschend den Kiesweg hinuntergingen, über den Teppichrasen am Haus, wo sie die Reihen eindrucksvoller exotischer Bäume abschritten, die ganze Bataillone von Gärtnern brauchten, damit sie in Wicklow am Leben blieben. Das Interesse an der Stechpalmensuche hielt sich in Grenzen; das Einzige, was sie suchten, war ein Eckchen, an dem sie ein wenig Ruhe hatten. In den länger werdenden Schatten kamen die zu geflügelten Rössern und anderen Fabelwesen geschnittenen Büsche und gestutzten Hecken dem Viscount Kingscourt ein wenig makaber vor. Aber in ihrer entspannten Gesellschaft fühlte er sich wohl. Einmal hatte er sich umgedreht und hatte ihre Fußspuren betrachtet, wie sie in krummen und doch parallelen Linien über den bereiften Rasen führten. Es schien Merridith ein außerordentlich friedlicher Anblick. Bald waren sie am Tierfriedhof angelangt, wo die Wingfields ihre Haustiere mit den rührend respektvollen Begräbnissen ehrten, auf die ihre Pächter oft verzichten mussten.

Sie betrachtete diese kunstvollen Gärten mit einem Blick, den er unergründlich fand. Nebel stieg auf, und die Lichter des Hauses in der Ferne waren wie die Laternen eines Schiffs in einem wunderbaren Traum.

»Sieht es in Galway auch so aus?«

»Nein, Galway ist rauer.«

»Ich glaube, das würde mir gefallen. Ich mag das Raue.«

Sie setzte sich auf einen reich verzierten Porphyr-Grabstein, das Denkmal eines jungen Pferdes, das zweimal am Derby teilgenommen hatte, und verschränkte mit einem amüsierten Seufzer die Arme. Ein Käuzchen erhob sich aus den Rhododendronbüschen und flatterte erschrocken davon.

»Yorkshire, die Bretagne, das sind die Gegenden, die mir gefallen. Künstliche Gärten wie dieser hier, die machen mich ein wenig traurig. Als hätte man eine Elfe in ein Korsett gezwängt. Finden Sie nicht auch?«

Merridith war verwirrt. Die sittsamen Frauen seiner Bekanntschaft hätten ein Wort wie »Korsett« nie in der Öffentlichkeit in den Mund genommen. Amelia Blake, hatte er den Verdacht, nicht einmal im stillen Kämmerlein.

»Vielleicht kommen Sie eines Tages und besuchen uns in Galway.«

»Vielleicht. Sie können mich ja zu Ihrer Hochzeit einladen.« Sie lächelte. »Ich würde Sie gern in Ihrem natürlichen Lebensraum studieren.«

Er hatte nicht bemerkt, dass sie von seiner Verlobung wusste, und fragte sich insgeheim, wie sie es wohl erfahren hatte. Er fand den Gedanken aufregend, dass sie sich genügend für ihn interessierte, um jemanden danach zu fragen. »Wenn ich Sie einlüde, würden Sie dann mit mir tanzen?«, war die beste Antwort, die er zustande brachte.

»Schon möglich«, sagte sie und blickte hinaus auf den See. Eine Gondel mit flammenden Fackeln glitt über die Wasserfläche. »Aber da müssten Sie schon noch etwas üben. Finden Sie nicht auch?«

Beim Tanzen hatte er sie zum ersten Mal um die Taille gefasst. Sie trug an jenem Sonntagabend ein weißes Kleid, und eine himmelblaue Schärpe betonte die schmalen Hüften. Ein Kruzifix glitzerte an ihrem Hals. Es war ein Walzer, und er hatte sie so steif gehalten, dass ihm die Arme davon schmerzten. »Wahrscheinlich tanzen Sie in Galway nicht oft Walzer«, hatte sie gesagt. »Holen Sie mir einen kleinen Brandy? Wir teilen uns einen.« Von Brandy wurde ihm immer übel, und die Vorliebe für dieses Getränk unter Seefahrern hatte viel zum frühen Ende seiner Marinekarriere beigetragen. Aber er holte ihr trotzdem ein Glas und sah zu, wie sie daran nippte. Sie summte die elegante Musik leise mit und flüsterte manchmal ein paar spöttische Worte, wenn ein linkischer Tänzer vorbeikam; bisweilen berührte sie ihn dabei am Handrücken.

Sie hatten die Ahnengalerie auf dem Treppenabsatz zum zweiten Stock bewundert, die ernsten Mienen längst verblichener Wingfields. Oben vor ihrem Zimmer hatte sie ihm die Hand gereicht. Ein Kuss auf die Wange wurde verliehen wie ein Orden. Bevor er wusste, wie ihm geschah, hatte die Tür sich geschlossen, und er stand allein unter Ahnen mit dem leeren Brandyglas in der Hand.

Sie war die einzige Tochter einer Industriellenfamilie aus Sussex; ihr Vater lebte nicht weit von der Küste. Er besaß mehrere große Porzellan- und Steingutmanufakturen. Sie war drei Jahre jünger als David Merridith, aber schon zweimal verlobt gewesen: zuerst mit einem Kavallerieleutnant, der an der Schwindsucht gestorben war, dann mit einem Geschäftsmann aus der Bekanntschaft ihres Vaters. Dies zweite Verlöbnis hatte sie gelöst. Sie hatte die Entscheidung nie bereut.

Als das Wochenende vorüber war und die Gäste müde von dannen gezogen waren, um Kraft für die Anstrengungen des kommenden Wochenendes zu schöpfen, war der Viscount von Carna noch auf Powerscourt geblieben. Später dachte er oft, dass er diese Zeit wie in einem schützenden Panzer verbracht hatte; die glücklichste Zeit in einem alles andere als glücklichen Leben. Jedenfalls die glücklichste, wenn man Mary Duane vergaß, so wie er es längst tat.

Er und Laura Markham waren mit den Wingfields nach Dublin gefahren, waren ins Theater gegangen, hatten Konzerte besucht, einen Maskenball beim Herzog von Leinster. Als er sie beim Walzertanzen sah, war ihr betrunkener Gastgeber zu ihnen herübergetorkelt und hatte sie beglückwünscht. »Keiner hat mir gesagt, was Ihre neue Verlobte für ein Prachtstück ist, Merridith. Hätte sie mir sonst selbst geschnappt. Vollblut in einem ganzen Saal voller Ackergäule.«

Als er in einer Wolke aus Schnapsdunst und schlechtem Atem davongeschwankt war, hatten sie über seine Worte gelacht. Aber danach hatten sie enger getanzt denn je. Es war, als sei endlich ausgesprochen, was zwischen ihnen geschah. Mit der Nähe, die der Tanz gestattete, konnten sie es sich eingestehen.

Merridith war mit ihr in den italienischen Zirkus gegangen; frühmorgens hatte er Ausritte mit ihr in den Phoenix Park unternommen. Sie hatten den Kavalleristen beim Exerzieren zugesehen, begleitet vom Geschrei der erwachenden Affen im Zoo. Als die zweite Woche zu Ende ging, waren sie schon beinahe unzertrennlich. An dem Nachmittag, an dem sie zur Rückreise nach Sussex aufbrach, hatte er sie an die Fähre nach Kingstown gebracht. Es schneite. Auswanderer warteten am Pier. Als er sie auf der Gangway küssen wollte, war sie wortlos zurückgewichen, auch wenn ihr Blick ihm Hoffnung machte. Er unternahm einen zweiten Versuch, doch wieder entzog sie sich. Doch, sagte sie sanft, sie möge ihn; aber sie wolle nicht unfair zu einem anderen Mädchen sein.

Sie beneide Merridith nicht um die Wahl, die er jetzt treffen müsse, hatte sie gesagt, aber sie wolle nicht drängen und wolle nichts von ihm fordern. Nur er könne wissen, wie er in seinem Innersten empfinde. Er müsse tun, was er für richtig halte, und nichts anderes. Schließlich hänge das Glück mehrerer Menschen davon ab. Einen Menschen zu verletzen, dem man sein Wort gegeben habe, sei eine schwer wiegende Sache und dürfe nicht leichtfertig getan werden. Er solle in Ruhe und sorgfältig darüber nachdenken, sagte sie. Egal wie er sich entscheide, müsse er jemanden zurückstoßen. Sie werde Verständnis für seine Entscheidung haben, ganz gleich, wie sie ausfalle, und sie stets respektieren und gern an ihn zurückdenken. Aber schreiben werde sie ihm nur, wenn er zuerst schriebe. Und er solle nur schreiben, wenn er seine Verlobung mit Amelia Blake gelöst habe.

Auf der Postkutschenfahrt zurück nach Galway hatte Merridith sich ausgemalt, was geschehen würde. Aus Lauras Zurückhaltung sprach eine Vornehmheit, die sie in seinen Augen nur umso begehrenswerter machte; ein Anstand, von dem er wohl wusste, dass er ihm selbst fehlte. Er, ein Mann, der schließlich versprochen war, hatte nichts dabei gefunden, einer anderen Frau Hoffnungen zu machen. Und er wäre weiter gegangen, hätte sie es ihm gestattet. Sich dieser Erkenntnis zu stellen war nicht leicht, aber stellen musste er sich ihr, sonst würde er es für den Rest seines Lebens bereuen.

Es wurde Abend, als die Kutsche den Shannon überquerte. Ein Schneesturm hatte das Wasser anschwellen lassen, dass es schon über die Ufer schwappte; Bauern in nassen Regenjacken stapelten Sandsäcke auf. Bald darauf änderte sich die Landschaft, die fruchtbaren Auen des Tieflands blieben zurück, und das von Steinmauern durchzogene Buschland von Galway begann. Die kalte Luft roch nach Torffeuer und Meer. Nie würde er die Furcht vergessen, die ihn packte, als er die Lichter von Kingscourt Manor in der Ferne auftauchen sah.

Sein Vater saß am Schreibtisch in der Bibliothek, studierte ein faustgroßes gelbes Ei mit dem Vergrößerungsglas und machte sich Notizen in einer ledergebundenen Kladde. Obwohl nur drei Wochen seit Merridiths Aufbruch vergangen waren, schien er um Jahre gealtert. Sein zweiter Schlaganfall lag noch nicht lange zurück; der Anfall hatte seine Sehkraft geschwächt, und ein Zittern war zurückgeblieben. Der schwarze Lederhandschuh, den er meist an der rechten Hand trug, lag lauernd auf der Schreibunterlage wie eine giftige Spinne.

Merridith klopfte an die Tür. »Herein«, brummte sein Vater ohne aufzusehen.

Er trat einen ängstlichen Schritt vor, blieb aber noch halb in der Tür stehen. »Ich wollte um eine kurze Unterredung bitten, Sir.«

»Danke der Nachfrage, David. Mir geht es gut.«

»Bitte um Verzeihung, Sir. Natürlich hätte ich fragen sollen.«

Sein Vater nickte grimmig, blickte jedoch nach wie vor nicht auf. »Diese – kurze Unterredung, um die du bittest. Geht es darum, dass du mein Haus als Hotel benutzt, für die kurzen Pausen zwischen deinen gesellschaftlichen Verpflichtungen?«

»Nein, Sir. Ich bitte meine lange Abwesenheit zu entschuldigen, Sir.«

»Ah. Worum geht es dann? Bei dieser kurzen Unterredung.«

»Nun – es geht um Miss Blake und mich, Sir.«

»Und was gibt es da?«

»Ich habe. Anscheinend habe ich. Das heißt.« Er riss sich zusammen und begann noch einmal von vorn. »Ich habe mich in eine andere verliebt.«

Bedächtig holte der Graf einen kleinen Pinsel aus einer Schublade und machte sich mit unsicheren Bewegungen an das Abstauben des Eis. »Tja«, sagte er nachdenklich, wie zu sich selbst, »dann solltest du dich aber schleunigst wieder entlieben. Nicht wahr?« Er hielt das Stück ans hellgoldene Licht des Kamins, fuhr mit dem Finger darüber, als wolle er das, was darin war, zum Schlüpfen ermuntern.

»Wenn ich mich recht entsinne« – er flüsterte es beinahe –, »gab es auch in der Vergangenheit schon Fälle von Verliebtsein, und auch da waren sie nicht weise. Auch da musstest du dich entlieben.«

»Ich glaube, diesmal ist es anders, Sir. Ich bin mir dessen sogar sicher.«

Jetzt blickte sein Vater zum ersten Mal zu ihm auf. Seine Augen waren hart wie Stein. Nach einer Weile erhob er sich und zog seinen Handschuh an.

»Komm näher«, murmelte er. »Ans Licht.«

Mit zitternden Schritten ging Merridith zu seinem Vater hin.

»Fehlt eigentlich deinen Schultern etwas, David?«

»Ich – ich verstehe nicht.«

Lord Kingscourt blinzelte träge, wie eine schläfrige Kuh. »Vielleicht könntest du mir die unschätzbare Ehre erweisen und gerade stehen, wenn du mit mir sprichst.«

Er tat wie ihm geheißen. Sein Vater starrte ihn an. Der Wind ließ die Fensterscheiben klirren und heulte im Kamin. Schindeln klapperten auf dem Dach der Meierei.

»Hast du Angst, David? Antworte mir ehrlich.«

»Ein wenig, Sir.«

Ein langer Augenblick verging, bis Lord Kingscourt nickte. »Kein Grund, sich zu schämen. Ich weiß, wie das ist, wenn man Angst hat.« Langsam und unter Mühen schleppte er sich zur Anrichte aus Mahagoni, wo er eine Steingutflasche ertastete und den Stopfen herauszog. Es fiel ihm schwer mit den zitternden Fingern, aber schließlich hatte er sich doch einen großen Pokal voll eingegossen. Ohne sich umzudrehen fragte er: »Trinkst du ein Glas mit mir, David?«

»Nein, Sir, danke.«

Die Hand mit der Flasche hielt zögernd über dem zweiten Pokal inne, als sei eine Entscheidung zu fällen, die schwere Folgen nach sich zog. »Darf denn ein Mann nicht einmal mehr ein Glas mit seinem eignen Sohn trinken? Muss er erst nach Dublin fahren, damit ihm dieses Privileg zuteil wird?«

Die Standuhr klickte und schnurrte. Die Zeit, die sie anzeigte, war

um Stunden falsch. Irgendwo im Raum tickte eine kleinere Uhr, als wolle sie boshaft ihrem grimmigen Vorfahren widersprechen.
»B-bitte um Verzeihung, Sir. Sehr gerne, danke. Ein kleines Glas Wein vielleicht.«
»Wein«, entgegnete Lord Kingscourt, »ist kein Getränk. Es ist Nierenspülung für Franzosen und eitle Gecken.«
Er füllte das zweite Glas bis zum Rand mit Brandy und stellte es auf ein Tischchen neben dem Klavier. Merridith ging und nahm es. Es fühlte sich kalt an.
»Auf dein Wohl, David.« Lord Kingscourt trank das halbe Glas in einem Zug.
»Und auf das Eure, Sir.«
»Wie ich sehe, trinkst du nicht. Da wird wohl auch dein Wunsch nicht ehrlich sein.«
Merridith nahm einen winzigen Schluck. Sofort kam er ihm wieder hoch.
»Mehr«, sagte sein Vater. »Schließlich kann ich gute Wünsche brauchen.«
Er schluckte einen Mund voll. Tränen des Widerwillens traten ihm in die Augen.
»Das ganze Glas«, sagte Lord Kingscourt. »Du weißt, ich bin ein kranker Mann.«
Er trank das Glas aus. Sein Vater füllte es neu.
»Du kannst dich jetzt setzen, David. Dort drüben bitte.«
Merridith ging zu dem dick gepolsterten Sofa und nahm darauf Platz, und sein Vater ließ sich unter Qualen in einem mit schwarzem Leder bezogenen Lehnstuhl nieder, das Gesicht von der Anstrengung verzerrt. Er trug zwei verschiedene Hausschuhe und keine Strümpfe. Sein Ekzem hatte an den hageren Fußknöcheln Blasen gebildet, die bläulichen Narben waren mit langen Fingernägeln aufgekratzt.
Wieder schwieg er. Merridith fragte sich, wie es weitergehen würde. Von irgendwo aus der Ferne kam der lächerliche Schrei eines Esels. Dann richtete sein Vater wieder das Wort an ihn, übertrieben langsam und überdeutlich, wie er es sich angewöhnt hatte, um das Lallen zu unterdrücken, das von seinen Anfällen geblieben war. Ein Betrunkener, der sich mühte, seine Trunkenheit zu verbergen.
»Manchmal habe ich mich regelrecht vor deinem Großvater ge-

fürchtet, als ich so alt war wie du. Zwischen ihm und mir gab es nicht die Vertrautheit, die wir beide kennen. Um ehrlich zu sein, er hatte bisweilen etwas von einem Tyrannen. Alte Schule. Oder jedenfalls kam es mir so vor. Erst in den letzten Jahren habe ich eingesehen, dass auch er es gut meinte. Dass das, was mir als Strenge vorkam, in Wirklichkeit Freundschaft und Liebe war.« Er schluckte tief; es hörte sich an, als sei ihm ein Bissen im Hals stecken geblieben. »Aber wenn man jung ist, sieht man seinen Vater eben so. Das ist ganz natürlich.«

Merridith war unruhig. Er wusste nicht, was für eine Antwort von ihm erwartet wurde.

»Und auch in der Schlacht; auch da habe ich oft genug Angst gehabt.« Er schürzte die bleichen Lippen und nickte ernst und wehmütig. »Jawohl. Du scheinst überrascht, aber es ist die Wahrheit. In der Schlacht von Baltimore, da war ich sicher, dass ich sie nicht überleben würde, David. Wir waren vom Feind umzingelt. Und ich fürchtete mich.«

»Furcht vor dem Tode, Sir?«

Sein Vater blickte versonnen in sein Glas, als sehe er seltsame Bilder in den aufsteigenden Dämpfen. Obwohl es kalt im Zimmer war, schien es, als glänze sein Bart vor Schweiß. »Ja. Ich nehme es an. Vor dem Schmerz vermutlich. Wenn man als junger Mann gesehen hat, wie andere junge Männer sterben – wenn man die Pflicht hatte, sie hinauszuschicken in den sicheren Tod –, dann weiß man, dass der Tod nichts Ruhmreiches ist; er ist entsetzlich.« Er erschauderte; planlos wischte er sich Staub vom Jackenärmel. »All die Lügen, die wir nachplappern, über das Sterben für das Vaterland. Mehr ist es ja nicht, David. Barbarische Lügen.«

»Sir?«

»Im Laufe der Zeit bin ich darauf gekommen, dass diese Absurditäten ein Mittel sind, uns die Angst zu nehmen. Die Furcht, die sonst dafür sorgen könnte, dass die Menschen sich die Hand reichen. Religion. Philosophie. Und auch das Vaterland – auch das nichts weiter als eine Lüge. Das habe ich eingesehen.«

Merridith war verwirrt. »Inwiefern, Sir?«

»Ich will sagen, dass wir eigentlich doch alle gleich sind unter unserer Haut. Wir Menschen, meine ich. Wenn ihr uns stecht und so weiter.« Er nickte noch einmal und nahm einen großen Schluck Brandy.

»Außer den Franzosen natürlich. Allesamt Wilde und Knoblauchfresser.«
»Ja, Sir.«
Sein Vater runzelte die Stirn. »Das war ein Scherz.«
»Tut mir Leid, Sir.«
»Ja, mir auch. Mehr als du dir vorstellen kannst.«
Er stieß ein kurzes, bitteres Lachen aus. »Frage mich manchmal, ob der alte Franzmann nicht Recht hatte. Freiheit, Gleichheit, Brüderlichkeit.« Er ließ den Blick über den elend kalten Raum schweifen, als verabscheue er ihn. »Hätte nichts einzuwenden gegen ein klein wenig Freiheit. Du vielleicht?« Seine Worte hatten einen ironischen Unterton, den David Merridith nicht verstand.
»Nein, Sir. Ich glaube nicht.«
»Ganz recht. Ganz recht. Ich auch nicht.«
Die alte Standuhr schlug, Gongschläge tief aus ihrer Brust, ein tiefer, trauriger Ton, ein chronometrisches Husten. Schatten huschten. Das Feuer zischte. Schnarrend begann das Räderwerk eine neue Runde seiner Fron. Der Vater blickte hinauf zu den knorrigen Deckenbalken, dann zur Uhr, dann sah er seinen Sohn an.
»Wovon habe ich gesprochen?«
»Vom Tod, Sir.«
»Tatsächlich?«
»Ja, Sir. Von der Schlacht von Baltimore.«
Zögernd, keuchend, hob sein Vater wieder zu sprechen an. »Was ich – noch mehr fürchtete. Noch mehr als das« – und Lord Kingscourts Augen schwammen in Tränen.
Merridith hätte nicht entsetzter sein können, hätte sein Vater die Kontrolle über seinen Darm verloren. Einen Moment lang saß Lord Kingscourt nur da, den Kopf tief gesenkt, mit der Linken die silberne Tresse umklammert, den einzigen Zierrat seines Stuhls. Dann begannen seine Schultern zu zucken, und er weinte still vor sich hin. Schluchzer schüttelten ihn, und trotz allem versuchte er noch, sich nicht zu regen. Kleine Laute des Widerstands. Ein Kopfschütteln. Atemstöße wie Messerstiche.
»Ist – alles in Ordnung?«
Lord Kingscourt nickte, sah aber nicht auf.
»Soll ich ein Glas Wasser holen?«

Keine Antwort. Draußen bellte ein Hund, ein aufsässiges, immer gleiches, zweitöniges Kläffen, dann der Pfiff eines Schäfers, der ihn zurückrief. Lord Kingscourts Finger wanderten an die Stirn, er bedeckte die Augen wie ein Mann, der sich schämt.

»Du musst mir verzeihen, David. Ich bin heute Abend nicht ganz bei mir.«

»Das macht doch nichts, Vater. Kann ich etwas tun?«

»Deine Mutter ... war der wunderbarste Mensch, der je gelebt hat.«

»Ja, Sir.«

»Ihr Mitleid für andere. Ihr großes Herz. Keine Stunde meines Lebens vergeht, ohne dass ich um sie trauere. Ich spüre den Verlust wie ein Krüppel das verlorene Glied.«

Tränen rannen ihm nun wieder die Wangen hinunter, und Merridith war längst viel zu verängstigt, um noch etwas zu sagen. Hätte er es versucht, wäre er selbst in Tränen ausgebrochen.

»Wir haben gute Tage erlebt und schlechte Tage, David, das weißt du so gut wie ich. Ich war weiß Gott nicht der Ehemann, den sie verdient hätte. So oft habe ich sie enttäuscht. Mit Jähzorn und Dummheit. So viel habe ich vertan, ich kann es nicht ertragen, wenn ich daran denke. Aber du darfst niemals denken, wir hätten uns nicht geliebt.«

»Das würde ich nie tun, Sir.«

»Denn. Was ich fürchtete in jener Nacht in Baltimore, David. Das war nicht der Schmerz – nicht der körperliche Schmerz. Sondern der Gedanke, dass ich euch nie wiedersehen sollte. Dich und deine Mutter. Dich vor allem. Dich nicht mehr in die Arme schließen. Meinen einzigen Sohn. Etwas Schlimmeres habe ich nie gespürt.«

»Sir, ich flehe Euch an – quält Euch nicht mit Dingen, die vergangen sind.«

Der Mund seines Vaters war gramverzerrt. »Ich – *ich* bin es, der flehen muss. Bitte – fürchte dich nicht, zu mir zu kommen, wenn du Hilfe brauchst, und sei es die kleinste Sorge, die das Leben dir bereiten mag. Niemals, David. Alles lässt sich meistern. Niemals sollst du denken, dass du allein bist auf der Welt. Wirst du mir das versprechen?«

»Natürlich, Sir.«

»Wirst du mir die Hand darauf geben?«

Merridith war zu seinem Vater gegangen und hatte die leblose Hand gefasst, die sich ihm entgegenstreckte. Nie im Leben hatte er sich ihm so nahe gefühlt; eine tiefe, elementare Nähe, wie er sie noch nie bei einem Menschen gespürt hatte. Sein Vater hatte geweint wie ein verwaistes Kind, und David Merridith hatte seine Hand umklammert gehalten. Er hätte ihn gern umarmt, sich schützend um ihn gelegt wie eine Rüstung, aber bevor er den Mut dazu hatte, war der Moment vergangen. Vielleicht war es gut so. Sein Vater hatte es nie gemocht, wenn man ihn berührte.

Lord Kingscourt trocknete seine Tränen und setzte ein kleines tapferes Grinsen auf. »So, mein Junge, du hast dich also verliebt. Das ist ja ein schöner Schlamassel.«

»Ja, Sir. Sieht ganz so aus.«

»Und du bist dir sicher?«

»Ja, Sir.«

Plötzlich kicherte sein Vater und versetzte ihm einen Schlag auf die Schulter. »Denkst, das ist ein Wehwehchen, das dein alter Brummbär von Vater nie gekannt hat, hm?«

»Aber nein, Sir.«

»Und ob ich das gekannt habe. Oft sogar. War ja nicht immer das ramponierte Wrack, das du jetzt vor dir siehst. Hab meinerzeit den Mädels ganz schön zugesetzt, das kannst du mir glauben. Ich denke also, ich verstehe die Lage, in der du bist, mein Junge.«

»Danke, Sir. Ich hatte nicht daran gezweifelt, dass Ihr versteht, wenn ich die Situation erst einmal erläutere.«

»So ist es. Alles vollkommen verständlich. Nur natürlich.«

Er goss sich ein weiteres Glas Brandy ein.

»Hübsches Gesicht. Leuchtende Augen. An den richtigen Stellen gepolstert zweifellos.« Er hustete schmerzhaft und wandte sich ab, um sich den Mund zu wischen. »Alles gut und schön. Es gibt keinen von uns, dem so etwas nicht einmal geschehen ist. Aber eine Ehe ist doch mehr als das.«

»Oh ja, Sir. Das weiß ich.«

»Es gibt Pflichten, die zu erfüllen sind. Eine Heirat ist ein Kontrakt.«

»Ja, Sir.«

»Ein Haufen dummes Zeug wird heutzutage über die Liebe geredet. Weißt du, was Liebe bedeutet?«

»Was bedeutet sie, Sir?«

»Liebe bedeutet, dass man sein Wort hält, David. Nicht mehr und nicht weniger. Liebe bedeutet, dass man seine Pflicht tut, und zwar immer, ob man sich danach fühlt oder nicht.«

»Ja, Sir.«

»Tiere tun, wonach ihnen zumute ist. Und ein Tier kann eine Schönheit sein. Gerade das ist ja das Schöne an ihm. Aber wir Menschen kennen die Moral. Das unterscheidet uns von den Tieren. Und es ist das Einzige, was das Leben eines Menschen lebenswert macht.«

»Ich werde mit Sicherheit mein Wort gegenüber Miss Markham halten, Sir. Es wird mir sogar ein V-vergnügen sein. Ich bin sicher, Ihr pflichtet mir bei, wenn Ihr sie erst kennt.«

Die Art, wie das Lächeln seines Vaters erstarb, ließ ihn an ein verlöschendes Feuer denken. Als er weitersprach, war seine Stimme tonlos und bitterkalt.

»Ich spreche von deinem Wort gegenüber Miss Blake und ihrem Vater.«

Das Feuer krachte und knisterte im Kamin. Ein glühendes Scheit rutschte zischend herunter auf den Rost.

»Des Weiteren hast du Verpflichtungen gegenüber den Pächtern dieses Anwesens. Ist dir das auch nur eine Sekunde lang in den Sinn gekommen?«

»Sir –«

»Ich habe mein Wort gegeben, dass wir das Land verbessern, sobald durch deine Eheschließung Kapital verfügbar ist. Soll ich den Leuten jetzt sagen, dass mein Wort nichts zu bedeuten hatte? So wie dein eigenes gegenüber deiner Verlobten und ihrem Vater?«

»S-sir – ich habe heute an Miss Blake geschrieben und ihr die Situation erklärt, und auch an ihren Vater. Und was die Pächter angeht –«

»Verstehe.« Sein Vater ließ ihn nicht ausreden. »Du hast ihnen geschrieben. Wie mutig von dir. Die ganze Unterredung mit mir war also rein akademisch.«

»Ich fand es richtig, den Commander über die veränderte Lage in Kenntnis zu setzen, Sir.«

Sein Vater lächelte grimmig. »Und der Commander, ist das der Mann, der so dumm war und den jungen Herrn groß gezogen hat? Ist der Commander der Dummkopf, der ihn durchfüttert?«

»Ich ... ich habe mein Bestes getan, es auch Euch zu erklären, Sir.«
»Das heißt also, du willst dich mir widersetzen? Ist das dein letztes Wort? Überlege es dir genau, junger Herr.« Was du jetzt tust, wird Konsequenzen haben.« Lord Kingscourt war zum Klingelzug gegangen und hielt ihn in der behandschuhten Hand. »Du stehst am Scheidewege, David. Nur du kannst entscheiden, wie dein Leben weitergehen soll. Du bist ein erwachsener Mann.«
»Ich s-sage, die Situation hat sich geändert, Sir. M-meine Gefühle.«
Lord Kingscourt nickte einmal kurz und zog an dem Strang. Irgendwo in der Ferne hörte man die Glocke. »Gut. Dann soll es sein.« Er wandte sich ab und hinkte zurück zum Schreibtisch.
»Vater?«
»Wenn ich morgen früh aufstehe, bist du aus diesem Haus verschwunden. Und du kehrst nicht zurück.«
»V-v-v-va —«
»Deine Unterhaltszahlungen werden umgehend eingestellt. Und jetzt geh.«
»Vater, bitte —«
»*Bitte, Sir? Was gibt es noch?* Bitte gebt mir doch Geld, damit ich weiter jeder Laune nachgeben kann. Bitte zahlt mir doch dafür, dass ich durchs Land torkele wie ein Preistänzer. Meinst du, ich erfahre das nicht, junger Herr? Viele Freunde habe ich ja nicht mehr, aber ein paar bleiben mir doch, von denen ich höre, wie du mich tagein, tagaus blamierst. Na, Mister, mit dem Müßiggang auf meine Kosten ist es nun vorbei. Das schwöre ich dir beim Grab deiner Mutter.«
»Es ist doch keine Frage des Geldes, Sir —«
»Oh, ›es ist doch keine Frage des Geldes, Sir‹. Ist das so, du unverschämter Bengel? Und wie willst du diese so genannte Ehefrau unterhalten? Vom Sold eines Oberleutnants zur See?«
»Nein, Sir.«
»*Jawohl, Sir!* Nimm gefälligst Haltung an, wenn ich mit dir spreche! Nach allem, was ich von deinen Stümpereien höre, wirst du es nicht einmal zum Fregattenkapitän bringen.«
»U-um ehrlich zu sein, ich dachte, ich q-quittiere den Dienst, Sir.«
Sein Vater schnaubte. »Da wirst du doch wohl nicht das Patent meinen, das ich mit meinem schwer verdienten Geld für dich erworben habe?«

»Miss Markham hat eigene Mittel, Sir. Ihre Familie ist im Geschäftsleben erfolgreich.«

Lord Kingscourt blieb stehen. Ein ungläubiger Ausdruck kam auf sein Gesicht. »Jetzt scherzt du aber.«

»Nein, Sir.«

»Hasst du mich so sehr? Willst du mich umbringen?«

»Sir, ich bitte Euch –«

»Habe ich dich großgezogen und deine Erziehung bezahlt und dein nutzloses Leben finanziert, damit du jetzt wie ein Krämer vom Schacher lebst?«

»Ich – ich sehe das nicht so, Sir.«

»Ach. Sieh mal einer an. Wie praktisch. Wie rührend modern. Und unanständig findest du es nicht? Dass ein Mann sich von einer Frau aushalten lässt?«

»Sir.«

Lord Kingscourt streckte den Arm in Richtung Fenster. Sein Gesicht wirkte beinahe schmutzig, so schwarz war es vor Wut. *Salach* lautete das irische Wort für schmutzig, ein Wort, dessen Klang genau das ausdrückte, was es auch bedeutete. »Nicht ein einziger Mann dort draußen, nicht der Ärmste der Armen, würde im Traum daran denken, sich von seiner Frau aushalten zu lassen.« Er stellte das Glas so heftig auf dem Klavierdeckel ab, dass sein Inhalt ihm über den Handschuh schwappte. »Hast du schon einmal von Verantwortung gehört, von Pflicht, von Loyalität? Hast du auch nur einen Funken Stolz oder Ehrgefühl in dir, junger Herr?«

David Merridith sagte nichts. Die Klaviersaiten dröhnten von dem Schlag. Das Metronom war in Gang gekommen und klickte vor sich hin – ein absurder Anblick, aber Lord Kingscourt hatte es anscheinend gar nicht bemerkt.

»Dann wirst du wohl auch die Kinder stillen und ihnen den Hintern wischen, nicht wahr? Während deine Hure sich ums Geschäft kümmert.«

»Sir, Ihr seid im Moment ein wenig erregt, aber ich muss doch sagen, ich missbillige Eure Wo –«

Sein Vater sprang vor und schlug ihm mit aller Macht ins Gesicht.

»So, du missbilligst, du verfluchter Tagedieb?« Er hielt sich die Hand, offenbar schmerzte sie von dem Schlag. »Bei Gott, der Tag ist

noch nicht aufgegangen, an dem du missbilligst, und es wird auch niemals geschehen. Ich prügle dich von hier bis nach Clifden, und das binnen einer Minute, du verkommener Hund. *Hast du mich jetzt verstanden? Hast du mich verstanden, junger Herr?*«
David Merridith weinte vor Schreck.
»*Steh auf, wenn ich mit dir spreche! Sonst gehst du durch die Wand!*«
»Ich b-bitte um Entschuldigung, Vater.«
»Noch eine Träne vor meinen Augen, und du wirst heulen wie ein geprügelter Köter, du stotternder Schwachkopf.«
»Ja, Vater.«
»Wäre nicht das erste Mal. Du hast es entschieden zu leicht gehabt in deinem Leben. Immer alles, was du brauchtest, und nicht eine einzige Bedingung gestellt. Ich habe immer an dir gehangen, an meinem einzigen Sohn; jetzt sehe ich, was ich habe von meiner Hätschelei.«
Tommy Joyce, der Kammerdiener seines Vaters, war eingetreten. Mit furchtsamer Miene stand er an der Tür. Es war ihm anzusehen, dass er einiges von der Auseinandersetzung mit angehört hatte.
»Euer Lordschaft haben geläutet, Sir.«
»Packen Sie die Kleider und anderen persönlichen Besitztümer des Viscount. Er wird uns morgen beim ersten Tageslicht verlassen. Eine Adresse, an die Sie die Sachen schicken, erfahren Sie von ihm.«
Der Diener nickte zögernd und wandte sich zum Gehen.
»Warten Sie, ich habe es mir anders überlegt. Nehmen Sie jetzt gleich den Wagen und spannen Sie das Pony an. Er verlässt uns noch heute Abend, mein so genannter Sohn. Sobald sein Krempel gepackt ist.«
»Bitte um Verzeihung, Euer Lordschaft«, gab Tommy Joyce zaghaft zu bedenken, »aber es ist erbärmlich kalt draußen. Kein Wetter zum Fahren.«
»Sind Sie taub?«
»Sir, ich dachte nur –«
»Taub und aufsässig dazu, du strohdummer Tölpel?«
»Jawohl, Sir.«
»Du tust, was ich dir sage, und zwar schnell, wenn du auch nur noch eine Minute länger in meinen Diensten bleiben willst.«
»Vater, ich flehe dich an –«
»*Wage es nicht, mich noch einmal ›Vater‹ zu nennen!* Du hast in Oxford

versagt. Du hast in der Navy versagt. Bei jeder kleinen Prüfung, die das Leben für dich bereit hielt, hast du versagt. Und jetzt willst du noch ein weiteres Mal versagen und meinen Namen in den Dreck dieses Landes ziehen.«

»Vater, bitte beruhigt Euch. Denkt an Eure Gesundheit.«

»Verlasse dieses Haus, bevor ich die Peitsche hole. Du widerst mich an.«

»Vater –«

»Hinaus!«

David Merridith war gegangen. Hatte die Tür hinter sich so leise geschlossen, wie er nur konnte. Hatte sich in der Halle übergeben, während der Wagen draußen vorfuhr. Hatte sich übergeben, als sein Gepäck die Treppe hinuntergeschafft wurde. Noch einmal brüllte von der Bibliothek eine Stimme »Hinaus!«

Das letzte Wort, das zwischen Vater und Sohn fallen sollte.

XVIII. Kapitel

Der Dolmetscher

Der fünfzehnte Tag der Reise: Worin der Kapitän von einer merkwürdigen Begegnung mit einem gewissen Schiffspassagier berichtet (und ferner Überlegungen anstellt über die Torheit junger Liebender).

MONTAG, 22. NOVEMBER 1847
VERBLEIBEND ELF TAGE AUF SEE

Position: 41° 12,13′ westl. Länge; 50° 07,42′ nördl. Breite. Uhrzeit bezogen auf Greenwich: 02.10 Uhr (23. November). Bordzeit laut Schiffsuhr: 23.26 Uhr (22. November). Windrichtung & Geschwindigkeit: Ost (88°), Stärke 4. See: Aufgewühlt. Kurs: West (271°). Niederschlag & sonstige Bemerkungen: Dichtes Schneetreiben am Nachmittag. Den ganzen Tag über bleigrau verhangener Himmel. Um Viertel vor fünf wurde eine Leiche im Wasser gesichtet, 300 Yards steuerbord voraus. Geschlecht nicht zu erkennen. Verwesung sehr weit fortgeschritten, ohne untere Gliedmaßen. Reverend Deedes und einige andere sprachen im Vorüberfahren ein Gebet.

Vergangene Nacht sind sieben Passagiere verstorben und wurden heute früh den Wellen überantwortet. Ihre Namen sind ordnungsgemäß von der Liste gestrichen.

Der unerklärliche Gestank auf dem Schiff hält unvermindert an und bereitet allen großes Unbehagen. Ich habe angeordnet, dass die Decks dreimal täglich geschrubbt werden, bis er nachlässt. Leeson berichtet von ungewöhnlichen Vorgängen in den Frachträumen. Offenbar gibt es dort keine einzige Ratte mehr; dafür sind die Schädlinge jetzt in großer Zahl auf Deck zu sehen, offenbar in einem Zustand höchster Erregung. Ein Kind im Zwischendeck wurde heute von einer Ratte gebissen, und wir haben allen eingeschärft, sich fern zu halten, wenn die

Tiere auftauchen. Dr. Mangan ist außerordentlich besorgt über die zunehmende Rattenplage. Ich habe Gift auslegen lassen.

Einige berichten, sie hätten des Nachts unheimliche Schreie auf dem Schiff vernommen; eine Art Jaulen oder Wehklagen. Zweifellos die Geräusche, die wir alten Seebären von der *Stella* schon zur Genüge kennen: »John Conqueroos Seemannsgesang« – allerdings lauter und, wie es heißt, unheimlicher denn je zuvor. Offenbar haben sich einige Zwischendeckpassagiere an Reverend Deedes mit der Bitte gewandt, eine Teufelsaustreibung vorzunehmen. Er beteuerte, für solche Maßnahmen bestehe keine Veranlassung, hielt jedoch am Abend auf dem Achterdeck einen Gottesdienst ab, der sehr großen Zuspruch fand.

Die einzige Erklärung ist, dass wir ein großes Meerestier gerammt und getötet haben, möglicherweise einen riesigen Hai oder einen Wal; ein Teil der Körperflüssigkeit oder Haut dieses Tieres muss am Schiffsrumpf haften geblieben sein. Denn der Gestank weist eindeutig auf ein totes, verwesendes Tier hin. (Ich muss wohl nicht eigens erwähnen, dass mein Freund Duffy aus Haiti seine eigenen makabren Vorstellungen hat, aber ein vernünftiger Mensch sollte sich auch an der vernünftigen Welt orientieren.)

Seit einiger Zeit widme ich mich jeden Tag eine halbe Stunde lang einzelnen Passagieren, die mich sprechen wollen – natürlich nur in wirklich dringenden Angelegenheiten. (Leeson trennt die Spreu vom Weizen, denn um alle anzuhören, bliebe niemals die Zeit.) Heute Nachmittag wurde bei mir ein junges Paar aus dem Zwischendeck vorstellig und wollte getraut werden. Da sie des Englischen nicht mächtig sind, kamen sie in Begleitung des Krüppels Wm. Swales, von welchem ich zuvor schon berichtet habe. Er sollte für sie dolmetschen, was auch notwendig war, denn sonst hätte ich von dem, was sie in ihrer fremdartigen, wenn auch durchaus wohlklingenden Sprache sagten, nicht das Mindeste verstanden. Er wünschte mir einen guten Tag und sagte, er freue sich sehr über dieses Wiedersehen. Ich selbst versuchte, die jungen Leute auf Gälisch zu begrüßen – »Jee-ah gwitch« –, nicht ohne Erfolg, wie ich zu meiner Freude feststellen konnte, denn sie nickten erfreut und erwiderten meinen Gruß mit den gleichen Worten. »Gott sei gepriesen an diesem Tag«, lachte Swales milde, und wir alle sahen uns an wie Tänzer, die nur darauf warten, dass die Musik einsetzt; doch das geschah leider nicht.

Durch meinen zerlumpten Lehrmeister teilten die jungen Leute mir mit, sie hätten schon oft gehört, ein Kapitän dürfe auf See Ehen schließen. Ich antwortete ihnen (ebenfalls durch Swales), dass dies nicht der Fall ist (auch wenn es in der bei den Damen so beliebten romantischen Literatur zu lesen steht). Tatsächlich darf ich keinerlei Amtshandlungen vornehmen (mit Ausnahme von Bestattungen und der Hinrichtung von Gefangenen im Fall eines Krieges), und ich ließ sie wissen, dass sie notgedrungen warten müssten, bis wir New York erreichten; dort könnten sie bei den städtischen Behörden eine Heiratserlaubnis beantragen. (Wie Kapitän Bligh zu sagen pflegte, ist »eine Hochzeit auf See nur so lange gültig, bis man in den nächsten Hafen einläuft«.) Wie auch immer Swales es ihnen erklärte, sie sahen sehr niedergeschlagen aus, als sie es erfuhren. Was er zu ihnen sagte, klang etwa folgendermaßen: »Shay dear on budduck knock will bresh beah lefoyle.«*

Ich wollte wissen, seit wann die beiden sich schon kannten. Seit etwa zwei Wochen, antworteten sie; sie seien sich auf dem Schiff zum ersten Mal begegnet. (Er stammt von den Blasket-Inseln, sie von den Arans.) Dann fragte ich, ob sie das weise alte Sprichwort »Früh gefreit hat oft gereut« kannten, und sie bejahten; doch, wie sie durch Swales versicherten, hatten sie sich Hals über Kopf verliebt. Der junge Mann ist achtzehn Jahre alt, das Mädchen ein Jahr jünger, mit dunklen Haaren und den schönsten Augen, die ich je gesehen habe. Man konnte sich leicht vorstellen, wie der arme Junge dahingeschmolzen war; ich muss sagen, sie erinnerte mich an meine eigene Frau in jungen Jahren.

Ich teilte ihnen nochmals mit, dass ich nicht befugt sei, die gewünschte Zeremonie vorzunehmen; sie müssten sich noch elf Tage gedulden, was aber keine lange Zeit sei, schon gar nicht für ein glückliches Paar, das für immer zusammenbleiben wolle. Sie zogen mit äußerst enttäuschter Miene von dannen; Swales fragte, ob ich noch einen Augenblick Zeit für ihn hätte.

---

* Ein merkwürdiger Satz. Laut Auskunft einiger Kenner des Gälischen, darunter Kronanwalt Samuel Ferguson aus Belfast, vermutlich »*Sé deir an bodach nach bhfuil breis bia le fail.*«, was übersetzt so viel heißt wie: »Der Bursche [oder alte Narr] sagt, es gibt keine Extraration.« Das Wort »*bodach*« (gesprochen »buddock«) ist möglicherweise verwandt mit »*bod*«, einem vulgären irischen Ausdruck für die männlichen Genitalien. Diese Verwendung ist in Connemara nicht unbekannt. – GGD

Wir scherzten ein wenig über die Torheit der Jugend. Hätte ich, sagte ich, eine Guinee für jedes hübsche Mädchen, das ich nach zwei Wochen der Küsse und des jugendlichen Überschwangs hätte heiraten wollen, so wäre ich heute der reichste Mann in ganz Großbritannien. Er lachte herzlich und klopfte mir recht vertraulich auf die Schulter, was mir nicht behagte. Dann sagte er, er habe während der letzten Tage oder Nächte stets gehofft, mich an Deck zu treffen, aber trotz langem Warten sei es ihm nicht vergönnt gewesen; erst an diesem Morgen, wo sich durch einen glücklichen Zufall das junge Paar usw. Ich erklärte, ich sei unter Deck recht beschäftigt, und mein angenehmer Zeitvertreib als Kapitän des Schiffes hindere mich bisweilen daran, meiner Brotarbeit nachzugehen, welche darin bestehe, dass ich mit den Passagieren an Deck plauderte. Dennoch hoffte ich, wir hätten bald wieder Gelegenheit zu einer anregenden Unterhaltung.

Swales sprach von neuem davon, wie viel ihm an einer Anstellung bei Lord Kingscourt liege; aber es bleibe ja nicht mehr viel Zeit, die Reise neige sich schon dem Ende zu. Er fürchte, gleich nach unserer Ankunft in New York würden Lord Kingscourt und seine Familie wohl weiterreisen, und dann hätte er seine Chance verpasst.

Ich sagte, ich hätte die Angelegenheit zwei Abende zuvor zur Sprache gebracht, aber Lord Kingscourt habe keinen Bedarf, da die Familie bereits ein Dienstmädchen beschäftige. Er habe mir jedoch fünf Shilling gegeben, die ich Swales zusammen mit seinen besten Wünschen übermitteln solle. Diesen Auftrag führte ich pflichtgemäß aus. Doch der Undankbare schien nicht sonderlich erfreut über das Geschenk. Als ich ihn fragte, was um alles in der Welt er daran auszusetzen habe, antwortete er, fünf Shilling könne er nicht essen, nicht einmal tausend. Daraufhin wünschte ich ihm einen guten Tag. Ein Kapitän hat manch wichtige Aufgabe, aber er muss sich nicht auch noch darum kümmern (jedenfalls bisher nicht), dass anmaßende Dummköpfe eine Anstellung finden.

Als er davonpolterte (und andere eintraten), sagte Leeson mir noch, er habe ihm schon seit Tagen wegen einer Unterredung mit mir in den Ohren gelegen; er habe ihm erzählt, wir seien die besten Freunde etc. Ein Jammer, sagte ich, dass ich mich nicht teilen könne, sodass jeder Schwadroneur auf dem Schiff ein Exemplar von mir zur Verfügung hätte. Wie ein Wurm, meinte Leeson. (Aber ich glaube nicht, dass er mich damit beleidigen wollte.)

Später am Abend, als ich auf dem Vorderdeck unsere Position bestimmte, sah ich den jungen Bräutigam, allerdings diesmal in inniger Umarmung mit einer ganz anderen Göttin; einer hübschen kleinen Helena, von goldenen Zöpfen gekrönt. Also hatte dieser Paris von den Blasket-Inseln seine Enttäuschung bereits überwunden! Aber so ist junge Liebe. Heiß und stürmisch wie der Schirokko beim ersten Aufflammen, kühlt sie doch ebenso schnell ab oder ändert die Richtung.

XIX. Kapitel

Der Dieb

Ein ebenso lehrreicher wie abschreckender Bericht darüber, wie Pius Mulvey in einem Sumpf aus Verbrechen und Gewalt versank, sowie von den unausweichlichen Folgen solchen Handelns.

An dem Abend, an dem Pius Mulvey aus Connemara fortging, verwüstete ein Hurrikan die Westküste Irlands und fällte (wie der Londoner *Times* vom folgenden Tag zu entnehmen war) zwanzigtausend Bäume in nicht einmal sechs Stunden. Der Sturm war entsetzlich, aber den Schaden richteten die Bäume an. Sie blockierten die Straßen, ließen Flüsse über die Ufer treten, sie brachten Hütten, Katen und Kirchen zum Einsturz. Der Tornado fegte die Westküste hinauf und wieder hinunter, von den Skellig-Inseln vor der Küste von Kerry im Süden des Landes bis zur nördlichsten Spitze von Donegal. Dutzende von Brücken stürzten ein oder wurden von den Fluten fortgerissen. Zwei Männer in Sligo kamen bei einem Erdrutsch um, in Clare wurde eine Frau vom Blitz erschlagen. Ein Aristokrat aus Cashel, zu jener Zeit am New College, Oxford, schrieb in der Studentenzeitung, Irland werde nie wieder wie früher sein.

Mulvey legte die zweihundert Meilen von seiner Heimat in die große Stadt Belfast in der Grafschaft Antrim zu Fuß zurück, eine Reise, für die er fast einen Monat brauchte. Er war noch nie in einer Stadt gewesen, und schon gar nicht in einer so prächtigen und geschäftigen wie dieser. So wohlhabend, so elegant, so groß war Belfast, dass manchmal Streit darüber entbrannte, zu welcher Grafschaft es denn nun gehöre, denn ein Teil lag in Antrim, ein Teil im County Down, und beide erhoben Anspruch darauf. Der Fluss war eine solche Schönheit, dass es Lieder zu seinem Preis gab: der liebliche alte Lagan, der die Stadt in ihre zwei Hälften teilte. Die großen Granitbauten, die wie Wachen am Marktplatz standen, schienen Mulvey die reinsten Weltwunder, Paläste aus Marmor, mit herrschaftlichen Säulen geschmückt; und auch die langen Reihen von Backsteinhäusern, in denen die Arbeiterschaft der Stadt wohnte, konnte er nur mit offenem Mund bestaunen. Man bekam ein *Haus*. Man bekam *Nachbarn*. Wenn Connemara die Antarktis war, dann war Belfast Athen. So kam es Pius Mulvey vor. Die gewaltige Flagge des Empire, die auf dem Rathaus wehte, war so groß wie zu Hause der Acker seines Vaters.

Er ging hinunter zu dem geschäftigen Hafen, wo er für eine Weile Arbeit in einem Bautrupp fand, der die Hafenbecken erweiterte und vertiefte. Das war Arbeit, wie sie ihm gefiel, unkompliziert und gesund. Und anders als ein Bauer in Connemara konnte man hier sehen, was man mit seinen Mühen bezweckte. Der Rücken schmerzte, wenn ein Arbeitstag vorüber war, man spürte seine Muskeln, die Haut platzte von der Kälte auf, an den Händen bekam man Wundmale wie ein Heiliger; aber am Ende einer Woche hatte man ein hübsches Häufchen Shillinge in der Hand, und das war ein schöner Trost für die Mühen. Essen gab es überall in der Stadt, und es war nicht einmal teuer. Wer trinken wollte, fand leicht, was er suchte, und nicht den giftigen Fusel aus dem rauen Galway, sondern sanft schmeichelnde Ales und Malzwhisky, der einem das Herz wärmte.

Niemand im Hafen kümmerte sich darum, ob jemand kam oder ging. Die meisten waren selbst auf der Durchreise. Mulvey, in der bedrückenden Enge von Connemara groß geworden, empfand die Anonymität der Großstadt als Segen. Die Möglichkeit, sich einfach mit einem freundlichen Fremden zu unterhalten, mit jemandem, der nur redete, weil er sich die Zeit vertreiben wollte. Einem Gefährten, der nichts von einem erwartete und einem auch nichts aufdrängen wollte. Wahrscheinlich würde man sich nie wieder sehen, und deshalb konnte man frei reden, ohne die Furcht, dass einem daraus ein Strick gedreht würde. Es stand einem auch frei, sich überhaupt nicht zu unterhalten, aber wenigstens konnte man es sich aussuchen, anders als der, der in einer Berghütte in Galway hauste. Die wunderbare Stille, die spätnachts in der Stadt herrschte. Durch die Straßen der schlafenden Metropole zu ziehen, dem Echo der Schritte auf dem schwarzen, feuchten Pflaster zu lauschen, durch die Lücke am Ende einer Häuserzeile einen Blick auf die fernen mondbeschienenen Hügel zu erhaschen, bevor er dann mit einer Flasche in der Hand ins Hafenviertel zurückkehrte, das schien für Pius Mulvey ein Leben im Paradies.

Seine Mutter war als Mädchen einmal für vierzehn Tage in Dublin gewesen. Stets hatte sie von den Sitten in der Stadt nur abfällig gesprochen; mahnend hatte sie gesagt, an einem solchen Ort, da sei man wahrlich man selbst. Aber nun hatte Pius Mulvey eher das Gefühl, dass er sich aussuchen konnte, wer er sein wollte: dass die Stadt wie ein frisches Blatt Papier war, auf dem man seine Vergangenheit neu entwerfen konnte. »Palimpsest« war das Wort dafür: etwas, das man an der Stelle schrieb, an der man das, was vorher dort stand, ausgekratzt hatte. Belfast, das war für ihn Palimpsestia, Grafschaft Antrim. Kein Grund, immer nur er selbst zu sein. Und es sollte nicht lange dauern, bis er in Palimpsestia erfuhr, dass es sich auszahlte, jemand anderer zu sein.

Er gewöhnte sich an, unter falschem Namen zu leben. Ein wohlmeinender Protestant, mit dem er das Quartier teilte, hatte ihn diskret auf ein paar Spielregeln aufmerksam gemacht. Belfast sei eine Stadt im Wandel. Die Leute redeten den »alten Unsinn«. Er für seinen Teil wolle mit dem Glaubensstreit nichts zu tun haben, so habe er es immer gehalten. Der Glaube eines Menschen gehe nur ihn etwas an, und wenn alle sich daran hielten, dann wäre die Welt ein weitaus glücklicherer Ort. Aber wenn man Katholik sei, müsse man sich vorsehen. In manche Teile der Stadt sollte man sich besser nicht wagen, wenn man einen so verräterischen Vornamen wie Pius hatte.

Eine Zeit lang gab er sich als sein eigener Bruder aus, Nicholas Mulvey; aber das schien ihm unanständig, ein gar zu schwerer Diebstahl. Und »Mulvey« klang auch für sich allein für die meisten Arbeitgeber zu irisch, zu papistisch. Die Suche nach dem richtigen Namen war weit schwieriger, als er gedacht hatte. Als John Adams belud er fast vier Monate lang Schiffe, als Ivan Holland war er Gehilfe bei einem Viehhändler, als Billy Ruttledge Matrose auf einem Hafenschlepper. Das Leben im Hafen war so bunt, dass die häufigen Namenswechsel niemandem auffielen.

Als William Cook wurde er Gehilfe eines gottesfürchtigen Schauermanns, der auch Mulvey zu bekehren suchte. Dieser hatte so wenig Interesse daran, Jesus zu finden, wie Jesus – hoffte er – daran, ihn zu entdecken. Aber er hörte gern seinem Meister zu, er liebte die Poesie, mit der er sprach. Tanzen war »die Unzucht auf Beinen«, Whisky und Porterbier »des Teufels Buttermilch«. Leute starben nicht, sie »kehrten heim«, und Papst Pius war »Käpt'n Rothut« oder »Johnny Langstrumpf«.

Er sei reformierter Protestant, erklärte der Schauermann, und vertraue auf die Kraft der Heiligen Schrift. Dass sich der Geist Gottes darin offenbare, mochte Mulvey nicht recht glauben. Aber wenn es einem die Kraft gab, so über seinen Glauben zu reden, dann konnte es keine schlechte Sache sein. In einem Zelt in Lisburn ließ er sich zum evangelischen Christen taufen, und auf dem Heimweg ging er noch am selben Abend, die Kleider noch feucht von der Taufe, in Derriaghy zur Messe. Doch weder Weihrauch noch die Wasser der Wiedertäufer ließen ihn in Zungen reden; aber, wie sein Vater immer gesagt hatte, wenn er ein paar Gläschen getrunken hatte, von Gott, da sollte man keine Wunder erwarten.

Nach einer Weile war Mulvey des Hafenlebens überdrüssig, des ewigen Misstrauens, das unter den Männern herrschte, und beschloss, sein Glück anderswo zu versuchen. Als Daniel Monaghan heuerte er auf einem Viehtransporter an, der hinüber nach Glasgow fuhr. Enttäuscht kehrte Gabriel Elliott im folgenden Monat zurück, denn in der verarmten Stadt hatte er nirgends Arbeit finden können, und die Spannungen, die unter der Oberfläche zu spüren waren, waren nicht anders gewesen als in Belfast.

Inzwischen war er der körperlichen Arbeit überdrüssig und machte sich Gedanken, wie er mit anderen Mitteln für seinen Lebensunterhalt sorgen konnte. Er zog abends durch die Hafenkneipen und sang die Ballade, die er gedichtet hatte. Er lernte bald, sie den Bedürfnissen seines Publikums anzupassen. Waren die Betrunkenen Protestanten, machte er aus dem abgewiesenen Sergeant einen nichtsnutzigen irischen Katholiken, der um ein Almosen bettelte; waren sie katholisch, so war der Versucher ein Pfarrer, der mit der Bibel winkte und die hungernden Gläubigen zur Bekehrung verführen wollte. Er wusste, dass sie irgendwann dahinter kommen würden, dass er im Grunde dasselbe Lied für beide Fraktionen sang, und als es geschah, taten sie sich in seltener Eintracht zusammen, prügelten ihn grün und blau und warfen ihn aus der Stadt.

Als er wieder zu sich kam, lag er unter der Plane eines Kohlenschiffs, die Taschen leer, die Kleider zerrissen. Die Männer redeten in einer fremden Sprache, seltsam kehligen Lauten, die er zunächst für Spanisch hielt. Er brauchte eine ganze Weile, bis ihm aufging, dass es doch Englisch war, nur mit einem sehr merkwürdigen Akzent. Das *h* am

Wortanfang ließen sie aus, dafür zogen sie die Worte in einem Singsang in die Länge. Aus dem Norden vielleicht. Nachkommen der Wikinger. Oder womöglich Amerikaner. Amerikaner waren für ihre prahlerische Art bekannt, zu denen würde die Sprache passen. Aber das konnte nicht sein, denn als der Käpt'n trank, erhob er sein Glas auf den König. Und dann ging ihm auf, wer diese seltsamen Gestalten waren. Das waren die Cockneys, von denen Mulvey schon so viel gehört hatte, die Leute aus dem Londoner East End, die eine so merkwürdige Art zu reden hatten, dass man die Sprache nach ihnen benannt hatte.

Er blieb noch einen weiteren Tag in seinem Versteck und kroch erst hervor, als Land in Sicht war. Die Männer schienen sich über sein Auftauchen zu freuen, sie begrüßten ihn mit großem Hallo, keiner schlug ihn oder trat ihn oder wollte ihn ins Wasser werfen, und mindestens eines von den dreien hätte er erwartet. Stattdessen gaben sie ihm zu essen und zu trinken, klopften ihm auf die Schulter, erklärten, dass er ein »guter Kerl« sei. Alle nannten ihn »Freund« oder »Kumpel«, und es schien, dass sie leicht Zutrauen fassten. Dem Reisenden erklärten sie genauestens, wo er war, nannten die Namen der fremden Gegenden, die er in der Ferne sah. Foulness Island. Southend-on-Sea. Das Dorf Rochford, vor dessen Bewohnern man sich in Acht nehmen musste. Basildon, Essex, altes Stammesgebiet.

Das sagenhafte Sheerness. Die Insel Sheppey. Sie liefen in die Themsemündung ein, an Purfleet und Dagenham vorbei, Woolwich und Greenwich, der Isle of Dogs, Deptford und Limehouse, Stepney und Shadwell, durch den fahlen Nebel, der in Schwaden die Docks entlangzog. Und dann teilte sich der Nebel wie der Vorhang eines gewaltigen Theaters, und vor ihm lag London, die Stadt aller Städte. Majestätisch im Morgenlicht, geradezu biblisch in ihrer Größe, und doch trotz ihrer Millionen von glitzernden Lichtern einsam wie eine alternde Primadonna in geborgtem Schmuck. Mulvey war sprachlos. Die Herkunft der Diva mochte nicht die feinste sein, aber sie hatte ihn auf Anhieb erobert.

Das Schiff zog seine Bahn, tiefer in die Docks hinein, an Wapping und Pennington vorbei nach St.-George-in-the-East. Das Wasser des Flusses schimmerte wie gehämmertes Gold, und die Kuppel von St. Paul's war wie ein kupferner Croagh Patrick, der heilige Berg der Iren. Das Schiff machte am Kai fest, und seine Retter sagten ihm Lebewohl. Er kletterte von Bord und taumelte davon. Die Seeleute, die mit ihren wartenden Frauen darüber lachten, hielten es für Seekrankheit. Aber da täuschten sie sich. Der Reisende war trunken vor Liebe. Und er wollte nie wieder nüchtern werden.

Zwei kleine Schmutzfinken spielten am Kai ein Würfelspiel und sangen dazu ein Lied über einen unerschrockenen Wegelagerer.

Freddie Hall, so nennt man mich
Alle Welt beraube ich;
Doch einst kommt das Strafgericht,
Eines Tags, eines Tags.

Pius Mulvey machte das Zeichen des Kreuzes. Nie wieder würde er sich taufen lassen.

Zwei Jahre lang lebte Frederick Hall im East End und verdiente sich seinen Unterhalt mit Raub und Betrug. Es war leichter als das Singen und weitaus einträglicher, und wenn man es vernünftig genug anstellte, war auch die Gefahr, dass man verprügelt wurde, weniger groß. Spätabends kamen feine Herren in dieses Viertel, auf der Suche nach Mädchen, und sie waren dermaßen leichte Beute, dass Mulvey sein Glück kaum fassen konnte. Trat man aus einer dunklen Gasse und drohte, man habe eine Pistole, so überließ das Opfer einem die Brieftasche fast ohne ein Wort. Holte man einen Knüppel hervor, dann taten die Herren, was man wollte. Und wenn man sich von hinten heranschlich, wenn einer von ihnen eben aus der Tür des Freudenhauses trat – wenn er sich noch den Hosenschlitz zuknöpfte und eben dachte, dass er wieder davongekommen war – und genau in diesem Augenblick sagte: »Ich weiß, wo Ihr wohnt, Herr, ich werde es Eurer Frau verraten«, bettelten die Burschen geradezu darum, dass man nahm, was sie bei sich hatten, und bedankten sich auch noch dafür.

Bald machte Mulvey eine interessante Entdeckung: Die bequemste Art, zu Geld zu kommen, war, es einfach zu verlangen. Er suchte sich auf der Straße einen Herrn aus, dem ein wenig unbehaglich schien – ein Neuling vielleicht, der sich in der Etikette des East End noch nicht auskannte, ein armer alter Trottel, der so geil war, dass man es durch seine Savile-Row-Hosen sah. Mulvey kam dann herangeschlendert mit dem gewinnendsten Lächeln, das er aufsetzen konnte, und hielt den Arm wie ein Oberkellner, der einen Gast zum Tisch geleitet. »Ich habe eine süße kleine Freundin gleich um die Ecke, Sir. Ein hübsches Ding; Brüste wie Pfirsiche. Soll ich sie für Sie holen, Sir? Ihre Wohnung ist ganz in der Nähe. Sehr diskret. Sie tut alles, was Sie von ihr wünschen.« Manchmal zögerte der Angesprochene ängstlich, und Mulvey wiederholte dann leise: »Alles.« Mit feuchter Hand überreichte der Gentleman ihm einige Münzen, und Mulvey dankte ihm und begab sich unverzüglich in die nächste Schänke, denn er konnte sicher sein, dass ein feiner Pinkel ihm dort hinein nicht folgen würde. Und sollte es doch geschehen, würde ein solcher Mann nie vor den Ohren anderer die Hure fordern, die er ihm versprochen hatte. Kein Gentleman jedenfalls. Ein Gentleman musste sich an die Regeln halten. Diese Regeln konnte man sich zunutze machen – das war das Geheimnis, von dem ganz London lebte. Ob einer, der neu in die Stadt kam, Erfolg hatte oder zugrunde ging, das hing davon ab, ob er hinter dieses Geheimnis kam, und kaum einer verstand es so gut wie Frederick Hall.

Er liebte die Stadt London, wie andere Menschen ihren Gefährten lieben. Die Bewohner fand er anständig, aufrichtig, tolerant; gesprächig, wenn sie nüchtern waren, außerordentlich großzügig, wenn betrunken; weitaus freundlicher gegenüber Fremden, als man ihm immer erzählt hatte. Dass diese Freundlichkeit ihnen leicht fiel, lag wohl daran, dass im Grunde die meisten von ihnen Fremde waren und wussten, dass man sie jederzeit auch wieder davonjagen konnte. Wer durch die Straßen von Whitechapel ging, der machte eine Reise um die ganze Welt. Juden mit schwarzen Schläfenlocken und Bärten und Käppchen, dunkeläugige Frauen in prachtvollen Saris, Chinesen mit Zöpfen oder spitzen Hüten, Arbeiter, deren Haut so schwarz war, dass sie in manchem Licht blau schien wie der Atlantik bei Sonnenaufgang. In solchen Augenblicken fand er, dass es keinen besseren Ausdruck für einen Schwarzen gab als den irischen: *fear gorm*, ein blauer Mann.

Über den krummen Balken der Mansarde, in der er hauste, konnte er durch die Löcher im Dach die Sterne sehen, und er zählte sie und lauschte dabei der Vielzahl von Lauten, die von der Straße heraufkamen. Wenn er nicht schlafen konnte – was oft vorkam –, saß er in seiner zerschlissenen Unterwäsche am Fenster und sah den Seeleuten zu, die von den Docks heraufkamen; wie sie in die Kneipen und Bordelle gingen, in die Varietés und Kuriositätenkabinette. Manchmal ging er hinaus und mischte sich unter sie, aus dem einzigen Grunde, dass er unter Menschen sein wollte. Von ihnen gedrängt, angerempelt werden; nicht allein sein. Marokkaner im Turban, Inder mit Gesichtern wie Teakholz, stattliche Texaner, so orangerot von der Sonne verbrannt, dass Mulvey, als er das erste Mal einen sah, glaubte, der arme Kerl habe die Gelbsucht. Franzosen, Holländer; Spanier, die nach Gewürzen rochen. Weinhändler aus Burgund. Artisten aus Rom. Einmal hatte er von seinem Ausguck im siebten Stock einen Trupp Opernsänger gesehen; wie ein Festzug kamen sie Tobacco Wharf herunter und zogen ins East End. Sie sangen Chore aus dem *Messias* und segneten übermütig die jubelnden Leute am Straßenrand. Voller Staunen blickte Mulvey aus der Schwindel erregenden Höhe zu ihnen hinunter und sang die Verse nach wie ein befreiter Sklave.

Herr der Herrn!
Der Welten Gott!
Und Er regiert auf immer und ewig!

Was er am meisten von allem liebte, das waren die Sprachen von London, der vielzüngige Lärm der Stadt im Gespräch mit sich selbst. Dass man Italienisch oder gar Arabisch hörte, war keine Seltenheit, Portugiesisch und Russisch, Shelta und Romani, die wunderbar melancholischen Gesänge, die am Freitag zu Sonnenuntergang aus den Synagogen drangen. Manchmal hörte er Sprachen, von denen er nicht einmal den Namen wusste, Sprachen so seltsam und undurchdringlich, dass man gar nicht glauben mochte, dass es wirklich Sprachen waren, dass es auch nur zwei Menschen auf der Welt gab, die sich darin verständigen konnten. Pidginenglisch, die Reimsprache der Ladenjungen, die Zinken, die Ganoven an die Wände malten, die Formeln der Buchmacher und Falschspieler, das träge Patois der grazilen Jamaikaner und der Singsang der Waliser und Kreolen. Sie borgten voneinander, wie Kinder Murmeln tauschten, eine mächtige Lingua franca, die jeder sprechen konnte. Es war, als strömten die Massen aus dem Turm zu Babel auf die stinkenden Straßen von Whitechapel. Mulvey kam aus einer Gegend, wo das Schweigen so allgegenwärtig war wie der Regen; aber nie wieder mehr würde er darunter leiden müssen.

Die Cockneysprache war unglaublich bunt. Draufgängerische Worte, die sie vor sich hertrugen wie zerzauste Banner. Er konnte stundenlang zuhören, wenn sie auf ihren Märkten miteinander schwatzten, wenn sie über den Jahrmarkt am Paternoster Square bummelten. Wie wünschte er sich, dass auch er so lebendig reden könnte, so witzig. Am Abend übte er es, immer und immer wieder, nahm sich Bekanntes vor und dichtete es in ihrer Sprache nach.

Hör mal Alter, da oben im Himmel,
Auf dich lass ich nix kommen,
Du bist der Boss hier.
Was du sagst passiert.
Da oben bei dir und bei uns hier unten.
Aber gib uns was zwischen die Zähne
Und sei nicht so zickig,
Wir drücken ja auch mal 'n Auge zu.
Und bring uns bloß nicht auf dumme Gedanken.
Hol uns raus aus dem Dreck hier,
Denn du bist der Größte und der Stärkste und der Schönste,
Und so soll's auch bleiben.
Amen!

Das Argot der Verbrecher wurde seine liebste Beschäftigung. Die Engländer hatten so viele Wörter für das Stehlen wie die Iren für Seetang oder Sünde. Streng, systematisch, vor allem aber mit Poesie hatten sie die Sprache des Diebstahls inventarisiert, hatten Klassen und Unterklassen geschaffen wie ein verstaubter alter Professor, der den Schmetterlingen Namen gab. Jede Art, das Eigentum anderer an sich zu bringen, hatte seinen eigenen Namen, und viele Arten, von denen er noch nie gehört hatte, malte er sich allein nach dem Klang der Worte aus. Abgaunern, ablotsen, abluchsen, abstauben, abziehen, abzweigen, anschmieren, aufs Kreuz legen, beiseite schaffen, bescheißen, einsacken, filzen, fleddern, für dumm verkaufen, grapsen, in die Kasse greifen, kapern, klauen, klemmen, krallen, lange Finger machen, leimen, mausen, mopsen, neppen, organisieren, prellen, stibitzen, stripsen, tricksen, über den Tisch ziehen, überfahren, übers Ohr hauen, verschaukeln. Der Diebstahl in London war elegant wie ein Tanz, und Mulvey tanzte durch die Stadt wie ein Fürst.

Im Anfang war das Wort, und das Wort war Gott. Er liebte diese Worte, ihre prickelnde Pracht: die Majestät ihrer Musik, wenn er sie im Connemara-Akzent sprach. Er stahl ein Notizbuch und machte sich daran, sie aufzuschreiben. Als das Buch voll war, stahl er ein zweites, größeres. Wie das Wörterbuch seiner Kindheit studierte er es tagein, tagaus. Es war seine Bibel, seine Enzyklopädie, sein Pass und sein Kopfkissen.

Er ging durch die lärmende Stadt wie Adam durch den Garten Eden, streckte dankbar die Hände aus und pflückte Frucht um Frucht. Aber er hütete sich vor der nahe liegenden Sünde, vor der Habsucht, die einen aus dem Paradies vertrieb und geradewegs ins Gefängnis Newgate beförderte. Er stahl, was er brauchte – doch niemals mehr. Gier war gefährlich, und es gab keinen Grund dazu.

Und er stahl mit Begeisterung. Es machte ihn glücklich. Das Stehlen verschaffte ihm, was er sonst, wenn er nicht gerade sang, nie gekannt hatte: das erhebende Gefühl, dass er etwas konnte, dass er zu etwas fähig war. Wer vom Diebstahl lebte, der lebte von seinem Verstand, er war ein Unternehmer, der in der Gasse und auf dem Markt dem freien Handel nachging.

Er warf sich in Schale wie die East-End-Dandys, legte sich die scharlachrote Weste, die Krawatten und Gamaschen, den Gehrock mit Samtkragen, die Hosen mit Umschlag zu – die Uniform, die alle Welt wissen ließ, dass sie einen Gauner vor sich hatte, vor dem man sich besser in Acht nahm. Das eine, was er stets kaufte und nicht stahl, waren seine Kleider. Wenn man sie stahl, konnte man nie sicher sein, dass sie auch wirklich gut waren. Die Rechnungen seines kleinen jüdischen Schneiders waren höher als ein halbes Jahr Pacht in Connemara. »Schmutter« war das jiddische Wort für schicke Kleider, und ein »Schmock« (wörtlich: ein Penis) war ein Mann, der Schlechteres trug. Für Pius Mulvey waren seine Tage als Schmock vorüber. Ein Räuber im East End, das war keiner, der sich verschämt in die Ecken drückte, sondern es war jemand, der den jungen Leuten als Vorbild präsentiert wurde, als jemand, der seine Chance ergriffen hatte. In London waren es die Kriminellen, über die man Balladen dichtete, die Straßenräuber und Beutelschneider und Einbrecher, deren Spur sich durch die Stadt zog wie eine Goldader durch einen Misthaufen. Die Leute erzählten von ihnen mit der Ehrfurcht, mit der man anderswo von Heiligen sprach. Sally die Schwindlerin. Langfinger-Charlie. Der Hehler Ikey Solomons, der im Jahr '31 aus Newgate entwischt war. Sie kleideten sich, als wollten sie jene, die über sie herrschten, parodieren. *Nehmt euch in Acht*, schien ihre Aufmachung zu sagen. Eines Tages ziehen wir euch die Kleider aus und schlüpfen selbst hinein. Der Tag wird kommen, da hat der Kaiser keine Kleider mehr. Wir werden an eure Stelle treten. Und ihr an unsere. Und wenn ihr an unserer Stelle wärt, würdet ihr auch nur fünf Minuten überstehen?

Selbst in den Niederlagen bewiesen sie Stil. Sie fuhren in silbernen Kutschen zum Galgen, gezogen von sechzehn Hengsten, versorgt von ganzen Armeen livrierter Diener, umschwärmt von weinenden Frauen in juwelenbesetzten Kleidern. Wichtig war nicht, dass man sterben sollte, sondern dass man es mit Würde tat, ungebrochen und stolz. Ein solcher Abgang brauchte Sinn für Dramatik, und darin hatten die meisten von ihnen sich über Jahre geübt. Das erste Mal, dass Pius Mulvey zu einer Hinrichtung ging, beneidete er den, der da am Galgen baumelte, denn als er zum Schafott hinaufstieg, hatte er einen Arm voll Rosen in die Menge geworfen wie ein Schauspieler ins Publikum. Eine Hand in die Hüfte gestemmt, die andere ans Ohr gelegt – als könne er den tosenden Applaus nicht recht hören und werde es sich überlegen, ob er noch einmal dort auftrat, wenn die Zuschauer sich nicht ins Zeug legten.

Während er sich aus den Taschen der tobenden Massen ringsum bediente, schwor Frederick Hall sich, dass ihn eines Tages die Mengen genauso lieben würden wie die stolze Leiche dort oben.

Wenn er der Leichtigkeit des Stehlens überdrüssig wurde, versuchte er sein Glück als Straßensänger. Er sang die alten Lieder aus Galway, aber anscheinend mochten die Londoner sie nicht. Sie verdarben ihnen die Laune oder beunruhigten sie, und jemanden, der ihnen Kummer oder Sorgen machte, wollten sie nicht auch noch bezahlen. Finstere Lieder kamen nicht gut an in Whitechapel. Vielleicht war es auch ohne Lieder dort finster genug.

Er überlegte, was sich mit dem Lied machen ließ, das er selbst geschrieben hatte, dem Lied über den Werbeoffizier in Connemara. Natürlich konnte man es nicht in seiner originalen Form singen, aber wenn man dem Sergeant eine andere Uniform anzog oder es sonst ein wenig verkleidete, dann brachte es seinem Schöpfer vielleicht immer noch ein Abendessen ein. Ein paar Nächte lang arbeitete er an dem Text, brachte ein paar Straßennamen unter, zierte es mit ein paar Cockneyworten, merzte alles aus, was zu bedrohlich oder zu irisch klang. Alles neu machen wollte er nicht. Er schneiderte die Lumpen aus Galway um zu East-End-Prunk. Am Morgen, an dem er alles wieder zusammengenäht hatte, eilte er zum Markt von Bethnal Green und sang es vierzehn Mal hintereinander, im lokalen Idiom, das er nun fast beherrschte. »Verfluchter Cockney«, murmelte ein Konstabler im Vorübergehen. Für Frederick Hall war es das schönste Kompliment.

Mein Kumpel und ich war'n drüben am Strand,
Da kommt so'n Major mit 'nem Schwert in der Hand.
Schwadroniert von Soldaten im roten Gewand,
Schwätzt von Ruhm und von goldnen Dukaten.

Er sagt: He da, Jungen, warum schlagt ihr nicht ein?
Ihr kriegt Geld und die Uniform noch obendrein,
Und die Mädels die sagen dann nie wieder nein,
Denn die lieben des Königs Soldaten.

Doch wir riefen: Hau ab, Mann, und lass uns in Ruh.
Wir Jungs aus Piccadilly brauchen keinen wie du.
Wir vertrödeln den Tag und die Nacht noch dazu
Was soll'n wir bei des Königs Soldaten?

Aus der Dean Street die Mädels und vom Leicester Square,
Die fackeln nicht lang, und was wollen wir mehr?
Du schleppst uns nach Irland und eh wir uns versehn,
Sind wir mausetot und begraben.

Drum bleiben wir hier, und du mach dich davon.
Denn hier an der Themse zwischen Richmond und Bow,
Da gehören wir hin, und nicht anderswo,
Da kannst du noch lange salbadern.

Eines Abends in Limehouse, als er gerade wieder mit einer Darbietung zu Ende gekommen war, näherte sich ihm ein Herr in Frack und Zylinder mit einem geradezu Angst einflößenden Bart und fragte höflich, ob er ihn sprechen könne. Mulvey hatte ihn schon häufiger im Viertel gesehen, wie er verstohlen wie ein Einbrecher durch die mitternächtlichen Gassen schlich. Ein- oder zweimal hatte er sogar schon überlegt, ob er ihn nicht überfallen sollte, denn er schien sich nie so ganz wohl zu fühlen in Whitechapel. Er heiße Dickens, erklärte der Gentleman, aber für seine Freunde sei er Charlie oder Chaz. Eine Lüge, das spürte Mulvey sofort. Dieses Milchgesicht hatte nie im Leben jemand Chaz genannt, höchstens in seinen eigenen Träumen und Phantasien.

Charlie oder Chaz oder Charles oder Dickens schrieb Geschichten für die Zeitungen. Er interessiere sich sehr für das Leben der Arbeiterschaft, sagte er, für die Lieder und Redensarten der arbeitenden Klassen von London. Alles was echt sei interessiere ihn, und Mulveys Lied habe ihn beeindruckt. War es ein altes Lied?, wollte er wissen. Wo hatte Mulvey es gelernt? Es lag etwas Erwartungsvolles in diesen Fragen, und Mulvey spürte, was für eine Möglichkeit sich hier bot; eine Möglichkeit, die ihm eine ehrliche Antwort gewiss sogleich wieder verbaut hätte.

Er sei zu hungrig für eine Unterhaltung, hatte er Charlie gestanden, und der Schriftsteller hatte ihn in ein Esslokal auf der anderen Straßenseite geführt und ein Abendessen bestellt, von dem eine ganze Bischofssynode satt geworden wäre. Sie aßen und tranken, und Mulvey erzählte ihm von dem Lied. Er habe es von einem alten Taschendieb in Holborn gelernt, log er, einem Juden, der eine Schule für junge Diebe und Straßenkinder betreibe. Es sei uralt und zweifellos sehr authentisch. Charlie war begeistert; er schrieb sich alles auf, was Mulvey sagte, und je schneller er schrieb, desto schneller kamen die Lügen. Mulvey konnte selbst nur staunen, wie begabt er im Lügen war. Nach einer Weile glaubte er beinahe selbst daran, so lebendig malte er alles aus, den hämischen, hinterlistigen Israeliten, seine verschlagenen kleinen Schützlinge und die Freudenmädchen mit Herz, die sie unter ihre Fittiche nahmen. Als ihm die Inspiration ausging, flocht er Szenen aus den Balladen Connemaras ein: das unschuldige Kind, das der hartherzige Aristokrat verführte, das leichte Mädchen, das seinen

Liebhaber erwürgte, das arme kleine Ding, das ins Arbeitshaus musste. Es war, als hätte er unter diesen Phantasiegestalten gelebt, als sei er selbst eine Figur in dem Roman geworden, den er erzählte. Nicht lange, und Charlie fragte, ob er sich den Text des Liedes aufschreiben dürfe. Er wolle es gern noch einmal für ihn singen, antwortete Mulvey, wenn nur seine Kehle nicht so trocken wäre. Eilig wurde ein Krug Ale bestellt, und Mulvey sang seine Verse noch zweimal hintereinander. Charlie wollte ihn übers Ohr hauen, aber das machte nichts. Schließlich bekam Charlie ja auch sein Fett weg. Es war ein Lied, mit dem einer den anderen betrog. Offenbar ließ sich davon leben, dass man das Echte fabrizierte.

»Und sein Name?«, fragte Dickens. »Der Jude, wie hieß er?«

Eine hässliche Fratze erschien vor Mulveys innerem Auge, ein groteskes Gesicht wie die Wasserspeier an einer Kathedrale. Der widerlichste alte Judenhasser, der ihm je begegnet war. Der Priester von Derryclare. Der Dieb, der ihm seinen Bruder gestohlen hatte. Endlich hatte er eine Gelegenheit, sich zu rächen. Er würde aus dem alten Bastard genau das machen, was er am meisten hasste auf der Welt.

»Fagan«, sagte er.

Charles Dickens lächelte.

»Ich glaube, Sie haben mir genug erzählt.«

XX. Kapitel

Der Pechvogel

Worin der Bericht über die Schandtaten des Pius Mulvey fortgesetzt wird, aber auch eine jähe Wendung eintritt.

In einer erbarmungslos heißen Nacht im Juli 1837 brannte das Mietshaus, in dem er Quartier gefunden hatte, nieder (von seinem Besitzer in Brand gesetzt), und Frederick Hall beschloss, südlich des Flusses in einem anderen Stadtteil sein Glück zu versuchen. Eine Zeit lang blieb er in Southwark, jedoch ohne viel Erfolg; die Menschen dort waren argwöhnisch und besaßen ohnehin nichts, was man hätte stehlen können. Greenwich erwies sich ebenfalls als Fehlschlag. Dort gab es zu viele Soldaten und Polizisten. In Lambeth lernte er einen Gauner und Taschendieb aus Glasgow mit Namen Right McKnight kennen (zumindest nannte er sich so); dieser hatte aus einer Wäscherei in Ealing den Talar eines Pfarrers gestohlen und suchte einen Partner, mit dessen Hilfe er seine Beute gewinnbringend einsetzen konnte.

»Abzocken« nannte er das, was er vorhatte, die widerrechtliche Aneignung von Geld unter Vorspiegelung falscher Tatsachen, in der Regel unter Mithilfe eines verkleideten Komplizen. Das Wort war eine gute Ergänzung zu Mulveys Wörterbuch, und umso mehr wuchs seine Bewunderung für die Bewohner von Britannien. Wie konnte eine Sprache, die etwas auf sich hielt, ohne dieses Wort auskommen?

Mulvey färbte sich alle sichtbaren Körperpartien mit schwarzer Schuhcreme und hüllte sich in einen Umhang aus altem Sackleinen. Solcherart als »bekehrter Afrikaner« maskiert, trat er in Begleitung seines Bekehrers, des Reverend McKnight, an die Öffentlichkeit, rollte mächtig mit den Augen, bestürmte die gebannt dreinblickenden Zuschauer und stieß einen schier endlosen Strom von gälischen Wörtern aus. McKnight brüllte und erhob die Hand gen Himmel, er fuchtelte mit seinem Kruzifix und rollte das R in imposanter Weise: *»Hörret die Rreden dieses Heiden, liebe Brrüder und Schwesterrn. Wahrrlich, ich sage euch, dies ist die Sprrache der Hölle. Kommt herrbei und spendet fürr* *die Bekehrrung seiner Stammesgenossen, die sich noch heute im Sumpfe des Götzendiensts suhlen.*« Das Publikum hatte natürlich keine Ahnung, dass es sich bei dem unverständlichen Zeug, das der vermeintliche Heide von sich gab, entweder um den Rosenkranz (genauer gesagt den Schmerzhaften Rosenkranz mit seinen fünf Geheimnissen) oder um eine Aufzählung von Dorfnamen aus der Grafschaft Limerick handelte, einer Region, für deren Bewohner er nie besonders viel übrig gehabt hatte.

Auf dem Höhepunkt der Vorstellung wurde Mulvey der unzivilisierte Wilde aufgefordert, in herzzerreißender Ehrfurcht auf die Knie zu sinken und ausgiebig »ein heidnisches Götzenbild« zu bespucken. (In Wirklichkeit war es eine kleine Porzellanstatue des belgischen Königs Leopold, die der Schotte aus einem Trödelladen in der Charing Cross Road entwendet und eigenhändig mit einem Löffel enthauptet hatte.) Ein Kuss auf das Kruzifix und ein weiterer ohrenbetäubender Ausbruch in volltönendem Irisch ließ auch den letzten Zweifler zum Geldbeutel greifen. Die Zuschauer wussten sehr wohl, dass er kein Schwarzer war. Doch was immer er sein mochte, er war eindeutig ein Wilder.

Mit diesem Trick nahmen sie fünf bis zehn Pfund pro Tag ein, so viel wie ein einfacher Arbeiter in sechs Monaten verdiente. Der Schotte gab seinen Anteil überwiegend für Alkohol und Huren aus, Mulvey hingegen bezahlte davon seine Kleider. Alkohol reizte ihn nicht, und fürs Bordell hatte er sich noch nie interessiert. Ihm ging es im Grunde immer nur um das Überleben, um Geld für Kleidung und um neue Wörter für sein Wörterbuch.

Von Zeit zu Zeit, wenn er ein paar Pfund übrig hatte – was recht oft vorkam, denn er war genügsam –, schickte er sie an Mary Duane in Carna. Aber er schrieb ihr nie. Er hatte nichts zu schreiben. Er wusste einfach nicht, was er ihr hätte sagen können.

McKnight trank sich schließlich um den Verstand und kam ins Irrenhaus Bethlehem, und Mulvey musste allein weitermachen. Das störte ihn nicht. Es war Zeit für etwas Neues. Er hatte die Schotten immer gemocht, denn sie waren belesen und nachdenklich, genau wie er, aber McKnight zählte nicht zu den feingeistigen Vertretern dieser Nation: Im nüchternen Zustand war er ein langweiliger Mensch, und wenn er getrunken hatte, wurde er unberechenbar und gewalttätig. Mulvey hatte oft den Verdacht, dass er ihn insgeheim betrog.

Er trat jetzt allein auf, jeden Tag mit einem neuen Stück, und das Straßenpflaster war seine Bühne. Er war stolz auf sein großes Repertoire und seine grenzenlose Energie, seine Fähigkeit, ohne Partner und ohne Requisiten auszukommen. Morgen für Morgen trat er hinaus auf die Straße, ein Spieler in einem Land voller Möglichkeiten, bewaffnet mit nichts als seiner Phantasie. Mal war er ein verarmter Matrose, der gegen die Franzosen gekämpft hatte, mal ein unglücklicher Witwer mit sieben hungrigen Kindern, ein Bergmann, der eine verheerende Explosion überlebt hatte, ein Mann, der einst einen Blumenladen in Chelsea besessen hatte, bis ihn sein niederträchtiger Partner skrupellos hinterging. Seine Erzählungen rührten die Frauen zu Tränen. Männer drängten ihm ihre letzten Pennys auf. Oft waren seine Geschichten so überzeugend, dass er selbst zu weinen begann.

Die anderen professionellen Pechvögel in der Gegend warfen ihm vor, er sei unersättlich und lasse ihnen keine Chance. Als er ihre Vorschläge zur Regulierung des Marktes ablehnte, »verpfiff« ihn ein Neider bei der Polizei. Der Richter war weniger leicht zu beeindrucken als Mulvey es von seinem Publikum sonst gewohnt war und verurteilte Frederick Hall wegen betrügerischer Machenschaften zu sieben Jahren Zwangsarbeit in Newgate. Bevor er das Gefängnis betrat, wurde er splitternackt ausgezogen und gründlich durchsucht; er musste sich so weit vorbeugen, dass man sogar seinen Darmausgang inspizieren konnte. Anschließend wurde er kahl geschoren, mit einem Feuerwehrschlauch abgespritzt und von einem Arzt untersucht, der ihn für gesund erklärte. Man bestäubte ihn mit einem Puder, das angeblich gegen Läuse wirkte; anschließend sollte er eine Dosis Salpeter schlucken, der, erklärten ihm die Wachen, die natürlichen Triebe unterdrücke. Als er sich weigerte, fesselten sie ihn an einen Stuhl und flößten ihm den Salpeter mit Hilfe eines Trichters gewaltsam ein. Nackt bis auf ein blutbeschmiertes Handtuch wurde er in Ketten gelegt und in das Gefängnis geführt; durch gusseiserne Tore, über weiß getünchte Korridore, die Metalltreppe hinauf bis ins Büro des Gefängnisdirektors. Dort wurden der Gefangene Hall und zwei weitere Neuankömmlinge von dem Gehilfen des Direktors begrüßt, einem Mann mit dem sanften Lächeln eines pädophilen Onkels. Auf seinem Schreibtisch stand eine Tafel mit der dubiosen Aufschrift LASST AB VON DEM BÖSEN UND TRACHTET NACH DEM RECHT. Sie hätten gewiss schon viel über Newgate gehört, begrüßte er sie, aber das seien alles Übertreibungen, und sie sollten dem keinen Glauben schenken. Die Einrichtung sei dazu da, ihnen zu helfen. Strafe könne ein Akt der Liebe sein.

Die Zelle, in die man ihn steckte, maß anderthalb Schritt im Quadrat, mit einem Fenster aus Milchglas so groß wie ein Taschentuch. Durch das schmierige Gitter sah man schwach den Mond schimmern. Mulvey hockte sich auf den Boden und begann die schwarzen Ziegelsteine zu zählen. Als er bei hundert angekommen war, brüllte jemand »Licht aus«, und im nächsten Augenblick erlosch das, was er für den Mond gehalten hatte. Er hörte das Schlagen von Zellentüren auf seinem Gang, es klang wie die Türen eines Zugs, der sich zur Abfahrt bereitmacht. Ein kleines Tier mit einem langen Schwanz huschte über seine nackten Füße. Wenig später begannen die Schreie; er hörte sie aus den Gängen weiter unten widerhallen. Das Schreien begriff Mulvey nicht; er wusste nicht, was es bedeutete. Erst am nächsten Tag erfuhr er, was dahinter steckte. Die Gefangenen mussten mehr ertragen als nur das Eingesperrtsein. Der Direktor von Newgate war ein Mann mit fortschrittlichen Ideen.

Die nächtliche Einsamkeit in der Zelle war für Mulvey nichts Neues. In Connemara war er oft allein gewesen. Was ihn bedrückte, war die Tatsache, dass er auch tagsüber isoliert war. Menschliche Gesellschaft sei schlecht für Gefangene, lautete der idealistische Grundsatz der Gefängnisleitung; die Lasterhaftigkeit der Unverbesserlichen könne auf die abfärben, welche nur einen Fehltritt begangen hätten. Jegliche Art von Kontakt war verboten: sogar mit den Wärtern oder offiziellen Besuchern. Die Beziehungen zwischen Menschen seien der Feind jeder Besserung, eine unchristliche Grausamkeit gegenüber dem ohnehin schon vom Schicksal Geschlagenen und somit gegenüber der Gesellschaft, in die er hoffentlich eines Tages zurückkehren werde. Jeder Gefangene, der zum Hofgang oder zum Arbeitseinsatz aus seiner Zelle geholt wurde, bekam eine schwarze Lederkapuze übergestülpt, bevor er den Hof betreten durfte. Die Maske hatte winzige Schlitze, durch die man sehen konnte, und eine Reihe von ebenso kleinen Atemlöchern; am Hals war sie mit einem Vorhängeschloss und einer Kette gesichert, die den Gefangenen würgte, sobald er die Arme über den Kopf hob. Noch wichtiger aber war, dass die Kapuze alle gleichermaßen unkenntlich machte; alle sahen vollkommen gleich aus, wenn sie Steine brachen oder in der Tretmühle arbeiteten und dabei vom Bösen abließen und nach dem Recht trachteten. Besonders fortschrittlich gesonnene Wärter streuten Gerüchte aus, sie selbst setzten hin und wieder auch diese Masken auf; folglich wusste man nie so genau, an wessen Seite man arbeitete, wer da schrie oder wild um sich schlug. Waren die Qualen echt oder gespielt? Für diejenigen, die auf dem rechten Wege waren, spielte das keine Rolle. Sie wussten, dass Unterhaltungen verboten waren und mit Auspeitschen bestraft wurden. Wenn ein Gefangener von einem Wärter dabei ertappt wurde, wie er mit einem anderen sprach, erhielt er für jedes gesprochene Wort fünfzig Peitschenhiebe. Wer so unbelehrbar oder so dumm war, es wieder zu tun, verbüßte den Rest seiner Strafe in Einzelhaft. Es gab Männer in den fensterlosen Tiefen von Newgate, die seit fünfzehn Jahren kein lebendes Wesen mehr gesehen hatten. Weder einen Gefangenen noch einen Wärter noch eine Ratte, denn ihre Zellen hatten so dicke Mauern, dass nichts sie durchdringen konnte; und es herrschte dort ewige Dunkelheit. Sogar in der Kapelle blieben die Gefangenen isoliert. Jeder kniete in einer eigenen Kabine, von wo aus man nichts als das Kreuz auf dem Altar sehen konnte. Aber sie durften immerhin singen und die Gebete sprechen; deshalb kamen die meisten gern zum Gottesdienst.

Mulvey galt als vorbildlicher Gefangener. Er machte niemandem Umstände und beschwerte sich nie, und das einzige Mal, dass er bestraft werden musste – zweihundertfünfzig Hiebe für die Worte »Das habe ich nicht verstanden« –, hatte er die Züchtigung wie ein Mann ertragen. Später am Abend, als er wieder allein in seiner Zelle war, hatte er geweint; sein Rücken brannte höllisch, Steißbein und Gesäß waren ein einziger Schmerz; dennoch schien ihm, was vorgefallen war, ein kleiner Triumph. Kaum hatten sie ihm die Handschellen abgenommen und ihm befohlen aufzustehen, da hatte er seine Hosen und das sackleinene Hemd übergestreift, war geradewegs auf den Wärter zugegangen, der ihm den Rücken geschunden hatte, und hatte ihm zum Dank die Hand entgegengestreckt. Dabei war er so benommen vor Schmerz, dass er seinen Peiniger nur ganz verschwommen sah. Er konnte sich kaum auf den Beinen halten. Aber er zwang sich zu dieser Geste.

Der Wärter, ein sadistischer Schotte, der sich häufig an schwachsinnigen Gefangenen verging und auch Mulvey zweimal vergewaltigt hatte, immer mit der Drohung, ihn zu kastrieren, hatte verblüfft die ausgestreckte Hand seines Opfers ergriffen. Mulvey hatte eine reuige Miene aufgesetzt und mehrmals demütig genickt. Er wusste, dass der Direktor und eine Gruppe von offiziellen Besuchern von der Galerie aus zusahen, und wollte einen dauerhaften Eindruck hinterlassen. Als er den Ort der Züchtigung verließ, ging er direkt zu ihren Füßen vorbei und bekreuzigte sich. Eine der Besucherinnen weinte lautlos, als sei die Bekehrung, der sie soeben beigewohnt hatte, zu viel für sie. Frederick Hall hielt inne und verbeugte sich vor der Dame. Als sie schluchzend in den Armen des Gefängnisdirektors zusammensank, wusste Mulvey, dass er die Schlacht gewonnen hatte. Wenn man sich auspeitschen ließ, ohne dass man etwas dafür bekam, war das nicht nur unmännlich; es war dumm.

Er wurde nie wieder ausgepeitscht oder bestraft. Im Gegenteil: nach und nach gewährte man ihm kleine Vergünstigungen. Ihm fiel auf, dass die Wärter seine Tür vor allen anderen aufschlossen und sie auch dann noch angelehnt ließen, wenn die Lichter bereits gelöscht waren. Eines Nachts vergaßen sie ganz abzuschließen, deshalb machte er sie selbst zu, just in dem Augenblick als ein Wärter vorbeiging; dabei achtete er genau darauf, dass der Beamte sah, was er tat. Als der Gefängnisdirektor erfuhr, dass er lesen konnte, schickte er ihm Bücher. Zuerst eine Bibel, dann Shakespeares Werke in einem Band. Der Gefangene Hall schrieb einen Dankesbrief an den Direktor und versäumte nicht, darin zu betonen, dass er solche Vergünstigungen nicht verdiene und keine weiteren begehre. Eine Woche später trafen noch mehr Bücher ein, zusammen mit einer Petroleumlampe, damit er auch am Abend noch lesen konnte. Mittlerweile hatte er etwas sehr Wichtiges über die englische Obrigkeit herausgefunden: Je weniger man forderte, desto mehr bekam man.

Er las die Bibel von der ersten bis zur letzten Seite, dann den gesamten Shakespeare, dann die Fabeln von Aesop und Dr. Johnsons Dichterbiographien. Milton wurde rasch zu seinem Lieblingsschriftsteller; er las alle zwölf Bände des *Verlorenen Paradieses*. Die Beschreibung der Hölle im ersten Buch – »wo Ruh und Friede nimmer weilen kann, noch Hoffnung, die sonst jedem naht« – erinnerte ihn stark an das Inferno von Newgate. *Wie ungleich, ach, dem Ort, aus dem sie fielen.*

Aber die gewaltige Kraft der Sprache schlug ihn in den Bann: die unbändige Leidenschaft dieser erhabenen Rhythmen. Zu seinem heimlichen Vergnügen taufte er die Wärter auf die seltsamen Namen von Miltons Teufel. Moloch und Belial, Asmadai und Baalim. Der Direktor war für ihn Mulciber, der Baumeister des Pandämoniums.

Er fühlte sich gesünder und kräftiger denn je. Zu dem strengen Gefängnisregiment gehörten regelmäßige Mahlzeiten und regelmäßiger Schlaf, beides erzwungen durch die Angst vor Bestrafung. (Häftling verweigert Essensaufnahme: dreißig Hiebe. Schläft nicht, nachdem Lichter gelöscht wurden: eine Woche Einzelhaft). Tabak und Alkohol waren verboten, also wurden seine Lungen freier und die Gedanken klarer. Die Arbeit ließ seine Muskeln anschwellen. Als sich das zweite Jahr in Newgate dem Ende zuneigte, konnte Mulvey sein eigenes Körpergewicht an Steinen heben. Sogar die Einsamkeit machte ihm kaum noch etwas aus. »Der Geist ist eine eigne Welt«, sagte Milton, »schafft Hölle sich und Himmelreich.« Selbst wenn das nicht ganz stimmte, so lohnte sich doch die Anstrengung. Allmählich sah Mulvey seine Zellentür als eine Art Schutz vor dem Wahnsinn draußen an, nicht als etwas, das seine Freiheit beschränkte.

Nach einiger Zeit wurde er in eine größere Zelle verlegt, von deren Fenster aus man das Torhaus sah. Nachts konnte er beobachten, wie die Wachen mit der kleinen Armee von Bettlern plauderten und scherzten, die sich draußen versammelt hatten und um Unterschlupf für die Nacht baten. Unter den Londoner Armen war es längst kein Geheimnis mehr, dass die Schließer von Newgate einen manchmal für einen Penny in einer freien Zelle übernachten ließen.

Er überlegte, wie er aus diesen Beobachtungen einen Vorteil ziehen konnte, und schon bald fiel ihm etwas ein: Wenn er frühmorgens aus dem Fenster blickte, konnte er zusehen, wie die Gefangenen, die ihre Strafe verbüßt hatten, das Gefängnis verließen. Ihre Namen wurden von dem Beamten am Tor laut vorgelesen, und wenn er die Ohren spitzte, konnte er sie sogar verstehen. Und selbst wenn das nicht gelang, konnte er auf dem Weg zum Hof sehen, welche Zellen am Morgen frei geworden waren und jetzt entlaust wurden. Er musste nur eins und eins zusammenzählen und den richtigen Augenblick abpassen, dann gewann er ohne Gefahr viel Macht.

Kein Gefangener in Newgate konnte einen anderen denunzieren

und hoffen, dass er das Ende der Woche noch erlebte. Aber über diejenigen, die entlassen waren, konnte man sagen, was man wollte, da war keine Strafe zu befürchten. Mulvey begann sorgfältig dosierte Meldungen an den Direktor zu schicken, aber er achtete darauf, dass er immer nur Gefangene verriet, die die Anstalt verlassen hatten. Man konnte es nicht zu oft tun, sonst erregte es Verdacht; aber ab und zu, gerade wenn man es mit einem Tonfall des Bedauerns vorbrachte, machte es den Eindruck der willigen Mitarbeit.»Der Gefangene C 34 hat gestern Abend geredet, Sir.«»B 92 machte mir einen unsittlichen Antrag.«»F 71 nannte mir seinen Namen, Sir. Ich mache mir Sorgen, dass es meine Besserung gefährden könnte, Sir.« Mulveys kooperative Einstellung blieb nicht unbemerkt, und bald trug seine Arbeit reiche Früchte.

Er spürte, wie die anderen Gefangenen sich gegen ihn wandten. Auf dem Hof sahen sie ihn nicht mehr an, reichten ihm keine Werkzeuge mehr. Mulvey machte das nichts aus. Er war sogar froh darüber. Je mehr die anderen ihn schnitten, desto mehr sah die Gefängnisverwaltung ihn als Erfolg. Er wurde offiziellen Besuchern vorgeführt und lobte in einer flammenden Rede die Isolation der Gefangenen. Mäuseköttel tauchten in seinem Haferschleim auf; mit einer in der Seife versteckten Glasscherbe verletzte er sich am Arm. Er sah diese Heimsuchungen als eine Art Prüfung an, als notwendige Begleitung seines Aufstiegs zum nächsthöheren Rang. Er brachte sich nun selbst Verletzungen bei, wenn sich eine Gelegenheit ergab, und meldete Angriffe auf seine Person, die nie stattgefunden hatten. Jedes Mal kam er nach einer solchen Meldung in eine bequemere Zelle, bis er schließlich ins Haus des Direktors umzog, wo nur die reichsten Kriminellen wohnten und wo die Zellen Federbetten und Tapete an den Wänden hatten.

Als die Mitte des vierzigsten Monats seiner Strafe gekommen war, bekam er als Belohnung für seine guten Fortschritte eine Sonderaufgabe zugeteilt. Ein Gefangener fegte am Abend den unteren Hof, schmierte die Zahnräder der Tretmühle und reinigte die Kette und kratzte den Taubendreck von Fliesen und Pfählen. Wer für diese Aufgabe ausgewählt werde, sagte der Direktor, könne sich glücklich schätzen, denn er erledige sie allein und sei deshalb vom Tragen der Maske entbunden. Er habe auch Erlaubnis, mit dem Dienst habenden

Wärter zu sprechen, allerdings ausschließlich über Belange seiner Arbeit. Im Protokoll dieser Unterredung ist festgehalten, dass der Gefangene Hall vor Dankbarkeit weinte. »Gott segne Sie, Sir, denn ich verdiene diese Arbeit nicht.«

Auf drei Seiten war der untere Hof von Torhaus und Zellenblocks eingefasst, auf der vierten schloss ihn eine hohe Mauer ab, deren Oberseite noch mit drehbaren Spitzen geschützt war; *cheval-de-frise* oder »spanischer Reiter« nannte das Wörterbuch sie, »Pferd des Todes« hieß es im Gefängnisjargon. Da wo die Wand an das Torhaus stieß, ein Stück unter der eisenbewehrten Mauerkrone, gab es einen kleinen metallenen Wasserkasten, der schlecht geschützt schien, und auf einem schmalen Stück darüber fehlten die Spitzen.

Mulvey wunderte sich, dass eine solche Stelle offen geblieben war. Es war, als sei der spanische Reiter ein paar Zoll zu schmal gebaut worden, oder die Mauer saß nicht ganz am vorgesehenen Platz. Respektvoll wies er den wachhabenden Wärter darauf hin. Das sei doch für die Verzweifelten unter den Gefangenen eine Versuchung; für jene, bei denen die Besserung weniger erfolgreich gewesen sei als bei ihm. Der Aufseher lachte leise und blickte hinauf zu dem Reiter. Der Letzte, der versucht habe zu entfliehen, erklärte er, habe sich so elend dort aufgespießt, dass sie die Spitzen hätten absägen müssen, um ihn wieder herunterzubekommen. Er sei unter solch entsetzlichen Schmerzen gestorben, dass seither keiner es mehr versucht habe. Noch in einer halben Meile Entfernung habe man seine Schreie gehört.

Die Wand und ihre Möglichkeiten beschäftigten Mulvey.

Bei der Arbeit stellte er sich so auf, dass er sie stets im Blick hatte; er prägte sich ihre Ritzen und kleinen Vorsprünge ein, die Stellen, an denen der Mörtel abgebröckelt war. Immer wieder studierte er die Wand mit der Sorgfalt eines Detektivs, der eine gefälschte Banknote mustert. In Gedanken unterteilte er sie in sechzehn Segmente und merkte sich von jedem Einzelnen davon jeden Zug. Mit Brotkrümeln und Fäden und abgeblättertem Putz baute er sie auf dem Boden seiner Zelle nach. Ein Krümel markierte das hervorstehende Ende eines Backsteins, an dem eine Hand sich festhalten konnte; ein Faden war eine kleine Vertiefung, in der vielleicht eine Zehe Halt finden konnte. Mit Linien aus zerriebenem Mörtel versuchte er eine Verbindung herzustellen, eine Route zu markieren, auf der sich von den Steinfliesen zum metallenen Kasten klettern ließ. Aber sooft er es auch überlegte, fand er keinen Weg; er hätte eine dritte Hand dazu gebraucht.

Er gewöhnte sich an, zu früh zum Dienst zu erscheinen, damit er mehr Zeit im Hof hatte. Bei der Arbeit kam ihm oft seine Mutter in den Sinn, ein altes Sprichwort, das sie immer parat gehabt hatte, wenn es zu Hause besonders schlecht ging. Es gibt keinen Berg, den man nicht bezwingen kann. Jesus zeigt dir den Weg über den Gipfel.

Zwei Monate lang dachte er über die Mauer nach, bevor er begriff, dass er die Antwort auf seine Frage längst in Händen hielt. Mit einem Mal ging es ihm auf. Leise und einfach. Wie der Schlüssel, der sich plötzlich in einem komplizierten Schloss dreht.

Es war ein Sonntagabend im Februar 1841. Fast das gesamte Empire lebte im Frieden. Königin Viktoria beging ihren ersten Hochzeitstag, und der Gefängnispfarrer hielt für diesen glücklichen Inzest einen Dankgottesdienst. Kaum einen Übeltäter gab es in Newgate, der nicht daran teilnahm. Die Kapelle erbebte vom Dankgesang an Gott.

Das Blut in diesem Brunnen gab
Für uns der Menschensohn,
Und taucht ein Sünder dort hinab
Der Himmel ist sein Lohn.

Er wartete, der Dieb, und lauschte dem Gesang: den Strafgefangenen, wie sie das Kirchenlied mordeten. Der wachhabende Aufseher an jenem Abend war der Schotte, der Sadist. Das war ein Glück, mit dem der Gefangene Hall wahrlich nicht gerechnet hatte.

Moloch öffnete das Tor mit einem Schlüssel, den er an der Kette trug, und Mulvey folgte ihm hinaus auf den Hof. Die Sonne ging unter, alles erstrahlte in goldenem Licht. Sie spiegelte sich in den Zellenfenstern, und es war, als leuchte in ihnen ein Feuer. Eine Amsel trank aus einer Vertiefung zwischen den Steinfliesen und blickte die beiden Neuankömmlinge an, als wollten sie ihr den Trunk streitig machen.

Am Morgen hatte die Tretmühle sich verklemmt. Pius Mulvey wunderte sich nicht im Mindesten darüber, denn er hatte den Nagel, der dafür sorgte, selbst ins Räderwerk gesteckt. Bedachtsam öffnete er das Gehäuse, in dem Zahnkranz und Rollen sich verbargen. Er löste die schmutzige Antriebskette vom Zahnrad. Sie war schwerer als erwartet. Etwa zwölf Fuß lang.

»He, was machst du denn da?«

Mulvey sah seinen Peiniger mit den Hängebacken an. Ein seltsamer Gedanke kam ihm in den Sinn. Er fragte sich, ob der Mann womöglich spürte, was ihm bevorstand; ob er vielleicht früh am Morgen erwacht war mit dem Gefühl, dass ihm an diesem Tag ein Unglück widerfahren würde. Hatte er sich, als er sich von seiner Frau verabschiedete, gefragt, ob es das letzte Mal war, dass er einem Menschen Lebewohl sagte? Hatte er, als er die Schwelle des Gefängnisses von Newgate überschritt, gespürt, so wie seine Hunderte von Insassen es gespürt haben mussten, so wie Mulvey es unzählige Male gespürt hatte, dass die Sonne in seinem Leben schon unterging: dass der Punkt gekommen war, alle Hoffnungen fahren zu lassen?

»Sir, der Direktor hat mir aufgetragen, die Kette zu ölen, Sir.«

Und mit dieser einen kleinen Lüge war Mulveys Flucht bereits gelungen. Sein Schatten hatte sich schon vom Körper gelöst und schwebte davon über die so sorgfältig studierte Wand. Einem Aufseher die Unwahrheit zu sagen, das bedeutete zwei Monate Dunkelhaft, in einer Zelle im Keller, die kaum größer war als ein Sarg. Aber eins wusste er: In diese Zelle würde er niemals kommen. Er würde diese Mauer überwinden, oder sie konnten seine Leiche herunterholen. Am nächsten Morgen würde er nicht in Newgate aufwachen.

»Ölen?«

»Ja, Sir. Muss dringend geölt werden, Sir. Sonst funktioniert es nicht, Sir.«

»Mir hat er nichts davon gesagt, dass sie geölt werden soll.«

»Sir – wenn Sie es mir sagen, öle ich sie nicht, Sir. Wenn Sie es mit dem Direktor klären, Sir. Ich will nichts falsch machen. Aber er schien sehr resolut, Sir.«

»Resolut?«

»Ja, Sir.«

»Was heißt das?«

»Entschlossen, Sir. Es war ihm wichtig, dass es getan wird.«

»Sind ein kluger Bursche, was, Mulvey?«

»Kann ich nicht beurteilen, Sir. Wenn Sie es sagen, Sir.«
»Doch. Wenn man bedenkt, dass du der erbärmliche Bastard von einer räudigen irischen Hündin bist. Was bist du?«
»Ein erbärmlicher Bastard, Sir.«
»Was war deine Mutter?«
»Eine räudige irische Hündin, Sir.«
»Ja dann steh nicht dumm rum, du Köter, wenn er so verdammt resolut war. Schließlich ölst du doch von morgens bis abends seinen Hintern.«
Moloch ging davon und hob den Blick zum Himmel. Rasch streifte Mulvey seine Stiefel ab. Flatternd flog die Amsel auf und setzte sich auf einen Sims. Die Männer in der Kapelle hatten ein neues Lied angestimmt.

Oh Herr, du schützt uns immerdar
Gib du uns Trost auch heut'
Bewahr' vor Not uns und Gefahr
Jetzt und in Ewigkeit.

Er hob einen Stein auf, schlich sich an den schottischen Wärter heran und schlug ihm den Stein auf den Hinterkopf. Als er zu Boden ging wie ein angestochener Sack Scheiße, schlug Mulvey immer wieder zu, schlug auf sein Gesicht ein, bis die Wangenknochen einbrachen und das linke Auge aufplatzte wie ein Ei. Der Mann versuchte zu schreien, und Mulvey setzte den Fuß auf seinen Hals, drehte ihn, als wolle er eine Schlange zertreten. Er stieß gurgelnde Laute aus, flehte um Gnade. Es war eine Versuchung, ihm nicht den Gnadenstoß zu geben, ihn vor seinem Tod noch leiden zu lassen, aber Mulvey ermahnte sich, dass es nicht anständig wäre. Er hockte sich nieder, hauchte dem todgeweihten Vergewaltiger noch ein Bußgebet ins Ohr und schlug ein, was vom Schädel noch übrig war.
Er tauchte den Finger in das Blut des Erschlagenen und schrieb zwei Miltonverse auf den glänzenden Stein.

Die gute Tat ist unser Auftrag nicht
Die böse Tat wird allzeit uns erfreun.

Er löste die Schnalle vom Gürtel des Wärters und zog den Gürtel ab; zog ihn in einer Schlaufe durch das letzte Glied der Antriebskette. Dann schleuderte er die Kette mit aller Kraft, die noch in ihm war. Sie fiel zu Boden, ein Lärm, der jede Faser in ihm erstarren ließ. Aber der zweite Wurf glückte, und die Gürtelschlaufe flog hinauf bis zur Mauerkrone. Mulvey zog. Sie hakte sich fest in den Spitzen des spanischen Reiters. Er nahm Anlauf, und irgendwie konnte er sich hinaufhangeln bis ans Ende der Kette. Die nackten Zehen fanden Halt an den grob geschmiedeten Gliedern. Er bekam eine Stange des Todespferds zu fassen. Die Bewegung übertrug sich auf die Spitzen, sodass sie sich langsam drehten. Schon im nächsten Moment waren seine Hände durchbohrt, aber er ließ nicht los, er schwang sich hinauf, schwang sich die Mauer empor, bis er an den triefenden, verrosteten Kasten kam. Setzte den Fuß auf die aschgraue Kante. Mit einem metallischen Kreischen gab der Kasten nach, als das Gewicht auf ihm lastete. Seine Arme bebten. Die Hände fühlten sich an wie von einem Vorschlaghammer zerschmettert. Mit einem Sprung schaffte er es auf die Mauerkrone, im Moment, in dem der Kasten scheppernd im Hof zerschellte. Er kletterte hinüber und ließ sich auf der anderen Seite fallen, sein ganzer Körper getränkt in Blut und rostigem Wasser.

Er schleppte eine Blutspur hinter sich her wie ein abgestochenes Schwein, als er in Richtung Themse torkelte. Als der Fluss in Sicht kam, wurde ihm schon schwarz vor Augen. Es hatte keinen Zweck. Seine Kräfte würden niemals reichen. Als die Trillerpfeifen der Wachen in der Ferne erschollen, drückte er sich in die Gassen, kroch über Fahrwege zurück nach Newgate, durch Gärten, wo er sich von einer Wäscheleine Kleider stahl. Das Blauzeug eines Arbeiters. Einen alten grauen Militärmantel. Er fand etwas, womit er sich die Hände verbinden konnte, wickelte sie fest zu, damit sie aufhörten zu bluten, schwindlig vor Furcht. Aber er war darauf gekommen, wie er sich retten konnte. Wenn er noch fünf Minuten auf den Beinen blieb, würden seine Verfolger ihn nicht finden. Dann würden sie ihn niemals finden. Weiter stolperte er, zurück zum Gefängnis. Schwarz tauchten die Umrisse vor ihm auf wie ein Geisterschiff in einem Roman. Zurück zum Gefängnis. Nur zum Gefängnis. Als er sich nahe genug herangeschleppt hatte, so nahe, dass er die Stäbe in den Fenstern sehen konnte, da wusste Frederick Hall, dass er ein freier Mann war.

Er verbrachte die Nacht in der Zufahrt, zusammengekauert zwischen den Bettlern, klopfte ein paar Mal an das Tor und flehte, man solle ihn einlassen. Eine ganze Woche lang blieb er dort, bis seine Wunden verschorft waren.

Je fester er an die Tür klopfte, desto heftiger wies man ihn ab.

XXI. Kapitel

Der Schulmeister

Die weiteren Übeltaten des Pius Mulvey, auch das Ungeheuer von Newgate genannt; seine Gesetzlosigkeit und weitere dunkle Geheimnisse.

Die Zeitungen brachten Berichte über das grauenvolle Verbrechen. Die meisten waren beschönigt oder stark zensiert, die Einzelheiten der Tat blieben vage, weil sie viel zu grausam seien, um sie an einer Stelle auszubreiten, an der Frauen und Kinder sie lesen konnten. Einige Artikel beschrieben das Opfer als »verheirateten Mann und Familienvater«, andere als »sehr erfahrenen Beamten« oder als »frommen Wesleyaner und Abstinenzler, der in den öffentlichen Dienst eingetreten war, um das Elend seiner Mitmenschen zu lindern«. Mulvey zweifelte nicht, dass er all das gewesen war und noch vieles mehr. Dass seine Mildtätigkeit immer wieder betont wurde, überraschte ihn kaum. Schließlich gab es viele geifernde Hunde, die einem Armen nur deshalb einen Penny zuwarfen, weil sie gern sahen, wie er sich danach bückte.

Er selbst wurde in den Artikeln ebenfalls beschrieben, und die Beschreibung war ebenso zutreffend und ebenso unvollständig wie die des Toten: *Ein eiskalter Verbrecher; durch und durch böse; ein Einzelgänger, der seine ahnungslosen Opfer aus dem Hinterhalt überfällt.* Er fühlte sich durch diese Beschreibungen nicht verletzt. Sie enthielten nichts, was er nicht auch schon selbst über sich gedacht hatte, und außerdem brauchte jede Geschichte einen Schurken und einen Helden. Nur dass es in seiner Geschichte nicht nur einen Schurken gab, sondern zwei. Die Beschreibung passte ebenso auf den Mörder wie auf sein Opfer.

Steckbriefe erschienen in den Straßen von London und versprachen zwanzig Pfund Belohnung für seine Ergreifung, tot oder lebendig. Die Zeichnung auf den Plakaten zeigte eine typische Mördervisage, einen bösartigen Beelzebub mit eng beieinander stehenden Augen und fliehendem Affenkinn; doch Mulvey erkannte durchaus einen Funken Ähnlichkeit. Der Zeichner hatte nur das getan, was der Balladenmacher auch tat; das Gleiche wie der Historiker, der General und der Politiker, wie jedermann, der sich ruhigen Gewissens schlafen legen will: Er hatte einige Einzelheiten hervorgehoben und andere heruntergespielt. Er hatte nur seine Arbeit getan, und dafür konnte man ihm keinen Vorwurf machen.

Überall im Land gab es Berichte, »Frederick Hall, das Ungeheuer von Newgate« sei gesichtet worden – in jeder größeren Ansiedlung, außer im Londoner East End, wo der Mord an einem Gefängnisaufseher den Täter zum Helden von Whitechapel gemacht hätte. In dieses lärmende alte Viertel kehrte der Mörder zurück und verkroch sich in den labyrinthischen Straßen und Katakomben. Doch jetzt nannte er sich Pius Mulvey aus Ardnagreevagh.

Jeden Tag las er in gestohlenen Zeitungen die jüngsten Berichte über das Ungeheuer. Wie es hieß, war er im unwirtlichen Hochland von Schottland gesehen worden, in den Ghettos von Liverpool, auf einem Friedhof unweit Dover, wo er versucht hatte, sich mit einem Meißel von seinen Ketten zu befreien. Sechsmal wurde jemand, immer ein Mittelloser, für sein Verbrechen verhaftet, und – was die bei den Armen ohnehin verhasste Polizei sehr in Verlegenheit brachte – fünfmal gestand der Verdächtige unter dem Druck der Verhöre (im Unterschied zum sechsten, der in den Kleidern der Geliebten des Anstaltspfarrers aus dem Gefängnis von Manchester floh).

Nach und nach erfuhr die Sensationspresse doch in allen Einzelheiten, was sich in jener Nacht zugetragen hatte, und unter dem Vorwand, die viel gelesene Konkurrenz anzuprangern, druckten die seriöseren Zeitungen es nach. Das grauenvolle Detail der Gedichtzeilen, die der Täter mit dem Blut seines Opfers an die Mauer geschrieben hatte, nährte die wildesten Spekulationen, genau wie es von dem Schreiber geplant war. Welcher halbwegs normale Mensch würde sich auf der Flucht aus dem Gefängnis Zeit für so etwas nehmen? Was sollte das unheimliche Verspaar bedeuten? War dieser Teil der Geschichte wahr oder erfunden? Im East End begann man zu munkeln, Frederick Hall sei ein erfundener Name. In Wahrheit sei das Verbrechen von einem anderen begangen worden. Der Wärter sei von einem Kollegen ermordet worden, dem er Hörner aufgesetzt hatte. Der Mörder sei ein entfernter Verwandter der königlichen Familie, ein syphilitischer Herzog, der plötzlich den Verstand verloren habe. Die Ermordung gehe auf das Konto einer abstrusen Freimaurervereinigung, welcher der Getötete angehört habe. (Ein Gerücht, das noch Auftrieb bekam, als seine Witwe auf Anfrage einer Zeitung bestätigte, dass ihr Mann tatsächlich einer Freimaurerloge angehört habe. Und als der Logenmeister dies auf eine zweite Anfrage hin dementierte, galt es fortan als unverrückbare Tatsache.)

»Freddie Hall« war ein Spitzel der Krone. Ein religiöser Fanatiker. Ein Geheimagent der Chartisten. »Freddie Hall« hatte im Haus des Gefängnisdirektors gewohnt. Durfte ohne Maske arbeiten. Bekam Bücher. Durfte sprechen. Bewegte sich frei und ungehindert in Newgate, wie ein Gast in einem Hotel. Noch dunklere Gerüchte kamen in Umlauf. Die Sensationspresse schürte das Feuer. Das Gefängnis galt jetzt als Nest von Teufelsanbetern. Ordnete man jedem Buchstaben aus dem Namen des Ungeheuers den entsprechenden numerischen Wert zu und addierte anschließend die Ziffern, so erhielt man als Summe 66. Und wenn man die Ziffer 6, die dem Anfangsbuchstaben F entsprach, hinzusetzte, bekam man die Zahl des apokalyptischen Tiers. Es war die Zeitschrift *Tomahawk*, die als Erste darauf hinwies, dass Freddie Hall ein Anagramm von »Hellfire Dad« war!

Dass er seinen Häschern entkommen war, beflügelte Mulvey; er gewöhnte sich an, den Namen, der in aller Munde war, als Verbum zu benutzen, so wie ein Schuljunge seine Initialen in einen Penny ritzt, um herauszufinden, wie lange es dauert, bis er ihn wieder in Händen hält. Und es dauerte gar nicht lang. Wurde jemand bewusstlos geschlagen, dann hieß das *freddied*. Überall im Land wurden Menschen gefreddiet. Oxford freddiete Cambridge im alljährlichen Bootsrennen. Über kurz oder lang würden die verfluchten, undankbaren Iren nach Strich und Faden gefreddiert werden, so wie sie es verdienten.*

Sobald Mulvey ein neues Gerücht über das Ungeheuer hörte, versuchte er nach Kräften, es zu widerlegen, denn er wusste, das würde

---

* Vgl. dazu Sir Henry Mayhews Monographie *The Speech and Language of the London Poor* (1856) »*Freddie*: (Subst.) ein gewaltsamer, tödlicher Angriff; (Vb.) angreifen oder ermorden; (Adj.) ein Ausruf unter Kriminellen und Frauen einer gewissen Reputation.« Schon bald fand das Wort Einzug in die Literatur. Wenn ein Autor gefreddiet wurde, hieß das, dass er einen unnötig harten Verriss bekam. – GGD

die Phantasie der Tratschmäuler nur noch weiter beflügeln. Männer in Branntweinbuden flüsterten ihm vertraulich zu, sie wüssten *genau*, wer das furchtbare Verbrechen begangen hätte. Sie seien dem Mörder begegnet oder mit ihm verwandt oder hätten schon einmal ein Glas mit ihm zusammen getrunken. Ihre Frau habe einen Bruder, und dessen Kumpel sei Wärter in Newgate, und *der* habe gesagt, das Ganze sei eine Erfindung der Juden, und wenn er es nicht glaube, könne er ihn ja *selbst fragen*.

Als schließlich ein gewissenhafter junger Reporter auf die Idee kam, eine Anzahl ehemaliger Gefängnisinsassen zu befragen, und anschließend im liberalen *Morning Chronicle* schrieb, Frederick Hall, das Ungeheuer von Newgate, sei in Wirklichkeit ein gerissener Ire namens Murphy oder Malvey, der seine Tat bewusst so angelegt habe, dass sie aussah wie das Werk eines Wahnsinnigen, verließ Pius Mulvey die Stadt und begab sich schleunigst auf den Weg nach Norden. Der *Punch* griff die Meldung auf und machte sich darüber lustig. Kein Paddy sei intelligent genug, um solch einen Plan auszuhecken. Schließlich hätten die meisten von ihnen ja noch vor kurzem auf den Bäumen gehockt.

Achtzehn Monate lang durchstreifte er den Norden Englands und das schottische Grenzgebiet zwischen Berwick und Gretna Green, dann Mittelengland und den östlichen Teil von Wales, schließlich führte ihn sein Weg hinunter nach Devon und Cornwall, wo er in den Fußstapfen von Lancelot, Merlin und den Rittern der Tafelrunde wandelte. Oft fand er Arbeit bei der Ernte, aber auch die Zeit, wenn die Felder neu bestellt wurden, war günstig. Apfelernte und Getreideaussaat boten ihm willkommene Tarnung; leicht konnte er in der Flut der irischen Wanderarbeiter untertauchen, die in diesen Zeiten nach England strömten. Ihre Sprache weckte Erinnerungen, die er zu verdrängen suchte. Die Abende, an denen er gesungen hatte. Die Nächte mit Mary Duane. Bei dem Gedanken an sie packte ihn ein schier unerträgliches Gefühl der Schuld. Wenn die irischen Arbeiter zu singen begannen, hielt er es in ihrer Gesellschaft nicht mehr aus.

Einen Monat arbeitete er bei einem Gleisbautrupp. Er verbrachte einen ganzen Winter am Rande von Sheffield, wo ein Getreidehändler sich ein neogotisches Schloss errichten ließ, einen Kasten so groß wie die Kirche von Westport. Der Kaufmann und seine Familie nächtigten in ihrem alten Haus, Mulvey und die anderen Arbeiter in einer provisorischen Hütte auf der Baustelle. Beim ersten Frühlingszeichen machte er sich wieder auf den Weg. Er blieb nirgendwo lange. Eine Zeit lang zog er mit Lord Johnny Dangers Wanderzirkus durch die Lande und half beim Zeltaufbau. Die Arbeit machte ihm Spaß; sie war einfach und angenehm und verlangte doch einen klaren Verstand. Das Zelt war wie eine dreidimensionale Geometrieaufgabe, ein gewaltiges Sammelsurium aus Seilen und Haken, Pfosten und Kupplungen, Stiften und Nieten, und nur wenn alles richtig zusammengebaut war, hielt es. Mulvey sah mit wenigen Blicken, wie man es besser machen konnte, und so übertrug ihm der Zirkusdirektor schon bald erleichtert die Aufsicht über diese Arbeit. Unter der Leitung des schmächtigen irischen Zigeuners lernten die Zeltbauer, das gesamte Gerüst in weniger als zwei Stunden zu errichten. Er saß gern dabei und betrachtete das nackte Gestänge, das Gerippe des Drachen, den König Arthur mit seiner Lanze hätte erlegen können.

Er fühlte sich seltsam zu Hause unter all den Missgeburten und bärtigen Damen, den kleinwüchsigen Spaßmachern und schweinsgesichtigen Ringern. Sie verdienten ihren Lebensunterhalt mit zur Schau gestellter Unvollkommenheit, und Mulvey bewunderte ihren Mut; wer so etwas tat, der musste sich wandeln und anpassen können, und das war die Fähigkeit, die er mittlerweile am meisten schätzte. Nach der Vorstellung waren immer viele Mädchen da; manchmal zechten sie bis zum frühen Morgen. Aber das Glück war nicht von Dauer. Eines Tages biss ihn beim Abbau eines Käfigs ein Löwe, und er verlor den größten Teil seines linken Fußes. Der Harlekin, der auch die Tiere verarztete, brannte die Wunde aus, und ein Hochseilartist schnitzte ihm einen Holzschuh aus einem alten Schild, das einmal DAS HÄSSLICHSTE TIER DER WELT angepriesen hatte. Das auf dem Kopf stehende W sah aus wie ein großes M. »M wie Mulvey«, grinste der Künstler.

Sie behielten ihn noch ein paar Monate bei sich, aber er wusste, er war ihnen eine Last. Er konnte nicht mehr beim Zeltaufbau helfen, und als Aufseher brauchte man ihn auch nicht mehr. Andere hatten von ihm gelernt, wie man es machte, und fanden sogar Mittel, wie sich sein Verfahren noch verbessern ließ. Er konnte auch nicht schaufeln oder kehren oder schrubben; und er traute sich nicht mehr in die Nähe der struppigen alten Raubkatze, die ihn gebissen hatte. Ein

Akrobat aus Piemont half ihm beim Laufenlernen; er zeigte ihm, wie er sein Gewicht verschieben und den Schwerpunkt verlagern musste. Eine Zeit lang spielte er die Vorhut; er ging der Zirkuskarawane in die nächste Stadt voraus und verteilte Handzettel oder Freikarten. Eines Tages in York saß er, nachdem er diese Aufgabe erledigt hatte, auf einer Brücke über den Fluss Ouse und wartete auf die anderen. Als der Abend hereinbrach, waren sie noch immer nicht in Sicht, und da wusste er, sie würden nicht mehr kommen. Sie hatten es nicht übers Herz gebracht, ihm zu sagen, dass er nicht mehr bei ihnen bleiben konnte, und dafür war er ihnen immerhin dankbar. Aber es half ihm nicht viel, das wusste er auch. Wieder einmal war er allein in einer Welt voll fremder Menschen.

Der Winter '42 war bitterkalt, der härteste seit Menschengedenken. Schon Anfang November fiel der erste Schnee, und danach war es so kalt, dass die wenigen Blätter, die noch an den Bäumen hingen, zu stahlharten Messerklingen gefroren. Die Landstraßen in England, sonst Ströme aus Schneematsch, versanken unter einer dicken Schicht aus Eis und gefrorenem Lehm. Mulvey versuchte sein Glück mit Betteln, aber das fiel ihm nicht leicht; und die Leute auf dem Land ließen sich von seiner Armut und seiner Lahmheit nicht beeindrucken. Was war schon ein verkrüppelter Fuß, in diesem Winter '42? Sie waren selbst bettelarm, und bei ihnen gab es nichts zu holen.

Auch im neuen Jahr blieb das Wetter unverändert. Bald war es Februar. Der Frost wurde noch schlimmer. Eines Tages begegnete er in der Nähe von Stoke einem freundlichen Waliser, einer beängstigend mageren Vogelscheuche, auf Beinen, die aussahen, als könne man sie mit einem einzigen Hieb zerbrechen. William Swales war ein armer Schulmeister in Mulveys Alter, unterwegs zu einer Anstellung im Dorf Kirkstall bei Leeds. Er hatte kaum etwas zu beißen, aber diese wenigen Krümel teilte er bereitwillig. Er möge die Iren, erzählte er Mulvey, denn seine Mutter habe in Holyhead auf Anglesey, wo die Fähren nach Dublin ablegten, eine Pension betrieben, und habe immer gesagt, was für reinliche Menschen die Iren seien. Er selbst sei davon nicht so überzeugt, aber die irischen Gäste hätten für sein Essen und seine Ausbildung gesorgt, und so fühle er sich ihren Landsleuten ein wenig verpflichtet, ganz gleich wie sie es nun wirklich mit der Körperpflege hielten und wie sie sich benahmen.

Neunzehn Tage lang wanderten sie zusammen in Richtung Norden und verbrachten neunzehn kalte Nächte in Scheunen und Kuhställen. Sie stapften durch den tiefen Schnee und sprachen dabei oft über gelehrte Themen. Diese Unterhaltungen machten Mulvey unerwartet viel Freude. Obwohl sein neuer Weggefährte beredt und gebildet war, konnte Mulvey durchaus mit ihm mithalten und war ihm bisweilen sogar überlegen.

Swales war ein Kenner der Klassiker, ein Mann der alten Schule. Er war bestens bewandert in Musik, Geographie, Literatur und Geschichte, in alten Legenden und Erzählungen aller Art. Sein eigentliches Steckenpferd aber war die Mathematik. Zahlen seien so geheimnisvoll und doch so einfach und schön. »Wo zum Beispiel«, sagte er, »wären wir ohne die Neun? Überleg einmal, Mulvey, wo wären wir? Diese Präzision. Diese absolute Perfektion. Zugegeben, es ist noch nicht ganz die Zehn. Die Zehn ist die Kaiserin unter den Zahlen. Aber die Neun ist so viel mehr als die arme alte Acht; für sich genommen ist das natürlich auch eine nette kleine Zahl, und sehr hübsch noch dazu, aber eben nicht die Neun. Mit der Acht geht man vielleicht ins Bett, aber heiraten tut man die Neun. O wunderbare, schlaue, listige, teuflische Neun!«

Mulvey fand solche Reden faszinierend, aber er widersprach auch oft, einfach nur zum Zeitvertreib. Die Neun sei eine Zahl wie jede andere, sagte er dann, nur nicht ganz so nützlich. Man könne mit ihr weder die Wochentage zählen noch die Monate des Jahres, weder die Todsünden noch die Dekaden des Rosenkranzes noch die Grafschaften von Irland, nicht einmal die Zähne in seinem walisischen Dickschädel. Swales schnaubte verächtlich und rollte mit den Augen. Die Neun sei eine magische Zahl. Die Neun sei göttlich. Mit welcher Zahl man auch immer die Neun multipliziere, bei dem Ergebnis sei die Summe der Ziffern immer Neun. (Zwischen Woodhouse und Doncaster verbrachte Mulvey einen ganzen Tag mit dem erfolglosen Versuch, diese Behauptung zu widerlegen, ohne dabei auf Bruch- oder Prozentrechnung zurückzugreifen, denn die waren in den Augen von Swales Teufelszeug. »Brüche sind unrechtmäßig«, sagte er oft. »Die Bastarde im Reich der Mathematik.«)

Er hatte eine durchaus wohlklingende Bassstimme, was Mulvey bei einem derart dünnen Mann in Erstaunen versetzte; wenn er sang, klang seine Stimme dumpf und volltönend wie ein altes Cello. Er brachte Pius Mulvey sein Lieblingslied bei, ein Matrosenlied mit einem ganz und gar unsinnigen Text, das man wie einen Marsch skandieren konnte, und sie sangen zusammen und stapften dabei durch den knirschenden Schnee. Die volle Stimme des Gelehrten verlieh Mulveys unsicherem und dünnen Tenor das nötige Gewicht.

Am Abend ging er früh ins Bett, denn er litt an einem Fieber
Und sprach ich bin ein schöner Mann, und auch ganz schön durchtrieben
Um Mitternacht der Kerze Schein ward bleich und er rief »Weh mir!«
Ein Geist trat an sein Bett heran und sprach
»Schau her! Miss Bailey!«

Die letzten vier Worte brüllten sie aus vollem Halse, und es entwickelte sich ein regelrechter Wettstreit, wer von ihnen am furchterregendsten klang. Oft ließ Pius seinen Begleiter gewinnen, einfach weil er ihn mochte und ihm einen Gefallen tun wollte. Er war überhaupt nicht Furcht erregend, der hagere kleine Schulmeister. Er hatte nie im Leben bei etwas gewonnen.

Mit dem Singen hielten sie sich bei Laune, aber Mulvey fiel es immer schwerer. Sein verstümmelter Fuß pochte vor Schmerzen. Die Schmerzen im Rücken wurden von Tag zu Tag schlimmer. Eines Tages wachte er auf, vom Tau völlig durchnässt; seine Fingerspitzen waren taub, Nase und Augen liefen. Auf der Kopfhaut spürte er ein merkwürdiges Jucken. Er kratzte sich und hatte Blut unter den Fingernägeln. Blankes Entsetzen durchfuhr Pius Mulvey wie ein Pfeil. Er hatte den Kopf voller Läuse.

Er weinte vor Scham und Abscheu, als Swales ihn kahl schor und seinen Kopf in den eisigen Bach am Straßenrand tauchte. Wäre das Sterben nicht gar so schwer gewesen, dann hätte er in jenem Augenblick sterben wollen. Die nächsten zwei Tage sprach er kein einziges Wort.

»Nicht mehr lange, und wir sind in Leeds«, sagte Swales immer wieder mit einem Lächeln. Alles würde gut, wenn sie erst einmal in Leeds waren; für ihn war es, als marschierten sie auf goldener Straße geradewegs ins Paradies hinein. Die Leute in Yorkshire, das waren die anständigsten in ganz England, die waren aufrecht zu jedermann. Ein

Yorkshiremann stand zu seinem Wort, anders als manch andere Lumpen und Halunken, denen Swales in seinem Leben begegnet war. In Leeds würden sie auch für Mulvey Arbeit finden.

»Vielleicht finden wir sogar zwei hübsche Mädchen, was, Mulvey, mein Alter? Wir werden sesshaft. Leben wie die Fürsten. Wein und Kuchen und ein Schweinekotelett zum Frühstück. Und Yorkshire Pudding zum Mittag, liebe Güte!«

Bis es so weit war, nahmen sie mit allem vorlieb, was sie am Wege fanden: Wurzeln, Blätter, Kräuter und Kresse, die paar Beeren, die die Vögel noch nicht von den schwarzen Sträuchern geholt hatten. Manchmal aßen sie auch die mageren Vögel selbst, und wenn sie Glück hatten, fingen sie ein verhungertes Moorhuhn. Eines Morgens fanden sie nicht weit von Ackworth eine tote Katze auf der Straße und hatten das Feuer in dem brennnesselüberwucherten Graben schon in Gang gebracht, bevor sie sich eingestanden, was beide vom ersten Augenblick an gedacht hatten: dass sie lieber weiterhungern würden, als eine Katze zu essen.

Mulvey wunderte sich immer wieder, dass Swales anscheinend schon vom Reden über Essen satt wurde. Er war danach zufriedener, und Mulvey musste zugeben, dass er neidisch war. Nicht lange, und er konnte immer schon voraussagen, welches Festmahl der Tag bereithalten, welches Bankett aus Worten sein Reisegefährte diesmal auftischen würde, wenn sie über gefrorene Felder stapften oder die glitschigen Treidelpfade an den Kanälen entlangschlitterten. »Gebratener Schwan, Mulvey, und ein ganzer Teller mit saftigen Steaks. Spargel und Stangensellerie. Kartoffeln so groß wie dein irischer Dickschädel. Käse, lieber Himmel, alle Sorten, Muskatellerwein, und ein Krug warmer Cider, mit dem wir alles hinunterspülen.«

»Das ist doch nur ein Happen«, protestierte Mulvey dann. »Was gibt es zum Hauptgericht?«

»Kommt schon noch, kommt schon noch. Nicht so hastig, Mann. Gebratenes Wildschwein, einen Apfel zwischen den Zähnen. Eine Badewanne voll Bratensoße und eine zweite mit Burgunder. Sevilla-Orangen in Brandy. Serviert von Helena von Troja. Im Hemd.«

»Gut, da hätte ich wohl erst einmal genug. Aber was ist mit dir, Willie, willst du denn nichts essen?«

Und immer so weiter, Hungertag für Hungertag. Im wahrsten Sinne des Wortes schluckte der arme William Swales seine Worte herunter. Und sein gelehriger Schüler tat es ihm nach.

Es gab Tage, da schien der Lehrer so krank, dass Mulvey nicht damit rechnete, dass er die nächste Nacht überstehen, geschweige denn Leeds sehen würde. Wenn er hustete, kam oft ein großer Schwall wässrigen Bluts. Der Schüttelfrost packte ihn dermaßen, dass er nicht einmal mehr einen Becher halten konnte. Doch nie versiegte der Strom von Witzen und Albernheiten; als ob er spürte, dass er sterben würde, wenn er auch nur einen Augenblick lang aufhörte zu lachen.

Am 1. März 1843 brachen sie um fünf Uhr in der Frühe aus dem Städtchen Gildersome auf. Nach drei Stunden wurde es hell, und als die kalte Sonne über den verschneiten Feldern aufging, sang William Swales ein Hosianna. Er stieß Mulvey, der neben ihm hertrottete, an und wies nach vorn zu den Schornsteinen und schwarzen Türmen von Leeds. Es war Sankt-Davids-Tag, erklärte Meister Swales ihm. Der Feiertag der Waliser, wo immer sie waren auf der Welt.

Den ganzen Tag lang schleppten sie sich voran wie müde Kämpen, doch die Straße war schlecht, und sie kamen kaum vorwärts. Einmal verirrten sie sich und gingen in die falsche Richtung; es wurde vier Uhr, und die Abendschatten legten sich über das Land. Bei Castleford trafen sie einen alten Landstreicher mit dem seltsamen Namen Bramble Prunty, und der riet ihnen sich vorzusehen. Die örtliche Polizei, das seien scharfe Hunde. Die steckten einen ins Gefängnis, ohne lange zu fragen, und wenn sie in der Stimmung seien, setze es zum Spaß noch Tritte dazu. Wenn man keinen Platz zum Schlafen hatte, ging man am besten tief in den Wald. Da gab es dicke Baumstämme, der Boden war trocken, und den Konstablern war es viel zu viel Arbeit, bis dahin zu kommen. Da konnten zwei Burschen mit einem Fläschchen Gin es sich gut gehen lassen und brauchten keinen ungebetenen Besuch zu fürchten. Sie glaubten, der Mann wolle Schnaps, und Mulvey sagte, sie hätten leider nichts anzubieten. Grinsend holte der Landstreicher einen irdenen Krug hervor. »Zehn Shilling«, sagte er und starrte sie gierig an. Das waren neun Shilling und Sixpence mehr als der Marktpreis, aber sie handelten ihn schließlich auf ein Paar Schuhe herunter.

Als sie einen Platz zum Kampieren gefunden hatten, war es schon dunkel. Das Holz, das am Boden lag, war feucht und brannte nicht, und so entfachte Swales das Feuer mit seinen Hemden; Mulvey machte sich auf die Suche nach Wasser. Die Luft war so kalt, dass die Bäume knackten. Als er wieder zurückkam, sah er, wie sein vor Kälte bibbernder Reisegefährte seine philosophischen Texte in die Flammen warf.

»Heraklit sagt, alles auf dieser verfluchten Welt besteht aus Feuer. Jetzt soll er mal sehen, der elende griechische Sodomit.«

»Willie – das ist entsetzlich. Du brauchst doch deine Bücher.«

»Doktor Faustus hat seine verbrannt. Dem hat es allerdings auch nichts genützt. An meinen können wir uns wenigstens den Hintern wärmen, was?« Er blickte in seinen Rucksack und lachte leise. »Was sagst du, Knappe? Soll's Shakespeare sein oder Chaucer?«

»Shakespeare würde länger brennen«, meinte Mulvey.

»Ah«, murmelte Swales, »aber Chaucer brennt *schöner*.« Und damit warf er die *Canterbury Tales* in die Flammen, die gierig danach griffen. »In der Hölle sollst du schmoren, du Hurensohn.«

Der Fusel, den sie von dem Vagabunden erworben hatten, wurde brüderlich geteilt; allerdings trat Mulvey seinem Gefährten einen Extraschluck ab, denn es waren Swales' Sonntagsschuhe gewesen, die ihnen den Trank eingebracht hatten. Sonst hatten sie außer einer Hand voll Teeblätter und einem kleinen Laib Brot, den Mulvey in Dewsbury gestohlen hatte, nichts, was ihnen gegen die schneidende Kälte helfen konnte.

Nach und nach ging die ganze englische Literatur in Flammen auf, von Sir Gawain bis Endymion; nur Shakespeare blieb der Feuertod erspart. (Obwohl der dritte Akt von *König Lear*, wenn auch nicht ganz im Sinne seines Verfassers, zu Ehren kam, als der Gin sich in Swales' ausgehungerte Magenwände fraß. »Blast, Winde, blast«, hatte er vor sich hingekichert, als er elend am Boden hockte. »Und sprengt die Backen«, fügte Mulvey hinzu.)

Als die Mitternacht kam, war der Schnaps fort, aber er hatte nicht die Wirkung getan, auf die Mulvey gehofft hatte. Er war nicht so betrunken, dass es ihm die Gedanken vertrieb, und die Gedanken, die kamen, waren, wie vorausgesehen, düster. Es war die letzte Nacht, die er und William Swales zusammen verbringen würden. So tapfer er auch in das Loblied auf Leeds eingestimmt hatte, wusste Mulvey doch, dass die Stadt jemandem wie ihm nichts zu bieten hatte. Er war in diesem Teil Englands ja schon gewesen und hatte gesehen, was jemand brauchte, der dort überleben wollte. Arbeit gab es nur in den Webereien, und für diese Arbeit brauchte man einen gesunden Körper, eine Kraft, die er nicht mehr besaß. Er hatte die grimmigen Gesichter der Männer gesehen, die sich am Morgen vor den Fabriktoren versammelten und hofften, dass die Vorarbeiter sie auswählten für eine einzige Schicht. Starke Männer, auf die zu Hause hungrige Familien warteten. Männer, die zwölf Stunden am Stück arbeiteten und nicht einmal für einen Schluck Wasser innehielten. Sie stellten sich in einer Reihe auf, und die Vorarbeiter nahmen die Parade ab wie Korporale, wählten die kräftigeren Kandidaten mit einem Kopfnicken aus, und die übrigen ließen sie mit ihrem Flehen allein. Nicht alle waren Schweine; aber sie wussten, wie die Welt nun einmal war. Zwischen Brighton und Newcastle gab es keinen Vorarbeiter, der einem Krüppel eine Chance gegeben hätte.

Leeds hielt für ihn nichts bereit außer neuen Qualen; der einzige Unterschied war, dass es kälter und regnerischer war als London. Swales würde seine Stelle in Kirkstall antreten; Mulvey würde von seinem stumpf gewordenen Verstand leben müssen, in einer Stadt, deren Regeln er nicht kannte. Er hatte nicht die Kraft, das Leben eines Diebes wieder aufzunehmen, das spürte er; davon trennte ihn eine Mauer, und ihm fehlte der Mut, sie zu übersteigen. Als er dort saß und in das flackernde Lagerfeuer starrte, musste er sich eingestehen, dass es besser für ihn gewesen wäre, er wäre in Newgate geblieben.

»Das wüsste ich ja gern, was dir gerade durch den Kopf geht«, sagte Swales.
»Überhaupt nichts«, antwortete Mulvey. »Null.«
Der Gelehrte blickte auf, sein Gesicht gerötet von den Flammen.
»Neunmal null«, sagte Mulvey. »Das bleibt immer noch null.«
Swales nickte traurig, als könne er es nicht länger leugnen. »Da hast du recht, mein alter Galgenvogel. Das ist schon ein Jammer.«
»Morgen sollte ich dir Lebewohl sagen, Willie. Das weißt du wohl.«
»Unsinn, Mann. In Leeds werden wir unser Glück machen, wart's nur ab.«
»Für mich gibt es dort kein Glück, Meister Swales.«
»Freundschaft, das ist ein Glück. Und Freunde sind wir doch, oder?«

»Heute sind wir Freunde, aber – was morgen ist, weiß ich nicht. Mir ist furchtbar elend, Willie.«

»Alles sieht wieder rosiger aus nach einem ordentlichen Schläfchen. Sollst mal sehen.«

Im Schutze einer Esche legten sie sich nieder, Swales in eine Decke gewickelt, Mulvey in seinem Militärmantel, und sangen einander im Regen leise in den Schlaf.

Als Mulvey erwachte, braute Swales schon Tee aus den Blättern vom Abend. Es war ein stiller Morgen, kalt und ein wenig neblig. Er hinkte hinunter zum Bach, der dort über die schwarzen Felsen rann, kniete sich hin und wusch sich Gesicht und Hände. Bis er fertig war, hatte es zu schneien begonnen; dicke, nasse Flocken, watteweiß.

Keine andere Wahl war der eine Satz, der ihm immer und immer wieder durch den Kopf ging. Er war schon früher dem Tode nahe gewesen, aber noch nie so nahe. Wenn er versuchte, zu Fuß zurück nach London zu kommen, würde er sterben. Der Schnee fiel; milchweiße Kristalle. Es gab keine Steine in dem Bach, jedenfalls keine, die er hätte tragen können, und so nahm er einen abgebrochenen Eichenast.

Neunmal null war null.

Er begrub William Swales in einem Loch, das er aus dem Waldboden gescharrt hatte; bedeckte ihn mit Zweigen und Farnwedeln; füllte das Grab, so respektvoll er konnte, und weinte um den einzigen Mann in England, der sich je seinen Freund genannt hatte. Da er nicht wusste, welchem Glauben sein Opfer angehangen hatte, ja ob er überhaupt gläubig gewesen war, betete er ein Ave Maria und zehn Rosenkränze und sang den einen Vers des Tantum Ergo, an den er sich noch erinnerte. Als die Zeit gekommen war, das kleine Holzkreuz aufzustellen, schnitzte er die Worte PIUS MULVEY, GALWAYMANN UND DIEB hinein. Dann trank er den Tee, packte sein Bündel und machte sich auf den Weg nach Leeds.

Achtzehn Monate lang lebte Mulvey in den Kleidern eines anderen. Er fand das Schulmeisterleben geruhsam und ganz nach seinem Geschmack. Die Kinder waren zwischen fünf und elf Jahren alt, und er musste nicht Doktor der Theologie sein, um sie zu unterrichten. Wenn man sich bescheiden, doch mit Selbstgewissheit trug, bemerkte niemand, wie wenig man wusste. Und er brachte den Kindern durchaus etwas bei: Lesen, Schreiben, Rechnen, die Fähigkeiten, die ein wenig Licht selbst in seine finstersten Tage gebracht hatten. Und auch Mulvey lernte etwas Wichtiges. Die Menschen sahen nur, was sie sehen wollten. Verstecken konnte man sich am besten mitten unter ihnen.

Es war die glücklichste Zeit seines Erwachsenenlebens, dachte er oft; vielleicht die einzige, in der er je wirklich glücklich gewesen war. Das kleine Steinhaus, das zur Lehrerstelle gehörte, war warm im Winter und kühl im Sommer. Er hatte ein Bett, ein Dach über dem Kopf, fünf Shilling die Woche und so viel zu essen, wie er nur essen konnte, denn die Einheimischen brachten ihm immer etwas. Das Mitleid der Leute mit einem allein stehenden Mann.

Manchmal stand er am Abend in seinem hübschen Häuschen und sah sich um. Nur eines fehlte, dann wäre es ein Paradies gewesen. Aber den Namen dessen, was fehlte, nannte er nicht gern.

Der Mörder stellte fest, dass er gern Kinder um sich hatte. Er fand ihre Neugier, ihr ungekünsteltes Wesen sympathisch, ihr Staunen über die alltäglichsten Dinge. Ein Stein, eine Feder, ein altes Stück Segeltuch – das reichte als Grundstock für die erstaunlichsten Geschichten. Die Ärmsten mochte er am liebsten, die Rotzjungen und zerlumpten Mädchen, die in den abgelegten Kleidern ihrer Geschwister in die Schule geschlurft kamen. Das Lernen kümmerte sie wenig, und Mulvey konnte es ihnen nicht verdenken, aber er bestand darauf, dass sie am Unterricht teilnahmen. Im Grunde wollten sie nichts weiter als einen Ort, an dem sie für ein Weilchen nicht froren, ein wenig Erholung von den Sorgen und dem Hunger zu Hause, den Becher warme Milch, den jedes Kind am Morgen bekam, vielleicht noch ein freundliches Wort von ihrem falschen Schulmeister. Mulvey fand, das war durchaus auch eine Lektion, die sie lernen sollten: dass man sich manchmal verstellen musste, um von der Obrigkeit zu bekommen, was man brauchte; dass in gewissem Sinne alle Herren falsche Herren waren, dass man ihnen aber von Zeit zu Zeit ihren Rang bestätigen musste. In all diesen Dingen fühlte er sich den Kindern nicht im Mindesten überlegen. Selbst arm, hatte er aus Erfahrung gelernt, und dieses Wissen wollte er weitergeben.

Sie konnten unruhig und frech sein, wenn ihnen danach zumute war, und manchen machte es ein gehässiges Vergnügen, ihn zu reizen. Aber nie griff er zu dem Stock, der im Schulhaus an der Wand hing, und eines Abends brach er ihn entzwei und warf ihn in die Flammen des Kanonenöfchens. Ein Kind zu schlagen, das kam Mulvey als eine groteske Form der Bosheit vor, als Eingeständnis vollkommener Unfähigkeit und Untüchtigkeit. Er *war* untüchtig, das stand fest; aber gewisse Grenzen sollte er doch nicht überschreiten. Ein Kind konnte einem nicht mit Absicht wehtun. Wer es trotzdem züchtigte, der sagte im Grunde, dass er an das Erwachsenwerden nicht glaubte.

Der Gedanke nagte an dem Mörder, dass er selbst ja auch Vater war, dass sein Blut in den Adern eines anderen lebendigen Menschen kreiste und dass er nicht den Mut gehabt hatte, diesen Menschen zu lieben. Solche Gedanken hatten ihn oft gequält, seit er in England war, aber er hatte sie immer wieder vertreiben können. Jetzt wo er von Kindern umgeben war, fiel ihm das schwerer. Jedes Kind auf der Schulbank schien wie ein Geist seines eigenen.

Beim nächsten Geburtstag musste dieses Kind dreizehn werden, ein entsetzliches Alter, eine Zeit, in der ein Kind einen Vater brauchte, der es an der Hand nahm. Im Leben eines jeden Menschen gab es Augenblicke, in denen er sich zu bewähren hatte. Und als das Leben mit einer solchen Prüfung zu Pius Mulvey gekommen war, da war er davor geflohen wie ein Vampir vor dem Licht. Nun wälzte er sich des Nachts mit Träumen von seinem eigenen Vater, von dessen Rechtschaffenheit, von der aufopfernden Arbeit der Mutter für ihre Söhne. Hatte er ihr Andenken geehrt, aus Dankbarkeit für all diese Liebe? Er hatte das eine Enkelkind im Stich gelassen, das einmal ihren Namen getragen hätte. Wie hatte er Mary Duane ihre Liebe gedankt? Als er sie verließ, war es mehr als nur Verrat gewesen; er hatte sie verdammt. Er wusste doch, wie es ging, hatte es oft genug gesehen; die Schande der unverheirateten Mutter war nichts anderes als eine Form von Witwenschaft. Kein Mann in Irland würde eine Frau nehmen, die ein Kind von einem anderen hatte. (»Wer kauft schon ein angeschlagenes Ei?«, hatte er einmal einen Priester sagen hören.) Er hatte ihr für alle Zeiten die Hoffnung auf einen Ehemann und auf ein Leben in Gesellschaft genommen. Es war eine Schande, wie er sich betragen hatte, undenkbar, dass man ihm verzieh. Aber sein Schuldgefühl war auch eine feige Lüge, und das wusste er. Der Gedanke, dass sie mit einem anderen verheiratet sein könnte, war ihm unerträglich.

Warum war er fortgegangen? Wovor floh er? War es wirklich die Furcht vor dem Leben in Elend, oder hatte er sie verletzen wollen? War er in der Tiefe seiner Seele tatsächlich ein solches Ungeheuer? Er überlegte oft, ob es wohl ein Junge oder ein Mädchen war. Der Gedanke, es könne eine Tochter sein, erfüllte ihn mit Angst. Ein Mädchen ohne Vater, der ihr Rat geben und sie schützen konnte. Eine junge Frau in einer Welt voller Pius Mulveys. »Bastard«, würden sie murmeln, wenn sie durch die Straßen von Clifden ging. Der Bastard, den Pius Mulvey geschaffen hatte. Tochter der Hure, die ebenfalls sein Werk war.

Oft kehrte die Nacht, in der er von Connemara fortgegangen war, im Traum zurück, die entsetzliche Nacht mit dem Hurrikan, der das Land verwüstet hatte. So oft hatte er umkehren wollen, aber mit jedem Schritt war es schwerer geworden. Er wollte nicht hungern. Er wollte nicht sterben. Er liebte Mary Duane, aber er hatte solche Angst. Etwas Selbstsüchtiges in ihm hatte seine Liebe unter sich begraben, aber er hatte zugelassen, dass es geschah; das konnte er nicht leugnen, das war eine Schande, vor der keine Flucht möglich war. Er sah sich davonlaufen, durch die Wälder, wo rechts und links die Stämme stürzten, durch Holundergestrüpp, das vor seinen Augen zerfetzt wurde, durch ein Schneegestöber aus Laub. Brücken stürzten, dann verschlang sie die reißende Flut. Er hatte dem Kind und der Mutter Entsetzliches angetan. Gab es noch einen Weg zurück von solch ungeheuerlicher Sünde? Konnte man eine einmal eingestürzte Brücke wieder aufrichten? War der Schutt noch da, gleich unter der eiskalten Oberfläche? Kam man vielleicht hinüber, wenn man von Bruchstück zu Bruchstück sprang?

Am 1. September 1844 setzte er sich an seinen Tisch und schrieb ihr einen Brief. Es war das längste Schriftstück, das er je verfasst hatte, einundzwanzig Seiten Bitten und Flehen, und er war fest entschlossen, dass er es nicht durch eine Lüge beflecken würde, nicht eine einzige. Als junger Mann habe er sie geliebt und habe gehofft, dass ein gemeinsames Leben vor ihnen lag; in all den Jahren in England habe er keine andere geliebt. Er habe keine Entschuldigung anzubieten für die Grausamkeit, die er ihr getan habe. Nur dass er in seiner Furcht der Feigheit nachgegeben habe. Wenn sie ihn doch nur zurücknähme, dann wolle er ihr nie wieder ein Leid tun. Schreckliche

Dinge seien ihm zugestoßen in England, er selbst habe schreckliche Dinge getan. Das schlimmste Grauen, das ihm je im Leben begegnet sei, sei nur zu ertragen gewesen, weil er nie vergessen habe, dass sie ihn einmal geliebt habe. Seit nun fast dreizehn Jahren sei kein Tag vergangen, an dem er nicht an sie gedacht habe; in seinen finstersten Augenblicken habe ihm der Gedanke Kraft gegeben, dass er einmal geliebt worden sei.

Als es Mitternacht wurde, hielt er inne und las noch einmal, was er geschrieben hatte. Aber er wusste, dass es falsch war. Es war durch und durch falsch. Worte konnten nicht verbergen, was wirklich geschehen war. Er hatte die einzige Frau im Stich gelassen, die ihm je etwas bedeutet hatte, und der einzige Grund war seine eigene Schwäche gewesen, eine Schwäche, für die er sich schämte. Er zerriss den Brief und sah zu, wie er verbrannte.

An einem Morgen der folgenden Woche wartete ein Mann vom Gemeinderat vor der Schultür, als Mulvey von seinem Häuschen herüberkam und aufschließen wollte. Er sagte, er müsse ihn in einer etwas delikaten Angelegenheit sprechen. William Swales' Mutter habe ihm geschrieben und frage, warum ihr Sohn nie auf ihre Briefe antworte. Es gehe ihm doch gut? Es sei ihm doch nichts zugestoßen? Das Ungeheuer las die ängstlichen Zeilen der Mutter, und er hätte selbst nicht sagen können, wie es ihm gelang, nicht die Fassung zu verlieren. Ein Fall von allzu großer Muttersorge, da war er sich einig mit dem Gemeinderat, der die Tränen in seinen Augen als Rührung des Sohnes deutete.

»Seien Sie ein braver Junge, William, und schreiben Sie ihr. Schließlich haben wir doch alle nur die eine Mutter.«

»Das werde ich gewiss tun, Sir. Ich danke Ihnen, Sir.«

Am selben Abend packte er eine Reisetasche und hinkte aus Kirkstall davon, in Richtung Liverpool, das er in vier Tagen erreichte. Dort verkaufte er die Bücher, die er der Schule gestohlen hatte, und das Pferd, das er vor dem Gasthaus in Manchester gestohlen hatte.

Seine Wanderzeit war vorüber. Er würde nach Carna zurückkehren, zu Mary Duane und dem Kind. Er würde ihr sagen, wie es gewesen war; dass er aus Angst fortgegangen war. Wenn er es ihr von Angesicht zu Angesicht sagte, war vielleicht doch möglich, dass sie ihm verzieh. Und wenn nicht gleich, dann vielleicht später. Er würde arbeiten; er würde *schuften* für sie und das Kind. Bei dem Kind sein, das war sein einziger Wunsch. Er wollte beweisen, dass er kein Tier war, nur ein Mann, der nicht den Mut gehabt hatte.

Er schiffte sich am Wellington Dock ein, stahl einem unachtsamen Herzog die Brieftasche und traf am folgenden Morgen in Dublin ein. Vom Kai ging eine Postkutsche nach Galway, und er bestach den Kutscher, dass er ihn mitnahm. Von der Stadt schlug er den Weg nach Süden ein, nach Connemara, und noch vor Sonnenuntergang langte er im Dorf Carna an.

Zunächst dachte er, er habe sich vertan, sei aus Versehen an den falschen Ort geraten. Er stand vor den rußgeschwärzten Ruinen der Hütte. Den eingefallenen Mauern. Den Resten des Strohdachs, aus denen das Gras sprießte. Überreste zerschlagener Möbel lagen am Boden, als hätten sie sich zum Folterinstrument formen wollen.

Haufen aus nasser Asche. Spuren des Brands auf den Steinfliesen. Eine Schaufel, die noch in dem efeuumrankten Fenster steckte, in das jemand sie geworfen hatte.

Der Wind, der vom See heraufkam, war auffällig warm und brachte den sommerlichen Duft der Binsen mit. Aber dann sah er etwas, das ihn trotzdem vor Kälte zittern ließ. Die Tür der Hütte war in zwei Teile gesägt. Er wusste, was das bedeutete. Das waren die Austreiber, die die Pächter vertrieben.

Weit und breit war niemand zu sehen. Die Felder lagen brach. Ein Fischerboot verrottete neben dem Torpfosten, und wo die Bespannung weggefault war, bleichten die Spanten in der Sonne.

Er kehrte der verwüsteten Hütte den Rücken und machte sich auf den Weg zum Herrenhaus. Dort konnte er fragen, was geschehen war. Wo waren alle geblieben? Bald stolperte er in schierer Panik voran. Eine weitere zerschlagene Kate. Ein niedergebrannter Schweinestall. Das Sumpfland mit Stacheldraht eingezäunt. Der Schienbeinknochen einer Ziege. Im Graben ein umgestürztes Bettgestell. Eine Tischplatte mitten im Misthaufen, auf die eine Botschaft gepinselt war.

DIESE LÄNDEREIEN SIND EIGENTUM
DES HENRY BLAKE VON TULLY.
EINDRINGLINGE WERDEN ERSCHOSSEN,
OHNE WEITERE WARNUNG.

Ein alter Mann kam mit einem zerzausten Pony den Feldweg herunter.

»Gott sei mit Euch«, begrüßte Mulvey ihn auf Irisch.

»Und die Mutter Maria mit Euch.«

»Seid Ihr aus der Gegend, Sir, wenn ich das fragen darf?«

»Johnny de Burca. Früher habe ich oben im Gutshaus gedient.«

»Ich suche Mary Duane, die hier an der Bucht wohnte.«

»Hier gibt es keine Duanes mehr, Sir. Hier wohnt überhaupt niemand mehr.«

Ihm schwindelte bei dem Gedanken, dass sie womöglich mit dem Kind fortgegangen war. Doch als er fragte, antwortete der alte Mann: Nein, sie sei nach wie vor in Galway. Jedenfalls soweit er wisse und wenn sie von derselben Frau sprächen.

»Mary Duane«, sagte Mulvey. »Ihre Familie kommt aus Carna.«

»Dann meint Ihr Mary Mulvey, die oben bei Ardnagreevagh wohnt.«

»Wie?«

»Mary Mulvey, die den Priester geheiratet hat. Zwölf Jahre muss das jetzt her sein.«

»– den Priester?«

»Ja, Nicholas Mulvey. Der früher Priester war. Der Bruder von dem, der ihr ein Kind angehängt und sich dann nach Amerika davongemacht hat.«

XXII. Kapitel

Das Gesetz

Der siebzehnte Tag der Reise: worin der Kapitän berichtet, wie Mulvey mit knapper Not seiner gerechten Strafe entging.

MITTWOCH, 24. NOVEMBER 1847
VERBLEIBEND NEUN TAGE AUF SEE

Position: 47° 04,21′ westl. Länge; 48° 52,13′ nördl. Breite. Uhrzeit bezogen auf Greenwich: 2.12 Uhr nachts (25. November). Bordzeit laut Schiffsuhr: 11.04 Uhr abends (24. November). Windrichtung & Geschwindigkeit: Nordnordost (38°), Stärke 5. See: Aufgewühlt. Kurs: Südsüdwest (211°). Niederschlag & sonstige Bemerkungen: Sehr heftiger Hagelschauer am Nachmittag. Rauer, heftiger Wind. Der üble Geruch, der in den letzten Tagen über dem Schiff lag, ist nicht mehr so stark.

Letzte Nacht sind zwei Passagiere aus dem Zwischendeck gestorben: Paudrig Foley, Landarbeiter aus Roscommon, und Bridget Shouldice, geb. Coombes, eine betagte Dienstmagd, zuletzt Insassin im Armenhaus von Birr, King's County. (Schwachsinnig.) Ihre sterblichen Überreste wurden dem Meer überantwortet.

Die Gesamtzahl derer, die während dieser Reise verstorben sind, beträgt damit einundvierzig. Siebzehn Passagiere sind im Laderaum in Quarantäne, an Cholera erkrankt.

Ich sehe mich gezwungen, über einige beunruhigende Vorfälle zu berichten, welche sich am heutigen Tage zugetragen und die Zwischendeckpassagiere in große Unruhe versetzt haben, mit schlimmen, beinahe fatalen Folgen.

Gegen drei Uhr saß ich in meiner Kajüte, studierte die Seekarten und war in meine Berechnungen vertieft, als Leeson eintrat. Er sagte, eine junge Frau aus dem Zwischendeck habe ihm mitgeteilt, die Passagiere dort seien aufs Höchste beunruhigt, und wenn ich nicht umgehend mit ihm dorthin käme, geschähe wohl ein Unglück. Was dort im Gange sei, sei keine harmlose Rauferei, sondern Mord und Totschlag. Leeson bestand darauf, dass wir Waffen aus dem Gewehrschrank mitnahmen, denn die Passagiere seien außer sich vor Wut. Wir machten uns auf den Weg.

Auf dem Hauptdeck begegneten wir Reverend Henry Deedes; er war ins Gebet versunken, aber ich drängte ihn, er solle uns nach unten begleiten. Zwar hängen die meisten Zwischendeckpassagiere dem römischen Glauben an, doch sie begegnen Geistlichen aller Art mit Respekt und Hochachtung, und es konnte nur von Vorteil sein, wenn er mit hinunter kam.

Wir stiegen die Leiter hinab (Deedes, Leeson und ich); unten angekommen bot sich uns ein grauenhaftes Schauspiel. Der unglückliche Krüppel namens William Swales kauerte in der Nähe der Abtritte am Boden. Er sah Mitleid erregend aus. Alle Zeichen deuteten darauf hin, dass er Opfer eines Angriffs oder einer ganzen Reihe von Angriffen geworden war. Seine Kleider hingen ihm in Fetzen vom Leib, und er schlotterte vor Angst; das Gesicht war über und über mit Blut, Schmutz und Kot besudelt.

Anfangs wollten die Passagiere nicht sagen, wie es dazu gekommen war, und auch der arme Kerl selbst weigerte sich beharrlich; er sagte, er sei im Rausch gestürzt und werde sich rasch wieder erholen. Dazu muss man wissen, dass es unter einfachen Iren einen seltsamen Brauch gibt: Niemals würden sie gegenüber einer Autoritätsperson (oder was sie dafür halten) verraten, welcher Versäumnisse oder Vergehen sich ein anderer schuldig gemacht hat, selbst wenn es sich um noch so üble Missetaten handelt. Erst als ich damit drohte, dass die Rationen künftig halbiert und die Regeln, was den Branntwein an Bord angeht, strenger gehandhabt würden, brachen sie ihr Schweigen, und die Wahrheit kam ans Licht.

Wie sich herausstellte, war einem Passagier namens Foley eine Tasse Maismehl gestohlen worden, und der Verdacht fiel auf den Krüppel. Dies wurde als Grund für die Misshandlung angeführt. Ich erklärte ihnen, auf dem Schiff gelte das englische Gesetz, und nach diesem Gesetz sei es *ein Teil des englischen Staatsgebiets*; nach dem gleichen gnädigen Gesetz gelte jeder Mensch, gleich welchen Standes, so lange als unschuldig, bis das Gegenteil bewiesen sei. Und wenn jemand es wagen sollte, auf meinem Schiff Unfrieden zu stiften oder das Gesetz selbst in die Hand zu nehmen, werde er für den Rest der Reise eingesperrt und in Ketten gelegt und solle viel Zeit zum Nachdenken haben. Dann ergriff der gute Reverend das Wort und sagte, ein Christ dürfe einen unglücklichen Mitmenschen, den er nicht kenne, nicht misshandeln, schon gar nicht einen Krüppel, und der Heiland habe stets Mitleid mit solchen Geschöpfen gezeigt etc.

»*Ich* kenne ihn«, meldete sich eine Stimme aus dem Hintergrund.

Die Menge teilte sich, und ein gewisser Shaymus Meadowes trat vor, ein übler Schläger mit einer Bullenbeißervisage, der allerlei Diebstähle begangen und seine Mitpassagiere mit anzüglichen Scherzen und Schamlosigkeiten der niedersten Art belästigt hatte. Ein notorischer Trinker, und entsprechend ungehobelt ist sein Benehmen. Erst an diesem Morgen war er aus der Arrestzelle freigelassen worden, und das auch nur auf Drängen von Reverend Deedes, der Freundschaft mit ihm geschlossen und ein gutes Wort für ihn eingelegt hatte.

»Du heißt Pius Mulvey«, sagte er. »Du hast deinem Nachbarn das Land fortgenommen, als er ins Unglück geraten war.«

(Unter der irischen Landbevölkerung wird kein Mann mehr verachtet als derjenige, der unter solchen Umständen das Pachtland eines anderen übernimmt. Lieber lassen sie das Land brachliegen, als dass es von jemandem bebaut wird, der nicht darauf geboren ist.)

»Du verwechselst mich«, sagte der Krüppel. »Ich bin nicht Mulvey.« Er schien sehr verängstigt und wollte davonhinken.

»Ich sage, du bist es«, beharrte der andere. »Ich habe dich oft genug gesehen mit deinem Fuß.«

»Nein«, erwiderte der Krüppel.

»Deinen Nachbarn hat er fortgejagt, von seinem Land vertrieben, dieser *shoneen*, der B★★★★d Blake von Tully, der an seiner eigenen Sch★★★e ersticken soll.« (Es folgten weitere ähnliche Bemerkungen, die man sich ausmalen mag, über den Commander Henry Blake, einen Mann, der sich unter den Armen Connemaras nicht eben großer Beliebtheit erfreut. Ein *shoneen*, erklärte man mir, ist ein Ire, der sich wie ein Engländer aufführt.) Und er fuhr fort: »Statt dass du einen Bogen um diesen B★★★★d von einem Grundherrn gemacht hättest, bist du hingekrochen und hast dir das Land von deinem Nachbarn geben lassen, und du hast es billig bekommen.«

Daraufhin erhob sich ein großes Geschrei, und sie bespuckten ihn. »Dem würde ich den Schädel einschlagen, wenn ich könnte«, rief einer. »Einen Schlimmeren wie den gibt es nirgends«, hieb eine Frau in die gleiche Kerbe und rief, sie sollten ihn aufknüpfen. (Es erschüttert mich immer wieder, wenn ich sehe, wie in solchen Fällen die Frauen oft unerbittlicher sind als die Männer.)
»Der Mann heißt William Swales«, sagte ich.
»Der Teufel hat viele Namen«, rief Meadowes. »Das ist Pius Mulvey aus Ardnagreevagh, so wahr ich hier stehe. Und er hat einen anderen umgebracht mit seiner Räuberei.«
Wieder hoben sich die Stimmen. Noch einmal unternahm Reverend Deedes einen Versuch, die Wogen zu glätten, doch wurde er nun selbst ob seines Glaubens mit den unflätigsten Beschimpfungen überzogen. Ich wies darauf hin, dass eine anständige und ernsthafte Frömmigkeit nicht das Privileg einer bestimmten Konfession sei, sondern das Banner des wahren Glaubens aus vielerlei Fäden gestickt sei, so kunstvoll verwoben, dass es der ganzen Welt Schmuck und Stolz sein könne. Woraufhin ich selbst den Spott der Massen zu ertragen hatte.

Inzwischen beherrschte Meadowes die Bühne, genoss die Aufmerksamkeit und schwang sich zu fanatischen Höhen auf (wie solche Männer es stets tun, die auf keinem Felde etwas vorzuweisen haben außer im Prahlen und Leuteschinden).

»Soll ich ihnen das Beste verraten?«, fragte er.

Der Krüppel antwortete nichts. Er bebte vor Furcht.

»Flehe mich an, es nicht zu tun«, sagte der andere, ein grausames Lächeln auf den Lippen.

»Ich flehe dich an, es nicht zu tun«, gehorchte der Krüppel.

»Auf die Knie, wenn du bettelst«, kommandierte Meadowes.

Der arme Krüppel sank auf die Planken und weinte leise.

»Nenne mich Gott«, sagte Meadowes, »du Sch★★★★★★★★n.«

»Du bist mein Gott!«, rief der Krüppel unter Tränen.

»So ist's recht«, sagte Meadowes, der widerwärtige Schurke. »Und du wirst tun, was ich dir sage.«

»Das will ich«, antwortete der Krüppel. »Nur habe Gnade mit mir.«

»Leck mir die Stiefel«, befahl Meadowes, und sein erbarmenswürdiges Opfer machte sich daran. Für die Mehrzahl der Mitreisenden war diese beschämende Grausamkeit ein Grund zum Lachen; es gab aber auch etliche mit freundlicherem Herzen, welche Einhalt geboten.

»Bitte«, sagte der Krüppel, »verrate mich nicht, ich flehe dich an.« Meadowes beugte sich zu ihm hinunter und spuckte ihm ins Gesicht.

»Der Nachbar, den du auf dem Gewissen hast, war dein eigener Bruder«, sagte er.

»Das ist gelogen!«, rief der Krüppel.

»Nicholas Mulvey, der früher Priester in Maam Cross war. Ich habe ihn gut gekannt. Ein anständiger Mann, der Herr gebe seiner Seele Frieden. Und sein Blut klebt an deinen Händen, so wahr ich hier stehe. Du hast ihn umgebracht! Du hast deinen eigenen Bruder umgebracht!«

»Das ist nicht wahr!«, rief der Krüppel. Und dann: »Sehe ich etwa aus wie ein Bauer?«

»Anständige Nachbarn haben dich von dem Land, das du gestohlen hattest, vertrieben«, ließ der andere nicht locker. »Nachbarn und die Verlässlichen von Galway, Gott stehe ihnen bei. So war es. Ich habe mit meinem alten Herrn auf dem Markt in Clifden meinen Kohl verkauft. Und da in der Stadt, da habe ich alles über ihn gehört. Den Dieb! Den Mörder! Den Priesterhasser! Den Judas!«

»Der Mann bin ich nicht. Das war ein anderer, das schwöre ich.«

Nur indem Leeson und der Unterzeichnete ihre Pistolen hervorholten, konnte weiteres Unheil verhindert werden, und selbst da noch musste ich mit gutem Grund um mein eigenes Leben fürchten, als wir den armen Krüppel vom Ort seiner Demütigung fortholten.

Wir haben ihn in die Arrestzelle gesteckt, wo er vor seinen Peinigern sicher ist. Und was immer er sich zuschulden kommen ließ – und welches Menschen Vergangenheit, von seinem Herzen oder den Tiefen seines Gewissens gar nicht zu reden, wäre frei von Schuld? –, bete ich, dass keiner an Bord noch einmal Hand an den armen Burschen legen wird, denn wenn es geschieht, wird er auf diesem Schiff sein Leben aushauchen.

Ich glaube, das ist alles, was ich dazu zu sagen habe.

Am heutigen Tag habe ich den Büttel des Bösen gesehen, und sein Name ist Shaymus Meadowes.

XXIII. Kapitel

Der Ehemann

Freimütige und bislang unbekannte Enthüllungen über
Lord Kingscourts Doppelleben; seine Gewohnheiten und
heimlichen Vorlieben; seine nächtlichen Besuche in bestimmten
Etablissements, in denen ein Gentleman besser nicht
verkehren sollte.

»Diejenigen, deren Ehrgeiz ihre Fähigkeiten übersteigt, sind zur Enttäuschung verurteilt, zumindest so lange, bis sie erwachsen sind. Wer aber nach gar nichts strebt, ist ebenfalls verdammt. Ein Mensch ohne Ziel ist verloren ...«
David Merridith in einem Brief an den *Spectator* (7. Juli 1840)
zum Thema Verbrechen in London.

Emily und Natasha Merridith hatten den Zorn ihres Vaters in Kauf genommen, als sie nach London zur Hochzeit des Bruders reisten. Ein glücklicher Zufall erklärte Lord Kingscourts Abwesenheit. Die Krönung von Königin Viktoria fand am selben Vormittag statt, und von allen Mitgliedern des Oberhauses wurde erwartet, dass sie der Zeremonie beiwohnten. Dafür hatten Lauras Eltern natürlich Verständnis. Sie schienen sogar ausgesprochen stolz darauf, und in seiner Tischrede stellte ihr Vater es eigens heraus. »Der Graf hat, wie Sie wissen, anderweitige Verpflichtungen.«

John Markham erwies sich als überaus großzügig. Sein Hochzeitsgeschenk waren fünfeinhalb Jahre Pacht eines Stadthauses an der Tite Street, im modischen Viertel Chelsea. Nur das Allerbeste war gut genug für seine geliebte einzige Tochter und ihren Gatten. Bei der wenigen Zeit, die die Frischvermählten in London verbrachten, hätten sie zwar keine achtzehn Zimmer samt Kutscherhaus in Chelsea gebraucht, aber darauf, beharrte Mr Markham, komme es nicht an. Sie sollten ein Zuhause haben, wenn sie es brauchten.

Zwei Jahre reisten sie, der Viscount und seine junge Frau, nach Paris, Rom, Griechenland, Florenz, dann in fernere Gegenden, in die Türkei und nach Ägypten, sammelten Kunst und Kuriositäten, wo immer sie waren. Venedig wurde ihr zweites Zuhause; sie verbrachten den bitteren Winter von 1839 dort in einer Suite im Palazzo Gritti, und dort kam auch im Dezember des Jahres ihr erster Sohn zur Welt. Freunde aus London besuchten sie. Sie unternahmen Ausflüge hinunter nach Amalfi und nach Norden zu den Seen. Mit Sachkenntnis, sicherem Geschmack und einem Gespür für ein gutes Geschäft erwarb Lady Kingscourt Bilder, Sammlerstücke und Bücher. Elftausend Guineen pro Jahr bezog sie von ihrer Familie für den Lebensunterhalt. An Büchern konnte sie gar nicht genug kaufen.

Es folgten Reisen nach Marokko, Tanger und Konstantinopel, dann wieder Athen, ein Sommer in Biarritz. Als ihnen die Reiseziele ausgingen, fanden sie den Weg zurück nach London und bezogen ihr großes, komfortables Haus. Sogleich machte sich Lady Kingscourt an die Ausgestaltung, mit feinen Tapeten nach der neuesten Mode und goldenen Stuckverzierungen. Bilder wurden gehängt, Skulpturen aufgestellt; ein Renaissancefresko, das sie in Fiesole erworben hatte, zierte eine Zeit lang das Schlafzimmer, dann ließ sie es wieder abmontieren, und es kam ins Arbeitszimmer. (Die grinsenden Teufel und geschundenen Sünder machten die Albträume des Gatten noch schlimmer.) Schon bald war ein ganzes Regiment von Dienstboten angestellt, das die Merridiths und ihre Schätze versorgte. Kunstgelehrte von der Nationalgalerie kamen und skizzierten ihre Stücke. Der Kustos der königlichen Gemäldesammlung schrieb einen Artikel über die Bilder. Laura veranstaltete die ersten ihrer gefeierten Soireen.

Scharen von Dichtern und Feuilletonisten und Romanciers und Kritikern strömten am Mittwochabend ins Haus, meistens hungrig und niemals pünktlich. Sie umringten das Büffet wie Gnus ein Wasserloch. Geld, genauer gesagt der Mangel daran, war ihr liebstes Thema, nicht die Schönheit oder die Kunst oder sagenumwitterte Seen. Die Gästeliste las sich wie ein Adressbuch des literarischen London. Wer zu den Merridiths eingeladen wurde, der zählte etwas in London. G. H. Lewes vom *Fraser's Magazine*, Thomas Carlyle, der Journalist Mayhew, Tennyson, Boucicault, der Verleger Newby; selbst der berühmte, von allen beneidete Mr Dickens, der in einer Ecke saß und fürchterlich unglücklich aussah und an seinen Fingernägeln kaute, wenn er dachte, keiner sehe hin. Im *Punch* erschien ein Cartoon, der zwei literarische Herrschaften zeigte, einen mit Turban, einen im Hausrock, wie sie sich mit blutigen Federn gegenseitig erstachen. Die Unterschrift sagte alles über Lauras Erfolg als Gastgeberin: »Beim Zeus und bei Allah! Nur *eine* Einladung zu Lady Kingscourts Abendgesellschaft. Da wird der Etonian zum Afghanen.«

Laura erwarb das Original und ließ es rahmen. Sie hängte es neben den Spiegel in der Gästetoilette, ein sorgfältig überlegter Ort, der gleich mehrere Vorteile bot. Die meisten Besucher sahen es dort mindestens einmal pro Abend, würden aber aus dem Standort schließen, dass sie einfach zu elegant war, sich viel daraus zu machen. Wem daran lag, der hätte es doch in die Eingangshalle oder in den Salon gehängt, da wo die Zeichnungen des Viscount aus Connemara hingen. Die Dame des Hauses hatte Stil.

Eine Zeit lang genossen die beiden eine stille Zufriedenheit, ein alltägliches Glück, das sie kaum je in Frage stellten. Ihr Sohn war ein prachtvolles Baby, rosig und stramm; die Art von Kind, bei dem Streifenpolizisten stehen blieben und verträumt in den Kinderwagen sahen wie alte Nonnen. Doch nicht lange nachdem die junge Familie von Italien nach London zurückgekehrt war, ging eine merkwürdige Veränderung mit David Merridith vor.

Ein quälendes Unbehagen machte sich in seinem Alltag breit, die Ruhelosigkeit und die Angst, die er als Kind gekannt hatte. Die Heirat mit Laura Markham hatte es vertrieben, doch die Ehe brachte es nun zurück. Er fühlte sich unzufrieden, war oft niedergeschlagen. Leuten fiel auf, dass er magerer wurde. Die Schlaflosigkeit, an der er seit Kindertagen litt, plagte ihn immer stärker. Je mehr die anderen ihn um sein Leben beneideten, desto unzufriedener, auf eine unbestimmte Weise, wurde der Viscount damit.

Zum guten Teil war es Langeweile, die schiere Sinnlosigkeit seines Lebens. Das müßige Leben eines Gentleman behagte ihm nicht, er fühlte sich nutzlos und gleichsam undankbar, wobei die Undankbarkeit das Gefühl der Nutzlosigkeit noch verschlimmerte. Seine Tage waren leer, nie geschah etwas von Bedeutung. Er füllte die Leere mit planvoller Bildung: er nahm sich zum Beispiel vor, den gesamten Plinius zu lesen, in chronologischer Reihenfolge, er wollte Griechisch lernen oder sich für eine Sache engagieren, das Los der Armen verbessern etwa. Er besuchte Krankenhäuser, trat philanthropischen Vereinigungen bei, schrieb zahlreiche Briefe an Zeitungen. Aber die Vereinigungen bezweckten anscheinend nie etwas, und ebenso wenig richtete der endlose Strom von Briefen aus, deren Inhalt sich bald wiederholte. Das Pläneschmieden zehrte viel von seiner Zeit auf, aber sie in die Tat umzusetzen, reichte die Zeit offenbar nie. Seine Tagebücher aus jenen Jahren erzählen immer nur von Anfängen: langen Spaziergängen im Park, begonnenen und nie zu Ende gelesenen Büchern, aufgegebenen Projekten, Plänen, die nie wahr wurden. Ein Leben, das mit schönen Hoffnungen verging. Ein Warten vielleicht, dass die Zukunft begann.

Seine Frau war eine gute Frau, schön, sanft, mit einer Fröhlichkeit, mit der sie ihn oft ansteckte. Sie verstand es, Dinge so einzurichten, dass sie glücklich war, und für jemanden, der eine Kindheit wie Merridith verbracht hatte, war das ein Geschenk. Sie hatten ein elegantes Haus, einen glücklichen, gesunden Sohn. So schmuck wie eine zum Anziehen bereitgelegte Uniform, das Leben des David Kingscourt von Carna; doch oft kam ihm ihre Ehe vor wie ein Maskenspiel. Sie redeten nicht mehr so viel miteinander wie früher, und wenn, dann drehte es sich immer nur um das Kind. Der Vater wurde streitsüchtiger, hitziger denn je. Er konnte es spüren, wie aus ihm ein Mann wurde, der er nicht sein wollte: ein Mann, der die Dienstboten zurechtwies, wenn sie ein falsches Wort sprachen, der Streit mit Kellnern vom Zaun brach und mit Gästen im Haus. Er verteidigte flammend Ansichten, die er nie geteilt hatte. Bald verging kein Abend mehr ohne Streit.

Sie brachen den Kontakt zu alten Freunden ab. Sein Arzt riet ihm, weniger zu trinken, und eine Zeit lang hörte er auf ihn.

Ihr engerer Freundeskreis bestand aus Paaren, die ebenfalls noch nicht lange Eltern waren und die unendlich fasziniert davon waren. So glücklich, so abgöttisch verliebt in ihre Kinder wie Laura es in Jonathan war und wie Merridith es eben nicht war. Am Abendessentisch, in der Opernloge grinste er gehorsam, wenn sie von den neuesten Geniestreichen der Kleinen erzählten, von ihrem gesunden Appetit, ihrem festen Stuhl, und wünschte insgeheim, er könnte anderswo sein. Er fühlte sich nicht überlegen – eher fühlte er sich als Versager. Wie wunderbar, wenn ein Vater so vernarrt war, so trunken vom Wein der

Vaterliebe. Wenn er in den Windeln seines Sprösslings las wie ein römischer Priester in der Leber eines Huhns. Er liebte seinen Jungen, aber ihn *so* sehr lieben, das konnte er nicht. Er musste sich sogar zu seiner Schande eingestehen, dass ihm das Vatersein oft eine Last war. Der Lärm, den die Kinderfrauen in seinem schönen Haus machten, störte ihn fast täglich bei der Ausführung seiner Pläne.

Bald sah er sich und Laura wie Schauspieler in einem Stück, das ein anderer für sie geschrieben hatte. Es war ein Text mit Niveau, gesittet, dezent. Die Kritiker hätten applaudiert. Er sprach seine Zeilen, sie die ihren; selten unterbrach ein Darsteller den anderen oder fiel aus der Rolle. Aber wie eine echte Ehe fühlte es sich nicht an. Es war eher, als lebe er auf einer Bühne, und er fragte sich, ob das Publikum tatsächlich dort draußen jenseits des Rampenlichts war; und für wen er, wenn es nicht dort war, überhaupt spielte.

Weiter trafen sich die Literaten im Hause zu den Soirees, aber sie wurden Merridith mehr und mehr zur Last, und schließlich forderte er Laura auf, die Abende einzustellen. Er war überrascht, wie heftig sie sich widersetzte. Es stehe ihm frei, daran teilzunehmen oder nicht, entgegnete sie, aber sie werde die Soireen nicht aufgeben; er habe kein Recht, das zu fordern. Sie sei keine Sklavin, die er sich als Dekor im Hause halte. Sie habe ihn als Ehemann geheiratet und brauche keinen Herrn.

»Willst du einem Mann in seinem eigenen Hause Widerworte geben?«

»Es ist auch mein Haus.«

»Diese Abende vergeuden nur Zeit und Geld.«

»Es ist meine Zeit. Und auch mein Geld. Ich vergeude sie und gebe es aus, so wie ich es für richtig halte.«

»Was soll das heißen, Laura?«

»Das weißt du genau.«

»Das weiß ich nicht. Erkläre es mir bitte.«

»Wenn du das Gleiche über dich sagen kannst, dann kannst du mir Vorhaltungen machen. Und bis dahin tue ich, was mir gefällt.«

Manchmal wenn sie sich stritten – und sie stritten sich nun oft –, sagte sie, sie wisse gar nicht, warum er überhaupt geheiratet habe. Keiner von ihnen sprach es aus, aber sie kannten beide den Grund. Und er hatte wenig mit Laura Markham zu tun.

Oft schlüpfte er nachts, mitten in einer Abendgesellschaft oder wenn seine Frau sich auf ihr Zimmer zurückgezogen hatte, aus dem Haus und ging die Tite Street hinunter, die wenigen Minuten bis zum Fluss. Allein in der abendlichen Stille am Ufer der Themse zu stehen – das war eine Erleichterung, wie nur das Wasser sie verschafft. Damals kehrte in London am Abend oft noch echte Stille ein, die selige Ruhe, die man manchmal für einen Augenblick mitten im geschäftigen Treiben der Großstadt finden kann. An den langen Sommerabenden schwammen Teichhühner im flachen Wasser, Schwäne glitten vorbei, auf ihrem Weg flussaufwärts Richtung Richmond. Das Wasser und die Teichhühner erinnerten ihn an Irland, an die Gegend, in der er groß geworden war, vielleicht die einzige Heimat, die er je gehabt hatte.

Und oft stand er an jenem schlammigen, friedlichen Fluss und dachte an ein Mädchen, das er einmal gekannt hatte. Das Murmeln des fließenden Wassers beschwor sie herauf wie einen Geist. Er fragte sich, ob sie auch noch an ihn dachte. Wahrscheinlich nicht. Warum sollte sie? Gewiss hatte sie Besseres zu tun.

Als sie noch jung waren, waren sie durch die Wiesen von Kingscourt gezogen, durch Wald und Sumpf, den Cashel Hill hinauf. Er nahm eine Karte mit, die einer seiner Vorfahren gezeichnet hatte, eine wunderbare Darstellung der »Ländereyen von Merridith«. Denn auch wenn sie außerordentlich reichhaltig und mit großer Kunst gezeichnet war, hatte der Künstler, ein Seemann, eine launige Form gewählt. Er hatte den Besitz Kingscourt als Wasser gezeichnet und die See ringsum als festes Land. Sie zeigte Fahrrinnen, die auf die Maumturk Mountains führten, den sichersten Pfad über die Roundstone Bay. Ein Verrückter, hatte sie lachend gesagt und die Vollkommenheit des Spiegelbilds bewundert. Und sie hatte ihm Sachen gezeigt, die zu seinem Besitz gehörten und die auf keiner Karte verzeichnet waren. Eine Eibe, deren Beeren nach alter Überlieferung Fieber vertrieben. Einen Felsen, wo ein Heiliger Abdrücke seiner Knie hinterlassen hatte. Eine Quelle in Tubberconnell, zu der die Pilger hinauszogen. Und die wenigen Male, dass sie ihm etwas zeigte, das er schon kannte, tat er, als wisse er nichts davon, so gern hörte er zu, wenn sie es erklärte.

Sie war ganz vernarrt in diese seltsame Landkarte. Am Ende hatte er sie ihr schenken müssen. Und er war verliebt in die Art, wie sie von Felsen und Klippen sprach. Sie waren die steilen Abhänge hinuntergeklettert, über Bergpfade gewandert, über die flachen Wiesen und Weizenfelder bis ans Meer in Kilkerrin. Oft genug hatten die Kartographen Grausamkeit und Blutvergießen über die Menschen gebracht, sie waren Gehilfen der Götter und ihrer heiligen Krieger. Doch solches Unheil schien weit fort von den Klippen von Kilkerrin. Das war der Ort, an dem er sie jetzt in Gedanken sitzen sah: wie sie hinausblickte zur Insel Inishtravin – »Inishtravin-See« auf der Karte seines Altvorderen –, als sei die Insel über Nacht dort aufgetaucht. Immer fand sie die Schönheit in alltäglichen Dingen: ein Ginsterbusch mit seinem Duft nach Kokosnuss, die Windungen eines Schneckenhauses, der Lichtschein des Leuchtturms am Earagh Point. Ihr Lachen schaukelte auf den Wellen der Bucht von Ballyconneely, hüpfte zum Horizont wie ein flacher Stein. Für sie schien die ganze Welt neu wie für ein Kind. Sie war kein Kind und auch keine Heilige. Aber nie hatte er es erlebt, dass sie mit Absicht grausam war.

Inzwischen war sie achtundzwanzig. Sie würde anders aussehen als früher. Vielleicht war sie schon grau, ihr Gesicht faltig, denn die Frauen in Connemara alterten früh: der Regen und das Salzwasser gerbten die Haut. Aber vielleicht war sie auch wie ihre Mutter, die im Alter noch schöner geworden war: dunkel wie das Moor, fest wie Stein, stark vor Selbstbewusstsein, stark von allem, was sie überstanden hatte. Er hätte gern gewusst, ob sie geheiratet hatte; ob sie überhaupt auf Kingscourt geblieben war. Wäre er ein ärmerer Mann gewesen, hätte er selbst sie heiraten können. Sein Besitz hatte ihm das eine genommen, das er wirklich besitzen wollte; aber mit dieser Deutung machte er es sich zu leicht, und das wusste er. Er hatte nicht den Mut gehabt, aus seinem Gefängnis zu fliehen. Er war zu jung gewesen und zu furchtsam. Er hatte ihr Zutrauen zu ihm gemordet, und aus keinem anderen Grund als aus Gehorsam: seinem jämmerlichen Wunsch zu gefallen, der krank war und krank machte. Aus Hunger nach Liebe hatte er die Liebe fortgeworfen. Man konnte sagen, er hatte sie als Köder benutzt.

Und als der Köder nicht wirkte, als sein Vater nicht anbiss, hatte er Laura Markham als Waffe genommen. Er hatte sie geheiratet, weil er es sich nicht verbieten lassen konnte. Er war nicht der verschüchterte Junge, der mit sich machen ließ, was ein anderer wollte; er würde jeden Preis zahlen, um zu beweisen, dass er ein Mann war. Die Ehe war für Merridith eine Form der Rache gewesen, aber sie hatte den geprügelten Sohn nur in einen neuen Käfig geführt statt in die Freiheit. Was seine Befreiung werden sollte, hatte ihn sogleich von neuem versklavt, und die Sklaverei war umso bitterer, weil sie selbst verschuldet war.

Das Laudanum, das der Arzt ihm gegen seine Schlaflosigkeit verschrieb, wirkte nur selten; und wenn, dann brachte es Träume hervor, die kaum weniger schlimm waren als die Albträume. Ströme von schimmernden, schillernden Farben, als schwömme er durch Teer. Sein Apotheker schlug Opiumtinkturen oder -pastillen vor, aber auch damit quälten die Träume ihn, entsetzliche Bilder, die er nicht verstand. Schließlich brachte der Arzt ihm das Injizieren bei; er zeigte ihm, wie man mit einer Aderpresse eine Vene hervortreten ließ, wie man die Spritze ansetzte und welchen Druck man auf den Kolben ausüben musste. Das Injizieren, versicherte der Arzt ihm, wirke besser bei Schlaflosigkeit, und es sei auch die sicherste Form, die Medizin zu verabreichen. Es sei erwiesen, dass man nicht vom Opium abhängig werde, wenn man es injiziere. Die Spritze sei die Wahl des Gentleman, erklärte der Doktor; er selbst nehme nie etwas anderes.

Im Februar 1841 beging Königin Viktoria ihren ersten Hochzeitstag. Ein Dieb floh aus dem Gefängnis und erschlug einen Wärter. Ein Journalist aus Louisiana tauchte erstmals auf Londoner Soireen auf. Ein Aristokrat aus Galway war eben Vater eines Babys geworden, dessen Eltern schon seit Monaten kaum ein Wort miteinander gesprochen hatten. Der Junge kam sechs Wochen zu früh zur Welt, aber er war gesund; was man von der Ehe nicht sagen konnte, denn die lag mittlerweile in den letzten Zügen. Einmal riefen Nachbarn die Konstabler, so heftig waren die Laute des Streits, die nach draußen drangen. Für den Tag der Taufe seines Sohns findet sich in Merridiths Tagebuch kein Eintrag. Was ein Tagebuchschreiber des Festhaltens für wert hält, heißt es, liefert uns gute Aufschlüsse über die Zeit, in der er lebte. Aber was er auslässt, das liefert uns Aufschlüsse über ihn selbst.

Die Tagebücher vermerken, dass Merridith im Februar 1841 den ersten seiner nächtlichen Ausfluge ins Londoner East End unternahm. Er ließ sein prachtvolles Haus hinter sich und ging am Fluss entlang in Richtung Osten, in eine Welt, wie die Phantasie sie nie hätte schaffen können. Und manchmal, wenn er durch den Ohren betäubenden Lärm der Straßen zog, musste er an ein Lied denken, das er als Kind gekannt hatte; eine Ballade, die Mary Duanes Mutter oft für ihn gesungen hatte, über ein Mädchen, das in den roten Soldatenrock schlüpft und mit den Soldaten zieht und seinen Liebsten sucht. Von diesem Punkt an werden die Tagebücher schwierig, ja chaotisch; oft sind sie in einem unglaublich komplizierten Code geschrieben, einer Kombination aus dem gälischen Dialekt von Connemara und Spiegelschrift. Ganze Wochen fehlen oder sind mit falschen Details ausgefüllt, die zu erfinden Stunden gekostet haben muss. Andere Einträge sind voller Selbsthass und Selbstverachtung, mit fiebernden Kohleskizzen aus dem Stadtviertel, durch das er nun immer häufiger strich.* Es sind Seiten, die einem Angst machen können; keiner, der sie gesehen hat, wird sie vergessen. Die hastig hingeworfenen Bilder sind entsetzlich, es sind die Visionen eines gequälten Mannes. Man denkt an das Fresko der Höllenstrafen, das einst über dem Ehebett des Zeichners hing.

Monstrositätenschauen, Jahrmärkte, Schnapsbuden, Pfandhäuser, Opiumhöhlen, die Stände der Buchmacher und die Karren der Wunderheiler, die Kanzeln der Erweckungsprediger, die düsteren Winkel der Spiritisten und die Zelte der Wahrsagerinnen, wo Leute, die keine Zukunft hatten, das wenige, was sie hatten, ausgaben, um sie sich rosig ausmalen zu lassen. Allen gemeinsam war die Hoffnung, dass das Leben sich voraussagen lasse, Gewissheit war das Ziel, nach dem gerade die Ärmsten am eifrigsten strebten. Heilung, Rettung, ein unvergessliches Erlebnis wartete. Erlösung ließ sich kaufen oder doch zumindest erhoffen, wenn man sich nur traute und ein Los für die Lotterie erwarb. Das eine kleine Glücksspiel, auf das man sich lieber nicht einlassen wollte, konnte das Wunder bescheren, das einen reich machte. »Wer weiß?«, sagten die Schwindler. Du könntest der Glückliche sein.

---

* Zum Zeitpunkt der Revision für die vorliegende Ausgabe dieses Buches (1915) beharren Lord Kingscourts Nachlassverwalter weiterhin darauf, dass die Zeichnungen nicht veröffentlicht und auch nur bestimmten Passagen aus den Tagebüchern zitiert werden dürfen. (Seltsamerweise ist eine seiner Zeichnungen in einem pornographischen Werk zu finden, das Ende der 1870er Jahre anonym erschien; jedoch handelt es sich hier nicht um eine Skizze aus Whitechapel, sondern es ist eine Kopie der »Drei Grazien« aus dem *Emblematum liber* des Andrea Alcation von 1531, die Lord Kingscourt auf seiner Hochzeitsreise in Italien anfertigte.) Die Tagebücher mit den Whitechapel-Zeichnungen werden unter Verschluss im »Secretum« der geheimen Sammlung obszöner Werke im Britischen Museum in London gehalten. – GGD

Das East End kurierte alles, gegen Geld. Langeweile, Armut, Durst, Hunger, Enttäuschung, Verlangen, Einsamkeit, Verlust, ja den Tod selbst und die Endgültigkeit des Todes. Hier war das Land hinter den Spiegeln, wo geliebte Menschen niemals starben, wo sie nur in das verborgene Zimmer entschlüpften. Von dort aus konnten sie versichern, dass sie ihrer Liebsten gedachten; man musste nur dem Seher eine Münze in die Hand drücken.

Erlösung wurde aus Türen und dunklen Gassen verheißen, ein Ruf, der Merridith magisch anzog. Hier in Cheapside und Whitechapel lagen die Etablissements, von denen die Männer in seinem Club spätabends flüsterten. Schon oft hatte er sich gefragt, wie die Keller und Hinterzimmer aussehen mochten, in denen Frauen Männern gefällig waren oder ihnen Schmerz zufügten. Manche Männer genossen den Schmerz, Merridith wusste das; ließen sich schlagen, bespucken, auspeitschen, demütigen. Und anderen bereitete es Lust, ihnen diese Demütigung zu verschaffen. Er war solchen Bestien in der Navy begegnet, hatte einmal das Militärgericht riskiert, als er es wagte, sich einem von ihnen in den Weg zu stellen.* Gewalt war für manche Männer ein Aphrodisiakum: Sie fanden die Grausamkeit erregend. Wie tief musste ein Mensch gefallen sein, der so etwas nötig hatte, wie fremd allem natürlichen Empfinden. Merridith war seinem Schöpfer dankbar, dass er kein solches Ungeheuer war – dass sein eigener verzweifelter Hunger zumindest so gewöhnlich war.

Für eine Hand voll Münzen taten sie alles, was man von ihnen verlangte. Nie im Traum hätte er von ihnen gefordert, dass sie ihn berührten. Dazu war er zu sehr Gentleman, und wie seit jeher konnte er es auch jetzt noch kaum ertragen, dass man ihn anfasste. Am liebsten sah

---

* »Gegen Ende der Fahrt ereignete sich ein unerfreulicher Zwischenfall, der mir nie wieder ganz aus dem Gedächtnis gegangen ist. Ein betrunkener Kommodore setzte einem schwarzen Kabinenjungen, einem ehemaligen Sklaven, auf grausame Weise zu, als zufällig ein junger irischer Leutnant, Viscount Kingscourt von Carna, hinzustieß. Entgegen allen Regeln hatte der Kommodore den Jungen nackt ausgezogen. Es kam zu einem Streit, in dessen Verlauf der Viscount den ranghöheren Offizier schlug. Ersterer war seinerzeit Meister im Mittelgewicht an der Universität Oxford gewesen, ein Umstand, den Letzterer rasch zu spüren bekam. Nur der Intervention seines Vaters hatte der Viscount es zu verdanken, dass schwer wiegende Folgen ausblieben.« Aus *Four Bells for the Dog-Watch: A Life at Sea* von Vizeadmiral Henry Hollings K.C.M.G. (Hudson and Hall, London, 1863).

er ihnen zu, wenn sie sich entkleideten, und es gab Etablissements, die diesen Wunsch bedienten, so wie es für jeden Wunsch Etablissements gab. Er wollte im Dunkeln sitzen, das Auge am Guckloch, und zusehen, und das immer und immer wieder. Ein normaler Mann bei einem normalen Freizeitvergnügen. Ein Mann, der sich gern etwas Schönes ansah.

In manchen dieser Salons waren sie zu jung: bloße Kinder. Die Kinder schickte er fort. Daraufhin schickten die Madames ihm andere, oder alte Frauen, als Kinder verkleidet. Solche Lokale besuchte er nicht wieder.

Aber es gab andere. Es gab immer andere. Er fand ein Haus, das mehr nach seinem Geschmack war, und bald war er fast jeden Abend dort. Es sei ein Salon für Männer, sagte die Madame, für normale, gesunde, erwachsene Männer. Keine verängstigten Kinder, keine alten Frauen, keine Peitschen, keine Erniedrigungen, einfach nur schöne Damen. Frisch und natürlich, auserlesene Orchideenblüten: so wie auf dem Bild eines alten Meisters. Eigentlich, fand die Madame, gebe es keinen Unterschied zwischen ihrem eigenen erlesenen Etablissement und der Nationalgalerie.

Er bebte vor Begehren, wenn er aus dem Dunkel zusah, das Glas, das Beobachter und Beobachtete trennte, beschlug von seinem Atem. Manchmal setzte er sich eine Spritze, wenn er den Frauen zusah, wie sie sich auszogen. Ein Schmerz wie der Stich einer Biene. Ein kleines Zucken, ein Kribbeln, und dann die Erleichterung, die seine Adern durchströmte, wie Eis in der Wüste.

Wenn seine Frau fragte, wohin er am Abend gehe (was sie inzwischen nur noch selten tat), antwortete er, zu einer Partie Karten in den Club. Die Tagebücher nennen andere erfundene Ausreden, meist mit genauen Angaben zu Zeit und Ort, oft mit langen und zweifellos erfundenen Gesprächen. Eine Versammlung der Förderer des Bethlehem-Irrenhauses. Eine Sitzung des Komitees zur Rettung gefallener Mädchen.* Ein fiktives Diner der Old Wykehamists. Im Frühherbst 1843 teilte sie ihm mit, dass sie mit den Jungs für ein paar Wochen

---

* Er war nie Mitglied solcher Vereinigungen, doch einer stiftete er offenbar regelmäßig Geld: einer Gesellschaft, die Dickens mit der befreundeten Angela Burdett-Coutts (aus der Bankiersfamilie) »zur Errettung betrogener und in Not geratener Mädchen« gegründet hatte. – GGD

nach Sussex fahre. Er erhob keine Einwände, was nur vernünftig war, denn sie hatte die Koffer schon gepackt und die Kutsche vorfahren lassen. Einem Freund sagte Viscount Kingscourt, er wisse nicht, ob sie zurückkehren werde, und fügte – was die Wahrheit sein mochte – hinzu, dass es ihm auch gleichgültig sei.

Eines Abends war es eine Irin aus Sligo, die sich in der Kabine auszog, dunkeläugig, mit schimmerndem schwarzen Haar; und als sie fragte, ob sie noch etwas für ihn tun könne, da konnte David Merridith nicht anders, er sagte Ja. Sie schloss auf und zog die Zwischentür zurück. »Da wären wir, mein Kleiner«, flüsterte sie und küsste ihn. »Komm her zu mir, Schatz, und zeige mir, wie lieb du mich hast.« Er brauchte mehr Zeit, sich eine Lüge auszudenken, als sie ihn nach seinem Namen fragte, als für das, was danach geschah. Dann war das Mädchen vom Diwan aufgestanden, hatte sich rasch an einer Schüssel in der Ecke gewaschen und war ohne ein Wort gegangen. Auf dem Rückweg zur Tite Street, kurz vor Sonnenaufgang, hielt ihr Freier auf der Chelsea-Brücke inne und überlegte, ob er sich in die Themse stürzen sollte. Nur der Gedanke an seine Kinder hielt ihn davon ab.

Die aufgehende Sonne tauchte sein einsames Schlafzimmer in rotes Licht, und er spritzte sich so viel Laudanum, dass er fast den ganzen Tag lang davon schlief. Die Bediensteten störten ihn nicht. Sie waren vorsichtig geworden. Im Traum sah er sich als seinen Vater, als frisch verheirateten Mann, am Morgen, an dem er seinen eigenen Vater erhängt im Feenbaum gefunden hatte, auf der Wiese von Lower Lock. Als er schließlich erwachte, setzte er sofort die nächste Spritze, stach so verzweifelt tief hinein, dass die Nadel bis auf den Knochen traf; dann erhob er sich, kleidete sich an und ging in seinen Club zum Abendessen, und als der Abend sich niedersenkte, kehrte er nach Cheapside zurück. (Obwohl er im Tagebuch schreibt: »Der Abend senkt sich dort nicht herab. Eher könnte man sagen, dass er sich erhebt; dass er den Stein des Tages hebt, unter dem Whitechapel wimmelt.«) In dem Etablissement, in das er meist ging, hatte es eine Razzia gegeben, die Madame war im Gefängnis Tothill gelandet. Aber es gab ja noch andere. Es gab immer andere.

Nach einer Weile kannte er jede Seitenstraße und jede Gasse in Whitechapel, so wie ein Gefangener jeden Backstein in seiner Zelle kennt. Eine Landkarte war in sein Hirn eingebrannt, und er zog durch die Straßen wie auf einer Pilgerfahrt des Vergessens: je weiter er ging, desto weniger wusste er. Irgendwo in diesem Labyrinth wartete, was er brauchte. Ein irisches Mädchen. Noch ein Mädchen. Zwei Mädchen zusammen. Ein Mann und ein Mädchen. Vielleicht sogar zwei Männer. Manchmal betrat er wahllos ein Etablissement; aber immer hielt er es binnen kurzem nicht mehr aus. In dem Moment, in dem tatsächlich zu haben war, wonach er fragte, wollte er es nicht mehr und wollte nur noch fort.

Was er wirklich suchte, werden wir nie erfahren, und wenn wir eine Bemerkung in den Tagebüchern als Schlüssel nehmen wollen, hatte er wohl selbst keine Vorstellung davon. In seinen Navytagen habe er oft davon reden hören, dass sich das Glied eines Mannes, der gehängt wird, im Augenblick des Todes versteift. So fühlte David Merridith sich. »Erwürgt, erdrosselt, starr wie ein Toter.«

Er riskierte immer mehr. Bald war nicht einmal mehr Whitechapel groß genug für ihn. Spitalfields. Shoreditch. Mile End Road. Es trieb ihn bis hinunter nach Steppney, wo die Spelunken finsterer waren, ostwärts nach Limehouse, wo schon die Kinder Waffen trugen, ans Flussufer, nach Shedwell und Wapping, wo selbst die Polizei sich nachts nicht mehr hintraute. Mindestens einmal gab er sich als irischer Journalist aus, ein andermal als Oxford-Professor der Kriminologie, dann wieder als Skipper einer Brigg, als Impresario für Boxer, als Mann, der seine davongelaufene Braut suchte. Noch viele Jahre später erinnerte man sich in den Docks an ihn, an den ausgehungerten Aristokraten, den sie den »Lügenbaron« nannten.

Eine ganze Stadt lag im Schatten der Stadt verborgen. In den Kanälen und Lagerhäusern veranstalteten die Jungs Hundekämpfe; opiumkranke Frauen bekam man für den Preis einer Zeitung. Aber Frauen interessierten den, der dort nachts durch die Straßen zog, nicht mehr. »Ich habe keine Lust am Weibe und am Manne auch nicht«, schrieb er, ein Hamlet hinter der Maske des Wahnsinns. Das Opium, das dort zu haben war, war roh und stark, direkt vom Schiff aus China oder Afghanistan; man durfte es nur mit amtlicher Lizenz kaufen, aber hier am Kai war die Luft geradezu geschwängert davon. Schon ein halbes Gran ließ die Sterne explodieren; von einer Prise war ihm, als wollte das Herz zerspringen. David Merridith steckte ganze Pfrieme in den Mund und kaute sie, bis seine Zunge Blasen bekam, bis Gaumen und Zahnfleisch bluteten und er wie ein Engel des Todes durch die Wolken über London schwebte. Bald schmeckte er den bitteren Geschmack seines eigenen Bluts im Mund. Manchmal hatte er das Gefühl, er habe gar kein Herz, das ihm zerspringen konnte.

Zwischen Sutton Dock und Lucas Street lag Hangman's Quarter, ein rattenübersätes Ödland, wo die Mädchen von der Krankheit gezeichnet und halb tot vor Hunger waren. Oftmals versuchte er, mit ihnen zu sprechen, ihnen Geld oder etwas zu essen zu geben, aber sie verstanden nicht, dass er nur reden wollte, sonst nichts. Einige von ihnen hat er in seinen manischen Zeichnungen festgehalten, Gesichter wie Leichentücher, die jemand in die Höhe hält, mit schwarzen Flecken von den Knüppeln und Stiefeln ihrer Zuhälter. Dies wurde seine letzte Zuflucht. Jede Nacht endete im Henkerviertel. Er hielt sich den Frauen nun fern; er beobachtete sie zwischen den verfallenen Häusern, wie sie sich stritten und sich anpriesen. Und er zeichnete diese Sklavenfrauen, als zeichne er sie mit dem Messer und mit Blut.

Dorthin zu gehen, sie anzusehen, bot ihm vielleicht jetzt das Risiko, das er brauchte. Risiko als Droge. Das ließ ihn spüren, dass er am Leben war.

Eines Nachts sprach ihn ein Polizist in der Mile End Road an; der Ort sei zu gefährlich für einen Gentleman, sagte er. Merridith tat, als kränke ihn die Impertinenz, aber der Beamte – ein Ire – blieb auf seine stille Weise beharrlich. Die Art, wie er den Aristokraten immer wieder »Sir« nannte, ließ keinen Zweifel, wie er die Rangverhältnisse sah. »Ein Gentleman könnte leicht erpresst werden, Sir.«

»Ihre Andeutungen gefallen mir nicht, Konstabler. Ich habe mich lediglich auf dem Nachhauseweg verirrt. Ich war mit meinem Vater im House of Lords zum Abendessen verabredet.«

»Dann wünsche ich Euer Ehren, dass Ihr bald wieder die Orientierung findet. Vielleicht könnt Ihr mich das nächste Mal auf die Wache begleiten. Dann zeige ich Euch einen kleinen Lageplan, den der Sergeant in den Zellen aufgehängt hat.«

Im Opiumnebel seines Verstands spürte er etwas wie Enttäuschung, als der Sergeant seines Weges ging. In diesem Moment des Taumels begriff er, dass er nicht im Verborgenen durch die Straßen ziehen, sondern dass er entdeckt werden wollte, gedemütigt. Er wollte, dass die Anständigen ihn in die Gosse stießen, ihn anspuckten. Dass die anderen ihn als den Paria sahen, als der er selbst sich fühlte.

Als er in jener schwülen Nacht zu seinem Stadthaus zurückkehrte, bebte er vor Erregung, einer Erregung, die er als Furcht deutete. Wir wissen, dass er den Großteil des folgenden Nachmittags in einer Unterredung unter vier Augen mit einem Priester verbrachte; worüber sie sprachen, erfahren wir jedoch nicht. Was immer es war, es veränderte offenbar nichts. Am folgenden Abend sah man ihn wieder in Whitechapel.

Das war die Nacht, in der er bemerkte, dass er verfolgt wurde. Nahe Christ Church Spitalfields erblickte er ihn zum ersten Mal: den hoch aufgeschossenen, leichenblassen, auffällig gekleideten Burschen mit der kurzen Sportjacke und den langen rotbraunen Locken. Wäre seine Gesichtsfarbe nicht gewesen, hätte man ihn für einen Gondoliere halten können. Er rauchte einen Stumpen und blickte hinauf zum Mond. Etwas an seiner Erscheinung beschäftigte Merridith. Zunächst wusste er nicht, was es war. Doch dann ging es ihm auf, in einem Augenblick der Klarheit »wie der kurze Moment bevor das Opiat uns in Schlaf oder Betäubung versetzt«. Es war gerade die Lässigkeit, die Nonchalance des Mannes. Als weise man mit dem Finger auf ihn. Er war der Einzige zu dieser mitternächtlichen Stunde im East End, der nichts kaufte und nichts verkaufte.

Er sah ihn wieder in der King David Lane, dann am Ende der Ratcliff Road, wie er im Licht der Tür zu einer Schnapsbude stand und in einer halb umgeschlagenen Zeitung las. Grölender Gesang drang aus dem Inneren, ein Lied über die Schönheit der Mädchen von Whitechapel. Merridith beobachtete ihn eine Viertelstunde lang. Der Mann blätterte seine Zeitung nicht ein einziges Mal um. Zwei Frauen kamen auf den Viscount zugeschlendert und boten ihre Reize feil. Ein Lampenanzünder brachte die Naphtakugeln an der Straßenecke zum Leuchten. Ein Fenster öffnete sich. Ein Fenster schloss sich. Eine Kutsche fuhr mit prasselnden Rädern vorbei. Als er wieder hinsah, war der Mann fort.

Vielleicht war es ja nur Einbildung, eine Art Halluzination; genau wie die Schritte, die er hinter sich zu hören glaubte, als er die Gasse an der Streichholzfabrik entlangging, auf der Suche nach einer Droschke. Doch drei Tage später sah er den Mann vor seinem Haus, wo er vorsichtig in die Dienstbotenräume lugte. Als spüre er den Blick, der vom Wohnzimmerfenster auf ihn gerichtet war, blickte er träge auf und sah ihm unverwandt in die Augen. Ein Gesicht wie ein Fuchs. Rotblonde Koteletten. Er lächelte, tippte zum Gruß an den Hut und schlenderte gemächlich davon, so gemächlich, als gehöre die Tite Street mit sämtlichen Bewohnern ihm und als habe er eben die Bestandaufnahme seiner Besitzungen abgeschlossen.

Danach fürchtete Merridith wochenlang die Post; er war sicher, dass irgendwann der Erpresserbrief kommen würde. Nachts saß er wach, fror von dem kalten Schweiß, verfluchte sich selbst für seine Schwäche, vor allem aber für seine Dummheit. Laura würde ihn verlassen. Sie würde ihm die Jungen fortnehmen. Laura und die Jungen würden die Opfer seiner Schande sein.

Am Morgen seines dreißigsten Geburtstags erfuhr er, dass er sich mit einer Krankheit angesteckt hatte. Ein diskreter Arzt, ein alter Studienkollege aus Oxford, nahm sich beherzt und tüchtig der Sache an. Er machte ihm keine Vorhaltungen, stellte keine Fragen. Vielleicht war das auch nicht nötig. Aber Merridith müsse sich vorsehen, riet er ihm. Diesmal habe er Glück gehabt, aber das werde nicht immer so sein. Von Gonorrhöe könne man den Verstand verlieren. Syphilis sei oft tödlich. Mit diesen entsetzlichen Krankheiten könne er auch seine Frau infizieren. Bei den Verhältnissen in der Tite Street war das zwar nicht zu erwarten, aber offenbar halfen die Ermahnungen des Arztes, und er beschloss, in Zukunft dem East End zu entsagen.

Der Dezember kam. Laura und die Jungen kehrten aus Sussex zurück. Das Weihnachtsfest im Hause Merridith verlief in jenem Jahr bemerkenswert friedlich. Er wurde ruhiger, nahm weniger Laudanum. Im April stellten sie für die Familie einen neuen Arzt an, der mit Hypnose und anderen umstrittenen Methoden arbeitete; um die Nerven des Patienten zu beruhigen, verordnete er das Rauchen von Hanf. Es tat anscheinend seine Wirkung, zumindest eine Zeit lang. Schon als Junge war Merridith im Atlantik geschwommen, und nun ging er jeden Tag frühmorgens in den Hyde Park und nahm ein Bad im dortigen See. Die Tagebücher werden leichter im Ton: ein Mann, der nach einer langen, schweren Nacht ans Tageslicht kommt. Als der Sommer kam, war er Stammgast in einem türkischen Bad nicht weit von Paddington geworden, wo er sich »den Hintern mit Zweigen versohlen«

ließ. Er trieb Sport in der Turnhalle des Mayfair-Clubs und »dresche auf den Medizinball ein wie ein strammer Boxer«. Das Verhältnis zu seiner Frau besserte sich offenbar ein wenig, obwohl sie nie wieder ein gemeinsames Schlafzimmer bezogen. Sestinen und Villanellen tauchen in den Tagebüchern auf, recht geschickte kleine Sonette, durchaus eindrucksvoll. (Es hat vielleicht seine Bedeutung, dass eines davon »Wiedergutmachung«* heißt.) Dass er den »Unglücklichen des East End von London« ein Unrecht getan habe, mag ihm Anlass zu mancherlei Überlegung gewesen sein; zumindest könnte man das aus zahlreichen und beträchtlichen Spenden schließen, die er den in diesen Vierteln tätigen christlichen Vereinen und wohltätigen Institutionen zukommen ließ. In einer Randnotiz vom Oktober 1844 schreibt er: »Manche schmerzlichen Ereignisse der letzten Jahre kommen mir vor wie Episoden aus dem Leben eines anderen Mannes, eines Menschen, der nur wenig mit mir gemein hat.«

Und dann, eines Morgens beim Frühstück, wurde das, was er die ganze Zeit über befürchtet hatte, wahr. Sein Gewinn in der großen Lotterie kam mit der Morgenpost.

---

* Die Nachlassverwalter erteilten keine Genehmigung zum Abdruck. – GGD

XXIV. Kapitel

Die Verbrecher

Worin David Merridith eine Reihe von
schweren Schicksalsschlägen erleidet.

Eine Zeit lang starrte er den Brief an, wie er auf dem Tablett lag. *Kingscourt. Titte Street. Chelsea. London.* Nicht der falsch geschriebene Straßenname verriet den Inhalt, sondern die sorgsam anonyme Druckschrift, mit der diese Adresse auf den Umschlag gemalt war. Keine Handschrift, die man wieder erkennen konnte: das übertriebene Ebenmaß der vergifteten Feder.

»Ist etwas nicht in Ordnung?«, fragte die Viscountess.

Sie hatte den Brief nicht gesehen, das wusste Merridith. Er hätte ihn leicht in die Tasche stecken und später lesen können. Aber er versuchte es gar nicht: weder den Brief noch seine Furcht wollte er verbergen. Stattdessen wies er die Dienstboten an, den Raum zu verlassen, und wartete, bis seine Frau an den Tisch zurückgekehrt war. Man kann nur spekulieren, welche Gedanken ihm in jenem Augenblick durch den Kopf gingen. Doch was er tat, wissen wir, und es mag uns merkwürdig genug vorkommen.

Er sagte zu Laura Markham, dass er sie vom ersten Augenblick an geliebt habe und für alle Zeiten lieben werde, solange sie ihn ertragen wolle. Aber was in diesem Brief stehe, könne nicht gut für sie sein. Es werde das Verhältnis zwischen ihnen beiden verändern, vielleicht für immer. Er habe seit langem befürchtet, dass ein solcher Brief kommen werde. Jetzt sei es so weit. Vielleicht werde sie ihn verlassen wollen; dafür habe er Verständnis. Er werde auch selbst das Haus verlassen, wenn sie es von ihm fordere. Aber was immer in dem Brief stehe, er könne es nicht mehr weiter verbergen. Er sei so lange davongelaufen; jetzt müsse er sich den Dingen stellen. Könne sie verstehen, worum er sie bitte? Könne sie es ertragen, dass er sie danach frage? Ja, antworte sie, das könne sie – und das wolle sie. Sie wolle zu ihm stehen, ganz gleich, was das bedeuten mochte.

Beim Öffnen des Umschlags verletzte er sich am Finger. Der Blutfleck ist noch heute auf dem ersten Blatt zu sehen.

November den eilften 1844 sankt Martin

Lord David Merridith
den Sohn vom MÖRDER

wir sind Menner Ew. Vaters Pechter in den Dörfern
kielekierin carna glinsk & ailencally
wir müssen dopelt Pacht bezahlen in sechs Monten und noch mehr jeder Mann der nicht bezahlen kann und nur eine Woche mus fort von seinem Land egal welche Umstände und Familie
manches Land hat er verkauft
ein Tritel von uns Pechter wir müssen jetz Pacht zahlen an den Bastard Blake in Tully kein größer Dreckskerl auf der ganzen welt und viele hat er schon vertrieben
Fünf hundert liegen auf der Straße viele Verhungert & keine Hilfe hier ist NICHTS was uns hilft nur hunger
Ew. Vater ist Gewarnt aber er hört nicht so warne ich Hiermit Euch dass ihr Ihm sagen sollt das er die Pacht wieder nemen soll wie Früher und den Menschen helfen in Ihrer Not und wenn er das nicht tut dann wird Ew. vater und Familie meinen Zorn & meine brüder spüren
ich und meine Menner werden es nicht hinehmen WIR SIND KEINE HUNDE
sorgt dafür das er es zurücknimt sonst seid ihr Verantwortlich
wir sind Menner die lieber Arbeiten wollen als Kämpfen aber bei Gott wir werden kämpfen wenn wir müssen
wenn Er uns weiter schindet dann halten wir es für Notwendig dass wir jedes mitglied Ew. Familie auf ofner straße Erschießen denn wen wir unser Land verlieren dann können wir genauso gut unser Leben verlieren keiner wird Gnade bekomen nicht ihr Selbst nicht Ew. Frau nicht Ew. Söhne und sonst Keiner wo uns eigene Frauen und kinder nur Hunger haben und Kalt
ich kan genauso gut am Galgen sterben als am hunger

*wir schreiben das nicht gern aber wir Schwören es beim gekreuzigen
Jesus Christus ein schwur mit unser Blut Gott helfe uns
das ist dein Untergang David Merridith*

*wenn ihr das wollt
dann lasst Ew. vater weitermachen in seine Tyrenei
und du wirst bald Verantwortlich sein
wir wissen wo Ew. haus ist das verät Euch der Brief
das ist die Warnung – London ist nicht fern von connemara
WIR SEHEN EUCH & WIR KÖNNEN EUCH HOLEN
JEDER ZEIT*

ich bin

Ew. ergebener diner (nicht mehr)

Cptn Moonlicht von den Verleßlichen von Hibernia

*Gott gebe Ihrer sele Frieden aber Ew. verstorbene muter würde sich
SCHÄMEN für den VERFLUCHTEN namen Merridith*

Das Lächeln des Fuchsgesichtigen erschien vor seinem inneren Auge: das Bild, wie er die Straße hinunter davongegangen war.

Er hielt den Brief mit spitzen Fingern, als habe das Papier Feuer gefangen.

»Woher wusstest du es?«, fragte Laura unter Tränen.

Ihr Ehemann antwortete mit leiser Stimme, er habe es geahnt.

Er schrieb umgehend an seinen Vater, doch der Brief kam ungeöffnet zurück. Er schickte ihn noch einmal, aber es kam keine Antwort. Laura sagte, er müsse unverzüglich nach Galway, doch Merridith fürchtete, dass dadurch alles nur noch schlimmer würde. Der Graf hatte nicht einmal auf die Nachricht von der Geburt seiner Enkelkinder geantwortet, hatte immer wieder Merridiths Versöhnungsangebote zurückgewiesen. Da konnte man nicht ohne Vorankündigung vor der Haustür stehen.

»Dann schreibe ihm und sage, du kommst, ob er will oder nicht«, sagte Laura.

Aber das hatte der verstoßene Sohn nicht fertig gebracht. Stattdessen schrieb er an den Pfarrer von Drumcliffe, Richard Pollexfen; er sprach nicht von dem Drohbrief der Pächter, sondern fragte lediglich nach Neuigkeiten über den Besitz. In der folgenden Woche traf ein langes Antwortschreiben ein. Der Reverend dankte Merridith für die großzügige Spende und versicherte ihm, dass er bei den Armen der Gemeinde guten Gebrauch davon machen werde. Kingscourt sei es in letzter Zeit nicht gut ergangen. Der Nordflügel sei aufgegeben, das Dach eingestürzt. Die Stürme des vergangenen November hätten nicht nur das Haus beschädigt, sondern auch die Landungsstege in der Bucht zerstört. Die Fischer könnten ihren Fang nicht mehr an Land bringen. Viele seien als Bettler auf der Straße. Manche seien im Armenhaus. Seit auch der letzte Diener aus den Diensten seines Vaters geschieden sei, verfalle das Haus zusehends. Nur der Stallknecht, ein gewisser Burke, sei noch dort, und lebe in den Ruinen des niedergebrannten Torhauses. Der Graf verlasse kaum noch das Haus.

Die Pacht sei im Februar um ein Drittel erhöht und dann Anfang des Sommers verdoppelt worden. Ein eigens dafür angestellter Agent habe jede einzelne der dreitausend Pächterfamilien aufgesucht und ihnen eingeschärft, dass die Pacht von nun an pünktlich zu zahlen sei, sonst müssten sie binnen weniger Wochen das Land verlassen. Viele Beobachter könnten sich diese Geschehnisse nicht erklären. Lord Kingscourt sei zwar von jeher ein eigensinniger Mensch gewesen, aber er habe doch immer als gerechter Grundherr gegolten. Das könne man nun nicht mehr sagen. Manche seiner Handlungen seien schlichtweg unbegreiflich. Er, der Pfarrer, habe versucht zu vermitteln, doch Seine Lordschaft sei nicht bereit gewesen, sich mit ihm zu treffen oder auch nur auf seine Briefe zu antworten.

Es sei tatsächlich so, dass etwa ein Drittel des Besitzes an Blake von Tully verkauft sei. Unverzüglich habe der Commander siebenhundert Familien, die ihre Rückstände nicht bezahlen konnten, vertrieben. Die Situation werde kritisch. Eine Gruppe von Agitatoren, die sich die Verlässlichen von Hibernia oder »Else-Be-Liables« nenne, habe bereits Angriffe auf entlegenere Höfe in Connemara geführt, habe Vieh misshandelt und die Ernte verbrannt. Man sehe sie häufig mit ihren Umhängen und Kapuzen. Ihr Erkennungszeichen sei ein Herz mit dem Buchstaben H darin. Werde ein Mann von seinen Nachbarn als Kollaborateur des Grundherrn denunziert, so dauere es nicht lange, bis er Besuch von diesen brutalen Schlägern erhalte. Zudem seien im Laufe des Jahres bereits sieben Gutsbesitzer aus Connaught angegriffen worden. Es sei nur noch eine Frage der Zeit, bis ein Mord geschehe.»Alte Loyalitäten lösen sich mit beängstigender Schnelligkeit auf, wie die Ufer der Bucht in den Novemberstürmen.« Mancher Scherz werde bittere Wahrheit, denn nun könne man mit Fug und Recht sagen, dass Connemara am Rande des Abgrunds stehe. Keiner wisse, wohin alles noch führen solle, aber eine offene Revolte sei nicht mehr ausgeschlossen.»Wenn Ihr, Euer Lordschaft, eine Möglichkeit wisst, wie Euer Vater von dem eingeschlagenen Kurs abzubringen ist, so erweiset Ihr ihm und den Menschen hier einen großen Dienst damit.«

Emily kehrte von ihrer Toskanareise zurück. Natasha nahm Abschied von Cambridge, wo sie vergeblich versucht hatte, die Zulassung zur Abschlussprüfung zu erlangen. Zusammen fuhren sie Ostern '45 nach Galway. Emilys Briefe an ihren Bruder waren ängstlich und verwirrt. Die Armut der Menschen sei schockierend, schrieb sie; alles sei bei weitem schlimmer, als sie es im Gedächtnis gehabt habe. Die Leute redeten von einer seltsamen neuen Kartoffelkrankheit, die auf dem Kontinent aufgetaucht sei; wenn die Seuche den Weg nach Irland fände, werde eine Katastrophe geschehen. Ihr Vater weigere sich, mit den Töchtern über seine Maßnahmen zu sprechen. Wie er die Ländereien verwalte, gehe niemanden etwas an. Es sei entsetzlich, wie rasend sich seine Gesundheit verschlechtere. Er könne kaum noch aufrecht sitzen und brauche bei allem Hilfe. Eine Frau auf dem Markt von Clifden habe Natasha vor die Füße gespuckt.»Gutsherrenpack«, habe ein Junge gerufen. Einmal sei sie in den Feldern spazieren gegangen, und drei Männer in Umhang und Kapuze hätten sie verfolgt.

Als der September kam, war offensichtlich, dass die Kartoffelpest sich auch in Irland ausbreitete. Der Gestank der verrottenden Knollen hing über ganz Connemara: ein widerlicher, süßer Geruch wie billiges Parfüm. Die Armen hungerten. Schon jetzt starben viele am Hunger.

Lady Emily schrieb an ihren Bruder und flehte um Hilfe. Er schickte zweihundert Pfund.

Und dann starb sein Vater. Und alles wurde anders. Die Worte des Telegramms, das Emily schickte, würde er nie vergessen. »Papas Leiden fast zu Ende. Er fragt nach dir, Davey.«

Noch am selben Abend waren er und Laura nach Dublin aufgebrochen. Am Abend darauf war sein Vater in den Armen des Erben gestorben, den er davongejagt hatte. Unter dem Kopfkissen lag eine Notiz, die er für ihn hinterlassen hatte, in einer krakeligen, kaum lesbaren Schrift. Dem Datum zufolge war sie vor mehr als einem Jahr geschrieben, und Merridith wusste nicht, welche von beiden Möglichkeiten er entsetzlicher finden sollte: dass sein Vater allen Sinn für Zeit verloren hatte oder dass der Brief tatsächlich ein Jahr alt war, dass sein Vater ihn geschrieben hatte, als er spürte, wie die Nacht ihn umfing. »Vergib mir, David. Begrabe mich neben Mama. Tu was du kannst für die Pächter, immer.«

Der Vizekönig von Irland breitete die britische Kriegsflagge, die auf seinem letzten Schlachtschiff geweht hatte, über den Sarg. Oben darauf kam ein Paar Wildlederhandschuhe, das Nelson dem Verstorbenen nach der Beschießung von Kopenhagen geschenkt hatte. Auf Anraten des Sergeants der örtlichen Polizeiwache begleiteten Männer mit Schrotflinten den Sarg, für den Fall, dass die Verlässlichen ihn angriffen. Ein Pferd ohne Reiter führte die Prozession nach Clifden an; eine etwas lächerliche Idee, fand Merridith und überlegte, wer das verfügt haben mochte.

Die Straßen waren erfüllt von dem süßlichen Geruch, die einst grünen Wiesen jetzt schleimige Sümpfe. Auf einem steinübersäten Hügel brannte eine Hütte. In den Feldern lagen hie und da kleine Bündel mit Kleidern.

Die meisten Landbesitzer der Grafschaft – sofern sie auf ihrem Lande wohnten – hatten sich in der düsteren, zugigen Kapelle versammelt. Amelia Blake und ihr Mann, der Baron von Leinster. Tommy Martin von Ballynahinch. Hyacinth D'Arcy von Clifden. Den Katafalk vor dem Altar bedeckte ein smaragdgrünes Banner mit einer großen goldenen Harfe. Es sei der Wunsch des verstorbenen Grafen, erklärte der Pfarrer; es sei die Standarte, die einst den Sarg seines eigenen Vaters geziert habe. Kein einziger Pächter oder ehemaliger

Pächter von Kingscourt kam. Viele in den Straßen von Clifden wandten sich ab, als der Trauerzug kam. Ein Mann, ein Vertriebener, spuckte auf den Boden. Ein anderer rief: »In der Hölle soll er schmoren, der Bastard!« Doch die Trauergäste taten, als bemerkten sie es nicht.

Sie unternahmen einen tapferen Versuch zu singen, sogar im Gleichklang, aber die neunzehn Trauergäste konnten sich nicht recht gegen die Orgel durchsetzen.

Jesus, sei mein Kapitän
Auf des Lebens schwerer See.
Lenke sicher unser Schiff
Über Strudel, Fels und Riff.
Du nur gibst die Richtung an
Jesus, sei mein Steuermann.

Der Vizekönig warf die erste Schaufel Erde in das Grab. Er salutierte, als der Zapfenstreich geblasen wurde, aber es gab keine Grabrede und keine Gewehrschüsse, denn der Graf hatte sich beides verbeten. Der Pfarrer las die Verse aus dem ersten Buch Mose: die Erschaffung der Welt, Gott, wie er den Tieren Namen gab. Captain Helpman von der Küstenwache legte einen Kranz aus weißen Lilien nieder. Das Abschiedsgebet wurde gesprochen, und gleich darauf bat Merridith, man möge ihn für einige Augenblicke entschuldigen. Alle hatten Verständnis. Er solle sich Zeit nehmen. Es war nicht einfach, wenn man als verstoßener Sohn am Grabe des Vaters stand.

Er ging auf die Rückseite der schwarzen Steinkirche, öffnete seine Manschette und rollte den Ärmel hoch. Improvisierte eine Aderpresse mit seiner Krawatte in den Farben des New College. Holte was er brauchte aus der Manteltasche.

Ein kleines, klares Brennen, als die Nadel in die Haut drang. Ein hellroter Blutstropfen erschien, und er tupfte ihn mit einem Taschentuch ab, das mit dem Monogramm seines Vaters bestickt war. Seine Sinne trübten sich, er wurde schläfrig und schwer. Er wandte sich um.

Und da sah er sie.

Sie stand an dem verrosteten Tor, ein Baby im Arm.

Sie trug ein schwarzes Leibchen und einen dunkelgrünen Rock;

schwarze Schnürschuhe, die bis zu den Knöcheln reichten; und ihm kam in den Sinn, dass er nie darauf geachtet hatte, was sie an den Füßen trug.

Ein Band war um den schneeweißen Hals gebunden, eine Schnur aus getrockneten Binsen zierte die schlanke Taille. Sie summte ein Lied, eine Ballade von verlorener Liebe: leise, reglos, wie ohne Gefühl. Krähen flogen aus dem Ödland hinter ihr auf wie verkohlte Papierfetzen im Wind. Ihre Augen blickten leblos, niedergeschlagen, aber sonst hatte sie sich kaum verändert. Es war geradezu unheimlich, wie wenig sie sich verändert hatte. Ein wenig dünner, sonst nichts. Ein wenig bleicher. Aber ihr Haar war immer noch schön: glänzend und schwarz.

Er versuchte es mit einem Lächeln. Sie lächelte nicht zurück. Sie knöpfte das Leibchen auf, legte den Säugling an die rechte Brust und summte weiter das alte Lied. Er kannte dieses Lied. Er hatte es oft gehört. Wenn man es einem Feind vorsang, hieß es, sterbe er.

»Mary?«

Sie trat hastig einen Schritt zurück, aber sie summte immer weiter. Er sah zu, wie das winzige Baby trank, wie sie mit den Fingerspitzen über das Flaumhaar und die Fontanelle fuhr. Das Kind regte sich und erbrach matt das Getrunkene wieder. Dem Betrachter wurde weich in den Knien. Er musste sich setzen. Er wollte fortlaufen. Er schmeckte Salz, spürte einen quälenden Durst.

»Ist alles in Ordnung, David?«

Erst da bemerkte er, dass seine Frau und Johnnyjoe Burke hinter ihm standen. Ohne ein Wort hatte sie sich abgewandt und war zum Tor hinausgegangen, drückte das Kind fest an sich, als sie sich einen Weg durch die Brennnesseln bahnte. Er sah ihr nach, wie sie durch Dornen und Morast stapfte und der Saum ihres Rockes die Sporen aus dem Kreuzkraut schlug.

»Euer Lordschaft? Fehlt euch etwas?«

Er zwang sich zu einem Lachen. »Was sollte mir fehlen?«

»Euer Antlitz ist entsetzlich bleich, Sir. Soll ich Doktor Suffield holen?«

»Aber nein. Ich habe mich nur erschrocken. Als ich Miss Duane nach so vielen Jahren sah.«

Seine Frau blickte ihn forschend an.

»Um die dürft Ihr Euch nicht kümmern, Sir. Die hat den Verstand verloren.«

»Wie hieß sie doch gleich, Johnny – Mary, nicht wahr?«

»Oh, das war nicht Mary, Sir. Das war ihre Schwester. Grace Gifford.« Merridith drehte sich verdattert zu ihm um. »Die kleine Grace?«

»Jetzt verheiratet, Sir. Wohnt drüben in Screeb.«

Die Pferde mit ihren schwarzen Federbüschen wieherten, als ein Knecht den Leichenwagen durch die tiefen Rinnen des Feldwegs hinunter in die hungernde Stadt Clifden führte.

»Und ihre Eltern? Ich hoffe, es geht beiden gut?«

»Die Mutter ist schon fast ein Jahr unter der Erde, Sir. Der Vater ein halbes Jahr. Mögen sie in Frieden ruhen.«

»Ach je. Das ist traurig. Das wusste ich nicht.«

»O ja, Sir. Die alte Mrs Duane, der Herr sei ihrer Seele gnädig – die hat euch sehr gern gehabt, Sir. Sie hat immer von Euch gesprochen, das hat sie.«

»Auch ich habe sie sehr gemocht. So ein gutes Herz.« Er hasste sich dafür, dass er nur solche Dummheiten hervorbrachte. Er hätte Burke so gern gesagt, dass Margaret Duane wie eine Mutter für ihn gewesen war; aber irgendwie schien es nicht richtig, wenn er das sagte.

»Und – ähm – Mary, die ist wahrscheinlich auch längst verheiratet?«

»O ja, Sir, schon seit zehn Jahren bestimmt. Lebt oben bei Rusheenduff. Die hat jetzt auch was Kleines, wenn ich richtig gehört habe. Ein Mädchen, glaube ich.«

»Aber sie kommt noch ab und zu her zu uns?«

»In Galway auf dem Markt habe ich sie neulich gesehen, glaube ich.« Burke machte eine wegwerfende Handbewegung und blickte auf den steinigen Boden. »Hier kommt sie nicht mehr oft her, Sir. Schon seit Jahren nicht. Sie hat jetzt ihre eigene Familie da oben.«

»Ich überlege – wäre es wohl möglich, dass wir das Grab von Mr und Mrs Duane besuchen? Um ihnen die Ehre zu erweisen. Lässt sich das einrichten?«

»Ihr habt nicht viel Zeit, Sir, das weiß ich. Ihr werdet nach London zurückwollen, so schnell es geht.«

»Das wäre doch nur eine Stunde. Es ist in Carna, nehme ich an? Bei der kleinen römischen Kapelle?«

»Ihr versteht das nicht, Sir. Ihr seid lange fortgewesen.«

»Was ist, Johnny? Was wollen Sie sagen?«

Burke antwortete leise, als gestehe er ein Verbrechen und schäme sich. »Es – gibt kein Grab, Sir. Sie sind beide in Galway gestorben, im Armenhaus.«

XXV. Kapitel

Die offene Rechnung

Worin David Merridith sein Erbe antritt.

Das unermüdliche Pendel der Wanduhr, der Geruch nach Staub und altem Leder erinnerten ihn an das Zimmer des Rektors von Winchester College.

Einen neuen Landesteg würde er bauen, mit Liegeplätzen für die Fischerboote, vielleicht auch eine Modellschule für die Kinder der Bauern. Einen richtigen Gutsverwalter einstellen, zur Unterstützung der Pächter; einen Mann aus der Gegend, einen jungen Mann, klug und anständig zugleich. Vielleicht würde er ihn sogar nach Schottland auf die Landwirtschaftsschule schicken. Damit er den Menschen alles über den Boden und über Hygiene beibringen konnte. Sie mit modernen Ideen vertraut machen. Sie ermutigen, ihre altmodischen Vorstellungen und überholten Methoden über Bord zu werfen. Ihr hartnäckiges Festhalten an bestimmten Kartoffelsorten, die bekanntermaßen besonders anfällig waren – all das sollte jetzt ein Ende haben. Dafür würde Merridith sorgen. Er würde Kingscourt zum modernsten Gut in Irland machen, wenn nicht gar im ganzen Vereinigten Königreich.

Die schwere Tür öffnete sich und machte seinen Tagträumen ein Ende. Der Anwalt trat majestätisch in das dunkel getäfelte Zimmer, wie ein Henker in die Zelle des Todeskandidaten. Er ließ sich wortlos hinter seinem Schreibtisch nieder und erbrach das Siegel der Pergamentrolle.

»Dies ist der letzte Wille und das Testament des Thomas David Oliver Merridith, Mitglied der Königlichen Marine, Träger des Bath-Ordens, Admiral der königlichen Flotte, edler Lord Kingscourt, Viscount Roundstone, Earl von Cashel und Carna.«

»Wie, von allen zusammen?«, kicherte Merridiths alte Tante – und erntete dafür einen missbilligenden Blick des Notars.

Es begann mit einer Reihe kleinerer Vermächtnisse. Fünfzig Guineen an einen Fonds für mittellose Seeleute, sechzig für die Einrichtung eines Stipendiums am Wellington College: »für einen Jungen aus der arbeitenden Bevölkerung, der seinem Land in der königlichen Marine dienen will, dessen Familie aber nicht über die nötigen Mittel verfügt, ihn gemäß seinen Fähigkeiten zu fördern«. Zweihundert Pfund pro Jahr für das neue Armenhaus in Clifden: »ausschließlich aufzuwenden zum Wohle der Frauen und Kinder; zum Treuhänder ernenne ich meinen geliebten Sohn David, den alleinigen Vollstrecker meines gesamten Nachlasses«.

Die zoologische Sammlung mit Präparaten seltener und ausgestorbener Tiere vermachte er »einem angesehenen Institut für die Erforschung des Tierreichs, vorzugsweise einer Einrichtung, wo sie bedürftigen und jungen Menschen zugänglich ist; auf dass diese teilhaben an den Früchten lebenslangen Inventarisierens und Klassifizierens und ihnen die Freude an wissenschaftlicher Arbeit näher gebracht wird«. Fernerhin wurde ausdrücklich bestimmt, die Sammlung solle nur vollständig ausgestellt und angemessen versichert werden und zu Ehren seiner verstorbenen Gattin den Namen »Gedenkstiftung Verity Kingscourt« tragen. Merridiths ältere Schwester Emily erbte die Bibliothek ihres Vaters sowie seine Sammlung alter See- und Landkarten. Die andere Schwester, Natasha, sollte eine Reihe von Gemälden erhalten, außerdem die nautischen Instrumente ihres Vaters und seinen Érard-Flügel. Für beide Töchter hatte der Verstorbene ein bescheidenes Einkommen ausgesetzt, »welches selbstverständlich mit ihrer Heirat erlischt«. Zwanzig Pfund gingen an Mrs Margaret Duane aus Carna, »zum Dank für ihre Hilfe bei der Erziehung meiner Kinder«. Die beiden besten Pferde hinterließ Lord Kingscourt seinem Stallmeister, einem Pächter namens John Joseph Burke: »zum Zeichen der Dankbarkeit für seine treue Freundschaft.«

Bei diesen Worten begann Emily leise zu schluchzen. »Armer Papa.« Merridith ging rasch zu ihr hinüber und nahm ihre Hand. Doch das machte es nur noch schlimmer. »Was sollen wir bloß ohne ihn tun, Davey?«

»Soll ich fortfahren, Mylord?«, fragte der Anwalt ungerührt.

Merridith nickte. Er legte den Arm um seine Schwester.

»Der nicht von Pächtern bewirtschaftete Grundbesitz, das Wohnhaus sowie Wirtschaftsgebäude, Fischereirechte, Meierei und diverse andere Ländereien in Kingscourt, Grafschaft Galway, derzeit noch verpachtet, gehen sämtlich in den Besitz der Law Life-Versicherungsgesellschaft in London über, welcher die genannten Besitztümer in voller Höhe verpfändet wurden.«

Das ebenmäßige Ticken der Uhr: wie vollständig es den Raum erfüllte. Unten auf der Straße holperte ein Pferdefuhrwerk vorbei. Er hörte die klappernden Hufe des Karrengauls, den einsamen Ruf eines Straßenhändlers. Tante und Schwestern sahen ihn nicht einmal an. Sie wussten: der Augenblick war zu peinlich für einen offenen Blick. Sie hielten die Köpfe gesenkt und starrten auf ihre Hände, während der Anwalt seine Aufzählung mit Grabesstimme fortsetzte. Die lateinischen Kadenzen englischer Gesetze. Die ganz eigene Poesie ihrer französischen Phrasierung. Die messerscharfe Präzision, mit der Merridith enterbt wurde.

Als der Anwalt die Verlesung des Testaments abgeschlossen hatte, sprach er den Hinterbliebenen sein Beileid aus. Diskret bat er Merridith um ein Wort unter vier Augen. Es gebe da noch eine Reihe von Dingen zu besprechen. Die Damen müsse man in dieser Situation, wo die Trauer noch so frisch sei, nicht mit solchen Einzelheiten behelligen.

Aus einer Schublade zog er eine Akte so dick wie eine Familienbibel; sie war voll gestopft mit Briefen von Banken und Versicherungen, und alle bezogen sich auf die Hypotheken, die auf Kingscourt lasteten. Sein Vater habe das Anwesen bereits vor fünfzehn Jahren verpfändet und das Geld in eine Bauxitmine in der Provinz Transvaal investiert. Leider sei er schlecht beraten gewesen; die Unternehmung sei gescheitert. Man könne nur hoffen, dass der Erlös aus dem Verkauf des Gutes wenigstens die Kapitalsumme decken werde. Die Landpreise in Irland seien in letzter Zeit stark gefallen. Aber darüber müsse man sich erst Gedanken machen, wenn es so weit sei. Allerdings gebe es Angelegenheiten, die sogleich seiner Aufmerksamkeit bedürften.

Während der Hungerkrisen von '22, '26 und '31 habe Seine Lordschaft beträchtliche Summen für den Import von Getreide zu wohltätigen Zwecken aufgewendet. Offenbar auf Vorschlag der verstorbenen Lady Verity habe er unter beträchtlichen Kosten eine Brigg gechartert, die Maismehl aus South Carolina nach Galway brachte. Ob dies eine vernünftige Handlungsweise gewesen sei oder nicht, darüber stehe ihm als Anwalt kein Urteil zu. Jedenfalls seien in der Zeit nach diesen Hungerjahren erwartete Pachteinnahmen aus dem Gut ausgeblieben. Ja, das Land sei stark verwahrlost und werde schon seit Jahrzehnten nicht mehr angemessen bewirtschaftet.

Schon seit einigen Jahren habe der verstorbene Graf seine sämtlichen Bankkonten überzogen. Es gebe eine Reihe von weiteren nicht zurückgezahlten Anleihen, einige in beträchtlicher Höhe und schon lange überfällig; als Sicherheit dienten diverse größere Investitionen, die entweder nie realisiert worden oder aber im höchsten Maße enttäuschend verlaufen seien. Er spreche dieses hässliche Wort nur widerstrebend aus, aber der verstorbene Graf sei im Grunde bankrott gewesen. Er habe hohe Schulden bei Wein- und Pferdehändlern, ebenso bei Buchbindern und Handlungen für zoologische Kuriositäten. Eine größere Summe habe er sich vor mittlerweile vierzehn Jahren von einem gewissen Blake von Tully geliehen, zu einem mäßigen aber doch nicht unbeträchtlichen Zins. Dieser fordere seinen Kredit nun zurück und drohe mit einem Gerichtsverfahren. Der Commander wolle seinen Landbesitz erweitern, und der nicht zurückgezahlte Kredit hindere ihn an der Ausführung seiner Pläne. Zumindest *prima facie* deute alles auf einen Fall von pflichtwidriger Unterlassung hin. Als Alleinerbe und Vollstrecker sei Merridith persönlich verantwortlich. Ein Gerichtsverfahren werde nicht nur teuer, sondern auch außerordentlich unangenehm.

Schließlich sei da noch die unbedeutende Angelegenheit seiner eigenen Bemühungen, für die er seit über dreißig Jahren kein Honorar erhalten habe. Vielleicht sei jetzt der Augenblick gekommen, um, wenn er so sagen dürfe, reinen Tisch zu machen. Er schob das wappengeschmückte Schriftstück mit spitzen Fingern über den Tisch, als handele es sich um ein pornographisches Pamphlet, dessen er sich schämte.

Für die geforderte Summe hätte David Merridith sich ein herrschaftliches Haus am Sloane Square kaufen können. »Ich nehme an, Sie akzeptieren einen Scheck?«

»Oh, ich glaube nicht, dass das –« Der Rechtsanwalt stockte. »Das heißt –« Er machte eine Pause und setzte neu an. »Sobald Sie die Zeit haben, sich um die Angelegenheit zu kümmern. Es hat keine Eile, Mylord. Sie haben im Augenblick zweifellos anderes im Kopf.«

Merridith zog sein Scheckbuch aus der Tasche und schrieb einen Scheck über fünfunddreißigtausend Guineen, obwohl er genau wusste, dass er weniger als zweihundert Pfund auf dem Konto hatte. Der Anwalt nahm den Scheck, ohne einen Blick darauf zu werfen, und legte ihn in einen Aktendeckel.

»Ich nehme an, Euer Lordschaft werden ein wenig überrascht sein vom Gang der Entwicklungen.«

»Wie meinen Sie das?«

»Ich meine die Ländereien in Irland und so weiter. Euer Lordschaft müssen schließlich gewisse Erwartungen gehegt haben.«

»Selbstverständlich hat Vater mich schon vor Jahren über die Lage aufgeklärt. Wir sprachen ausführlich darüber. Ich hatte volles Verständnis für seine Situation.«

»Ich wusste nicht, dass Euer Lordschaft und der Admiral ein so enges Verhältnis hatten. Ich kann mir vorstellen, dass Ihnen das jetzt ein großer Trost ist.«

»Zweifellos.«

»Sie waren an seiner Seite, als es zu Ende ging, nehme ich an?«

»Selbstverständlich.«

Der Rechtsanwalt nickte taktvoll und senkte den Blick. »Wenn Sie mir die Bemerkung gestatten, Sir – Ihr Vater war ein bedeutender Mann. Ein Mann, der ein besseres Schicksal verdient hätte. Wir, denen es vergönnt war, seine Bekanntschaft zu machen, können uns glücklich schätzen. Wären wir uns dessen nur immer bewusst gewesen.«

»Sie sagen es.«

»In der Tat. Wer kennt die Stunde, Sir.«

»Das ist wahr.«

»Doch wie dem auch sei – das Wichtigste kann Ihnen natürlich keiner nehmen. Den Schatz, den Ihnen kein Schicksalsschlag jemals entreißen kann.«

»Und das wäre?«

Der Anwalt starrte ihn fassungslos an, als sei es eine irrwitzige Frage. »Seinen Titel natürlich, Mylord. Was sonst?«

In der Antrittsrede des neunten Grafen im Oberhaus ging es um einen Änderungsvorschlag zum Gesetz über die Bekämpfung der Armut (1834), das harte Arbeit zur Bedingung für die Aufnahme ins Armenhaus gemacht hatte. Die Rede wurde am folgenden Morgen in der *Times* zitiert, unter der Überschrift NEUER RUF NACH ANSTAND IM PARLAMENT. Laura schnitt den Artikel aus und klebte ihn in ihr Album.

Ich danke meinem geschätzten Vorredner für die Worte des Mitgefühls. Gleichwohl muss ich sagen: Ich schäme mich, am heutigen Abend hier zu stehen. An diesem Ort, von dem eines der schändlichsten Gesetze seinen Ausgang nahm, das je den Segen eines zivilisierten Parlaments erhielt; ein übles Machwerk, das trauernde Witwen in tiefste Verzweiflung stürzt, das mittellosen Greisen die helfende Hand verwehrt, das den Findling im Kerker des Elends verschmachten lässt und die verratenen und verlassenen Armen zum Betteln verdammt.

Dreihundert Meilen nordwestlich der Stelle, an der er stand, kam eine Frau an einen Wegweiser nach Chapelizod. Sie war hungrig, diese Streunerin, diese Elende, diese Kandidatin für das Armenhaus. Ihre Füße waren blutig, die Beine schwach. Kurz zuvor hatte sie auf einem Feld ein Kind zur Welt gebracht, doch dem Steuerzahler würde die Last erspart bleiben, es am Leben zu erhalten. Sie ging nach Osten, langsam kroch sie voran, in Richtung Dublin, und neben ihr floss der Liffey, begleitete sie auf ihrem Weg zum Meer. Dort musste es ein Schiff geben, das sie nach Liverpool brachte. Glasgow oder Liverpool. Es spielte keine große Rolle. Alles was zählte, war, dass die zerschundenen Füße ihr nicht den Dienst versagten; dass sie sich irgendwie durch die Stadt Chapelizod schleppte. Ihr Name würde nicht fallen, an diesem sonnigen Abend im Parlament, und auch nicht tags darauf in der *Times*.

Sie erklomm die Hügelkuppe und sah in der Ferne das Meer, und zur gleichen Zeit ging jenseits dieser See durch den Saal, in dem andere über ihr Schicksal debattierten, ein Raunen. Welch ungewohnte Leidenschaft, mit der das neue Oberhausmitglied sprach, wie seltsam, diese flammende Inbrunst, diese ehrliche Empörung, wo doch die Zuschauergalerie fast so leer war wie der Sitzungssaal selbst. Der Hansard verzeichnet die folgende sanfte Ermahnung.

Der Vorsitzende: Dürfte ich Seine Lordschaft höflichst darauf hinweisen, dass zwar manche der ehrenwerten Lords ein wenig schwerhörig sind, dass es aber, auch wenn seine irischen Töne überaus musikalisch sind, doch keinen Grund gibt, die Stimme gar so opernhaft zu erheben.
(Gelächter. Vereinzeltes »Hört hört«.)*

Es war, als halte er gar keine Rede, fanden viele. Als schreie er jemanden im Saal an, einen Feind, den er schon lange hatte angreifen wollen. Was umso merkwürdiger war, wenn man die Akten studierte, denn dann stellte man fest, dass der Mann, der das Gesetz ursprünglich eingebracht hatte, niemand anderer gewesen war als Thomas David Kingscourt von Carna, Viscount Roundstone: der Vater des jungen Grafen.

Der Generaldirektor der Versicherungsgesellschaft zeigte sich kompromissbereit. Vierzigtausend Guineen sollten auf der Stelle gezahlt werden, die restlichen dreihunderttausend zum Jahresende. Aber das sei das Äußerste, mehr könne er Lord Kingscourt nicht entgegenkommen. Selbst dies verdanke er allein seiner gesellschaftlichen Stellung. Niemand könne ein Interesse daran haben, ein Mitglied des Oberhauses in den Ruin zu treiben; unvorstellbar, dass die angestammten Ländereien versteigert werden könnten. Als Old Wykehamists mussten sie doch zusammenhalten.

Die literarischen Soireen wurden eingestellt. Die Skulpturen verkauft, dann die Gemälde, schließlich die gesamte Bibliothek. Das Renaissancefresko erwarb ein Getreidehändler aus Yorkshire, der sich am Rande von Sheffield ein neogotisches Schloss errichten ließ. Der gesamte Erlös belief sich auf knapp neunzehntausend Guineen. Nicht genug, sagte die Versicherung.

Laura verkaufte den Schmuck, den sie von ihrer Mutter geerbt hatte, nachdem sie sich vorher von jedem Stück eine Kopie hatte anfertigen lassen. Sie fürchtete, ihr Vater könne von dem Verkauf erfahren und von den Umständen, die sie dazu getrieben hatten. Wenn er es

* Hansard, Bd. 234, Sp. 21 (1846).

jemals herausfand, würde er toben vor Wut. Die Auktion bei Sotheby's brachte sechstausend Guineen, eine enttäuschende Summe, wenn man den tatsächlichen Wert der Juwelen bedachte. Immer noch nicht genug, sagte der Bankier der Versicherungsgesellschaft. Die fällige Rate betrage vierzigtausend, andernfalls werde das Land verkauft. Die Miete für das Haus an der Tite Street belief sich auf achttausend im Jahr. Wenn sie das Haus aufgaben und die Kinder aus der Schule nahmen, konnten sie die vierzigtausend zusammenkratzen. Den Jungen verkauften sie diesen Plan als großes Abenteuer, und das gaukelten sie auch Lauras Vater vor. Sie würden eine Zeit lang in Galway leben. Saubere Luft. Offenes Land. Der Stammsitz der Familie.

Im August '46 trafen sie in Kingscourt ein und fanden ein Meer von Zelten auf der Wiese am Lower Lock, wo Commander Blakes vertriebene Pächter ihr Lager aufgeschlagen hatten. Der Rauch ihrer Feuer war schon aus fünf Meilen Entfernung zu sehen. Es hieß, der Typhus wüte dort. Als Merridith zu den Leuten von Kingscourt ging, weigerten sich viele, mit ihm zu sprechen; sie würdigten ihn keines Blickes, nur manche Frauen beschimpften ihn; seine Familie sei eine Schande, riefen sie.

Spätabends sah er die Männer erregt debattieren. Sie standen in Gruppen von fünfzig oder hundert im Schatten der Bäume zusammen. Er ließ durch die Polizei verbreiten, dass er keinerlei Aufruhr dulden werde. In diesen schweren Zeiten werde er niemanden von seinem Land vertreiben, aber es gebe bestimmte Regeln, an die alle sich halten müssten. Jeder, der mit einer Schusswaffe gesehen werde, werde ergriffen und fortgejagt. Johnnyjoe Burke wies er an, die Fenster zu vergittern.

Das Haus war an vielen Stellen undicht, modrig und feucht. Die Suche nach Hauspersonal blieb erfolglos. Sie zogen in den Dienstbotenflügel auf der Rückseite des Hauses, wo die nächtlichen Stimmen des Zeltlagers nicht zu hören waren. Ausgemergelte Gesichter blickten zu den Fenstern hinein. Die hungrigen Mienen weinender Kinder. Seine Söhne wagten sich nicht mehr nach draußen. Laura verließ das Haus nicht mehr ohne bewaffneten Geleitschutz oder nahm zumindest eine Pistole mit. Merridith brachte es kaum noch über sich, am Morgen die Vorhänge aufzuziehen, denn Nacht für Nacht kam ein Dutzend Zelte hinzu. Bis zum September hatte die Wiese sich ganz mit landlosen Flüchtlingen gefüllt, und die Kolonie breitete sich auch auf weiter entfernte Felder aus.

Die Polizei suchte ihn auf und drängte, das Land müsse geräumt werden. Das Zeltlager habe mittlerweile die Größe einer kleinen Stadt und berge mannigfaltige Risiken für Gesundheit und Sicherheit. Auf Merridiths Land hätten dreitausend Menschen ihr Lager aufgeschlagen, allesamt Sympathisanten der Verlässlichen. Er bat die Konstabler zu gehen; sie sollten nicht wiederkommen. Er könne halb verhungerte Familien nicht einfach davonjagen und ihrem Schicksal überlassen.

Er schrieb Briefe nach London und forderte nachdrücklich mehr Unterstützung. Das Gerede von den staatlichen Arbeitsprogrammen müsse endlich aufhören. Die Menschen bräuchten zu essen; sie seien zu schwach, um dafür zu arbeiten. Zwar sei in diesem Jahr die Ernte nicht ganz gescheitert, aber es sei trotzdem bei weitem nicht genug und zudem von minderer Qualität; schließlich sei sie aus den verfaulten Saatkartoffeln des Vorjahres hervorgegangen. Außerdem hätten viele Menschen kein Land mehr und könnten nicht einmal dies Wenige anbauen. Zehntausende seien von ihren Höfen vertrieben worden.

Im Oktober starben die ersten Bewohner der Zeltstadt. Am ersten Tag waren es vier, am nächsten schon neun. Bis zum November stieg die Zahl der Toten auf achtzig pro Woche. Er trug Burke auf, die Fensterscheiben in den Zimmern seiner Söhne schwarz anzumalen.

Weihnachten verbrachten sie bei den Wingfields in Dublin. Der Silvestertag kam und die Jungen bettelten, sie wollten nicht nach Galway zurück. Die Wingfields reisten für einige Monate in die Schweiz, und als sie anboten, die Jungen mitzunehmen, willigten die Eltern ein. Laura sollte ebenfalls mitkommen, aber sie lehnte die Einladung tapfer ab. Sie könne ihren Mann jetzt nicht im Stich lassen.

Am Neujahrsabend kehrten sie nach Kingscourt zurück und fanden das Haus umringt von bewaffneten Polizisten. Ein Informant hatte vor einem bevorstehenden Angriff der Verlässlichen gewarnt. In der Weihnachtswoche waren fast zweihundert Pachter gestorben. Der Sergeant sagte, er könne die Merridiths nur unter der Bedingung einlassen, dass sie der Stationierung von fünfzig Bewaffneten im Herrenhaus zustimmten.

Am 6. Januar 1847 fuhr Merridith allein nach Dublin zurück. Laura

297

war krank – Verdacht auf Lungenentzündung – und zu schwach für die Strapazen der Reise. Sie hatte ihn angefleht, er solle nicht fahren, die Reise sei viel zu gefährlich. Inzwischen gab es Gerüchte über Angriffe auf Grundbesitzer und ihre Beauftragten auf der Straße nach Dublin. Aber ihm blieb keine Wahl. Er musste fahren. Während ihrer Abwesenheit über Weihnachten war ein Brief eingetroffen. Es war ein Räumungsbefehl. Sie sollten Kingscourt verlassen.

Das Auftreten des Mannes von der Versicherungsgesellschaft schockierte ihn. Er hatte gehofft, er werde mit dem Generaldirektor, Lord Fairbrook von Perthshire, verhandeln, dem neunten Herzog von Argyle. Doch dieser ließ sich durch den Leiter der Niederlassung in Dublin entschuldigen. Seine Lordschaft habe länger als erwartet im Parlament zu tun. Daher habe er Mr Williams von der Abteilung für überfällige Außenstände geschickt: einen kleinen, kahlköpfigen, stark schwitzenden Londoner, der aussah, als würde er einen Hund tottreten, wenn er es wagte zu bellen.

»Haben Sie es dabei?«

»Wie bitte?«

»Haben Sie das Geld, um Ihre Schulden zu begleichen, Sir?«

»Im Augenblick nicht. Ich dachte, wir könnten uns auf einen Kompromiss einigen. Lord Fairbrook und ich hatten die Sache bereits besprochen.«

Williams nickte flüchtig und schrieb etwas in sein Rechnungsbuch.

»Ich denke, drei Jahre wären ein angemessener Zeitraum«, sagte Merridith.

Williams antwortete nicht. Er tupfte sich die Lippen mit einem Taschentuch.

»Ideal wären fünf. Aber nach dreien werden wir schon weitersehen. Meine Aufbaupläne sind in dem Schreiben skizziert, das Ihnen vorliegt. Sie finden darin Kalkulationen und dergleichen. Die Rechnung geht auf, glauben Sie mir. Wir müssen nur für eine Weile den Kopf über Wasser halten.«

Williams nickte noch einmal, ohne von seinen Zahlenreihen aufzusehen. Zupfte sich an seinem fettigen Schnurrbart und schrieb dabei immer weiter. Schließlich drückte er auf die fertige Seite einen Stempel und schlug die Kladde so abrupt zu, dass es einen lauten Knall gab. Staub flog auf.

»Sie sind nicht in der Lage, Ihre Kredite zurückzuzahlen. Der Besitz wird verkauft, schnellstmöglich. Sofern noch Pächter auf dem Land sind, muss es von ihnen gesäubert werden.«

»Ich fürchte, davon kann nicht die Rede sein.«

»Es wird geschehen, Mylord, ob Sie es wollen oder nicht. Land mit säumigen Pächtern wirft keinen Gewinn ab. Und besetztes Land sinkt im Preis.«

»Besetzt?«

»Wie wollen Sie es sonst nennen, Mylord?«

»Manche von diesen Familien wohnen seit fünfhundert Jahren auf ihrem Land. Sie waren schon dort lange bevor meine eigene Familie nach Connemara kam.«

»Das geht die Gesellschaft nichts an.«

»Ich kenne Ihre Versicherungsgesellschaft sehr gut, keine Sorge. Der Generaldirektor ist ein langjähriger Freund meiner Familie.«

»Lord Fairbrook ist über die Lage orientiert, Lord Kingscourt. Ich kann Ihnen versichern, dass ich auf seine persönliche Anweisung handle. Das Land wird geräumt, das ist entschieden.«

»Und wie soll diese Räumung vonstatten gehen? Soll ich hungernde Menschen auf die Straße setzen?«

»Wie wir hören, gibt es Unternehmer, die sich auf diese Art Arbeit spezialisieren.«

»Angeheuerte Schläger meinen Sie? Die die Leute von ihrem Land vertreiben?«

»Nennen Sie es, wie Sie wollen. Diese Männer sorgen dafür, dass Recht und Ordnung herrscht.«

»Kein Büttel hat je einen Fuß auf das Land der Merridiths gesetzt. Nicht in den zweihundert Jahren, die meine Familie in Galway ansässig ist.«

»Es ist nicht mehr das Land der Merridiths, Sir. Es gehört der Versicherung. Sie haben Zusagen gemacht, dass Zahlungen geleistet werden, und diese Zahlungen sind ausgeblieben. Sie sind Ihren Verpflichtungen nicht nachgekommen, Sir. Sie sind weit dahinter zurückgeblieben. Man hätte erwartet, dass es für Sie eine Ehrensache ist, Ihr Wort zu halten, doch offensichtlich ist auf Ihr Wort kein Verlass.«

»Wie können Sie es wagen, so mit mir zu reden, Sir? Muss ich mir das gefallen lassen von einem besseren Wucherer?«

»Sie lassen es sich gern gefallen, wenn es zu Ihrem Vorteil ist, Mylord. Sie leben als Gast auf einem Besitz, der nicht der Ihre ist.«

»Dann wäre ich also auch ein Besetzer?«

»*Sie* sind schon seit vielen Jahren Besetzer dieses Landes, Sir. Die Pächter zahlen wenigstens dafür.«

»Nie im Leben werde ich Ihnen meinen Besitz überschreiben.«

»Die Rechtstitel sind bereits an uns übergegangen. Alle weiteren erforderlichen Papiere werden auf Gerichtsbeschluss erstellt. Die Anwälte der Gesellschaft haben alles geregelt.«

»Aber – Sie werden doch wenigstens eine Abfindung für die Leute zahlen.«

Williams lachte trocken. »Sie belieben zu scherzen, Sir.«

»Das verstehe ich nicht. Wie meinen Sie das?«

»Es ist nicht die Gesellschaft, die seit zweihundert Jahren von der Arbeit Ihrer Pächter lebt. Warum sollten wir da eine Entschädigung zahlen?«

»Die Leute haben keinen Penny. Das sehen Sie doch selbst.«

»Sie können sie mit oder ohne Entschädigung fortschicken. Das liegt ganz in Ihrem Ermessen. Oder wir schicken sie fort, ohne Entschädigung. Die Entscheidung liegt bei Ihnen. Wir geben Ihnen bis zum 1. Juni Zeit. Danach werden wir das Land räumen. Anschließend wird verkauft, so schnell es möglich ist.«

»Ein kleiner Aufschub, mehr verlange ich nicht. Zwei Jahre.«

»Das Gespräch ist beendet, Lord Kingscourt. Ich wünsche Ihnen einen guten Tag.«

»Dann ein Jahr. Bitte. Ein Jahr macht Ihnen doch nichts aus.«

Williams wies mit seiner tropfenden Feder zur Tür. »Ich wünsche Ihnen einen guten Tag, Mylord. Andere Verabredungen drängen. Mein Schiff zurück nach London geht um sieben Uhr heute Abend.«

Es war schon dunkel, als er das Büro verließ. Schneeregen klatschte laut auf die kotigen Straßen. Ein Mädchen, das wie ein Hausmädchen aussah, küsste in der Tür eines Ladens einen Soldaten. Drei Schuljungen beobachteten sie und lachten. Eine Zeit lang ging er durch die Straßen, zwischen Menschenmengen und Bettlern, unter den eleganten Kolonnaden des Parlamentsgebäudes am College Green. Dann hinunter an den Fluss und zur Sackville Street. Der Liffey sah schwarz und schrundig aus. Ein großes Schiff lag am Südkai vertäut, um seine drei kahlen Masten ein Spinnennetz aus Takelage. Die Schauerleute rollten Fässer von Bord und stapelten sie auf dem grauen, nassen Pflasterstein.

Heftige Blitze zuckten über der Kuppel des Zollhauses. Er ging weiter, auch wenn der Hagel ihn wie Nadelstiche traf. Der Wind wehte ein Zeitungsblatt an seine Brust. Er wollte sich weismachen, er wisse nicht, wohin er gehe, aber er wusste es ganz genau; vielleicht war es das Einzige, was er noch wusste.

Er ging eiliger voran, stemmte sich dem Wind entgegen, schlitterte mit flatternden Rockschößen über die vereiste Brücke. Die strenge Gestalt Nelsons blickte von seiner Säule zu ihm hinunter: wie ein Götterbild von der Osterinsel in einer Uniform aus Granit. Die Händler rund um die Säule packten ihre Stände zusammen. Eine Möwenkolonie stürzte sich nieder und holte, was sie zurückließen, stieg in Grüppchen zu zweien und dreien wieder auf. Bald war er am Faithful Place, dann in der Little Martin's Lane. Die Straßenzüge wurden finsterer, die Einwohner zerlumpter, als er sich durch die Gassen in Richtung Diamond vorarbeitete. Manche der Häuser hatten keine Fensterscheiben und starrten wie Totenschädel hinaus auf die Straße. Der Geruch von nasser Kohle und ungewaschenen Kleidern. Schmutzige Kinder, die ein Feuerbecken umringten, das Angelusläuten von einem ganzen Dutzend Kapellen.

Der Donner grollte. Kinder quäkten einen Abzählreim. Ein Bursche, der ein alter Soldat sein mochte, stapfte durch die Straßen mit einem Schild, auf dem die Worte »Tuet Buße« gepinselt standen; aber im Regen verliefen die Buchstaben nun. Ein Quacksalber hockte auf einer schmutzigen Tonne und pries eine Wundermedizin an. Zwei Seeleute hasteten unter einem hellroten Frauenregenschirm vorbei. Die Mädchen machten sich bereit zur nächtlichen Arbeit.

Einige saßen auf den Fensterbrettern und tranken Tee; andere standen in den Türen ihrer kleinen, finsteren Häuser und lockten mit ihren Rufen die vorbeigehenden Männer.

»Hallo, mein Geliebter.«

»Guten Abend, du Schöner.«

»Hier findest du, was du brauchst, mein Schatz. Jung und frisch.«

Er überquerte in seinen triefenden Schuhen die Mecklenburgh Street und bog in die winzige Gasse ein, die Curzon und Tyrone Street verband; so schmal war sie, dass man im Gehen beide Wände zugleich berühren konnte. Ein Landstreicher saß zusammengesunken in einem stinkenden Hauseingang und lallte betrunken ein zotiges Lied. Merridith kam an ein Haus. Blieb stehen. Blickte auf. Ein rotes Licht glomm in einem Dachkammerfenster wie das ewige Licht vor dem Tabernakel in einer katholischen Kirche. Er zog seinen Ehering ab und steckte ihn in die Tasche; dann klopfte er an die nietenbeschlagene Tür.

Er hörte, wie jemand die Klappe des Gucklochs zurückzog. Ausdruckslose Augen starrten ihn an. Die Klappe wurde mit einem Ruck wieder geschlossen, und die Tür öffnete sich.

Der Türsteher hatte eine schwarze Kapuze übergestülpt und trug einen langen schwarzen Mantel unter der dicken ledernen Pijacke. In der Armbeuge hatte er einen Knüppel, mit einer Kette ums Handgelenk gewunden.

»Fünf«, murmelte er und steckte mechanisch die behandschuhte Hand aus. Merridith gab ihm zwei Half-Crowns. Mit einem Knall warf er die Tür hinter ihm zu und verschloss sie.

Der Mann führte ihn eine steile Treppe hinunter, an einer Tür vorbei, hinter der ein Klavier »Die Jungs von Oranmore« klimperte. Eine andere Tür, ein Stück den Gang entlang, stand einen Spaltweit offen; drei spindeldürre Mädels in Korsetts saßen auf Soldatenknien.

Die Madame war eine Einheimische, kräftig gebaut und gut angezogen, und sie sprach mit dem altmodischen Akzent, der sich in den inneren Stadtvierteln von Dublin gehalten hatte. Sie rauchte eine türkische Zigarette in einer Elfenbeinspitze, den Ausschnitt zierte eine üppige Kette aus goldglänzenden Münzen. Sie begrüßte den Besucher mit der Höflichkeit langer Erfahrung. Wollte er vielleicht ein Tässchen Tee? Einen schönen warmen Punsch? Sie sprach wie eine Wirtin, die an der Theke mit den Gästen plaudert.

»Ihr seid nicht aus Dublin, nicht wahr, Sir? So vornehm wie Ihr sprecht. Aus England, Euer Ehren? Geschäftlich in der Stadt oder zum Vergnügen? Seid uns willkommen, tausendfach willkommen. Bei uns gibt es keine Fremden, Sir. Nur Freunde, die wir noch nicht kennen. Und Euer Ehren wünschen sich wahrscheinlich ein klein wenig Vergnügen an einem kalten Winterabend, nicht wahr, Sir? Lasst fahren dahin die Mühen und Sorgen des Tags. Morgen ist auch noch ein Tag, sagt Ihr, da sollen die Sorgen bis morgen warten.«

Merridith nickte, vor Kälte zitternd. Sie lachte leise, als genieße sie seine Verlegenheit.

»Und warum auch nicht, sagt Ihr. Liegen wir nicht noch lange genug im Grab? Ein klein wenig Vergnügen hat noch keinem geschadet. Wir bringen euch schon in Schwung, Sir, wartet's nur ab.«

Seine Hand zitterte schwer, als er ihr das Geld reichte. Der Mann mit der Maske erschien wieder und winkte ihn zu einem weiteren Korridor, den Merridith zuvor nicht bemerkt hatte. Es ging eine Treppe hinauf, einen schäbigen Flur entlang. Er betrat das düstere Zimmer und entledigte sich rasch seiner Kleider. Als er auf der schmierigen Matratze lag, spürte er, wie ihm die Tränen kamen. Er wischte sie weg; er wollte nicht weinen. Alles stank nach Schweiß und Verwesung und Katzen, überdeckt mit einem Ekel erregend süßen Parfüm. Draußen auf der Straße hörte er schrilles Lachen, die müden Schritte der Karrengäule, die über das Pflaster stolperten.

Es dauerte eine Ewigkeit, bis die schwarze Tür sich öffnete. Das Mädchen trat lautlos ein, als sei auch sie müde. In der einen Hand hatte sie eine Kerze, in der anderen ein zerschlissenes Handtuch. Ihr Hemd hatte sie gelockert, damit ihre Brüste zu sehen waren. Das ausgemergelte Totenkopfgesicht war grotesk mit Rouge bemalt.

»Guten Abend, Sir«, sagte sie. Und kein weiteres Wort fiel.

Die Kerzenflamme flackerte.

Es war Mary Duane.

XXVI. Kapitel

Schiffsmeldungen

Der neunzehnte Tag der Reise: worin dem Kapitän höchst
beunruhigende Dinge zu Ohren kommen.

FREITAG, 26. NOVEMBER 1847
VERBLEIBEND SIEBEN TAGE AUF SEE

Position: 48° 07,31' westl. Länge; 47° 04,02' nördl. Breite. Uhrzeit bezogen auf Greenwich: 2.31 Uhr nachts (27. November). Bordzeit laut Schiffsuhr: 11.19 Uhr abends (26. November). Windrichtung & Geschwindigkeit: Ost (92°). Stärke 6. See: turmhohe Wellen. Kurs: West (267°). Niederschlag & sonstige Bemerkungen: Stürmischer Wind, Spitzengeschwindigkeit 51 Knoten. Besansegel abgerissen. Starker Seegang im Bereich der östlichen Neufundlandbänke.

Der Krüppel ist weiterhin unter Arrest. Den Großteil der letzten anderthalb Tage verbrachte er schlafend. Doktor Mangan nahm sich seines zerschundenen Gesichts an – kleinere Schürfwunden und Schwellungen, keine Knochenbrüche. Anscheinend heißt der Mann tatsächlich Mulvey; es war ein Irrtum meinerseits, als ich ihn Swales nannte. (Ich hatte es aus dem Namen auf seiner Bibel geschlossen; aber diese habe er von einem Freund.) Leeson ist überzeugt, dass wir uns vor ihm in Acht nehmen müssen; doch kein Mensch war je so abgrundtief böse, dass das Leben nicht wenigstens ein Quäntchen Gutes an ihm gelassen hätte.

Vergangene Nacht sind sieben Passagiere aus dem Zwischendeck gestorben, und ihre sterblichen Überreste wurden dem Meer übergeben. Sie hießen John Barrett, George Fougarty, Grace Mullins, Denis Hanrahan, Alice Clohessie, James Buckiner und Patrick Joseph Connors. Möge Gott ihrer Seele gnädig sein.

Kurz nach Tagesanbruch sichteten wir die Brigg *Morning Dew* mit

Kurs von New Orleans nach Sligo und gaben Signal, dass wir an Bord zu kommen wünschten. Sie bestätigte den Empfang unseres Signals. Wir warfen Anker bei 47° 01,10' westl. Länge und 47° 54,21' nördl. Breite und machten das Beiboot bereit. Ich fuhr mit Postmeister Wellesley und einigen Matrosen hinüber (ein paar von den kräftigeren Zwischendeckpassagieren und ein Junge waren ebenfalls dabei), um einige Postsäcke auszutauschen. Außerdem sollte die *Morning Dew* die siebenjährige Eliza Healy an Bord nehmen; ihre Eltern sind beide auf der Überfahrt gestorben und sie hat in Amerika keine Verwandten, die sich um sie kümmern könnten.

Ich trank Kaffee und für die Gesundheit ein wenig Branntwein mit Kapitän Antoine Pontalba aus Shreveport. Er hatte höchst beunruhigende Neuigkeiten für mich.

Seine erste Frage war, ob wir unterwegs nach Quebec seien, und als ich verneinte, entgegnete er erleichtert, das sei großes Glück. Wir unterhielten uns über die schrecklichen Ereignisse des letzten Sommers,* welche auf seinem Schiff noch immer für Gesprächsstoff sorgten; ich war aufs Höchste beunruhigt, als er berichtete, die Katastrophe sei keineswegs gebannt und fordere nach wie vor jede Woche Hunderte von Menschenleben. Ich hatte geglaubt, die furchtbare Heimsuchung sei vorüber, doch dem ist leider nicht so. Manche sagen sogar, es werde noch viel schlimmer kommen.

Kapitän Pontalba erzählte mir, sein Erster Maat habe in New Orleans einen Mann getroffen, der erst vor kurzem aus Quebec in den Süden gekommen war, und dieser habe berichtet, ein großer Teil des Sankt-Lorenz-Stroms, welcher der wichtigste Verkehrsweg in das Innere von Kanada ist, sei gänzlich zugefroren, ebenso große Uferbereiche im Umkreis von vielen Meilen. Dieser Mann, ein russischer Pelzhändler, habe viel über das Leid erzählt, das die bedauernswerten

---

* Kapitän Lockwood bezieht sich hier auf die Tragödie von Grosse-Île, wo im Sommer des Jahres 1847 die Quarantänestation am Sankt-Lorenz-Strom dem gewaltigen Ansturm kranker und hungriger Einwanderer, viele davon aus Irland, nicht mehr gewachsen war. Tausende kamen ums Leben; Quebec und Montreal wurden von entsetzlichen Fieberepidemien heimgesucht. Zum Zeitpunkt der Überfahrt der *Stella* war auf dem Fluss der gesamte Schiffsverkehr zum Erliegen gekommen, und die Behörden bekamen die Krise allmählich unter Kontrolle; doch wie aus dem Bericht des Kapitäns hervorgeht, waren die schrecklichen Ereignisse bei den Reisenden offenbar noch in aller Munde. – GGD

Menschen dort heimsucht. Er sprach wohl nicht allzu gut Englisch, aber wie entsetzlich es zugehe, sei unmissverständlich gewesen.

Wie es heißt, warten vierzig oder mehr Schiffe auf die Weiterfahrt ins Landesinnere von Kanada. Sie stauen sich über mehrere Meilen auf dem Fluss und haben an die fünfzehntausend Einwanderer an Bord, fast ausschließlich aus Irland. Viele davon leiden an Cholera oder Typhus, und es gibt weder Medikamente noch eine Möglichkeit, sie von den anderen zu isolieren. Dem Vernehmen nach ist auf manchen Schiffen kein Einziger mehr gesund, weder Mann noch Frau noch Kind, weder Passagiere noch Mannschaft. Auf zwei Schiffen sollen sogar alle umgekommen sein: keine Menschenseele mehr am Leben. Dass es vollends zur Katastrophe kommt, kann kaum ausbleiben, und es wird noch viele weitere Menschen das Leben kosten.

Neben diesen schlimmen Nachrichten gab es Gerüchte, die Behörden von New York und Boston wiesen womöglich sämtliche Schiffe aus Irland ab, weil ihre Häfen durch jene, die nicht nach Kanada einlaufen können, überfüllt seien, und die Behörden in New York fürchteten Seuchen.

Ich bat ihn, er solle meinen Passagieren nichts davon erzählen, doch es war wohl bereits zu spät. Auf dem Rückweg im Beiboot fiel mir auf, dass einige von ihnen sehr verängstigt und niedergeschlagen wirkten. Ich ließ sie einen Augenblick lang das Rudern einstellen und ermahnte alle, es sei unsere heilige Pflicht, unsere Mitpassagiere nicht zu beunruhigen; der beste Freund jedes Reisenden sei die Besonnenheit. Alle versprachen, meinen Rat zu beherzigen, sogar der Junge, der nun äußerst verschüchtert war. Doch kaum hatten wir die *Stella* erreicht und die Segel gesetzt, da sah ich, wie einige von ihnen auf dem Vorderdeck die Köpfe zusammensteckten, offenbar höchst beunruhigt. Wenig später begannen sie laut zu beten, jene beschwörenden Litaneien, in denen sie die Mutter Jesu mit vielerlei seltsamen Namen anrufen.

Wie ich aus langjähriger Erfahrung weiß, ist dies ein Zeichen größter Furcht.

Ich legte mich in meiner Kajüte nieder, um einen Augenblick lang zu ruhen, doch ich sank in einen tiefen, unruhigen Schlaf. Im Traum sah ich die *Stella* aus Schwindel erregender Höhe, und das ganze Schiff flehte um Gnade bei der Himmelskönigin.

XXVII. Kapitel

SAMSTAG, 27. NOVEMBER 1847
DER ZWANZIGSTE TAG
50° 10,07′ WESTL. LÄNGE; 43° 07,01′ NÖRDL. BREITE

Du
Acker
ohne Saat.
Ora pro nobis.
Du versiegelter Quell.
Ora pro nobis. Du Retterin
Adams. *Ora pro nobis.* Du
Fürsprecherin Evas. *Ora pro nobis.*
Flussbett der Gnade. *Ora pro nobis.*
Du Braut aus dem Hohelied. *Ora pro nobis.*
Du göttliche Regenflut. *Ora pro nobis.*
Du Pforte des Himmels. *Ora pro nobis.* Blume
vom Stamm Jesse. *Ora pro nobis.* Verschlossener
Born. *Ora pro nobis.* Du Wonne Gottes. *Ora pro
nobis.* Du Lilie im Dorngestrüpp. *Ora pro nobis.*
Nie welkende Rose. *Ora pro nobis.* Ummauerter
Garten. *Ora pro nobis.* Du Werkzeug der Liebe.
Ora pro nobis. Du goldenes Haus. *Ora pro nobis.*
Ehefrau Josefs. *Ora pro nobis.* Du blühende Wiese.
Ora pro nobis. Du Elfenbeinturm. *Ora pro nobis.*
Thron Gottes. *Ora pro nobis.* Du unbefleckte Jungfrau.
Ora pro nobis. Du Lichtgestalt. *Ora pro nobis.* Thron
der Erlösung. *Ora pro nobis.* Du bist lieblicher als
die Seraphim. *Ora pro nobis.* Du Schatzkammer
des Glaubens. *Ora pro nobis.* Du bist schöner als
das Paradies. *Ora pro nobis.* Spiegel der Reinheit.
Ora pro nobis. Du uneinnehmbare Kathedrale. *Ora
pro nobis.* Schneeweiße Taube. *Ora pro nobis.*
Du Gefäß der Hingabe. *Ora pro nobis.*
Du jungfäulicher Quell. *Ora pro nobis.*
Reinste aller Frauen. *Ora pro nobis.*
Frei von Erbsünde. *Ora pro nobis.*
Königin von Afrika. *Ora pro nobis.*
Du Siegerin über die Schlange.
Ora pro nobis. Du Hoffnung der
Heimatlosen. *Ora pro nobis.*
Turm Davids. *Ora pro nobis.*
Heilige Mutter. *Ora pro nobis.*
Maria du Reine, Stern der Meere.
Ora pro nobis. Ora pro nobis.
Mea maxima culpa.
Ora pro nobis.

XXVIII. Kapitel

Die Anklage

Worin ein Dokument zur Kenntnis gebracht wird, welches der
Verfasser ausfindig machen ließ (und dessen Bedeutung
der Leser rasch begreifen wird).

GESCHWORENENGERICHT IHRER MAJESTÄT
BEWEISSTÜCK 7B/A/II*

April 1847,
Galway,

an den Anführer der Verlässlichen.

*ich heiße Mary D ★★★★ und komme aus einer anständigen Familie. Ich
war Verheiratet mit N ★★★★★★★★ M ★★★★ aus A'nagcraomha fast
dreizehn Jahre fünf Monate lang bis er sein eigenes und das Leben unserer
klein Tochter A ★★★★ M ★★★ M ★★★★ nahm und sie Ertränkte am
Weihnachtstag 1845.*
*Ich gebe dies einem Gewissen Mann und weiß das er wissen wird an
Wen er es geben muss. Gebe Gott das es ankommt denn ankommen muss es.*
Ich gehe bald nach Amerika und komme nie wieder zurück und so will

---

* Dieses Dokument machte fünf Jahre nach der Überfahrt ein Detektiv im Auftrag
von GGD in Dublin ausfindig. Getreue Abschrift. Original verloren. Am 6. Juni 1849
beim Schwurgericht Galway von der Anklage als Beweismittel eingebracht. Es trägt
den Vermerk:»Vorzulegen in der Verhandlung des James O'Neill, Arbeiter, vormals
aus Kilbreekan bei Rosmuck (vertr. Pächter), alias ›Captain Moonlight‹ oder auch
›Captain Dark‹ von einer aufrührerischen Vereinigung namens ›The Liables‹ oder
›Else-Be-Liables‹, auch ›die Verlässlichen von Hibernia‹ oder ›die Verantwortlichen‹
genannt; angeklagt der Sachbeschädigung, der Körperverletzung, des Widerstands gegen die Staatsgewalt, der Verschwörung zum Mord und der Mitgliedschaft in einer verbotenen Organisation; Dokument aufgefunden bei einer polizeillichen Durchsuchung
der Unterkunft des Angeklagten auf Hayes's Island.« (Er wurde in der Garnison Galway am 9. August 1849 gehängt. Eine Reihe weiterer Angeklagter verurteilte das Gericht wegen Mitgliedschaft in der»Irisch-republikanischen Bruderschaft«, den»Fenians«, zur lebenslangen Deportation in die Botany Bay.) Namen vom Gerichtsschreiber
gelöscht.

ich das Folgende mitteilen und hoffe das ihr und eure Männer tun könnt was getan werden muss. Ich weiß das die Leute in diesem Christlichen Land voller Heuchler mich Verleumden und meinen Namen in den Dreck ziehen deshalb gebe ich nicht das schwarze unter dem Fingernagel darauf was die Leute reden und Hier ist die ganze Wahrheit.

Als ich neunzehn Jahre alt war da war ich einem Mann namens p★★s M★★★★★ aus A'nagcraomha versprochen welcher der einzige Bruder von N★★★★★★★ M★★★★ war der früher Priester war. Und bei meinem Leben kein anderer Mann hatte mich vorher Berührt aber der Besagte p★★s M★★★★ brachte mich in andere Umstände und dann machte er sich davon zu meinem Unglück. Er ließ mich im Stich. Mein Vater jagte mich aus dem Haus wegen der Schande und eine Weile musste ich auf der Straße leben aber dann namen meine Schwester und mein Schwager in screeb mich auf. Und der der mein Leben ruiniert hatte trieb sich fröhlich in der Welt herum.

Sein Bruder N★★★★★★ der war Priester in ★★★ ★★★★★. Als er hörte was Er mir angetan hatte da kam er mich besuchen und sagte wie Leid es ihm tat und das er sich für seinen Bruder schämte das er ein solcher Unmensch war und mich so Hintergangen hatte. Er sagte er wollte sein Priesteramt aufgeben und mich Heiraten und das Kind mit mir aufziehen wenn ich ihn nähme. Anfangs sagte ich Nein aber er bestand darauf und sagte er wollte nicht das das Kind von einem M★★★★★ ein Bastard ist und seine Mutter entehrt. Ich sagte das sei nicht richtig von ihm wenn er das tue und das sei nicht Gottes Wille aber er wollte nicht davon ablassen und kam immer wieder damit. Die Ehe wurde geschlossen in der Kappelle in C★★★★ (mein Heimatdorf) am neunten Juli 1832 und dann ging ich mit ihm nach Tully und lebte mit ihm auf dem Land seiner Familie.

Mein Kind kam einen Monat darauf zur Welt aber es war Tot (RIP) aber da waren wir Verheiratet und man konnte es nicht zurücknemen nicht vor dem Gesetz und nicht vor Gott.

N★★★★★★★ M★★★★★ war ein ehrlicher und aufrechter Mann aber wir haben nicht als Mann und Frau gelebt viele Jahre lang nicht. Weil mein Mann oft Krank war und zaghaft und weil die Gefühle nicht da wahren zwischen uns. Manchmal gab es Unglück im Haus deswegen aber Anderemal auch nicht. Dann bin ich zu einem Priester gegangen pater Fagan und zu meiner Schwester und beide haben gesagt es ist nicht richtig

wenn ich meinem Mann verweigere was doch sein Recht ist und keiner
wäre da für sein Land wenn wir keine Nachkommen hätten. Von da an
haben wir als Mann und Frau gelebt. 1843 habe ich erfahren das ich
Erwarte und im Januar 1844 kam unser Kind zur Welt. Wir lebten
zusammen und waren zufrieden. Mein Mann hatte sich gesehnt das er
Vater wird und er war der Sanfteste und liebevollste Mann. Er schenkte
mir Blumen und Kämme und Bänder, so viele das man sie um die ganze
Welt binden könnte. Wenn er bei dem Kind war da war er selbst wie eine
Mutter. Er konnte gar nicht genug tun für das Kind immer hat er Alles
getan. Die die ihn einen Wahnsinnigen nennen sind dumm und verstehen
Ihn nicht. Er war ja nicht so erst wie die Grausamkeit des Anderen ihn
dazu getrieben hat.

Im September 1844 kam sein Bruder p★★s M★★★★★ zurück ich
weiß nicht von wo und von da an quälte er uns. Obwohl er mich verlassen
hatte und kein Anrecht hatte war er Rasend vor Eifersucht. Gleich am
ersten Tag kam er auf unser Land und sagte die Hälfte davon gehört ihm
das wäre Sitte und Gesetz und wir könnten ihn nicht fortschicken sonst
würde er Überall erzählen das wir ihm sein Land fortgenommen hätten
und würde uns anschwärzen. Er schrieb einen Brief an Comander Blake
und sagte er hätte Anrecht auf das Land und er könnte besser Pacht dafür
zahlen wie wir. Er hat sich eine Hütte auf dem Land gebaut und war nicht
fort zu bekommen. Immer wenn ich aus dem Haus kam stand er da und
sah mich an mit so einem unschicklichen Blick und starrte seinen Bruder
und das unschuldige Kind mit wütenden Augen an. Abends kam er zu
unserem Haus und sah zum Fenster herein wenn ich mich auszog. Er
drückte sein Gesicht an die Scheibe. Einmal habe ich gesehen wie er
hereinsah da waren mein Mann und ich zusammen wie Mann und Frau.
Mit ihm kam das Unglück in unser Haus zurück. Unsere Kuh starb und
ich glaube Er hat sie vergiftet. Er wühlte unser Kartoffelfeld auf und
ruinierte die Saat. Er riss einen Zaun nieder den mein Mann gebaut hatte
und eine Mauer womit wir unser Land von seiner Hälfte trennen wollten.
Nie gab es für uns Frieden. Wenn sein Bruder mein Mann auf dem Feld
bei der Arbeit war kam er zu mir und sagte das er mich noch immer
begehrt und mich liebte. Er sagte es in sanften Tönen er ist immer noch
derselbe Heuchlerische Lügner und Betrüger der er schon immer war die
Zunge schmeichelt aber das Herz ist schlecht. Der hätte noch dem Teufel
seine Seele abgeschwatzt.

Einmal und nur das Eine Mal als mein Mann nicht zu Hause war und wir uns nicht gut verstanden bin ich schwach geworden was ich bereuen werde bis ans Ende meiner Tage und habe p★★s M★★★★★ nachgegeben zu meiner Schande meine ich. Er hatte mir Whisky zu trinken gegeben. Er hatte mir versprochen das er mir essen für das Kind gibt wenn ich es mache und er würde meinen Mann nicht mehr quälen. Es war meine eigene Schuld und Sünde was ich getan habe aber er hat das Gefühl ausgenutzt das es einmal zwischen uns gab als wir noch jung waren. Später hat er mich deswegen gequält und mir gesagt von jetzt an könnte er mich jederzeit haben. Er hat mein Leben Ruiniert der hinterhältige Judas.

Immer hat er gesagt er würde meinem Mann davon erzählen. Er hat unanständige Andeutungen deswegen gemacht. Er hat Sachen gemacht ich bringe es nicht fertig das hier zu schreiben. Er wartete bis mein Mann zurück war und dann machte er Laute wie sie zwischen Mann und Frau sind zu bestimmten Zeiten und warf mir dabei Lüsterne Blicke zu. Einmal nahm er gewisse Frauenkleider von mir von dem Ginsterstrauch wo ich sie zum Trocknen hatte und wartete bis mein Mann den Pfad heraufkam und dann zog er sie aus der Tasche. Er strich durch die Gegend und machte den Nachbarn weiß mein Mann wäre gar nicht der Vater meines Kindes sondern es wäre der Bastard von einem Zigeuner oder einem Engländer. Und bei meinem Leben ich schwöre das ist eine Lüge was er erzählt hat. Mein Mann und er haben sich geprügelt deswegen mein Mann hätte ihm beinahe den Schädel eingeschlagen und es ist ein Jammer das er es nicht getan hat.

Als die Krankheit kam vorletzten Sommer und die Ernte Verloren ging hat er uns nicht geholfen. Ihm selber ging es gut er hatte Geld go léor* das hatte er irgendwie bekommen wie er fort war ich denke er ist ein gemeiner Dieb so wie er immer Geld hat oder ein Spitzel für den Comander oder ein englischer Bluthund. Da gibt es keine Gemeinheit die ich ihm nicht zutrauen würde diesem gerissenen Fuchs. Der ist der Jesus Christus unter den Ganoven. Manche Leute sagen er ist ein Büttel vom Gutsherrn. Er hatte zu Essen in Massen wie wir anderen hungerten. Manchen erzählt er er ist einer von den Verlässlichen und anderen ein Freund von Gutsherrn und Sheriffs. Ihm ist jede Lüge recht. Der würde Löcher in ein Sieb lügen

---

* Der irische Ausdruck für »reichlich«. Ursprung des englischen Wortes *galore*. – GGD

wenn er denkt er bekommt Geld dafür. Im Oktober 1845 haben die Leute von Cmndr Blake uns Vertrieben weil wir die Pacht nicht bezahlen konnten. Ein Austreiber kam von Galway mit fünfzehn Männern und sie haben uns von unserem Land fortgeprügelt. Sie haben meinen Mann geschlagen vor meinen Augen und denen von unserem Kind und sein Bruder hat zugesehen. Sie haben in Grün und Blau geschlagen. Und immer hat der Austreiber vom Comander gesagt siehst du M ★ ★ ★ ★ ★ siehst du du dreckiger Lumpenhund jetzt bekommst du eine Abreibung die du dein Lebtag nicht vergisst. Na wie gefällt dir das. Antworte Schwein. Und er musste sagen das das richtig war und das er ein Schwein war und sie haben immer weitergeschlagen bis er das gesagt hatte. Danach war er nie wieder derselbe nachdem sie ihn zusammengeschlagen hatten. Hexenbrut war das das waren keine Männer mit einer Lebendigen Seele. Sie haben seinen Mut gebrochen an jenem Tag.

Wir konnten nichts zahlen wegen der Kartoffelpest und weil p★★s M★★★★★ unsere Kuh vergiftet hatte. Blake hat uns keinen Kredit gegeben er hat uns auf die Straße gejagt. Es war p★★s M★★★★★ der dann unser Land genommen hat und zufriedenem Gegrinst hat wie er mit angesehen hat wie wir fortmussten. Wir gingen nach Rossaveel und mein Mann machte ein Dach für uns im Wald mein Mann und mein Kind und ich wir haben auf der Erde geschlafen und p★★s M★★★★★ hat das Land genommen das uns gehörte und hat den großen Herrn markiert. Und er ist immer noch da wie der König von England.

Die Leute haben ihn angespuckt und Steine geworfen beim Begräbnis von seinem Bruder und keiner spricht ein Wort mit ihm aber sie haben nichts für mich getan und Niemand hat mir geholfen.

Ich wusste nicht was ich machen sollte wie mein Mann und mein Kind tot waren. Ich musste ins Armenhaus bis ich es da nicht mehr aushielt. Dann bin ich nach Dublin gegangen den ganzen Weg zu Fuß und habe noch ein Kind verloren Unterwegs. Fast ein Jahr lang habe ich auf der Straße betteln müssen und musste da in der Stadt tun was keine Frau tun soll. Jetzt bin ich Kinderfrau und gehe nach Amerika. Ich arbeite als Dienstmädchen für die Familie von Lord und Lady ★★★★★★★★★★. Nie wieder werde ich nach Galway zurückkommen und wenn ich Hundert Jahre alt werde. Für eine anständige Frau gibt es kein Leben in Galway.

Alles was die Leute über p★★s M★★★★★ sagen ist wahr. Ich Schuldige ihn an als Dieb unseres Landes als Verführer und Erpresser. Er hat *seinen eigenen Bruder und mein einziges Kind ins Grab getrieben und ich will das ihr und eure Männer Rache tut. Ich weiß das ihr so etwas schon bei anderen getan habt.** *Ihr werdet ihn leicht erkennen denn er ist ein Camath** ein Hinkefuß er hat nur einen Fuß, der andere ist aus Holz mit einem großen M darauf (für Mörder könnte man denken). Was er auch an Strafe bekommen kann er verdient sie. Solange Seinesgleichen tun können was sie wollen ist es kein Wunder das die Leute in den Dreck gestoßen werden in unseren Zeiten. Wie Männer die sich für Iren halten das geschehen lassen das begreife ich nicht.*

Die frucht meines Leibes soll in der Hölle schmoren wenn ich auch nur ein einziges Wort geschrieben habe das nicht wahr ist. Einen Fuß aus Holz hat er und ein Herz aus Stein.

Die Spatzen auf den Dächern wissen das ich die Wahrheit sage.

Ich Schuldige ihn an mit allem was ich kann den räudigsten Hund der je einen Fuß auf Gottes Erdboden gesetzt hat und der mit jedem Schritt den er getan hat das Land Galway verdorben hat.

Gebe Gott das er unter schreien Stirbt und in Schande
Mary M★★★★★ (geb. D★★★★)

---

* Unterstrichen und paraphiert vom Kronanwalt, Dublin Castle.
** *Camath*: entweder ein unbekanntes Dialektwort für einen Hinkenden oder eine Zusammenziehung des irischen *cam*, »krumm«, mit dem Sheltawort *gyamyath*, was so viel bedeutet wie »lahm«. – GGD

XXIX. Kapitel

Die namenlosen Fremden

Über den zweiundzwanzigsten Tag der Reise: worin der Kapitän von einem grausigen Fund berichtet (ferner düstere Gedanken über Menschen, welche ihre Heimat verlassen müssen, sowie weitere Überlegungen zum irischen Nationalcharakter).

MONTAG, 29. NOVEMBER 1847
VERBLEIBEND VIER TAGE AUF SEE

Position: 54° 02,11' westl. Länge; 44° 10,12' nördl. Breite. Uhrzeit bezogen auf Greenwich: 3.28 Uhr nachts (30. November). Bordzeit laut Schiffsuhr: 11.52 Uhr abends (29. November). Windrichtung & Geschwindigkeit: Südsüdwest. Stärke 7 (vergangene Nacht Stärke 9). See: Immer noch hoher Wellengang. Kurs: Nordwest (315°). Niederschlag & sonstige Bemerkungen: Fast den ganzen Tag über heftiger Regen. Nebelbank im Norden.

»Ist denn keine Salbe in Gilead?« Jeremia 8, 22

Vergangene Nacht sind vier Passagiere aus dem Zwischendeck gestorben; heute früh haben wir sie zur letzten Ruhe gebettet, wie es auf hoher See Sitte ist. Mögen sie in Frieden ruhen. Ihre Namen: Owen Hannafin, Eileen Bulger, Patrick John Nash und Sarah Boland; alle vier aus der Grafschaft Cork in Irland.

Am heutigen Tag machten wir einen schrecklichen Fund.

Durch den Sturm der vergangenen Nacht war der Bugspriet gebrochen, und die Takelage hatte sich auf Höhe der Wasserlinie in der Ankerkette verfangen. Daraufhin seilte sich Bootsmann Abernathy mit einigen seiner Männer am Bug ab und entdeckte eine große Ansammlung riesiger Ratten im Abwasserschacht aus der Ersten Klasse, einer Öffnung von vielleicht vier Fuß Durchmesser.

In der Hoffnung, er sei der Ursache des Gestanks auf der Spur, der das Schiff in den letzten Tagen so verpestet hat, näherte er sich mit einigen Männern, um die Stelle genauer zu untersuchen. Dort bot sich ihnen ein grausiger Anblick.

In dem Abflussschacht lagen die stark verwesten Leichen eines jungen Paares, Seite an Seite und immer noch innig umschlungen. Doktor Mangan wurde herbeigerufen, um den Tod festzustellen. Der junge Mann war etwa siebzehn Jahre alt, das Mädchen vielleicht fünfzehn. Das Mädchen war einige Monate schwanger.

Ich muss gestehen, mir kommen noch immer die Tränen, selbst jetzt noch, wo ich dies niederschreibe.

Da keiner von den Passagieren auf der Liste als vermisst gemeldet ist, müssen wir davon ausgehen, dass diese armen, verängstigten Menschenkinder sich dort unten verborgen hielten, seit wir aus Cork ausgelaufen sind, wenn nicht gar – der Himmel sei ihnen gnädig – schon seit Liverpool. Sie müssen an den Ketten hinuntergeklettert und in den Abfluss gekrochen sein, im Glauben, sie könnten sich bis zu unserer Ankunft in New York dort verborgen halten. Wie Leeson richtig bemerkte, hat die große Anzahl zusätzlicher Passagiere, die wir im Cove an Bord nahmen, dazu geführt, dass das Schiff weit größeren Tiefgang hat als gewöhnlich.

Eine Reihe von Kindern spielte an Deck, und ich ließ sie nach unten schicken.

Wir bargen die Toten und gaben ihnen so gut wir konnten ein christliches Begräbnis; aber sie hatten nichts bei sich, woraus wir ihre Namen hätten entnehmen können. Viele der Männer waren tief erschüttert, selbst solche, die auf See schon viel Schlimmes erlebt hatten. Mir selbst versagte die Stimme, als ich die Abschiedsworte sprechen wollte, und die Männer mussten mir helfen. Reverend Henry Deedes stand mir ebenfalls zur Seite und sprach ein schlichtes Gebet. »Dass diese Kinder Gottes, diese Kinder Irlands oder Englands, die beide eine Mutter hatten und die einander aufrichtig liebten, einen sicheren Hafen finden mögen in den Armen des Erlösers.« Anschließend sang ich mit den Männern ein Kirchenlied. Aber das Singen fiel uns heute sehr schwer.

In Gedanken war ich bei meiner lieben Frau und unseren geliebten Kindern; wie sehr wünschte ich, sie wären jetzt bei mir. Ich überlegte, dass jeder kleine Streit im Leben eines Ehepaars von eben jener

Nähe herrührt, die dies Verhältnis mit sich bringt; es ist genau wie mit angrenzenden Staaten. Besonders schmerzlich aber war mir der Gedanke an meinen geliebten Enkel – wie sehr wünschte ich, ich könne ihn nur einen Augenblick lang in die Arme schließen.

Mir selbst bereitet es jedes Mal großen Schmerz, wenn ich mein glückliches Zuhause verlassen und in See stechen muss, auch noch nach so vielen Jahren. Welch furchtbare Qualen müssen dann erst jene leiden, die ihre Lieben in der Heimat zurücklassen und gewiss nie im Leben wiedersehen werden? Der Mann, der nie wieder abends an der Seite seines Bruders durch seine Heimatstadt spazieren und über die Ereignisse des Tages plaudern kann. Oder das Mädchen, das den Eltern Lebewohl sagen muss, die es liebt und ehrt und von denen es doch weiß, dass sie zu schwach sind, die beschwerliche Reise auf sich zu nehmen. Das glückliche junge Paar, das sich trennen muss, der Vater, der Frau und Kinder zurücklässt und allein nach Amerika fährt, weil das Geld nur für die eine Überfahrt reicht. Um allein unter Fremden zu wandeln, setzen sie alles aufs Spiel.

Und das, Gott sei uns gnädig, sind noch die Glücklicheren unter ihren irischen Landsleuten. Sie zählen noch nicht zu den Ärmsten der Armen, denn diese sind ganz und gar mittellos. »Der schlechtste Bettler hat bei der größten Not noch Überfluss«, sagt Shakespeare, doch das gilt nicht für das leidgeprüfte Connaught. Viele Menschen im Westen dieser Grafschaft besitzen buchstäblich nichts. Einige wenige kratzen mit Mühe das Geld für die Fahrt nach Liverpool oder London zusammen. Dort fallen sie in die Hände skrupelloser »Einwanderungsagenten«, die sie gnadenlos aussaugen wie Blutegel; sie stehlen ihnen sogar die Kleider vom Leib; sie rauben einem Mann das Handwerkszeug, mit dem er auf anständige Weise seine Familie ernähren könnte; schließlich schmuggeln sie sie heimlich des Nachts auf irgendein Schiff und locken sie mit falschen Versprechungen von den Reichtümern in der neuen Welt.

Die Umstände, unter denen diese Menschen reisen, sind unbeschreiblich und lassen die Entbehrungen, unter denen die Passagiere der *Stella* zu leiden haben, im Vergleich geradezu paradiesisch erscheinen. Manche von diesen Schiffen fahren nicht einmal nach Amerika, sondern in ein anderes Land oder Territorium außerhalb Großbritanniens, ganz gleich wie unwirtlich und kalt es dort sein mag.

Und all das ist so grausam unverdient. Denn so wahr wie auf jeden Tag die Nacht folgt: würde die Welt plötzlich auf den Kopf gestellt, würde Irland ein reicheres Land und andere Nationen, welche jetzt groß und mächtig sind, gerieten in Bedrängnis, so würden die Bewohner von Irland den notleidenden Fremden mit der Wärme und Freundlichkeit begegnen, die ihren Charakter so ziert, dessen bin ich mir so sicher wie ich weiß, dass am Ende der Nacht ein neuer Tag anbricht.

Ich kann nicht mehr weiterschreiben. Es gibt nichts mehr zu schreiben.

Ich wünschte, ich wäre nie geboren und hätte diesen Tag niemals erlebt.

XXX. Kapitel

Der Gefangene

Die dreiundzwanzigste Nacht der Reise
(zugleich die letzte Nacht im November); worin Mulvey höchst
ungebetenen Besuch erhält.

57° 01′ WESTL. LÄNGE; 42° 54′ NÖRDL. BREITE
— 9 UHR ABENDS —

Der Mörder erwachte aus einem Traum von Wörterbüchern, als die Schiffsglocke auf dem Oberdeck erscholl; ein kaltes, metallisches Bimmeln, fast wie ein Geschmack auf der Zunge. Schlaftrunken richtete er sich im nassen Halbdunkel auf. Steine in einer Blechbüchse. Steine wie Gewehrkugeln. Gitterstäbe wie grinsende Ratten.

Der Vollmond stand in der Mitte der Fensteröffnung und hatte einen Hof wie ein Heiligenschein; weiter seitlich ein paar Sterne, aber nicht so viele, dass man ein Sternzeichen erkannte. Er betrachtete sie eine ganze Weile. Kassiopeia vielleicht. Doch ohne das gesamte Bild blieben die einzelnen Sterne namenlos. Ein Niesen erschütterte seinen Körper. Schmerzen im Unterbauch. Es kam immer darauf an, wie viel man sah.

Eine heftige Bö fuhr pfeifend ins lose Gebälk und rüttelte an einer Tür. Ebenso plötzlich wie er gekommen war, legte der Wind sich wieder. Besann sich eines Besseren. Für Mulveys Ohren klang es, als ob ein neuer Sturm aufkam. Hoffentlich eine Täuschung. Noch einen Sturm würde er nicht überstehen.

Von irgendwo hinter ihm drangen gedämpft die traurigen Töne von Fiedel und Dudelsack durch den Schiffsrumpf. Die Melodie, eine Tanzweise aus Leitrim, hatte mehrere Namen, aber er konnte sich an keinen Einzigen erinnern, obwohl er das Stück schon hundert Mal gehört hatte. Er versuchte sich aufzurichten oder sich wenigstens hinzuhocken, aber ein unerwartet heftiger Schmerz durchzuckte sein Bein.

Der Geschmack im Mund widerte ihn an. Beißend, fast wie Kupfer: der Geschmack von Blut. Bei der Prügelei im Zwischendeck waren seine Zähne zersplittert, und jetzt bohrten sie sich im Schlaf jedes Mal in die Zunge. Er hatte Angst vor dem Schlafen, so schlimm war der Schmerz. Er hatte keine Albträume mehr: nur noch körperliche Schmerzen. Keine bösen Träume oder nächtlichen Dämonen mehr, seit Nicholas tot war. Nur noch die Messerstiche von zersplitterten Zähnen in Zunge und Zahnfleisch.

Er kroch in die Ecke der engen, dunklen Zelle und trank einen Schluck trübes Wasser aus dem angeketteten Krug. Man hatte ihm eine Schale mit dickem Brei durch die Luke geschoben. Das Essen war eiskalt, aber er hatte schon Schlimmeres gegessen. Eine zähe Masse aus Kartoffeln, gehackten Fleischabfällen und Schiffszwieback. Er aß gierig und leckte anschließend sogar noch die Schüssel aus. Es war besser als alles, was es im Zwischendeck zu essen gab.

Eine Zeit lang studierte er die Kritzeleien an den nassen Wänden. Englische Wörter und irische Wörter: Namen und Obszönitäten. Noch rätselhafter waren die eingeritzten Bildzeichen. Löwen und Affen. Eine Giraffe vielleicht. Eine Zeichnung, die aussah wie die Landkarte eines Waldes. Die Schriftzeichen einer Sprache, für die er keinen Namen hatte.

≈ א # ψ Ʒ Ψ Ξ Φ

Handschellen und Ringe waren in die Schotten eingelassen. Als Latrine diente ein gusseisernes Gitter in den Deckplanken; in dreißig Fuß Tiefe, am anderen Ende eines Bleischachts, der Widerhall der aufgewühlten See. Man konnte dem Wasser auch zusehen, aber nicht für lang. Auf und Ab, Aufwallen und Abschwellen. Wie ein brodelnder Hexenkessel. Die Art von Zerstreuung, die einem den Verstand rauben konnte. Vergangene Nacht hatte er mit dem Gedanken gespielt, durch das Loch nach draußen zu fliehen, hatte überlegt, wie er die Befestigungsbolzen des Gitters lösen könnte. Die Luft anhalten und in die Tiefe springen; den Kiel hart auf dem Rücken spüren. Doch während er noch darüber nachdachte, war ihm längst klar, dass er es niemals tun würde. Die Zeiten waren vorbei. Seine Kraft versiegt.

Ein Sergeant einst in Halifax, hat eine Maid bedrängt
Worauf sich die Verführte gleich am Strumpfband hat erhängt.

Draußen auf dem eichenen Flur hörte er den Wächter aus Northumbria singen.

Doch sein Gewissen plagt' ihn sehr, es lag ihm auf der Seele
Drum trank er reichlich Terpentin und dachte an Miss Bailey.

Einen merkwürdigen Spitznamen hatte er, der pfiffige kleine Mann aus Nordengland; wenn er sang, trällerte er wie ein Vogel. Er hatte es seinem Gefangenen mehrmals erklärt, und dieser hatte interessiert zugehört. Scrimshaw: ein Wort aus der Seemannssprache für Schmuck und Zierstücke aus Wrackteilen oder Elfenbein. Wenn man wollte, konnte er durchaus gesprächig sein. Aber die Hauptsache war: Er ließ einen in Ruhe.

Mulvey ging zur Tür und rief nach Scrimshaw. Als er an der Luke erschien, klagte der Gefangene, er verdurste. Sein Bewacher schlurfte wortlos davon und kehrte eine Minute später mit einem Becher Apfelwein zurück. Der Gefangene stürzte ihn hinunter, aber er löschte seinen Durst nicht. Er schleppte sich zurück zur Pritsche und ließ sich darauf sinken.

Wrackteile. Knochen und Treibholz. Es war dunkler geworden: Heftige Böen wechselten mit Windstille; wie Gewehrsalven auf einem Schlachtfeld, wenn die Munition knapp ist. Über allem lag ein bläulicher Schatten. Zum Schutz vor der Kälte rollte er sich so gut es ging in die Decke und versuchte, seine Gedanken zu verbannen. In einer Nacht wie dieser war die Decke ein Trost.

Dass niemand ihn töten konnte, schien ihm ein noch besserer Trost; und dass er selbst niemanden töten musste. Das Schiff würde schwanken und die Wellen würden dagegenschlagen, aber er würde seinen Dolch nicht in ein röchelndes Opfer stoßen. Keine krachenden Rippen, keine knirschenden Knorpel. Kein zusammensackender Körper, wenn er die Klinge herauszog.

Zwölf Tage zuvor, in der Morgendämmerung, hätte er es ganz leicht tun können. Das Opfer hatte geschlafen, als Mulvey in die Kabine schlich. Als seine Augen sich allmählich an die muffigkalte Dunkel-

321

heit gewöhnt hatten, sah er ihn auf dem Rücken liegen. Das leise, unruhige Gemurmel eines betrunkenen Schläfers. Das Stöhnen eines Mannes, der die Tiefen seines eigenen Ichs auslotet. Und Mulvey war ganz behutsam neben das Bett getreten, wie ein Liebhaber, so nah, dass er den Schweiß und den Whiskyatem seines Opfers riechen konnte. Bald würde der Morgenstern aufgehen; aber der Träumer würde ihn nicht mehr sehen. Überall Totenstille. Sogar das Meer schien zu schweigen. Dem Mörder kam es vor, als könne das Geräusch seiner sich weitenden Pupillen ihn verraten.

Er dachte an den Sohn des Opfers, die dunklen Umrisse des schlaftrunkenen Jungen, der in der Finsternis dieser Nacht auf dem Atlantik halb aufgewacht war und gesehen hatte, wie ein Schatten an dem offenen Fenster vorbeihuschte. Der Junge rührte sich. Mulvey sagte nichts. »Grantley?«, murmelte der Junge. »Sind wir jetzt in Amerika?« Mulvey bewegte sich nicht. Das Schiff neigte sich träge zur Seite. »Schlaf weiter«, flüsterte er. »Es ist nur der Steward.« Der Junge atmete tiefer; er gähnte in sein Kopfkissen. »Wo schläft denn dein Papa?«, fragte die Traumgestalt. Und der Junge hatte eine vage Handbewegung gemacht und war wieder in seinen Träumen versunken.

Sein Vater bemerkte nicht, was um ihn her vorging; er schlief wie ein Toter, die Arme über der Brust gefaltet, als läge er schon im Sarg oder in ein Grabtuch aus Leinen gehüllt. Ein Toter, David Merridith. Und ein Mörder, der auf ihn hinabblickte. Das Ungeheuer von Newgate, wieder auferstanden im ersten bleichen Morgenlicht.

Das Messer in der Hand. Das Messer zum tödlichen Stoß erhoben. Doch seine Hand zitterte. Er brachte es nicht fertig. Keine Frage der Moral; ganz einfach Ekel. Töten war eine Frage der Kraft und des richtigen Winkels, die Bewegung eines Stücks Stahl von einer Koordinate zur anderen; aber er, der gemordet hatte um des bloßen Überlebens willen, hatte diese Gleichung nicht noch einmal lösen können. Er wusste nicht wieso, nur dass es unmöglich war. Er hatte es von dem Augenblick an gewusst, als er den Auftrag zum Töten erhielt, schon lange vorher: vielleicht schon seit Leeds. Er hatte zwei Menschen getötet. Er würde nie wieder einen Menschen töten. Man mochte es Feigheit nennen; es war ihm egal, wie man es nannte. Hier in der Zelle war er sicher vor solchen Fragen. Das Einzige, was er hier zu fürchten hatte, war die Freilassung.

Er schlief eine Zeit lang, aber nur leicht und unruhig. Die gedämpfte Musik wurde lauter, schriller; im Hintergrund hörte er das ferne Klatschen der Tänzer. Mein Liebster ist in Amerika? So hieß das Stück. Der Hafen von New York. Wie würde er aussehen? So wie die Häfen von Liverpool oder Dublin oder Belfast? *Hafen: ein bildlicher Ausdruck für Geborgenheit, Sicherheit.* Würde er dort in Sicherheit sein? Oder würden seine Mörder ihm auflauern? Leeres Gerede, nichts als Bluff. *Bluff: Ein Ausdruck aus dem Pokerspiel. Auf Prahlerei beruhende Irreführung. Vielleicht aus dem Niederländischen: prahlen.* Sein Bruder war jetzt bei ihm in der Dunkelheit. Der Gefängnisdirektor von Newgate. Ein Mädchen, das er nicht kannte. Sein Vater vor dem flackernden Kaminfeuer. Dickens. Moloch. Michael Fagan aus Derryclare. Die Stimme kam aus unmittelbarer Nähe, aber er wusste nicht woher. Da war sie wieder; eine glühende Klinge, und sie bohrte sich gnadenlos in das Eis; ein leises Zischen: *Pssst, Mulvey. Ein Freund.*

Er öffnete die Augen und sah sich um in der düsteren Höhle der Zelle. Blickte hinauf zum Fenstergitter. Ein Schatten bewegte sich.

»Wer ist da?«, rief er.

Keine Antwort.

»Ist da jemand?«

Ein leises Schlurfen auf den hölzernen Deckplanken in der Nähe des Gitters. Ihm war, als hörte er das Atmen eines kräftigen Mannes. Das Poltern von Stiefeln, als er sich auf die Planken setzte.

»Komm her ans Fenster«, flüsterte die Stimme verschwörerisch. »Hier ist ein Freund, der dir helfen will.«

»Und der Name?«

»Hier ist Reverend Henry Deedes. Schnell. Ich habe nicht viel Zeit.«

Mulvey schlug die stinkende Decke zurück und näherte sich vorsichtig. Der Wind frischte auf, wie ein Aufflackern von Jähzorn, und hörte genauso abrupt auf; als hätte etwas Mächtiges ihn erdrückt. Jetzt hörte er das Atmen deutlicher.

»Piii-us. Nun komm schon. Du musst dich doch nicht fürchten. Schließlich bin ich ein Mann Gottes, nicht wahr?«

Es folgte ein leises Kichern, wie ein Verräter kicherte, wenn sein Kumpan Prügel bezog.

»Sag wer du bist, sonst rühre ich mich nicht vom Fleck.«

Die Stimme eines Rasenden, außer sich vor Qual.
Dein Bruder ist hier. Nicholas Mulvey. Oh, heute Nacht ist es besonders schlimm. Sie rösten mich in der Hölle, Pius! Sie peitschen mich aus, sie haben mich am Pflock!
»Wer in drei Teufels Namen ist da?«
Keine Antwort. Er trat noch einen Schritt näher. Reckte den Hals. Stieg auf die Pritsche. Eine Hand schoss durch das Gitter und packte ihn am Haar. Mulvey fuhr zurück und stürzte auf den nassen Boden. Ein hämisches Lachen kam von draußen. Das Lachen eines Mannes, der gern quält.
»Da bist du ja nochmal davongekommen, toter Mann. Aber deine Tage sind gezählt. Bald sind du und dein triefender Bruder wieder vereint.«
Die Hand kam noch einmal durch das Gitter, vorsichtiger diesmal, und ließ etwas Feuchtes und Glitschiges auf die Bohlen fallen.
»Da ist dein Herz, toter Mann. Das habe ich dir gerade aus der Brust gerissen.«
Der Gefangene stieß es vorsichtig mit dem Fuß an. Wasser kam heraus. Ein klebriger Klumpen gelblichschwarzen Seetangs.
»Weißt du, was das heißt, Schlaumeier?«
Mulvey schwieg.
»Ganz genau, toter Mann. Nicht mehr lange, und wir sind an Land. Drei Tage noch bis zum schönen New York.«
»Wer ist da?«
»Er hatte seinen Auftrag, Jungs, aber er hat's nicht getan. Er dachte auch noch, er kann uns entwischen, wenn er sich einsperren lässt.«
»Wer bist du?«
»Wir haben dir doch gesagt, wir halten dich im Auge auf dem Schiff. Und das tun wir auch.« Ein trockenes Husten. Er riss ein Streichholz an. »Na, vielleicht lasse ich mich ja auch einsperren. Da könnten wir uns schön was erzählen, wir zwei in einer Zelle. Ich bring dir ein paar Tänzchen bei, die du so schnell nicht vergisst.«
»Woher weißt du, wer ich bin?«
»Kennst du mich denn nicht, Klugscheißer? Denk doch mal nach.«
»Ich weiß nicht, wer du bist.«
Keine Antwort. Nur ein keuchendes Lachen. Beifall aus dem Zwischendeck.

»Nenne mir deinen Namen wie ein Mann.«

»Dann verpfeifst du mich womöglich.«

»Ich bin keine Ratte und kein Verräter.«

»Du bist beides und Schlimmeres, du Galgenvogel. Aber es nützt dir nichts, wenn du mich verpfeifst. Wir sind viele. Jeder kennt dich, dafür ist gesorgt.«

»Zeig dein Gesicht, um Gottes willen.«

»Oh, das würde dir nichts nützen. Als du es zuletzt gesehen hast, hatte ich eine hübsche Maske auf.«

»Eine Maske?«

»Genau das, toter Mann. Als ich und ein paar Freunde dir Abschiedsgrüße gebracht haben, an deinem letzten Abend in Ardnagreevagh. Da hast du gebrüllt wie ein Esel in der Grube, damals. Aber bevor wir mit dir fertig sind, wirst du schlimmer brüllen.«

»Lügner!«, rief Mulvey. »Ich lasse mir keine Angst einjagen. Zur Hölle mit dir.«

Füße schlurften. Eine Bewegung draußen im Dunkel. Ein Gesicht erschien im Mondlicht vor dem Fenster, ein boshaftes Grinsen, das der Gefangene kannte.

»Du bist so gut wie begraben, toter Mann. Wir lassen dich keine Minute aus den Augen. Wenn der Verräter Merridith dieses Schiff verlässt, dann gibt es fünfhundert in New York, die nur darauf warten, dir den Hals umzudrehen. Und wenn du mich verpfeifst, dann lassen sie dich nur noch ein bisschen länger zappeln.«

Seamus Meadowes grinste durch die rostigen Gitterstäbe.

»Ich verlose dich, Mulvey. Wer gewinnt, bekommt das erste Stück.«

XXXI. Kapitel

Der Ehrengast

Der vierundzwanzigste Tag der Reise (ein Mittwoch, der erste Tag im Dezember); worin dem Leser diverse Originaldokumente zur Kenntnis gebracht werden; ferner die wahren Erinnerungen einiger Passagiere, die höchst bedeutsamen Ereignisse dieses Tages betreffend; sowie der aus der Feder des Verfassers selbst stammende Bericht über eine gespenstische Geburtstagsfeier (welche er sein Lebtag nicht vergessen wird).

KAPITÄN LOCKWOODS KAJÜTE
– 9.38 UHR MORGENS –
AUSSERORDENTLICHER EINTRAG INS LOGBUCH

KALENDEN DES DEZ. 47

Vor noch nicht einmal fünf Minuten ging eine Unterredung zwischen mir selbst, dem Ersten Maat Leeson, dem Gefangenen Pius Mulvey und Lord Kingscourt zu Ende. Die Umstände, welche zu diesem Gespräch führten, waren die folgenden:

Heute bei Tagesanbruch, es mag etwa zwei Stunden her sein, erhielt ich Nachricht, dass meine Anwesenheit in der Arrestzelle dringend erforderlich sei. Der Gefangene Mulvey hatte die ganze Nacht in einem Zustand äußerster Erregung verbracht. Er sagte, er müsse unbedingt mit mir und Lord Kingscourt über eine sehr ernste Angelegenheit sprechen. In der Zelle wollte er nicht darüber reden, er machte aber Andeutungen, ihm seien höchst beunruhigende Informationen zu Ohren gekommen: es gehe um die Sicherheit von Lord Kingscourt und seiner Familie an Bord dieses Schiffes.

Daraufhin ließ ich ihn in meine Kajüte bringen. Doch er wollte kein Wort sagen, bevor nicht Lord Kingscourt persönlich zugegen war. Ich hatte aus verständlichen Gründen Vorbehalte, dies in die Wege zu leiten, aber er war nicht bereit zu reden (und wollte lieber in seine Zelle zurückkehren und sein Wissen für sich behalten), wenn er Seine Lordschaft nicht sehen und mit ihm persönlich sprechen konnte.

Ich ersann einen Vorwand, weil ich Lord Kingscourt nicht beunruhigen wollte, und ließ ihn fragen, ob er nicht mit mir gemeinsam frühstücken wolle. Als er eintrat, geriet Mulvey vollends aus der Fassung. Er fiel auf die Knie und redete wirres Zeug, er küsste Lord Kingscourt die Hände und rief seine verstorbene Mutter an, als sei sie eine Heilige. Lord Kingscourt schien peinlich berührt von diesem Ausbruch und hieß ihn aufstehen. Ich erklärte Lord Merridith, dies sei der Mann, den ich früher schon einmal erwähnt hatte, der Mann, der seine große Ergebenheit gegenüber der Familie Merridith beteuert habe.

Mulvey berichtete, am Abend zuvor, gegen Mitternacht, habe er aus seiner Zelle nach draußen geblickt und zwei Männer aus dem Zwischendeck bemerkt. Sie seien in der Nähe des vergitterten Fensters stehen geblieben und hätten sich im Flüsterton unterhalten.

Der eine habe dem anderen anvertraut, er sei Mitglied einer Geheimgesellschaft aus Galway mit Namen »Die Verlässlichen«. Er sei, so gestand er, an Bord des Schiffs geschickt worden, um Lord Kingscourt und seine Frau und Kinder zu ermorden, als Rache für die Vertreibungen und anderen Missetaten, welche die Familie Merridith in dieser unglücklichen Region verübt habe.

Lord Kingscourt war sichtlich erschrocken; doch dann erklärte er, er habe in der Vergangenheit tatsächlich Drohbriefe von jener Bande von Aufrührern erhalten. Außerdem gehe wohl die Schändung des Grabs seines Vaters auf das Konto dieser Unmenschen; die Polizei habe ihn angewiesen, seine Ländereien nicht mehr ohne bewaffnete Leibwächter aufzusuchen. Er machte sich große Sorgen um die Sicherheit seiner Frau und seiner Kinder an Bord, und ich versprach, dass ihnen fortan ein persönlicher Bewacher zur Seite stehen solle. Er bat mich inständig, ich solle es so einrichten, dass seine Frau und die Kinder nichts von der Gefahr erführen, denn er wolle sie nicht beunruhigen. Ich riet dazu, für den Rest der Reise in den Kabinen zu bleiben, und er antwortete, er wolle sehen, was er tun könne.

Den einen der beiden Verschwörer hatte Mulvey nicht erkannt; den anderen aber, den Mann, der von dem schrecklichen Mordkomplott gesprochen hatte, konnte er nennen: Shaymus Meadowes, vormals wohnhaft in Clifden.

Unverzüglich schickte ich Leeson und einige Männer nach unten ins Zwischendeck und ließ ihn verhaften. Seine Habseligkeiten wurden einer gründlichen Durchsuchung unterzogen, und man fand dabei tatsächlich ein Beweisstück: den Text einer aufrührerischen Ballade über die irischen Gutsbesitzer, welche einige Matrosen ihn spät abends, als er betrunken war, hatten singen hören. Er bleibt in der Arrestzelle in Verwahrung, bis wir New York erreichen; dort werden wir ihn den örtlichen Behörden übergeben.

Lord Kingscourt dankte Mulvey überschwänglich; er stehe tief in seiner Schuld. Der Gang könne Mulvey nicht leicht gefallen sein, denn er wisse sehr wohl, dass das einfache Volk in Irland jeden, der handle wie er, als Verräter ansehe und aus der Gemeinschaft ausschließe. Er bot Mulvey eine Belohnung für seine mutige Tat, doch dieser lehnte entschieden ab. Er habe nur seine Pflicht als Christenmensch getan, sagte er; er hätte nicht mehr ruhig schlafen können, hätte er anders gehandelt. Erneut beschwor er das Angedenken an Lord Kingscourts Mutter und erklärte, sie sei einmal sehr gut zu seinen Eltern gewesen, deshalb beteten sie noch oft für ihr Seelenheil und besuchten alljährlich ihr Grab in Clifden. (Seltsam; hatte er nicht gesagt, seine Mutter sei tot?) Bis auf den heutigen Tag hänge ein Bild der verblichenen Gräfin in ihrer bescheidenen Hütte und davor brenne stets eine Kerze. Eine seiner Schwestern sei auf den Namen Verity getauft, aus Verehrung für Lord Kingscourts verstorbene Mutter. Unmöglich könne er zulassen, dass ein ruchloser Verbrecher wie Shaymus Meadowes Lady Veritys Sohn ermorde. Und der Gedanke, seinen beiden kleinen Jungen könnte ein Leid geschehen oder gar noch Schlimmeres, sei ihm schlichtweg unerträglich.

Bei diesen Worten schien Lord Kingscourt sehr niedergeschlagen. Mulvey beschwor ihn, er solle nicht traurig sein; die große Mehrheit der Bewohner von Galway fühle ebenso wie er, Mulvey; aber es gebe nun einmal in jedem Garten einen faulen Apfel, der alle anderen in Verruf bringe. Die Armut und das Abfallen vom rechten Glauben hätten so viel Elend unter die Menschen gebracht, sagte er, dass auf dem brachen Feld, wo zuvor die natürliche Freundschaft zwischen dem bescheidenen Diener und seinem beschützenden Herrn gedieh, nun leider die Saat der Gewalt aufgegangen sei. Lord Kingscourt dankte ihm abermals und gewann allmählich die Fassung zurück.

Doch dann kam ihm in den Sinn, dass Mulvey auf dem Schiff nirgendwo sicher sei, da in der Arrestzelle bereits Meadowes sitze, und das Zwischendeck komme nicht als Zuflucht in Frage. »Da habt Ihr wohl Recht«, erwiderte Mulvey. »Daran hatte ich nicht gedacht. Aber mein Schicksal liegt in den Händen des Erlösers, Sein Wille geschehe, jetzt und immerdar. Er wird mich beschützen, dessen bin ich gewiss.« Und dann fügte er hinzu: »Und wenn man mich umbringt für das, was ich am heutigen Tage getan habe, dann sterbe ich reinen Gewissens. Und ich weiß, noch heute werde ich mit Eurer Mutter im Paradiese sein.«

Ich schlug eine Koje im Mannschaftsquartier vor, doch davon wollte Lord Kingscourt nichts hören. Schließlich komme es nicht jeden Tag vor, dass ein Mensch ihm das Leben rette, und er wolle sich erkenntlich zeigen. Seine Lordschaft und Mulvey kamen mit mir überein, dass Mulvey für den Rest der Reise in der Ersten Klasse untergebracht werden solle, und zwar in einer Abstellkammer neben Lord Kingscourts eigener Kabine, die zur Aufbewahrung von Wäsche und dergleichen dient. Wir einigten uns auf einen Vorwand als Erklärung.

Lord Kingscourt bat um ein wenig Zeit, weil er die Sache zuerst mit seiner Frau besprechen müsse. (Anscheinend hat Mylady die Hosen an.)

DIE KABINE VON GRÄFIN KINGSCOURT
— GEGEN 10 UHR MORGENS —

»Das ist nicht dein Ernst«, sagte Laura Merridith.
»Ich weiß, es ist unangenehm. Aber Lockwood sagt, der arme Kerl ist dem Tode nah.«
»Eben, David.«
»Was meinst du mit ›eben‹?«
»Er hat womöglich Cholera oder Typhus: alle möglichen ekelhaften und ansteckenden Krankheiten. Und da willst du ihn direkt neben unseren Kindern schlafen lassen?«
»Nun übertreib doch nicht gleich.«
»Gut, in der Nachbarkabine, und nur einen Katzensprung von meiner entfernt. Wie praktisch für ihn, wenn ihm nach einer Partie Bridge ist.«

»Wirst du denn nie begreifen, dass wir für diese Leute verantwortlich sind?«

»Ich habe ›diesen Leuten‹ nichts getan, David. Aber sie haben mir sehr viel getan.«

»Ich werde einem unglücklichen Menschen helfen, dem das Leben übel mitgespielt hat. Mit deinem Segen oder ohne, Laura.«

»Dann eben ohne!«, brüllte sie. »So wie du alles machst.« Sie ging zum Fenster und starrte hinaus, als erwarte sie das Land zu sehen, das doch noch fünfhundert Meilen weit fort war.

»Laura – müssen wir uns denn anschreien?«

»Ah ja. Das hatte ich vergessen. So etwas tun feine Herrschaften nicht, nicht wahr? Menschliche Gefühle zeigen, das gehört sich nicht. Alles muss so leblos und blutleer sein wie die verfluchten Skelette von deinem Vater.«

»Ich möchte dich bitten, Laura, aus dieser Kabine keinen Kasernenhof zu machen. Wir müssen an die Jungen denken. Du weißt, wie sie leiden, wenn wir uns streiten.«

»Willst du mir Vorschriften über die Erziehung meiner Kinder machen, David?«

»Niemals. Aber du weißt, dass ich Recht habe.«

Sie sprach über die Schulter, als sei er es nicht wert, dass sie sich für ihn umdrehte. »Woher willst du wissen, woran sie leiden? Kommen sie zu dir, wenn sie Kummer haben? Zu dem Vater, der für fremde Menschen mehr Herz hat als für seine eigene Familie?«

»Das ist nicht fair.«

»Nicht? Weißt du eigentlich, dass dein ältester Sohn heute Geburtstag hat? Wenn ja, dann wäre es nicht zu viel verlangt gewesen, dass du ein Wort mit ihm sprichst.«

»Tut mir Leid. Du hast Recht. Ich hatte nicht mehr daran gedacht.«

»Dann solltest du dich nicht bei mir entschuldigen, sondern bei dem, den du mit deiner Unaufmerksamkeit gekränkt hast. Natürlich erst wenn du die Menschheit gerettet hast.«

»Sie sterben zu Zehntausenden, Laura. Wir können doch nicht untätig zusehen.«

Sie schwieg.

»Laura«, sagte er, streckte die Hand aus und wollte ihr übers Haar fahren. Als spüre sie die Geste, wich sie ihm aus.

»Es ist doch nicht zu viel verlangt, dass wir ein wenig helfen, Laura. Das wirst du doch wohl nicht sagen wollen. Es sind nur noch drei Tage bis New York.«
Sie sprach sehr leise, als mache das Sprechen ihr Mühe. »Sie werden dich niemals lieben, David. Warum kannst du das denn nicht einsehen? Viel zu viel ist geschehen.«
Er lachte harsch. »Das ist ja eine merkwürdige Ansicht.«
Sie drehte sich um. »Tatsächlich?«
»Liebe habe ich immer nur von dir gewollt. Von dir und den Jungen. Wenn ich die habe, habe ich alles.«
»Du hältst mich für noch dümmer, als ich bin, nicht wahr?«
Eine Welle klatschte gegen das Fenster, und das Wasser lief die Scheibe hinunter. Durch die Wand konnten sie ihre Söhne toben hören. Es klopfte an der Tur: der Steward mit dem Bettzeug.
»Habe ich deine Erlaubnis, diesem Mann zu helfen, Laura?«
»Wirf dich ihnen an den Hals, David. Wie du es immer tust.«

DAS SCHIFFSGEFÄNGNIS

– 10.41 UHR VORMITTAGS –

Ich, John Lowsley, wachhabender Offizier, bestätige hiermit, dass am heutigen Tage um 10.41 Uhr der Gefangene P. Mulvey aus meiner Obhut entlassen wurde und seine persönlichen Besitztümer ihm vollständig zurückerstattet wurden, was er durch seine Unterschrift bestätigt; nämlich: eine Bibel sechs Pennies ein Farthing.

PIUS MULVEYS ABSTELLKAMMER

– GEGEN 11 UHR VORMITTAGS –

(Auszüge aus einem Brief von George Wellesley, Beauftragter der Königlichen Post, an G. Grantley Dixon vom 11. Februar 1852)

Am Morgen des 1. Dezember, einem Mittwoch, ... trat ein Steward in meine Kabine und erklärte mir, die Wäschekammer, in der ich zwei Schrankkoffer untergestellt hatte, werde anderweitig gebraucht ... Es solle ein Kranker aus dem Zwischendeck dort untergebracht werden. Ich gebe

zu, ich war ein wenig verärgert; aber der Steward sagte, er habe seine
Anweisungen, da könne er nichts machen ... Ich hatte einige Unterlagen,
die ich zur Hand haben wollte, in einem der beiden Koffer verstaut, konnte
mich aber nicht mehr entsinnen in welchem. Mein nichtsnutziger Diener
Briggs war an diesem Morgen so seekrank, dass er in hohem Bogen spuckte
wie ein Geysir, und so ging ich denn selbst die Papiere holen. [...]
   An diesem Morgen waren Wachen vor den Kabinen der Ersten Klasse
postiert worden, vor jeder Tür ein Mann. Der Steward wusste nicht
warum, aber ich machte mir auch keine großen Gedanken. Meiner Ansicht
nach wären schon seit unserem Auslaufen aus Queenstown Wachen
angemessen gewesen, und in Anbetracht der moralischen Verkommenheit
eines Großteils unserer Mitpassagiere konnte man es nur sträflichen
Leichtsinn nennen, dass dies nicht geschehen war. [...]
   Als ich den winzigen Raum betrat – er maß etwa sechs auf acht Fuß,
hatte ringsum Regale und kein Fenster –, waren Lord Kingscourt und sein
älterer Sohn Jonathan Merridith gerade dabei, zusammen mit einem
Mann ein notdürftiges Lager aus Kissen und Decken auf dem Fußboden
herzurichten. Der Betreffende war etwa fünf Fuß vier Zoll groß, sehr
schlank, mit unglücklich dreinblickenden blauen Augen. Er war zerlumpt
und ausgemergelt und sichtlich einer jener Zeitgenossen, die lieber dem
Müßiggang frönen als zu arbeiten. Er strömte den üblichen unangenehmen
Geruch aus. Man sollte denken, seine Verkrüppelung müsse das Auffälligste
an ihm gewesen sein – er hatte einen verkrüppelten Fuß und hinkte stark –,
aber in Wahrheit waren es seine Augen. Er sah einen an wie ein Köter, den
man eben mit einem Tritt vor die Tür befördert hat und der nun die Nacht
im Regen verbringen muss.
   Ich kann nicht sagen, dass er wie ein Verbrecher oder Gewalttäter
aussah. Im Gegenteil: Er wirkte auf mich geradezu unschuldig, fast ein
wenig beschränkt. Er hatte etwas von einem weißen Nigger, wenn man sich
einen so grässlichen Zentauren vorstellen mag. Nicht wirklich böse, eher
etwas kindlich und einfältig.
   Auch kann ich mich so weit im Nachhinein nicht mehr entsinnen, ob
Worte gewechselt wurden; doch wenn, dann waren sie sicher nicht von
Belang. An eines erinnere ich mich allerdings: Als ich bei der Suche in
meinen Koffern einmal aufblickte, spürte ich in der Kabine ein ange-
spanntes Schweigen. Lord Kingscourt und dieser Mann – ich finde beim
Teufel nicht das richtige Wort dafür, aber es war, als bereite die große Nähe

auf so engem Raum ihnen Unbehagen. Trotzdem grinsten sie einander an wie zwei Dummköpfe. Es ist schwer zu erklären. Etwa als ob eine Debütantin mit einem hässlichen Baron tanzen muss, weil die Frau Mama sie sonst ausschimpft und die Familie bankrott ist. Keiner sprach ein Wort, und doch herrschte ein tiefes Unbehagen, und das auf beiden Seiten.

Ich setzte meine Suche fort und fand schließlich, was ich suchte. Der Junge hatte sich an den Laken auf den Regalen zu schaffen gemacht, und sein Vater wies ihn zurecht. Er tat es leise und liebevoll; die Szene hatte nichts Ungewöhnliches. Just in diesem Augenblick kam das Mädchen herein.

Sie erstarrte im Türrahmen, stand so reglos wie eine Madonnenfigur. Nie im Leben habe ich eine Frau so still stehen sehen, weder vorher noch danach. Sie wissen ja, wie sie herumzappeln und keine Sekunde Ruhe halten können, als hätten sie allesamt den Veitstanz. Aber sie stand wie ein Wachsoldat und rührte sich nicht. Das Mädchen benahm sich oft sehr merkwürdig, sie war liederlich, wie man es bei ihrer undankbaren Klasse und Nation nicht anders erwartet, ohne jede Grazie und stets schlecht gelaunt; und wenn man ihr ein harmloses Kompliment machte, konnte sie einen so zornig ansehen, als wolle sie Blitze schleudern. Aber jetzt schien sie mir exzentrischer und unnatürlicher denn je. Es war, als hätte der Anblick des Krüppels ihr die Sprache verschlagen. Und der Krüppel sah nicht minder fassungslos aus.

Sie hatte zwei Kissen im Arm; man hatte sie wohl losgeschickt, um sie zu holen. Jetzt stand sie damit in der Tür und legte sie nicht aus der Hand. Nicht dass sie erbleicht wäre; sie zeigte keinerlei Gemütsregung. Sie rührte sich nur einfach nicht, eine grotesk lange Zeit.

Dann machte Merridith sich daran, die Anwesenden einander vorzustellen, als seien sie zu einer kuriosen Wochenendgesellschaft zusammengekommen: »Oh, Mulvey. Ich weiß nicht, ob Sie das Kindermädchen meiner Söhne bereits kennen. Miss Duane.«

»Du bist es, Mary«, sagte der Ire sehr leise.

Kingscourt schien ein wenig verwirrt. »Sie kennen sich?«

Wieder herrschte für eine ganze Weile Schweigen.

»Ich nehme an, Sie haben hier auf dem Schiff Bekanntschaft geschlossen.«

Worauf der Hinkefuß leise sagte: »Miss Duane und ich, Sir, wir kennen

uns noch aus unserer Jugend, Sir. Unsere Familien waren früher befreundet. Damals in Galway meine ich.«
»Ah. Das ist ja schön. Nicht wahr, Mary?«
Kein Wort, keine Silbe von dem Mädchen.
»*Soll ich Sie eine Zeit lang allein lassen, damit Sie sich alle Neuigkeiten erzählen können?«, fragte ihr unglücklicher Herr.*
Sie legte die Kissen auf ein Regalbrett und kehrte ihm wortlos den Rücken. Merridith lachte verlegen, anscheinend von ihrem Auftreten verwirrt.
»*Verdammtes Weibervolk, was?«*
»*Ja, Sir.«*
»*Sie hat erst kürzlich den Mann verloren. Seitdem ist sie ein wenig wunderlich. Sie dürfen es ihr nicht übel nehmen.«*
Der Mann antwortete mit seinem lächerlich hässlichen Akzent: »*Aber nein, Sir. Danke, Sir. Der Herr und die Muttergottes mögen Euch segnen, Sir.« Zu allem anderen morden sie auch noch unsere Muttersprache.*
Und das ist alles, was ich Ihnen erzählen kann. Ich verschloss meinen Koffer und zog mich zurück.
Das Mädchen stand am Ende des Korridors und wandte mir den Rücken zu. Die Wachen starrten sie an, aber sie schien es nicht zu bemerken. Ich dachte mir nichts weiter dabei und kehrte zurück in meine Kabine.
[...]
Man sollte denken, dass diese Begegnung mit einem Mörder und seinem Opfer mich tiefer beeindruckt hätte, aber um ganz ehrlich zu sein, es war nicht der Fall. Meine Sorge galt in erster Linie meinem Koffer, weil ich ihn bei jemandem hatte zurücklassen müssen, der ihn mit den Zähnen aufgenagt hätte, hätte er darin eine Flasche, eine Pistole oder einen Rosenkranz vermutet.

HAUPTKORRIDOR DER UNTERKÜNFTE ERSTER KLASSE
— GEGEN 1 UHR MITTAGS —

Aus einer Aussage, beschworen vor Officer Daniel O'Dowd und Captain James Briggs von der New Yorker Polizei, 20. Dezember 1847, zwei Wochen nach dem Mord. John Wainwright, ein Seemann aus Jamaika, der als Leibwache für die Kabinen der ersten Klasse abkommandiert war, vernahm den folgenden hitzigen Wortwechsel aus dem Salon des Kabinentrakts. Anfangs glaubte er, es handle sich um einen Streit zwischen Lord und Lady Kingscourt. »Die haben sich dauernd gestritten«, *erklärte er,* »aber der Käpt'n hatte angeordnet, dass wir uns nicht drum kümmern.«

FRAUENSTIMME: Geh mir aus den Augen, Bastard.
MÄNNERSTIMME: Fünf Minuten. Ich flehe dich an.
F: Hätte ich gewusst, dass du auf dem Schiff bist, hätte ich mich über die Reling gestürzt. Geh!
M: Ich weiß, es ist unverzeihlich. Ich schäme mich für alles was ich getan habe.
F: So viel kannst du dich gar nicht schämen. Nie im Leben! Hast du gehört, du Dreckstück? Wenn du für alle Ewigkeit in der Hölle brennst, dann ist das noch keine Minute von dem, was du verdienst.
M: Ich habe dich geliebt. Ich war von Sinnen.
F: Und mein unschuldiges Kind? Ersäuft wie ein Hund?
M [verzweifelt]: Das war ich doch nicht, Mary.
F: Du warst es und kein anderer, und das weißt du. Als ob du sie selbst ins Wasser geworfen hättest, als ob du sie mit deinen eigenen Händen unten gehalten hättest, bis sie tot war. Du mit deinen Mörderhänden.
M: Mary, verzeih mir, um der Liebe Jesu willen –
F: [brüllt]: Das Kind deines eigenen Bruders! Das Blut deiner Eltern. Was für ein Teufel bist du? Was für Otterngezücht?
M: Mary, ich habe doch nie gedacht, dass er so etwas tun würde. Bei meinem Leben nicht. Wie hätte ich das denn ahnen können?
F: Du hast mit angesehen, wie sie uns auf die Straße geworfen haben wie Dreck.
M: Ich konnte nicht wissen, dass es so kommen würde. Dass sie ihn prügeln würden. Wenn ich da gewesen wäre an dem Tag, wäre ich dazwischengegangen, das kannst du mir glauben.
F: Mitgemacht hättest du.
M: Nie im Leben, Mary, niemals. Bei Gott, ich hätte dafür gesorgt, dass sie aufhören. Die Laien [?] haben mich ja sogar dafür bestraft, Mary.
F: Gut. Ich hoffe, sie bringen dich um. Tanzen werde ich, an dem Tag, an dem sie dich umbringen.
[Ein »lauter, durchdringender Schrei« der Männerstimme.]

M: Dann sieh es dir an! Sieh dir an, was sie mir angetan haben! Gefällt dir das? Kannst du es gut genug sehen? Habe ich das verdient, Mary? Hättest du selber das Messer geführt?
[Die Frau entgegnete nichts.]
M: Ich habe jeden Winkel in Connemara nach dir abgesucht, Mary. Nach dir und Nicholas und nach der Kleinen. Über jeden Acker bin ich gegangen, von Spiddal [?] bis Westport, bis meine Füße blutig waren.
F: [brüllt]: Du Heuchler! Du hinterlistiger Lügner. Ich verfluche den Tag, an dem ich mich mit dir eingelassen habe. Du Höllenhund, du Bastard von einem Mann.
M: Mary, das – das passt nicht zu dir, wenn du so redest.
F: Er hat dich verflucht vor seinem Tod. Ich hoffe, das weißt du. Der Fluch eines Priesters hängt an dir, den wirst du nie wieder los.
M: Mary, sag doch so etwas nicht.
F: Dass du nie wieder Wasser sehen sollst, ohne dass du dabei seinen Geist in den Höllenflammen siehst. Dass du keine Nacht in deinem Leben mehr schlafen sollst. Dass du unter Qualen verrecken sollst. Hörst du? Krepieren sollst du!

Daraufhin hörte man ein Handgemenge. Die Frau stieß einen lauten Schrei aus.

An diesem Punkt pochte der Matrose an die Tür. Es kam keine Antwort. Es folgte ein heftiger Wortwechsel in einer Sprache, die der Seemann nicht verstand. Etwas ging zu Bruch. Entgegen seiner Order öffnete der Mann daraufhin die Tür, denn er fürchtete, dass der Streit in einer Bluttat enden könne.

In dem Salon befanden sich der Zwischendeckpassagier Mulvey und Miss Mary Duane, das Dienstmädchen der Merridiths. Er hatte sein Hemd aufgerissen und schluchzte laut.

Der Matrose fragte Miss Duane, ob sie Hilfe brauche. Sie antwortete nicht, sondern lief aus dem Zimmer, offensichtlich in großer Verwirrung.

Er forderte Mr Mulvey auf, den Raum zu verlassen und zu seinem Quartier zurückzukehren. Als der Mann sich umdrehte, erblickte der Zeuge zu seinem Entsetzen eine große Narbe auf Mulveys Brust und Bauch, »wie ein Herz mit einem H in der Mitte«. Die Narbe eiterte

stark, und die Haut wurde schon schwarz vom Wundbrand. »Ich konnte den Gestank bis nach draußen auf den Flur riechen.«
Mulvey ging hinaus, aber er sagte kein Wort.

SPEISESAAL DER ERSTEN KLASSE, OBERDECK
— GEGEN 2 UHR NACHMITTAGS —

»Was geht hier vor?«
»Derzeit das Mittagessen. Vielleicht ist es auch gerade vorüber.«
»Kapitän Lockwood sagt, die Kinder und ich müssen von jetzt an hinter dem Gitter bleiben. Warum?«
»Das musst du schon Lockwood fragen. Ich bin hier nicht der Kapitän.«
»Grantley sagt –«
»Das ist mir egal, was dein großer Grantley sagt. Oder sonst jemand. Hast du verstanden, Laura? Du und dein Grantley, ihr könnt euch meinetwegen auf der Stelle ins Meer stürzen. Ich wäre erleichtert.«
Sie setzte sich an den Tisch. »David – stimmt es?«
»Stimmt was?«
»Dass wir bedroht werden.«
Er schlug seine Zeitung um. »Unsinn.«
»Schlösser? Riegel? Ausgangssperre? Wachposten? Unten auf dem Gang standen sieben bewaffnete Männer, als ich eben heraufkam. Jede private Unterhaltung in den Kabinen ist unmöglich.«
»Das ist ja entsetzlich ungelegen, Laura. So wenig Privatsphäre.«
»Ich spreche nicht von mir, sondern von deinen Kindern. Sie sind es nicht gewohnt, dass sie in einem Gefängnis leben.« Sie zögerte, dann fügte sie hinzu: »Und gegenüber Mary ist es auch nicht fair.«
»Mary tut, was man ihr aufträgt, und ist zufrieden.«
Zwei Stewards kamen und räumten das Geschirr ab. Draußen kam eine Welle über die Reling, ein schmutziger Schwall.
»Ich hätte gedacht, du hättest ein wenig mehr Respekt für das Mädchen. Unter den Umständen.«
»Ich weiß nicht, wovon du redest.«
»Das weißt du sehr gut. Und ich auch.«
»Sie ist eine alte Freundin der Familie. Das habe ich dir doch erklärt.«

»Dein Gewissen ist deine Sache, David. Ich erwarte keine Erklärung, und ich brauche sie auch nicht. Aber wenn ich dich etwas frage, dann will ich keine Ausflüchte hören.«

Nun sah er sie an. Sie starrte hinaus aufs Meer.

»Sind wir auf diesem Schiff in Gefahr, David? Ich habe ein Recht, das zu wissen.«

»Es ist nur dummes Gerede. Ein Gerücht, nichts weiter.«

Sie nickte. »Und die Jungen, bedrohen sie die auch?«

Merridith schwieg.

»Wie hast du es erfahren?«

»Wenn du es wirklich wissen willst: Mulvey hat uns gewarnt. Der Mann, für dessen Wohl du keinen Finger krumm machen wolltest. Aber zum Glück ist ja nicht jeder ein so himmelschreiender Snob wie du, sonst lägen wir jetzt vielleicht schon alle tot im Bett.«

Reverend Deedes näherte sich und begrüßte die Merridiths. Er hatte ein Geburtstagsgeschenk für Jonathan und überreichte es der Gräfin: ein Gesangbuch. Vielleicht spürte er, dass ein häuslicher Streit im Gange war, und verweilte nicht lange, sondern setzte sich an einen anderen Tisch, weiter ab als sonst. Lord Kingscourt widmete sich wieder seiner Zeitung. Als er aufblickte, sah er, dass seine Frau leise weinte.

»Laura.«

Tränen kullerten ihr über die Wange.

»Bitte verzeih mir, Laura«, sagte er. »Es tut mir Leid. Es war grausam von mir, so etwas zu sagen.«

Sie stieß einen Schluchzer aus, ihr Gesicht ein Bild des Jammers. Es war das erste Mal seit Jahren, dass sie sich mit Absicht berührten. Ihre Finger klammerten sich um die seinen. Sie schluckte schwer, sah sich mit weit aufgerissenen Augen um, ungläubig, fassungslos.

»Es wird nichts geschehen, Laura. Nichts. Das verspreche ich.«

Sie nickte noch einmal, küsste seine Fingerknöchel. Dann erhob sie sich, ging mit raschen Schritten davon und verschwand unter Deck.

PIUS MULVEYS KAMMER

— GEGEN 4 UHR NACHMITTAGS —

(Nach der Erinnerung Jonathan Merridiths, acht Jahre alt zum Zeitpunkt der Ereignisse; aufgezeichnet viele Jahre später.)

»Na, alles in Ordnung?«
Mulvey fuhr hoch, als sie die kleine Kammer betraten. Ein Brotkanten und ein kleines Stück Käse lagen auf einer Leinenserviette neben seinem Bett.
»Ja, Sir. Danke, Sir.«
Der arme Mann saß da wie versteinert; als ob sie gekommen seien, um ihn zu verhaften.
»Gut, gut. Schönes Hemd, das Sie da anhaben, mein Lieber.«
»Lady Kingscourt brachte es mir, Sir. Ich wollte es ablehnen.«
»Unsinn. Steht Ihnen besser als mir.«
»Zu gut von euch, Sir. Ich danke euch, Sir. Eine große Ehre, die Bekanntschaft von Mylady zu machen, Sir. Eine äußerst freundliche Dame, Sir, äußerst freundlich.«
»Hat Ihnen auch was zu beißen organisiert, wie ich sehe.«
»Ja, Sir; danke, Sir.«
»Gut. Mulvey, wir wollten Sie sprechen. Der Käpt'n und ich.«
»Ja, Sir?«
Er gab seinem Sohn einen Schubs. Der Junge trat vor und sprach mit der leisen und tonlosen Stimme dessen, der gegen seine Überzeugung spricht, einen Satz, den er auswendig gelernt hatte. »Mr Mulvey, ich möchte Sie für heute Abend zu meinem Geburtstagsessen einladen, wenn Sie keine anderweitigen oder dringenderen Verpflichtungen haben.«
»Und?«, drängte Lord Kingscourt.
»Und es gibt Kuchen, wenn ich und mein Bruder bis dahin brav gewesen sind.«
»Und?«
Er blickte finster. »Wenn wir nicht brav gewesen sind, gibt es keinen Kuchen.«
Merridith zwinkerte seinem Schützling zu. »Was sagen Sie, Mulvey? Hört sich das nicht verlockend an?«
»Ich – ich hätte nichts Passendes anzuziehen, Sir. Ich habe ja nur, was ich jetzt anhabe.«
»Oh, die Gräfin lässt Mary in meinen Koffern wühlen, da finden sich schon ein paar Klamotten, in die wir Sie stecken können.«
»Ich würde lieber nicht kommen, wenn Ihr gestattet, Euer Ehren. Ich wäre nur im Wege.«

»Unsinn. Wir wären tödlich beleidigt, wenn Sie nicht kämen. Nicht wahr, Jons?«

»Wirklich?«

»O ja, das wären wir.«

»Können wir Mr Dixon auch einladen?«

»Der hat bestimmt zu viel zu tun, alter Junge.«

»Nein, hat er nicht, Paps. Ich habe ihn schon gefragt. Er sagt, er käme gerne. Ich dachte, vielleicht kann er uns hinterher eine Geschichte erzählen. Er erzählt prima Geschichten, Paps. Fast so gut wie du.«

Jonathan Merridiths Vater machte kein glückliches Gesicht. »Wäre es denn nicht viel schöner nur mit Familie und Freunden, Käpt'n? Wir laden doch nicht das halbe Schiff ein.«

»Das habe ich ja auch gedacht«, antwortete sein Sohn. »Aber dann haben du und Mama gesagt, wir müssen Mr Mulvey einladen.«

Lord Kingscourt stieß einen Seufzer aus und antwortete, dann sei es wohl in Ordnung.

»Euer Ehren«, versuchte Mulvey es noch einmal, jetzt bleich und offenbar sehr verängstigt, »ich würde mich fehl am Platze fühlen. Es ist sehr freundlich, Euer Ehren, aber zu viel der Ehre für mich.«

»Unsinn. Das ist ein Befehl von der Gräfin und mir. Ich denke mir, es ist auch gut für die Jungs. Finden Sie nicht auch?«

»Mylord?«

»Dass sie unter Menschen kommen und so weiter. Sollen doch nicht glauben, die Welt besteht nur aus tattrigen Aristokraten, was?«

»Ja, Sir.«

»Meine Mutter, von der Sie heute Morgen so freundlich sprachen, hat jedes Jahr ein großes Fest zu ihrem Geburtstag veranstaltet. Pächter, Arbeiter. Kein vornehmes Getue. Alle zusammen an einem Tisch. Nicht dieser ganze Unsinn von Herrschaft und Dienerschaft. Leute aus Galway müssen doch zusammenhalten. Das ist eine Tradition, die wir pflegen sollten.«

»Ja, Sir.«

»Also dann, nicht gezaudert. Wir erwarten Sie gegen sieben. Seien Sie ein braver Junge. Oh. Und dann habe ich noch das hier.«

Er reichte Mulvey ein Rasiermesser.

»Idee von der Gräfin«, sagte Lord Kingscourt. »Frisch geschärft.«

SALON IM KABINENTRAKT, LORD KINGSCOURT ALS
SPEISERAUM ZUR VERFÜGUNG GESTELLT
– GEGEN 7 UHR ABENDS –

Mulvey kam hereingepoltert, fahl, mit Schweißperlen auf der Stirn, in einem Abendanzug, der mehrere Nummern zu groß für ihn war. Sein Haar hatte er mit einer Art Pomade an den Schädel geklebt, und seine Haut schimmerte wie Eis auf einer Leiche.

Hoch soll er leben,
Hoch soll er leben,
Drei – Mal hoch.

Auf der einen Seite des Tisches saß Robert Merridith mit seiner Mutter, zwischen ihnen Jonathan, der achtjährige Viscount, mit einer grob aus Zeitungspapier gefalteten Krone auf dem Kopf. Mutter und Bruder trugen ebenfalls Papierhüte. Auf der Mulvey zugewandten Seite saßen mit dem Rücken zur Tür Mary Duane und Grantley Dixon, denen beiden sichtlich unbehaglich unter ihren papiernen Mützen war. Am Kopfende des Tisches, am Fenster, saß Lord Kingscourt von Carna. Er winkte ihn herein. Er war ohne Kopfbedeckung.

»*Failte*«, rief er. Das irische Wort für willkommen.

»Jungs?«, sagte Laura Merridith und erhob sich sogleich. »Hier ist unser Ehrengast. Mr Mulvey.«

»Guten Abend, Mr Mulvey.« Jonathan grinste und segnete ihn in einer weit ausholenden Geste mit dem glitzernden Teelöffel.

»Wer ist *das* denn?«, Robert Merridith rümpfte die Nase.

»Mr Mulvey ist ein Freund, der zu uns zum Abendessen kommt.«

»Sehr freundlich von Mylady, dass Ihr mich einladet«, murmelte der Eindringling.

»Wir danken Ihnen, Mr Mulvey, dass Sie die Einladung annehmen. Aber wollen Sie sich nicht setzen? Wir haben Ihren Platz freigehalten.«

Er hinkte zum einzigen freien Platz am Tisch, dem Stuhl zwischen Grantley Dixon und Mary Duane. Die Kinder lachten leise mit ihrer Mutter. Er starrte das Arsenal des strahlenden Silberbestecks an, die Phalanx von kristallenen Gläsern, die Stapel von Tellern aus vornehmem Porzellan. Vier Stewards traten ein, jeder mit einem schwer beladenen Tablett. Die Kinder johlten und riefen Hurra.

»Ingwerkekse!«, brüllte der eine.

»Kuchen!«, der andere.

»Fehlt da nicht noch etwas, Mulvey?« Lord Kingscourt hob die rechte Hand und schnippte streng mit den Fingern. Die Gräfin holte eine Papierkappe und setzte sie dem Gast feierlich auf den Kopf.

Sie lachte leise, ein wenig verlegen. »Das macht Ihnen doch nichts aus, oder?«

»Natürlich macht es ihm nichts aus, du Dummchen. Mir ist noch nie ein Galwaymann begegnet, der nicht gern gefeiert hat.«

Die Stewards waren noch immer mit dem Arrangieren der Mahlzeit auf den Anrichtetischen beschäftigt. Schüsseln mit Kartoffeln und dampfenden Möhren. Saucières, auf denen das Kondenswasser wie Tautropfen stand. Krüge mit Limonade und Rhabarber und Pudding.

»Was haben Sie mit Ihrem Gesicht gemacht?«

»Beim Rasieren geschnitten, junger Herr.«

»Da hätte nicht viel gefehlt, und Sie hätten sich den ganzen Kopf abgeschnitten.«

»Jonathan«, tadelte ihn seine Mutter.

Mehr Essen kam, Servierwagen, gedeckte Schüsseln. Mary Duane erhob sich und half den Stewards, alles aufzubauen. Jonathan Merridith strahlte Mulvey an.

»Mein Opa hat an der Seite von Lord Nelson gekämpft. Er hat haufenweise Franzmänner umgebracht. Haben Sie je einen umgebracht, Mr Mulvey?«

»Nein, junger Herr.«

»Einen Deutschen?«

»Nein, junger Herr.«

»Wenn du nicht gleich den Mund hältst, bringt er *dich* um«, sagte Lord Kingscourt. »Was trinken Sie, Mulvey?«

»Nicht für mich, Sir, danke.«

»Na kommen Sie, wenigstens ein kleines Glas. Bordeaux oder Chablis?«

»Wein – davon verstehe ich nichts, Sir.«

»Aber Sie müssen doch einen von beiden lieber mögen. Nun kommen Sie schon, raus mit der Sprache.«

Laura Merridith spürte, wie es ihn in Verlegenheit brachte, und sagte: »Wissen Sie, Mr Mulvey, ich kann mich auch nie entscheiden. Und ich denke immer, die Zeit, die man mit so etwas verbringt, ist vertane Zeit. Finden Sie nicht auch?«
»Jawohl, Mylady.«
»Vielleicht trinken Sie einen kleinen Sherry mit mir. Den nehme ich in solchen Fällen.«
»Danke sehr, Mylady. Dann soll es sein. Danke sehr.«
»Ich sehe hier keinen Sherry«, brummte Lord Kingscourt.
»Da drüben, David. Gleich neben dir.«
»Ah. Da ist er. Blind wie ein Maulwurf. Bin heute Abend wirklich nicht ganz bei mir.«
Lord Kingscourt goss ihm ein und brachte sein Glas an den Tisch.
»*Ich* würde gern Franzmänner umbringen, wenn ich groß bin. Und Deutsche wahrscheinlich auch. Denen eine Kanonenkugel in ihre dicke hässliche Fresse schießen.«
»Jonathan, bitte«, sagte seine Mutter.
»Wart's nur ab.«
»Weißt du eigentlich, dass der Prinzgemahl Deutscher ist, alter Junge?«, fragte sein Vater.
»Das ist nicht wahr.«
»Sicher ist das wahr. So deutsch wie Knackwurst.«
»Vielleicht möchtest du heute das Tischgebet sprechen, Jonathan.«
»Mr Mulvey soll es sprechen. Der hat so eine schöne Stimme.«
»Was für eine großartige Idee!«, rief Lord Kingscourt. »Würden Sie uns den Gefallen tun, Mulvey? Aber lassen Sie sich Zeit.«
Er sprach das Gebet mit sehr leiser Stimme und ohne den geringsten Anflug einer Gefühlsregung. »Komm Herr Jesus sei unser Gast und segne was du bescheret hast.«
»Amen.«
Lady Kingscourt und Mary Duane teilten Teller mit Salat aus. Das Geburtstagskind stürzte sein Glas Limonade in großen Schlucken hinunter.
»Sind Sie Wesleyaner, Mr Mulvey?«
»Nein, junger Herr.«
»Methodist?«
»Nein, junger Herr.«

»Sie sind doch kein bescheuerter Jude, oder?«

»Mr Mulvey ist Katholik, Jonathan«, sagte Lord Kingscourt. »Jedenfalls nehme ich das an. Stimmt es, Mulvey?«

»Jawohl, Euer Ehren.«

»Ja natürlich«, sagte Jonathan Merridith. »Hätte ich mir auch denken können.«

»Der Katholizismus ist eine so farbenprächtige Religion«, versuchte es Laura Merridith, doch es klang nicht recht überzeugend. »So viel Sinn für Dramatik. Viele gute Freunde von uns sind Katholiken.«

»Ja, Mylady.«

»Mr Dixon ist Jude«, sagte Lord Kingscourt wie beiläufig. »Das ist ebenfalls eine farbenprächtige Religion.«

Jonathan Merridith schien verblüfft. »Stimmt das, Grantley?«

»Ja, meine Mutter war Jüdin.«

»Aber Juden haben doch Bärte.« Er sprach mit vollem Mund. »Jedenfalls in der Zeitung.«

»Du solltest nicht alles glauben, was in der Zeitung steht.«

Einige der Erwachsenen lachten höflich. »Na«, sagte Lord Kingscourt, »da sind wir uns wohl alle einig.«

»Und an was glauben die Juden, Grantley?«

»Sie glauben an vieles, woran auch wir glauben«, sagte Lord Kingscourt. »Dass man anständig zueinander sein soll. Dass man keinen tritt, der schon am Boden liegt. Sie sind oft bemerkenswert freundliche und rücksichtsvolle Menschen.«

»Das haben aber die Lehrer in Winchester ganz anders erzählt.«

»Dann ist es eine Gemeinheit von den alten Trotteln da.«

Der Junge schwieg und starrte auf seinen Teller. Eine Zeit lang aßen alle in eifrigem Schweigen, und nur das Klappern der Gabeln auf dem Porzellan war zu hören. Es war, als warte jeder, dass die anderen ein Gesprächsthema aufbrachten, aber Minuten vergingen, und keiner sagte ein Wort.

Die kristallenen Kronleuchter, die Säulen aus poliertem Teakholz ließen den Salon wirken wie ein Restaurant in Paris. Nur das Klirren einer Kette vor dem Fenster störte die Illusion.

»Übrigens, Dixon«, sagte Lord Kingscourt und spießte dabei einen Bissen auf, »ich wollte noch erzählen, dass ich Ihren Aufsatz gelesen habe. In der *New York Trib*. Der, in dem Sie so freundlich meinen Namen erwähnen. Die Antwort auf diesen dummen alten Brief von mir. Jemand hat mir das Blatt von dem Kahn mitgebracht, an dem wir vor ein paar Tagen vorübergekommen sind.«

»Ich war vielleicht ein wenig erregt, als ich es schrieb.«

»Also ich fand, er ist durchaus das Nachdenken wert. Wenn ich das sagen darf. Sie haben ganz Recht. Wir besitzen so viel. Unfair irgendwie. Hat ein wenig Klarheit in meine Gedanken gebracht.«

Dixon sah ihn an, erwartete den üblichen Spott. Aber der Spott kam nicht. Merridith sah bleich und erschöpft aus.

»Tja.« Der Graf schüttelte den Kopf und rupfte ein Stück von einem Brötchen ab. Er ließ den Blick durch den Raum schweifen, und seine Augen blickten seltsam verwirrt, als wisse er plötzlich nicht mehr, wie er dorthin gekommen sei. »Wenn Sie mich fragen, es gibt kein besseres Volk auf der Welt. Als die Iren. Ich habe mich immer zu Hause da gefühlt, bevor alles in die Brüche ging.« Er lächelte melancholisch. »Die Welt ist schon ein grässlicher Ort, nicht wahr?«

»Ich fürchte, sie ist genau das, was wir daraus gemacht haben.«

»Allerdings. Allerdings. Trefflich gesagt.« Er nahm einen weiteren Bissen und kaute sehr bedächtig. »Ich habe immer gedacht, wenn ich auf Kingscourt erst einmal das Sagen hätte. Würde ich alles ein bisschen besser machen. Besser als in vergangenen Zeiten, meine ich. Hätte es jedenfalls versucht.« Er goss sich ein Glas Wasser ein, trank jedoch nicht. »Na, da wird jetzt nichts mehr draus. Ein Jammer.«

»Vielleicht könnten wir über etwas Unterhaltsameres sprechen«, sagte Lady Kingscourt mit Nachdruck.

»Tut mir Leid. Wollte niemandem damit zur Last fallen.« Er wandte sich an seinen Sohn. »Sechs Hiebe für Papa, weil er so ein alter Langweiler ist. Oder was soll die Strafe sein?«

Der Junge hielt ihm sein Glas hin. »Mehr Limonade für den König!«

Sein Vater lachte und ging zur Anrichte. Er griff zu einem Krug und goss ein. Und dann packte David Merridith etwas mit solcher Wucht, dass er einen Moment brauchte, bis er begriff, dass es Schmerz war.

»David?«, fragte seine Frau. »Was ist mit dir?«

Dixon sprang hinzu und fing ihn auf, als er zu Boden ging. Eine Schüssel wurde vom Tisch gestoßen, ihr Inhalt ergoss sich über den Teppich. Auf seinem Gesicht standen Schweißperlen. Er zitterte am ganzen Leib und rang nach Atem.

»Was ist, Merridith? Sie sind bleich.«

»Mir geht es bestens. Keine Sorge. Nur Sodbrennen.«

Dixon und die Gräfin halfen ihm auf. Noch einmal erbebte sein Körper. Er hielt sich an der Tischplatte fest.

»Paps?«

»Sollen wir den Arzt holen, David?«

»Macht doch kein solches Aufhebens. Nur ein kleiner Magenkrampf oder so etwas.«

»Jonathan, lauf hinunter zur Kabine von Doktor Mangan und sieh nach, ob er da ist.«

»Laura, mir fehlt nichts. Lass uns doch in Ruhe unser Essen essen und keine Operette aus der Sache machen. Ehrlich.«

Unter Schmerzen setzte er sich wieder und trank einen großen Schluck Eiswasser. Machte eine beschwichtigende Geste in Richtung der Gräfin. Wischte sich die Stirn mit einer zerknüllten Serviette.

»Der verdammte Schiffsfraß.« Er lachte. »Da bekäme noch ein Toter die Scheißerei von.«

Seine Söhne kicherten, vor Erleichterung und weil es ihnen Spaß machte, wenn er so redete.

»David, bitte.«

»Gut, dann streichen wir das aus dem Protokoll, ihr beiden.«

»Noch etwas Gemüse, Jonathan?«, fragte Grantley Dixon.

»Nein, danke. Ich esse nur Pudding.«

»Kommt nicht in Frage, Sir«, sagte Laura Merridith und warf ihm einen strengen Blick zu.

Der Junge ließ sich einen Löffel voll schlaffen Gemüses geben. Stieß es mit dem Messer an, verzog das Gesicht.

»Da wird es morgen eine Unterrichtsstunde extra geben für einen mäkeligen jungen Herrn, der sein Gemüse nicht essen will«, sagte Lord Kingscourt. »Und dann muss er über die Planke laufen.«

»Ich hasse Schule. Noch mehr als Mädchen.«

»Haben Sie so etwas je in Ihrem Leben gehört, Mulvey? Ein Junge, der nicht gern zur Schule geht.«

»Nein, Sir.«

»Was meinen Sie, was wird aus so einem Jungen werden, wenn er sich nicht zusammennimmt?«

»Das weiß ich nicht, Sir.«

»Natürlich wissen Sie das; Sie sind nur zu höflich und wollen es nicht sagen. Sie würden doch sicher sagen, dass aus so einem Jungen gar nichts wird, nicht wahr?«

»Ja, Sir.«

»Genau das. Bestenfalls ein Kaminkehrer, nicht wahr?«

»Ja, Sir.«

»Was meinen Sie, was könnte er sonst noch werden? Ein Faulenzer, der nicht zur Schule gehen will?«

Alle außer Mary Duane sahen ihn an.

»Vielleicht ein Gemüsehändler, Sir.«

Lord Kingscourt lachte herzlich. »Hast du das gehört, du kleiner Faulpelz? Ein Gemüsehändler wirst du, wenn du dich nicht zusammenreißt. Da kannst du durch die Straßen ziehen. Schöne Äpfel, Missus, kauft meine Äpfel! Nur einen Penny das Dutzend!«

Der Junge sah seinen Vater grimmig an, dann wandte er sich ab.

»Heute hatten wir eine Astronomiestunde«, fuhr Lord Kingscourt fort und zauste dem Jungen das Haar. »Aber ich fürchte, da ist nichts hängen geblieben. Das Einzige, was an dem kleben bleibt, sind Bonbons. Aber wir tun wenigstens so, nicht wahr?«

Das Kind zerteilte ein gekochtes Ei in vier ungleiche Teile. Sein Gesicht war so rot wie der Wein im Glas seines Vaters.

»Jons«, sagte seine Mutter sanft. »Papa macht doch nur Spaß.«

Er nickte verdrießlich, sagte aber weiterhin nichts. Merridith sah seine Frau an. Sie antwortete mit einem Blick, der schwer zu deuten war. Ein paar Mal hob der Graf an, als wolle er etwas sagen, aber dann schwieg er doch.

»Wissen Sie schon, wo Sie in New York unterkommen, Mr Mulvey?«, fragte Grantley Dixon.

»Nein, Sir.«

»Ich nehme an, Sie haben Verwandte dort.«

»Nein, Sir.«

»Aber Freunde?«

»Nein, Sir.«

Mulvey widmete sich weiter seinem Mahl, den Kopf tief gebeugt. Er aß wie ein Mann, der den Hunger kennen gelernt hat, ein Mann, für den essen ein Glücksfall war: rhythmisch, systematisch, grimmig, konzentriert, als sehe er es vor sich, wie der Sand durch das Stundenglas des Schicksals rann, und wenn das letzte Korn hinuntergefallen war, würde man ihm den Teller fortnehmen. Er stopfte nicht, er schlang nicht – das war keine vernünftige Art zu essen, da blieb in der Eile immer etwas zurück. Seine Hände hoben und senkten sich wie die Hände eines mechanischen Trommlers, vom Teller zum Mund, vom Mund zum Teller, und er schluckte, wenn sie sich senkten, sodass sein Mund immer genau in dem Augenblick leer war, in dem die Gabel sich zu seinem Erstaunen von neuem hob. Er kaute schnell, systematisch; wie es schmeckte, spielte keine Rolle. Geschmack war etwas, das schon seit Jahren keine Rolle mehr spielte. Manchmal zitterte die Hand; sein Gesicht war feucht von der Anstrengung. Man weiß nicht recht, wie man es aufschreiben soll. Beschrieben liest es sich, als hätte es lächerlich ausgesehen. Aber wer dabei war, fand es nicht im Mindesten lustig. Selbst die übermütigen Jungen wurden still, als sie es sahen; mich selbst ergriff es dermaßen, ich konnte mir nicht vorstellen, dass je wieder einer von uns lachen würde. Wäre der Salon in Flammen aufgegangen oder hätte das Schiff einen Eisberg gerammt, er hätte unbeirrt weitergegessen, und hätte der Tod selbst am Tisch Platz genommen.

»Sie könnten«, sagte Laura Merridith, doch dann stockte ihre Stimme. Nie zuvor hatte sie einem Verhungernden beim Essen zugesehen. »Sie könnten uns die Freude machen und noch ein Weilchen bei uns bleiben. Wäre das nicht eine gute Idee, David?«

Sie unterdrückte die Tränen.

Mit einem seltsamen Ausdruck sah Lord Kingscourt seine Frau an, halb Unglauben, halb Dankbarkeit. »Was für ein schöner Gedanke. Ich weiß gar nicht, warum ich nicht selber darauf gekommen bin.«

Mulvey hielt im Essen inne und starrte zu Boden. Es war merkwürdig, aber man hatte den Eindruck, die Luft um ihn herum verfärbe sich. »Das könnte ich nicht annehmen, Sir.«

»Wir würden uns freuen. Bis Sie sich eingelebt haben.«

Die Gräfin legte ihm die Hand auf den ausgemergelten Arm. »Das sollten wir wirklich tun. Sie waren so freundlich zu uns.«

Tränen traten dem Gast in die Augen, aber er drückte sie weg. Er neigte den Kopf noch tiefer, sodass man ihm nicht mehr ins Gesicht blicken konnte. Er streckte die Hand nach seinem Glas aus und nahm einen Schluck von dem trüben Wasser.

»Was hat er denn Freundliches getan?«, fragte Jonathan Merridith.

»Mr Mulvey hat mir bei einer kleinen Schwierigkeit geholfen, das ist alles«, sagte sein Vater.

»Ja aber bei was?«

»Kümmere dich um deine eigenen Sachen, bevor deine Sachen sich um dich kümmern, Sir.«

»Bitte um Verzeihung, Mylady«, sagte Mary Duane unvermittelt. »Aber kann ich nach draußen gehen?«

Die Gräfin sah sie an. »Ist Ihnen wieder nicht wohl?«

»Ja, Mylady.«

»Sie sehen aber nicht so aus. Sind Sie ganz sicher?«

»Ja, Mylady.«

»Was ist denn jetzt schon wieder, um Himmels willen? Dreimal habe ich Ihnen gesagt, dass heute ein ganz besonderer Tag ist.«

»Liebe Güte, Laura«, brummte Merridith, »wenn das Mädchen sagt, ihm ist nicht gut, dann ist ihm nicht gut. Muss ihm denn erst der Kopf abfallen und über den Tisch rollen?«

Bei dem Gedanken prustete Robert Merridith los. Sein Vater grinste ihn an und schnitt eine lustige Miene.

»Deine Mama ist schon manchmal eine dumme alte Kuh, was?«

»Ich fand nur einfach, es wäre ein Jammer, wenn Jonathans Geburtstag verdorben würde«, sagte die Gräfin. »Aber wenn Mary gehen möchte, dann soll sie natürlich gehen.«

»Kannst du nicht noch ein kleines bisschen bleiben, Mary?«, fragte Jonathan und zog einen Schmollmund. »Ich möchte, dass du bleibst.«

Einen Augenblick lang zögerte sie. Dann kehrte sie zurück an ihren Platz.

»Darf ich Ihnen noch ein Glas Wasser eingießen, Miss Duane?«, bot sich Grantley Dixon an.

Sie nickte dankbar. Er füllte ihr Glas. Ohne ein weiteres Wort brachten die Gäste den ersten Gang zu Ende.

Das alte Geschirr wurde abgeräumt, und ein Tablett mit drei gebratenen Hühnern kam. Lord Kingscourt griff zum Tranchiermesser und hielt es Mulvey hin.

»Kleine Tradition«, erklärte er. »Wir bitten immer den Ehrengast, den Braten aufzuschneiden.«

»David, um Himmels willen, sei doch nicht so förmlich.«

»Unsinn, Frau, was verstehst du schon davon. Haltung angenommen, Corporal Mulvey, und die Pflicht getan, sonst gibt es die Peitsche.«

Mulvey nahm das Messer, erhob sich schwankend und machte sich an die Arbeit. Die Gräfin und Dixon hielten die Teller für ihn. Es war überraschend, wie geschickt er tranchierte, als habe er sein Leben lang nichts anderes getan. Wenn jemand danke sagte, nickte er knapp, blieb jedoch stumm.

Als die Teller gefüllt waren, widmeten sich wieder alle dem Mahl. Gemüseschalen und Saucièren machten in rascher Folge die Runde. Wein wurde nachgegossen. Flaschen wurden entkorkt. Nur Mary Duanes Schweigen verhinderte, dass gute Laune aufkam – ihres und das Schweigen Mulveys des Mörders. Ihre Stummheit schwebte über dem Essenstisch wie eine ungestellte Frage.

»Ist das nicht ein Spaß«, sagte Lord Kingscourt nach ein paar Minuten. »Alle zusammen fröhlich ins Mahl vertieft. Das machen wir jetzt öfter.«

Die Kinder gaben grunzende Laute von sich, aber es war schwer zu sagen, was sie zu bedeuten hatten. Keiner von den Erwachsenen sagte etwas.

»Wie sagt der Dichterfürst doch gleich, Dixon? Rechter Willkomm und so weiter?«

»Hauskost und rechter Willkomm, so dünkt mich, ist's am besten.«

»Das ist es. Und wie wahr. Der gute alte Othello, Jonathan.«

»Genauer gesagt«, wandte Dixon milde ein, »die *Komödie der Irrungen*.«

»Aber natürlich, was rede ich da für einen Unsinn. Antipholus, nicht wahr? Frisch aus Ephesus.«

»Balthasar. Akt drei, Szene eins.«

»So ein Mist«, sagte Merridith, an seinen Sohn gewandt. »Da haben sie deinem schwachsinnigen Paps aber heute wirklich die Narrenkappe aufgesetzt. Ein Glück, dass wir Mr Dixon haben.«

Dixon lachte, doch er war auf der Hut. »Ich habe in Studentenzeiten einmal den Balthasar gespielt, das ist das ganze Geheimnis.«

»Oh, das haben Sie sicher wunderbar gemacht.« Lord Kingscourt lächelte.

Das Schiff tauchte tief in die Wellen. Der Kronleuchter klirrte. Der Graf rupfte einen Hühnerflügel ab und biss hinein.

»Verzeihen Sie, Mr Mulvey«, sagte eine kleine, furchtsame Stimme, die man den ganzen Abend über noch kaum gehört hatte. Der Gast blickte auf zu Robert Merridith, der am anderen Ende des Tisches saß. Ein hübscher kleiner Junge. Das Ebenbild seines Vaters. »Sind Sie nicht neulich morgens bei mir in der Kabine gewesen?« Mulvey schüttelte den Kopf. »Nein, junger Herr. Das war ich nicht.« »Einmal frühmorgens waren Sie in meinem Zimmer. Mit so einer seltsamen schwarzen Maske vor dem Gesicht und mit einem großen Messer –«

»Robert, das reicht jetzt«, schnitt Merridith ihm das Wort ab. Er stieß einen Seufzer aus. »Verzeihen Sie, Mr Mulvey. Er hat eine blühende Phantasie.«

»Nur ein Scherz, Sir, das macht mir nichts aus.«

»Das ist kein Scherz.« Das Kind stieß ein furchtsames Kichern aus. »Das waren Sie, Mr Mulvey, stimmt's?«

»Robert, ich habe dir doch schon gesagt, es reicht jetzt. Halt deinen Mund und iss endlich dein Abendessen.«

»Ich glaube, wir sind alle ein wenig müde, David«, sagte die Gräfin sanft. »Du weißt doch, Schläfrigkeit weckt die Phantasie.«

»Wir können noch so müde sein. Deswegen ist man nicht unhöflich gegenüber einem Gast.«

»Ich wollte ja nicht unhöflich sein, Paps. Ich habe gedacht, er war es.«

»Das ist doch halb so schlimm«, sagte seine Mutter. »Jeder macht mal einen Fehler.« Sie wandte sich an ihren Ehrengast. »Ich bin sicher, dafür hat Mr Mulvey Verständnis.«

Robert starrte ihn an. Mulvey rang sich ein Lachen ab. »Ein erwachsener Mann wie ich, der würde doch nicht durch das kleine Fenster passen, junger Herr.«

»Aber er ist so seltsam gegangen. Genau wie Sie. Der war auch ein Krüppel. Er –«

Der nächste Laut war ein Klatschen. Der Kopf des Jungen fuhr zurück. Das Schiff stampfte. Keiner sagte ein Wort.

»Entschuldige dich sofort bei unserem Gast.«

»Sir, das ist nicht nötig«, beteuerte Mulvey.

»O doch, das ist es. Auf der Stelle, hörst du?«

»Es t-tut mir Leid M-Mr Mulvey.«

351

»Und jetzt entschuldige dich bei deinem Bruder dafür, dass du ihm seinen Geburtstag verdorben hast.«

»David, nun hab doch Mitleid –«

»*Wage* es nicht, mir ins Wort zu fallen, Laura. Nicht wenn ich mit meinem Sohn spreche. Hast du das verstanden? Muss ich es dir mit meinem eigenen Blut aufschreiben? *Musst du deine Respektlosigkeit und Verachtung bei jeder Gelegenheit an die große Glocke hängen?*«

Sie schwieg. Er wandte sich wieder seinem Sohn zu. »Ich warte, Robert.«

»Es tut mir Leid J-Jons.«

»*Sprich ihn bei seinem richtigen Namen an, du jämmerlicher Clown!*«

»Es tut mir Leid J-Jonathan.«

»Nimmst du seine Entschuldigung an, Jonathan?«

»Ja, Sir.«

»Gebt euch die Hände.«

Sie taten wie ihnen geheißen. Robert weinte still vor sich hin.

»So, und jetzt gehst du ins Bett. *Mir wird schlecht, wenn ich dich sehe.*«

Der Junge stand auf und trottete aus dem Zimmer. Gleich darauf erhob Mary Duane sich und folgte ihm.

Merridith füllte sein Glas und nahm einen großen Schluck Wein. Dann wandte er sich wieder dem Essen zu, als sei nichts geschehen. Ein lebloser, benommener Ausdruck hatte sich auf seinem Gesicht breit gemacht, und er schnitt sein Fleisch mit der Sorgfalt eines Chirurgen.

»Und meine eigene Entschuldigung möchte ich hinzufügen, Mulvey. Meine und die meiner Frau. Meine Frau meint, Kinder müsse man auf Schritt und Tritt verwöhnen. Das hat zweifellos mit ihrer eigenen Kindheit zu tun.«

»Euer Ehren –«

»Kein Wort. Ich habe wirklich nichts gegen einen Scherz. Aber was zu weit geht, geht zu weit. Wir sind hier nicht in einem Schweinestall.«

Dixon saß reglos da. Jonathan Merridith war bleich. Die Gräfin ging zur Anrichte und türmte die benutzten Teller auf. Unten im Schiff hörte man John Conqueroo stöhnen, unbeirrbar auf seinem Weg nach Amerika.

»So, und jetzt –« Der Graf lächelte. »Möchte jemand Kuchen?«

XXXII. Kapitel

Aus: *Die Pest*

Bruchstück aus einem unvollendeten Roman
von G. Grantley Dixon

Einzelheiten des folgenden Auszugs entstammen den Aufzeichnungen des Doktor William Mangan (entstanden zum Zeitpunkt der Ereignisse) sowie einer langen Unterredung mit ihm kurz vor seinem Tode im Jahr 1851.

62° 08′ WESTL. LÄNGE; 44° 13,11′ NÖRDL. BREITE
– 11.15 UHR ABENDS –

»Ich hoffe, ich komme nicht ungelegen, Monkton«, sagte Lord Thomas Davidson.

Der Arzt trat einen Schritt zurück und kniff überrascht die Augen zusammen. Er sah müde aus.

»Lord Queensgrove. Nein, keineswegs. Kommen Sie herein, Sir, kommen Sie herein.«

In der engen, aber dennoch ordentlichen Kabine saß die Schwester des Arztes in einem japanischen Kimono. Vor ihr auf einem Klapptisch stand eine Teekanne samt Porzellantassen, daneben ein Schachbrett, dessen Figuren ebenfalls japanisch waren. Sie erhob sich zur Begrüßung und blickte ihn forschend an.

»Guten Abend, Mrs Darlington. Verzeihen Sie mein Eindringen zu so später Stunde.«

»Oh, das macht doch nichts. Was gibt es?« Ihre offenen Haare waren nass. »Den Kindern geht es hoffentlich gut?«

»Die schlafen beide selig wie die Engelchen. Wir hatten am Abend eine kleine Geburtstagsfeier.«

Die Deckenlampe über dem Klapptisch brannte nur mit kleiner Flamme, sodass die Ecken des Raumes im Schatten lagen. In eine Nische gezwängt stand ein kleiner Schreibtisch; darüber hing ein dunkler Spiegel, in dem sich ein Öldruck mit einer Jagdszene spiegelte.

»Sie trinken doch eine Tasse Tee mit uns? Oder lieber etwas Stärkeres? Ich muss irgendwo noch eine Flasche guten Madeira haben.«

»Nein danke, Monkton. Um ehrlich zu sein, hätte ich gern Ihren Rat als Arzt, wenn Sie einen Augenblick Zeit für mich haben.«

Der Arzt antwortete mit einem leichten Nicken. »Es ist mir eine Ehre, Lord Queensgrove. Allgemeine Erschöpfung, nehme ich an?«

»Nun, das – ja. Aber da wäre noch eine andere Kleinigkeit.«

»Dann heraus damit, heraus damit. Ehrlich gesagt haben Mrs Darlington und ich erst vor kurzem noch davon gesprochen, dass Sie in letzter Zeit so blass aussehen.«

»Es könnte ein wenig heikel werden.«

»Ah. Es wäre Ihnen lieber, wenn Mrs Darlington uns für einen Augenblick allein ließe?«

»Aber nein. Keineswegs. So habe ich das nicht gemeint.« Genau das hatte er gemeint, aber er wollte sie nicht vor den Kopf stoßen. Der Arzt schien zu verstehen.

Er wandte sich seiner Schwester zu. »Marion, meine Liebe – könntest du nicht jetzt die kleine Besorgung machen, von der wir vorhin sprachen?«

Sie lächelte. »Das hatte ich auch gerade überlegt.«

Monkton lachte leise und gutmütig, als sie die Kabine verließ. »Wir Mannsleute kümmern uns manchmal nicht genügend um die eigene Gesundheit und tun uns schwer, mit den Wehwehchen herauszurücken. Ganz anders als die Memsahibs. Aber manchmal muss es sein.«

»Sie sagen es«, antwortete Lord Queensgrove. Er bereute bereits, dass er gekommen war. Er hasste die leutselige Geschwätzigkeit des Arztes, das Schulterklopfen und die darunter verborgene Anmaßung.

»Wollen Sie mir nicht ein bisschen mehr erzählen? O bitte entschuldigen Sie meine Unachtsamkeit, nehmen Sie doch Platz, Mylord; setzen Sie sich.« Er wies mit der Hand auf einen Sessel neben dem kleinen Sekretär und ließ sich selbst auf einem Hocker direkt daneben nieder.

»Ich geniere mich ein wenig, darüber zu sprechen. Die Sache ist mir peinlich.«

Der Arzt öffnete eine Schublade und zog ein Notizbuch hervor.
»Norden oder Süden? Wenn ich so sagen darf?«
»Süden.«
Er nickte diplomatisch und tauchte seine Feder ein.
»Ein kleines Verdauungsproblem? Etwas in der Art?«
»Nein, das ist es nicht.«
Er benetzte den Finger und blätterte um; nickte erneut und begann zu schreiben. »Südsüdwest also. Johannes lässt grüßen.«
»Wie bitte?«
»Sagen wir, das Wasserwerk.«
»So könnte man sagen, ja.«
»Ein bisschen schlapp?«
»Nein, das nicht.«
»Entzündet? Schmerzen?«
»Sowohl als auch.«
»Hm. Wie steht es mit dem Wasserlassen? Alles in Ordnung?«
»Nicht so recht. Es ist sehr schmerzhaft.«
Wieder nickte der Arzt, offenbar nicht überrascht. Einen Augenblick lang hörte man nichts außer dem Kratzen der Feder auf dem Papier.
»Ausfluss?«
Das Wort traf den Patienten wie eine Ohrfeige. Er lief rot an; sein Gesicht schien zu glühen.
»Manchmal«, antwortete er.
»Ah, ja.« Der Arzt schrieb scheinbar endlos lang in sein Notizbuch. Dann spitzte er die bleichen Lippen und seufzte müde. »Die Zustände an Bord eines Schiffes sind natürlich nicht so, wie sie sein sollten. Hygienisch gesehen, meine ich. Nicht einmal hier in der Ersten Klasse. Ich muss gestehen, das ist mein ganz persönliches Steckenpferd. Meines und das von Mrs Darlington. Ah, Lord Queensgrove, wie viele Unannehmlichkeiten wir uns durch schlichte Reinlichkeit ersparen könnten. Mrs Darlington bemüht sich sehr um die Armen.«
Einen Augenblick lang wusste Davidson nicht, was er sagen sollte. Sollte er nun die hygienischen Verhältnisse auf dem Schiff verteidigen oder seine eigene Reinlichkeit; oder sollte er einen Kommentar zu Mrs Darlingtons geheimnisvollem Wirken unter den Armen abgeben? Doch der Arzt wühlte jetzt in einer kleinen Ledertasche.
»Sie trinken gern mal einen Schluck, Mylord?«

»Vielleicht hin und wieder ein bisschen zu viel.«

Der Arzt gluckste. »Da sind sie nicht der Einzige.«

»Stimmt.«

»Aber wir sollten alle ein Auge auf unsere Trinkgewohnheiten haben. Nicht gut für das Wasserwerk und die Leber. Sammelt Gifte im Körper an, verstehen Sie. Kann Schmerzen in der Lenden- oder Schamregion verursachen. Nächtliche Schweißausbrüche.«

»Verstehe.«

»Sie baden selbstverständlich regelmäßig, Sir?« Er zog ein Stethoskop und allerlei kleine Metallinstrumente aus der Tasche.

»Zweimal pro Woche.«

»Hm. Gut. Sehr gut.« Er ging zurück zu dem Notizbuch und begann wieder zu schreiben; dabei sprach er die letzten Worte laut vor sich hin wie ein zufriedener Schulmeister beim Schreiben eines Zeugnisses. »Badet. Zweimal. Die Woche.« Er vollführte eine schwungvolle Handbewegung, unterstrich die Worte mit einer dicken Linie und machte dann einen energischen Punkt, gerade so als versuche er, ein Insekt mit der Spitze seiner Feder aufzuspießen.

»Ich würde sagen, das sollten Sie auf jeden zweiten Tag erhöhen. Oder sogar täglich, wenn es geht.«

»In Ordnung.«

»Sehr schön. Und jetzt kommen Sie näher, damit wir einen Blick auf das Schlachtross werfen können.«

Der Arzt zündete eine Petroleumlampe an und drehte den Docht heraus, bis die Flamme ein helles, goldenes Licht verbreitete. Überall in der Kabine hing feuchte Kleidung und Bettwäsche, auf den Stühlen, auf dem Sofa, auf einem zusammenklappbaren Paravent.

Davidson öffnete seine Hose und Unterwäsche und streifte sie bis zu den Oberschenkeln herunter. Er öffnete die drei untersten Knöpfe seines Hemds. Der Arzt zog etwas, das wie ein Kissenbezug aussah, aus einem Stapel gebügelter Wäsche und drapierte es rasch über die Rückenlehne eines Stuhls.

»So, jetzt lehnen Sie den Achtersteven bitte hier dagegen.«

Er tat wie geheißen. Monkton kniete sich hin und begann mit der Untersuchung.

»Hier ein bisschen empfindlich?«

»Ja.«

»Und da vermutlich auch.«

Davidson zuckte zusammen.

Der Arzt schnalzte mitfühlend mit der Zunge. »Nur noch ein oder zwei Augenblicke, mein Lieber. Ich glaube, wir haben den Feind gesichtet.«

Eines der Stahlinstrumente war so kalt, dass er bei der Berührung schauderte. Eine Zeit lang spürte er gar nichts, außer der Hitze der Lampe auf seiner prickelnden Haut; die Finger des Arztes, der Hodensack und Leisten betastete. Dann explodierte ein Schmerz wie ein Feuerwerkskörper in Lenden und Darm und ließ seine Schenkel erbeben.

»Hm. Habe ich mir gedacht.« Monkton erhob sich ächzend. »Kleiner ungebetener Gast. Ziemlich harmlose Infektion, mehr nicht. Schmerzhafte Angelegenheit, aber leicht zu bekämpfen. Taucht überall auf, wo es sehr beengt zugeht. Gefängnisse. Kasernen. Und was es sonst noch so gibt.« Er hielt inne und schniefte. »Armenhäuser.«

»Haben Sie eine Idee, wo ich mir das geholt haben könnte?«

Er blickte Davidson einen Moment lang in die Augen.

»Vielleicht wissen Sie das selbst besser, Sir.«

Lord Queensgrove schwitzte. Er zuckte die Achseln. »Nein.«

Der Arzt nickte. Er ging hinüber zum Waschtisch und reinigte sich sorgfältig die Hände und Handgelenke. »Schlecht gewaschene Kleidung oder Handtücher. Vielleicht der Toilettensitz. Manchmal wird es schlimmer, wenn die Oberschenkel aneinander reiben oder die Unterwäsche zu eng ist. Aber ein gutes heißes Bad wird Sie kurieren. Nehmen Sie keine Seife, nur sehr heißes Wasser. So heiß, wie Sie es aushalten können. Sagen Sie Ihrer Frau, Ihr hübsches Dienstmädchen soll in der Küche eine gute Hand voll Knoblauch holen und ins Wasser tun.« Er lächelte freundlich. »Danach stinken Sie zwar wie ein Franzose, aber das verfliegt schnell wieder.«

Das Schiff neigte sich sanft und richtete sich träge wieder auf, sodass die Laterne an der Decke hin und her pendelte. Schatten tanzten durch den stickigen Raum.

»Oh, und vielleicht sollten Sie in den nächsten zwei, drei Wochen größere Anstrengungen meiden. Eheliche Pflichten und dergleichen.«

»Verstehe.«

Monkton senkte die Stimme und sprach jetzt mit seltsam mitleidigem Tonfall. »Diese kleinen Dinge können auf die Damen übertragen werden. Und bei denen ist es natürlich viel schwieriger. Da sind die Leitungen ja nicht so leicht zugänglich.«

»Allerdings.«

Davidson zog seine Hose wieder hoch und begann, das Hemd zuzuknöpfen. Die Fußbodendielen knarrten klagend, als ob das Holz selbst Schmerzen hätte. Plötzlich sah er, dass der Arzt ihn anstarrte. Er lächelte zwar, aber nicht mit den Augen.

»Was ist denn das da für ein kleiner Geselle? Da auf dem Bauch?«

»Ach das.« Er blickte nach unten. »Nur ein Pickel.«

»Tut wahrscheinlich ziemlich weh?«

»Nein, nein. Ehrlich gesagt hatte ich ihn schon ganz vergessen. Hin und wieder bekomme ich so was.«

»Dürfte ich wohl einen Blick darauf werfen, wo Sie schon einmal da sind? Könnten Sie das Hemd ein bisschen weiter öffnen?«

»Aber ich versichere Ihnen, das ist nichts.«

»Na trotzdem. Wo Sie schon mal da sind. Vielleicht besser.«

Sein Ton war so bestimmt, dass er nicht widersprechen konnte. Lord Queensgrove öffnete sein Hemd und stand da, das Hinterteil an die Stuhllehne gedrückt. Der Arzt zog seinen Schemel näher heran und setzte sich direkt vor ihn.

»'dammt nochmal«, murmelte er. »Viel zu dunkel hier drin.«

»Kann ich etwas tun?«

»Sie könnten die Lampe halten, wenn Sie so freundlich sein wollen. Oder ist Ihnen das lästig?«

Davidson nahm sie und hielt sie auf Taillenhöhe, und der beißende Qualm stieg ihm in die Nase. Der Arzt befühlte ihn nun mit den Fingerspitzen, dehnte vorsichtig die Haut rund um das harte Knötchen. Er war so nahe herangekommen, dass der Patient seinen Atem auf dem Bauch spürte. Es war schon seltsam, dachte Davidson, welche Vertraulichkeit man den Ärzten gestattete. Der Arzt forderte ihn auf stillzuhalten, und er hielt still. Monkton zog seine abgegriffene alte Tasche heran; holte sein Vergrößerungsglas und ein Päckchen Mull hervor.

Mehrere Minuten lang fuhr er mit der Untersuchung fort und sagte kein Wort. Als er sprach, war seine Stimme beherrscht. »Andere offene Stellen haben Sie nicht? Ausschlag? Etwas in dieser Art?«

»Vor ein paar Jahren einmal. Erblich, fürchte ich.«

Der Arzt blickte fragend auf.
»Ananashaut«, erklärte Davidson. »Mein verstorbener Vater hatte es auch. Natürlich war er viele Jahre lang zur See gefahren. Er sagte immer, es liegt daran, dass es in den Rationen kein Obst gibt.«
»Hatten Sie je offene Stellen an den Handflächen oder an Ihren Fußsohlen?«
»Jetzt wo Sie es sagen, ja. Aber das ist schon Jahre her.«
»Wie viele Jahre?«
»Fünf oder sechs, denke ich. Sie sind von allein wieder geheilt.«
»Haben Sie manchmal Halsschmerzen? Schwindelanfälle, dergleichen?«
»Dann und wann.«
»Ihre Augen, sind die in Ordnung?«
Davidson lachte abrupt. »Ich höre öfter, dass ich eine Brille brauche. Meistens von meiner lieben Frau. Ich fürchte, das ist auch wieder eine Kleinigkeit, um die ich mich nicht rechtzeitig genug gekümmert habe.«
Monkton lächelte. »Ja, die Damen setzen einem schon zu, nicht wahr?«
»Das kann man sagen.«
»Aber dann mögen wir sie doch immer wieder, die zänkischen alten Beißzangen.« Er erhob sich, wusch sich von neuem die Hände und trocknete sie dann sorgsam an einem frischen Stück Mull. Als er fertig war, hielt er es mit einer Pinzette in die Flamme der Lampe, bis es vollständig verbrannt war. Diese Vorsicht beunruhigte Davidson. Wieso war er so vorsichtig?
»Es gibt eine Salbe für die Bläschen«, sagte Davidson. »Mein Vater nahm sie manchmal. Zinkspat hieß sie, glaube ich. Hellrot.«
»Ja, das ist richtig. Zink mit Eisenoxid.«
»Genau das. Wie dumm von mir, dass ich davon nichts eingepackt habe. Vielleicht haben Sie ein Döschen da in Ihrer Wundertasche?«
Der Arzt wandte sich um und blickte ihm ernst ins Gesicht. »Lord Queensgrove, ich brauche die Hilfe meiner Schwester bei einigen Notizen und einer kleinen Untersuchung. Wahrscheinlich besteht kein Anlass zur Besorgnis, aber ich möchte mir Gewissheit verschaffen. Ich versichere Ihnen, für Befangenheit besteht keinerlei Grund. Sie ist eine äußerst diskrete Frau und eine erfahrene Assistentin.«

Davidson spürte, wie ihm ein Schweißtropfen den Oberschenkel hinunterrann. »In Ordnung.«

Monkton begab sich sogleich nach draußen.

Lord Queensgrove hörte, wie Männer über das Deck liefen. Er ging zur Wand, zu dem Spiegel mit dem dunklen Glas. In der oberen rechten Ecke des Mahagonirahmens steckte ein Zeitungsausschnitt. Ankündigungen zur kommenden Opernsaison in New York. *Amerikapremiere von Signor Verdis Meisterwerk.* Vorsichtig hob er sein Hemd. Ein leicht gewölbter Leberfleck, etwa so groß wie ein Sixpence. Er berührte ihn mit den Fingerspitzen, dann mit dem Daumen. Er fühlte sich rau an, aber die Berührung tat nicht weh.

Ein ausgelassenes Johlen kam von draußen vom Deck. Er ging ans Fenster und blickte hinaus in die Nacht. In der Ferne war ein winziges rotes Licht aufgetaucht. Der Leuchtturm von Halifax. Die Küste Neuschottlands.

Der Arzt und seine Schwester traten ein. Monkton machte eine grimmige, angespannte Miene. »Ich muss Sie bitten, sich vollständig zu entkleiden und hier hereinzukommen.«

»Warum das?«

»Kein Grund zur Sorge«, sagte Mrs Darlington sanft. »Kommen Sie nach, wenn Sie so weit sind. Es ist alles in Ordnung.«

Sie öffneten eine Tür, und Davidson sah, dass ein kleiner Schlafraum dahinter lag. Rasch zog er sich aus und folgte ihnen; seine Kleider und Schuhe nahm er mit. Im Zimmer war es eiskalt; ein leichter Harzgeruch lag in der Luft. Die Dielen fühlten sich klebrig an unter seinen bloßen Füßen. Der Arzt zog das Bettzeug ab und hängte die Lampe an einen Haken an der Decke. »Wenn Sie sich jetzt bitte hierher legen wollen. Es dauert nicht lange.«

Monkton stellte sich auf die eine Seite der Pritsche, seine Schwester auf die andere. Dann untersuchten sie ihn von oben bis unten, jeden Zoll seiner Haut. Brust und Leiste. Achselhöhlen und Oberschenkel. Hinter den Ohren. Nabel und Kopfhaut. Das Zahnfleisch. Mit einem Instrument hielten sie ihm die Nasenlöcher auf, zündeten eine Kerze an und leuchteten hinein. Manchmal murmelte der Arzt ein Wort, und seine Schwester vermerkte es im Notizbuch. Draußen auf Deck sangen die Männer einen Shanty. Der Arzt bedeutete Davidson mit einer Spiralbewegung seines Fingers, er solle sich umdrehen.

»So ist es schön, Mylord. Und jetzt versuchen Sie sich zu entspannen.«

Er spürte, wie sie seinen Rücken abtasteten, seine zum Zerspringen gespannten Schultern, die Beine und Füße, den Raum zwischen den Zehen, den Anus. Er malte sich aus, wie sein Körper aussehen musste, wenn man ihn von oben sah. Die geneigten Häupter der beiden Mediziner, die miteinander flüsterten, ihre flinken Hände, die darüber huschten wie verspielte Vögel.

Sie murmelten, als sprächen sie Gebete in dieser winzigen Kammer; Worte, die Lord Queensgrove nicht verstand: Phthisis. Urticaria. Desquamation. Febrilis. Das Murmeln hatte eine beruhigende, einschläfernde Wirkung, und er war so müde, dass er tatsächlich einschlummerte. Das Gewicht des Schiffes ließ ihn abwärts gleiten, hin zu seiner Mutter. Dann plötzlich spürte er die drückende Last seines Körpers, spürte die Pritsche, die seinen müden Leib trug. Die See wurde ruhiger. Seine Schmerzen ließen nach. Und dann merkte er, dass die Berührungen aufgehört hatten. Als er die Augen aufschlug, war der Arzt fort.

Mrs Darlington sagte sanft: »Sie können sich jetzt wieder anziehen, Lord Queensgrove. Haben Sie vielen Dank.«

Davidson erhob sich von der Pritsche und tat wie ihm geheißen. Plötzlich fühlte er sich ausgelaugt, ganz und gar erschöpft. Er sehnte sich danach, fort aus der Kabine des Arztes zu kommen, er wollte an Deck sein und in der kalten Salzluft spazieren gehen. Die goldenen Lichter der Küste sehen.

Er trat in Hemdsärmeln in den Wohnraum und sagte forsch: »Lassen Sie mich wissen, was ich Ihnen schulde, Monkton.«

Aber der Arzt hatte seinen Patienten anscheinend gar nicht gehört. Er war zum Tisch gegangen, auf dem ein Globus stand, und drehte ihn gedankenverloren. Die Seeleute sangen. Der Globus surrte. Als er zum Stillstand kam, lagen die Fingerspitzen auf Afrika.

»Willie?«, sagte seine Schwester. »Seine Lordschaft spricht mit dir.«

Er drehte sich um. Sein Gesicht war bleich.

»Lord Queensgrove«, sagte er mit hohler Stimme. »Es ist die Syphilis.«

XXXIII. Kapitel

Die Grenze

Worin der Leser von einigen Gesprächen erfährt, welche am Dienstag, dem 2. Dezember, dem fünfundzwanzigsten Tag der Reise, sehr früh am Morgen geführt wurden. (Diese Berichte waren in keiner früheren Ausgabe enthalten und sind hier erstmalig abgedruckt.)

STEUERBORD, NICHT WEIT VOM BUG
— GEGEN 1.15 UHR NACHTS —

»Sie beobachten die Sterne, Mr Mulvey.«
»Ihr seid es, Sir. Guten Abend, Sir. Gott segne Euch.«
»Gibt es da oben etwas Interessantes zu sehen?«
»Ach, Sir. Kaum, Sir. Aber ich denke an zu Hause.«
»Darf ich Ihnen einen Augenblick Gesellschaft leisten?«
»Es wäre mir eine Ehre, Sir.«
Dixon trat an die Seite des Mörders. Die beiden lehnten nebeneinander an der Reling, wie Zechgenossen in einer einfachen Kneipe.
»Ardnagreevagh, hieß es nicht so?«
»*Ard na gCraobhach* nennen wir es. Die Alten nennen es so.«
»Ein kleines Dorf, oder?«
»Ein winziges Nest, Sir. Nicht weit von Renvyle. Man kommt und ist schon wieder draußen, da weiß man noch gar nicht, dass man drin war.«
»Ich kenne Connemara, aber so weit oben im Norden war ich nicht. Die Landschaft soll sehr schön sein.«
»Ach, da – da ist jetzt nicht mehr viel zu sehen, Sir. Früher, da war es schön.«
»Vor der Hungersnot?«
»Lange davor, Sir. Vor unserer Zeit.« Er schlug den Kragen hoch zum Schutz gegen den eisigen Wind. »So hört man sie erzählen, die Alten. Aber wenn man all die Geschichten hört, da mag man es gar nicht recht glauben. Die Hälfte ist wohl bloße Phantasie.«

»Rauchen Sie?«
»Sehr freundlich, Sir, aber Ihr habt nur noch so wenige, Euer Gnaden, da will ich Euch keine fortnehmen.«
Dixon machte eine interessante Beobachtung: Sein Gegenüber sprach mit übertrieben starkem irischem Akzent. Fast wie ein Komiker im Varieté.
»Ich habe noch mehr in meiner Kabine. Bitte bedienen Sie sich.«
»Sehr freundlich von Euch, Sir. Sehr verbunden, Euer Gnaden.«
Das Phantom nahm eine Zigarre aus Dixons silbernem Etui und neigte den Kopf, als dieser ihm Feuer gab. Dabei berührte er Dixons schützend vor die Flamme gehaltene Hand überraschend sanft, und im Schein des Streichholzes erschien sein Gesicht grotesk verzerrt. Er machte einen tiefen Zug; der Rauch stieg ihm in die Augen, und er hustete heftig. Er schien ganz wie jemand, der normalerweise nicht raucht und die Zigarre nur angenommen hatte, weil sie ihm angeboten wurde. So aus der Nähe betrachtet, wirkte er noch kleiner und zerbrechlicher. Manchmal klang sein Atem wie ein trotziges Keuchen. Er roch nach der Kälte und nach alten Schuhen.

Eine Zeit lang standen die beiden Männer schweigend beieinander an der Reling. Dixon dachte an das Leben ohne Laura Markham, überlegte, was er sagen würde, wenn der Augenblick des Abschiednehmens kam. Sie hatte ihm einige Stunden zuvor ihre Entscheidung mitgeteilt: Was immer zwischen ihnen gewesen sei, es sei vorbei. Sie würden sich in New York trennen und nie mehr wiedersehen. Seine Briefe und ein paar kleine Erinnerungsstücke hatte sie ihm zurückgegeben. Nein, eine Freundschaft sei nicht möglich. Das sei weltfremd, ja verlogen. Er solle gar nicht erst versuchen, sie zu überreden, ihr Entschluss stehe fest. Merridith habe ihr eindeutig zu verstehen gegeben, dass er niemals in eine Scheidung einwilligen werde. Unter gar keinen Umständen; das sei unvorstellbar für ihn. Das Bett sei gemacht, jetzt müsse sie auch darin liegen. Und sie würde darin liegen – und lügen, so wie sie es seit Jahren getan hatte. Manchmal müsse man eben mit einer Lüge leben. Was immer geschehen sei, er sei schließlich ihr Mann.

Sein zweiter Gedanke galt den Sternen: Er dachte daran, wie fremd sie uns erscheinen und wie sehr Vertrautes zu so später Stunde zum Geheimnis wird. Manchen Menschen galten sie als Beweis für die

Existenz eines Schöpfers; einer Kraft, die unsere Erde durch das erleuchtete Nichts lenkt und dies immer tun wird, bis sie auch dieses Nichts einst vernichtet. Andere hingegen sahen nur Willkür am Firmament, etwas, das hübsch anzusehen war, gewiss, in das man aber kein Muster und keinen Plan hineindeuten sollte. Nicht einer geheimnisvollen Kraft verdankten die Sterne ihre Ordnung, sondern einer Laune des Schicksals und der Phantasie derer, die sie von dem einsamen Planeten namens Erde aus bestaunten wie die Affen. Und Grantley Dixon war längst überzeugt, dass die Nachkommen der Affen Gottes Köttel betrachtet und beschlossen hatten, sie Sterne zu nennen. Es war die Menschheit, nicht der Allmächtige, die dem Universum seine Ordnung gegeben hatte; nur der Mensch konnte einen Zufall als Schöpfung ansehen und sich selbst als deren Mittelpunkt.

Und er fragte sich auch, ob diese Affen eines Tages das Fliegen lernen, ob sie Schiffe bauen würden, in denen sie die Planeten umsegeln konnten, so wie das Schiff, auf dem er jetzt stand, über die Meere fuhr. Er glaubte daran. Es konnte gar nicht anders kommen. Dann würden sie aus den Bullaugen gaffen, sich staunend kratzen und einander mit ihren schnatternden Schimpansenlauten Komplimente machen. Und würden stolz auf sich sein.

Grace Toussaint, die alte Yoruba-Frau, die ihn auf der Plantage seines Großvaters aufgezogen hatte, hatte immer und immer wieder von dem gesprochen, was für sie das größte Geheimnis des Lebens war: dass all unsere Qualen von der Ruhlosigkeit herrühren, der Weigerung, unsere Grenzen zu akzeptieren. Sie war der liebevollste Mensch, dem Dixon in Louisiana begegnet war, in einer Gegend, in der die Leute so unerbittlich sein konnten wie die gnadenlose Sonne; aber in diesem Punkt, da war sie nicht minder unerbittlich. Dixons Großvater, ein Jude, der die Sklaverei verabscheute, stritt oft mit ihr darüber. Dieser Mann, der wusste, welche Bosheiten die Nachbarn hinter seinem Rücken flüsterten, hatte im Leben schon manche Grenze überschritten: er war nach Mississippi gegangen, ins östliche Texas und in den Süden von Arkansas. Dort kaufte er unter den Sklaven jene, die am elendesten geschunden waren, und nahm sie mit zurück nach Louisiana. Er wanderte über seine bestellten Felder, wo die Sonne die Saat aufgehen ließ, und überlegte, wie viele er in diesem Jahr retten konnte. Ein guter Acker bedeutete zehn Sklaven, ein schlechter vielleicht zwei. Alles was er auf seinen fünfzigtausend Morgen erntete, nahm er und kaufte die Verschleppten frei.

Mississippi, das sei die Hölle für die Schwarzen, erklärte er seinem Enkel; und auch wenn Louisiana beileibe kein Paradies sei, sei es doch immer noch besser als die Hölle. Dafür sorge der Code Napoléon. Er hatte Grace Toussaint und ihren geschundenen Bruder gekauft, um ihnen so gut er es konnte die Freiheit zurückzugeben; hatte häufig mit ihr über etwas gestritten, das er den freien Willen nannte. Ein Mensch dürfe keinerlei Verbot gelten lassen, sagte er, sondern nur die Grenzen akzeptieren, die ihm sein Gewissen vorschreibe. Aber Grace Toussaint war anderer Ansicht. Jemand, der reich sei, könne gut so reden. Wäre sie im Land ihrer Geburt geblieben, dann hätte sie vielleicht auch gedacht wie er, antwortete sie ihrem Käufer, denn sie seien Fürsten gewesen in der Heimat.

Es waren merkwürdige Auseinandersetzungen. Dixon verstand sie nicht. Als Kind war er eines Nachts im Flur vor der halb offenen Tür zum Arbeitszimmer seines Großvaters stehen geblieben und hatte einem hitzigen Wortgefecht gelauscht: »Glaubst du, Gott hat eine Hautfarbe? Glaubst du das wirklich, Grace? Jesus Christus war Neger, Grace! Seine Haut war so braun wie Tabak!« Und sie hatte ihm bitter entgegengehalten, wenn der alte Mann das glaube, dann sei er der größte Narr in ganz Louisiana: denn Christus sei schneeweiß, wie alle Mächtigen.

Im Sommer ging sie morgens mit Dixon spazieren: durch die Allee aus Yuccapalmen und Buchen hinunter zu den Viehweiden, vorbei an den weiß getünchten Hütten auf den oberen Wiesen und dann durch die dampfende Hitze der Tabakfelder. Die Luft war schwer und süß vom Duft der feuchten Blätter und vibrierte vom Grillengezirp. Ihr Bruder Jean Toussaint, den die Arbeiter auf der Plantage stets den »Schönen John« nannten, ging manchmal hinter ihnen her, gestützt auf seinen Stock. Die meiste Zeit machte er sich nichts aus Gesellschaft. Schon gar nicht am Morgen.

Er war alt, aber er war immer noch ein imposanter, starker Mann mit riesigen Händen; seine Haut hatte die Farbe von altem Gold. Oft zupfte er eine Melodie auf der zerkratzten Zwei-Dollar-Gitarre, die er auf dem langen, geraden Rücken trug wie ein alter Ritter aus dem Märchenbuch seinen Schild; aber Dixon hatte ihn niemals singen oder auch nur sprechen hören. Eines Tages fragte er seinen Großvater nach dem Grund. Damals war Dixon zwölf Jahre alt. Er erfuhr, dass Jean Toussaint halb so alt gewesen war wie er, als sein Herr – der in Mississippi geborene Sohn einer irischen Schlampe, und in der Hölle solle er schmoren bis in alle Ewigkeit – ihm als Strafe die Zunge herausgeschnitten hatte. Er erfuhr, dass der Schöne John in Wirklichkeit gar nicht Jean Toussaint hieß und Grace nicht Grace Toussaint; dass man ihnen sogar die Namen geraubt hatte, als man sie aus Afrika fortschleppte. Das war der Augenblick in Dixons Kindheit, in dem sich alles veränderte. Ein tieferer Einschnitt als der Augenblick, in dem er erfuhr, dass seine Eltern tot waren. Der Augenblick, als die Polizisten kamen und ihm erzählten, bei ihm zu Hause sei ein Unglück geschehen, ein schreckliches Unglück; das Haus sei verbrannt und seine Eltern mit ihm; er müsse fort aus New Haven und bei seinem Großvater in Evangeline leben, unten im Süden. Die Erinnerung saß in ihm wie eine Kugel, die für immer im Fleisch stecken bleibt.

»Die Dinge sind, wie sie sind«, hatte Grace Toussaint oft gesagt. »Lass dich auf nichts ein. Stell keine Fragen. Die Welt wird noch da sein, wenn es dich längst nicht mehr gibt. Diese Bäume, diese Felder sind dann immer noch Bäume und Felder.« Und später, als Student, hatte er den gleichen Gedanken bei dem weisen Pascal in seinen berühmten *Pensées* wieder gefunden: »Alles Unglück des Menschen rührt von einer einzigen Ursache her, nämlich daher, dass er nicht still in seinem Zimmer sitzen kann.« Nicht dass Dixon dem unbedingt widersprechen wollte, aber was konnte man denn *tun*, wenn man so dachte? Konnte man in einer Welt leben, in der Zungen herausgerissen wurden, Menschen wie Vieh gebrandmarkt, abgestempelt mit dem Namen der Barbaren, die sie gekauft hatten – konnte er dies alles sehen und sagen, das gehe ihn nichts an? Die Kleider, die er am Leibe trug, die feinen Stiefel an seinen Füßen, die philosophischen Werke, die sich so tiefsinnig mit der Idee der Gleichheit befassten – all das war gekauft vom Erlös der Unterjochung, dem Geld, das seine Vorfahren mit dem Sklavenhandel verdient hatten. »Wir machen keine schmutzigen Geschäfte mehr«, versicherte sein Großvater. Aber in einer schmutzigen Welt gab es kein sauberes Geld.

Auch jetzt war er noch Sklave dieses schmutzigen Geldes. Der Journalismus war kein einträgliches Geschäft, und selbst das wenige kam selten pünktlich. Das Leben in London war teuer gewesen und hatte nichts eingebracht; er hatte es sich nur leisten können, weil sein Großvater ihn unterstützt hatte. Er hatte immer auf den großen Knüller gehofft, der ihm die Freiheit bringen würde, die Geschichte, die außer ihm keiner erzählen konnte; aber er hatte sechs lange Jahre lang vergeblich gehofft. Stattdessen war er nur noch tiefer in die Abhängigkeit geraten. Die dicken eingeschriebenen Briefe mit dem Poststempel aus Louisiana. Die Bündel schmutziger Dollars, die er nicht selbst verdient hatte. Die Briefe seines Großvaters, so voller Mitgefühl für das schwierige Leben des angehenden Literaten. *Du hast Talent, Grantley. Du darfst dein Licht nicht unter den Scheffel stellen. Was immer du sonst tust, du musst schreiben. Lass dich niemals entmutigen. Tu, was du tun musst. Es geht nicht darum, dass der Zweck die Mittel heiligt: es geht darum, neue Mittel und neue Zwecke zu schaffen.* Der ständige Drang zur Rechtfertigung, der ihre Briefe vergällte. Die brennenden Schuldgefühle, weil er sich selbst verleugnen musste. Jetzt endlich sah er einen Ausweg aus dem allen.

Andere Gedanken brodelten wie ein Giftgebräu in seinem Verstand, und er überlegte, ob der Augenblick günstig war, sie zur Sprache zu bringen. In mancherlei Hinsicht war es sicher besser, nichts zu sagen, einfach nur schweigend neben diesem anderen Vertreter der eigenen Art zu stehen und sich zu fragen, was er wohl dachte, wenn überhaupt etwas, und zu welcher Art von Sternguckern er gehören mochte. Aber Grantley Dixon kannte die Antwort bereits. Ein Mörder musste ein Ungläubiger sein, ganz gleich welcher Religion er angehörte.

»Wissen Sie – Ihr Gesicht kommt mir irgendwie bekannt vor, Mr Mulvey.«

Mulvey neigte überrascht den Kopf zur Seite, wie ein Hund, der einen Eindringling kommen hört, dann nickte er ein paar Mal kurz und wischte sich die Asche vom Revers. »Gewiss habt Ihr mich gesehen, wie ich auf dem Schiff auf und ab ging, Herr. Manchmal mache ich am Abend einen Spaziergang. Hänge meinen Gedanken nach.«

»Zweifellos. Aber wissen Sie, Sie werden es nicht glauben – schon am ersten Tag, am Abend, an dem wir aus Liverpool ausliefen, da hatte ich das Gefühl, dass ich Sie kenne. Ich habe es sogar in meinem Tagebuch vermerkt.«

»Das kann ich mir nicht erklären, Sir, wie Ihr darauf gekommen seid. Ich glaube nicht, dass wir uns schon einmal begegnet sind.«
»Merkwürdig klingt es schon, nicht wahr?«
»Man hört erzählen, dass jeder Mensch einen Doppelgänger hat, Sir. Vielleicht stimmt es ja.« Er lachte, als fände er den Gedanken lustig. »Wer weiß, vielleicht ist mein eigener schon drüben in Amerika, Sir. Womöglich begegne ich ihm da, wenn das Schicksal es will. Haltet Ihr so etwas für möglich, Sir?«
»O nein, er ist nicht in Amerika. Ich denke, er ist in London.«
»London, Sir? Was sagt man dazu? Ist das nicht ein Wunder?« Er nahm einen langen Zug von seiner feucht gewordenen Zigarre, wie ein Mann, auf den der Gang zum Galgen wartet und der sie noch vorher zu Ende rauchen will. »Aber wenn man es sich dann überlegt« – ein noch tieferer Zug, noch tiefer ausgeatmet –, »es gibt ja seltsamere Dinge in der Welt, als die Philosophen sich träumen lassen. Wie Shakespeare sagt.«
»Waren Sie jemals da?«
»Wo bitte, Sir?«
»London. Whitechapel. Irgendwo im East End.«
Ein Tabakkrümel war ihm an der Zunge hängen geblieben. Er brauchte eine Weile, bis er ihn fortgezupft hatte. »Nein, Sir, leider nein. Und jetzt werde ich wohl auch nie mehr hinkommen. Belfast, weiter von zu Hause bin ich nie fortgekommen.«
»Sind Sie da sicher?«
Er lachte überraschend heiter und blickte verträumt ins Dunkel. »Ich denke mir, ein Mann, der in London war, Sir, der würde das kaum vergessen. Es soll ja eine wunderbare Stadt sein, hört man erzählen.« Er drehte sich zu Dixon um und blickte ihm fest in die Augen. »Die Leute sagen, da hat jeder seine Chance. Nicht wahr, das sagen sie doch? Sie sagen, in London, da hat ein Bursche seinen Spaß.«
»Ich muss schon sagen, für einen Mann, der noch nie in London gewesen ist, reden Sie sehr wie ein Londoner.«
»Bitte um Verzeihung, Sir, aber ich weiß nicht, worauf Ihr hinauswollt.«
»Sehen Sie, zum Beispiel wie Sie das Wort ›Bursche‹ eben verwendet haben. Das würde doch kein Ire sagen. Er würde von einem Mann oder einem Kerl sprechen, aber nicht das.«

»Das könnte ich nicht sagen, was Euer Ehren gewohnt sind und was nicht, Sir.«

»Und auch heute beim Abendessen, das Wort ›Gemüsehändler‹, das ist mir aufgefallen. In London gibt es solche Händler auf den Straßen. Aber gibt es sie auch in Irland?«

»Ich kann mich nicht entsinnen, Sir, dass ich das Wort je in meinem Leben gebraucht hätte. Vielleicht habt Ihr mich nicht verstanden, Sir. Mein irischer Akzent ließ es anders klingen als Ihr es kennt.«

»O doch, Mulvey. Lassen Sie mich Ihrem Gedächtnis auf die Sprünge helfen. Das macht Ihnen doch nichts aus?«

»Wenn es mir etwas ausmachte, Euer Ehren, würde ich es für mich behalten und Euch nicht mit dem Eingeständnis kränken.«

Dixon holte sein Notizbuch hervor und las mit ruhiger Stimme ein paar Zeilen. »*Heute Abendessen mit Mulvey aus Connemara, dessen merkwürdige Art zu sprechen mir auffiel; immer wieder flocht er Worte und Wendungen ein, die er nur in London gehört haben konnte.*«

»Das muss ja eine Heidenarbeit für Euch sein, Sir, wenn Ihr alles aufschreibt.«

»Berufskrankheit, könnte man wahrscheinlich sagen. Ich vergesse alles, wenn ich es nicht aufschreibe.«

»Ein ehrenwerter Beruf, Sir, die Schriftstellerei. Die Leute sagen, die Feder ist mächtiger als das Schwert.«

»Das sagen die Leute. Aber ob es stimmt, da wäre ich mir nicht so sicher.«

»Trotzdem ist es ein großer Segen, Sir, dass Ihr so etwas tun dürft, Sir. Ich wünschte, es wäre auch mir vergönnt, Sir. Viele wünschen es sich, Sir, aber gegeben wird es nur wenigen.«

»Was meinen Sie mit Segen?«

»Die Gabe, Sir, mit der Ihr Sachen aufschreiben könnt. Englisch, das ist die Sprache der Dichter und unseres Herrn Jesus selbst, die Sprache der Bibel.«

»Aber wenn Sie genau hinsehen, sprach Jesus Christus Aramäisch.«

»Das mögt Ihr so sehen, Euer Ehren. Für mich sprach er Englisch.«

»Vielleicht auch Cockney. Wie die Gemüsehändler.«

Das Phantom lachte unvermittelt und schüttelte den Kopf. »Da muss ich das Wort wohl bei den Matrosen aufgeschnappt haben, Sir.

Selbst wenn mein Leben davon abhinge, könnte ich Euer Ehren nicht sagen, was es bedeutet.«

»Oh, Ihr Leben ist nicht in Gefahr, Mr Mulvey. Jedenfalls im Augenblick nicht.«

Er atmete schwer, und einen Moment lang schien er unschlüssig.

»Das müsst Ihr mir erklären, Sir. Bisweilen sprecht Ihr in Rätseln.«

»Als ich das erste Mal nach London kam, sprach gerade alle Welt von einem Verbrechen. Ich interessierte mich sehr dafür, ich weiß auch nicht warum. Ein kleiner Dieb hatte im Gefängnis Newgate einen Aufseher erschlagen und war geflohen. Sie erinnern sich wahrscheinlich noch. Hall hieß der Mann. Das Ungeheuer von Newgate.«

»Ich kann mich nicht entsinnen, dass ich je davon gehört hätte.«

»Nein. Das wäre auch unwahrscheinlich. Sie waren schließlich damals in Belfast.«

»Das ist wahr, Sir. Die schöne Stadt am Lagan.«

»Sie können sich nicht erinnern, dass Sie von dem Mordfall gehört haben, aber Sie wissen noch, wo Sie waren, als Sie nicht davon hörten.«

Mulvey blickte ihn kühl an. »Ich war lange in Belfast.«

»Und ich war lange in London.«

»Da könnt Ihr Euch glücklich schätzen, Sir. Und nun sage ich gute Nacht.«

»Ich habe damals für eine Londoner Zeitung geschrieben. Den *Morning Chronicle*. Liberales Blatt. Und der berühmte Mr Hall reizte mich. Ich ging ins Gefängnis und studierte die Akten. Unterhielt mich mit ein paar Gästen dort. Dann habe ich mich eine Weile im East End umgehört. Stieß auf einen gesprächigen Herrn namens McKnight. Ein Schotte. Ziemlicher Säufer. Tja, und der erzählte mir, er hätte eine Weile in Lambeth die Leute ausgenommen, zusammen mit einem Iren, der Murphy oder Malvey oder so ähnlich geheißen habe. Aus Connemara anscheinend. Dem Flecken Ardnagreevagh. Und was denken Sie – er nannte sich Hall.«

»Das muss faszinierend für Euer Ehren gewesen sein.«

»Allerdings. Sie haben ihn zu sieben Jahren in Newgate verurteilt – diesen Murphy oder Malvey. Hatte ich das schon gesagt?«

»Da hat es manchen Iren in diesem Gefängnis gegeben, Sir, könnte ich mir vorstellen. Der arme Paddy hat es nicht leicht in England.«

»Nicht viele kamen am selben Tag wie das Ungeheuer an. Dem 19. August 1837. Verurteilt für dieselben Vergehen. Und vielleicht sogar mit demselben Gesicht.«

Dixon schlug sein Notizbuch auf und holte einen abgegriffenen Zeitungsausschnitt heraus. Er war so löchrig und gelb wie alte Spitze, so oft hatte er ihn schon hervorgeholt. Er faltete ihn auf, vorsichtig, damit der Wind ihn nicht davontrug. Schwarzer Rand, große Schrift. In Kohlezeichnung das Gesicht des Ungeheuers: Frederick Hall, Mörder.

»Wie Sie schon sagen«, sagte Grantley Dixon. »Jeder Mann hat seinen Doppelgänger.«

Mulvey starrte den Steckbrief an, aber es gab keinerlei Anzeichen, dass er beunruhigt war. Seine Hände, mit denen er sich auf die Reling gestützt hatte, rührten sich nicht. Sie waren klein und weiß, fast Frauenhände. Man konnte sich kaum vorstellen, dass sie getan hatten, was sie getan hatten. »Was wollen Sie?«, fragte er leise.

»Das könnte davon abhängen, was *Sie* wollen.«

»Was ich in diesem Augenblick will, würden Sie nicht hören wollen. Sie würden Albträume davon bekommen.«

»Vielleicht sollten wir dem Käpt'n sagen, dass er einen Mörder auf seinem Schiff hat.«

»Gehen Sie hin, sagen Sie es ihm. Viel Glück dabei.«

»Sie denken, ich würde es nicht tun?«

»Ich denke, ein Hurenbock wie Sie würde alles tun. Und wir könnten dem Käpt'n ja auch noch mehr erzählen. Und auch ein paar anderen Leuten, wenn Sie das wollen.«

»Verzeihen Sie, Mr Mulvey, aber ich verstehe nicht, wovon Sie reden.«

Er lachte hämisch. »Wenn das eine Schiff sinkt, Freund, dann sinken vielleicht auch andere. Ich hoffe, deine Gräfin schwimmt so gut, wie sie paddelt.«

»Für Ehebruch baumelt man nicht am Galgen, Mr Mulvey. Für Mord schon.«

»Dann los, holen Sie den Käpt'n, wenn Sie den Mumm dazu haben. Ich bin hier.« Er grinste, und seine Augen leuchteten vor Hass dabei. »Nun lauf schon, Kleiner. Bevor du bekommst, was du verdienst.«

»Ich will Ihnen nichts Böses.«
»Geh zur Hölle, Dreckskerl. Und leck mich unterwegs am Arsch. Ich habe schon Bessere als dich von meiner Schuhsohle gewischt.«
»Ich weiß, was der Wärter Ihnen angetan hat. Wie er Sie hat leiden lassen.«
»Und Sie denken, das was Sie jetzt machen, ist was anderes?«
»Ich habe keine Waffe.«
»Nur Ihre Feder.«
»Sie ist nicht ganz so gefährlich wie ein Stein, mit dem man einen Schädel einschlägt. Aber darüber können Sie ja mit dem Richter philosophische Gespräche führen.«

Mulvey spuckte ihm vor die Füße. Dixon tat, als wolle er gehen. Die Worte kamen wie ein Messerstich:

»Ich habe schon einmal gefragt. Was wollen Sie?«

Bedächtig kehrte er zu seiner Beute zurück und stellte sich neben ihn.

»Ich bin Reporter, Mr Mulvey. Was ich will, ist Ihre Geschichte.«

Der Mörder schwieg. Er hatte die Hände in den Taschen vergraben.

»Ihr Leben in London. Warum Sie es getan haben. Wie Ihnen die Flucht aus dem Gefängnis gelungen ist. Wohin Sie danach gegangen sind. Ihr Name muss nicht genannt werden, aber ich will alle Einzelheiten. Sonst gehe ich auf der Stelle zum Kapitän.«

»Ist das der Preis heutzutage? Eine Geschichte für ein Leben?«
»Wenn Sie so wollen.«
»Und was ist in New York?«
»Ich habe Sie zuletzt in Belfast gesehen, vor anderthalb Jahren. Ich war auf Ihrer Beerdigung. Eine Woche vor Ihrem Tod haben Sie mir alles gebeichtet.«

Der Kapitän erschien auf dem Oberdeck, machte einen Abendspaziergang mit dem Koch. Sie blickten hinauf in die Segel und lachten anscheinend über etwas. Dann sah er sie und winkte freundlich. Winkte sie zu sich herüber durch die dünnen Nebelschwaden.

»Die Entscheidung liegt bei Ihnen, Mr Mulvey. Eine Geschichte bekomme ich, so oder so.«

»Nicht Belfast«, murmelte er und wickelte sich fester in seinen Mantel. »Ich bin in Galway begraben. Bei meinem Bruder.«

BACKBORD, NICHT WEIT VOM HECK
– 3.15 UHR MORGENS –

»Was bin ich für ein Mensch?«
»Ein kranker, Merridith. Das ist alles.«
»Ein verkommener, meinen Sie. Tiefer gesunken als ein Tier.«
Der Arzt fasste Lord Kingscourt am Arm, wie er stets seine Patienten tröstete. »Verkommenheit sieht man nicht unter dem Mikroskop. Das was man sehen kann, hat einen Namen. *Morbus Gallicus*. Es ist keine Geißel und es ist keine Strafe. Es ist eine Krankheit, die tut, was wir selbst auch jeden Tag tun.«
»Und was wäre das?«
»Sie versucht zu überleben.«
Die Flagge klatschte laut und wickelte sich um den Mast. Nicht weit von ihnen beteten zwei alte Frauen aus dem Zwischendeck ihren Rosenkranz und begrüßten das lang ersehnte Glimmen des Leuchtturms von Coffin Island:

Ave maris stella, Dei Mater alma;
atque semper Virgo, felix caeli porta.

»Wie sind die Aussichten?«
»Wir unterteilen die Syphilis in vier klar umrissene Stadien. Sie nähern sich dem Ende des dritten Stadiums. Der latenten Phase, wie wir sie nennen.«
Merridith warf seinen Zigarrenstummel über die Reling. »Und das bedeutet?«
»Die Krankheit hat sich in Ihrem Gewebe eingenistet. Auch in den Lymphknoten. Sie dürfte den Okulartrakt befallen haben. Uveitis. Vasculitis. Papilloedema.«
»Sie können es mir offen sagen. Sie müssen mich nicht in Watte packen.«
Der Arzt stieß einen Seufzer aus und betrachtete seine Hände, als widerten sie ihn an. »Höchstwahrscheinlich werden Sie Ihr Augenlicht verlieren. Er geht sehr schnell. Der Prozess hat schon begonnen.«
»Weiter.«

»Hat die Krankheit sich erst einmal festgesetzt, streut sie rasch und breitet sich aus. Sie entwickeln offene Stellen überall auf der Haut. Auch die Knochen und inneren Organe werden befallen. Wir gehen davon aus, dass sie die äußere Gefäßwand angreift. Sie auffrisst geradezu.«

»Auffrisst?«

»Sie dürfen es sich nicht zu wörtlich vorstellen.«

»Und dann?«

»Lord Kingscourt – es war eine schlimme Nachricht. Sie brauchen Zeit. Ich sollte nicht –«

»Ich will wissen, was geschieht, Mangan. Ich halte es schon aus.«

»Nun – die Krankheit greift Nerven- und Gefäßsystem an. Was Ersteres angeht, kann es zu recht schweren Persönlichkeitsveränderungen kommen. Vielleicht sogar progressiver Paralyse.«

»Was ist das?«

»Gehirnerweichung.«

Eine Erinnerung aus seiner Kindheit tauchte auf wie ein Gespenst. Eine schwachsinnige Alte aus der Stadt Galway, wie sie geschrien hatte, ihre Kleider zerrissen, sich vor den Passanten entblößt. Seine Kinderfrau, Mary Duanes Mutter, hatte versucht, ihm den Anblick zu ersparen, hatte ihn fortgezogen über die schlammige Straße. Ein Rausch des Entsetzens. Marmelade an den Händen.

»Es gibt kein Gegenmittel?«

»Wir können die Symptome ein wenig mit Quecksilber lindern. Ihr Zustand wird sich hoffentlich nicht zu sehr verschlechtern, bis Sie in New York sind. Ich verordne Ihnen vollkommene Ruhe für die nächsten achtundvierzig Stunden.«

»Was ist in New York?«

»Ein Privathospiz für Patienten, die an Ihrer Krankheit leiden. Ich werde dafür sorgen, dass Sie unmittelbar nach unserer Ankunft dort Aufnahme finden.«

»Eine Art Leprastation.«

»Nennen Sie es, wie Sie wollen, aber die Nonnen dort sind freundlich. In der Fachliteratur findet man Spekulationen – aber mehr als das ist es nicht –, dass eine neue Medizin wirken könnte: Kaliumjodid. Aber das wird noch dauern. Und die Ergebnisse sind alles andere als eindeutig.«

»Man kann also nichts mehr tun?«
»Wenn es erste Phase wäre oder sogar zweite, würden wir kämpfen. Wir werden natürlich auch jetzt kämpfen. Aber die Aussichten sind nicht gut.«
»Wie viel Zeit bleibt mir noch? Im schlimmsten Fall?«
»Sechs Monate vielleicht. Höchstens ein Jahr.«

*Solve vincula reis, profer lumen caecis,
mala nostra pelle, bona cuncta posce.*

Eine Welle schlug hoch und schleuderte eine Hand voll gelber Gischt über die Reling. Schwerer Schaum klatschte an die Bordwand. Rasch wischte er sich die Augen mit dem Ärmel seiner Jacke.
»Ich möchte Ihnen für Ihren Mut danken, Mangan. Das kann nicht leicht für Sie sein. Eine Situation wie diese.«
»Es tut mir sehr Leid, Sir. Ich wünschte, ich könnte Ihnen mehr Hoffnung machen.«
»Nein, überhaupt nicht. Ich möchte Ihnen die Hand drücken. Es ist doch nicht die Sünde des Scharfrichters, wenn er seine Pflicht tut.«
»Darf ich mich erkundigen, Sir, ob Sie schon einmal mit einem ähnlichen Leiden zu tun hatten?«
Lord Kingscourt schwieg. Der Arzt sprach leise weiter.
»Ich bin ein alter Mann, Merridith. Mich erschüttert so leicht nichts.«
»Als ich jünger war, habe ich mich mit G-gonorrhöe infiziert.« Das Wort hing in der Luft wie ein Stein.
Der Arzt nickte, den Blick in weite Ferne gerichtet, als versuche er etwas zu bestimmen, das sich in der Ferne bewegte. »Sie verkehrten in gewissen Etablissements, nehme ich an?«
»Ein- oder zweimal. Vor vielen Jahren.«
»Hm. Natürlich, natürlich.«
»Einmal in Oxford. Einen draufgemacht mit den Kollegen. Dann in meiner Marinezeit. Ein drittes Mal in London.«
»Früher hielt die Medizin Gonorrhöe und Syphilis für Erscheinungen derselben Krankheit. Blutsverwandte, könnte man sagen. Das ist inzwischen widerlegt. Professor Ricord hat es vor einigen Jahren nachgewiesen. '37, glaube ich. Guter Mann, der Franzose.«

»Was ist mit meiner Frau?«

»Ich kann es ihr mitteilen, wenn Sie das wünschen. Oder wir könnten Mrs Derrington bitten. Aber natürlich wäre es besser, wenn sie es von Ihnen erführe.«

»Sie darf es nicht wissen, Mangan. Nicht im Augenblick.«

»Merridith, es ist gut möglich, dass sie die Krankheit ebenfalls in sich trägt. Sie –«

»Wir sind nicht intim«, unterbrach er, ohne die Stimme zu heben. »Schon seit Jahren nicht mehr.«

Ein verhangener Mond tauchte hinter den dichten Wolken auf.

»Überhaupt nicht?«

Er schüttelte den Kopf. »Wir leben im Zölibat. Ich wollte sie schützen. Nach meiner ersten Infektion.«

»Trotzdem.« Der Arzt seufzte. »Die Inkubationszeit schwankt zwischen einem Monat und einem ganzen Jahrzehnt. Manchmal noch länger. Sie ist in Gefahr. Und das gilt für jede andere Frau, mit der Sie Umgang hatten. Gibt es eine solche Frau, Merridith? Ich bitte Sie, seien Sie offen.«

Der Arzt nahm das Schweigen als Erlaubnis fortzufahren.

»Es ist eine junge Frau an Bord des Schiffes, von der Sie nicht sprechen können, ohne den Blick abzuwenden. Es ist uns schon in den ersten Tagen aufgefallen, Mrs Derrington und mir. Und soweit ich sehe, spricht diese junge Frau niemals mit Ihnen. Recht ungewöhnlich zwischen Dienerin und Herrn.«

»Und?«

»Hatten Sie Verkehr miteinander? Bitte seien Sie offen.«

»Nein.«

»Aber Kontakt?«

»Es – es gab eine Zeit als ich nachts auf ihr Zimmer ging.«

»Was geschah, wenn Sie dorthin gingen? Ich muss es genau wissen.«

»Wenn es sein muss – sie gestattete mir das Zusehen, wenn sie sich zum Schlafen bereitmachte.«

»Beim Auskleiden?«

»Tut man das nicht, wenn man schlafengeht?«

»Hat sie Ihren Körper berührt, Merridith? Sie den ihren?«

Er blickte den Inquisitor an, doch er sah keine Gefühlsregung auf seinem Gesicht. Er musste an die Beichte bei den Katholiken denken. Ging es da nicht genauso zu, in ihren Beichtstühlen wie Särgen? Er hatte sich immer gewundert über diese merkwürdige Sitte, einem Fremden alles über die eigenen Lüste und Verfehlungen zu erzählen, die geheimsten Sehnsüchte von Herz und Leib. Jetzt begriff er, dass es eine Art Befreiung sein konnte. Aber kein Weg zu Gott. Ganz im Gegenteil.

»Ich habe sie einige Male berührt. Aber nicht so, wie Sie meinen.«
»Nicht intim berührt?«
»Ich habe ihren Körper berührt. Sie den meinen nicht.«
»Es hat keine Vertraulichkeiten zwischen Ihnen und dem Mädchen gegeben?«
»Diese Frage habe ich schon beantwortet.«
»Niemals? In keiner Form? Geben Sie mir Ihr Wort darauf?«

Nun weinte er wieder, still und verschämt. Der Arzt bot ihm ein Taschentuch an, aber er schüttelte den Kopf und nahm sich zusammen.

»Ich spreche als Ihr Freund, Merridith, nicht als Ihr Richter.«
»In unserer Jugend sind wir zusammen über die Felder gezogen. Zu Hause, meine ich. In Galway. Man könnte wohl sagen, da gab es ein oder zwei Gelegenheiten, bei denen wir unvernünftig waren.«
»Sie meinen, Sie hatten Geschlechtsverkehr?«
»Nein.«
»Was meinen Sie dann? Vertraulichkeiten und so weiter?«
»Meine Güte, Mangan, sind Sie denn nie jung und verliebt gewesen?«

Virgo singularis, inter omnes mites,
nos culpis solutos, mites fac et castos.

»Und heute? Lieben Sie sie immer noch?«
»Meine Gefühle sind stark. Die Gefühle, die ich schon immer hatte. Es war mir nicht möglich, diesen Gefühlen gemäß zu leben.«
»Das meine ich nicht, und ich denke, das wissen Sie auch. Ich spreche von Liebe im körperlichen Sinne.«
»Nichts in der Art, auf die Sie anspielen, ist seit über fünfzehn Jahren geschehen.«
»Und in jüngerer Zeit? Liebkosungen und so weiter?«

»Ja.«
»Zärtliche Berührungen?«
»Wenn Sie es wissen müssen.«
»Geschlechtliche Berührungen?«
»Nein.«
»Keine Selbstbefriedigung in ihrer Gegenwart oder dergleichen? Kein Austausch von Körperflüssigkeiten?«
»Mangan, können Sie denn nicht endlich aufhören? Was zum Teufel denken Sie denn, wer ich bin?«
Der Arzt antwortete nachsichtig, doch seine Stimme war kalt wie Eis. »Ich kann Ihnen sagen, was ich denke. Sie sind ein Mann, der Macht hat. Wie alle Männer im Verhältnis zur Frau.«

Vitam praesta puram, iter para tuum.

»Es ist nichts vorgefallen, was sie in Gefahr bringen könnte.«
»Sie dürfen sich ihr niemals mehr so nähern. Haben Sie das verstanden?«
»Dazu wird es wohl kaum noch einmal kommen, das kann ich Ihnen versichern.«
»Darf man fragen warum? Ich muss auf Ihrem Wort bestehen. Sonst ist es meine Pflicht, dafür zu sorgen, dass das Mädchen Ihre Suite umgehend verlässt.«
»Mangan, ich bitte Sie –«
»Ich werde meine Pflicht tun, da gibt es kein Wenn und kein Aber. Entweder Sie überzeugen mich, dass das Mädchen vor Ihren Annäherungen sicher ist, oder ich gehe jetzt gleich zum Kapitän und bitte ihn, ihr eine Kabine anderswo zu geben.«
»Bitte tun Sie das nicht, Mangan. Ich flehe Sie an.«
»Dann seien Sie offen, Merridith. Haben Sie doch Mitleid mit dem Mädchen.«
Er nickte. Wandte sich nachdenklich ab. Sah hinaus auf den Ozean. In die pechschwarze Ferne, wo die Wellen sein mussten. »Es gibt etwas in meinem Leben, worüber ich erst vor kurzem Aufschluss erhalten habe. Etwas, wodurch vieles in einem neuen Licht erscheint. In einem beschämenden Licht. Ich habe noch mit keinem Menschen darüber gesprochen.«

»Dann müssen Sie es jetzt tun.«
»Ich gehe davon aus, dass unser Gespräch vertraulich ist.«
»Das versteht sich.«
Er neigte den Kopf so plötzlich, als müsse er sich übergeben. Der Wind fuhr ihm ins Haar und ließ seine Kleider flattern.
»Merridith, ich bitte Sie, sagen Sie mir, was Sie auf dem Herzen haben.«

Mea maxima culpa et maxima culpa.

»Ich bin nicht der erste Vertreter meiner Familie, der auf amouröse Abwege geraten ist. Es gab eine Zeit, als die Ehe meiner Eltern durch eine Untreue meines Vaters vergiftet war. Sie trennten sich für einige Jahre, als ich noch ein kleiner Junge war.«
»Was hat das mit der heutigen Angelegenheit zu tun?«
»Mein Vater hatte eine Beziehung zu einer Pächtersfrau auf unserem Besitz. Ich erfuhr davon erst am Abend des Tages, an dem ich unser Haus in Galway auflöste. Ich fand eine Reihe persönlicher Papiere. Aus dieser Liaison ging ein Kind hervor. Eine Tochter.«
»Und?«
»Sie galt als Tochter des Pächters. Ich glaube nicht, dass der Ehemann es je erfahren hat. Ich denke auch nicht, dass meine verstorbene Mutter es wusste.«
»Merridith – ich bitte um Verzeihung, aber ich weiß immer noch nicht, worauf Sie hinauswollen.«
»Ich habe es ja selbst lange Jahre nicht verstanden. Aber die Mutter dieses Mädchens war meine Kinderfrau. Eine Frau namens Margaret Duane.«

Sit laus Deo Patri, summo Christo decus,
Spiritui Sancto, tribus honor unus.

XXXIV. Kapitel

Der Arzt

Mehr über den vorletzten Tag der Reise: Wörtliche Auszüge aus den Notizen des Chirurgen Doktor William James Mangan.

DIES IOVIS II DEC. XLVII
(Donnerstag, 2. Dezember 47)

Heute im Laufe des Tages, assistiert von Mrs Derrington, eine große Zahl (67) von Passagieren aus dem Zwischendeck behandelt. Viele klagten über Ausschlag, Erkältungen, Durchfall, Fieber, Husten, heftige Übelkeit, Verdauungsstörungen und Magenkrämpfe; Kopfläuse, Kleiderläuse, Skorbut, Rachitis, Frostbeulen, Infektionen von Augen, Ohren, Hals, Nase und Lunge und diverse kleinere Beschwerden.

Ein Mann mit sehr schwerer dysenterischer Kolitis. Habe ihn bereits vor einigen Tagen untersucht und doppeltkohlensaures Kali verabreicht; leidet jetzt an heftigem Schmerz in der Magengegend. Umschläge mit Terpentin und Ammoniumzitrat sowie ½ Dram Morphium. Kaum Hoffnung. Dürfte noch sterben.

Ein Mann mit entzündetem Karbunkel an Penisunterseite. Operativ entfernt. Fünfundzwanzigjährige Frau kurz vor der Niederkunft: Zwillinge. Ehemann extrem geschwächt. Hatte ihr seine gesamten Essensrationen gegeben. Ich sagte ihm, sie brauche den Vater für ihre Kinder dringender als ein paar Schiffszwiebacke. Er solle versuchen, etwas Milch aufzutreiben. Soll mir Bescheid sagen, wenn es ihm nicht gelingt, dann bringe ich selbst morgen nach dem Frühstück etwas hinunter. Mann (etwa 20) mit schwerer Gesichtslähmung. Spricht kein Englisch. Kind (3 Jahre) mit Verdacht auf Schienbeinbruch. Brandig. Schwer verängstigtes Mädchen (14 Jahre), sagte Mrs Derrington, dass sie sterben müsse. In Wirklichkeit nur erste Menstruation, aber völlig unwissend, Mutter seit zwei Jahren tot. Größere Zahl von Passagieren (etwa fünfundzwanzig, darunter mehrere Kleinkinder) dringende Fälle für Lazarett. Ruhrartiger Durchfall weit verbreitet. Dito Darmkoliken. Entzündungen im Rachen. Geschwollenes, eiterndes Zahnfleisch. Alle Behandelten zeigten Symptome schwerer Unterernährung und massives Untergewicht, zum Teil bedenklich. Ernährung mit Schiffszwieback und Wasser völlig unzureichend. Kaum saubere Decken. Kein sicherer, sauberer Ort für die Aufbewahrung und Zubereitung selbst mitgebrachter Nahrungsmittel. Kein sicherer, sauberer Ort für persönliche Hygiene und Notdurft. Keinerlei Privatsphäre, vor allem für die Frauen eine schwere Belastung. Zwischendeck sehr dunkel und ohne Frischluft. Einige der unglücklichen Männer dem Trunk ergeben. Keine angemessene Möglichkeit, Kleidung zu waschen.

Machte später den »Routinebesuch« in der Ersten Klasse, zu dem ich Lord Kingscourt schließlich überreden konnte. Untersuchte dessen Söhne, Robert und Jonathan Merridith von Kingscourt (Robert 6 Jahre, 10 Monate; Jonathan 8 Jahre). Zähne, Augen, Rachen normal. Haare sauber. J. in Winchester College, Hampshire, seiner früheren Schule, mehrfach wegen »unerträglichen Hautjuckens« bei der Schulkrankenschwester in Behandlung. (Bekam lindernde Heilsalbe verschrieben.) Angebrochenes Schlüsselbein beim Fußballspiel. Beide Jungen entzündliche Stellen an Haut von Nacken, Gesicht und Oberkörper; trocken, rötlich bis bräunlich-grau verfärbt, leicht schuppig oder verdickt. Teilweise nässend. Bei Robert auch eine größere entzündete Stelle im oberen Rückenbereich. Bedenklich. Nur oberflächlich, schuppend, aber nicht unmittelbar Besorgnis erregend im Hinblick auf mögliche ererbte S. In tragischen Fällen, wenn ein Elternteil infiziert ist, sind Kinder oft frei von Symptomen, entwickeln später schwere Rhinitis (und andere Beschwerden), aber nach meinem ersten Eindruck beide nicht unmittelbar gefährdet.

Beide sollten bei Ankunft in NY von einem Spezialisten für Venerologie gründlicher untersucht werden (habe Freddie Metcalf vom Mercy Hospital empfohlen, immer sehr diskret); vorläufige Diagnose jedoch: lediglich oberflächliches Hautekzem. Mrs D. stimmt mir zu.

R. ein wenig korpulent; sollte mehr Frischkost und Lebertran zu sich nehmen. J. klagt über juckenden Ausschlag am rechten Oberschenkel. Eindeutig verursacht durch nächtliches Einnässen, verschlimmert durch Ekzem. Wollte anfangs nicht darüber reden, bis ich ihm anvertraute, dass ein gewisser W. M., Chirurg am anatomischen

Institut in der Peter Street, Dublin bis zum zwölften Lebensjahr die gleichen Sorgen hatte. Bat mich, ihm zu erklären, was es mit ärztlicher Schweigepflicht und hippokratischem Eid auf sich hat. Kam seinem Wunsch nach. Schien interessiert. Netter, aufgeweckter Junge. Habe ihm erklärt, Ärzte dürfen ebenso wenig über den Zustand ihrer Patienten verraten wie Generäle über ihre Schlachtpläne oder chinesische Zauberer über ihre Kunststücke. Wollte wissen, ob andere Ärzte ihn verhauen würden, wenn er sich nicht an die Regeln hielte. Habe ihm erklärt, sie würden ihn windelweich schlagen, anzünden und anschließend umzingeln und unter lauten Hallelujarufen anpinkeln. (Mrs Derrington zum fraglichen Zeitpunkt nicht zugegen.)

Untersuchte Dienstmädchen der Familie, Miss Duane, in leer stehendem Salon; ihr eigenes Quartier zu klein, kaum mehr als ein Wandschrank. Fünfunddreißigjährige Witwe, sehr ruhig. Untergewichtig. Etwas verschüchtert. Überdurchschnittlich intelligent. Sehr flüssiges Englisch. Seltsam altmodische Ausdrucksweise. Wachsam. Starke Ähnlichkeit, gar nicht zu übersehen, wenn man es erst einmal weiß.

War in ihrem ganzen Leben erst ein einziges Mal bei einem Arzt; vor elf Monaten, als sie die Stellung bei Lord und Lady K. antrat. Sagte, sie habe nach dem Tod des Ehemannes (und Kindes) durch Ertrinken schlimme Zeiten durchgemacht. Im Januar 1846 ins Armenhaus von Galway eingewiesen. Erfuhr dort, dass sie im zweiten Monat schwanger war. Verließ heimlich das Armenhaus und legte 180 Meilen bis Dublin zu Fuß zurück. Unterwegs Fehlgeburt. Lebte vorübergehend in einer Herberge für Frauen, danach in einem Kloster, wo sie in der Wäscherei arbeitete. (Konnte sich weder an den Namen des Klosters noch an den der Herberge erinnern, auch nicht an die Adressen.) Berichtet, Lord K. habe sie im Januar dieses Jahres in Dublin auf der Straße »aufgelesen«. Lady K. sei wegen ihrer Gesundheit besorgt gewesen und habe einen gewissen Doktor Scolfield oder Suffield aus Clifden gerufen. Der habe schwere Unterernährung festgestellt. Wurde aus Mitleid aufgenommen; Haus- und Kindermädchen. Zog mit der Familie im April nach Dublin.

Zu Beginn der Untersuchung wirkte sie ein wenig ängstlich; sprach mit ihr, um sie zu beruhigen. Will die Merridiths verlassen, sobald wir in New York sind. »Kein bestimmter Grund, Sir.« Nur dass sie nicht weiter als Dienstmädchen arbeiten will. War bis vor kurzem niemals in solcher Stellung; meint, es sei nicht das Richtige für sie. Will vielleicht weiter nach Cleveland, Ohio. Weder Verwandte noch Bekannte dort; hat aber gehört, dass sich dort viele Auswanderer aus Connemara niedergelassen hätten (mir bisher unbekannt). Würde andernfalls auch weiter nach Quebec oder New Brunswick ziehen. Schwager hatte eine Tante auf Cape Breton, aber vielleicht längst tot oder weggezogen. Ich sagte, es müsse sehr kalt sein bei den Eskimos in diesen nördlichen Regionen, und sie lachte kurz. Außerordentlich schön, als sie lachte; keins von den kindischen Puppengesichtern. Nicht nur hübsch, eine echte Schönheit. Aber sie lachte nicht lange, und ich konnte sie nicht noch einmal dazu bringen. Sie habe ein wenig Geld, das sie sich vom Lohn abgespart habe. Würde gern als Näherin oder Verkäuferin arbeiten, wolle aber jede Arbeit annehmen, »nur nicht als Hausangestellte«. Sagte im Scherz, als Dienstmädchen könne sie vielleicht einen stattlichen Stallburschen oder Butler oder dergleichen kennen lernen und am Ende ihren Namen gegen den seinen eintauschen. Antwortete, sie habe nicht die Absicht, noch einmal zu heiraten. Keinerlei Bitterkeit; nüchterne Feststellung. Ein schwerer Verlust für die heiratswilligen Männer Amerikas, sagte ich. »Mag sein, Sir; vielleicht aber auch nicht.«

Erste Anzeichen von Arthritis oder Sehnenscheidenentzündung im linken Handgelenk. Eingewachsener Zehennagel, sollte behandelt werden. Kleine, aber schmerzhafte Verbrennung von Bügeleisen an der Innenseite des linken Unterarms. Neigung zu Bronchialkatarrh und Kurzatmigkeit in harten Wintern wie dem derzeitigen. Geerbt vom verstorbenen Vater. »Pächter und Fischer, Sir.«

Diverse verheilte, aber deutlich sichtbare Narben an Bauch, Schultern, Gesäß, Oberschenkeln und anderen Körperpartien. Nannte als Erklärung ausgelassene Spiele mit ihren beiden Schützlingen. Berichtete von gelegentlichen leichten Hautausschlägen, vermutete aber, sie habe sich bei den Jungen angesteckt. Hatte die Ausschläge selbst mit einer lindernden Salbe aus Bienenstockextrakt (!) behandelt, einem Heilmittel, das ihre Mutter viele Jahre zuvor empfohlen hatte. Ich erzählte ihr, ich hätte erst kürzlich eine gelehrte Abhandlung über genau dieses Thema gelesen, und darin sei eine von *Apis mellifera*, der Honigbiene, gewonnene Substanz empfohlen worden. Keine Antwort.

Derzeit kein Exanthem. Weder krankhafte Hautveränderungen noch subkutane Schwellungen; Patientin kann sich auch an nichts dergleichen erinnern. Kein Ausfluss oder Schmerz. Legte ihr einige Abbildungen von Symptomen vor, aber sie beteuerte, sie habe niemals dergleichen gehabt. Fragte mich, als ich das Buch beiseite legte, ob ich nach S gesucht habe. War überrascht über ihre Frage (und ihr Wissen); gab aber zu, dass es stimmte. Sie habe nie etwas Derartiges gehabt. Das hätte sie doch gemerkt.

Keinerlei Frauenleiden, abgesehen von gelegentlichen Schmerzen während der kritischen Tage; Anflüge von Melancholie zum Zeitpunkt der Ovulation und einmal Mastitis nach einer früheren Schwangerschaft im Alter von 20 Jahren (1832), behandelt von einer Frau aus der Gegend mit Kräutern und Packungen. (Männliches Kind, tot geboren.) Krampfader in linker Wade. Einige der hinteren Backenzähne in sehr schlechtem Zustand. Schwere Gingivitis an beiden Kiefern. Stark kariöser und entzündeter Backenzahn, muss große Schmerzen verursachen, aber sie klagte nicht darüber. Insgesamt keine Anzeichen für S; trotzdem sehr besorgt wegen ausweichender Antwort oder Lüge bezüglich der Narben. Keine Kratzer oder blauen Flecken, wie bei wilden Spielen zu erwarten, sondern tiefe Abschürfungen, Striemen und Schrammen. Wohl ein bis anderthalb Jahre alt; aus der Zeit vor ihrer Tätigkeit als Kindermädchen. Sagte von sich aus, ihre Herrschaft hätte sie niemals ausgepeitscht. (Hatte sie nicht danach gefragt, das Wort Peitsche nicht erwähnt, obwohl Verletzungen eindeutig daher rühren.) Vermute, das arme Mädchen hat seinen Lebensunterhalt einmal auf eine gewisse Weise verdient. Besitzt sehr viel größeres Wissen als üblich über Fragen der Empfängnis und Verhütung und über weibliche Körperfunktionen allgemein.

Als ich mich zum Gehen anschickte, sagte sie etwas, das mir fast das Herz brach. »Danke sehr, Sir. Ihr seid ein so freundlicher Mann. Ihr seid so sanft.«

Als einzige Antwort fiel mir ein, dass die Sanftheit doch meine Pflicht sei. Aber sie schüttelte den Kopf und machte eine seltsame Miene dazu. »Eure Frau hat großes Glück, Sir. Sanftheit ist ein Geschenk Gottes.«

Ich erzählte ihr, dass meine Frau schon vor einigen Jahren gestorben sei, und so glücklich sei sie oft gar nicht gewesen, mit einem dummen Doktor als Mann, der sich für seine Patienten aufopferte. Aber sie lachte nicht, sie lächelte nicht einmal. »Wart Ihr glücklich, Sir?«, fragte sie mich. Ja, antwortete ich, sehr glücklich.

»Hattet Ihr Kinder, Sir? Ihr und Eure gute Frau, Gott hab sie selig.« Ich antwortete ihr mit Ja, zwei Töchter und einen Sohn, alle drei nun verheiratet und schon mit eigenen Kindern. Sie ließ sich die Namen sagen und nickte dabei.

»Ich werde ein Gebet für Eure Familie sprechen, Sir. Ich danke Euch. Ihr wart so freundlich zu mir. Ich werde nie vergessen, wie freundlich Ihr heute zu mir wart.«

Ein paar Augenblicke lang fehlten mir die Worte. Dann sagte ich, es sei mir eine Freude gewesen, sie kennen zu lernen – was ja auch die Wahrheit war –, und ich wünschte ihr alles Gute für die Zukunft. Ich gab ihr die Visitenkarte mit der Dubliner Adresse und sagte, wenn sie jemals einen Freund brauche, dann solle sie zu mir kommen. Wir reichten uns die Hände, und sie ging und kehrte zu ihrer Arbeit zurück. Aber ich sah, dass sie die Karte auf dem Tisch hatte liegen lassen. Ich spürte, dass ich in der Gegenwart einer wahrhaft großen Persönlichkeit gewesen war.

Untersuchte als Letzte die Gräfin Laura Kingscourt. Sie ist 31 Jahre alt und bei perfekter Gesundheit; gerade für eine Frau in ihrem Zustand.

Wie beim älteren Sohn sprachen wir über die ärztliche Schweigepflicht; allerdings vielleicht in konzentrierterer und intensiverer Form.

XXXV. Kapitel

Die Warnzeichen

Ein ungewöhnlicher Zwischenfall am letzten Tag der Reise

FREITAG, 3. DEZEMBER 1847
DIE LETZTE NACHT AUF SEE

Position: 72° 03,09′ westl. Länge; 40° 37,19′ nördl. Breite. Uhrzeit bezogen auf Greenwich: 2.47 Uhr nachts (4. Dezember). Bordzeit laut Schiffsuhr: 10.17 Uhr abends (3. Dezember). Windrichtung & Geschwindigkeit: 42°. Stärke 7. See: rau. Kurs: Südwest 226°. Niederschlag & sonstige Bemerkungen: Sinkende Temperatur. Den ganzen Tag über sehr starker Nordostwind. Erreichte Sturmstärke. Heute früh um 3.58 Uhr Richtfeuer von Nantucket gesichtet. Wache berichtete von Signalfeuern in Newport, Rhode Island, Steuerbord voraus; gegen Mittag mit dem Fernrohr auszumachen.

Unserer wackeren alten *Stella* geht es heute Nacht nicht besonders gut, doch sie trotzt dennoch seufzend und stöhnend dem heftigen Sturm; mehr davon gleich.

Heute Nachmittag, kurz nach zwei Uhr, erschütterte ein Donnerschlag das ganze Schiff, wenig später gefolgt von einem zweiten, der die Decks so heftig erbeben ließ, dass die Masten sich bogen wie Bäume im Sturm. Als ich das Ruderhaus verließ und über die Reling blickte, sah ich, dass das Wasser in einem Umkreis von mehreren hundert Yards leuchtend rot war von Blut und brodelte wie ein Hexenkessel. Mir war sofort klar, dass wir mit einem Wal zusammengestoßen sein mussten, und der Stärke des Aufpralls und der Menge an Blut nach zu urteilen war es ein sehr großes Tier.

Schon wenige Augenblicke später bestätigte sich meine Vermutung, denn der mächtige Leib tauchte etwa siebzig Yards Steuerbord voraus aus den roten Fluten; die arme Kreatur peitschte noch immer die Wellen und stieß dabei schreckliche Laute aus, die klangen wie Menschenschreie. Es war ein ausgewachsener männlicher Finnwal, *Balaenoptera physalus*, mehr als achtzig Fuß lang und mit einer Schwanzflosse so groß wie eine Segelyacht; sein Leib war bedeckt mit Tangbüscheln und allerlei Schalentieren, und der schwere Schädel war von dem Zusammenprall mit dem Schiffsrumpf ganz zerschmettert. In seiner Not stieß er gewaltige Fontänen aus, manche fünfzehn Fuß hoch. Einige Passagiere erschienen an Deck und waren aufs Äußerste beunruhigt. Andere meinten, ich solle das Tier mit Netzen aus dem Wasser ziehen lassen, damit man es zerhacken und essen könne, aber ich sagte, das sei nicht möglich. Ich wollte die Leute fortschicken, doch mittlerweile hatte der Maharadscha sich zu ihnen gesellt und rief, sie sollten aufs Meer hinausblicken, gleich biete sich ein Schauspiel, das keiner im Leben vergessen werde. Die Haie ließen nicht lange auf sich warten, und als sie sich ihrer Beute näherten – die arme Kreatur war jetzt zu Tode erschöpft –, begann das Wasser ringsum zu kochen. Ich wünschte, seine Kaiserliche Torheit hätte sich seinen Ratschlag ein wenig gründlicher überlegt, wenn man bedenkt, wozu uns der Ozean die ganze Reise über vornehmlich gedient hat.

Zusammen mit Leeson und einigen Matrosen eilte ich nach unten in den Laderaum; dort entdeckten wir einen klaffenden Spalt von etwa drei Fuß Länge auf der Steuerbordseite, durch den das Wasser so schnell ins Schiffsinnere strömte, dass wir bald bis zum Bauch in den Fluten standen. In aller Eile stellten wir eine Schöpfmannschaft zusammen und behoben den Schaden, so gut es ging, was uns nur mit übermenschlichen Anstrengungen der Besatzung gelang, denn die Pumpen waren verrostet und teils unbrauchbar, und der Lagerraum wimmelte von riesigen Ratten.

Nachdem das Leck repariert war, inspizierten wir die Ladung. Dreizehn Postsäcke waren nicht mehr zu retten, und ich rief Postmeister George Wellesley nach unten, damit er den Verlust amtlich bestätigen konnte. (Ein furchtbar aufgeblasener, arroganter Patron.) Zwei große Fässer Schweinefleisch waren im Lagerraum verdorben und ganz mit Maden durchsetzt, also gab ich Befehl, sie über Bord zu werfen. Ich ließ sie an Deck schaffen, aber in den zehn Minuten, in denen sie unbeaufsichtigt dort standen, während die Männer die Taue holten, wurden sie von Unbekannten aufgebrochen und gänzlich geleert.

Und das waren noch nicht alle Abenteuer, die wir an diesem Tag erlebten. Am späteren Nachmittag brach im Zwischendeck ein kleines Feuer aus und griff zeitweise auf die Deckensparren über, sodass es das Hauptdeck zu erfassen drohte. Sieben Passagiere und zwei Mann Besatzung wurden beim Löschen verletzt, niemand schwer. Doktor Mangan verarztete sie und behandelte die Verbrennungen mit Opiumsalbe. Das Feuer hat an den Schotten auf der Backbordseite beträchtlichen Schaden angerichtet, jedoch nicht irreparabel.

Beunruhigender war, was der Erste Maat Leeson mir nach seiner Inspektion des Zwischendecks mitteilte: Dort haben einige Passagiere Stücke von der Innenverkleidung sowie Teile der Pritschen und Deckplanken im Laderaum abgerissen und als Brennmaterial für ihre Feuer verwendet. An einer Stelle in der Nähe des Hecks ist fast die gesamte Holzvertäfelung heruntergerissen, und in den äußeren Planken klaffen einige große Löcher, durch die Wind und Wetter jetzt ungehinderten Zutritt haben.

Nach diesem Bericht schickte ich Leeson erneut ins Zwischendeck und ließ alle Passagiere auf dem Achterdeck zusammenrufen, wo ich sie mit eindringlichen Worten an die Bestimmungen betreffs Feuer, Kerzen und Umgang mit offenem Licht unter Deck erinnerte. Ich rief ihnen auch in Erinnerung, dass jeder Schaden, den sie am Schiff anrichteten, ein ernstes Vergehen sei, das mit Gefängnis geahndet werde. Unsere Seefahrt dauere vielleicht nur noch einen kurzen Tag, aber die Einhaltung dieser Regeln werde strengstens überwacht, denn ein Schiff könne auch eine halbe Meile vor dem Hafen noch genauso schnell untergehen wie auf offener See.

Mr Dixon stand in der Nähe, zusammen mit Lady Kingscourt, die trotz meiner Ermahnungen, sie solle die Erste Klasse nicht verlassen, in jüngster Zeit dazu übergegangen ist, die Zwischendeckpassagiere zu besuchen und ihre Hilfe anzubieten. Er machte einige wenig hilfreiche Bemerkungen, fragte mich mit lauter Stimme vor aller Ohren, ob ich wolle, dass die Menschen nachts frören und nass würden und so weiter, wodurch er die ohnehin schon angespannte Stimmung noch weiter anheizte.

»Was zum T★★★★ würden Sie an ihrer Stelle tun?«, rief er aus.

Ich erwiderte, gotteslästerliche Reden seien wohl kaum das Mittel, ihre Lage zu verbessern, und von ungehobelten Flüchen hätten sie es weder warm noch trocken; und was immer ich an ihrer Stelle tun würde, ich würde bestimmt nicht *das Schiff zerstören, das mich über Wasser hielt*, denn solcherart für den eigenen Untergang zu sorgen, könne nur *die Tat eines Wahnsinnigen* sein.

Er verschwand heftig fluchend und kehrte wenig später zurück, im Arm eine Decke aus seiner Koje, eine weitere aus der Koje von Lady Kingscourt, und bestand darauf, ich solle sie den Zwischendeckpassagieren geben. Ich kam seinem Wunsch nach. Aber ich fand es befremdlich, anders kann ich es nicht nennen, mit welcher Selbstverständlichkeit er sich am Bett einer verheirateten Frau zu schaffen machte, und das offenbar, ohne sie zuvor um Erlaubnis zu bitten.

Unsere amerikanischen Freunde haben in vielen Bereichen Bewundernswertes geleistet, aber in puncto Manieren lassen sie oft noch sehr zu wünschen übrig.

11.53 Uhr abends. Signalfeuer am östlichsten Punkt von Long Beach, nicht weit von South Oyster Bay. Ein Sturm zieht auf.

XXXVI. Kapitel
Vor Anker

Unsere Ankunft in New York und die unvorhergesehenen Schwierigkeiten, denen wir dort begegneten; sowie einige ungeheuerliche Vorfälle der darauf folgenden Tage.

SAMSTAG, 4. DEZEMBER 1847
DER SIEBENUNDZWANZIGSTE TAG SEIT DEM AUSLAUFEN AUS COVE

Position: 74° 02′ westl. Länge; 40° 42′ nördl. Breite. Uhrzeit bezogen auf Greenwich: 4.12 Uhr früh (5. Dezember). Bordzeit laut Schiffsuhr: 11.17 Uhr abends (4. Dezember). Uhrzeit laut Nationaler Sternwarte der Vereinigten Staaten: 11.12 Uhr abends (4. Dezember). Windrichtung & Geschwindigkeit: Ost 88°. Stärke 2. Niederschlag & sonstige Bemerkungen: Extrem kalt mit eisigen Böen. Liegen vor Anker im Hafen von New York.

Heute Morgen um Viertel vor fünf passierten wir Jamaica Bay und Coney Island und erreichten das Feuerschiff Scotland in der Lower Bay, den äußersten Punkt der Südeinfahrt in den New Yorker Hafen. Von dort flaggten wir Signal, dass ein Lotse an Bord kommen solle. Reverend Deedes hielt einen kurzen Dankgottesdienst für unsere sichere Ankunft, derweil wir auf das Eintreffen von Rudergänger und Kaiaufseher warteten, und in all meinen Jahren auf See war ich nicht glücklicher und meinem Schöpfer dankbarer als am heutigen Morgen. Lord Kingscourt schloss sich uns an – höchst ungewöhnlich. In letzter Zeit schlafe er schlecht, erklärte er.

Zwei Stunden lang warteten wir vergeblich auf Antwort, aber ich machte mir keine Gedanken, denn in den letzten Jahren ist der Hafen sehr geschäftig. Ich kehrte in meine Kajüte zurück und machte mich daran, mein Bündel zu schnüren. Als um elf Uhr noch immer kein Lotse gekommen war, wurde ich ein wenig unruhig. Ich begab mich wieder an Deck und wartete zusammen mit den Männern.

Schließlich kamen kurz vor Mittag die Schlepper in Sicht, und die Passagiere begrüßten ihr Auftauchen mit großem Jubel. Sie fielen sich in die Arme und sangen fromme und patriotische Lieder. Doch ihre Freude wurde bald gedämpft, denn noch immer forderte man von uns Geduld. Mit der ersten Barkasse kam ein Beamter der städtischen Quarantänebehörde und überbrachte mir ein Schreiben, in welchem ich aufgefordert wurde, erst einzulaufen, wenn ich weitere Instruktionen erhielte. Jede weitere Auskunft verweigerte er; ich hätte mich an die Anweisungen zu halten und für Ruhe auf dem Schiff zu sorgen. Ich hielt es zunächst vor den Männern und Passagieren geheim und weihte nur Leeson ein; wir waren uns einig, dass die Nachricht nicht gut aufgenommen würde.

Der Lotse, Kapitän Jean-Pierre Delacroix, kam an Bord und übernahm das Ruder, ein Akadier aus Louisiana. Er sprach anscheinend kaum Englisch, und so zog ich Mr Dixon hinzu, der ein wenig Französisch versteht. Aber Delacroix war nicht bereit, uns Auskünfte darüber zu geben, was im Hafen vorgeht, und sagte nur, er habe seine Order.

Viele Reisende frohlockten, als unsere Leinen an den Schleppern festgemacht wurden und wir langsam durch die Narrows in die Bucht glitten. Wer fast einen Monat auf See verbracht hat, wird immer aufatmen, wenn Land in Sicht kommt; und tatsächlich sah das Land verlockend grün aus in dem kalten Sonnenlicht, Staten Island und New Jersey im Westen, die Äcker und Marktflecken von Brooklyn nach Osten hin. Seeleute sagen oft, sie können das Land riechen, und heute roch man es tatsächlich, ein wunderbares Aroma von Pflanzen und Heu. Der Nebel lichtete sich, und die Stadt Red Hook tauchte auf; Viehhirten hoben vor der Silhouette der Hügel ihre Kappen und grüßten uns, als wir vorüberzogen, und viele auf Deck antworteten ihnen mit Juchzen.

Erst als die Lotsen uns in den Buttermilk Channel dirigierten, begriff ich, dass in diesem Hafen etwas nicht stimmte, denn in den vierzehn Jahren, die ich die Route nun schon befahre, ist das nicht ein einziges Mal vorgekommen. Ein äußerst ungutes Gefühl überkam mich, eine Vorahnung. Die Schlepper zogen uns um die Insel herum und in den Hafen, und dort bot sich ein Bild, das uns nur in größte Sorge stürzen konnte.

Es war ein Anblick, wie ich ihn nie in meinem Leben gesehen hatte. Nach meiner Schätzung liegen derzeit etwa hundert Schiffe im Hafen vor Anker, und jedem Einzelnen davon ist die Erlaubnis verweigert, am Kai festzumachen. Die Boote schleppten uns zu einer Position etwa eine Viertelmeile von den South Street Docks; wir liegen zwischen der *Kylebrack* aus Derry und der *Rose of Aranmore* aus Sligo, hinter uns die *White Cockade* aus Dublin. Wir erhielten Order den Anker auszuwerfen und auf weitere Anordnungen zu warten. Bis wir geankert und die Segel eingeholt hatten und der Bericht für den Hafenzoll geschrieben war, waren hinter uns schon zwei weitere Schiffe hinzugekommen, die *Kylemore* aus Belfast und die *Sir Giles Cavendish* aus Mobile, Alabama (auf der Fahrt nach Liverpool, jedoch vor der Nordküste von Pennsylvania Befestigung des Hauptsegels gerissen).

Ich überlegte, wie ich mich weiter verhalten sollte. Wenn ich sagte, ich hätte viele Kranke an Bord – was ja die Wahrheit war –, so würde das die Chancen, dass die Passagiere an Land dürfen, mindern. Welcher Kurs unter solchen Umständen zu steuern war, war nicht leicht zu entscheiden. Ich schickte eine Nachricht an die Hafenbehörden, Proviant und Wasservorräte seien nahezu erschöpft, und an Mannschaft und Passagieren seien insgesamt über dreihundert Menschen an Bord; aber als Antwort kam nur eine Notiz, die mich aufforderte weiter zu warten. Trinkwasser könne geliefert werden und bei Bedarf könne ein Arzt an Bord kommen, aber jeder Versuch, mit dem Schiff einzulaufen, werde als Gesetzwidrigkeit gewertet und hart geahndet; notfalls mit der Beschlagnahmung oder Inbrandsetzung des Schiffes und der Gefangennahme aller an Bord, Reisender wie Besatzung. Ich forderte, man möge einen Vertreter der Reederei zu Beratungen herausschicken, doch dies ist bisher nicht geschehen.

Um zwei Uhr suchte mich Doktor Wm. Mangan auf und sprach von der großen Sorge, die ihm die Situation auf dem Schiff bereite. Eine ganze Reihe von Reisenden habe hohes Fieber, und sie müssten unverzüglich in ein Hospital verbracht werden. Ich erläuterte ihm unsere Lage, und wir mussten einsehen, dass wir nichts tun können. Er fragte mich, ob es zutreffe, dass zu unserer Ladung eine Partie Quecksilber gehöre. Als ich bejahte, bat er mich um ein wenig davon für die Zubereitung einer Medizin. Natürlich gewährte ich ihm die Bitte gern. (»Da braucht ein Lüstling im Zwischendeck seine Ration«, meinte Leeson lustig, als der gute Doktor wieder fort war. »Eine Nacht mit Venus, ein

Leben mit Merkur.« Aber ich konnte seine Heiterkeit nicht teilen. Ich habe schon Menschen an dieser entsetzlichen Krankheit sterben sehen, und es ist ein Tod, den ich nicht einmal meinem ärgsten Feind wünsche.)

Die Lage ist misslich, um nicht zu sagen gefährlich. Viele Passagiere haben ihr Bettzeug über Bord geworfen, im Glauben, die Quarantänebehörde werde es auf Läuse prüfen, und haben nun keinen Schutz mehr vor der Kälte der Nacht. Sie begreifen nicht, dass in diesen Breiten, wo es schon bei Tage so kalt ist, die nächtlichen Temperaturen tödlich sein können. Wir liegen so nahe bei *Ferrytown* und *Clipper*, dass die Passagiere sich mit Rufen verständigen können. Und so kursieren nun Gerüchte aller Art: dass jeder, der aus Irland komme, von den Einwanderungsbehörden abgewiesen werde; dass alle Einwanderer aus der alten Welt tausend amerikanische Dollar zahlen müssten, bevor sie ins Land dürften; dass nur die Frauen und Kinder bleiben dürften, die Männer würden zurückgeschickt usw.

Ich ließ die Passagiere zusammenrufen und erklärte ihnen, es bestehe keinerlei Anlass zur Sorge, aber sie nahmen meine Rede nicht wohlwollend auf. Es gab viele wütende Zwischenrufe. Ich ordnete an, alles, dass die Vorräte an Wein, Bier und Schnaps, die in der Ersten Klasse nicht mehr gebraucht werden, an die Zwischendeckpassagiere verteilt werden. Vielleicht unklug, aber jetzt lässt es sich nicht mehr ändern.

Man kann nur hoffen, dass morgen Nachricht kommt, denn die Unruhe nimmt weiter zu.

DER ERSTE TAG ODER SABBAT, 5. DEZEMBER 1847*
DER ACHTUNDZWANZIGSTE TAG SEIT DEM AUSLAUFEN AUS COVE

Position: 74° 02′ westl. Länge; 40° 42′ nördl. Breite. Uhrzeit bezogen auf Greenwich: 11.14 Uhr abends. Uhrzeit laut Nationaler Sternwarte der Vereinigten Staaten: 6.14 Uhr abends. Niederschlag & sonstige Bemerkungen: Den ganzen Tag über extrem niedrige Temperaturen, bis zu minus 16,71 °Celsius in der Nacht.

* Als »Ersten Tag« bezeichnet man bei den Quäkern den Sonntag. – GGD

Decks und Leitern von einer dicken Eisschicht bedeckt. Wanten und Takelage steif gefroren. Eiszapfen an Masten, Vorsegel und Tauen gefährden Passagiere; habe angeordnet, dass sie abgeschlagen werden. Vergangene Nacht sehr stürmisch, viele Passagiere seekrank.

Immer noch vor Anker im New Yorker Hafen, Ebbe. Bleischwarzer Himmel den ganzen Tag über. Nach meiner Zählung befinden sich inzwischen 174 Schiffe in der gleichen misslichen Lage wie wir, und stündlich kommen neue hinzu. Das Hafenbecken füllt sich mit Schmutz und Unrat aller Art. Hunderte von großen schwarzen Aalen in dem trüben Wasser. Ein Mädchen aus dem Zwischendeck holte gestern Abend mit dem Angelhaken etwas heraus, das sie für einen großen blauroten Ball hielt; in Wirklichkeit war es jedoch eine Röhrenqualle, die sie schwer verätzte. Zustand ernst.

Zu Mittag sandte ich eine Nachricht, in der ich dringend um ein Gespräch mit einem Vertreter der Hafenbehörde bat, erhielt jedoch keine Antwort. Vor etwa einer Stunde ließ ich Leeson Flaggensignal geben, mit der Bitte, wenigstens die Frauen und Kinder von Bord zu lassen, von denen viele inzwischen in jämmerlichem Zustand sind, doch wieder hielt man uns einer Antwort nicht für wert.

Zwei Zwischendeckpassagiere sind gestern Abend verstorben, John James McCraghe aus Lee bei Portarlington, Queen's County, und Michael Danaher aus Caheragh in der Grafschaft Cork. Ihre sterblichen Überreste wurden in den Stauraum verbracht, denn Bestattungen im Hafen sind strengstens untersagt. (Zudem wäre es unfreundlich gegenüber den katholischen Passagieren, denn ihr Glaube verbietet die Bestattung am Tag des Herrn.) Ein Matrose, William Gunn aus Manchester, liegt mit schwerem Fieber und dürfte den nächsten Sonntag nicht mehr erleben.

Heute Morgen suchte Matrose John Grimesley mich auf und erklärte, seine Kameraden hätten ihn darum gebeten (ja, er sei in einer Versammlung erwählt worden), Mitteilung zu machen, dass die Männer von den neusten Entwicklungen äußerst beunruhigt seien und dass man es ihnen nicht mehr lange zumuten könne.

Am Abend war an verschiedenen Stellen im Zwischendeck Streit ausgebrochen, manche Auseinandersetzungen erschreckend gewaltsam. Acht männliche Passagiere wurden in die Gefängniszelle verbracht, zwei davon in Ketten. Grimesley erklärte, es gebe Gerüchte, die Zwischendeckpassagiere wollten das Schiff versenken oder in Brand stecken, wenn wir nicht unverzüglich Einfahrt in den Hafen erhielten.

Bei diesen Worten fuhr ich aus der Haut und entgegnete ihm, dann wolle ich selbst die erste Fackel entzünden; ich sei zur See gefahren, weil ich Seemann sei; ich sei nicht der Kutscher eines Leichenwagens, und wenn er nicht auf der Stelle an seine Arbeit zurückkehre, dann würde ich ihn dorthin befördern, und zwar mit einem Tritt in seinen erwählten Hintern.

Kaum noch Proviant. Wasservorräte fast erschöpft. Das wenige, was bleibt hart gefroren wie Stein.

MONTAG, 6. DEZEMBER
DER NEUNUNDZWANZIGSTE TAG SEIT DEM AUSLAUFEN AUS COVE

Position: 74° 02′ westl. Länge; 40° 42′ nördl. Breite. Uhrzeit bezogen auf Greenwich: 0.21 Uhr nachts (7. Dezember).»Ortszeit«: 7.21 Uhr abends (6. Dezember). Niederschlag & sonstige Bemerkungen: Extrem kalt mit strengem Frost. Die Temperatur um 2 Uhr nachmittags lag bei minus 17,58 °Celsius. Rauch und Ruß in der Luft.

Unser Kamerad William Gunn verließ am heutigen Morgen diese Welt, ein Verlust, den wir alle betrauern, denn er war ein guter, anständiger Junge. Er war 19 Jahre alt, aus der Stadt Manchester, uns allen ein lieber Freund.

Inzwischen fällt dichter Schnee. Die Schiffe stauen sich bis Governors Island. Das Gerücht geht, die Marine habe den Hafen abgeriegelt; Schiffe würden nun schon vor Coney Island und Rockway Beach von Fregatten aufgebracht. Die Armen der Stadt strömen in Scharen zum Hafen in der Hoffnung auf Neuigkeiten von den Freunden und Verwandten an Bord der Schiffe. Polizei und Militär drängen sie zurück.

Auf Anregung von Lord Kingscourt habe ich Order gegeben, dass alle Nahrungsvorräte an Bord gleichmäßig zwischen den Reisenden im Zwischendeck, der Besatzung und den Passagieren Erster Klasse aufgeteilt werden. Daraufhin heftige Beschwerden von Postmeister Wellesley; verkündet, er werde nie wieder mit Silver Star fahren. Entgegnete, ich bedaure seine Entscheidung zutiefst (was gelogen ist), könne aber nicht die Passagiere verhungern lassen, nur um ihn als Kunden zu behalten.

Mr Grantley Dixon sendet jetzt per Boot Berichte und Artikel über unsere Notlage an die *Tribune* in New York. Ob damit etwas zu bezwecken ist, kann ich nicht sagen. (Der Mann ist dermaßen von seiner eigenen Rechtschaffenheit eingenommen, dass man schwören könnte, er sieht einen Erzengel, wenn er morgens beim Rasieren in den Spiegel blickt.)

Ganze Trupps von Zeitungsreportern kommen in Ruderbooten und Schaluppen heraus, außerdem gewöhnliche Schaulustige in großer Zahl. Es ist ihnen zwar verboten auf die Schiffe zu klettern, und sie dürfen nicht näher als zwanzig Yards herankommen, aber sie rufen den Reisenden ihre Fragen zu, und das kann nur zu Unruhe und unnötiger Besorgnis führen. Wie ich höre, ist ein Reporter ins Gefängnis gesteckt worden; er wollte einen Passagier auf der *Slieve Gallion Brae* aus Wexford dazu verführen, von Bord zu springen – was ihm einen guten Artikel verschafft hätte.

Auch New Yorker Iren kommen in Gruppen herausgerudert, um sich nach erwarteten Freunden oder Bekannten zu erkundigen, in allerlei mehr oder weniger seetüchtigen Gefährten, einige kaum besser als eine Badewanne. Bisweilen bringen sie Körbe mit Essen oder ein Bündel Kleider, und man hat uns zwar verboten, diese anzunehmen, aber wir drücken doch oft ein Auge zu. Es ist ein trauriger Anblick, wie die Leute in ihren Booten stehen und die Namen von Heimatdörfern oder Angehörigen rufen – »Mary Galvin aus Sligo, ist die da oben bei euch?« »Michael Harrigan aus Ennis, habt ihr den an Bord? Sein Bruder ist hier unten« & cetera – und manchmal erfahren sie dann, dass ihre Lieben auf See gestorben und begraben sind. Reverend Deedes erzählte von einem Unglücklichen, der fröhlich den Namen seines Vaters gerufen habe; im Haus des Sohnes in Brooklyn sei schon alles bereit, und er werde nie wieder Mangel leiden müssen – nur um zu erfahren, dass der Vater gar nicht an Bord gekommen, sondern schon vor einem Monat auf dem Kai in Derry gestorben war. Ein anderer Mann hatte seine kleine Tochter mit herausgebracht und hielt den kleinen Wurm stolz in die Höhe, damit die Großeltern ihn sehen sollten, und von oben rief man ihm zu, dass beide Eltern auf See gestorben seien. Sogar nachts kommen sie, und es sind gespenstische Laute, wenn all die Namen aus dem Dunkel gerufen werden.

Als ich heute Morgen auf Deck ging, grüßte mich ein Grüppchen armseliger Iren, das mit dem Ruderboot gekommen war. Sie sahen selbst kaum weniger arm und hungrig aus als jene, die bei uns im Zwischendeck fahren. Sie riefen mir zu und fragten, ob ein Passagier namens Pius Mulvey aus Ardnagreevagh an Bord sei, und ich antwortete mit Ja. Dann wollten sie wissen, ob wir unter unseren Reisenden auch einen gewissen Lord Merridith hätten. Wieder bestätigte ich ihnen gern, dass dem so sei. Ob Lord Merridith gesund und wohlauf sei, wollten sie wissen. Ich versicherte ihnen, dass er bei bester Gesundheit sei, wenn auch natürlich ein wenig geschwächt von der Reise; noch eine Viertelstunde zuvor hätte ich ihn gesprochen.

Daraufhin steckten sie die Köpfe zusammen und beratschlagten leise. Dann baten sie mich, Mulvey, wenn ich ihn das nächste Mal sähe, zu sagen, das Begrüßungskomitee stehe bereit. Sie hofften sehr, dass er sie nicht vergessen habe. Ob ich ihm ausrichten könne, dass seine »Freunde aus Hibernia« nach ihm gefragt hätten? Sie ließen schön grüßen und würden am Kai auf ihn warten. Und sie wollten eine mächtige Begrüßung für ihn veranstalten, eine Begrüßung, wie er sie zeit seines Lebens nicht mehr vergessen werde. Das gemästete Kalb warte, jetzt wo der verlorene Sohn nach Amerika komme. Sobald er den Fuß vor das Tor des Zollamts setze, richteten sie aus, nähmen sie ihn in Empfang.

Da wird sich der arme Mann freuen; es ist so schön, wenn am Ende einer langen und beschwerlichen Reise ein paar freundliche Gesichter auf einen warten.

XXXVII. Kapitel

Der Mord

Man kann nur mutmaßen, welch quälende Gedanken Pius Mulvey am Dienstag, dem 7. Dezember 1847, durch den Kopf gegangen sein müssen, dem letzten Tag, den er an Bord der *Stella Maris* verbringen sollte.

Früh am Morgen sah man ihn auf dem hinteren Teil des Oberdecks mit Jonathan und Robert Merridith Münzen werfen; anschließend brachte er ihnen den Text einer grotesken Ballade bei. Die beiden revanchierten sich offenbar damit, dass sie ihn in die Geheimnisse eines merkwürdigen Spiels einweihten; wie sich später herausstellte, handelte es sich dabei um die am Winchester College praktizierte Variante des Fußballspiels. Mulvey wurde an Deck gesehen, wie er einen Ball aus Lumpen hochhielt und laut »Worms! – Würmer!«, rief – offenbar ein wichtiger Bestandteil dieses Spiels.

Gegen zehn Uhr erschien er in der Kombüse und fragte den Sommelier, ob es Arbeiten gebe, die er übernehmen und dafür eine Flasche Wein bekommen könne. Er erklärte, er wolle Lord und Lady Kingscourt eine kleine Freude machen, weil sie ihn so freundlich aufgenommen hätten. Der Schiffskoch, ein Chinese, ließ ihn das Eis aus den gefrorenen Wasserfässern hacken, und er erhielt tatsächlich eine halbe Flasche Burgunder für seine Mühen. Diese überreichte er Lady Kingscourt mit einem kurzen Dankesschreiben. Sie fand sein Benehmen äußerst merkwürdig: Im einen Augenblick lächelte er und war die Liebenswürdigkeit in Person, im nächsten schien er fast von Sinnen vor Furcht. »Es war, als quäle ihn etwas«, sagte sie später, »als trage er schwer an einer Last, von der er sich befreien wollte.« Immer wieder beteuerte er, Jonathan und Robert seien »gute Jungen«, bezeichnete Lord Kingscourt als »anständigen Mann«. Es sei ein Jammer, dass die Geschehnisse in der Heimat so tiefe Gräben zwischen den Menschen aufgerissen hätten. All das sei so unnötig, gerade in diesen schweren Zeiten. Wir alle hätten in der Vergangenheit Dinge getan, die wir nicht hätten tun sollen, aber »Auge um Auge macht jedermann blind«. Je mehr sie ihm zustimmte, desto mehr beharrte er darauf. Es war, als wolle er sich selbst von etwas überzeugen.

Wir wissen, dass er an diesem Morgen ein merkwürdiges Gespräch mit dem Kapitän führte, bei dem er sich erkundigte, ob es möglich sei, als Matrose auf dem Schiff anzuheuern und nach Liverpool zurückzukehren. Lockwood war von der Frage verblüfft. In all den Jahren, die er nun schon zur See fuhr, hatte ihm noch kein einziger Passagier eine solche Frage gestellt. Und dass er sie just in dem Augenblick stellte, in dem Amerika buchstäblich zum Greifen nah war, erschien ihm geradezu absurd; aber er erklärte es sich mit der Angst, die viele Auswanderer befällt, und den Misshandlungen, die Mulvey an Bord erfahren hatte. Er antwortete ihm, das Schiff werde nicht unmittelbar nach Liverpool zurückkehren, sondern zu umfangreichen Reparaturarbeiten im Trockendock in New York bleiben, möglicherweise bis nach Weihnachten. Dann berichtete er Mulvey von einem kuriosen Vorfall, der sich am Morgen zuvor ereignet hatte, als nämlich eine Gruppe von offenbar mit ihm befreundeten Iren zur *Stella* hinausgerudert war und sich nach seinem Wohlergehen erkundigt hatte. Er erzählte ihm das, um ihn zu beruhigen, aber Mulvey schien alles andere als beruhigt. Wie es heißt, wurde er totenbleich und musste sich kurz darauf übergeben, was er damit erklärte, dass er wohl etwas Verdorbenes gegessen habe.

Am Vormittag ging ich hinunter zur Arrestzelle, um mich mit dem Gefangenen Seamus Meadowes zu unterhalten, aber er war nicht da. Er hatte in der feuchten und kalten Zelle hohes Fieber bekommen und war daher in die Obhut des Kapitäns entlassen worden; dieser hatte ihm angedroht, er werde erschossen, wenn er weiter Unruhe stifte. Er saß hinter Schloss und Riegel in der Kabine des Ersten Maats Leeson und weigerte sich, mit mir zu sprechen. Er habe nicht viel übrig für Zeitungen, sagte er, und schon gar nicht für Schreiberlinge. Außerdem spreche er nicht gut Englisch; dabei wusste ich: wenn er es wollte, konnte er sich durchaus gut ausdrücken. Als ich mich von der Kabine entfernte, hörte ich sogar noch deutlich, wie er seinen Bewacher fragte, ob er nicht ein wenig an die frische Luft gehen könne.

Im Anschluss verbrachte ich etwa eine Stunde im Zwischendeck und half Doktor Mangan mit dem wenigen, was ich tun konnte, bei der Versorgung der Passagiere. Viele waren mit ihren Kräften am Ende

399

und schwer verängstigt und flehten, er solle ihnen helfen vom Schiff zu kommen. Auf dem Rückweg sah ich Mulvey in der Ersten Klasse. Er wirkte nervös, als ich ihm auf dem Flur begegnete, und ging wortlos an mir vorüber. Da er oft nervös aussah, dachte ich mir nichts weiter dabei.

Der Fund, den er in seiner Kabine machte, muss seine Unruhe noch weiter gesteigert haben.

Wir wissen, das fragliche Objekt muss irgendwann am späten Vormittag oder frühen Nachmittag dort abgelegt worden sein. Gegen zehn Uhr war ein Steward in Mulveys Kabine gewesen und hatte ein paar Decken geholt; in seiner späteren Aussage gegenüber der Polizei beschrieb der die Abstellkammer als »vollkommen leer; will sagen, es war nichts Ungewöhnliches zu sehen«. Derselbe Mann betrat kurz vor vier erneut die Kabine und sah bei der Gelegenheit den ungeöffneten Brief auf dem Bett. Er nahm an, dass es etwas Privates war, und schaute nicht genauer hin.

Ein M, der Anfangsbuchstabe von Mulveys Namen, war mit penibler Sorgfalt auf den Umschlag gemalt, offensichtlich von jemandem, der unerkannt bleiben wollte. Der Brief bestand aus einem einzigen kargen Satz; die Buchstaben hatte der Absender aus einer gedruckten Seite ausgeschnitten. Viele andere hätten die Botschaft überhaupt nicht verstanden. Bei Pius Mulvey aber muss sie blankes Entsetzen hervorgerufen haben.

GET HIM
RIGHT SUNE
Els Be lybill

Damit stand fest, es gab keine Gnade. Entweder David Merridith oder Pius Mulvey: einer von beiden würde Manhattan nicht lebend erreichen. »Erledige ihn bald, sonst ziehen wir dich zur Verantwortung.«

Was das Mordopfer angeht, so können wir genau rekonstruieren, wie er den Morgen und Nachmittag des fraglichen Tages verbrachte.

Kurz vor Tagesanbruch, um Viertel nach sieben, rief er einen Steward, weil er sich nicht wohl fühlte. Doktor Mangan solle unverzüglich verständigt werden; doch als der Arzt eintraf, ging es ihm anscheinend schon wieder besser. Er klagte nur noch über Kopfschmerzen, die Folge übermäßigen Alkoholgenusses, und über die große Kälte und schickte den Arzt zurück in seine Kabine, denn er wolle noch ein wenig schlafen.

Gegen halb neun rief er erneut nach dem Steward und bestellte ein leichtes Frühstück, das er in seiner Kabine einnehmen wollte. Als dieser mit Kaffee und Porridge zurückkam, ließ sich Lord Kingscourt von ihm ein Bad einlassen. Er war offenbar guter Stimmung, wenn auch schweigsam.

Nach dem Bad bat er den Steward, einen Brasilianer namens Fernão Pereira, er solle ihm beim Rasieren und Ankleiden helfen. Seine Augen seien in letzter Zeit schlechter geworden, erklärte er, und er wolle sich nicht schneiden. Er bat den Steward, das Rasiermesser dazulassen, denn er rasiere sich zweimal am Tag, einmal am Morgen und einmal vor dem Abendessen. Er habe »sehr hartnäckig« darauf bestanden, sagte der Steward später aus.

Lord Kingscourt blieb bis etwa halb zwölf in seiner Kabine; seine Frau und sein Sohn Jonathan sahen ihn, als sie an der Tür vorbeikamen. Offenbar suchte er etwas in einem kleinen Aktenkoffer, wo er seine Papiere aufbewahrte. Er begrüßte sie beide wie immer.

Danach sah ihn keiner mehr, bis er gegen ein Uhr zusammen mit dem Maharadscha in dem kleinen Esszimmer neben dem Rauchsalon zu Mittag aß. Nach der Mahlzeit ließen sie sich mehrmals etwas zur Verdauung bringen. Sie spielten ein paar Partien Rommé. Sie spielten um Shillinge, und diesmal, anders als meist, gewann Lord Kingscourt. Es folgte eine Unterhaltung über alternative Regeln für Poker, Billard und andere Spiele für den Gentleman. Der Beauftragte der königlichen Post, George Wellesley, erinnerte sich noch Jahre nach der Überfahrt, dass Merridith ihn mit dem Versuch gelangweilt habe, die Regeln eines Buchstabenspiels namens »Doohulla« zu erläutern, das er und seine Schwestern in ihrer Kindheit ersonnen hatten; dabei habe er ein kleines Glas Portwein mit den anderen getrunken. Als die Runde sich auflöste, ließ Merridith sich eine Flasche Port bringen und kehrte in seine Kabine zurück; er wolle lesen, sagte er.

Nach seiner Rückkehr gegen Viertel vor drei wurde er noch an

Deck vor den Kabinen Erster Klasse gesehen, wo er mit seinen zwei Söhnen Fußball spielte. Er sah aus, als sei er »mit der Welt zufrieden«, wie einer der Zeugen, ein englischer Seemann namens John Grimesley, es beschreibt.

Sein jüngerer Sohn Robert hatte beim Mittagessen zu viel gegessen und fühlte sich nicht wohl, und Lord Kingscourt brachte ihn auf seine Kabine. Es folgte ein Gespräch über den unordentlichen Zustand des Raumes und den Mangel an frischer Luft, und Robert hatte von seinem Vater Tadel über seine Nachlässigkeit einzustecken. Kein Wunder, dass ihm da übel geworden sei, sagte der Vater. Außerdem wurde er ermahnt, die Freundlichkeit von Pius Mulvey nicht auszunutzen; den ganzen Vormittag lang habe er den armen Mann Fußball spielen lassen, obwohl die Decks so vereist waren, dass es eine Gefahr für ihn war. Der arme Mulvey könne schließlich nur mit Mühe laufen, und gegenüber einem solchen Menschen solle man Nachsicht zeigen. Lord Kingscourt ging ans Fenster, zog den Vorhang zurück und öffnete es. Und das war der Augenblick, in dem Robert Merridith etwas sagte, das schwer wiegende Folgen haben sollte.

»Weißt du noch, wie du mir böse warst, Papa, wegen Mr Mulvey?«

»Ich war doch nicht böse, alter Junge. Du sollst nur verstehen, dass man seiner Phantasie nicht einfach nachgeben darf, das ist alles.«

»Warum hat er gesagt, er würde nicht durchs Fenster passen?«

»Wie meinst du das?«

»Beim Abendessen. Er hat gesagt, ein erwachsener Mann wie er würde nicht durch so ein kleines Fenster passen.«

»Und?«

Robert Merridith sagte zu seinem Vater: »Ich hatte doch zu Mr Mulvey überhaupt nichts von dem Fenster gesagt. Wie ist er da drauf gekommen?«

»Worauf, Bobby?«

»Na, dass der, den ich gesehen hatte, durchs Fenster gekommen war.«

Offenbar schwieg Lord Kingscourt daraufhin mehrere Minuten lang. Viele Jahre später sagte sein Sohn, niemals sonst sei er eine so lange Zeit in Gesellschaft seines Vaters gewesen, ohne dass ein einziges Wort gefallen sei. »Ganz und gar abwesend« sei sein Vater gewesen, sagte er. »Wie in Trance oder unter Hypnose.« Er setzte sich auf die Koje und blickte zu Boden. Anscheinend hatte er ganz vergessen, dass noch jemand anderes mit ihm im Zimmer war. Schließlich ging der Junge zum Vater hin und gab ihm einen Stups. Lord Kingscourt blickte auf, sah seinen Sohn an und lächelte, »als sei er gerade aus einem Traum erwacht«. Er fuhr ihm durchs Haar und sagte, er solle sich keine Gedanken machen. Jetzt werde alles gut.

»Meinst du, das war nur ein Spiel von Mr Mulvey?«

»Bestimmt, Bobby. Genau das. Nur ein Spiel.«

Robert Merridith ging wieder an Deck und ließ seinen Vater allein in der Kabine zurück. Was dem Grafen durch den Kopf ging, können wir nicht wissen. Aber die schockierende Erkenntnis war unausweichlich: Pius Mulvey war tatsächlich mit einem Messer in der Hand in die Kabine seines Sohns eingedrungen. Pius Mulvey war ein Mörder.

Von diesem Punkt an verschwimmt das Bild. Doktor Mangan konnte sich erinnern, dass er Lord Kingscourt zweimal an jenem Nachmittag aufgesucht und ihm eine starke Dosis Quecksilber injiziert habe, dazu Laudanum gegen seine Schlaflosigkeit. Er habe entsetzliche Schmerzen gehabt, habe sich kaum noch rühren können. Doch mehrere Zwischendeckpassagiere sagten später aus, sie hätten ihn in den folgenden Stunden noch in ihrem Quartier gesehen. Andere bestanden darauf, sie hätten ihn allein am Heck spazieren gehen sehen; er habe hinübergeblickt nach Lower Manhattan, das zu jener Zeit ein Gewirr von Mietshäusern und billigen Pensionen war. An jenem Tag gab es in einem der Slumviertel ein großes Feuer; Flammen und Rauch waren von der Backbordseite der *Stella* deutlich zu sehen. Eine alte Frau, eine Witwe aus Limerick, schwor, sie habe Lord Kingscourt an seiner Staffelei sitzen sehen, und er habe die brennenden Häuser gemalt. Es sei dichtes Schneetreiben gewesen und er habe keinen Mantel angehabt, aber sie habe ihn nicht angesprochen, denn er habe »sehr gequält« ausgesehen.

Die Atmosphäre auf der *Stella* war in dieser Nacht äußerst angespannt. Es blieb so gut wie nichts mehr an Proviant, und geschmolzener Schnee war mittlerweile die einzige Wasserquelle. Inzwischen war das gesamte Zwischendeck überzeugt, dass das Schiff binnen weniger Tage nach Irland zurückgeschickt würde. Auch viele in der Ersten Klasse schenkten diesem Gerücht Glauben. Es wurde gemunkelt, einige Passagiere wollten über Bord springen und die vierhundert Yards durch den Hafen schwimmend zurücklegen. Die meisten hatten jeden Krümel, den sie besaßen, verkauft, um die Überfahrt zu bezahlen. Viele konnten – im wahrsten Sinne des Wortes – sehen, wie ihre Lieben am Kai standen und warteten. Sie waren so weit gefahren, zu einem so hohen Preis, sie würden sich nicht zurückschicken lassen.

Auch unter den Seeleuten herrschte großer Unmut. Nur die wenigsten fühlten sich wohl in ihrer Rolle als Gefangenenwärter, und sie wollten auch keine Krankenpfleger sein, denn dazu fehlte ihnen das Wissen. Ja, das Gerücht ging, die Männer wollten meutern; sie fürchteten, dass sie sich bei den immer schlimmeren Zuständen an Bord bald selbst mit dem Fieber ansteckten, und wollten nicht Wärter für die Hungernden spielen, für deren Gefangenschaft sie keinen Grund sahen. Ein Matrose sagte zu mir, wenn Passagiere fliehen wollten, würde er nichts tun, um sie aufzuhalten; im Gegenteil, er wünsche ihnen Glück. Ein anderer, ein Schotte, sagte, wenn man ihn auffordere, auf die Passagiere zu schießen, werde er sich weigern und die Flinte über Bord werfen. Ich fragte ihn, was er tun wolle, wenn er mit vorgehaltener Waffe gezwungen werde. (Es wurde erzählt, die New Yorker Polizei wolle die Matrosen zu solchen Einsätzen zwingen.) »Ich erschieße jeden Dreckskerl, der mir eine Knarre ins Gesicht hält«, antwortete er. »Ob Yankee oder Tommy, der wird schon sehen, was er davon hat.«

Um sieben Uhr sah ich Merridith beim Abendessen. Er war makellos gekleidet, wie immer, und wirkte durchaus kraftvoll. Es war schneidend kalt auf dem Schiff an jenem Abend; fast alle hatten ihre Mäntel übergezogen, nur Merridith hielt sich an die Etikette und kam im Frack. Wir wechselten nur wenige Worte, aber nichts deutete darauf hin, dass er nicht bei klarem Verstand gewesen wäre. Er machte ein paar Bemerkungen auf meine Kosten, aber das war nichts Ungewöhnliches.

Ich speiste an jenem Abend am Kapitänstisch, mit Postmeister Wellesley, dem Ersten Maschinisten, dem Maharadscha, Reverend Deedes und Mrs Marion Derrington. Doktor Mangan war zu erschöpft; er hatte sich nun selbst eine Magengrippe zugezogen, die ihm schwer zu schaffen machte, und ließ sich durch seine patente Schwester entschuldigen. Die Merridiths saßen etwas abseits an einem Tisch für zwei Personen. Sie redeten nicht viel, aber sie stritten auch nicht. Allem Anschein nach ließ sich Lord Kingscourt das Abendessen schmecken, obwohl wir mittlerweile auch in der Ersten Klasse nur noch getrockneten Fisch und Schiffszwieback hatten. Als er den Salon verließ, wünschte er uns allen eine gute Nacht. Zu jenem Zeitpunkt unterhielten wir uns gerade über Literatur. Er steuerte ein paar Bemerkungen bei, nichts von Belang. Und ich erinnere mich, dass er mir zum Abschied die Hand reichte – das hatte er noch nie getan, außer vielleicht bei unserem allerersten Treffen, sechs Jahre zuvor in London. »Nur weiter so, alter Junge«, sagte er. »Nicht auf das Material kommt es an. Sondern darauf, was man daraus macht.«

Als er wieder in seiner Kabine war, machte er ein paar Zeichnungen: hübsche kleine Studien von herrschaftlichen Häusern, eine Skizze von einem Bauernjungen aus den Hügeln von Connemara, in dem manche Betrachter Merridith selbst sehen wollten. Andere waren verblüfft über die Ähnlichkeit mit seinen Söhnen, vor allem mit Jonathan. Das Zeichnen aus dem Gedächtnis muss ihm schwer gefallen sein an diesem Abend. Und doch hat das Bild etwas Friedliches. Der Junge ist ganz offensichtlich arm, aber nicht dem Tode nah. Der Tod ist nicht auf diesem Bild. Die Eltern des Jungen sind zu Hause. Wenn die Zeichnung einen Pächter der Merridiths zeigt – und viele sagen, dass sie so gemeint ist –, dann muss sie an eine Zeit erinnern, die weit zurückliegt.

Etwa um Viertel nach zehn bestellte er ein Glas heiße Milch, doch der Steward teilte ihm mit, dass es an Bord keine Milch mehr gebe. Also verlangte er stattdessen ein Glas heißes Wasser oder heißen Cider. Er fragte den Steward auch, ob er sich irgendwo eine Bibel ausleihen könne, beim Kapitän vielleicht oder bei Doktor Mangan. Der Steward ging zu Lockwoods Kabine, doch der Kapitän war nicht da, und auf seinem Regal lag keine Bibel. Also versuchte der Mann es bei Reverend Deedes und bekam dort, was er suchte. Als er das Buch bei Lord Kingscourt ablieferte, belohnte dieser ihn mit einem großzügigen Trinkgeld. Er müsse nicht vor der Tür auf Posten bleiben. Offenbar sagte Merridith in scherzhaftem Ton, er könne nicht schlafen, wenn er bewacht werde (»genauso wenig wie ich Wasser lassen kann, wenn ein anderer im Raum ist«), beides Dinge, die ihm das Leben in der Marine schwer gemacht hätten. Der Mann erwiderte, er wolle zur Sicherheit lieber auf seinem Posten bleiben. Lord Kingscourt griff zum Rasiermesser und klappte es auf. »Nur zu, Macduff«, sagte er lächelnd. »Kein Mann auf diesem Schiff kann es mit einem Merridith aufnehmen.«

Ein Matrose von der Deckwache sah, wie er gegen halb elf das Kabinenfenster öffnete. Er fand das verwunderlich, denn es war eine sehr kalte Nacht. Das Licht wurde heruntergedreht, aber nicht ganz gelöscht. Er stellte die Schuhe zum Putzen vor die Kabinentür. Zog den Abendanzug aus und hängte ihn fein säuberlich in den Schrank. Dann schlüpfte er in die mottenzerfressenen alten Kleider, die er wohl aus Irland mitgebracht hatte: ein paar Segeltuchhosen und einen schafwollenen *Bratt* oder Kittel, wie ihn die Bauern in Connemara tragen.

Er las und unterstrich die folgenden Verse aus dem zwölften Kapitel des Markusevangeliums:

1 Und er fing an, zu ihnen in Gleichnissen zu reden: Ein Mensch pflanzte einen Weinberg und führte einen Zaun darum und grub eine Kelter und baute einen Turm und gab ihn an Weingärtner in Pacht und zog außer Landes. **2** Und er sandte einen Knecht, da die Zeit kam, zu den Pächtern, dass er von den Pächtern nähme von den Früchten des Weinbergs. **3** Sie nahmen ihn aber und schlugen ihn und ließen ihn leer von sich. **4** Abermals sandte er zu ihnen einen andern Knecht; dem zerschlugen sie den Kopf und schmähten ihn. **5** Abermals sandte er einen anderen; den töteten sie. Und viele andere; etliche schlugen sie, etliche töteten sie. **6** Da hatte er noch einen, den geliebten Sohn; den sandte er zuletzt auch zu ihnen und sprach: »Sie werden sich vor meinem Sohn scheuen.« **7** Aber die Pächter sprachen untereinander: »Dies ist der Erbe; kommt. Lasst uns ihn töten, so wird das Erbe unser sein!«

Kurz vor elf Uhr an jenem Abend wurde eine Anzahl Seeleute, die pro forma als Wache eingeteilt waren, von etwa zwanzig Mann aus dem Zwischendeck überwältigt; Anführer dieses Überfalls war Seamus Meadowes aus Ballynahinch, der eine halbe Stunde zuvor aus der Kabine des Ersten Maats ausgebrochen war. Als er auf dem vereisten Oberdeck erschien, war Meadowes »rasend, über und über mit Blut bedeckt«, und »brüllte, dass in dieser Nacht ein großer Sieg für die

Freiheit errungen sei«. Sie schlugen an zwei Rettungsbooten die Ketten auf, hievten sie ins eisige Wasser und sprangen. Ein Mann blieb im Wasser und schwamm. Die anderen kletterten in das kleinere der beiden Boote und ruderten mit aller Kraft zum Ufer hin. Doch es war kein Seemann darunter, und binnen kurzem machte sich Panik breit. Bald hatten sie die Ruder verloren, und man konnte sehen, wie die Flüchtigen verzweifelt mit den Händen paddelten.

Nur Augenblicke später erschien Pius Mulvey an Deck, in sehr erregtem Zustand, und flehte um einen Platz im zweiten Boot. Er wurde beiseite geschoben und beschimpft. Inzwischen war eine größere Menschenmenge zusammengelaufen, etwa fünfzig Personen, unter ihnen Mary Duane.

Einige Passagiere sprangen über Bord. Viele davon waren schon im nächsten Augenblick in Not; das Wasser muss so kalt gewesen sein, dass es die Glieder lähmte, und die meisten konnten ohnehin nicht schwimmen. Unter den an Deck Verbliebenen entbrannte offenbar ein Streit um die Plätze im zweiten Boot. Die wenigen Frauen und Kinder erhielten die ersten Plätze; dann kamen die Männer der Frauen, ihre Verlobten oder männlichen Verwandten. Mary Duane blieb als letzte Frau an Deck, und sie boten ihr den vorletzten Platz an. Sie zögerte kurz, dann nahm sie an. Ein uralter Galwaymann mit Namen Daniel Simon Grady sollte den Platz an ihrer Seite erhalten. Er war ein freundlicher alter Mann, bei allen im Zwischendeck beliebt.

Mulvey trat vor und erklärte, er habe das Vorrecht, denn er sei ein Verwandter von Mary Duane.

»Du kannst verfaulen«, antwortete Mary Duane.

Daraufhin hörte man Mulvey flehen: »Hab Mitleid mit mir, Mary. Nimm mir doch nicht meine einzige Chance, um Himmels willen.«

Er weinte, fasste sie an den Händen. Offenbar sah er sich in großer Gefahr. Er könne nicht mit den anderen Passagieren von Bord und durch die Schleuse der Einwanderungsbehörde gehen, denn hinter dieser Schleuse warteten die Mörder auf ihn. Auch die Rückkehr nach Irland könne er nicht wagen, denn dort drohe ihm das gleiche Schicksal, und eine zweite Seefahrt werde er nicht überstehen.

Er habe es nicht besser verdient, entgegnete sie.

»Hat es denn nicht genug Leid gegeben, Mary? Genug Blutvergießen? *Genug* von allem?«

Der alte Galwaymann richtete das Wort an sie. Ob Mulvey die Wahrheit spreche, wollte er wissen. Waren sie verwandt? Sie müsse die Wahrheit sagen. Einen Menschen vom eigenen Blut zu verleugnen, das sei eine entsetzliche Sünde. Viel zu viele hätten sie schon in Irland begangen. So viele hätten sich gegen ihr eigenes Blut gewandt. Er wolle niemanden schuldig sprechen; aber es sei so grausam, was mit dem Volk geschehe. Es breche einem das Herz, wenn man es sehe. Nachbar gegen Nachbar. Familien gegeneinander. Wenn ein Mann sich von seinem Bruder abwende, eine schlimmere Sünde gebe es nicht. Aber die Menschen seien schwach. Sie fürchteten sich. Eine Frau, die kein Mitleid habe, das könne man nicht verzeihen.

»Und du bist eine Duane, mein Kind?«, fragte der Alte sie.

Das sei sie, antwortete sie.

»Von drüben in Carna?«

Sie nickte.

»Auf den Namen kannst du stolz sein. Deine Leute, das waren anständige Leute.«

Als sie nichts darauf sagte, fragte er wieder, ob sie denn einen aus ihrer eigenen Familie zurücklassen wolle, wo er leiden müsse. Sterben vielleicht sogar. War das etwa das, was man von einer Duane erwartete? Unter solchen Umständen könne er den Platz nicht annehmen, sagte der alte Mann. Darauf könne kein Glück liegen, und es sei für alle eine Schande. Er sei ja nur hier, weil die Familie zusammenhalte – seine Leute in Boston hätten ihm das Geld für die Überfahrt geschickt. Sie hätten kaum etwas, aber sie hätten jeden Penny gespart, damit er kommen könne. Oft genug hätten sie gehungert, um ihn zu retten. Sie hätten es nicht tun müssen; es sei einfach nur Gnade und Menschlichkeit gewesen. »Das Einzige was unser Leben hier auf Erden erträglich macht.« Da könne er jetzt den Namen seiner Leute nicht entehren, indem er einem anderen den Familienplatz fortnehme. Seine Frau im Himmel würde weinen über eine solche Schande.

»Kommt mit mir herunter ins Boot«, antwortete Mary Duane dem alten Galwaymann.

Schnee fiel in dicken nassen Flocken. Er legte ihr die Hand auf die Schulter. »Mir bleibt nichts hier auf Erden«, soll er gesagt haben. Und fuhr, berichten manche, auf Irisch fort: »Nichts auf der Welt, nur mein Name.«

Wieder trat Mulvey vor und flehte um eine Chance. Wieder antwortete sie, er verdiene keine. Inzwischen bespuckten die anderen ihn schon und zerrissen ihm die Kleider. Die Tritte und Fausthiebe bemerkte er anscheinend kaum. Er habe vor Furcht oder Schmerz gezittert, berichten die Zeugen, aber er habe nicht einmal versucht sich zu schützen.

»Und du zweifelst nicht, Mary? Ist kein Quäntchen Zweifel in dir? Meinst du, Nicholas hätte das gewollt? Macht es das Unheil ungeschehen? Kann es das Rad der Zeit zurückdrehen? Ich kann sterben, wenn du das willst. *Ich bin ja längst tot.*«

Ich glaube, ich weiß, was ich geantwortet hätte. Ich habe mir die Antwort oft zurechtgelegt, jeden Fluch, jede Schmähung, jeden Vorwurf. Ich weiß, welche Wut ich Pius Mulvey entgegengeschleudert hätte. Im Geiste habe ich ihm unzählige Male den Dolch ins Verräterherz gestoßen. Vielleicht hätte ich auch einfach gesagt: »Ich kenne dich nicht.« Ich habe dich nie gesehen. Ich habe mit dir nichts zu schaffen.

Aber das war nicht die Antwort, die Mary Duane gab.

Fast siebzig Jahre liegen die Ereignisse jener Nacht nun zurück, und seither ist kein Tag vergangen – ich meine es wörtlich, kein einziger Tag –, an dem ich nicht nach einer Erklärung gesucht hätte für das, was nun geschah. Ich habe mit jedem einzelnen Menschen gesprochen, der Zeuge dieser Szene war, jedem Mann, jeder Frau, jedem Kind, jedem Matrosen. Ich habe mit Philosophen und Nervenärzten darüber diskutiert. Mit katholischen Priestern, mit protestantischen Predigern. Mit Müttern, Ehefrauen. Viele Jahre lang sah ich die Szene in meinen Träumen; manchmal erscheint sie mir heute noch. Und ich glaube, wenn mein letztes Stündlein kommt, werde ich sie wieder sehen: eine Szene, bei der ich nicht dabei war, die ich nur aus Erzählungen kenne. Pius Mulvey auf den Knien, wie er um sein Leben flehte. Mary Duane über ihm, bebend, tränenüberströmt; denn sie weinte in jener Nacht auf der *Stella Maris*, sie weinte so sehr, wie vielleicht nur die Mutter eines ermordeten Kindes weinen kann. Es gibt kein Bild von Alice-Mary Duane, keiner zeichnete je das Mädchen, dem der verzweifelte Vater das armselige Leben nahm. Die Mutter weinte, als sie den Namen des Kindes sprach. »Wie ein Gebet«, sagten viele, die dabei waren.

Und als sie den Namen sagte, beteten manche für das Kind, und andere weinten aus Mitleid. Wieder andere, die selbst Kinder verloren hatten, sprachen nun deren Namen. Als ob das Aufzählen der Namen – das Vergewissern, dass sie einmal Namen hatten – das einzige Gebet sei, das es für sie gab in einer Welt, die von den Hungernden und Sterbenden die Augen abwandte. Sie waren Wirklichkeit. Sie hatten existiert. Die Eltern hatten sie in den Armen gehalten. Sie waren zur Welt gekommen, sie hatten gelebt, sie waren gestorben. Und dann sehe ich mich selbst dort auf dem Deck, höre mich meinen Schrei der Rache ausstoßen, als sei es mein eigener Gefährte gewesen, den man geschunden und gedemütigt hatte, bis er es nicht mehr aushielt, als hätte mein eigenes unschuldiges Kind so grausam sein Leben verloren.

War es Vergeben? Leichtgläubigkeit? Mut? Verzweiflung? Eine finstere Mischung aus all diesen Dingen, oder gar etwas, das noch finsterer war? Vielleicht hätte nicht einmal Mulvey darauf eine Antwort gewusst. Vielleicht hätte Mary Duane sie selbst nicht gewusst.

Wenn es Gnade war – und selbst nach so langem Forschen weiß ich nicht, was es war –, lässt sich nur spekulieren, warum Mary Duane diese Gnade walten ließ. Woher sie die Kraft dazu nahm, werden wir niemals mehr erfahren. Aber diese Kraft hatte sie. Als der Moment der Vergeltung kam, als es war, als täten sich die Himmel auf und eine Hand reiche ihr das Schwert zur Rache, da wandte sie sich ab und nahm das Schwert nicht.

Stattdessen, noch immer so heftig schluchzend, dass man sie stützen musste, bestätigte sie, dass Pius Mulvey aus Ardnagreevagh der Bruder ihres verstorbenen Mannes sei, ihr einziger Verwandter, der im Umkreis von dreitausend Meilen am Leben sei.

Die anderen fragten, ob sie denn auf dem Schiff bleiben wolle, ob sie riskieren wolle, dass man sie mit ihm zusammen nach Irland zurückschickte. Einen Moment lang zögerte sie, dann sagte sie Nein, das wolle sie nicht.

Gemeinsam stiegen sie in das Rettungsboot, setzten sich auf die beiden noch freien Plätze, und das Letzte, was man von ihnen sah, das war, wie sie davontrieben, in den Hafen hinein.

XXXVIII. Kapitel

Die Entdeckung

DER EINUNDDREISSIGSTE TAG NACH DEM AUSLAUFEN AUS COVE

Position: 74° 02′ westl. Länge; 40° 42′ nördl. Breite. Uhrzeit bezogen auf Greenwich: 00.58 Uhr nachts (9. Dezember). Ortszeit: 7.58 Uhr abends. Niederschlag & sonstige Bemerkungen: Hafen von New York, Ebbe.

An diesem achten Dezember des Jahres Achtzehnhundertsiebenundvierzig obliegt mir die traurige Pflicht zu berichten, dass Lord Kingscourt von Carna, unser Freund David Merridith, der neunte Earl, einem brutalen Mordanschlag zum Opfer gefallen ist. Sein Leichnam wurde heute früh kurz nach Sonnenaufgang von Lady Kingscourt in seiner Kabine entdeckt. Doktor Mangan war sofort zur Stelle, erklärte jedoch, dass der Tod schon am gestrigen Abend gegen elf Uhr eingetreten sein müsse. Die Todesursache waren sieben tiefe Stichwunden im Rücken sowie eine weitere am Hinterkopf. Zu unser aller Entsetzen hatte der Mörder dem Opfer auch noch die Kehle durchgeschnitten, sodass der Kopf fast völlig vom Rumpf abgetrennt war.

Die Waffe wurde nicht gefunden; die Suche dauert an. Seine Lordschaft muss von den Ereignissen gänzlich überrascht worden sein, denn es gab keinerlei Abwehrwunden an Händen und Armen; niemand hatte Schreie aus der Kabine gehört.

Die Erste Klasse wurde gründlich durchsucht; dabei entdeckten wir im Abfallbehälter auf dem unteren Flur einen merkwürdigen zerrissenen Brief, eine Art Erpresserbrief. Er wurde sichergestellt und wird der New Yorker Polizei übergeben.

Als Kapitän trage ich die alleinige Verantwortung für die Sicherheit auf dem Schiff; daher werde ich unverzüglich mein Amt niederlegen und aus den Diensten der Silver-Star-Reederei ausscheiden, sobald die Passagiere in New York von Bord gegangen sind und die Ladung gelöscht ist.

Ich unterrichtete die Hafenbehörden von dem schrecklichen Ereignis und bat, man möge uns unter diesen Umständen die Genehmigung zum sofortigen Einlaufen erteilen; die Erlaubnis wurde jedoch strikt verweigert. Stattdessen kam eine Gruppe von Polizisten und Einwanderungsbeamten an Bord und befragte eine große Zahl von Zwischendeck- und anderen Passagieren. Die Aussagen bestätigten, dass Shaymus Meadowes, vormals aus Ballynahinch, Grafschaft Galway, welcher mit anderen in der vergangenen Nacht von Bord geflohen ist, in der Vergangenheit tatsächlich gewalttätige Drohungen gegen Lord Kingscourt und andere Landbesitzer in Irland ausgestoßen hat; folglich muss er als Hauptverdächtiger gelten, zumindest als Rädelsführer. Mister Mulvey war nicht der Einzige, der ihn für gefährlich hielt. Viele Passagiere sind der Ansicht, dass er ein Mitglied der »Verlässlichen« aus Galway sei; er selbst hatte sich offenbar damit gebrüstet und mehrfach geprahlt, er wisse genau, dass Lord Kingscourt das Schiff nicht lebend verlassen werde.

Die Reisenden der Ersten Klasse werden wohl in einigen Tagen an Land gehen dürfen, aber die Zwischendeckpassagiere müssen warten, bis alle befragt und auf Krankheiten untersucht worden sind.

Ich erklärte Captain Daniel O'Dowd von der New Yorker Polizei, wir hätten eine Reihe von Leichen im Laderaum, und da die Natur ihren Lauf nehme, mache ich mir große Sorgen um die Gesundheit meiner Schützlinge. Ich bat, dass man uns wenigstens eine größere Menge Rattengift zur Verfügung stelle, bekam aber die Antwort, das sei nicht möglich, zumindest im Augenblick nicht; man werde aber Vorkehrungen für die Bestattung der Toten treffen.

Kurz vor Mittag kamen zwei Boote längsseits und nahmen die Toten an Bord, auch die sterblichen Überreste von Lord Kingscourt. Da wir keine Flagge hatten, mit der wir seinen Leichnam hätten bedecken können, holten wir den Wimpel mit den Farben der Union vom Hauptmast. Zur großen Bekümmernis Lady Kingscourts und ihrer Söhne begann eine kleinen Minderheit von Passagieren zu johlen, als der Union Jack eingeholt wurde. Ich ermahnte sie, die Achtung vor den Toten zu wahren, und sie verstummten. Sie erklärten, ihr Spott gelte nicht dem Verstorbenen, sondern allein der Fahne. Als ich darauf sagte, unter dieser Fahne habe er einst seinem Land gedient, erwiderte ein Mann, das gelte für viele Iren ebenso, und dennoch hätten sie keine eigene Fahne, mit der man sie begraben könne, ebenso wenig wie all jene, die auf der Überfahrt an Bord der *Stella* gestorben seien. Für die habe es keine Flagge und kein großes Aufhebens gegeben. Am Tag, an dem er an Bord der *Stella* gegangen sei, habe man in seiner Heimatstadt Bantry die Leichen von neunhundert Verhungerten in einer Grube verscharrt. Ohne Kreuz. Ohne Stein. Ohne Sarg. Ohne Fahne. Ich antwortete, ich könne seine Erbitterung verstehen – was die reine Wahrheit ist –, aber dies sei nicht der Augenblick für eine solche Diskussion, und bei der Trauer einer Witwe und dem Kummer eines Kindes, das seinen Vater verloren hat, gebe es keinen Unterschied zwischen Arm und Reich. Wir reichten uns die Hände, und er entblößte sein Haupt, als Lord Kingscourts Leichnam hinabgelassen wurde; anders als andere, die ihm den Rücken kehrten.

Da das Boot nicht sehr groß war, gab es nur wenig Raum für die Hinterbliebenen. Lady Kingscourt und ihre Kinder bekamen einen Platz, ebenso Mr G. Dixon als Freund der Familie, ferner Reverend Deedes und ich selbst als Kapitän des Schiffs. Jene unter den Zwischendeckpassagieren, die einen Angehörigen verloren hatten, waren empört, aber der Lotse erwiderte, das Boot sei einfach zu klein. Mr Dixon war zwar bereit, seinen Platz zur Verfügung zu stellen, doch die beiden Jungen flehten ihn an zu bleiben. Als der Lotse ablegen wollte, rührte ihn das Weinen der Trauernden doch, und er zögerte. Er war ein freundlicher Mann, ein Schotte von den Hebriden, und es war ihm deutlich anzusehen, dass er Mitleid mit den Leuten hatte. Schließlich bot er an, wenn sie rasch eine Wahl träfen, könne er eine Person stellvertretend für alle noch mit an Bord nehmen. Also ließen sie das Los entscheiden, und es fiel auf Rose English, eine Frau aus Roscommon, deren Ehemann unter den Toten war.

Der Schleppkahn zog uns einige Meilen weit aus dem Hafen, durch Gedney's Channel, westlich an Sydney's Beacon vorbei, dann weiter hinaus durch die Verazano Narrows in die Lower New York Bay. Dort sollten wir auf die Flut warten. Um sieben Minuten vor eins gab der Lotse das Signal. Mrs English fragte, ob wir nicht noch einige Minuten warten könnten. Die arme Frau war jetzt sehr erschüttert, mühte sich aber, die Fassung zu bewahren. Um ein Uhr New Yorker Zeit sei es in der Heimat sechs Uhr. Dann würden überall in Irland die Glocken zum Angelusgebet läuten. Der Lotse hatte keine Einwände gegen diesen Aufschub.

Mrs English begann leise auf Lateinisch den Rosenkranz zu beten, und der ebenfalls katholische Maat des Lotsenboots, ein Italiener aus Neapel, schloss sich ihr an. Wir anderen standen eine Zeit lang im stillen Gebet und beendeten es mit einem gemeinsamen Amen. Die beiden Jungen mühten sich, tapfer zu bleiben, aber wie hätte ihnen das gelingen können? Lady Kingscourt brach in Tränen aus, und ich sah, wie Mrs English, ebenfalls weinend, ihre Hand ergriff.

Um ein Uhr übergaben wir David Merridiths Leichnam den Fluten; ebenso die sterblichen Überreste der neun Männer, Frauen und Kinder aus Irland und unseres lieben Kameraden William Gunn aus Manchester. Mit Mrs Englishs Einwilligung las Reverend Deedes leise ein Gebet aus seinem Gebetbuch: dass wir hoffen auf die Auferstehung des Leibes (wenn die See dereinst ihre Toten preisgibt) und auf das ewige Leben durch unseren Herrn Jesus Christus, welcher durch Sein Kommen unseren sterblichen Leib verwandelt, auf dass er dem Seinen gleiche, kraft Seiner Herrlichkeit, mit der Er sich alle Dinge untertan macht.

Möge Gott der Allmächtige seiner Seele Frieden schenken. Er hinterlässt eine Frau, Lady Laura, und zwei kleine Söhne: Robert und Jonathan, den zehnten Earl. Dem Vernehmen nach werden sie eine Zeit lang in Albany, New York, bleiben, im Haus einer verheirateten Schwester von Mr Grantley Dixon.

Die Namen der anderen verstorbenen Reisegefährten, für deren Seelen wir an diesem Tag die Barmherzigkeit des Heilands erbitten:

Michael English und Peter Joyce, Pächter; James Halloran, Säugling, Sohn eines Pächters; Rose Flaherty, Näherin; John O'Lea, Schmiedegehilfe; Edward Dunne, Kleinbauer; Michael O'Malley, Wanderarbeiter; Winnifred Costello, verheiratete Frau; sowie Daniel Simon Grady, ein älterer Mann aus Galway, der bei seinen Kindern in Boston leben wollte und heute früh im Zwischendeck gestorben ist. Damit beträgt die Zahl derer, welche während der Reise gestorben sind, fünfundneunzig.

Bisher gibt es noch keine vollständige Liste der Personen, die in der vergangenen Nacht vom Schiff geflohen sind, aber zu ihnen zählen Shaymus Meadowes, Grace Coggen, Francis Whelan, Fintan Mounrance, Thomas Boland, Patrick Balfe, William Hannon, Josephine Lawless, Bridget Duignan, Mary Farrell, Honor Larkin sowie zwischen fünfundzwanzig und fünfzig weitere Personen – unter ihnen Pius Mulvey, der unglückliche Krüppel, und Mary Duane, das Kindermädchen der Merridiths.

Der Hafen ist mittlerweile ganz von Unrat verstopft, und beide Rettungsboote gingen in der Nacht darin unter. Ein Großteil der Leichen wurde gegen Morgen in der Gravesend Bay angeschwemmt; einige müssen noch auf dem Grund des Hafens liegen. Andere dürften ins offene Meer hinausgetrieben sein. Die Polizei von New York hat einen vollständigen Bericht erhalten, aber es besteht kaum Hoffnung auf Überlebende, da die Strömung in diesen Gewässern erbarmungslos ist.

Was meine Person angeht, so werde ich nie wieder zur See fahren. Schon seit Jahren war ich nicht mehr zufrieden mit diesem Leben und fragte mich oft, was ich stattdessen tun könne; und während all der Jahre wusste ich nur zwei Dinge: dass ich ein großer Sünder bin, und Christus ist ein großer Retter. Jetzt, dank Seiner oftmals grausamen Gnade, ist mein Entschluss gefasst.

Sobald ich nach Dover zurückgekehrt bin, werde ich den Rest meiner Tage einer Arbeit widmen, bei welcher ich den Not leidenden Armen – ob nun in Irland oder England oder an anderem Ort – zur Seite stehen kann. Was ich tun kann, weiß ich noch nicht; aber dass ich es tun muss, das weiß ich. Wir dürfen das Land der Armut nicht mehr länger im Stich lassen.

Denn was in diesem Lande jetzt heranwächst, das fürchte ich. Ich fürchte, es wird eine giftige Saat aufgehen.

XXXIX. Kapitel

Aus
Irische Lieder und Balladen
(Boston, 1904)

Mit einem Vorwort von
Captain Francis O'Neill von der Chicagoer Polizei
Verfasser des folgenden Textes unbekannt

NUMMER DREIHUNDERTSIEBEN
»Rache für Connemara«
(Auf die Melodie von »Skibbereen«)

Hier ein weiteres Juwel aus dem alten Balladenschatz der Iren. Wie die meisten Lieder der vorliegenden Sammlung ist es aufgeschrieben an Bord eines Schiffes, auf der Überfahrt zu unseren Vereinigten Staaten der Freiheit, herüber von jener grünen, doch traurigen Insel, wo Freiheit – leider! – bisher nur ein schöner Traum ist. Der Mann, der es für uns festhielt, trug den noblen Namen John Kennedy, aus Ballyjamesduff, Grafschaft Cavan, und er vernahm es vor nun beinahe sechs Jahrzehnten, am Tag seines zwanzigsten Geburtstags, dem 3. Dezember des Jahres 1847. Der Name des Seelenverkäufers lautete *Stella Oceanis*.

Jeder waschechte Irländer wird das Haupt senken, wenn vom »schwarzen Jahr '47« die Rede ist, dem schlimmsten in jener entsetzlichen Zeit, in welcher zwei Millionen unserer Landsleute Hungers starben; als der altböse Feind, der sich fürchtet vor Irlands Stahl, mordete mit feigen Waffen. Jede anständige Frau und jedes Mädchen aus Irland wird die Pforten des Paradieses bestürmen mit Gebeten an Unsere Jungfrau. O finstere Zeit! Wie muss Satan jubiliert haben, als er sah, dass die katholischen Kinder fielen wie die Sklaven in ihrem eigenen Heimatland, geknechtet wie das Volk Israel vom heidnischen Pharao.

Ein kleiner freundschaftlicher Streit entbrannte zwischen den

Herausgebern und den weisen alten Herren von der Gesellschaft für irische Musik in Chicago über die Herkunft und das wahre Alter dieses Liedes; aber jeder vernünftige Mensch kann sehen, dass die Ballade aus den Zeiten des blutigen Widerstands stammt, als Priester und Volk gemeinsam gegen die fremden Mörder und Plünderer standen. Nicht zum ersten und auch nicht zum letzten Mal! – sofern die Herausgeber ihre Landsleute nicht gänzlich falsch einschätzen. Rache kann etwas Heiliges sein, etwas Reinigendes. Wenn es unserem Herrgott im Himmel gefällt, so ist die Zeit nicht mehr lang, bis der rote Wein der Rache dem bleichen Antlitz der geschändeten Mutter Irland seine alte Schönheit wiedergibt.

Diesen prachtvollen Klagegesang hörte auf jenem Märtyrerschiff ein patriotischer Junge von etwa sechs Jahren. Die Jungfrau segne ihn! Das Lied kommt am besten zur Geltung, wenn es in sehr getragenem Ton und ganz ohne Begleitung gesungen wird; es fordert Respekt vor der Poesie der Worte und eignet sich folglich nicht für den Chorgesang oder große Versammlungen.

Herbei, wenn ihr aus Galway stammt, und höret den Bericht,
Vom englischen Tyrannen, der Erins Knochen bricht.
Der Schinder bringt uns nichts als Leid und quält uns bis aufs Blut,
Zu ihrem Wohl tun sie uns weh, der Tyrann und seine Brut.

Mit Steuern und Schikanen stürzt er uns in tiefste Not.
Er trinkt sich satt an Irlands Blut, raubt täglich uns das Brot.
Der falsche Fürst der Finsternis, er treibt uns ins Exil.
Wie lang noch stehn wir tatenlos, wenn unser Land er stiehlt?

Und das Gezücht, das uns zerbricht, das macht vor gar nichts halt.
Sie morden und sie plündern unsrer Mutter Haus alsbald.
Ihr Herz es soll verkümmern, und ihr Leben sei verflucht.
Was man uns lässt, ist nur die Pest, der Steine schwarze Frucht.

Ist dies das Land von Sarsfield noch, die Heimat von Wolfe Tone,
Ihr Helden, die Ihr Irland liebt, wo bleibt der Mühe Lohn?

Sie sind nicht tot, die einst gelobt, dass Irland frei muss sein,
Mit Rauch und Schwert ward da zerstört das Joch der Sklaverei.

Drum kommt, wenn ihr aus Connaught stammt, wo immer ihr auch seid
Und erntet, was sie einst gesät, die Ernte macht euch frei.
Die Saat geht auf, seid wohlgemut, und ist erst reif die Frucht,
Dann stehn wir auf und dem Tyrann bleibt ganz allein die Flucht.

Cuchulain, Maeve, der Krieger Schar, die Heiligen von einst,
Sie hielten stand der Heiden Macht, in Tapferkeit vereint;
Ob Kampf, ob Tod; Sankt Patrick und die Herrn im alten Tara
Sie rufen wie aus einem Mund –

»Rache für Connemara!«

Epilog

Die Schatten der Vergangenheit

»Die Geschichte ereignet sich in der ersten Person, doch geschrieben wird sie in der dritten. Deswegen ist die Geschichtsschreibung eine ganz und gar nutzlose Kunst.«

David Merridith, aus einem Essay, geschrieben während des Studiums am New College, Oxford, Michaelmas 1831, zu dem Thema »Was ist der Nutzen der Geschichte?«

Das war also die Geschichte von drei oder vier Menschen. Der Leser weiß, dass es andere Geschichten gab, viele andere. Eine Kommission der Stadtväter zählte 101 546 bettelarme Einwanderer, die allein zwischen Mai und September jenes grauenvollen Jahres in den überquellenden New Yorker Hafen drängten, davon 40 820 Iren. Es gibt keine Zahlen, wie viele dieser Menschen noch ihr Leben ließen, als sie das »Gelobte Land«, wie sie es gern nannten, schon zum Greifen nahe hatten. Manche sprechen von bis zu zwei Dritteln.

Seither sind viele Jahre vergangen, aber manches ist geblieben, wie es war. Noch immer sagen wir, dass wir Glück haben, am Leben zu sein, obwohl wir diesen Umstand keineswegs dem Glück verdanken, sondern der Geographie, unserer Hautfarbe und den internationalen Devisenkursen. Vielleicht bringt dies neue Jahrhundert eine neue Ordnung, vielleicht lassen wir es aber auch weiterhin zu, dass die Armen verhungern, und sprechen vom Unglück der Menschen statt von unausweichlichen Folgen.

1847. Marx' *Elend der Philosophie*. Verdis *Macbeth*. Booles *Mathematische Analyse der Logik*. Emily Brontës *Sturmhöhe*. Charlotte Brontës *Jane Eyre*. Ralph Waldo Emersons *Gedichte*. Engels' *Grundsätze des Kommunismus*. Eine Viertelmillion Verhungerte im Niemandsland dieses Jahres: namenlos in den Breiten des Hungers.

Wir Passagiere der Ersten Klasse wurden am Samstag, dem 11. Dezember, abends von einem Fährboot nach Manhattan gebracht, vier

Tage nach dem Mord an David Merridith. Als Geste der Entschuldigung für die erlittenen Unannehmlichkeiten erließ die Reederei Silver Star uns den Preis der Schiffspassage und lud uns zu einem Champagnerempfang in ein elegantes Hotel. Es war das erste und einzige Mal in meinem sechsundneunzigjährigen Leben, dass ich einen Methodistenprediger fluchten hörte. Reverend Deedes warf dem Generaldirektor der Reederei Dinge an den Kopf, die dieser gewiss nicht so schnell wieder vergessen hat. Wie so viele stille Menschen war auch er bemerkenswert mutig, dieser Henry Hudson Deedes aus Lyme Regis in Dorset. Er kehrte am folgenden Morgen auf die *Stella* zurück und sollte sie als Letzter verlassen, als Letzter vor dem Kapitän.

Die Zwischendeckpassagiere mussten noch fast sieben Wochen auf dem Schiff ausharren, wo sie immer wieder von der Polizei und Vertretern der New Yorker Ausländerbehörde vernommen wurden. Sie hatten die Überfahrt im Voraus bezahlt und erhielten keinerlei Entschädigung. Auch keinen Champagner.

Im Januar begann ein Programm zur Reinigung des verschmutzten Hafens, der mittlerweile ein veritabler Fiebersumpf war. Doch die Einwanderer durften Manhattan noch immer nicht betreten. Auf Long Island und Staten Island wurden Scheunen und Schuppen als Quarantänestationen oder Übergangslager angemietet; aber die Angst vor Ansteckung versetzte die Einheimischen in Panik, und sie griffen die Gebäude an und brannten sie nieder. Daraufhin mietete der Stadtrat ein großes Areal auf Ward's Island, einer Insel im Hafen von New York; dort sollten die Einwanderer untergebracht werden, solange ihre Anträge bearbeitet und ihre Krankheiten behandelt wurden. Schon bald war aus dem Lager auf dem windumtosten, dem Ansturm des Atlantiks schutzlos ausgelieferten Basaltfelsen eine Daueranrichtung geworden. Man mag ermessen, wie groß das Elend seiner Bewohner war, wenn man hört, dass binnen fünf Monaten 10 308 Bitten um »die notwendigsten Kleidungsstücke« eingingen. Und wie schnell diese Kleidungsstücke gespendet wurden, zeigt besser als vieles andere, was die Bevölkerung von New York in diesen Zeiten wirklich empfand.

Als die Überlebenden der *Stella* endlich in Manhattan an Land durften, waren sämtliche Krankenhäuser, Obdachlosenasyle und Armenhäuser längst überfüllt. Wo immer sie auftauchten, begegnete man den Einwanderern mit Ablehnung. Tausende von ihnen wurden von den Behörden dafür bezahlt, dass sie die Stadt verließen und nach Westen zogen. Viele dürften unter den 80 000 Männern irischer Abstammung gewesen sein, die im Bürgerkrieg für die Union ins Feld zogen, andere unter den 20 000, die für die Konföderierten kämpften – für das gesetzlich verbürgte Recht der freiheitsliebenden Weißen, einen Schwarzen als Ware anzusehen.

Einige Iren verdienten ein Vermögen und brachten es zu Macht und Ansehen. Andere landeten in den Elendsvierteln und waren gefürchtet und verhasst. Mary Duane könnte stark genug für das Leben dort gewesen sein. Aber ich glaube nicht, dass Mulvey die Kraft dafür hatte. Er hatte schon zu viel Verachtung erfahren. Seine Verbrechen waren zahlreich, aber er musste auch oft genug als Sündenbock herhalten, und dass er so sehr verachtet wurde, war mitschuldig an seinem Untergang. David Merridiths Ghetto war von gänzlich anderer Art, aber auch er hatte mehr als seinen gerechten Anteil an Hass erfahren.

Die Geschehnisse ereigneten sich im Jahr 1847, einem wichtigen Jahr in der Geschichte der Erzählkunst; in diesem Jahr erschienen Bücher, in denen Menschen verhungerten, Ehefrauen in Dachkammern eingesperrt wurden und Herren ihre Dienerinnen heirateten. Es war ein schlimmes Jahr für das Land, das diese drei gequälten Menschen Heimat nannten. Eine Zeit, in der Dinge geschahen – und andere nicht –, als deren Folge mehr als eine Million Menschen sterben sollte; den langsamen, qualvollen, nirgends festgehaltenen Tod derer, die ihren Herren nichts bedeuteten.

Heute noch sterben Menschen dort wegen der Dinge, die damals geschahen. Denn die Toten sterben nicht, in diesem leidgeprüften Land, auf dieser gemarterten Insel des Bruderhasses, dieser Insel, die über Jahrhunderte von den Mächtigen der Nachbarinsel so sehr misshandelt wurde und nicht minder misshandelt von den Mächtigen im eigenen Lande. Und die Armen beider Inseln starben zuhauf, als der Jehova der Rache seinen Gesang über ihnen anstimmte. Die Fahnen wehen und die Kanzeln erzittern. In Ypern. In Dublin. In Gallipoli. In Belfast. Die Fanfaren schmettern, und die Armen sterben. Aber sie sind unter uns, die Toten, und sie werden immer unter uns sein, nicht als Gespenster, nein, als unfreiwillige Soldaten, in eine Schlacht getrieben, die nicht die ihre ist; ihr Leid wird zur Metapher, ihr Leben Legende, ihre Knochen zermahlen zum Brei der Propaganda. Sie tragen nicht einmal einen Namen. Es sind einfach: Die Toten. Wer sie in die Schlacht schickt, der kann aus ihnen machen, was er will.

Keine Frage: Manchmal muss man kämpfen. Aber mit welchen Waffen und gegen wen und wofür? Wenn die Armen eines Volkes die Armen eines anderen abschlachten, und das im Namen eines blutbesudelten Felds, auf dem die Reichen die einen wie die anderen mit Freuden lebendig begraben würden, wenn es nur einen Gewinn verspräche, dann wird wohl kaum ein Denkmal für die Enteigneten früherer Zeiten daraus werden. Aber das ist eine andere Geschichte. Eine, die vielleicht erst noch geschrieben werden muss; eine weniger entsetzliche Geschichte mit einem nicht ganz so unversöhnlichen Ende.

Da ich der einzige Reporter an Bord des Schiffes gewesen war, auf dem der Mord an Lord Kingscourt geschah, waren meine Artikel weltweit gefragt. Überall außer bei der *New York Tribune*, wo der Chefredakteur mich wegen »egalitärer Sympathien« vor die Tür setzte. Bücher, Aufsätze, Vortragsreisen bot man mir an. Und als im Jahr '51 die *New York Times* gegründet wurde, nahm ich gern den Posten des »Seniorkolumnisten« an, was sich mit »lächerlich überbezahlter Langschläfer« übersetzen ließe. Nie wieder würde ich auf Blutgeld angewiesen sein, auf den Profit aus den Verbrechen meiner Vorfahren. Der Tod ihres Mannes befreite Lady Kingscourt vom Stigma der Ehebrecherin, unter dem sie immer gelitten hatte. Es hört sich herzlos an, wenn ich sage, dass sein Tod mir eine gewisse Freiheit verschaffte, aber es wäre auch nicht anständig, wenn ich verschwiege, wie es kam. Vielleicht war es falsch, von diesen Dingen zu schreiben; vielleicht hatte ich aber auch keine andere Wahl. Jeder Zeitungsreporter hätte so gehandelt, und ich habe mich zumindest bemüht, zu allen gerecht zu sein.

Die Artikelserie, die ich für *Bentley's Miscellany* über das Ungeheuer von Newgate schrieb, fand Aufnahme in die Sammlung *Ein Amerikaner auf Reisen*, die mein verstorbener Freund Cautley Newby im Jahr 1849 herausbrachte, zusammen mit meinem Bericht über die *Stella* und ihre Passagiere sowie den Notizen meiner Besuche in einigen Gegenden Connemaras. Ich hatte darauf bestanden, dass auch drei

Kurzgeschichten hineinkamen, aber keine Besprechung erwähnte sie, weder lobend noch abfällig. Alle taten höflich, als seien sie gar nicht da. Bei späteren Ausgaben fielen sie stillschweigend wieder fort. Newby sagte nie ein Wort zu ihrem Verschwinden und ich ebenso wenig. Ich kam mir vor wie ein Schlafwandler, der erwacht und sich auf einem Leichenschmaus findet und sich in aller Heimlichkeit davonmachen muss, bevor jemand ruft, dass er nicht eingeladen sei. Diese drei stümperhaften und zu Recht vergessenen Geschichten sollten die einzigen literarischen Versuche aus meiner Feder bleiben, die je das Licht der Welt erblickten.

Newby und ich stritten uns lange über den Titel des Buches. Ich wollte es »Betrachtungen über den Hunger in Irland« nennen, Newby beharrte auf »Bekenntnisse eines Unholds«. »Ein Amerikaner auf Reisen« war der Kompromiss; ein recht halbherziger, wie wir beide fanden. Bei der zweiten Auflage kam als kleiner Untertitel hinzu: »Ungeheuerliche Enthüllungen.« Bei der vierten war er schon größer. Bei der zehnten überflügelte er den Titel. Und als die zwanzigste Auflage kam, sah man den ursprünglichen Namen schon nur noch mit dem Vergrößerungsglas.*

Der kurze Teil des Bandes, der sich mit dem Ungeheuer von Newgate beschäftigt, war natürlich derjenige, der am ausführlichsten besprochen und am intensivsten gelesen wurde. Ja mehr als das, er schlug die Menschen in den Bann. Das Buch verschaffte dem Ungeheuer ein neues Publikum. Geschichten über seine Untaten – fast immer reine Phantasieprodukte – erschienen in englischen Publikationen aller erdenklichen Art, von Groschenheften bis zu pornographischen Magazinen, vom *Punch* über *Tomahawk* bis zum *Catholic Herald*. Es wurde Mode, dass man zu Kostümfesten in der Maske des Monstrums kam oder gar – so unglaublich das war – als eines seiner Opfer (deren Zahl stark zugenommen hatte). Zeitweise liefen Bühnenfassungen seiner

---

* Nicht der Autor, sondern Mr Newby verfasste die reißerischen »Aufmacher«, die jedem Kapitel der Erstausgabe vorangestellt waren, mit ihren haarsträubenden Hinweisen auf »Schockierende Einzelheiten«, »Sündhafte Taten«, »Unverhoffte Enthüllungen« usw. Damals ärgerten sie den Autor außerordentlich, doch heute kommen sie ihm recht harmlos vor (obwohl sie das natürlich nicht sind). Ich habe sie hier unverändert stehen gelassen, als liebes Andenken an einen Freund, der manchmal ein wenig skrupellos sein konnte. – GGD

Biographie an zwei Londoner Theatern gleichzeitig. Nicht lange, und dem Ungeheuer wurde auch das Ungeheuerlichste noch angetan. Schande aller Schande. Ein Musical.

Das Ungeheuer hielt Einzug in die Sprache der Politik. Den irischen Parlamentarier Mr Charles Parnell, der den Besitzlosen seines Landes tapfer zu dem wenigen verhalf, was an Freiheit möglich war, bezeichnete einmal ein Abgeordneter im Unterhaus als »kaum besser als das Ungeheuer von Newgate«. Man erinnerte sich nun auch, dass der irische Abgeordnete Daniel O'Connell, der einige Jahrzehnte zuvor auf seine Art um die Freiheit gerungen hatte, die Massenveranstaltungen, die er überall in Irland organisierte, »Monster Meetings« genannt hatte. In den Salons und Caféhäusern spekulierte man über die verborgene Botschaft dahinter. Das groteske Bild des Iren, wie die englische Presse es in ihren Karikaturen gern zeichnete, wandelte sich. Statt der alten Dummköpfe und Säufer tauchten nun immer häufiger die Iren als Mörder auf. Affengesichter. Teuflisch. Animalisch. Wild. Am Bild des Feindes zeigt sich, was wir fürchten an unserem eigenen Ich. Jedes Mal wenn ich eine solche Karikatur sah, sah ich das Ungeheuer von Newgate, das Zerrbild, für dessen Verbreitung ich so viel getan hatte.

Während all der Zeit musste ich mich fragen, ob es das wert gewesen war: dass ich verkleidet in dieses Reich der Lüge gegangen war. Dass ich die schockierende Geschichte des Ungeheuers von Newgate benutzt hatte, um eine andere, wichtigere und noch schockierendere Geschichte zu erzählen. Jahrelang redete ich mir ein, dass es moralisch vertretbar sei: dass der Zweck zumindest einigermaßen die Mittel rechtfertigte. Heute bin ich mir, das versteht sich, nicht mehr so sicher. Wenn man jung ist, kommen einem diese Dinge so einfach vor. Aber sie sind es nicht. Sie sind es nie gewesen.

Man sagt mir, das Buch habe doch wenigstens einem Teil seiner Leserschaft zu Bewusstsein gebracht, wie sehr Irland in den Jahren der Hungersnot zu leiden hatte; aber wenn dem so ist, dann hat es nicht viel dazu beigetragen, etwas gegen diese Not zu tun. Es war nicht die letzte Hungersnot in Irland, bei weitem nicht, und schon gar nicht in jenem schier endlosen Schauerroman, dem Britischen Empire. Manchmal sammelten Leser und ihre Familien kleine Geldbeträge. Ein paar Pennies, einen Sixpence, sehr selten einmal einen

Shilling. Das Geld, das man uns schickte, kam in der Regel von Frauen und armen Leuten; vielleicht seltsam (vielleicht aber auch nicht) war, dass häufiger Spenden von britischen Soldaten kamen, insbesondere aus Indien. Newby und ich richteten eine kleine Stiftung ein, und der viel geschmähte (und viel beneidete) Mr Dickens war eine Zeit lang unser trefflicher Vorsitzender. Anfangs gab es hochfliegende Pläne, mit dem wenigen, was zur Verfügung stand, Schulen einzurichten, in denen die Kinder von Connemara lesen lernen konnten. Dickens sprach den denkwürdigen Satz, dass ein totes Kind nicht lesen könne. Ich stritt mich heftig mit ihm über das, was mir als Scheinheiligkeit vorkam, und ich muss leider sagen, dass wir nie wieder ein Wort wechselten. Ich hatte den Schaden davon, aber ich war ja auch im Unrecht gewesen. Was er sagte, war vollkommen korrekt: politisch, moralisch und in jedem anderen Sinne; dass sie zu essen hatten war wichtiger als dass sie Gedichte lasen. Ich hätte daran denken sollen, dass seine eigene Kindheit schließlich auch im Zeichen von Hunger und Furcht gestanden hatte, anders als meine – wo zumindest nicht ich der Hungrige gewesen war. Ich glaube, wenn dieses Buch auch nur ein einziges Leben gerettet hat, dann hat es unser aller Zeit nicht vergeudet.

Kleine, aber durchaus achtbare Reformen hielten Einzug in die britischen Gefängnisse, woran auf sehr, sehr indirekte Weise gewiss auch der Erfolg dieses Buches seinen Anteil hatte. Die Arbeiten für die Gefangenen waren nicht mehr ganz so demütigend. Sie durften häufiger Besuch von ihren Angehörigen erhalten. Fragen wurden gestellt nach dem Sinn der Einzelhaft, wie sie in etlichen Gefängnissen Ihrer Majestät praktiziert wurde, aber es sollte noch Jahre dauern, bis man sie abschaffte. Diese Dinge wären auch ohne mein Buch geschehen, und allen, die sich dafür eingesetzt haben, gebührt unser Dank; doch wenn ich sagte, dass ich meine Zeilen aus Menschenliebe geschrieben hätte, wäre das nicht ganz ehrlich – es war vielleicht nicht einmal das wichtigste Motiv. Ich war Reporter. Ich wollte eine Geschichte.

David Merridith hatte ganz Recht, wenn er mich so oft verspottete. Man kann wohl sagen, dass ich bewundert werden wollte. Er macht die Menschen grob, dieser Hunger nach Bewunderung. Zu meinem großen Glück habe ich feststellen können, dass er im Alter nachlässt.

Seamus Meadowes wurde des Mordes an David Merridith angeklagt, jedoch von einem Schwurgericht einstimmig für nicht schuldig befunden. Ich selbst war als Zeuge der Verteidigung geladen, wenn auch nur zur Klärung einer unbedeutenden Sachfrage. Ich sagte aus, dass der Angeklagte nicht der Verfasser des Drohbriefes sein könne, der sich in der Ersten Klasse gefunden hatte. Dieser Tatsache war ich mir sicher und erläuterte es auch dem Gericht: Noch am Morgen, als ich versucht hatte, ins Gespräch mit ihm zu kommen, hatte Seamus Meadowes mir mit bizarrem Stolz versichert, dass er weder lesen noch schreiben könne.

Keiner fragte mich nach einem anderen Tatverdächtigen, und ich nannte von mir aus auch keine Namen. Ich hatte Pius Mulvey versprochen, dass ich Stillschweigen bewahre, und wie jeder anständige Journalist hielt ich mein Wort. Ich beantwortete jede Frage, und dies ohne Lügen, und der Richter machte mir noch ein Kompliment für die Sachlichkeit meiner Auskunft.

Der Prozess erregte großes Aufsehen im irischen New York, und die Berichterstattung sorgte dafür, dass viele den Angeklagten als Helden sahen. Er unternahm einen erfolglosen Anlauf zu einer Karriere als Profiboxer, wurde Polizist und ging dann in die Politik, zunächst als Handlanger für Boss »Honey« Maguire, dann als Spendenbeschaffer, Wahlorganisator und schließlich selbst als Kandidat. Als »›Kinnhaken‹ Jimmy Meadows, Champion der Arbeiterschaft«*, wurde er elfmal in den Stadtrat der East Bronx gewählt und unterlag bei der Bürgermeisterwahl von 1882 nur knapp, ein Ergebnis, das er stets den mangelnden Rechenkünsten seiner Schläger anlastete und nicht dem Willen der Wähler. Die Wechselfälle der Demokratie waren ihm nicht mehr als ein lästiger Umweg. Oft wurden so viele Stimmen für ihn gezählt, wie der ganze Wahlkreis Wähler hatte, und in zwei notorischen Fällen übertraf die Summe diese Zahl gar noch. (»Ein Mann sollte von seinen Rechten Gebrauch machen, so oft er kann« war ein kryptischer Satz, den man oft von ihm hörte. »Darum geht es doch schließlich in Amerika.«)

---

* Das »e« am Ende seines Nachnamens tilgte er zu Anfang seiner Politikerkarriere, denn »damit sah ich zu englisch aus«. Siehe Meadows, J., *Fifteen Rounds for Justice: The Story of My Life* (New York, 1892). – GGD

Zwei Jahre später klagte man ihn wegen Betrugs an; man hatte ihn dabei erwischt, wie er unter dem Namen eines illiteraten Manns aus seinem Wahlbezirk, dem er einen Posten versprochen hatte, an der schriftlichen Einstellungsprüfung teilnahm, der sich jeder Aspirant bei der New Yorker Post unterziehen musste. (Das Verfahren wurde eingestellt, nachdem der Hauptzeuge der Anklage unerklärlicherweise aus einem Fenster gefallen war und sich den Kiefer gebrochen hatte.) Meadows wurde im folgenden Jahr wieder gewählt, und sein ohnehin schon gewaltiger Stimmenvorsprung vergrößerte sich nochmals um ein Drittel. »Meine Stimmzettel werden nicht gezählt, Jungs, die kommen auf die Waage«, sagte er zu Reportern. Er entschlief friedlich, einhundertundein Jahre alt, in dem neoklassischen Herrenhaus, das er mit den Einkünften eines jahrzehntelangen Politikerlebens erbaut hatte.

Es heißt, zum Zeitpunkt seines Todes habe er ein Angebot der Edison Motion Picture Company aus Orange, New Jersey erwogen. Einer der Produzenten, ein gewisser Edwin S. Porter, soll vorgeschlagen haben, einen Spielfilm nach Motiven aus Meadows' abenteuerlichem Leben zu drehen. Arbeitstitel war »Ring frei für Irland«, aber die Verhandlungen waren nicht weitergekommen, weil der Held darauf bestanden hatte, die Titelrolle selbst zu spielen.

Zu seinem Begräbnis kamen die Mittellosen in Massen; viele hatten ihn vom ersten Tag an vergöttert. Wenn sie ihn als Mann sahen, der bisweilen mit unlauteren Mitteln gekämpft hatte – und zumindest einige sahen das durchaus –, so mussten sie doch zugeben, dass lautere Mittel sie ihrem Schicksal in den Slums überlassen hätten. Der Marquess von Queensberry war Seamus Meadowes nicht. (Aber wie die Verehrer eines anderen, nicht minder extravaganten Irländers wissen, benahm sich ja auch der Marquess von Queensberry nicht gerade wie der Marquess von Queensberry.)

Fünfzehn Priester zelebrierten gemeinsam die Messe, darunter zwei seiner fünf Söhne und etliche andere Verwandte. Ein Dudelsackpfeifer spielte ein altes Klagelied aus Connemara, als der Trauerzug am Dock in der Fulton Street kurz innehielt, an der Stelle, an der »Kinnhaken« Meadows einst zum ersten Mal Fuß auf amerikanischen Boden gesetzt hatte. Erzbischof O'Connell aus Boston, der die Totenfeier hielt, sagte: »Jimmy war ein Demokrat, vom ersten bis zum letzten Atemzug. Wenn er wissen wollte, was das Volk wollte, dann brauchte er nur in sein eigenes großes Herz zu schauen.«

Im Prozess gegen ihn um den Mord an Merridith kam eine Reihe von Dingen ans Tageslicht, die für die Familie des Opfers äußerst schmerzlich waren. Es stellte sich heraus, dass der merkwürdige Mann, der Merridith im East End verfolgt hatte, kein irischer Revolutionär war, sondern ein Detektiv im Auftrag von Lauras Vater, der wissen wollte, wo sein Schwiegersohn das viele Geld ließ. Mr Markham wusste ja nicht, dass Kingscourt praktisch bankrott war und dass Merridith von seinem eigenen Vater keinen Penny erhielt, und so war die einzige Erklärung, auf die er verfiel, eine Geliebte. Vor Gericht kam alles über Merridiths Bordellbesuche heraus, und Laura Markham und ihre Söhne hatten mancherlei Schmähiede zu erdulden. Schließlich wurde auch seine Krankheit ans Licht gezerrt, und die Zeitungen schlachteten das Thema aus; die übliche billige Moral, die üblichen Erklärungen, als ob solche Erklärungen und solche Moral noch nötig gewesen wären. Kein einziges Mal bei diesem Prozess sagte jemand, dass Merridith an einer schweren Krankheit gelitten habe: Von Fluch, Rache, Geißel war die Rede, nicht von einer Infektion. So groß war die volkstümliche Lust, einer Krankheit etwas Übernatürliches zuzuschreiben (genau wie bei Hungerkatastrophen, und das dürfte kein Zufall sein), dass es für mich, als die Zeit gekommen war, diesen Teil der Geschichte niederzuschreiben, eine Versuchung war, seine Krankheit auszulassen, den Zeitpunkt anders zu bestimmen, etwas ganz anderes daraus zu machen. Aber das wäre falsch gewesen; im Grunde hätte ich mich damit den Regeln des Spiels gefügt. Er hatte die Krankheit, die er hatte, und als es herauskam, befand man ihn für schuldig, obwohl er nicht der Angeklagte war. Postum wurde er verurteilt, von einem hämischen, bigotten Richter, einem aufgehenden Stern der New Yorker Lokalpolitik, der wusste, wie er die Gier nach einem Schurken, die meine frommen Landsleute so gern befällt, befriedigen konnte. Hätte er es so hindrehen können, dass Merridith sich selbst erstochen hatte, dann hätte er es mit Freuden getan und seine Leiche noch vor einer Kapelle aufgeknüpft.

Was die Notiz angeht, die Mulvey zum Mord anstacheln sollte, so wird der Leser den Urheber schon erraten haben. Ich selbst kam erst kurz vor der Verhandlung darauf, als ich den Brief zum ersten Mal mit eigenen Augen sah. Aber im Moment, in dem ich ihn erblickte, wusste ich, von wem er stammte. Nicht von Mary Duane, nicht von Seamus Meadowes, nicht von einem der Elenden, die auf diesem Schiff ihr Leid ertrugen.

Nicht auf das Material kommt es an, wie David Merridith so gern sagte. Sondern darauf, was man daraus macht.

GET HIM. RIGHT SUNE. Els Be lybill. H.

Ein Doohulla-Experte hätte das Anagramm sofort erkannt.

WUTHERING HEIGHTS by Ellis Bell.

Das auf den Kopf gestellte M diente als W.

Das Opfer selbst hatte diese grimmige Notiz erstellt, seinen eigenen Hinrichtungsbefehl. Das Rohmaterial war der Roman, den ich ihm überlassen hatte, das Geschenk des Mannes, der ihm längst gestohlen hatte, was ihm gehörte. Der Band fand sich in seinem Koffer, und das Titelblatt, aus dem er die Buchstaben ausgeschnitten hatte, fehlte. Was ihn zu dieser Tat bewog, darüber können wir nur spekulieren. Manche sprachen von Feigheit, aber ich finde, damit kränkt man ihn. Anklänge an römische Sitten wollte man darin finden: der Edelmann, der sich ins eigene Schwert stürzt und so weiter. Aber ich glaube, für eine solch hochmütige Geste liebte er seine Kinder zu sehr.

Ich selber würde sagen, dass David Merridith ein außerordentlich tapferer Mann war, der wusste, dass er nicht mehr lange zu leben hatte, und seiner Familie die Schande ersparen wollte, dass er als Ausgestoßener starb. Vielleicht kam ein weiterer Gedanke hinzu, denn in seinen Papieren fand sich eine Urkunde des Rentenvereins der Royal Navy, einer Stiftung, die Mittel für die Erziehung der Söhne von früh verstorbenen Offizieren bereitstellte, gleich ob im aktiven Dienst oder im Ruhestand. (Nicht für Töchter, nur für die Söhne.) Wie bei solchen Abmachungen in jener gnadenlos respektablen Ära üblich, wurde die Vereinbarung hinfällig, wenn der Versicherte durch eigene Hand oder an der Syphilis starb. Aber nicht bei Mord. Durch Mord wurde nichts hinfällig. Mord sicherte seinen Kindern wenigstens ein kleines Erbe.

Allerdings ging auch das an die Gläubiger, die fast alles, was er besessen hatte, an sich brachten; den Rest verschlangen Anwaltshonorare, Gerichtskosten und die britische Erbschaftssteuer, die auch ohne Erbschaft fällig war. Erst nach der Tat wurde bekannt, dass in London das Konkursverfahren gegen ihn schon eröffnet war und seine Anwälte nur einen vorübergehenden Aufschub erwirkt hatten. (Sie hatten angeführt, dass er als Bankrotteur seinen Platz im Oberhaus räumen müsse. Ein ungeheuerlicher Gedanke, sagte jemand.) Die Ländereien von Kingscourt erwarb Commander Henry Edgar Blake von Tully Cross, der die Höfe niederriss, die letzten Pächter vertrieb und das Land statt mit Bauern mit Schafen bevölkerte. Die Schafe erwiesen sich als weitaus einträglicher als die Menschen, mit denen man nur Ärger hatte, und auch beim Sterben machten sie längst nicht so viel Aufhebens. Er erwirtschaftete damit die ungeheuren Reichtümer, von denen seine Enkel heute leben. Einer davon ist in der irischen Politik aktiv.

Auf einer Reise nach Connemara im Jahr 1850 besuchte ich Kapitän Lockwood. Er und seine Frau lebten damals zusammen mit anderen Angehörigen ihres Glaubens in dem Dorf Letterfrack bei Tully Cross, wohin sie aus Solidarität mit den Hunger leidenden Iren gezogen waren. Seine Ehefrau war die Cousine einer Frau namens Mary Wheeler, die 1849 mit ihrem Mann, James Ellis aus Bradford, nach Nord-Galway gegangen war, in der Hoffnung, dass sie den Einheimischen helfen konnten. Sie hatten vorher keine Beziehung zu Connemara gehabt, aber sie sahen Verbindungen, wo andere, die sie hätten sehen sollen, den Blick abwandten. Sie bauten Häuser, Straßen, Entwässerungsgräben, eine Schule; sie bezahlten ihre Arbeiter fair und behandelten sie anständig. Lockwood ging den örtlichen Fischern zur Hand, flickte mit ihnen Netze und setzte Boote instand. Er war ein bescheidener Mann, Josias Lockwood aus Dover, und hätte nicht gewollt, dass man ihn einen Helden nennt. Und doch war er einer der größten, die ich je gekannt habe. Er und seine Brüder und Schwestern der englischen Quäkergemeinde – wobei er immer sanft darauf hinwies, dass man sie doch bei ihrem eigenen Namen als »Freunde« anreden solle – retteten Hunderte von Leben, Tausende vielleicht sogar.

Am letzten Abend jenes Besuches machte er mir ein Geschenk. Natürlich wollte ich es zunächst nicht annehmen, doch wieder einmal steckte Beharrlichkeit hinter seiner Sanftmut. Vielleicht spürte er auch, dass meine Ablehnung nicht echt war. Wir hatten oft über Fragen der Religion diskutiert – ich war kein gläubiger Mensch, er dafür ein umso gläubigerer, und jeder wusste, was der andere dachte –, und das griff er auf, damals, als ich ihn zum letzten Mal sah; er knüpfte Bande, wie er es sein Leben lang getan hatte. »Sie sind Jude. Das Volk des Buches. Hier ist mein Buch«, sagte er leise. »Alles, was geschehen ist, ist darin aufgeschrieben.« Und mit einem Blick, den ich auch heute noch vor mir sehe, fügte er hinzu: »Sorgen Sie dafür, dass die Menschen niemals vergessen, was wir einander angetan haben.«

Als wisse er, wie groß meine eigene Schuld war.

Vielleicht hoffte ich, dass ich in seinem Logbuch Aufschlüsse darüber finden würde, was auf dem Schiff vorgegangen war, denn damals lag noch vieles im Unklaren. Vielleicht sah ich es auch einfach als ein schauriges Souvenir der dreißig Tage an, die den Lauf meines weiteren Lebens bestimmen sollten. Vielleicht – warum soll ich es jetzt als alter Mann verschweigen? – dachte ich auch, es könnte der Keim zu einer weiteren Geschichte sein. Zu dem Roman, den ich immer schreiben wollte und nie zustande gebracht hatte.

Jedenfalls nahm ich es gern und habe es jetzt neben mir liegen, jenes entsetzliche Register menschlicher Leiden, die Seiten krumm und gelb geworden vom Alter, das Kalbsleder des Einbands voller bleicher Salzwasserflecken. Der Leser kennt die Einträge des Josias Tuke Lockwood, der im englischen Dover am Hungerfieber starb, vierzehn Monate nachdem ich ihn an jenem Abend das letzte Mal gesehen hatte. Seine Worte haben den großen Vorzug, dass er sie zur Zeit der Ereignisse schrieb, wohingegen meine Erinnerungen, auch wenn mir vieles heute noch vorkommt, als sei es gestern erst geschehen, niemals verlässlich sein können nach so langer Zeit. Das ist so, und es kann nicht anders sein. Ich habe versucht, nicht zu verzerren, aber zweifellos ist mir das nicht immer gelungen.

Ich male mir gern aus, das, was ich hier niedergeschrieben habe, sei gerecht zu allen, aber natürlich stimmt das nicht und könnte niemals so sein. Ich war schließlich dabei. Ich war verwickelt. Eine Reihe von Leuten kannte ich. Eine liebte ich; einen verachtete ich. Ich schreibe das Wort nicht unüberlegt: Ich habe ihn tatsächlich verachtet. Man verachtet so leicht jemanden, wenn es um die Liebe geht. Andere bedeuteten mir überhaupt nichts, und auch das spiegelt sich in dieser Geschichte. Und natürlich habe ich aus den Aufzeichnungen des Kapitäns das ausgewählt, was die Ereignisse beschreibt und ihnen den rechten Rahmen gibt. Ein anderer Verfasser hätte anderes ausgewählt. Nicht auf das Material kommt es an, sondern darauf, was man daraus macht.

Aus Papieren, die ich fand, aus Dokumenten, die ich entdeckte, aus Nachforschungen und Erinnerungen und Befragungen, aus Erkundigungen, die ich bei anderen einzog, die mit auf diesem Schiffe fuhren, aus Fragen, die ich auf vielen Reisen stellte, immer wieder neuen Reisen zu jenen Felseilanden, die auf den Karten die Britischen Inseln heißen, kamen weitere Dinge zutage, die man wohl mit Fug und Recht Fakten nennen darf. Und so will ich sie denn zum Nutzen der Neugierigen ebenfalls noch hierher setzen:

Es gab einmal einen Galwaymann namens Pius Mulvey und einen anderen namens Thomas David Merridith. Sie fuhren nach Amerika und wollten dort ein neues Leben beginnen. Ersterer fuhr mit dem Auftrag, den zweiten zu ermorden, einen Mann, den man für die Verbrechen seiner Väter verantwortlich machte. In einer anderen Welt wären sie vielleicht keine Feinde gewesen, in einer anderen Zeit womöglich sogar Freunde. Sie hatten mehr gemeinsam, als sie beide je wussten. Der eine kam als Katholik auf die Welt, der andere als Protestant. Einer war Ire, Engländer der andere. Aber weder das eine noch das andere war der größte Unterschied zwischen diesen beiden. Der eine wurde reich geboren, der andere war arm.

Es gab einmal eine schöne Frau namens Mary Duane, die kam aus einem Dorf namens Carna in Connemara; das mittlere Kind von Daniel Duane und Margaret Nee, der Erstere ein Fischer und Kleinbauer, die zweite Kinderfrau und Mutter von sieben. Mary liebte einen Jungen und wusste nicht, dass es ihr Bruder war. Bis er erfuhr, dass sie seine Schwester war, liebte er sie ebenso sehr; oder hätte sie geliebt, sollte man vielleicht sagen, wäre er zur Liebe fähig gewesen. Das Leben trennte ihn und das Mädchen, das ihn einmal so sehr begehrte, und trennte sie, wie es vielleicht immer ist, nicht durch das, was sie voneinander unterschied, sondern durch das, was sie gemeinsam hatten – die verschlungenen Pfade einer Vergangenheit, auf die sie keinen Einfluss hatten. Das, was die Iren manchmal die »Lage des Landes« nennen.

Manche werden sagen, dass jene Unfähigkeit zur Liebe ganz allein seine Schuld gewesen sei; andere werden ihn gerade darin als Opfer sehen. Ich selbst möchte kein Urteil über die Sünden eines anderen wagen, ich habe mit meinen eigenen Sünden mehr als genug zu tun. Man mag ihn den Sohn eines Vaters nennen, der seinem Sohn das Leben unmöglich machte. Man mag ihn einen Unberührbaren nennen, den Niedersten der Niederen. Er war ein Mann, der Gutes getan hätte, wenn er nur gewusst hätte wie. Ich glaube, Mary Duane sah, welche Hoffnung in ihm steckte, als sie noch jung genug waren und daran glauben konnten, dass Macht keine Rolle spielte; bevor Wohlstand sie trennte und der Klassenunterschied zwischen sie trat, sodass er am Ende gar ihr Ausbeuter wurde. Romeo und Julia waren sie nicht. Sie waren Herr und Dienerin. In seinem Leben gab es eine Wahl, in ihrem nicht. Welche Wahl er traf, wissen wir. Jeder Mensch ist die Summe der Entscheidungen, die er fällt, das ist die ganze Wahrheit. Vielleicht ist jeder Mensch aber auch noch mehr als das.

Aus Mary Duanes unmittelbarer Familie starben ihr Vater, ihre Mutter und alle drei Schwestern im Land ihrer Geburt am Hunger, ebenso ihr jüngster und ihr ältester Bruder. Der mittlere kam im Dezember 1867 bei einer Explosion in London ums Leben. Er hatte versucht, aus dem Gefängnis Clerkenwell zu fliehen, wo er wegen Mitgliedschaft in einer revolutionären Gruppe einsaß, die das Ende der britischen Herrschaft über Irland mit Gewalt herbeiführen wollte. Er hatte auf seinen Prozess gewartet, angeklagt des gemeinschaftlichen Mordes an einem Polizisten in Manchester.

Was aus Mary Duane in Amerika geworden ist, weiß ich nicht. Eine Zeit lang war sie Straßenmädchen in Lower Manhattan; zweimal wurde sie verhaftet, einmal saß sie für kurze Zeit im Gefängnis, und dann ist sie anscheinend verschwunden. Ich weiß, dass sie im Winter '49 als Bettlerin in Chicago war und 1854 für zwei Tage in einer Lungenklinik in Minneapolis, Station für Nichtsesshafte. Aber bis wir dort ankamen, war sie schon wieder fort. Auf Suchanzeigen meldete sich nie jemand. Selbst eine ausgesetzte Belohnung lieferte kein Lebenszeichen. Im Laufe der Jahrzehnte habe ich immer wieder Detektive auf die Suche geschickt, und sie nannten mir Frauen, auf die ihre Nationalität und Beschreibung passten, in allen Winkeln Amerikas, Frauen, die an tausend Orten unter allen erdenklichen Umständen lebten. New Orleans, Illinois, Minnesota, Colorado, Wisconsin, Massachusetts, Maryland,

Maine; eine Nonne in einem Kloster in Nord-Ontario, eine Toilettenfrau, ein Dienstmädchen in einem Bordell, Köchin in einem Waisenhaus, Pioniersfrau im Westen, Serviererin im Speisewagen, Großmutter eines Senators. Welche von ihnen, wenn überhaupt eine, Mary Duane aus Carna war, weiß ich nicht und werde es nun auch niemals mehr wissen.

Nur ein einziges Mal erhielt ich als Antwort auf eine Zeitungsanzeige etwas, das vielleicht wirklich von ihr stammte. Einen Bericht in der dritten Person (obwohl offensichtlich autobiographisch), die Geschichte einer Frau, die als »Freudenmädchen« in der herzlosen Stadt Dublin gearbeitet hatte, in den »hungrigen Vierzigern«, nachdem der Sohn eines Aristokraten sie im Stich gelassen hatte. Ihren Namen nannte sie nicht, der Brief, unsicher in der Rechtschreibung, enthielt keine Absenderangabe oder sonst einen Hinweis, aber man spürte in den Sätzen den Rhythmus und die Sprache des südlichen Connemara. Die Sendung war am Weihnachtsabend 1871 in Dublin, New Hampshire aufgegeben, aber die Behörden, die ich um Hilfe bat, fanden in diesem Flecken keine Spur von ihr, und auch eine neuerliche Suche im ganzen Staat, dann in ganz Neuengland, blieb ergebnislos.

Manche Leser werden nicht zufrieden sein, bevor nicht jeder Strang der Erzählung zu Ende gebracht ist. Und sie haben ja Recht. Mir geht es selbst nicht anders. Wenn ich in den vorangegangenen Seiten blättere, kommt es mir vor, als sagten sie so gut wie nichts über Mary Duane; es ist, als sei sie nur eine Sammlung von Fußnoten in einem Bericht über andere, gewalttätigere Menschen. So viele Jahre habe ich nun schon nach ihr gesucht; ich glaube, wenn ich sie jetzt fände, wäre es wie ein Verlust. Aber ich werde sie nicht mehr finden. Vielleicht konnte ich sie von Anfang an nicht finden. Ich wünschte, ich hätte in meinem Bericht mehr über sie sagen können, mehr tun, als die wenigen Fakten festzuhalten, die über ihr Leben bekannt sind, und selbst das nur als eine Art Spiegel der Männer, die ihr Schmerz zufügten. Aber es ist unmöglich, ich weiß nicht mehr über sie. Ein paar Dinge habe ich erfunden, aber niemals hätte ich Mary Duane erfinden können; jedenfalls nicht mehr, als ich es jetzt schon getan habe. Sie hat mehr als genug unter Erfundenem zu leiden gehabt.

Im Laufe der Jahre dachte ich immer wieder einmal, ich hätte sie gesehen. Einmal auf einem Bahnsteig in San Diego, Kalifornien. In einem Hauseingang schlafend in der Innenstadt von Pittsburgh. Als Krankenschwester in einem Hospital in Edenton, North Carolina. Aber jedes Mal stellte sich heraus, dass es die Falsche war. Es war nicht Mary Duane. Man muss wohl davon ausgehen, dass sie nicht wollte, dass man sie fand; dass sie ihren Namen änderte und ihr Leben ganz von vorn begann, wie es Hunderttausende von Iren in Amerika getan haben. Aber ich weiß es nicht. Vielleicht ist auch das nur ein schöner Traum.

Noch letzten November dachte ich, ich hätte sie gesehen, am Times Square: ein Schatten, der sich langsam durch einen Wald von schwarzen Regenschirmen schob. Die Menschen strömten aus den Theatern auf die Straßen, ein kräftiger Winterregen wehte vom Atlantik herein. Eine große Menschenmenge hatte sich versammelt, um einem Trupp Sanitäter, unterwegs zum Kriegseinsatz in Europa, zuzuwinken, und da, schien mir, sah ich sie, am Rande dieser Menge, allein unter einer Straßenlaterne im perlenden Regen. Sie hatte ein Tablett und verkaufte etwas – Blumen, glaube ich. Aber sie war so jung und zerbrechlich, das Mädchen, das ich an jenem Abend sah, und Mary Duane muss eine uralte Frau sein, wenn sie noch am Leben ist. Das Einzige, woran ich jemals geglaubt habe, das ist die Vernunft, und diese Vernunft sagt mir, dass es nicht Mary war, die ich dort sah. Aber wenn es ihr Geist ist, der auf den glitzernden Straßen des Broadwayviertels wandelt, dann ist er dort nicht allein, längst nicht allein, wenn man den Schauspielern glauben will. Es heißt, Theater zögen die Gespenster an, genau wie die Schauplätze des Kriegs.

Das traurige Schicksal ihres Verehrers Pius Mulvey ist leichter erzählt. Er starb im Schneesturm, in der Nacht des 6. Dezember 1848, fast auf den Tag genau ein Jahr nach seiner Landung in New York, erstochen in einer Gasse in Brooklyn nahe der Ecke Water Street und Hudson Avenue in dem rauen irischen Elendsviertel Vinegar Hill. An einer Abbruchwand stand frisch gepinselt der Satz: SOLANGE IRLAND IN KETTEN LIEGT, WIRD NIEMALS FRIEDE SEIN.

In den Taschen seines Militärmantels fand man eine ledergebundene Bibel, eine Fünfcentmünze und eine Hand voll Erde. Am Ringfinger hatte er einen billigen Kupferreif, aber wir werden niemals erfahren, wen er in Amerika heiratete, wenn er es denn tatsächlich tat. Er hatte sich eine ganze Reihe von Namen zugelegt, darunter Costello,

Blake, Duane und Nee, aber viele im Viertel wussten ganz genau, wer er war. Es heißt, die Leute seien ihm aus dem Weg gegangen, oft sei er geschlagen worden; er habe auf Parkbänken geschlafen, bei Passanten um Essen gebettelt. Abends habe man ihn oft am Ufer gesehen, wo er hinaus in den Hafen gestarrt habe zu den einlaufenden Schiffen. Er hatte zu trinken begonnen und war jämmerlich dünn. Vor seinem Tode war er gefoltert und entsetzlich zugerichtet worden. Der Leichenbeschauer gab zu Protokoll, dass man ihm das Herz aus der Brust geschnitten und in die Gosse geworfen habe, vermutlich bei lebendigem Leibe. Die Abergläubischeren unter jenen, die aus Connemara stammten, sahen es als Zeichen – und es war ja gespenstisch genug –, dass er am Abend des Nikolaustages starb.

Keiner wurde des Mordes je angeklagt, und niemand kann heute mehr mit Sicherheit sagen, wo das Opfer begraben liegt. Man mag kaum glauben, dass es ihn jemals gab. Ich selbst würde es nicht glauben, hätte ich ihn nicht gekannt, dieses Ungeheuer, das im Gefängnis Newgate seinen Feind gemordet hatte und in einem Wald vor den Toren von Leeds seinen Freund. Hätte er auch David Merridith ermordet, hätte er ein Held sein können. Vielleicht hätte jemand eine Ballade über ihn gedichtet. Stattdessen ist er vergessen, bestenfalls eine Peinlichkeit. Der Feigling, der es nicht fertig brachte, für sein Vaterland zu morden.

Vor gut zwanzig Jahren erwarb die Stadt einige Grundstücke westlich von Vinegar Hill, darunter auch ein schäbiges Stück Ödland, das der »Verräteracker« hieß und auf dem man die Mittellosen und die Straßenmädchen verscharrte. Manche sagen, dort liege er: Pius Mulvey aus Ardnagreevagh, jüngerer Sohn von Michael und Elizabeth, Bruder von Nicholas, Vater von niemandem. Die Gräber tragen keine Namen, die Steine sind von Unkraut überwuchert. Genau an der Stelle, an der so viel Schande begraben liegt, steht heute der Brooklyn-Pfeiler der Manhattan Bridge.

Auch andere Passagiere der *Stella* hatten ihre Geheimnisse. Einen Mitreisenden traf ich 1866 in Süd-Dakota wieder, wohin meine Zeitung mich geschickt hatte, um eine Artikelserie über Immigranten im Mittleren Westen zu schreiben. Ich hörte mich um und erfuhr, dass bei einer Wildwestshow, die durchs Land zog, viele Iren arbeiteten. Ich machte eine ganze Reihe interessanter Interviews mit Cowboys aus Connemara und anderen Gegenden in Connaught. Dann fiel mir ein Ringerstand ganz am Ende des Jahrmarkts auf, wo gegen den passablen Betrag von einem halben Dollar jeder Unverzagte sich mit dem »Großmeister aller Zeiten« messen konnte, »Bam-Bam Bombay, dem Sultan des Würgegriffs«. Sein ehemaliger Butler (in Wirklichkeit sein Bruder) machte sich wunderbar als Assistent und Ausrufer.

Sie schienen hocherfreut, einen alten Freund wieder zu treffen, und manches Glas Schwarzgebrannter wurde in jener Nacht in Süd-Dakota geleert. Sie hießen George und Thomas Clarke und stammten aus Liverpool, Söhne einer Küchenmagd aus Galway und eines portugiesischen Seemanns, der ihnen die braune Haut vererbt hatte (und sonst nicht viel). Den Großteil der 1840er Jahre hatten sie mit Atlantiküberfahrten in fürstlicher Verkleidung verbracht und sich von kleinen Diebstählen und noch kleineren Betrügereien beim Kartenspiel ernährt; bis zu dem Tag in Boston, an dem ein stämmiger irischer Polizist sie erkannte, was sie zu einem höchst eiligen und ganz und gar nicht imperialen Rückzug in die Slums veranlasste. Wir erzählten von den alten Zeiten, von unserer Überfahrt auf der *Stella*, die offenbar zu den unprofitabelsten ihrer Karriere gehörte. (Es waren der Maharadscha und sein Diener, auf deren Konto die Diebstähle in der Ersten Klasse gingen; sie selbst sahen ihre Beute allerdings als Tribut an, als Andachtsübung. »Der Buddhismus lehrt, dass man sich von allem weltlichen Besitz lösen soll«, erklärten sie mir.) Es folgten ernsthafte Worte der Entschuldigung, die genauso ernsthaft akzeptiert wurden. Sie fuhren mich zum Bahnhof und verabschiedeten sich unter vielfachem Schulterklopfen und Beteuerungen, dass man sich bald wiedersehen müsse.

Erst als ich schon im Zug zurück nach New York saß, stellte ich fest, dass meine Taschenuhr fort war.

Ich nahm es ihnen nicht übel. Immerhin hatten sie den Schnaps bezahlt. Und elf Jahre darauf, 1877, kam ein Umschlag aus der Einöde von Texas, aus einer Stadt mit dem melancholischen Namen Desdemona, und in dem Umschlag steckte meine Uhr, jetzt mit dem denkwürdigen eingravierten Spruch *Grüße aus dem Wilden Westen* versehen.

Und mit Sicherheit gab es einmal eine Frau namens Laura Merridith, denn wir heirateten ein Jahr nach dem Tod ihres Mannes, und eine gütigere, großherzigere Frau hat diese Welt nie gesehen. Man kann nicht sagen, dass unsere Ehe glücklich war, aber an jene Zeiten denke ich heute nicht mehr. Nach anderthalb Jahren ließen wir uns wieder scheiden, aber ganz trennen konnten wir uns nie. Ich habe immer noch in meinen Akten die Papiere, auf denen die notwendigen Unterschriften fehlen. Vierundfünfzig Jahre lang waren wir Kameraden und Gefährten, und jedes Jahr verstanden wir uns ein wenig besser als zuvor. Erst spät kam die Liebe; aber sie kam. Man braucht so lange, bis man auch nur eine Ahnung hat, was das Wort bedeutet.

Wenn in späteren Jahren Freunde nach dem Geheimnis unseres Glücks fragten, antwortete sie, sie habe immer noch vor, die Papiere zu unterzeichnen, und warte nur auf den Tod der Kinder.

1868 verlor sie bei einem Straßenbahnunglück ihr Augenlicht und war für den Rest ihrer Jahre an den Rollstuhl gefesselt. Aber auch das hielt sie nicht davon ab zu tun, was sie für richtig hielt. Ihr ganzes Leben in Amerika lang setzte sie sich für die Armen ein, vor allem für die Frauenrechte und die Gleichstellung der Neger. Bei manch historischem Ereignis war sie dabei, aber ich glaube, auf nichts war sie so stolz wie darauf, dass sie zu den Frauen zählte, die bei der Präsidentschaftswahl von 1872 dafür ins Gefängnis kamen, dass sie versucht hatten, ihre Stimme abzugeben (für Ulysses S. Grant). Als der Richter sie fragte, wie ihr zumute sei, wenn sie als Witwe eines Grafen die Zelle mit der Tochter einer Sklavin teilen müsse, antwortete sie, es sei die größte Ehre, die ihr je zuteil geworden sei. Wo immer sie Heuchelei und Vorurteil sah, nahm sie den Kampf auf, und am energischsten dann, wenn sie diese Dinge an sich selbst bemerkte (was andere, ich selbst eingeschlossen, niemals taten). Sie starb 1903 an ihrem siebenundachtzigsten Geburtstag, auf der ersten Versammlung der Näherinnengewerkschaft, die sie mitbegründet hatte. Dass ich sie gekannt habe, war das Beste, was mir in meinem Leben widerfahren ist; dass ich sie geliebt habe, das einzige wirklich Gute an mir.

Unsere schöne Tochter kam vor der Zeit zur Welt und lebte nur gerade lang genug, dass wir sie auf die Namen der beiden tapferen Frauen taufen konnten, die ihr Vorbild hätten sein können: Verity Mary Merridith Dixon. Bald darauf erfuhren wir, dass Laura keine weiteren Kinder mehr bekommen konnte, und das war nicht leicht für uns. Und wir konnten auch kein Kind adoptieren. »Farbigen« wurden solche Rechte damals verwehrt, und auch wenn mein Antlitz so weiß ist wie das von Präsident Wilson, hat doch meine Seele vor dem Gesetz eine andere Farbe. Dass mein Vater ein Viertel Choctawblut in den Adern hatte, war Grund genug, dass der Antrag von der Adoptionsbehörde mit dem Vermerk »Ungeeignet« zurückkam, und in das Feld »Begründung« war ein einziges einfaches Wort gestempelt: RASSE.

Ihre zwei prachtvollen Söhne sind die Freude meines Alters. Irland erwähnen sie heute mit keinem Wort. Beide tun gern, als seien sie in Amerika geboren.

Robert war dreimal verheiratet, Jonathan nie. Vor langer Zeit gestand er mir einmal, dass er die Gesellschaft von Männern vorziehe; wenn dem so ist, dann war es allem Anschein nach gut für ihn, dass er sich zu dieser Vorliebe bekannte, und vielleicht ist gerade deswegen ein Mensch aus ihm geworden, wie ich ihn anständiger kaum je gekannt habe. Sie tragen meinen Namen, diese zwei jetzt schon recht alten Knaben, und sie entschieden sich, als sie Mitte zwanzig waren, aus freien Stücken dazu – eine ebenso unerwartete wie unverdiente Wahl. Leute sagen sogar, sie sähen mir ähnlich, und in gewissem Sinne stimmt das wohl auch. Schon viele haben uns für drei wortkarge alte Brüder gehalten, wenn wir, im Zorn über die Welt vereint, an einem Kaffeehaustisch sitzen. (»Schadrach, Meschach und Abed-Nego«, sagt der Kellner, wenn er denkt, wir könnten ihn nicht hören.) Kaum etwas macht mir größere Freude als das.

Im Winter, wenn die Lindenbäume ihre Blätter verloren haben, kann ich von dem Fenster, an dem ich jetzt sitze und schreibe, den Grabstein ihrer Mutter sehen. Auch die schöne Tochter, die wir verloren, ist dort zur Ruhe gebettet. Ich gehe sie oft besuchen, in letzter Zeit fast täglich. Ich höre gern das Rattern der Straßenbahnen, die Sirenen der Schleppkähne, deren melancholischer Ton vom Fluss herüberweht – eine Erinnerung, dass diese geschäftige Stadt einst eine Insel war, ein prähistorischer Felsen, mit Backstein verkleidet. Morgens singen auf dem Friedhof fremdartige Vögel. Der alte Priester hat mir schon oft gesagt, wie sie heißen, aber in letzter Zeit bin ich vergesslich geworden. Vielleicht ist es ja auch nicht wichtig. Jedenfalls singen sie.

Paare gehen an Frühlingsnachmittagen dort spazieren, Leute, die in den Büros arbeiten, oder Studenten von der Universität. Manchmal sehe ich einen Jungen, der mit einem Netz Jagd auf die prachtvollen Schmetterlinge macht, die in Scharen auf den Nesseln hinter der Kapelle sitzen. Er steckt sie in Marmeladengläser und verkauft sie an seinem Schuhputzerstand in der 12. Straße, dieser muntere kleine Mulattenjunge, der Gospelmelodien aus dem Süden pfeift, wenn er sich behutsam, behände, einen Weg zwischen den Gräbern sucht. Nicht mehr lange, und auch über meinem Grab werden die Vögel singen. Die Ärzte sagen, mir bleibt nicht mehr viel Zeit. Ich male mir gern aus, dass ich den Jungen dann pfeifen höre, und seine Söhne, wenn er groß ist. Aber ich weiß, das wird nicht geschehen. Ich weiß, dass ich dann nichts mehr höre. Da gibt es nichts, was wir hoffen können, und nichts, was wir fürchten müssen.

Die Ereignisse, die ich beschrieben habe, sind geschehen. Das sind die Tatsachen.

Was den Rest angeht – die Einzelheiten, Gewichtungen, gewisse Mittel der Technik und des Aufbaus, ganze Episoden, die vielleicht erfunden sind oder sich ganz anders zugetragen haben –, das gehört ins Reich der Phantasie. Ich habe nicht vor, mich dafür zu entschuldigen, auch wenn manche meinen werden, das sollte ich.

Vielleicht haben sie ja Recht, jedenfalls nach ihren eigenen Maßstäben. Wer Ereignisse aus dem Leben nimmt und etwas Neues daraus formt, sollte es nicht zynisch oder leichtfertig tun. Ob ein solches Unternehmen nützlich oder auch nur anständig ist, mag jeder Leser selbst entscheiden. Das sind Bedenken, die sich bei jedem Bericht über Vergangenes einstellen werden: die Frage, ob die Geschichte zu verstehen ist, ohne dass man wissen muss, wer sie erzählt, wem er sie erzählt und warum er sie erzählt.

David Merridiths Mörder würde diese Frage so beantworten: An der Wand seines Arbeitszimmers hängt das Bild eines Ungeheuers, ein Bild, das er vor fünfundsiebzig Jahren aus einer Zeitung ausschnitt, damals, als er noch jung war und glauben konnte, dass der Zweck die Mittel heiligt. Liebe und Freiheit sind so hässliche Wörter. So viele Grausamkeiten sind schon in ihrem Namen verübt worden. Er war ein so schwacher Mann, und ein so rationaler dazu: eine Verbindung, die dem Unaussprechlichen Tür und Tor öffnet. Er glaubte, er könne ohne das, was er begehrte, nicht leben, und das, was er begehrte, gehörte einem anderen. Wenn er nachts weinte, weinte er deswegen. Und selbst heute weint er noch, wenn auch aus anderen Gründen. Ob er in so mörderischem Maße begehrt hätte, wäre der Preis offen zu haben gewesen, das weiß er nicht. Er nannte diese Verirrung »Liebe«, aber ein Teil davon war Hass; ein anderer Teil war Eitelkeit, ein dritter Furcht: die Gründe, aus denen Menschen seit jeher gemordet haben. Er konnte sich sein Leben ohne diese Trophäe nicht mehr vorstellen. Manche nennen solche Gedanken Patriotismus, andere Liebe. Aber Mord ist Mord, ganz gleich, wie man ihn nennt.

Inzwischen ist er ein alter Mann, dem kaum noch etwas bleibt. Die Leute sind freundlich, wenn sie ihn auf der Straße sehen. Sie wissen, dass er einmal Schriftsteller war, aber was er geschrieben hat, das wissen sie nicht. Es gab eine Zeit, vor vielen Jahren, da erntete er für seine Arbeit Lob, da verkehrte er in der Gesellschaft von Präsidenten, wichtigen Männern. Aber das hielt nicht ewig, und er war froh, als es vorüber war. Jeden Morgen besucht er das Grab seiner Frau. Abends sitzt er an seinem Fenster und schreibt, und das Porträt des Mörders schaut ihm über die Schulter. Manchmal erinnert es ihn an Pius Mulvey, manchmal an Thomas David Merridith, aber meist an andere Unberührbare, die ihm in seinem Leben begegneten, die bis ins hohe Alter lebten und in ihrem Bett starben.

Viele auf der *Stella* hatten ihre Geheimnisse, Dinge, für die sie sich schämen mussten. Nur wenige haben sie über so lange Zeit verborgen gehalten.

Der Blick des Mörders sagt vieles, aber eines ganz besonders, auch wenn der, der dort am Fenster sitzt, es manchmal vergisst. Nämlich dass jedes Bild, das man zeichnet, zugleich auch ein Bild dessen ist, der den Stift hält. Außerhalb des Rahmens, jenseits des Rands steht oft das, was wirklich zählt an einem Bild. Eine flüchtige, veränderliche Gegenwart, gewiss, aber doch zu spüren, auch wenn sie sich noch so gut verbirgt. Er ist da, der Mörder, in dem Bild, das er malt. Aber auch all die Geschichten, die er nicht erzählt, sind gegenwärtig in diesem Bild, so wie in jedem Menschen, der jemals hasste, das Blut all seiner Vorfahren gegenwärtig ist. Jedes Mannes. Jeder Frau.

Den langen Weg zurück bis zu Kain.

G. Grantley Dixon
New York City
Ostersonntag 1916

Quellen und Dank

HINTERGRUND: Mary Daly, *The Famine in Ireland* (Dublin Historical Association, 1986); R. F. Foster, *Modern Ireland 1600–1972* (Allen Lane, 1988); Joan Johnson, *James and Mary Ellis: Background and Quaker Famine Relief in Letterfrack* (Religious Society of Friends in Ireland, 2000); Helen Litton, *The Irish Famine: An Illustrated History* (Wolfhound, 1994); Kerby A. Miller, *Emigrants and Exiles: Ireland and the Irish Exodus to North America* (Oxford U. P., 1985); Cormac Ó Gráda, *The Great Irish Famine* (Macmillan, 1989); Tim Robinson *Connemara: Map and Gazetteer* (Folding Landscapes, Roundstone, 1990); William V. Shannon, *The American Irish* (Univ. of Massachusetts, 1963); Kathleen Villiers-Tuthill, *History of Clifden 1810–1860* und *Patient Endurance: The Great Famine in Connemara* (Connemara Girl Publications, 1997). Alle genannten Werke mit weiterführenden Bibliographien. Eine nützliche Website ist »Views of the Famine«, www.vassar.edu/~sttaylor.

AUGENZEUGENBERICHTE ZUR HUNGERKATASTROPHE: William Bennett, *Six Weeks in Ireland* (Gilpin, London, 1847)*; *Distress in Ireland: Narrative of William Edward Forster's Visit* (Friends' Historical Library, Morehampton Road, Dublin 4); *The Irish Journals of Elizabeth Smith 1840–1850* (Oxford U. P., 1980); Alexander Somerville, *Letters From Ireland During the Famine of 1847* (Irish Academic Press, 1994, Hg. K. D. M. Snell); Asenath Nicholson, *Lights and Shades of Ireland* (1850).**

MARITIMES: Berichte über historische Überfahrten, einige auch mit Originalzeugnissen der Reisenden, findet man unter www.theshipslist.com. Einige Emigrantenlieder unter »Irish Folksongs«, www.acronet.net/~robokopp/irish.html. Thomas Gallaghers *Paddy's Lament: Ireland 1846–1847* (Harvest, 1982) zitiert die Erinnerungen zahlreicher Emigranten im Originalton, viele aus der Sammlung des Folklore Department, University College Dublin. Weiteres Material besitzt das Irische Nationalarchiv, Bishop Street, Dublin 8

---

* Auszüge unter www.people.virginia.edu/~eas5e/Irish
** Häufig zitiert in Littons *Irish Famine*.

(www.nationalarchives.ie). *Voyage from Dublin to Quebec* von James Wilson findet sich unter »Immigrants to Canada«, http://list.uwaterloo.ca/~marj/, Robert Whytes *Journey of an Irish Coffin Ship, 1847* unter fortunecity.com/littleitaly/amalfi. Umstritten ist die Authentizität von Gerald Keegans *Famine Diary* (oder *Summer of Sorrow 1847*), erstmals 1895 in Quebec erschienen.

DANK: Das Original von Mulveys Liste mit Wörtern für das Stehlen stammt aus Robert Hughes' *The Fatal Shore* (Collins Harvill, 1987). Donald Thomas' *The Victorian Underworld* (John Murray, 1988) beschreibt eindrucksvoll das »Einzelhaft«-System in den britischen Gefängnissen der Zeit und den Ausbruch eines Häftlings, der 1836 über den Spanischen Reiter in Newgate sprang; dies letztere Detail habe ich für Mulveys Flucht übernommen und danke Donald Thomas dafür.

Meiner Frau Anne-Marie Casey danke ich für so viel Gutes, dass ich ein weiteres Buch schreiben müsste, um es alles aufzuzählen. Ihrer Geduld, ihrer Weisheit, ihrem unendlichen Charme habe ich mehr zu verdanken, als die Widmung des Romans auch nur annähernd sagen kann. Geoff Mulligan, meinem Lektor bei Secker and Warburg, danke ich wieder einmal für seine konstruktive Arbeit und sein großes Geschick. Dank schulde ich auch meiner Agentin Carole Blake, meinem Agenten für die Bühnenrechte Conrad Williams sowie der Agentur Blake Friedmann in London. Ich danke meinem Freund und deutschen Lektor Hans Jürgen Balmes und seinen Kollegen beim Fischer Verlag. Großen Dank schulde ich auch meinen deutschen Übersetzern Manfred Allié und Gabriele Kempf-Allié.

Einen ganz besonderen Dank meinem Vater Seán, dessen Ausflüge mit mir nach Connemara vor drei Jahrzehnten das Glück meiner Kindheit waren. Hilfe bei Fragen der irischen Sprache gaben Dr. Angela Bourke, Dr. Diarmuid Breathnach, Peadar Lamb und Niall Mac Fhionnlaoich; ihnen allen sei herzlich gedankt. Ich danke dem Arts Council of Ireland für das Macaulay-Stipendium im Jahr 1995, das die ersten Studien für diesen Roman möglich machte. Ich danke Dr. Philip Smyly vom National Maritime Museum, Dun Laoghaire, Dublin. Alle typischen Fehler einer Landratte sind jedoch meine eigenen oder die der Übersetzer.

GESCHICHTE: Kein Schiff namens *Stella Maris* existierte in den 1840er Jahren, und mein fiktives folgt auch keinem realen Vorbild. Alle erdenklichen Gefährte waren während der Hungerzeit unterwegs, manche mit Hunderten von Passagieren an Bord, manche nur mit ein paar Dutzend.

Wuthering Heights von Ellis Bell erschien tatsächlich bei Thomas Cautley Newby, im Dezember 1847. V. S. Pritchett wies in einem Aufsatz von 1946 als einer der Ersten auf die Beziehungen zwischen Emily Brontës Meisterwerk und Irland hin. Dieses Thema hat Terry Eagleton weiterverfolgt *(Heathcliff and the Great Hunger*, Verso 1995), ebenso John Cannon (*History of the Brontë Family from Ireland to Wuthering Heights*, Sutton 2000) und Christopher Heywood in den Anmerkungen zu seiner 2001 erschienenen Ausgabe von *WH*, Broadview Press. Eine Organisation namens Else-Be-Liables oder Liable Men gab es nicht, aber revolutionäre Geheimgesellschaften mit seltsamen Namen gehörten schon acht Jahrzehnte vor der Hungersnot zum ländlichen Leben in Irland.* Dass anonyme oder pseudonyme Drohbriefe an Grundherren geschickt wurden, kam häufig vor. Ihre Verfasser waren oft ungeübt im englischen Schreiben, daher die Schreibfehler und phonetischen Schreibweisen wie hier im Brief an Merridith. Die Zeichnung mit dem Sarg entnahm ich einem Brief, den ein Gutsherr in Kildare im Jahr 1848 erhielt.**

MUSIK: Freunde irischen Gesangs werden bemerkt haben, dass das Vorbild für Mulveys Ballade über den Werbeoffizier »Arthur McBride« ist, ein Lied aus dem 19. Jahrhundert, das Paul Brady in den Kanon zurückholte und Bob Dylan später aufnahm. (*Andy Irvine and Paul Brady*, Mulligan, 1976; Bob Dylan, *Good as I Been to You*, Columbia, 1992). Die Ballade, die Mulvey in Kapitel XI singt, ist »In the Month of January«. Zu hören ist sie auf Paddy Tunneys *The Irish Edge* (Ossian Recordings, 1991). Tunneys Fassung ist (anders als Mulveys) nicht »makkaronisch«, obwohl es viele solche Lieder in der *Sean-Nós*-Tradition (»alter Stil«) von Connemara gibt. Etliche finden sich in den Aufnahmen von Seosamh Ó hÉanai alias Joe Heaney (der wie Mary Duane aus Carna stammt). Beispiele auf Joe Heaney, *Irish Traditional Songs in Gaelic and English* (Topic, London, 1988). »Rache für Connemara« in Kapitel XXXIX beruht teils auf dem traditionellen Lied »Revenge for Skibbereen«, das der Caruso dieses Genres, Seán Keane aus Galway, oft auf seinen Konzerten singt. Zu hören auf dem gefeierten Album *Seánsongs* (*Circín Rua Teo*, 2002). Ciaran Carsons *Last Night's Fun* (Cape, 1996) ist ein faszinierendes Buch über die Volksmusik Irlands. Er erzählt darin auch von einem

---

* Millers *Emigrants and Exiles* und Fosters *Modern Ireland* zählen viele auf.
** Siehe Litton, S. 42 und 101. Man wird Ähnlichkeiten zwischen den dort zitierten Briefen und dem Drohbrief an Merridith finden.

loyalistischen Trommler aus Ulster, Right McKnight, der sich die Trommel von einer Kapelle der Nationalisten borgte und dann vergaß sie zurückzugeben. Ich habe mir seinen Namen für Mulveys Partner aus Glasgow geborgt. Ich gebe ihn hiermit zurück.